Zeruya Shalev

Ce qui reste de nos vies

Traduit de l'hébreu
par Laurence Sendrowicz

Gallimard

Titre original :

שארית החיים

(SHÉÉRIT HA-KHAYIM)

Zeruya Shalev est née en 1959 dans un kibboutz en Galilée. Elle a fait des études bibliques. Mariée, mère de trois enfants, elle vit et travaille à Jérusalem en tant qu'éditrice. Ses livres, dont *Vie amoureuse*, *Mari et femme*, *Thèra* et *Ce qui reste de nos vies* (prix Femina étranger 2014), sont des best-sellers en Israël et dans de nombreux pays d'Europe.

Pour Yaar

Ce livre est le fruit de l'imagination de l'auteur. Toute ressemblance avec une histoire ou des événements réels, ainsi qu'avec des personnes vivantes ou mortes et des noms existants, ne pourrait donc être que totalement fortuite.

CHAPITRE PREMIER

Est-ce la pièce qui s'est agrandie ou bien elle qui s'est ratatinée, pourtant elle se trouve dans la plus petite chambre de l'appartement, un appartement lui-même grand comme un mouchoir de poche. Depuis qu'elle est clouée au lit du matin au soir, les murs se seraient-ils à ce point écartés, il lui faudrait à présent des centaines de pas pour atteindre la fenêtre, des dizaines d'heures, est-ce que sa vie y suffira. Ou plutôt ce qui reste de sa vie, la dernière ligne droite de ce temps qui lui a été imparti sur terre et qui semble, si absurde que cela puisse paraître, soudain éternel, figé dans une telle immobilité qu'on pourrait croire que jamais il ne finira. Certes elle est déjà bien maigre, amenuisée, d'une légèreté spectrale, certes le moindre courant d'air risque de l'arracher du lit, seul le poids de la couverture l'empêche peut-être de s'élever en apesanteur, certes un souffle couperait le dernier fil de la bobine qui la relie encore à la vie, mais qui donc émettra ce souffle, qui donc se donnera la peine de souffler dans sa direction ?

Oui, condamnée à une vie éternelle par l'amère indifférence des siens, elle va rester allongée ici sous sa lourde couette pendant des années, verra ses enfants vieillir et ses petits-enfants devenir des adultes, car elle vient de comprendre que mourir aussi requiert des efforts, une sorte d'élan du futur défunt ou de son entourage, un acte dans lequel il faut s'impliquer, s'agiter fébrilement comme lorsqu'on prépare une fête d'anniversaire. Oui, pour mourir aussi, il faut un minimum d'amour, or elle n'est plus assez aimée, peut-être aussi n'aime-t-elle plus assez, ne serait-ce que pour cette chiquenaude-là.

Oh, ce n'est pas qu'ils ne se mobilisent pas, presque chaque jour il y en a un qui vient pointer docilement, s'assied sur le fauteuil en face du lit, fait semblant de s'inquiéter de sa santé, mais elle sent bien le lourd ressentiment, elle remarque les coups d'œil jetés vers la montre et les soupirs de soulagement dès que retentit la sonnerie de leur portable. Elle entend subitement leur voix changer, vibrer d'énergie et de vitalité, le rire monte de leur gorge, je suis chez ma mère, informent-ils leur interlocuteur dans un roulement d'yeux hypocrite, je te rappelle en sortant, puis ils reportent à nouveau vers elle une attention indolente, daignent lui demander quelque chose mais n'écoutent pas ce qu'elle dit, et elle, qui n'a pas l'intention d'être de reste, les épuise avec d'interminables réponses, leur offre un compte rendu détaillé de ce qu'a expliqué le médecin et, sous leur regard qui s'embrume, dresse une liste exhaustive de tous ses médicaments. Suis-je davantage dégoûtée de vous que vous de moi ? se demande-t-elle dans une pensée qui agglomère en une masse unique ses deux enfants, pourtant si différents l'un de l'autre. Auraient-ils réussi, uniquement face à elle et depuis peu, à s'unir enfin, à faire front commun face à cette vieille mère allongée du matin au soir dans un lit où même la pesanteur s'annule ?

Carrée et oppressante, sa petite chambre ne comporte qu'une fenêtre qui s'ouvre sur un village arabe, côté nord a été placé un vieux bureau et côté sud l'armoire dans laquelle sont enfouis ses vêtements, une garde-robe bigarrée qu'elle ne mettra plus. Elle a toujours été attirée, non sans une légère honte, par les couleurs vives, peu lui importait la coupe, que ce soit une tunique longue et large, une robe cintrée à la taille ou une jupe plissée, elle n'a jamais su ce qui lui allait le mieux et elle ne le saura jamais. Ses yeux se posent sur la table de bistro ronde que sa fille l'a obligée d'acheter il y a de nombreuses années, la gamine avait éclaté en sanglots au beau milieu du magasin et pourtant elle était déjà grande, c'est vous qui m'avez forcée à déménager dans cet appartement pourri, vous m'avez donné la plus petite chambre, alors vous pourriez au moins m'acheter des meubles qui me plaisent. Arrête tes jérémiades, tout le monde te regarde, l'avait-elle grondée avant de céder bien sûr, et de leurs quatre bras elles avaient porté la belle acquisition, qui s'était révélée incroyablement lourde, en haut des escaliers et jusqu'à cette chambre qui avait été celle de sa fille, là, elles l'avaient déposée en son centre, et ce luxe recherché, flambant neuf, n'avait fait que souligner l'indigence du reste de leur mobilier.

Cette table a, elle aussi, pris de l'âge, s'est imprégnée des années écoulées, heureusement que les boîtes de médicaments cachent l'usure de son plateau en chêne massif, il y a là des médicaments qui ont soigné une infection mais déclenché une allergie, des antihistaminiques, des pilules pour réguler le rythme cardiaque, d'autres pour calmer la douleur ou encore ces cachets contre la tension qui l'ont tant affaiblie qu'elle a fini par tomber, s'est blessée et depuis a du mal à marcher, parfois elle a envie de les rassembler tous en un grand tas multicolore, d'en faire des plantations médicinales sur son lit ou de les trier par couleur pour dessiner ensuite une petite maison au toit rouge, aux murs blancs, avec une pelouse verte, un père, une mère, deux enfants.

C'était quoi, tout cela, se demande-t-elle, ce n'est plus la question de savoir pourquoi cela a été ainsi, ni à quoi cela a rimé, mais simplement, c'était quoi en fait, comment ses jours s'étaient-ils succédé jusqu'à ce qu'elle aboutisse à cette chambre, à ce lit, de quoi s'étaient remplies les dizaines de milliers de jours qui avaient grimpé sur ce corps-là telles des fourmis sur un tronc d'arbre, son devoir était de s'en souvenir et voilà qu'elle n'y arrivait pas. Même si, au prix de rudes efforts, elle rembobinait tous ses souvenirs en vieilles pelotes et les imbriquait les uns dans les autres, elle n'arriverait qu'à reconstituer quelques semaines à peine, pas plus, alors où était tout le reste, où étaient toutes ses années, ce dont elle ne se souviendrait pas n'existerait plus, à moins que cela n'ait jamais existé.

Comme après une catastrophe et alors qu'elle atteint le bout de sa vie, voilà que lui sont imposés à la fois le combat contre l'oubli et le devoir de perpétuer les morts et les disparus. Lorsqu'elle regarde de nouveau vers la fenêtre, elle a l'impression qu'il l'attend là-bas, le lac qu'elle a vraiment vu agoniser, le lac embrumé avec tout autour les marécages tendres et fumants et les roseaux qui poussaient jusqu'à hauteur d'homme et même plus, d'où les oiseaux migrateurs s'envolaient dans des battements d'ailes émus. C'est là-bas qu'il est, son lac, au cœur d'une vallée encastrée entre le mont Hermon et la haute Galilée, emprisonné dans des poings de lave figée, il lui suffirait d'arriver à se lever et à se traîner jusqu'à la fenêtre pour le revoir, alors elle se redresse péniblement afin que ses yeux, qui passent de son but à ses pieds douloureux, puissent évaluer la distance à parcourir. Depuis qu'elle est tombée, marcher lui apparaît comme une lévitation périlleuse, mais il est là-bas, il attend son regard, aussi affligé qu'elle, lève-toi, ma Hemda, elle entend son père qui la pousse, allez, encore un pas, un seul, un petit pas.

Elle avait été leur première-née, alors, pour assister à ses premiers pas, tous les membres du kibboutz s'étaient rassemblés dans le réfectoire, drainant avec eux l'absence des petits frères laissés à l'étranger, la nostalgie d'une enfance interrompue pour suivre une idéologie sans concessions, l'amour qu'ils éprouvaient pour leurs parents dont ils s'étaient coupés en partant, certains avec panache, d'autres le cœur brisé, oui, tout cela avait investi le réfectoire dont on venait d'achever la construction. Les yeux brillants, ils l'avaient regardée et encouragée à marcher, pour eux, pour leurs vieux parents, pour leurs petits frères sans doute grands à présent et qui seraient exterminés quelques années plus tard, vas-y, avance, elle est terrorisée mais désire tellement leur faire plaisir, alors elle se dresse sur des jambes bancales en se cramponnant à la main de son père, est-ce que déjà à l'époque ses doigts sentaient le poisson ou bien était-ce venu plus tard, dans le nouveau kibboutz au bord du lac et des marécages, ce kibboutz fondé justement pour assécher le lac et les marécages, ça y est, elle tend en avant un pied tremblant exactement au moment où il la lâche, l'assemblée exulte et applaudit en son honneur, le chahut est si terrifiant qu'elle tombe à la renverse et éclate en sanglots, le regard bleu ciel de son père s'entête, veut l'obliger à se relever et à réessayer, pour qu'ils voient, tous, de quoi elle est capable, rien qu'un petit pas, mais elle reste allongée sur le dos, sachant qu'elle ne pourra pas lui offrir ce cadeau-là et que jamais il ne le lui pardonnera.

Ensuite, elle avait refusé de marcher pendant deux longues années, à trois ans on la portait encore sur les épaules telle une handicapée, les examens médicaux n'indiquaient aucune anomalie, on envisageait même de l'emmener consulter un spécialiste à Vienne, des bébés nés après elle couraient déjà dans tous les sens et seule Hemda restait couchée dans son parc, les yeux rivés sur la cime du poivrier dont les branches, décorées de baies semblables à des petites pilules rouges, bruissaient rien que pour elle. Elle leur souriait en retour, il n'y avait qu'elles qui ne la pressaient pas, qui acceptaient son immobilité, quant à son père, rongé de culpabilité, il ne renonçait pas, la portait d'un médecin à l'autre, inquiet à l'idée que cette fameuse chute ait pu lui endommager le cerveau, jusqu'au jour où un spécialiste de Tel-Aviv avait décrété, cette petite n'a aucune pathologie cérébrale, elle a juste peur de marcher, vous n'avez qu'à inventer quelque chose qui l'effraiera davantage.

Pourquoi l'effrayer davantage, avait demandé son père, et le médecin avait répondu, si vous voulez qu'elle se décide à marcher, vous n'avez pas le choix, faites en sorte qu'elle vous craigne, vous, plus que la marche, et c'est alors que son si bel homme de père avait commencé à lui attacher une serviette de toilette dans le dos et, comme s'il maintenait des rênes, il la poussait pour qu'elle avance, la frappant si elle refusait. Devant son visage bouffi de larmes, il lui murmurait la gorge sèche, c'est pour ton bien, ma chérie, pour que tu deviennes comme les autres enfants, que tu cesses d'avoir peur, et apparemment le médecin ne s'était pas trompé car au bout de quelques semaines elle marchait, certes sur des jambes mal assurées, le corps brûlant des coups de son père et l'esprit figé comme un petit animal que l'on a dressé avec cruauté, mais elle marchait, chassée de la gloire, chassée de la joie, avec la vague conscience qu'elle aurait beau mettre un pied devant l'autre, courir, elle n'avait plus vers où diriger ses pas.

Chassée de la joie, chassée de la gloire, elle a pourtant l'impression, ce matin, de savoir où diriger ses pas, jusqu'à la fenêtre, Hemda chérie, va donc voir ton lac, il est là. Si moi je suis arrivé à t'atteindre, lui chuchote-t-il à l'oreille, si moi j'ai rassemblé mes eaux vertes, ma faune et ma flore, les oiseaux migrateurs, si j'ai réussi à me reconstituer dans cette ville entourée de collines, sous ta fenêtre, malgré le travail épuisant investi pour me chasser, comment se peut-il que toi tu ne te lèves pas de ton lit, que tu ne marches pas vers la fenêtre pour me revoir ? Il y a quelques semaines encore, lâche-t-elle dans un soupir, le couloir se déroulait lentement sous mes pas, pourquoi n'es-tu pas venu alors ? Pourquoi avoir attendu que je sois tombée, d'ailleurs tu n'es pas le seul, depuis toujours les choses m'arrivent trop tard, ou trop tôt, mais il lui répond de son souffle humide, voilà des dizaines d'années que je rassemble mes gouttes une à une, les branches une à une, les plumes une à une, rien que pour apparaître à nouveau devant toi, te voir, viens à moi, Hemda, viens à la fenêtre, et elle secoue la tête, étonnée, qu'avaient donc été toutes ces années, à quoi avaient-elles servi si elles n'avaient pas laissé la moindre trace, si elle était finalement restée la petite fille qui ne pensait qu'à aller se baigner nue dans le lac, son lac.

De ses doigts déformés, elle essaie d'ôter sa chemise de nuit, un cadeau qui n'avait réussi qu'à l'agacer, comme tous les cadeaux de sa fille, ils étaient toujours choisis avec goût et largesse mais toujours reçus avec dégoût et petitesse, oui, elle blessait son aînée qui n'aspirait, en ces moments-là, qu'à la satisfaire. Ouvre, maman, la pressait-elle, j'ai passé des heures dans les magasins avant de trouver quelque chose qui te plairait, allez, ouvre et va essayer, tu aimes ? Le beau papier une fois déchiré, Hemda palpait le tissu avec réticence, parce que son doux contact, les odeurs inconnues qui s'en dégageaient, les images qu'il masquait, ces paysages que Dina avait traversés sans elle n'éveillaient soudain qu'une violente irritation, alors elle marmonnait, merci beaucoup, il ne fallait pas, et elle écrasait l'emballage vide, elle-même surprise par la force de sa contrariété. Chaque petit don ravivait-il un grand reproche suscité par l'attente d'un autre don, total et sans limites ? Prends-moi avec toi au lieu de me rapporter des souvenirs d'endroits que tu as vus sans moi, voilà ce qu'elle aurait voulu lui dire, à cette Dina qui la dévisageait, meurtrie, tu n'aimes pas, maman ?

J'aime, j'aime trop, cela aurait pu être la bonne

réponse jamais formulée, j'aime trop ou pas assez, trop tard ou trop tôt, ensuite elle remballait le cadeau, l'enfouissait au fond de son armoire, et après avoir laissé passer beaucoup de temps, lorsque le mal avait bien dégorgé et qu'il était trop tard pour réparer, elle enfilait rageusement le vêtement oublié, un pull, une écharpe, une chemise de nuit à fleurs grises, ça existe les fleurs grises, et au moment où elle s'efforce d'extirper son bras de la manche réfractaire, ses yeux se heurtent, étonnés, à sa poitrine dénudée, au bout de ses seins raplatis les fleurs grises de ses mamelons inclinent la tête de côté, fleurs grises, ternes, fanées. Ses doigts palpent avec crainte les plis de sa peau et elle se souvient du plus jeune de ses petits-enfants que l'on avait assis sur ses genoux pendant le repas de fête quelques mois auparavant, une seconde plus tard, il se renversait dessus un verre d'eau et au moment où elle lui avait enlevé sa chemise mouillée, il était tombé en arrêt devant son propre bras potelé ainsi dénudé, ensuite il l'avait levé et baissé, palpé et léché comme s'il le voyait pour la première fois, puis, survolté, il était passé à la peau soyeuse de son ventre dont le contact l'avait visiblement ravi. Ballet d'amour virginal, hymne à l'auto-érotisme, à supposer bien sûr que le petit ait eu conscience qu'il s'agissait de son propre corps, et sa conscience à elle, est-elle capable d'accepter que ce corps décrépit soit le sien ? Non, elle a encore l'impression que la vieillesse n'est qu'une saleté qui s'est incrustée au fil du temps ou encore une maladie passagère, une sorte de lèpre dont elle guérira dès qu'elle aura atteint le lac, dès qu'elle se sera plongée dedans, à l'instar de ce général araméen, guéri de la lèpre qui rongeait ses chairs après s'être plongé sept fois dans les eaux du Jourdain.

Viens, Hemda, pose un pied par terre, aide-toi du mur pour te redresser, ta canne t'attend à côté du lit mais tu n'en as même pas besoin, tu n'as besoin que de moi, comme avant, quand tu étais ce héron migrateur qui cherchait un abri entre les éventails des joncs. Te souviens-tu que tu nageais nue en hiver, tu fendais l'eau dont la morsure te brûlait, jusqu'au jour où tu es tombée malade et où ton père t'a interdit de revenir, mais tu me rejoignais quand même en cachette de temps en temps, tu lançais tes habits sur la berge, et un jour il est arrivé, t'a trouvée dans l'eau, t'a ordonné de sortir et au moment où tu émergeais toute nue devant lui, il a pris ses jambes à son cou, depuis lors, il ne t'a plus poursuivie jusqu'à moi et nous ne sommes restés que tous les deux, mais quelque chose manquait.

Où était sa mère ? Il n'y a que son père qui lui tresse tant bien que mal les cheveux de ses mains raides empestant le poisson, qui l'oblige à marcher, à courir, à grimper sur les maisonnettes, elle devait être comme les autres enfants du kibboutz qu'elle n'a jamais réussi à rattraper, eux sautaient de toit en toit tels de petits singes, tandis qu'elle, tétanisée par la peur, refusait d'essayer tant qu'il n'avait pas débarqué avec son regard bleu et menaçant. Fixés sur elle, ses yeux disaient, que crains-tu le plus, moi ou le saut, la vie ou la mort, alors elle entreprenait péniblement l'escalade, le maudissait et pleurait, idiot, triple idiot, je raconterai tout à maman.

Mais où était ta mère ? lui demande sa fille les rares fois où elle accepte d'écouter ses histoires, connues jusqu'à l'indigestion et pourtant toujours étonnantes, toujours dérangeantes. Tu as grandi sans elle ! répète-t-elle avec une satisfaction sans cesse renouvelée, mais Hemda s'insurge, non, tu te trompes totalement, si tu savais comme j'ai aimé ma mère et comme elle m'a aimée, jamais je n'ai douté de son amour, mais Dina n'en démord pas, car les conclusions qui en découlent s'enchaînent avec délices, tu as grandi sans mère, tu n'as donc pas su être mère, du coup je n'ai pas eu de mère et ma fille en subit les conséquences même si tu refuses de voir comment l'absence de cette femme, que tu lui en veuilles ou non, retombe sur nous tous.

Erreur totale, réplique-t-elle en secouant la tête, je n'en ai jamais voulu à ma mère parce que je savais qu'elle travaillait dur en ville, elle ne rentrait au kibboutz que le week-end, et même après cette année d'absence, même si je ne l'ai pas reconnue à son retour et que je l'ai prise pour une étrangère qui avait assassiné ma vraie mère, oui, même là, je ne lui en ai pas voulu, j'avais compris qu'elle n'avait pas le choix. Pourquoi accumuler tant de ressentiment, toi, Avner et toute votre génération sacrifiée, à quoi bon tant de reproches ? Parfois cependant, elle aussi se sent assaillie par la colère, une colère terrible, dévastatrice, pas seulement envers ses parents, envers son père au dévouement si exigeant et sa mère toujours occupée, mais envers ses enfants, surtout envers sa fille dont les cheveux noirs blanchissent déjà.

Hier à peine, elle en faisait des tresses, de ces cheveux dans lesquels ses doigts se perdaient tant ils étaient fournis, exactement comme les doigts de son père se perdaient dans les siens, aujourd'hui ternes et métalliques, et pourquoi sa fille, à la différence des femmes de son âge, ne se teint-elle pas, pourquoi porte-t-elle comme un défi ces mèches grises qui ombragent son visage juvénile, d'ailleurs elle sait bien, Hemda, que cette attitude est dirigée contre elle, Dina serait capable de se faire du mal rien que pour la torturer, elle, rien que pour lui prouver que cette époque, celle de leur enfance, avait été irrémédiablement gâchée, voilà pourquoi elle se négligeait, elle s'affamait, plus émaciée d'année en année, oui, sa fille était beaucoup plus petite et plus maigre qu'elle. Elles s'amenuisent, les femmes de la famille, à ce rythme, dans deux ou trois générations elles seront totalement éradiquées, son fils, en revanche, ne cesse de grossir, elle a souvent du mal à reconnaître en cet homme rondouillard, essoufflé et de plus en plus chauve, le superbe garçon qui avait hérité du bleu si rare des yeux du grand-père, oui, parfois elle le regarde avec effarement, ce lourdaud n'aurait-il pas assassiné Avner et pris sa place dans son lit et auprès de ses enfants ? Il lui inspirait la même défiance que, des années auparavant, lui avait inspirée l'étrangère revenue d'Amérique qui s'était précipitée sur elle et avait voulu l'embrasser en prétendant être sa mère.

Tout le kibboutz s'était rassemblé sur la pelouse pour accueillir leur représentante de retour de sa longue mission, et seule elle s'était cachée sur un arbre, oui, elle aussi avait fini par l'acquérir, cette agilité de petit singe. Qui, parmi les enfants, se souvenait de sa mère alors qu'elle-même l'avait oubliée, qui, parmi les adultes, l'attendait sincèrement à part le mari qu'elle avait laissé là et quelques amis, car dans leur majorité les camarades l'enviaient, surtout les femmes qui se partageaient les lourdes tâches en cuisine, à la crèche, au potager, dans l'atelier de couture ou les hangars, vêtues de bleus de travail de la même couleur que les varices qui striaient leurs jambes. Sa mère était la seule à porter d'élégants tailleurs et à exercer des fonctions en ville, ce qui parfois ne lui suffisait pas, puisqu'elle disparaissait, partie en mission commandée par on ne savait pas vraiment qui. Oui, ces mots, elle les avait entendus, cachée dans les branchages, et si elle ne les avait pas entendus, elle les avait devinés, et si elle ne les avait pas devinés, eh bien, elle les avait elle-même pensés, partageant cette attente hostile, d'ailleurs, ce n'était pas sa mère qu'ils attendaient mais le bol d'air rafraîchissant, le souffle du grand monde, un espoir, un délicieux souvenir, tout ce qu'était censée ramener cette femme qui s'était lourdement extirpée de la sombre voiture de fonction garée devant l'entrée. Qui était-elle ? Même du haut de son arbre, elle voyait bien que ce n'était pas sa mère, la longue tresse avait disparu, le visage s'était rempli, pâle sur un corps empoté, alors elle avait sauté à terre sans que personne ne remarque qu'elle s'enfuyait, endeuillée et incrédule, le plus vite possible, le plus loin possible, jusqu'au lac.

Tu n'es pas ma mère, criera-t-elle ensuite, lorsqu'elle se présentera enfin chez ses parents, l'étrangère la regardera avec tristesse, les yeux étrangement fixés sur les bourgeons de seins qu'elle affichait du haut de ses douze ans et qui pointaient sous un tee-shirt crotté. Ma pauvre, que tu es négligée, dira-t-elle comme si ce n'était pas elle qui l'avait négligée, j'ai été très malade, ma chérie, enchaînera-t-elle aussitôt pour essayer de l'apaiser, c'est à l'hôpital qu'on a coupé ma tresse, j'ai attrapé une infection aux reins et mon visage a gonflé. Hemda avait alors cherché en vain, entre le menton et les lèvres qui lui faisaient face, les deux petits poinçons familiers, traces d'une ancienne varicelle. Non, tu n'es pas ma mère, avait-elle répété avec dépit, tu n'as pas de cicatrices, alors l'étrangère s'était palpé le menton, mais si, elles sont là, c'est juste qu'on ne les voit plus, regarde bien, mais elle, elle avait éclaté en sanglots, où est ma maman ? Qu'est-ce que tu lui as fait ? Et aussitôt elle s'était jetée sur les maigres cuisses de son père pour le protéger, ne le touchez pas, ne lui faites pas ce que vous avez fait à ma maman, il ne me reste que lui maintenant. Les premières nuits, dans la maison d'enfants, elle ne cessait de se tourner et de se retourner sur son lit en imaginant l'étrangère qui avait avalé sa mère en train de croquer les jambes de son père comme si c'était du poulet grillé, elle la voyait lui ronger les os, bientôt la créature s'en prendrait aussi à elle et la mangerait goulûment, ses petits seins bourgeonnants compris.

Deux seins, deux cuisses, deux parents, deux enfants, et elle, au milieu, davantage accaparée par son père et sa mère défunts que par son fils et sa fille vivants. Elle avait accouché d'un fils et d'une fille, un couple d'enfants, reflet de plus en plus grand du couple originel, quant au troisième couple de la famille, celui qu'elle avait formé avec son mari, elle l'avait toujours considéré comme une étape transitoire entre deux métropoles, alors oui, c'est eux qu'elle voit au moment où elle pose les pieds sur le sol frais malgré la chaleur intense du dehors, eux, le couple originel, son père en bleu de travail et sa mère en chemisier blanc soyeux et jupe plissée, une natte autour de la tête telle une douce couronne royale, ils se sont arrêtés au bord du lac, lui sourient et indiquent de la main l'onde tranquille couleur café au lait.

Il est tard, Hemda, il faut se laver et se coucher, disent-ils en lui montrant l'étendue d'eau comme si c'était une bassine destinée à son usage personnel, regarde, tu es toute crottée, elle court vers eux à bout de souffle, si elle ne se hâte pas, le lac disparaîtra à nouveau, ses jeunes parents disparaîtront, mais elle a les jambes trop lourdes et s'enlise dans le marécage boueux, maman papa, donnez-moi la main, je me noie, des tentacules caoutchouteux l'attrapent par la taille, aspirent son corps vers les profondeurs du marais, maman papa, j'étouffe.

Rampez sur le ventre, elle se souvient des instructions du professeur de sciences naturelles le jour où ils étaient allés cueillir des joncs et s'étaient retrouvés piégés par la boue qui enserrait leurs mollets et commençait à les aspirer. Sa bouche, qui s'ouvre en un cri, s'emplit d'une bouillie terreuse et compacte, elle hoquette, donnez-moi la main, mais ses parents la contemplent immobiles, tout sourire, pensent-ils assister à quelque spectacle distrayant, ne voient-ils pas qu'elle se noie pour de vrai, à moins qu'ils ne désirent sa noyade ? Son corps heurte violemment le sol sous la fenêtre, quelque chose semble l'emporter, les intestins de boue l'avalent goulûment par les chevilles. Comme elle est bien accueillie dans les entrailles de la terre, jamais elle ne s'est sentie aussi attendue, pourtant elle lutte encore, essaie de s'agripper aux pieds de la table, l'heure n'est pas encore venue, trop tôt ou trop tard, l'heure n'est pas encore venue, et avec ce qui lui reste de conscience elle rampe jusqu'au téléphone, sur le ventre comme les crocodiles, leur avait-il crié, sinon vous vous noierez, elle a la gorge sèche, Dina, viens vite, j'étouffe.

Sauf que sa fille, immobile devant la fenêtre de sa cuisine, est en train de fixer avec stupéfaction le tissage d'aiguilles de pin tendu vers elle comme une main vide quémandant l'aumône. Ça alors, elle a emporté les œufs. Hier soir au moment d'aller se coucher, Dina avait, comme d'habitude, inspecté la jardinière accrochée à sa fenêtre et elle avait eu le temps de voir à l'intérieur du nid deux œufs briller dans la pénombre telle une paire d'yeux bienveillants, et juste après la colombe était apparue et s'était installée pour les couver. La chaleur de son plumage était aussitôt remontée jusqu'à elle, douce sérénité, tendre souvenir. Quoi de plus simple, se contenter de s'asseoir, sans bouger, des heures durant, les yeux aux aguets et le corps à l'arrêt, totalement dédié à sa mission. Elle a emporté les œufs, elle s'est envolée au milieu de la nuit noire avec un œuf blanc dans le bec, l'a déposé dans un autre nid préparé à l'avance, puis elle est revenue chercher celui qui restait. Était-ce les regards trop pressants de Dina qui l'avaient à ce point alarmée ?

Drôle de douleur, murmure-t-elle tandis que le téléphone sonne, une douleur idiote et superflue, rester ainsi à contempler dans un respect figé cet amas d'aiguilles de pin comme s'il s'agissait d'une stèle profanée, hier encore, c'était une fabuleuse maisonnette et aujourd'hui rien qu'un enchevêtrement inutile. Elle tend la main vers le berceau miniature et le disperse, la brise printanière éparpillera bien vite les brindilles, ne restera plus la moindre trace de cette vie qui avait palpité ici pendant une semaine et l'avait emplie d'une émotion inexpliquée, deux œufs dans un nid, l'un n'avait pas éclos.

Pourquoi les a-t-elle déplacés ? lance-t-elle tout fort. De plus en plus, surtout s'il n'y a personne dans les parages, elle surprend le son de sa propre voix, étonnante et détonnante, les pensées s'échappent de sa gorge sans retenue, et à ces moments-là se révèlent la simplicité de leur appareil et leur embarrassante platitude. De plus en plus, elle s'entend déclarer avec une énergie aussi solennelle que s'il s'agissait d'une mission d'intérêt général, il faut acheter du lait, je suis en retard, que fait donc Nitzane, où est-elle. De plus en plus, cette dernière question résonne dans le vide autour d'elle, et il ne s'agit pas de savoir où se trouve sa fille unique en un instant donné, à cela les réponses restent encore faciles, à l'école, chez une copine ou sur le chemin du retour, mais où est son cœur, si proche du sien toutes ces années et maintenant si loin, un cœur qui se retourne contre elle en vigoureux battements agressifs. Comment le plus naturel des amours peut-il ainsi se transformer en dépit amoureux ? s'étonne Dina, qui suit l'adolescente avec des yeux éperdus, essaie de l'amadouer avec des propositions capables, hier encore, de susciter de délicieux cris de joie, Nitzane ma chérie, et si on préparait ensemble un gâteau, et si on allait au cinéma, et si on testait la nouvelle pizzeria qui s'est ouverte dans le quartier ? Sauf que maintenant Dina se heurte à un regard réticent, une voix froide lui répond, pas aujourd'hui maman, je n'ai pas le temps, mais du temps, elle en a pléthore pour ses copines, deux secondes plus tard en effet elle fixe rendez-vous à Tamar ou à Shiri, disparaît comme si elle fuyait sa mère, qu'elle laisse avec un sourire figé censé masquer la blessure, quelle drôle de douleur.

Fiche-lui la paix, il faut bien qu'elle grandisse, lui reproche Amos, est-ce que toi, à cet âge, tu voulais sortir avec ta mère, et à cela elle ne répond pas, justement les arguments qu'elle aurait pu avancer restent coincés à l'intérieur, errent dans son ventre sans émerger, ça n'a rien à voir, ma mère préférait mon frère et n'a jamais été d'agréable compagnie, ma mère n'avait à offrir que ses horribles histoires de lac, ma mère ne voyait qu'elle-même, ma mère n'a jamais su être mère ou ne l'a appris que trop tard.

Deux yeux, à nouveau sa propre voix s'élève, rugueuse comme celle des muets, et déchire le silence, il y avait deux pierres précieuses, deux joyaux qui scintillaient dans la jardinière comme des diamants au fond d'une mine obscure, pourquoi les a-t-elle emportés, qu'est-ce qui l'a tant effrayée ? Un miaulement guttural se mêle à sa question, couvre la sonnerie du téléphone, un souffle ardent et poilu qui se faufile entre ses jambes, elle l'accueille avec joie, où étais-tu Lapinou, elle va remplir son assiette de croquettes, où étais-tu et que faisais-tu ? Mais il ne se rue pas sur son repas, il s'attarde entre les pieds nus de Dina, s'y frotte avec ferveur, c'est sa manière à lui d'évoluer entre eux trois, comme s'il essayait de les retenir ensemble avec sa queue, de lui imprimer sur la peau les désirs de sa fille et de son mari, d'imprimer sur leur peau ses désirs à elle. Depuis peu, elle a l'impression que ce chat, ce gros matou, baptisé par erreur Lapinou à cause de sa fourrure blanche et de ses longues oreilles, est leur dernier élément de cohésion, comme le benjamin retient encore un faible écho de ce qu'était sa famille, oui, parfois elle a l'impression qu'ils n'ont plus en commun que ce Lapinou et aussi, bien sûr, les objets, les meubles, les murs, la voiture, les souvenirs.

Car elle a remarqué que depuis peu, presque chaque fois qu'elle s'adresse à sa fille, ça commence par un souvenir. Tu te souviens de ce jardin où on allait jouer et où on restait tard, le soir tombait, on attendait qu'il fasse noir et que les gens s'en aillent, regarde, c'est là qu'habite ta copine Bar, tu te souviens, la fois où tu étais restée dormir chez elle, au milieu de la nuit tu nous as appelés pour qu'on vienne te chercher et elle ne t'a plus jamais invitée ? Tu te souviens que je t'accompagnais à ton cours et qu'en sortant on se payait une glace ici ? Pourquoi a-t-elle tant besoin de la confirmation de sa fille, peu importe qu'elle se souvienne ou non de tel ou tel événement, ce ne sont pas ces détails qu'elle essaie de lui rappeler mais leur amour, te souviens-tu, Nitzane, qu'il fut un temps où tu m'aimais ?

Cet instant qui a inversé l'équilibre entre les souvenirs et les espérances, d'où a-t-il donc surgi ? Rien ne l'y avait préparée, ni les livres, ni les journaux, ni ses parents, ni ses amis. Est-elle la seule sur cette terre à ressentir un tel bouleversement à un stade si précoce de son existence et sans qu'aucune catastrophe évidente ne l'ait provoqué, est-elle la première à remarquer que le plateau de la balance sur lequel sont posés ses souvenirs explose, alors que celui de ses attentes est léger comme une plume et ne peut que tenter de récupérer ce qui a déjà été ?

Assez, dit-elle, ça suffit, tu entends, Lapinou, ça suffit, mais au lieu de lâcher prise le chat se plaque contre elle avec une pugnacité redoublée et dresse sa queue musclée pour lui apporter la primeur de toutes les canicules estivales à venir. C'est insupportable ce qu'il fait chaud tout à coup, continue-t-elle, on était en hiver, et voilà que du jour au lendemain l'été nous tombe dessus, sans progression, sans saison intermédiaire, ce pays est foutu, désespérant, ici, on passe toujours d'un extrême à l'autre.

C'est l'odeur des feux de camp de la nuit qui alourdit l'air en ébullition et entrave la respiration, mais respirer est-il nécessaire, depuis peu, elle a l'impression que même l'action la plus simple est d'un compliqué, sans doute ses élans manquent-ils d'allant. À l'époque où Nitzane avait encore besoin d'elle, elle respirait à pleins poumons, volait parfois l'oxygène de la bouche des passants croisés dans la rue, mais à présent que sa fille la repousse, la blesse volontairement, elle se fiche de l'oxygène, que les autres en prennent autant qu'ils veulent. Quel drôle d'âge, malaisé, soupire-t-elle, quarante-cinq ans, il fut un temps où les femmes mouraient à cet âge-là, elles terminaient d'élever les enfants et mouraient, délivraient le monde de la présence épineuse de celles qui étaient devenues stériles, enveloppes dont le charme s'était rompu.

On ne répond pas au téléphone, Lapinou, le prévient-elle en le voyant sauter sur le plan de travail de la cuisine, en ce qui me concerne, ils peuvent appeler jusqu'à demain matin, je n'ai la force de parler à personne, mais quand le gros chat blanc à queue sombre, dont le bas des pattes avant est coloré, l'un en noir et l'autre en brun, ce qui donne l'impression ridicule qu'il a enfilé ses chaussettes à l'aveuglette, oui, lorsque le gros matou se dirige majestueusement vers la jardinière et flaire avec satisfaction la place vide laissée par les œufs de la colombe, elle comprend soudain, quelqu'un a, malgré ses injonctions formelles, oublié de fermer la fenêtre pendant la nuit et c'est leur lapin, c'est-à-dire leur chat, qui a détruit le nid, alors elle regarde en bas sur le trottoir et voit, horrifiée, des coquilles brisées pataugeant dans une bouillie visqueuse, des restes de vie.

Amos, s'écrie-t-elle, toute la semaine je t'ai dit de ne pas ouvrir la fenêtre de la cuisine, mais il est sorti depuis longtemps, Amos, son vieux Leica autour du cou et un autre appareil photo en bandoulière, toujours à sillonner le terrain les yeux aux aguets, traquant sans répit ces compositions uniques que seule la réalité peut lui fournir. D'ailleurs, est-ce qu'elle le lui avait dit ? Elle hésite, peut-être avait-elle juste eu l'intention de le lui dire, à nouveau cette drôle de douleur intercostale, sa colère qui se réveille. Deux minuscules embryons se lovaient dans le nid de son ventre, deux pierres précieuses et une seule avait éclos, sa Nitzane, bébé minuscule mais parfait, l'autre n'avait pas survécu, réduit à une bouillie visqueuse sans que l'on puisse accuser qui que ce soit, pourtant elle avait accusé, ou plutôt elle s'était accusée. Était-ce sa préférence inavouée pour la fille ? Était-ce leur frayeur, au début de cette double grossesse, qui avait ôté au garçon miniature son instinct de vie ? Comment nous organiserons-nous, explique-moi, soupirait alors Amos. Il venait de se faire licencier du journal, s'enfermait pendant des heures dans le cagibi aménagé en chambre noire et en ressortait sinistre, comme si une catastrophe s'était abattue sur eux, deux parents, deux embryons en même temps, comment faire, qui les élèvera, qui nous élèvera ? Ils restaient des heures vautrés sur le canapé à fixer les murs de leur studio déjà trop encombré, comment faire, il faut dégoter un appartement, chercher du travail et trouver un emprunt, la liste des tâches qui s'allongeait de jour en jour renforçait leur impuissance. Sa propension à l'autodestruction avait jailli de ses entrailles et rencontré celle de son mari dans quelque ruelle obscure, jusqu'au matin où elle l'avait vu fourrer des affaires dans un sac à dos, j'ai besoin de temps et de distance pour me ressaisir, avait-il prétexté en partant, à croire que le coup d'assommoir venait d'elle ! Il rentrerait le soir même ou le lendemain, s'était-elle rassurée, mais au bout de plusieurs jours c'est d'Afrique qu'il l'avait appelée et lorsqu'il en était enfin revenu, il avait dans son sac à dos des photos si rares qu'en une nuit elles avaient fait de lui un photographe très recherché, tandis que chez elle, dans les replis de son nid intérieur, ne restait plus qu'un œuf, un seul.

Les pensées peuvent-elles tuer, les désirs négatifs sont-ils destructeurs ? Elle voulait qu'ils la laissent tranquille, ces deux petits êtres venus se coller aux parois de son utérus tels des escargots sur un tronc d'arbre, et c'était surtout vers lui, vers le mâle, qu'elle avait dirigé ses flèches haineuses. Aurait-elle pu agir autrement, sans doute pas, et lui non plus. Juste après l'accouchement, elle avait été si accaparée par son bébé qu'elle n'avait pas été capable ne serait-ce que d'imaginer l'existence d'un être supplémentaire, mais plus Nitzane grandissait, plus il lui revenait, cet enfant qui n'était pas né, l'enfant qui avait renoncé, et parfois, la nuit, lorsqu'elle allait couvrir sa fille, il lui arrivait d'entendre une autre respiration dans la chambre, un souffle qui serpentait entre les jouets posés sur les étagères, pendant la journée elle le voyait rayonner à côté de la petite qui babillait, il avait comme elle d'épais cheveux couleur de miel, les mêmes yeux brun-vert, il était là quand elle dessinait, lisait ou pleurait, une seule différence, à présent Nitzane s'éloignait d'elle mais pas lui, il avait toujours été délicat et affectueux, soumis à ses prières les plus secrètes.

Qu'est-ce que tu attends pour faire un autre enfant, ta fille a besoin d'un frère ou d'une sœur, tu dois lui laisser de l'espace, la pressait sa mère et elle répondait d'un ton railleur, vraiment, maman, comme toi avec moi, sauf que moi, tu ne m'as pas laissée, tu m'as délaissée, ça s'appelle de la discrimination, ce que tu as fait. Dina avait beau savoir, en son for intérieur, que sa mère avait raison, elle hésitait, tant elle savourait chaque instant consacré intégralement à sa fille, tant elle se sentait heureuse de lui donner tout ce qu'elle-même n'avait pas reçu. Et puis, Amos ne voulait rien entendre, bon, elle avait longtemps cru qu'elle saurait, le moment venu, obtenir gain de cause, qu'elle avait largement le temps de le convaincre. Elle remettait parfois le sujet sur le tapis, on a la possibilité d'un nouveau bonheur, Amos, allez, faisons-le avant qu'il ne soit trop tard, mais il se crispait aussitôt, qui te dit que ce sera un nouveau bonheur et pas le contraire ? On est bien comme ça, inutile de tenter le diable. Pourquoi laisser quelque chose d'imprévisible mettre nos acquis en péril ?

Il ne cessait de lui agiter sous le nez des arguments massues comme si le désir qu'elle exprimait était anormal et révoltant, c'est dans ce monde que tu veux faire venir un enfant de plus ? Tu ne sais rien de la réalité, viens donc une fois, une seule, en reportage avec moi, tu connaîtras enfin ce pays, ne crois pas que tous se la coulent douce dans un appartement spacieux à disserter sur le bonheur, il y en a pour qui un enfant, c'est une bouche de plus à nourrir, mais elle ne voyait pas le rapport, en quoi l'enfant qu'ils engendreraient ôterait-il le pain de la bouche à ce pauvre petit, cependant elle reculait à chaque fois, ne voulait pas lui imposer une décision impliquant un changement qui l'inquiétait elle aussi. N'étaient-ils pas bien comme ça ? Si, ils l'étaient, enfin, relativement, et élever Nitzane sans concurrent avait été une bonne chose, elle lui avait ainsi épargné la jalousie et la haine qu'elle-même avait éprouvées envers son jeune frère, ce qui lui avait pourri l'enfance. La petite s'était épanouie, avait grandi entourée d'amour, pourquoi laisser quelque chose d'imprévisible mettre nos acquis en péril ? Argument si convaincant qu'elle avait failli y croire, sauf que, dans l'établissement où elle enseignait et qui était devenu avec les années un institut d'études supérieures, ses charmantes élèves pensaient différemment, et lorsque, pendant ses cours sur l'Inquisition, elle les voyait poser des mains émues sur un ventre de plus en plus rond, elle n'avait pas l'impression qu'elles mettaient leur bonheur en péril mais qu'au contraire elles le multipliaient, oui, elle était en train de comprendre que ces filles-là avaient sans doute raison et qu'elle était dans l'erreur, seulement voilà, c'était trop tard pour réparer. Elle qui était supposée leur apprendre quelque chose n'avait pas lu correctement le livre de la vie, car sa Nitzane d'aujourd'hui n'était pas la tendre fillette affectueuse d'autrefois, et l'adolescente impatiente qui verrouillait son cœur autant que la porte de sa chambre ne pourrait jamais la consoler, par le simple fait de son existence, des enfants qu'elle n'avait pas eus.

Tout le monde l'exhorte à ne pas se laisser déstabiliser, sois contente qu'elle ose ruer dans les brancards, c'est justement un signe de bonne santé, elle doit se couper de toi mais elle reviendra, alors pour l'instant profite de ton temps libre, pourquoi ne pas terminer enfin ton doctorat. Ils y vont tous de leurs suggestions, Amos, sa mère, ses amies, tous remuent les lèvres pour lui proposer des mots comme autant de remèdes à sa maladie honteuse, mais que veulent-ils donc qu'elle en fasse ? Est-elle censée les bercer dans ses bras, leurs mots, les sortir pour prendre un peu l'air une fois la chaleur estivale dissipée, leur montrer la lune et les étoiles ? Elle les déteste, ils la torturent, quel est ce mal étrange qui pointe entre ses côtes comme entre des barreaux de prison et qu'elle alimente volontiers, qu'elle gave si bien qu'il se développe à une vitesse phénoménale, en très peu de temps le petit escargot s'est métamorphosé en lourde créature exigeante qui lui coupe le souffle, lui donne des nausées, l'empêche de se concentrer au travail, entrave le plus simple de ses gestes, comme par exemple celui de répondre au téléphone, au téléphone qui la harcèle depuis une heure peut-être. Elle s'est tellement habituée à la sonnerie qu'elle a l'impression que le bruit sort de sa tête, passe par ses oreilles pour frapper la réalité, ce sont des cloches de détresse qui retentissent car les mots ne servent à rien, nous voilà entrés dans l'ère des sons et des sonneries, ainsi sera le reste de sa vie, c'est bien d'elle qu'émanent ces appels vers le monde extérieur, pas du téléphone, puisque, au moment où enfin elle s'apprête à décrocher, elle n'entend plus rien.

La fraîcheur de l'appareil l'étonne, alors elle le pose sur sa poitrine, un jet brûlant monte de ses entrailles, elle serre les lèvres, s'il s'échappe il n'y aura plus de retour possible, le feu envahira les champs, des forêts seront dévastées, des maisons calcinées, sa chaleur insupportable envahira la terre entière, anéantira d'un coup tous ceux qu'elle aime, Nitzane qui dort chez une copine, mince silhouette enfin détendue, Amos qui sillonne le pays pour photographier les restes des traditionnels feux de camp organisés pour la fête de Lag baOmer, les brasiers ne se sont éteints qu'au petit matin, c'est pour ça qu'elle n'a pas le droit de libérer le feu qui monte en elle, elle doit le garder prisonnier de ses poumons, qu'elle soit la seule à se transformer en torche vive. Elle leur avait tant donné, à tous les deux, pendant tant d'années, c'est peut-être la dernière chose qu'ils lui demandent, alors, même si elle risque l'asphyxie totale, elle y arrivera, ce sera la preuve de son dévouement, ici, devant la fenêtre de la cuisine je vais me transformer en flamme du souvenir, devant la fenêtre de la cuisine je me consumerai et, quand vous rentrerez, vous trouverez sur le sol des coquilles brisées pataugeant dans une bouillie visqueuse, des restes de vie.

Ce matin, Amos allait sortir quand elle avait essayé de le retarder sur le pas de la porte, j'ai mal. Où ? lui avait-il froidement demandé en plissant les yeux. Dans mon cœur, avait-elle avoué honteusement, consciente du peu d'importance de ses affres face aux douleurs physiques dont la légitimité est instantanée, d'ailleurs, comme elle s'y attendait, il avait aussitôt soupiré avec impatience, que t'arrive-t-il ces derniers temps ? Ressaisis-toi et sois contente d'être en bonne santé, une chance que nous allions tous bien, regarde un peu autour de toi et dis merci.

Merci, c'est maintenant qu'elle le dit, je te remercie vraiment beaucoup pour ton soutien, mais qu'espérait-elle, depuis des années il est si distant, happé par ses propres problèmes, qu'est-ce qui la laissait croire que justement au moment où elle aurait besoin de lui, il changerait ? Et est-ce vraiment de lui qu'elle a besoin ? À nouveau ce mal qui vient du plus profond d'elle-même et se désagrège comme une dent pourrie. Je suis malade, dit-elle au combiné silencieux, j'ai besoin d'aide, j'ai perdu quelque chose et je ne sais pas si je le retrouverai un jour.

Comment qualifier ce lien qui la rattachait, année après année, à l'agitation ambiante tel un embryon au placenta nourricier, maintenue par un cordon charnu à un gros ventre foisonnant et palpitant ? Même si elle avait connu des déceptions et des ratages, des chocs et des souffrances, elle n'avait jamais remis cela en question, et voilà que tout récemment une sage-femme au cœur de pierre, armée de ciseaux aiguisés, avait coupé ce cordon, une manière de lui dire, félicitations, tu es née, or elle sait que ce n'est pas une naissance mais une mort, qu'on vient de l'amputer de l'envie de vivre. Ses phalanges blanchissent autour du téléphone qui retentit à nouveau mais, au lieu de répondre, elle le presse encore davantage contre sa poitrine. Lèvres closes, elle évite de respirer, elle seule sait combien son souffle est dangereux, et son frère Avner compte dix sonneries puis raccroche, laisse un message sur son portable éteint, maman a fait une nouvelle chute, elle est aux urgences, inconsciente, aboie-t-il comme si elle en était responsable, viens dès que tu m'auras entendu.

Il n'a jamais aimé rester seul avec sa mère, et maintenant c'est pareil, malgré le masque à oxygène qui lui ferme la bouche, malgré les mains posées, immobiles, de part et d'autre du corps, les yeux fermés et l'inconscience dans laquelle elle semble plongée, il a peur d'elle, peur de la voir soudain essayer de le serrer contre sa poitrine ridée ou de l'embrasser de ses lèvres gercées, peur qu'elle éclate en sanglots devant lui, mon Avner, mon fils chéri, comme tu me manques. Presque à chacune de ses visites, elle l'accueillait par un reproche, où étais-tu, ça fait longtemps, et quand il tentait de la rassurer par un, maintenant je suis là maman, elle demandait avec angoisse, mais quand reviendras-tu ?

Je suis là, profite de ma présence, lui répétait-il toujours, mais elle s'entêtait, je te vois si peu, tu me manques, oui, il a beau être assis en face d'elle, il lui manque, et même quand il vient la voir, elle ne remarque que le vide de son absence. Gâté pourri, bébé à sa maman, le raillaient les enfants du kibboutz parce qu'elle s'attardait à côté de son lit, incapable de le quitter, ou qu'elle le cherchait, traversant les grandes pelouses sans hésiter à l'appeler de sa voix haut perchée, un peu stridente, mon Avner, Avni, où es-tu ? Ces cris retentissaient toujours comme des sirènes d'alarme, il faut se cacher, gagner les abris, et il sentait son visage s'empourprer, les autres enfants se mettaient aussitôt à imiter les intonations maternelles tandis qu'il rougissait de plus en plus, quelle honte d'être aimé à ce point.

C'était vraiment le monde à l'envers, soupire-t-il, invention perverse que le kibboutz, société qui a engendré une espèce dont la cruauté, surtout chez les mâles, les poussait à nier avec un incroyable naturel le plus naturel des sentiments. Invention perverse que la virilité, il a parfois l'impression d'avoir passé des années dans la clandestinité, et pas lui uniquement, pas dans son kibboutz uniquement, pas dans son pays uniquement, non, il s'agit de la gent masculine en général, tous ces hommes qui, tels des criminels de guerre recherchés ou des caïds repentis, perdent sans le savoir les plus belles années de leur vie, non pas pour concrétiser un idéal, non, juste pour survivre.

Ces dernières années, Avner est sans doute moins sur ses gardes, à partir du moment où tu as dépassé la moitié de ta vie, ta surveillance se relâche, c'est comme à l'armée, à la fin des classes, les hommes se féminisent un peu et les femmes se masculinisent, mais maintenant qu'il se retrouve seul avec elle, face à cette ruine humaine qui l'a mis au monde, dernier témoin de sa douceur, de son enfance, de sa solitude, des pulsations de son cœur, voilà que se réveille son ancienne appréhension, quelle horreur tous ces sentiments exacerbés, quelle humiliation.

Corps minuscule sous le drap fleuri, dire qu'elle avait été une femme de grande taille, maladroite et mal à l'aise dans les vêtements colorés et sans goût qu'elle avait commencé à porter, par défi peut-être, après avoir quitté le kibboutz, il fallait beaucoup de tissu pour l'envelopper et maintenant un petit morceau de drap usé suffit. Sa peau s'est vidée autour des os et pendouille, fine et tachetée, on dirait une toge mal repassée, alors il jette un coup d'œil discret vers ses propres mains et en examine l'aspect. Ce qui arrive là est si peu glorieux, le changement si terrible, ce n'est ainsi que chez nous parce que, chez les animaux, la vieillesse n'engendre pas une telle décrépitude, et même s'ils deviennent plus lents, même si le lustre de leur fourrure se ternit, ils restent inchangés, alors que cette petite vieille aux cheveux rares et au menton pointu piqué de poils, aux lèvres aspirées vers l'intérieur vu que son dentier sourit sur la table de chevet, n'a plus rien à voir avec la femme aux longues jambes qui lui courait après à travers tout le kibboutz et criait son nom comme s'il était le seul à pouvoir la sauver d'une catastrophe terrible et imminente, mon Avner, Avni, où es-tu ?

Où ont disparu ses muscles ? se demande-t-il en remarquant le parchemin vide que ses bras sont devenus, si elle les tend, ça ballottera sous ses aisselles telles des ailes de chauve-souris. C'est que les êtres humains s'amoindrissent, ils se ratatinent petit à petit, la place qu'ils occupent en ce monde rétrécit proportionnellement à la place qu'occupe le monde en eux, il se caresse l'estomac sans y penser, il a indéniablement grossi ces derniers temps, il retire prestement sa main comme s'il venait de se brûler à la pensée que, voilà, ce que le corps de sa mère a perdu est venu se lover chez lui. Aurait-elle, ces dernières années, réussi à le charger de toute sa lourdeur, par vengeance, un sort qu'elle lui aurait jeté afin de se trouver, au bout du compte, à nouveau collée à lui, en lui ? Oui, elle qui l'avait porté dans son ventre, l'obligeait, à présent qu'elle était vieille, à se charger des muscles et des tissus dont elle se délestait. Ainsi l'équilibre mondial était-il préservé puisque leur poids commun demeurait identique.

Quelle idée terrifiante, ironise-t-il en voyant le rictus involontaire qui passe sur le visage ridé et correspond à ce qu'on appelle par erreur chez les bébés un sourire aux anges, n'importe quoi, c'est à cause des aliments trop gras qu'ils te servent sous les tentes, les plats en cuivre remplis de riz jaune, les pitas chaudes et le fromage de chèvre, ils lui préparent même parfois leurs meilleurs morceaux de mouton tant ils tiennent à lui exprimer leur gratitude, et lui, il en mange toujours plus, de cette gratitude, s'empiffre goulûment, avale sans mâcher, des troupeaux entiers de gratitude bêlent dans ses entrailles et essaient de couvrir de leurs cris l'écho des moqueries du passé.

Quelle pagaille, il regarde sa montre en soupirant, ça fait une heure qu'il est là et aucun médecin ne s'est approché, une heure et sa sœur n'est toujours pas arrivée, non qu'il ait très envie de la voir débarquer avec son regard distant et son visage dédaigneux de plus en plus émacié, mais il a très envie de s'échapper de cet endroit et c'est le seul moyen. Excusez-moi, où est le médecin ? Combien de temps est-ce que ça va encore prendre ? lance-t-il pour attirer l'attention d'une infirmière qui passe par là et lui répond sans s'arrêter que ça prendra le temps que ça prendra, croyez bien que le médecin n'est ni en train de s'amuser ni de boire un café, alors il se tait, penaud, baisse les yeux vers son estomac, depuis peu, la réalité s'entête à lui envoyer des signes qui devraient l'obliger à comprendre que tout a changé. Il y a quelques années à peine, à l'époque où on le conviait encore à des émissions de télévision, il avait droit à un tout autre accueil dans les lieux publics et, même si on n'arrivait pas à mettre un nom sur son visage, sa présence interpellait et déclenchait des sourires interrogatifs, je vous ai déjà vu quelque part, parfois même la mémoire levait rapidement le voile, ah oui, c'était hier à la télé, vous êtes l'avocat des Bédouins, c'est bien ça ?

Pas uniquement des Bédouins, veillait-il à rectifier, je m'occupe de tous ceux dont les droits ont été bafoués. On le gratifiait aussitôt de regards admiratifs, et seule sa femme ne ratait jamais une occasion pour se moquer de lui, elle continuait d'ailleurs à le railler, défenseur des pauvres et des déshérités, Monsieur Robin des Bois, et qu'en est-il de mes droits à moi ? Face à elle comme face à sa mère, il était toujours coupable.

Quelle pagaille, pas plus tard qu'hier, il était revenu humilié du tribunal, alors que tout ce qu'il demandait, c'était une annulation rétroactive, mais la juge l'avait débouté sans même regarder les éléments qu'il versait au dossier. Tous les recours ont été tentés, les décisions prononcées, avait-elle décrété, aucune raison de les changer, il était sorti de l'audience le front tellement brûlant qu'il avait eu du mal à se traîner jusqu'au premier bar, histoire de se calmer avant d'affronter Salomé et les garçons. Tant d'efforts balayés d'un revers de main, mais en fait y avait-il plus stupide que de demander une annulation rétroactive, voulait-il tellement revenir à la situation antérieure, était-ce d'ailleurs possible, sur cette terre, de revenir à une situation antérieure ?

D'autant que la situation antérieure n'avait rien d'enviable, des tentes miteuses plantées au bord de la route qui serpente vers la mer Morte, quelques masures branlantes. Ses Bédouins n'avaient plus rien à voir avec les fiers bergers nomades qui vivaient en liberté avec leurs troupeaux, l'été à Naplouse, l'hiver dans le désert de Judée. Il ne s'agissait plus de liberté mais de misère, leur territoire se rétrécissait et ils n'étaient plus que des sortes de romanichels traînant aux abords des villes, travaillant comme balayeurs ou éboueurs, des voleurs, des êtres fantomatiques parmi lesquels lui, Avner, s'installait et prenait à pleines mains, comme eux, la nourriture qu'ils partageaient.

Hemda Horowitch, il sursaute en entendant une voix masculine prononcer le nom de sa mère sur le même ton que si elle était invitée à monter sur scène. Oui, s'empresse-t-il de répondre en se levant d'un bond comme si c'était lui qu'on appelait, alors il précise, c'est ma mère, le médecin, il est grand et beau, plus jeune que lui, le gratifie d'un regard indifférent, nette affirmation du fossé qui les sépare, que s'est-il passé ? demande-t-il et Avner s'applique à donner le plus de détails possible, comme s'il plaidait au tribunal, il commence à énumérer les maladies contractées par sa mère au cours des dernières années, mais l'urgentiste l'interrompt, que s'est-il passé ce matin ?

Elle m'a téléphoné, elle a certainement d'abord essayé ma sœur, souligne-t-il inutilement, mais rien au bout du fil, c'est-à-dire qu'elle n'a pas parlé, je l'entendais juste respirer, quand je suis arrivé chez elle je l'ai trouvée sur le sol au pied de la fenêtre, j'ai d'abord eu peur qu'elle soit morte, elle était inconsciente, j'ai aussitôt appelé une ambulance, pourtant elle avait réussi à téléphoner, la preuve, le voilà qui redouble d'arguments parce qu'il a l'impression que derrière l'épaule du médecin, c'est la juge qui l'écoute, qu'elle le dévisage et essaie de contrer ses arguments. Vous êtes-vous réellement précipité chez elle ? le raille-t-elle, ne vous êtes-vous pas arrêté en chemin, rien qu'un instant, le temps d'avaler un petit café ? Lorsque vous l'avez vue allongée devant la fenêtre, n'avez-vous pas ressenti une pointe de soulagement, de ces chaudes gouttelettes qui se répandent honteusement dans tout le corps ? Après avoir appelé l'ambulance, ne vous êtes-vous pas glissé dans son lit, n'avez-vous pas tiré la couverture sur vous, enfoui le visage dans l'oreiller imprégné de son odeur et, pour la première fois depuis bien longtemps, n'avez-vous pas versé une larme, sauf que ce n'était pas sur elle que vous vous lamentiez ?

Le médecin s'éloigne, donne de rapides instructions à l'infirmière sans s'arrêter de marcher, et Avner se retrouve là, embarrassé, en train d'essuyer la sueur qui perle sur son front. Qu'est-ce qui m'arrive ? Il jette de discrets regards autour de lui, inquiet à l'idée d'être dénoncé par l'expression de son visage, le ton de ses paroles ou sa manière de s'asseoir, que faire si tous ces gens, les équipes soignantes qui ne boivent pas de café et ne s'amusent pas, les malades et leur famille, les techniciens et les agents d'entretien, oui, si tous ces gens découvraient qu'en dedans de lui se nichait, à cet instant précis, un fils indigne ?

Le rideau n'est qu'à moitié tiré et il voit arriver dans le box d'à côté un homme d'environ son âge que l'on dépose sur le lit étroit, il a les yeux fermés, respire difficilement, une femme très droite dont il n'aperçoit que le dos en chemisier de satin rouge vif, tire une chaise, s'assied au chevet du malade et lui prend tout de suite la main. De là où il se trouve, Avner détaille, captivé et terrorisé, les nouveaux voisins de sa mère, comme si, à travers eux, la réalité lui envoyait son lot de menaces, agitant sa lame, toute chair périra ! Non qu'il ait ignoré la possibilité que des gens de son âge, voire plus jeunes, tombent malades et meurent, mais il n'avait pas l'occasion de les côtoyer de si près et il s'était toujours senti protégé par la présence de sa mère justement, si bien qu'il est pris de panique à la pensée que Hemda risquait de quitter le monde dans les prochaines heures et qu'elle le laisserait sans ce ridicule rempart, cette protection factice qu'elle lui assurait. Un homme sans parents est davantage exposé à la mort, songe-t-il et il lutte contre la violente envie de demander à son voisin s'il a encore ses parents, se retient, contemple le beau visage un peu jaune, se laisse happer par les yeux qui viennent de s'ouvrir et irradient d'un éclat juvénile, brillent d'une lueur espiègle, comme si tout cela n'était qu'une farce et qu'il allait se lever pour partir gaiement au bras de sa femme si raide.

Est-ce bien sa femme, d'ailleurs ? Leurs gestes ont gardé une incroyable fraîcheur, ne sont pas empreints de cette lassitude qui, telle la poussière sur des meubles que personne ne déplace, s'accumule avec les années entre deux conjoints, pourtant ils ont le même âge, ce qui complique le décryptage, il a toujours eu dans l'idée qu'un nouvel amour à mi-vie impliquait une différence d'âge, comme par exemple celle qui le séparait de la jeune stagiaire qui l'attendait en ce moment au cabinet et dont la simple évocation lui tire un soupir discret, l'obligeant à s'essuyer de nouveau le front. Anati, elle s'était tout de suite présentée sous son diminutif affectueux, alors il l'avait imitée sans réfléchir, enchanté, Avni, bien que personne à part sa mère et sa sœur ne l'appelle plus ainsi depuis longtemps, et elle s'en donnait à cœur joie, utilisant ce surnom enfantin à tout bout de champ, Avni, votre client est arrivé, Avni, le parquet vous cherche, elle le faisait avec une candeur apparemment dénuée de sous-entendus, ce qui, du coup, éveillait en lui un désir pesant et triste, oui, il se trimbalait, tel un livreur épuisé, avec des sacs de désir sur le dos, dire qu'elle ne s'en rendait même pas compte.

Étrange. Avant, l'excitation allégeait ses mouvements, maintenant elle lui instille du plomb dans les veines, le voilà avec des caillots qui circulent dans son corps et le mettent en danger, la désire-t-il d'ailleurs, cette Anati trop en chair, sans doute désespérée par ses rondeurs, Anati aux cheveux sévèrement attachés et aux yeux magnifiques, c'est d'un banal, un avocat et sa stagiaire, pourtant jamais cela ne lui était arrivé auparavant.

De l'autre côté du rideau, il perçoit des propos chuchotés, un rire gracieux et presque dénué d'inquiétude, il voit la main jaune du voisin se tendre vers les cheveux de la femme, les caresser lentement, elle se détourne et Avner découvre son profil majestueux, elle pose la tête sur la poitrine creuse de son mari, lui effleure le bras du bout des doigts, ils ont l'air d'avoir atterri par erreur dans ces contrées désolées et souffreteuses, on les imagine aisément confortablement installés dans quelque jardin bien entretenu, un verre de vin blanc à la main, ou en train de boucler leurs valises pour un court voyage d'agrément, il doit les prévenir d'urgence, leur ouvrir les yeux et les sauver avant qu'il ne soit trop tard, vous vous êtes fourvoyés dans une chaumière empoisonnée où la sorcière va vous passer à la casserole, à moins qu'il n'aille plaider leur cause devant le tribunal chargé de statuer sur le destin des corps, mais lorsque le médecin s'approche d'eux et qu'il tend l'oreille, il découvre qu'il a raté le coche, depuis trois jours ces lèvres-là n'ont rien avalé, les maux de ventre se sont intensifiés, soudain la terreur le pétrifie, il vient de prendre conscience que là, tout à côté de lui, tout près, il y a un homme qui se délite, que ça va très vite, et cette constatation engendre une brusque intimité qui le bouleverse, autant cet homme aime et est aimé en cet instant où il se consume telle une feuille de papier journal jetée dans le brasier pour nourrir le feu, autant toi, Avner Horowitch, n'es pas aimé et n'as jamais aimé, pourtant c'est à lui, et non à toi, que la grâce sera refusée.

Prenez-moi à sa place, aimerait-il dire, car cet homme, cet organisme malade en train de lâcher, abrite en son sein un amour vivant, et sa mort, exactement comme celle d'une femme enceinte, serait le summum de l'injustice. Avner est prêt à s'allonger sur lui si cela pouvait protéger tous ces tissus desséchés, leur épargner d'être foudroyés par le destin, mais rapidement le chagrin que lui inspire ce couple se mélange à celui qu'il s'inspire, que ses enfants lui inspirent, surtout le petit qui ne se souviendra pas du tout de lui, il se désole pour Salomé même s'il a l'impression qu'elle le défie du regard, pourquoi renonces-tu si vite, pourquoi n'essaies-tu pas de lutter ? Il en vient à se demander si les lois de la vie et de la mort sont à ce point différentes, celui qui a connu l'amour pourrait-il quitter le monde sereinement, tandis que celui qui ne l'a pas connu serait obligé de rester pour finir ses devoirs ? Cela expliquerait le calme des voisins, peut-être n'y a-t-il aucune contradiction entre l'amour et la mort, peut-être que l'un complète l'autre, mais qui consolera cette femme plus très jeune et dont la beauté rayonne pourtant jusqu'à lui par-delà le rideau, que deviendra l'amour qu'elle suscite, où se trouvent les amours vivantes après la mort de leurs propriétaires ?, il a soudain l'impression que s'il priait de toutes ses forces il pourrait peut-être récupérer cet amour brisé comme il avait récupéré les bourrelets de sa mère qui repose inerte, devant lui, et affiche l'orgueil de ceux qui ont atteint le grand âge et peuvent légitimement devenir un poids, ceux dont l'énergie et l'essence ne servent plus qu'à se cramponner à la vie, après avoir rechigné à sacrifier son propre corps, il est totalement disposé à sacrifier celui de sa mère, prêt à la jeter dans le brasier allumé juste dans le box d'à côté afin d'ajouter quelques années de vie et d'amour à cet homme qui continue à sourire si dignement et s'excuse presque de se consumer ainsi.

Elle chuchote, ne t'inquiète pas, tu seras bientôt soulagé, et Avner hoche la tête, reconnaissant, comme si cette promesse réconfortante lui était adressée, tu seras bientôt soulagé, ne t'inquiète pas, mais comment ne s'inquiéterait-il pas s'il n'entrevoit pas d'issue, voilà des années que les mêmes questions le taraudent, qu'est-ce que je fais avec cette femme, qu'est-ce que je fais avec ce travail, qu'est-ce que je fais avec ce pays ? Pendant longtemps il avait pensé être utile à quelque chose en accomplissant correctement sa mission, mais depuis peu il a l'impression d'avoir perdu une certaine légitimité, celle-là même qui, sans avoir jamais été démontrée, offrait au moins une explication simple, du genre, à démarche erronée catastrophe annoncée et à démarche juste salut assuré, avec le temps, il sent que des forces souterraines triomphent de la logique qui guidait ses pas, il ne peut s'empêcher de penser que s'il avait eu sa chance il l'avait loupée, mais peut-être n'avait-il jamais eu sa chance.

Je suis piégé, aimerait-il raconter à la femme en chemisier de satin rouge, j'ai été piégé très jeune et n'ai pas réussi à me libérer. J'avais à peine vingt-trois ans que j'épousais ma première petite amie, aujourd'hui encore je ne comprends pas comment je me suis laissé prendre. Pendant des années, je me suis réfugié dans le travail mais je n'ai plus d'énergie, j'ai perdu espoir, tandis que le voisin, lui, en a encore, de l'espoir, du moins d'après ce qu'il répond à sa femme d'une voix grave et agréable, oui je sais, et pour un instant sa certitude, leur certitude à tous les deux, semble pouvoir vaincre les avis des médecins, les pronostics et les statistiques, je sais qu'il n'y a aucune raison de s'inquiéter, je sais que bientôt je serai soulagé.

L'annulaire du malade est cerclé d'une fine alliance, identique à celle de sa femme, les deux anneaux brillent du même éclat vif que leurs yeux, comme si leur mariage datait de la veille. Est-ce l'approche de la mort qui ravive l'amour ou s'agit-il effectivement d'un couple récent qui a été cueilli en début de course ? Ils ont beau ne pas être jeunes, leur amour semble en pleine éclosion, et voilà aussitôt Avner en train d'essayer de reconstituer leur histoire, pendant des années ils avaient vécu en solitaires jusqu'à leur rencontre miraculeuse, ou inversement, deux familles ont été démantelées pour permettre ce bref amour à présent amputé sous ses yeux. Il a toujours été attiré par le théâtre, et s'il ne s'était pas senti obligé de réaliser le rêve de son père en étudiant le droit, il se serait sans doute retrouvé sur une scène, voilà pourquoi il se console en transformant ces gens en personnages vides prêts à recevoir la biographie qu'il leur inventera, mais déjà la femme détourne la tête, elle essuie une larme du doigt orné de l'alliance et c'est à cette seconde précise que leurs regards se croisent. Elle le remarque apparemment pour la première fois, bien que cela fasse déjà quelques minutes qu'il s'évertue à ouvrir le rideau, lentement mais sûrement, il ne veut plus de cette séparation entre eux. Si elle s'est tournée vers lui, ce n'est pas parce qu'il a attiré son attention, non, c'est pour dissimuler ses larmes soudaines, certes retenues mais tout de même visibles, elle hausse les épaules pour s'essuyer les yeux dans le tissu de sa courte manche, n'y parvient pas, alors elle baisse la tête et tire le bord du chemisier vers le haut, un geste qui révèle son ventre lisse pendant qu'une tache d'humidité et de rimmel noir marque le satin rouge. Avner extirpe de sa poche le mouchoir en papier froissé qui a essuyé ses étranges larmes du matin, il s'était glissé dans le lit de sa mère qui gisait toujours sous la fenêtre et avait tiré un kleenex de la boîte posée sur la table de bistro reconvertie en pharmacie, cette table imbécile et élégante dont sa sœur s'était entichée, d'une main molle il le tend à la femme, celle-ci essaie de le remercier par un sourire mais ses lèvres tremblent trop et, après avoir méticuleusement séché ses yeux au point de s'arracher presque la peau des paupières, elle enfouit le mouchoir dans la poche de son pantalon blanc, reporte son attention sur son compagnon, offrant à nouveau son dos à Avner qui reste là à la contempler, émerveillé à la pensée de leurs larmes unies sur un morceau de papier, deux douleurs, l'une profonde qui converge vers un seul point et la sienne, inexpliquée.

Si c'était moi, là, en train de mourir avec ma femme à mon chevet, se demande-t-il, l'imminence de la fin aurait-elle pu, chez nous aussi, engendrer une telle douceur ? Sans doute pas, rien qu'à cette évocation, il est secoué par l'immense torrent de rage qui, dans ce cas, aurait déferlé dans les couloirs de l'hôpital, sa rage envers Salomé qui, jusqu'à son dernier jour, ne l'aurait pas laissé retrouver la liberté, l'obligeant jusqu'au bout à renoncer, et même lorsqu'il l'imagine, elle, sur un lit d'agonie, il ne décolère pas, il sait que la maladie de sa femme, si tant est qu'elle tombe malade, et sa mort, si tant est qu'elle meure, seraient de toute façon dirigées contre lui, que leur but serait de continuer à lui pourrir l'existence avec de tristes souvenirs, une terrible culpabilité et deux malheureux orphelins. Oui, éternel prisonnier, il s'était attaché à elle trop jeune, comment aurait-il pu imaginer que son premier flirt avec une adolescente pas très grande et aux cheveux coupés court, une histoire principalement guidée par une curiosité juvénile et son besoin affolé de se protéger de sa mère, se refermerait sur lui et deviendrait le piège dans lequel il se débattrait toute sa vie, incapable de s'en échapper, incapable de s'y habituer. Même s'il arrivait à extirper de là une partie de son corps, il en resterait toujours une autre prise dans des tenailles douloureuses, et fût-ce l'ongle du petit doigt, le mal n'en serait pas moins insupportable et l'émancipation pas moins impossible.

Le sommeil profond, permanent, de sa mère, sur lequel veillent les gouttes régulières instillées dans ses veines par les poches de perfusion, le sifflement des monitorings, la sonnerie des téléphones entre toussotements et chuchotements, gémissements et plaintes, tout cela, étrangement, le conduit peu à peu à un grand relâchement, comme si cette ambiance avait de quoi le protéger, il s'adosse au mur, du bras il se couvre les yeux et apparemment se met à somnoler car lorsqu'il se secoue quelques minutes plus tard le rideau est complètement ouvert et le box d'à côté vide. L'homme squelettique à la peau jaunie, au sourire plein de charme, et sa jolie femme si distinguée n'y sont plus, ils n'avaient été ses voisins qu'un bref instant, et bien qu'elle soit partie, emportant ses larmes repliées dans un kleenex, il ne sait ni qui elle est ni où ils sont allés.

Vient-il juste de mourir, à peine a-t-il rendu son âme au Créateur qu'on a emporté son corps, a-t-il au contraire été admis dans un des services de l'hôpital, ou alors leur amour a-t-il vaincu la maladie, peut-être que l'homme s'est subitement levé et qu'ensemble ils sont rentrés à la maison, bras dessus bras dessous, le laissant, lui, Avner, ébranlé par un adieu trop rapide et auquel il ne s'attendait pas, lui qui croyait avoir encore de longues heures à partager en leur compagnie, n'est-ce pas ainsi que ça se passe en général aux urgences, des heures qui lui auraient permis de connaître leur nom, leur activité professionnelle, leur histoire, la sensation de ratage est si cuisante qu'il se frappe le front du poing, geste par lequel, enfant, il extériorisait son dépit. Encore une chose de ratée, encore une erreur, tu as cru avoir le temps, tu pensais que celui dont les jours étaient comptés t'attendrait malgré tout, tu es comme ça, tu somnoles et les occasions te passent sous le nez, quelles occasions, il n'en sait rien, qu'aurait-il pu apprendre de ce couple ? Il se lève le cœur lourd et s'approche du box voisin dans l'espoir d'y trouver un indice susceptible de l'aider. Rien n'est écrit sur la pancarte accrochée au lit, il ne reste rien sur le drap, alors il s'avance entre les malades à la recherche d'une infirmière, finit par en voir une au loin qu'il alerte en agitant énergiquement les bras, comme si sa mère avait un besoin urgent. S'il vous plaît, il essaie de l'accueillir avec un sourire, peut-être aussi se souviendra-t-elle de l'avoir vu à la télé, je voudrais savoir si vous avez hospitalisé le monsieur qui se trouvait juste là ? Je suis désolée, je n'ai rien le droit de divulguer, vous êtes un parent ? Non, mais je lui ai prêté un livre et j'aimerais bien le récupérer. On les a renvoyés à la maison, vous les trouverez chez eux, chuchote-t-elle.

C'est bon signe, n'est-ce pas, essaie-t-il encore, je ne sais pas, il y a des gens qui aiment mourir à la maison et d'autres qui préfèrent l'hôpital, répond-elle sèchement avant de s'éloigner, le laissant bouleversé et abasourdi. Des gens qui aiment mourir à la maison, quelle formulation cruelle, serait-ce donc une action quotidienne comme manger ou recevoir des invités ? Vous déraillez ou quoi, quelle étrange manière de s'exprimer, il y a des gens qui aiment mourir ? S'il pouvait, il lui ferait la leçon, comme il le faisait avec ses stagiaires si elles ne travaillaient pas suffisamment leur style, mais elle est déjà loin, bien sûr, alors, seul devant le lit vide, il hésite un instant puis s'assied dessus, passe une main sur le drap avec la même douceur que la femme en chemisier rouge caressait le bras squelettique et, après s'être assuré que personne ne le voit, il pose le dos sur le matelas, puis les fesses, puis les cuisses et finalement les pieds en chaussures noires, des chaussures qu'il ne met qu'au tribunal.

Sous son crâne il les voit, dans une sorte d'évidence aveuglante, il sait qu'ils entreront dans la voiture avec lenteur et précaution, qu'elle l'allongera sur la banquette arrière, s'installera au volant, lui lancera un sourire encourageant à travers le rétroviseur, il sait qu'elle conduira en évitant les à-coups comme si elle transportait un nourrisson, ils arriveront à la maison, elle l'aidera à atteindre le lit, le lit de leurs ébats et du doux sommeil d'après l'amour, il voit nettement les journées qui suivront comme si agoniser et mourir lui étaient déjà arrivés à lui, Avner, dans une autre vie, il voit clairement ces lourdes heures crépusculaires où il n'y a ni jour ni nuit, hors système solaire, le chagrin de la séparation des âmes, danse sans mouvement, chanson sans voix, du lit étroit où il s'est allongé, il observe sa mère qui gît à côté, sa chaise est vide et à nouveau ses yeux se mouillent mais il n'a plus rien pour les essuyer puisqu'elle est partie avec son mouchoir dans la poche, alors ses larmes glissent sur ses joues et sont absorbées par le drap, pas besoin de les cacher, personne ne l'observe, il reste le regard braqué sur le couloir dans l'espoir de la revoir, peut-être a-t-elle oublié ici un papier quelconque, peut-être viendra-t-elle lui rendre ses larmes et alors il en profitera pour lui extirper un petit renseignement afin de pouvoir suivre leur histoire. Il bondit sur ses pieds, revigoré par un éclat rouge qui passe au loin et disparaît en laissant derrière lui une lueur trompeuse, il se relève à nouveau le cœur battant parce qu'une silhouette féminine s'approche rapidement du lit de sa mère, mais cette femme filiforme et élancée en chemisier noir et jupe moulante, noire aussi bien sûr, n'est pas sa voisine éphémère, non, c'est sa sœur Dina, de deux ans son aînée, et bien qu'il l'ait attendue toute la matinée pour pouvoir s'éclipser, il ferme le rideau de séparation avant qu'elle ne le découvre, repose la tête sur le matelas et fait semblant de dormir.

CHAPITRE 2

Elle sait qu'elle doit se dépêcher, qu'à cet âge tout peut arriver, en un instant on passe de l'autre côté, même ceux qui se sont attardés dans ce monde pendant des années le quittent en une seconde, à l'instar de ces invités qui, après avoir traîné à une fête au point de déranger leurs hôtes, disparaissent avec grossièreté, sans merci ni au revoir, ne laissant le temps ni aux adieux ni au pardon, pas non plus à une dernière question ni à la possibilité de faire le bien ou la paix, de dédouaner ou de dédommager, pourtant, lorsqu'elle s'est enfin trouvée devant la porte de l'hôpital, elle ne s'est pas précipitée vers sa mère et l'agitation glaciale du service des urgences, elle a bifurqué vers le bâtiment à l'écart qui se dresse au milieu d'une belle pelouse, là où des femmes au corps lourd se meuvent lentement mais affichent des visages radieux, où l'odeur du sang se mêle à l'odeur du lait coulant de seins gonflés et à celle de la peau translucide qui rencontre notre atmosphère pour la première fois, toutes ces odeurs annonciatrices de changement radical, voilà que la réalité se métamorphose dans un saisissement divin, se presse pour faire de la place à de nouveaux dieux, oui, c'est là qu'elle est entrée et qu'elle avance, embarrassée, ouvre des portes et y jette un coup d'œil comme si elle cherchait une nouvelle accouchée, sauf que ses mains vides et son expression crispée la dénoncent, elle erre le long du couloir en quête de la chambre où elle était allongée seize ans auparavant.

C'était la dernière, se souvient-elle, la plus proche des collines, on l'avait mise dans le lit à côté de la fenêtre, elle était en train d'allaiter son bébé de l'hiver au moment où des flocons de neige avaient commencé à tomber sur les cimes, lorsque Amos était arrivé le matin, il les avait vues se dessiner sur la vitre couverte de buée, avec un sourire ému il s'était approché et les avait embrassées toutes les deux, elles étaient si imbriquées l'une dans l'autre qu'un seul baiser avait suffi, puis il s'était saisi de l'appareil photo qui se balançait sur sa poitrine et les avait immortalisées sur fond d'épais brouillard, elle levait vers lui un visage rayonnant au-dessus de la petite endormie, si heureuse de sentir l'espace entre eux rempli à sa parfaite mesure, la mesure d'un bébé, et la photo des cristaux blancs qui avaient si rapidement fondu était toujours accrochée en face de leur lit et l'éblouissait chaque matin au lever, l'étourdissant de son halo violet. Globalement, on n'y distingue rien sauf en de rares occasions où tout à coup émergent de la brume les contours de deux pâles silhouettes fantomatiques, deux âmes antiques ramenées à la vie dans une même étreinte.

La voilà, la chambre, elle s'arrête sur le seuil, hésitante, reconnaît la fenêtre, les collines, le dernier lit au bout de la rangée, celui où somnole, allongée sur le dos, une femme qui paraît très jeune, mais comme elle s'est couvert le visage du bras, on ne voit que ses cheveux couleur noisette. Regarde ce bras comme il est fin, on dirait celui de Nitzane, mais elle se secoue, ça ne peut pas être Nitzane, elle se trompe bien sûr, Nitzane est au lycée, pourtant, pendant un bref instant terrifiant, elle a compris que dans le fossé qui s'est dernièrement creusé entre elle et sa fille il y avait assez de place pour une grossesse suivie d'un accouchement secret, oui, tout le processus pouvait s'y glisser, du début à la fin. Elle s'approche du lit sur la pointe des pieds, juste pour s'assurer du ridicule des élucubrations dont elle aurait honte dans une seconde, Nitzane est au lycée et n'a pas grossi, Nitzane n'a pas encore connu d'homme, Nitzane ne lui aurait jamais caché une telle détresse, pourtant ce corps-là ne lui est pas étranger, cette position en vase clos, alors elle chuchote, excusez-moi madame, et à cet instant la jeune femme écarte le bras et lance d'une voix étonnée, Dina ? Que faites-vous ici ?

Au lieu de répondre, elle secoue la tête, le soulagement de constater que ce n'est pas Nitzane se mue aussitôt en un terrible embarras, que pourrait-elle bien raconter à sa jeune élève dont les articulations si délicates lui ont, dès le début de l'année, effectivement fait penser à sa fille ? Sa jeune élève dont la présence, malgré ou à cause de cela, n'avait cessé de susciter chez elle une tension désagréable. Et puis Noa, c'était son prénom, avait la fâcheuse habitude de ne rien faire discrètement, tantôt elle affichait un manque d'intérêt bruyant pendant les cours, tantôt une implication trop tatillonne.

Ces dernières semaines, à la grande satisfaction de Dina, elle avait été absente, obligée de garder le lit jusqu'à son accouchement, c'était une autre élève qui le lui avait signalé mais elle l'avait oublié, impossible de tenir le registre de toutes leurs grossesses, à ces jeunettes, donc maintenant Noa était là, allongée sur son lit à elle, comme si en seize ans il n'avait pas servi à des milliers d'autres femmes, et avant qu'elle ne trouve les mots pour expliquer sa présence en cet endroit, la jeune fille lui sourit et dit, ça me touche beaucoup que vous soyez venue. Ma mère est hospitalisée ici, répond Dina qui essaie de sourire et distille un peu de vérité dans son gros mensonge, alors quand on m'a dit que tu avais accouché, j'ai décidé de passer prendre de tes nouvelles, mais lorsque, par sollicitude, Noa insiste pour avoir des détails sur la santé de sa mère, elle est à nouveau très embarrassée, d'autant qu'elle ne sait pas dans quel état elle trouvera Hemda, peut-être à cet instant précis est-elle en train de s'agripper à ses dernières respirations, peut-être appelle-t-elle sa fille afin de lui dire adieu, sa fille qui étrangement, au lieu d'accourir, préfère s'asseoir au chevet d'une fraîche maman qu'elle connaît certes un peu, mais qu'elle n'apprécie pas du tout, assez, elle décide de couper court à cette rencontre imprévue, tu sais quoi, je reviendrai plus tard, je l'ai laissée toute seule et ça m'inquiète, elle s'apprête à partir mais soudain hésite, étonnée par la déception qui se peint sur le jeune visage, restez encore un peu puisque vous êtes là, vous ne m'avez même pas demandé si j'ai accouché d'un garçon ou d'une fille.

Oh, pardon, s'empresse-t-elle de marmonner, confuse, je suis tellement déboussolée ce matin, alors, c'est quoi ? Et Noa émet un petit gloussement parce que apparemment son professeur vient de tomber dans le panneau, les deux mon général, lance-t-elle, j'ai des jumeaux, ce mot déclenche instantanément chez Dina une cascade de sentiments contradictoires, répulsion et attirance, c'est insupportable, elle voudrait fuir à toutes jambes sans félicitations ni au revoir, foncer à travers les couloirs en repoussant tout ce qui lui barrerait le chemin mais, en même temps, si seulement elle pouvait se glisser dans le lit tout contre son élève, la presser sur son cœur et ne jamais desserrer son étreinte !

Dites-moi, est-ce que vous aussi, vous vous sentiez bizarre après votre accouchement ? chuchote tout à coup la jeune femme qui regarde autour d'elle pour s'assurer que personne ne l'entend, tout se passe à l'envers de ce que j'attendais, j'ai tellement désiré cette grossesse et maintenant j'ai l'impression que ma vie est finie, mes bébés me dégoûtent, on dirait de la viande pas cuite, dites-moi, s'il vous plaît, vous avez ressenti la même chose ? Écoute, commence Dina ébranlée par cette supplique, ce que tu décris arrive à beaucoup de femmes, tu ne dois pas t'inquiéter, les premiers jours sont pénibles et très agités, je suis sûre que tout va s'arranger, mais dans les yeux qui la fixent et se mouillent elle discerne un accablement si profond qu'elle a l'impression de s'être agenouillée et de plonger le regard vers l'intérieur d'un puits, si ça ne va pas mieux d'ici quelques semaines, continue-t-elle, tu iras voir un médecin, tu fais peut-être une dépression post-partum, il te prescrira un médicament et tout rentrera dans l'ordre, moi, je n'ai pas eu ce problème, mais ma mère est passée par là après ma naissance. Les mots qu'elle vient de laisser échapper l'étonnent encore plus que son interlocutrice, car jamais ils n'ont été prononcés à voix haute, jamais cette pensée n'a été formulée aussi explicitement, pourtant, debout face aux deux trous sombres suspendus à ses lèvres, elle est sûre de ce qu'elle avance, une certitude qui n'a besoin d'aucune vérification, de toute façon ce n'est pas le moment et ne le sera sans doute jamais plus.

Épuisée, elle s'assied sur la chaise vide au chevet du lit de sa mère. Son frère vient de s'esquiver, elle en est sûre, l'odeur qui flotte encore dans l'air est la sienne, si prégnante qu'elle a l'impression de devoir la repousser pour s'asseoir, l'odeur d'un homme qui fait trop d'efforts pour brouiller les traces de son corps, qui s'asperge de parfums capiteux et suffocants. À l'époque, personne n'avait entendu parler d'eau de toilette pour hommes au kibboutz, seul Avni se ridiculisait avec son attirail cosmétique et ses coiffures trop recherchées, elle avait parfois l'impression qu'en cachette il allait jusqu'à s'asperger du spray des W-C. Comment a-t-il osé quitter son poste avant qu'elle n'arrive, se demande-t-elle étonnée mais ravie de cette absence qui lui évite de faire semblant, de devoir cacher un trouble intérieur gênant car provoqué par autre chose que le clapotis d'un cœur désolé par une vieille mère inconsciente, allongée là en chemise de nuit déchirée comme si elle avait été cruellement violée, poitrine dénudée et piquée d'électrodes blanches comme autant de suçons laissés par l'ange de la mort, bouche édentée ouverte en une plainte sans fin depuis qu'elle a été débarrassée du masque à oxygène inutile, cou incurvé et larynx bizarrement tordu. Agacée, elle reste à contempler cette image effrayante mais n'éprouve aucune perplexité, comme si sa mère lui était toujours apparue dans cette laideur physique que l'on dissimule habituellement, comme si elle l'avait toujours vue ainsi, même à l'époque de sa jeunesse, lorsque, en pleine santé, elle traversait d'un pas rêveur les allées du kibboutz.

Elle a un haut-le-cœur au moment où ses yeux trébuchent sur deux poches desséchées qui pendouillent, elle imagine ses lèvres chercher les mamelons et en humidifier la peau. Même si des décennies se sont écoulées depuis, ses lèvres n'ont pas changé et ce sont les mêmes mamelons que le tissu déchiré essaie tant bien que mal de recouvrir à présent de pétales gris. Tiens, c'est le cadeau que je lui ai rapporté de Venise, elle reconnaît tout à coup la chemise de nuit achetée là-bas il y a dix bonnes années et que sa mère n'a jamais portée, aussitôt le souvenir de ce voyage ravive en elle une intense douleur, est-ce là-bas qu'a commencé ce quelque chose dont les effets se font ressentir jusqu'à cet instant, est-ce là-bas qu'elle a accepté ce qu'elle n'aurait jamais dû accepter ?

Ils avaient laissé Nitzane toute petite avec Hemda, c'était la première fois qu'ils partaient en voyage sans elle, et Dina se persuade soudain que c'est effectivement là-bas qu'ils se sont engagés sur deux voies différentes, elle n'avait eu de cesse que d'essayer de retrouver la flamme et l'ardeur de leurs débuts tant elle se languissait de leurs anciens élans si généreux. Presque tous les couples qu'ils croisaient n'étaient occupés que d'eux-mêmes mais, entre gondoles et pigeons, ponts et canaux, seul Amos se concentrait sur les autres et non sur sa partenaire, il débordait d'énergie et d'enthousiasme, brandissait son appareil photo et maniait le viseur en tireur d'élite, appuyait comme un fou sur la détente, et si je proposais un reportage sur les couples d'amoureux à Venise, tu ne penses pas qu'un journal serait intéressé ? lui avait-il soudain demandé. Bien sûr, quelle merveilleuse idée, avait-elle répondu, essayant de masquer à quel point elle était blessée de ce qu'il avait remarqué chaque détail autour d'eux sauf la nouvelle robe, courte et moulante, qu'elle portait au dîner et le rouge à lèvres brillant qu'elle avait acheté spécialement pour le voyage.

Que veux-tu, ainsi va le monde, avait-elle essayé de se raisonner au restaurant, assise face à son mari qu'elle voyait captivé par ce qui se passait derrière son dos. Apparemment, la présence de leur fille l'aidait à supporter ce genre de comportement, mais là-bas, sans la petite, les journées étaient soudain devenues d'une longueur insupportable, et l'obligation de profiter avait viré au cauchemar, tant et si bien qu'elle avait attendu leur retour avec impatience. La beauté de la ville s'était faite pesante, lourde de menaces parce qu'elle essayait de suivre Nitzane à distance, maintenant elle se réveille, maintenant elle va à l'école, maintenant elle rentre. Elle avait sombré dans une tristesse désespérée, à croire que plus jamais elle ne reverrait sa fille, elle se promenait à côté d'Amos de palais en palais mais, au lieu d'admirer la beauté des façades, elle fixait les gamins des touristes qu'elle croisait, supportant difficilement la vue d'un enfant alors que le sien était loin et que ses oreilles se tendaient au moindre son de leurs voix. Elle avait sans cesse l'impression qu'on l'appelait par son nom, pas celui que ses parents lui avaient donné à sa naissance, non, celui que sa fille lui avait donné. Maman, maman, bêlaient tous les petits bouts de chou de leur timbre cristallin, maman, regarde, je saute, maman, j'ai faim, je suis fatiguée, tu me manques.

Finalement, cette ville est décevante, lui avait-elle lancé en regagnant l'hôtel la dernière nuit, c'est une ville narcissique, qui n'existe que dans les yeux de celui qui la regarde, il n'y a aucune différence entre ce qu'elle est et son image médiatique, on ne découvre aucune vérité en s'y promenant, tout reste en surface, si les touristes arrêtaient de venir, Venise disparaîtrait peut-être au fond des eaux. Des rires avaient alors fusé de la place sous leurs fenêtres, un instant, elle s'était dit qu'on se moquait de la pensée qu'elle venait de formuler, toi aussi, tu as besoin qu'il te regarde sinon tu disparais, Amos avait ouvert une nouvelle bouteille de vin, je suis tellement habitué à photographier la laideur que ça ne me gêne pas, au contraire, un peu de beauté me comble. Comme elle s'en souvenait bien, de cette nuit-là, du picotement du vin le long de sa gorge, de la sensation sourde mais effrayante de faux-semblant, même s'il lui avait fougueusement fait l'amour, même s'il s'était ensuite bien vite endormi tout contre elle, une main posée sur son ventre. Des bébés ailés voletaient sur les bas-reliefs aux quatre coins de leur chambre, est-il aussi là-haut, leur bébé perdu, en train de les regarder de ses yeux de plâtre ? Elle avait vite tiré la couverture pour masquer sa nudité, et seulement le lendemain matin, leur dernier jour là-bas, elle s'était un peu décrispée, avait acheté en vitesse un cadeau pour Nitzane mais pris le temps de débusquer, comme si cela n'était pas mission impossible, le souvenir qui plairait à sa mère, qui la consolerait du terne engrenage qu'était devenue sa vie, et tout en palpant entre ses doigts le tissu soyeux qui révèle les genoux bosselés, elle se demande pourquoi justement ce matin Hemda avait eu l'idée saugrenue d'étrenner ce cadeau oublié, que l'équipe médicale avait lacéré en tentant de la ranimer et dont les lambeaux évoquaient à présent la déchirure de deuil pratiquée, selon la coutume, sur les vêtements de ceux qui viennent d'enterrer un proche.

Dans son enfance, elle ne l'avait pas souvent vue se mettre au lit, si bien qu'elle avait naïvement cru que sa mère se couchait tout habillée, et puis il y avait eu cette fameuse nuit où elle s'était enfuie de la maison d'enfants, Hemda lui avait ouvert la porte et ce qui l'avait le plus étonnée avait été de la voir enveloppée d'un vêtement si doux, si vaporeux, qu'elle l'avait pris pour une somptueuse robe de bal, persuadée que, par hasard, elle venait de surprendre ses parents au milieu d'une fête clandestine organisée en catimini. À présent aussi, le soyeux du tissu éveille en elle une nostalgie douloureuse, son autre main se tend avec hésitation et commence à caresser le bas de la chemise de nuit, elle se penche de plus en plus bas, passe au-dessus des genoux dénudés de sa mère, si bien que ceux qui la regardent de loin, par exemple le médecin qui s'approche ou son frère Avner encore allongé à l'abri du rideau sur le lit du box voisin, peuvent assurément penser qu'elle caresse avec amour et dévouement la peau craquelée des jambes, refusant les adieux.

Et, puisque telle est la situation, tous deux entendront les questions du spécialiste qui collecte calmement les informations concernant Hemda Horowitch, bientôt quatre-vingts ans, veuve, deux enfants, il consigne soigneusement le nom des médicaments qu'elle prend et son histoire médicale, on dirait que la malade elle-même écoute les renseignements que donne Dina dans un ennui ostensible, sauf que justement le médecin insiste sur la chronologie détaillée de la matinée, ne veut pas laisser la moindre zone d'ombre, combien de temps s'est écoulé entre le moment où Mme Horowitch a téléphoné et l'arrivée de l'ambulance, il s'entête, essaie de calculer l'intervalle durant lequel le cerveau n'a pas été irrigué, c'est d'ailleurs pour cela que cette patiente âgée est branchée à toute une batterie d'appareils étranges qui en disent plus long sur elle que tout ce qu'elle pourra jamais dire sur son propre compte, mais cette précision, la fille aînée ne pourra pas la donner, quant au fils, qui, lui, connaît la réponse, il ne se montre pas et écoute en silence. N'en a-t-il pas toujours été ainsi, songe-t-il, ils ont beau se trouver dans un espace commun, leurs expériences respectives resteront toujours fondamentalement différentes : Dina la sérieuse, la responsable, essaiera de se rendre utile sans en avoir les moyens, Avner se dérobera, se cachera, alors que sa présence, même fuyante, aurait suffi, sans qu'il le fasse exprès, à apporter un peu de soulagement.

Une demi-heure, devrait-il répondre, une précieuse demi-heure, mais la vie de leur mère n'est-elle pas remplie d'heures divisées en moitiés ou en quarts, de toute façon qui pourrait décrypter l'essence des choses, que s'était-il donc passé pour que Hemda, fille de deux grands pionniers, venue au monde dans la première moitié du vingtième siècle, soit si rêveuse, si étrange et étrangère, incapable de s'habituer au kibboutz dans lequel elle était pourtant née et avait grandi, qu'est-ce qui l'avait poussée à épouser leur père, ce garçon solitaire venu d'ailleurs dont l'amour s'était vite transformé en haine et la dépendance en rancœur, mais surtout pourquoi avait-elle été condamnée, elle justement, à illustrer, par sa longévité, ce que l'existence avait d'absurde car, excepté la durée de sa vieillesse, elle avait tout raté, tout vécu à l'envers, une femme qui n'avait pas aimé son mari, une enseignante qui n'avait pas aimé enseigner, une mère qui n'avait pas su élever ses enfants, une conteuse incapable de coucher la moindre histoire sur le papier.

Pendant de nombreuses années, on avait cru que le kibboutz en était responsable, qu'il lui suffirait de quitter ce lieu étouffant pour commencer réellement à vivre, mais lorsqu'elle avait enfin réussi à déraciner sa famille des pelouses verdoyantes pour la replanter dans l'appartement exigu d'un grand ensemble à la périphérie de la capitale, il était apparu qu'elle y avait laissé toutes ses plumes et n'avait plus la force de renaître, d'autant que, au lieu du renouveau espéré, ce qu'ils avaient trouvé, c'était la mort. Leur père, incapable de supporter le changement, avait été emporté par la maladie à peine quelques années plus tard, soudain Avner se souvient de la terrible colère qui l'avait submergé cet été-là, lorsque, confiné avec sa mère et sa sœur dans l'appartement étouffant, il avait compris que c'était trop tard.

C'est à cause d'elle qu'il n'a pas eu le temps, elle avait imposé à son fils l'aversion qu'il lui inspirait, Avner avait eu beaucoup de mal à accepter le fait que jamais il ne connaîtrait son père, et elle, la connaissait-il, toutes ces années où elle avait survécu à son mari leur avaient-elles permis d'approfondir la relation qui les unissait ? Avait-il un jour cherché à la connaître, le voulait-il maintenant que Dina était en train de pousser péniblement le lit à roulettes vers les salles d'examen ? Sans bruit, il se lève, comme s'il était un malade ayant miraculeusement recouvré la santé, guéri sans intervention médicale, touché par la grâce derrière le rideau, et tout en restant à distance, il suit le slalom de sa sœur. Si elle le voit, il prétendra être en train de les chercher, et même s'il n'arrive pas à éviter les réflexions désagréables qu'elle ne lui épargnera pas, il pourra lui prouver ses intentions dévouées puisqu'il est là, qu'il se sent prêt à bondir en cas de besoin tel le mâle qui veille de loin sur les siens tout en guettant sa proie, il va d'ailleurs en profiter pour essayer de débusquer d'autres familles, pas vraiment d'autres familles, plutôt des couples, ou plus exactement un couple, et il est tellement concentré sur eux qu'il perd de vue la silhouette de sa sœur, le moindre éclat de tissu rouge attire son regard, ce n'est pourtant pas la femme en chemisier de soie qu'il doit absolument retrouver mais son compagnon, il faut qu'il entende sa voix, qu'il engage avec lui une conversation sous n'importe quel prétexte, ce genre d'endroit ne favorise-t-il pas l'éclosion d'une intimité fugace, inattendue, comment avait-il pu louper leur court moment de proximité ?

En avançant vers la sortie, il se rend compte que même s'il a été autorisé à rentrer chez lui, jamais l'homme malade ne pourrait marcher jusqu'au parking, il devrait obligatoirement attendre sa femme assis à côté de la porte, c'est donc là qu'il doit le chercher, il a même l'impression de distinguer sa silhouette toute recroquevillée sur un banc, il presse le pas dans sa direction et comprend qu'il va être obligé de passer devant sa mère inconsciente et sa sœur qui, adossée à la barre métallique du lit, le contemple avec étonnement et agite la main vers lui, Avni, où étais-tu, j'ai cru que tu étais parti sans m'attendre ! Il joue les distraits puis rétorque, en voilà une drôle d'idée, j'étais là, je suis juste allé boire un truc en bas, il essaie de suivre de loin les entrées et les sorties, attends-moi un instant, j'ai besoin d'aller aux toilettes, déclare-t-elle avant de s'éclipser comme si elle ne supportait pas sa présence, et voilà qu'à son grand dam il est pris au piège, hésite à abandonner sa mère ne serait-ce qu'un instant pour s'approcher de la porte, oh, que pourrait-il bien lui arriver, au pire elle raterait son tour de prise de sang ou un autre examen, pourtant il n'ose pas laisser sans surveillance ce visage fripé que troue une bouche béante, alors, obéissant à une inspiration subite, il prend le lit et commence à le pousser, se fraie facilement un chemin, il court presque, on dirait un infirmier qui conduit son patient à une intervention urgente, sauf que lui se dirige vers la sortie, tout ça pour se prouver qu'il a raison, ou plutôt qu'il a vraiment eu tort d'avoir perdu du temps allongé sur le lit du box d'à côté au lieu de se précipiter à cet endroit, parce que, effectivement, l'homme était là, assis, il attendait, mais à présent Avner ne peut que le voir s'éloigner. Soutenu par deux blouses blanches, il avance avec précaution jusqu'à la Citroën jaune d'or conduite par son épouse, frêle silhouette qui tourne le dos aux médecins et aux médicaments, aux questions, aux espoirs, aux comptes rendus et aux comptes à rendre, malade incurable que l'on emmène là où seront dits les mots ultimes, danse sans mouvement, chanson sans voix. Le cœur serré, il suit du regard l'arrière de la voiture qui démarre et fend l'air chaud de l'extérieur, essaie vaguement de reconstituer les derniers pas de l'inconnu sur son chemin de croix, machinalement il prend lui aussi la direction du parking, cherche les clés dans sa poche, mais soudain, horreur, il se souvient qu'il a laissé sa mère inconsciente juste à côté de la porte, alors il remonte la pente brûlante en courant lourdement, arrive essoufflé devant le sas de sécurité et, bien qu'il vienne de le traverser, il ne peut éviter la fouille méticuleuse du vigile qui le considère comme un nouveau visiteur.

C'est avec soulagement qu'il constate que personne n'a touché à rien, à croire que le lit avec sa mère dedans font partie du décor immuable de l'hôpital, élément fixé au sol à la manière du mobilier des salles d'attente, mais voilà que sa sœur déboule du couloir, elle arbore la même expression que celle qu'il voit en permanence inscrite sur le visage de sa femme, une lassitude mêlée de mépris et de colère, et sans reprendre sa respiration elle lui lance, tu es complètement taré ! Où étais-tu ? Je vous cherche partout, je pensais qu'il était arrivé quelque chose ! Il a, lui aussi, le souffle court et face à cette infaillibilité féminine, affichée et véhémente, il marmonne, gêné, j'ai rencontré un ami que j'ai accompagné dehors, ça a pris une minute, pas de quoi en faire un drame, les voilà face à face, de part et d'autre du lit, reliés malgré eux par ce corps qui, bien longtemps auparavant, les a associés puis comme toujours séparés, mais quand il baisse les yeux, c'est le regard étonnamment lucide, ému, presque coquin de sa mère qui l'interpelle.

Papa ? lâchent les gencives édentées. Embarrassé, il regarde autour de lui comme si ces deux syllabes ne lui étaient pas adressées, comme s'il espérait voir apparaître le légendaire grand-père qu'il n'a pas eu la chance de connaître, peut-être était-il revenu d'entre les morts pour une dernière étreinte furtive avec sa fillette toute ridée, mais c'est lui, Avner, qu'elle fixe en répétant, papa ? C'est lui qu'elle gratifie d'un sourire contrit de bébé qui essaie d'éviter la punition. Au moment où elle tend la main pour l'attraper, il recule, maman, c'est moi, ton fils, et ta fille est là aussi, ajoute-t-il pour engager sa sœur à confirmer ses dires et à l'aider, ne fût-ce qu'avec une chaîne ténue de mots, à ramener leur mère vers le monde auquel elle appartenait encore le matin même, mais Hemda ignore ses paroles et le dévisage avec autant de surprise que de bonheur, rien ne lui gâchera sa joie, une joie totale, semblable à celle qu'il débusque parfois sur le visage de son benjamin quand tous les vœux sont exaucés, elle lui caresse frénétiquement le bras du bout des doigts, comme tu m'as manqué, papa, chuchote-t-elle, c'était si long, j'ai eu peur que tu ne reviennes pas.

De l'autre côté de la barre métallique qui cerne le lit, il voit sa sœur suffoquer, ses yeux sombres se mouillent et elle serre l'autre main de leur mère, c'est Avner, maman, pas ton père, dit-elle d'un ton autoritaire de professeur devant une classe, nous sommes à l'hôpital, tu as fait une nouvelle chute, tu te souviens ? Toi, laisse-moi tranquille, aboie la vieille en colère, je ne t'ai rien demandé, laisse-moi seule avec lui, elle rejette la main de Dina pour s'agripper au bras d'Avner avec une telle force qu'il revoit un bref instant la femme robuste qu'elle a été.

Il faut retourner aux urgences et parler avec le médecin, dit-il tout bas, quelque chose débloque dans son cerveau, ils se fraient un chemin à travers les couloirs surpeuplés, un père et une mère plus très jeunes avec leur vieux bébé, un bébé qui éclate soudain en sanglots, du visage fripé noyé de larmes s'élèvent des lamentations qui ressemblent à une sirène, ça monte, ça descend et ça ne veut pas s'arrêter. Avner ne l'a jamais vue dans un tel état, quoi d'étonnant, il ne l'a pas connue petite fille, impuissant il continue à pousser le lit à roulettes qui gémit, maman, calme-toi, murmure-t-il, ne t'inquiète pas, tu seras bientôt soulagée, il répète machinalement la promesse erronée, murmurée derrière le rideau une heure plus tôt, essaie de trouver du secours dans les yeux de sa sœur, une minute auparavant, elle l'aidait à pousser l'arrière du lit, le front caché par ses boucles et les longs doigts crispés autour de la barre telles les serres d'un oiseau, seulement voilà, elle n'est plus là.

Le cœur qui bat trop vite et les yeux qui piquent, elle veut regagner sa voiture en toute hâte. Elle a beau se répéter qu'on ne doit se vexer ni des paroles des enfants ni de celles des vieux, ce sont eux qui la blessent le plus, sa fille et sa mère, comment Hemda a-t-elle pu l'effacer ainsi, la balayer d'un revers de main, s'agripper amoureusement au bras de son fils et la repousser si grossièrement ? Bien sûr, si Dina avait pu mettre cela sur le compte de son grand âge ou de sa chute récente, elle aurait laissé passer, sauf qu'en l'occurrence le grand âge et la chute ne faisaient que confirmer ce qu'elle savait depuis toujours, ce que sa mère avait essayé de lui cacher jusqu'à ce matin, jusqu'à ce moment où, ayant perdu toute sa capacité à dissimuler, elle avait laissé ses sentiments se dévoiler en même temps que sa poitrine et, comme sa poitrine, ils étaient apparus au grand jour dans toute leur laideur.

La canicule s'abat sur ses épaules dès qu'elle émerge des couloirs climatisés, elle soupire, les vents bouillants de début d'été sont de retour, c'est pareil chaque année et ils sont de plus en plus difficilement supportables, elle a l'impression d'entendre le crépitement de sa chair en ébullition et lance un regard affolé vers ses bras nus, c'est impossible n'est-ce pas, il ne s'agit que d'une bouffée de chaleur renforcée par cette touffeur ambiante, ça va passer, toutes les femmes de son âge connaissent ça. Je viens de sortir, mes amours, j'arrive tout de suite, lance une jeune femme qui marche à côté d'elle et cherche à rassurer ses enfants avec une promesse par téléphone portable interposé, je serai à la maison dans une demi-heure s'il n'y a pas d'embouteillages, Dina la regarde avec convoitise tant elle se languit de cette sensation d'être attendue à la maison. Profitez-en, aimerait-elle confier à l'inconnue qui atteint avant elle sa voiture, profitez-en même si c'est parfois pesant, parce que ça ne durera pas éternellement, elle aussi fouille dans son sac, en tire son portable, elle doit absolument parler à Nitzane, entendre sa voix, comme si elles ne s'étaient pas vues depuis des semaines.

Ma chérie, j'arrive tout de suite, chuchote-t-elle dans l'appareil et bien qu'il n'y ait pas de réponse, elle se persuade que c'est pour la retrouver qu'elle se hâte de rentrer, une fois dans la voiture, elle conduit l'angoisse au ventre, comme avant, lorsque sa fille était petite et qu'elle se hâtait de rentrer à la maison après ses cours, la présence de cette enfant qui l'attendait nouée autour d'elle telle une corde dans laquelle elle glissait le cou avec délices. Il lui arrivait de courir jusqu'à la porte, de courir vraiment, malgré une légère honte, chaque pas était si chargé de sens à cette époque. Maman ! Tu es rentrée ! claironnait une charmante voix qui sautillait vers elle, l'entraînait pour lui montrer monts et merveilles, entre les cubes, les peluches et les livres abîmés, Dina dénichait de menus trésors de bonheur, et puis, quand Nitzane avait grandi, qu'elle était devenue une gamine sérieuse et mature, cela avait continué, elle sortait de sa chambre et se précipitait vers sa mère pour lui raconter ses histoires, lui montrer ses dessins et ses cahiers. Quel plaisir, alors, de rentrer à la maison même après une journée de travail harassante, même si elle avait en perspective une nuit blanche à corriger des copies ou à remplir des bulletins, comme il lui manque, cet enchantement-là, et soudain elle a l'impression que tout est encore possible, qu'elle peut redevenir cette femme qu'on attend avec autant d'amour. Nitzane est certainement à la maison, alors pourquoi n'ouvrirait-elle pas la porte pour l'accueillir et se blottir dans ses bras, étreinte qui raviverait la flamme de la bougie éteinte depuis peu, Dina leur préparerait avec joie un léger repas puis ensemble elles s'installeraient dans la cuisine, tu vois, Amos, je n'ai pas besoin de grand-chose pour être heureuse, se justifie-t-elle tout haut, juste de papoter avec notre fille dans la cuisine, de sentir qu'elle a besoin de moi, je ne demande pas qu'elle m'aime, juste qu'elle ait besoin de moi.

La première seconde donne toujours le ton de ce qui va suivre, continue-t-elle, je vais donc rentrer à la maison en souriant, comme si je venais d'apprendre de bonnes nouvelles et je lui parlerai d'un ton détaché. Ridicule, me préparer comme s'il s'agissait d'une rencontre décisive alors que c'est ma fille que je vais retrouver à la maison, la chair de ma chair, mais au lieu de l'amuser, ce ridicule se fait pesant, alors elle essaie de le dissiper à l'aide de gestes simples, elle jette un œil à son rétroviseur et se passe du rouge sur les lèvres, un coup de crayon noir sur les yeux, sa fille l'attend, aucun doute là-dessus, elle l'attend même si elle l'ignore encore, et Dina va effectuer une entrée radieuse, le visage lavé de plaintes et de reproches parce que, à l'évidence, c'est la seule manière de ramener sa fille à elle.

Voilà, son sac est jeté dans l'entrée à côté du pull inutile qu'elle l'a obligée à prendre la veille, il dégage une odeur de braises et de pommes de terre carbonisées, un peu plus loin il y a aussi ses sandales… donc elle est dans sa chambre. Nitzane, lance-t-elle d'une voix enjouée, tu veux manger quelque chose ? Comme aucune réponse ne vient, elle s'approche et ouvre la porte du domaine de sa fille, les lèvres étirées par le sourire qu'elle a préparé à l'avance et qui se fige au moment où elle voit l'étroit dos nu si familier qui, immobile, repose sur le torse dévêtu d'un jeune garçon aux cheveux clairs et aux yeux fermés. Plaqués l'un à l'autre dans ce lit d'une place, ils dorment imbriqués comme des jumeaux dans le ventre de leur mère. Bouleversée, elle s'attarde trop car les yeux du garçon s'ouvrent, la fixent d'un regard embarrassé, même s'il répond au sourire qui s'est momifié sur ses lèvres par un sourire envoyé au-dessus de l'épaule de Nitzane.

Elle sort à petits pas et sans détacher les yeux de ce visage masculin, elle sort à reculons pour ne lui présenter ni son dos ni ses fesses, comme si le lieu était sacralisé, elle titube jusqu'à la cuisine, s'arrête à nouveau devant la fenêtre et pose les coudes sur le marbre frais. Quelle est donc l'image qu'elle vient de saisir, pourquoi en est-elle secouée au point de sentir sa vie basculer, qu'y a-t-il de si étonnant à ce qu'une adolescente de seize ans ramène pour la première fois son petit ami à la maison, qu'y a-t-il de si étonnant à la vision d'un jeune homme et d'une jeune fille torse nu tous les deux qui dorment ensemble dans un lit ? Pourtant, elle a l'impression qu'elle est taboue ou surnaturelle, cette vision, que toute personne l'ayant interceptée le paiera cher. Oui, même si elle ne l'a pas fait exprès et s'est trouvée innocemment au mauvais moment au mauvais endroit, Dina comprend que ce qui vient de lui être révélé est une autre réalité, parallèle mais présente depuis des années, une réalité qui englobe Nitzane et son frère, le jumeau qui n'a pas pu venir au monde, et les maintient dans les griffes d'un terrible péché.

Les mains tremblantes, elle se lave le visage dans l'évier rempli de vaisselle sale, ses cheveux, qui ont trempé dans une poêle graisseuse, coulent sur son chemisier en laissant des traces dégoûtantes, sans réfléchir elle y retourne, du seuil elle jette un regard à l'intérieur, ses yeux s'agrippent au lit court sur pattes, remontent le long du drap que des personnages de contes pour enfants aux couleurs vives égaient, contournent les pieds posés côte à côte en deux paires dépareillées, glissent sur les fines chevilles et les mollets musclés en dessous, sur le jean coupé de sa fille plaqué aux cuisses du garçon puis sur la peau lisse et laiteuse du dos aux omoplates proéminentes. Les bras graciles de Nitzane enlacent le torse du garçon qui, lui, a laissé les siens au repos le long de son corps, il a refermé les paupières, comme si la présence de la femme aux cheveux gris le regardant avec horreur n'était qu'une seconde insignifiante du rêve merveilleux dans lequel il est plongé, mais il a beau avoir les yeux fermés, elle sent qu'il la regarde, il a beau avoir les lèvres serrées, elle sent, et c'est une certitude aussi absolue et démente que celle de Hemda quelques heures plus tôt, qu'il marmonne encore et encore un seul mot, maman.

Amos, chuchote-t-elle, elle s'est retranchée dans sa chambre à coucher de l'autre côté de la cloison et plaque les lèvres contre le téléphone, il se crispe aussitôt, tu as un problème ? Non, tout va bien, elle oublie de mentionner l'hospitalisation de sa mère, c'est Nitzane, elle hésite, comment lui décrire ce qu'elle a vu, c'est Nitzane qui est là avec quelqu'un dans son lit, ils dorment ensemble, c'est tellement étrange, elle essaie de lui instiller prudemment la conclusion qui s'est imposée à elle, mais il laisse échapper un petit rire, vraiment ? C'est parfait, elle a donc fini par l'amener, je lui avais bien dit qu'elle pouvait prendre l'initiative sans attendre qu'il se décide, et Dina se rue sur cette bribe de révélation difficile à avaler, quoi, elle t'a raconté qu'elle avait quelqu'un, à moi elle n'a rien dit ! Il y a quelque temps, explique Amos, elle a rencontré un copain du frère de Shiri, il s'appelle Noam.

Un copain du frère de Shiri ? répète-t-elle, contrariée, alors il a certainement fini son service militaire, il doit avoir au moins cinq ans de plus qu'elle, tu trouves ça normal ? Son débit s'accélère, elle se cache derrière des détails insignifiants, ce n'est pas ce qui la préoccupe le plus, elle sait exactement quel âge il a réellement puisque c'est le jumeau de sa fille, soudain elle entend son mari lancer vers les gens qui l'accompagnent, un instant, c'est Dina, et elle saisit aussi qu'il a prononcé son prénom sur un ton lourd de signification. Tu es avec qui ? se secoue-t-elle prise d'un doute. Dina, on est en plein reportage, tu as quelque chose d'autre à me dire ? Oui, ma mère est à l'hôpital, elle est tombée et on l'a retrouvée inconsciente, cette fois, c'est lui qui s'affole et veut des détails, je ferai un saut là-bas avant de rentrer, lui promet-il plein de douceur, dommage, ce n'est pas cette promesse-là qu'elle attendait.

Oh, Amos, soupire-t-elle en posant le téléphone, elle s'allonge sur le lit tout habillée, l'élan de tendresse que vient de manifester la voix de son mari éveille en elle de doux souvenirs, mais leur goût dans sa gorge tourne aussitôt à l'aigre, comme si elle venait d'avaler une boisson qui se serait altérée après des heures et des heures de préparation assidue, quel gâchis, c'est trop tard, mais de quoi parle-t-elle, le sait-elle seulement, trop tard pour tomber amoureux l'un de l'autre, trop tard pour mettre un enfant au monde, trop tard pour changer de vie, cette altération n'était-elle pas dans l'œuf, oh, Amos, si seulement nous pouvions recommencer depuis le début, je ferais tout différemment.

Comme une toile blanche, le passé s'étale devant elle, offert, non, il ne faut surtout pas qu'elle se laisse prendre par son ancien jeu, c'est interdit et dangereux, elle le sait et sent bien qu'elle risque de nouveau l'addiction, comme avant, quand elle était petite et que, allongée sur son lit dans la maison d'enfants, elle imaginait la vie qui l'attendait, l'avenir qui ferait la différence entre elle et les autres, ceux qui ne lisaient pas de livres, qui étaient moins bons qu'elle à l'école, sauf que maintenant c'est un supplice de se laisser aller à imaginer avec précision ce qui aurait pu arriver mais ne s'est pas réalisé, uniquement par sa faute. Elle se revoit, assise comme presque tous les soirs à la cafétéria de l'université en compagnie d'Emmanuel et d'Orna dont elle garde fidèlement le secret, Emmanuel ne s'imagine d'ailleurs pas qu'elle est au courant, il a l'air de les aimer et de les apprécier autant l'une que l'autre, ses deux assistantes, ses deux brillantes doctorantes avec lesquelles il se détend aussi volontiers, s'amuse même à railler quelques élèves, surtout ceux qui passent, pleins de respect, devant leur table, il leur invente des surnoms et imite leurs bégaiements, sous sa frange argentée ses yeux brillent de méchanceté, elle n'arrive pas à retenir son rire et un petit morceau d'omelette s'échappe d'entre ses lèvres pour atterrir sur le col de la chemise parfaitement repassée du professeur, il la rassure aussitôt, ce n'est rien, on est en famille, non ? Dina ne sait pas ce que c'est qu'une famille, glousse Orna, elle vient d'un kibboutz, mais Emmanuel rétorque, personne ne sait ce qu'est une famille, on apprend sur le tas, chacun à son rythme.

Il avait alors exactement l'âge qu'elle a aujourd'hui, le professeur Emmanuel David, historien de renom. Avait-il lui aussi compris que c'était trop tard ? Ou bien pas encore car, en ce qui le concernait, tout aurait pu continuer, aurait continué si elle n'avait pas brisé leur avenir en une phrase, tranché dans le vif et séparé leurs trois destins entremêlés, il avait suffi d'un bref instant où la main caressante s'était un peu écartée pour qu'elle la morde, parce que ce soir-là, lorsqu'ils s'étaient assis autour de la table de la cafétéria tandis qu'une pluie violente s'acharnait sur la ville, menaçant de creuser des ornières dans l'asphalte des rues et de percer les toits en pierre, elle avait tout de suite senti que quelque chose clochait, Emmanuel était blême et enrhumé, il ne cessait d'essuyer son nez dont le bout rougissait, quant à Orna, beaucoup plus silencieuse qu'à l'ordinaire, elle n'avait rien voulu manger, pourquoi en aurait-il été autrement puisqu'elle savait déjà ce qu'il allait dire. Ah, les filles, avait-il soupiré, je donnerais cher pour ne pas être à ma place en ce moment, et lorsqu'elles l'avaient interrogé du regard, il s'était à nouveau mouché, avait toussoté avant de reprendre, je suis chargé d'une mission impossible, je dois choisir entre vous deux. Notre département fait des économies et on ne m'a autorisé qu'une seule assistante pour l'année prochaine.

Pourquoi ne regarde-t-il qu'elle, et pourquoi son amie a-t-elle baissé les yeux, la pluie lui fait mal aux oreilles, alors j'ai choisi Orna, conclut-il d'une voix qui se fissure, je suis désolé, Dina, je pense qu'elle convient mieux, dans quelques années, il y aura sûrement un poste pour toi aussi. Elle les dévisage incrédule, Orna lui lance des regards implorants, s'il te plaît ne révèle pas ce que je n'ai raconté qu'à toi, c'est un secret, mais l'offense lui noue la gorge, le drame de la moins aimée, ce n'est pas juste, Emmanuel, marmonne-t-elle, puisque vous êtes tous les deux…

Avait-elle dit, puisque vous êtes tous les deux amants ou puisque vous avez une aventure, à moins qu'elle n'ait lâché, puisque tu es sa maîtresse, blessant Orna par la même occasion, ce n'est pas juste, tu disais qu'on était une famille et dans une famille, on ne peut pas faire ce genre de choix, tu ne comprends pas qu'il faut demander à quelqu'un d'autre de décider à ta place ? Il la réduit au silence par un regard soudain plein de haine, pas seulement adressé à elle mais à Orna aussi, comment as-tu pu, tu m’avais promis de n’en parler à personne, une haine qui envers l’une sera rapidement surmontée pour redevenir un amour partagé et qui, envers l’autre, elle, se renforcera avec les années, elle en a la certitude au moment où elle se lève et s’en va, court vers l’arrêt du bus qu’elle atteint toute frissonnante de froid autant que de colère, et c’est là qu’elle tombe nez à nez avec le directeur de son département, lequel la félicite aussitôt chaleureusement, j’ai lu l’article que vous avez publié sur l’affaire du saint enfant de La Guardia, brillante analyse, dit-il, j’espère de tout cœur que vous trouverez votre place chez nous, vous avez beaucoup à nous apporter. Moi aussi je l’espérais jusqu’à ce soir, susurre-t-elle en retour, puis elle s’engouffre dans le bus, elle en a déjà trop dit, essaie de lui échapper en avançant jusqu’à la banquette arrière, mais il la suit, se faufile lentement, arrive à s’asseoir à côté d’elle et lui demande la raison d’une telle déception.

Incapable de se contrôler, elle avait laissé les mots jaillir de sa bouche et lui avait tout raconté, en parfaite délatrice, depuis elle n’avait plus remis les pieds là-bas bien que le couple d’amants ait quitté la fac à la fin de l’année scolaire et malgré les propositions insistantes qui, au fil du temps, avaient fini par se réduire à néant. Orna avait disparu sans laisser de traces, d’après les rumeurs elle était partie étudier à l’étranger grâce à une bourse que lui avait obtenue le professeur David, lequel s’était fait muter dans une université au sud du pays, voilà, ils lui avaient laissé la place, puisque c’est toi qui mérites le poste, qu’attends-tu pour le prouver, mais elle avait refusé de réintégrer le département même lorsqu’une autre, plus jeune et moins talentueuse qu’elles deux, avait récolté les fruits du scandale déclenché par sa dénonciation, c'est pourquoi dans les moments de faiblesse où elle s'autorise son jeu interdit, ils sont tous les trois à la cafétéria, l'avenir est encore devant eux, la pluie cesse, le printemps fleurit, l'été irradie, année après année, comme cela aurait pu se passer si elle n'avait pas tout détruit, tout englouti sous les ruines, y compris ses espoirs.

Curieusement, Amos avait pris sa défense à l'époque, du moins jusqu'à ce qu'il perde patience, pourquoi est-ce que tu te tortures, s'indignait-il, ce sont eux qui t'ont fait du mal, injustement, comment aurais-tu pu te taire ? Ce type n'avait pas le droit de favoriser, à ton détriment de surcroît, une étudiante avec qui il avait une aventure. Sans compter que tu étais de loin la plus brillante des deux ! Ce qu'il voulait, c'était pouvoir garder un œil sur Orna afin de s'assurer qu'elle ne le tromperait pas, tu ne comprends donc pas ? Ça suffit, Dina, il est temps que tu arrêtes de te punir et que tu reprennes le chemin de la fac, tu gâches ton talent. Peut-être, mais elle n'en était plus si sûre, comment mesurait-on le talent, qui sait si Orna ne méritait pas davantage le poste que moi, et lorsqu'elle s'était retrouvée l'année suivante devant une classe, dans cet institut qui avait accueilli à bras ouverts cette brillante émigrée de l'université, qu'elle avait commencé son cours sur les différents facteurs de l'expulsion des Juifs d'Espagne, sa voix avait perdu de son énergie, et les mots, qui auparavant s'enchaînaient avec une belle fluidité, un tel brio que même des étudiants d'autres cursus venaient l'écouter, s'étaient mis à sortir par à-coups, en phrases de plus en plus ternes.

Sans aucun doute, il soufflait dans cet institut un

vent de défaitisme qu'elle ne pouvait nier, même si au début elle avait compté sur cette reconversion pour se consacrer pleinement à l'éducation de sa fille dont elle voulait profiter davantage, sans cette rivalité universitaire permanente, mais voilà, avec les années, Nitzane avait de moins en moins besoin de son dévouement maternel, quant à cet esprit de compétition dont elle espérait s'être débarrassée, eh bien, elle avait découvert qu'il s'était répandu aussi parmi les vaincus, mais en plus âpre, surtout qu'avec les récentes mesures, si elle ne terminait pas bientôt la thèse qu'elle avait commencée à l'époque, dix-huit ans auparavant, sous la direction du professeur Emmanuel David, elle n'aurait plus de poste du tout, même pas dans son institut de seconde zone.

Rien à faire, elle en revient toujours à cette soirée qui avait détourné le cours de sa vie, et ce n'est qu'à partir de cette scène que ses pensées peuvent vagabonder vers d'autres nœuds douloureux, plus anciens et plus profonds, oui, elle n'arrive pas à se débarrasser de l'impression que tout découle de là, y compris certains événements antérieurs, par exemple ce fameux jour où elle avait appris que son fœtus ne se développerait plus, comme si plus tôt et plus tard n'existaient pas et qu'il n'y avait que des trop tard. Amos était encore en Afrique, et c'est Orna qui l'avait accompagnée à la consultation, Orna qui, le visage en feu, l'abreuvait de détails sur sa liaison secrète, tu imagines, Emmanuel m'a invitée chez lui pour shabbat, on a dîné avec sa femme et ses enfants, qui me considèrent d'ailleurs quasiment comme une grande sœur, et lorsqu'il est descendu avec moi pour me raccompagner, tu ne le croiras pas, on était à peine dans le parking au pied de l'immeuble qu'il m'a sauté dessus, et juste à ce moment-là sa femme descendait la poubelle, une chance qu'elle ne nous ait pas surpris, tu t'imagines, Dina, oh, oui, Dina s'imagine parfaitement, les mains sur son ventre de plus en plus gonflé, juste une légère contraction la fait sursauter. Et si tu savais comme il est beau quand il me fait l'amour, il a tout à coup quelque chose de sauvage, mais voilà que son tour arrive, et c'est maintenant le médecin qui l'abreuve de mots, des mots réconfortants, il lui a annoncé la nouvelle, le fœtus a simplement cessé de se développer, c'est fréquent dans les grossesses gémellaires, mieux vaut à ce stade que plus tard, vous êtes jeune et en bonne santé, vous pourrez avoir beaucoup d'autres enfants, mais elle se fiche d'autres enfants, de toute façon, elle ne ressent aucun chagrin, elle n'est pas encore mère et seules les mères savent ce qu'est le chagrin, elle retrouve les histoires d'Orna en sortant de la consultation, l'image du visage d'Emmanuel penché sur elle dans le parking la bouleverse davantage que l'unique phosphorescence restée en vie à l'intérieur de son ventre, ce n'est plus deux, mais une seule paire d'oreilles humides qui se tendent contre la paroi spongieuse pour capter leurs secrets d'alcôve, en y repensant une fois de plus, elle a l'impression que les choses étaient liées, que si, ce fameux soir pluvieux, elle avait ravalé sa fierté, deux enfants l'auraient attendue chez elle à son retour de l'hôpital ce matin, elle les voit qui la prennent par le bras, l'entourent d'un rempart d'amour construit à quatre mains, grandissent et se développent de jour en jour. Quand chez sa fille les seins bourgeonnent, une claire moustache duveteuse apparaît chez son garçon, quand la fille commence à avoir des hanches, le garçon mue, mais quand la fille prend ses distances, le garçon reste, car depuis toujours c'est un enfant plein d'attentions et de sollicitude, il devance même ses souhaits les plus secrets, d'ailleurs il est là, il est sorti de la chambre de Nitzane et s'arrête devant elle, le torse glabre et le sourire gêné, est-ce cela qui la fera bondir du lit, ce que lui a formellement déconseillé le médecin, à juste titre d'ailleurs car tout se mettra à tournoyer et à s'assombrir autour d'elle, elle tombera, mais sa conscience, à la différence de celle de sa mère que la chute a embrumée quelques heures auparavant, restera incroyablement lucide, alors Dina verra sa fille, tirée si brutalement du sommeil qu'elle n'a pas eu le temps d'enfiler un tee-shirt, se pencher sur elle, une image tellement nette qu'elle aura l'impression d'y voir se dessiner tous ses organes internes, le cœur en poing fermé, les poumons jumeaux, la motte de terre du foie, la délicate dentelle rénale, exactement les formes qui, ce fameux jour, marquaient son ventre de taches de lumière insaisissables, mais son regard cherchera, sur le seuil de la pièce, une silhouette de plus en plus nébuleuse, petit garçon, s'entendra-t-elle dire à voix haute, où étais-tu tout ce temps ?

CHAPITRE 3

Car que nous reste-t-il en fin de vie à part les précieuses images qui défilent en nous et dont personne n'osera mettre en cause la limpide vérité. Tant de choses se perdent au fil des années, une défection chasse l'autre, rien que de très naturel. Interdit de se plaindre, même celui qui a accumulé les richesses mourra dans le dénuement le plus total, alors que dire d'elle qui est née trop tôt, ou trop tard, en tout cas pas au bon moment et pas au bon endroit, puisqu'elle est venue au monde en un lieu et à une époque qui exigeaient ce qu'elle n'avait pas et repoussaient avec mépris ce qu'elle aurait volontiers donné, une époque et un lieu qui attendaient de la voir grimper sur les toits et sauter de l'un à l'autre comme s'il n'y avait pas de gouffre béant au milieu, de la voir courir sur les ponts branlants et le long des voies ferrées suspendues au-dessus des gorges de la rivière, pêcher dans le lac par les nuits glaciales et d'un noir d'encre, alors que tout ce qu'elle désirait, c'était de les éblouir par ses mots, elle avait en elle tant d'histoires jamais écrites mais qu'elle connaissait par cœur, pourquoi donc chaque fois qu'elle commençait à les raconter, ses petits camarades se moquaient-ils de sa langue trop recherchée et des invraisemblances de ses récits, ça n'existe pas, lui reprochaient les rares gamins qui acceptaient de l'écouter, on n'a jamais vu un lac qui parle !

Car les secrets du lac, elle les instillait dans leurs oreilles indifférentes au cours de longues nuits d'hiver, quand les vents sifflaient autour du bâtiment isolé abritant la maison d'enfants, qu'ils arrachaient tout sur leur passage, oui, elle narrait alors les histoires que lui avait révélées le lac en personne, rien que des événements dont il avait été témoin, avec ses yeux, ses oreilles, sa langue et ses doigts, comme par exemple celle de ce navire chargé d'or qui avait sombré dans ses abysses emportant avec lui une fillette endormie sur son pont, elle avait été noyée et, parfois la nuit, on l'entendait pleurer et crier, maman, viens, maman, ou encore le drame de cet homme qui aimait sa maîtresse à la folie, l'avait perdue entre les hauts roseaux et murmurait sa passion interdite aux oreilles des oiseaux migrateurs, et puis un jour c'est la raison qu'il avait perdue et les marais l'avaient englouti, mais il continuait, sous la terre, il susurrait des mots doux jusqu'à ce que sa gorge se remplisse de boue, il mourait et ça recommençait, ou bien l'histoire de cette femme qui, désespérée de ne pas avoir de fruits de ses entrailles, venait tous les jours s'immerger dans les eaux du lac en le suppliant de la guérir de sa stérilité, à la fin le lac lui avait répondu, je serai ton bébé, je serai ton enfant, il lui avait empli l'utérus, elle avait vu son ventre grossir et elle avait accouché d'un enfant d'eau, une vaguelette qui s'était aussitôt mêlée à ses frères et sœurs et avait disparu dans l'onde.

Même son père, qui aimait tant lire, fronçait les

sourcils dès qu'elle commençait, l'heure n'est plus aux contes et légendes, ma Hemda, mais aux actes, les Juifs ont donné suffisamment d'histoires à l'humanité, soupirait-il et seule sa mère, pendant ses courtes visites, l'écoutait en fermant les yeux comme on écoute une agréable musique, tu devrais l'écrire, l'enjoignait-elle, tu ne pourras jamais t'en souvenir, mais elle se souvenait de tout, elle avait déblayé sa tête afin de tout archiver dans sa mémoire, n'avait laissé aucun espace pour autre chose, si bien qu'au bout d'un certain temps, il ne lui était plus resté de mots usuels. Quand on lui posait une question simple, elle ouvrait la bouche pour donner une réponse simple mais, à l'instar des vapeurs qui s'échappent d'une casserole bouillante dès qu'on soulève le couvercle, n'en sortaient que ses histoires abracadabrantes qui, exactement comme les vapeurs, brûlaient ceux qui s'approchaient, la preuve, tout le monde s'était écarté d'elle, sauf son père. Lui, il la prenait par la main et la traînait, fou de rage, tu dois répondre correctement, tu dois parler la même langue qu'eux, dans un groupe, toute personne différente est malheureuse, pourquoi veux-tu te condamner à souffrir ? Elle pensait parfois qu'il voulait la noyer dans le lac, ou noyer le lac en elle mais, après des années, il trouva une autre manière de mettre un terme à la colère qu'il nourrissait et de ses dernières forces, il entreprit de creuser un canal tout autour pour le vider. Bien qu'elle fût déjà adulte et même mariée, elle n'avait pu se débarrasser de la pensée que c'était à cause d'elle qu'on s'était acharné à tarir les eaux, pour qu'elle cesse de colporter leurs histoires.

Pourtant, les souvenirs tirés des eaux, elle avait arrêté depuis bien des années de se les raconter et donc de les raconter aux autres, mais lorsqu'elle avait appris que son père, contrairement aux anciens pêcheurs, soutenait avec enthousiasme la décision d'assécher le lac malade, elle n'y avait vu que sa vengeance tardive à l'encontre d'un élément qui lui avait volé sa fille et réduit à néant toutes ses tentatives pédagogiques. Pour preuve, l'importance égale qu'il avait accordée à ces deux entreprises, l'éducation de Hemda et l'assèchement du lac, lesquelles se révélèrent aussi ratées l'une que l'autre, heureusement, il n'avait pas vécu assez longtemps pour se rendre compte à quel point l'opération d'assèchement des marais avait été stupide, ou plutôt, c'était ce qui l'avait tué, car lorsque l'épuisant travail de drainage s'était achevé et que les membres du kibboutz s'étaient rués sur les terres devenues arables, cruellement aucune n'avait répondu à leurs espoirs et son père, qui avait été le premier à reconnaître leur terrible erreur, avait aussi été le premier à en payer personnellement le prix, tout cela pour rien.

Elle se souvenait qu'il prenait inlassablement les mesures des champs ravagés. Il malaxait avec crainte la tourbe inflammable, jouait les rabat-joie, passait d'un planteur à un autre tel un prophète de malheur, jusqu'à ce matin où il ne s'était pas réveillé. Elle était passée en fin de journée, portant lourdement sa grossesse, et l'avait trouvé aussi froid et rigide qu'une statue de marbre avec, incrustées sur le visage, la même colère et la même déception qui s'y peignaient lorsque, petite, elle refusait de marcher. Elle était restée pétrifiée devant le lit, le voilà à nouveau qui levait le bras pour la frapper, oui, car comme avant elle ne pouvait plus marcher, comme avant il faisait pleuvoir ses coups sur elle, une pluie de coups et de mort, elle n'avait pas perdu ses moyens, non, elle ployait sous les impératifs d'une insupportable tristesse, et quand elle avait posé les mains sur son ventre qui se contractait de douleur, elle avait senti ses coups réguliers, toutes les deux minutes, le souffle coupé elle était tombée en arrière, comme à l'époque, essayant d'arracher de ses entrailles la douleur que lui causait l'amour de son père, déchirée par la vie et la mort de celui qu'elle aimait le plus au monde, on l'avait retrouvée presque trop tard, par miracle ils avaient atteint l'hôpital à temps pour l'accouchement qui s'était déclenché bien plus tôt que prévu.

La naissance de Dina, son premier enfant, la mort de son père et la résignation du lac s'étaient mêlées dans son esprit et avaient formé un nœud figé et putride qui, à chaque contact, ne fût-ce qu'en pensée, générait de l'effroi. Le cycle fatal induit par l'arrivée de sa fille et la perte de son père lui avait laissé de telles séquelles qu'elle avait cru, à cette époque, que le mort avait davantage besoin d'elle que la vivante, elle s'imaginait qu'il attendait désespérément son pardon, alors elle avait passé des heures assise sur la tombe fraîche, les seins encore lourds d'un lait qui s'était rapidement tari, et sur le chemin du retour elle allait chercher le lac, persuadée que si elle s'appliquait elle le trouverait, impossible qu'il ait totalement disparu, que la main de l'homme ait réussi à anéantir totalement une telle présence, gigantesque et surnaturelle. Elle était sûre qu'il avait juste réduit ses proportions apparentes mais non son volume réel, et qu'à partir de maintenant il agirait à l'instar d'un dieu qui ne se révèle qu'à ceux qui le méritent, or si quelqu'un le méritait ici-bas, c'était bien elle, voilà pourquoi elle errait dans les nouveaux champs de blé sous lesquels le feu grondait, en quête de l'apparition, de cette chose qui ramènerait les vents, les odeurs, l'onde et ses secrets, et pendant ce temps, dans un berceau de la maison d'enfants, un bébé arrivé avant l'heure suçait goulûment son pouce, une petite fille qui, au lieu d'apporter joie et consolation comme tous les bébés, semblait avoir été frappée de malédiction et ne pouvait espérer que le coup de baguette magique libérateur qui ramènerait sa mère vers le monde des vivants et surtout vers elle. Aussi incroyable que cela puisse paraître, ce coup de baguette magique arriva, deux ans plus tard, sous la forme d'un nouveau bébé, et ce fut lui qui sauva Hemda, l'arracha à ses souffrances et emplit son cœur d'amour, il le fit sans le moindre effort, réussit là où sa grande sœur avait subi un cuisant revers, si bien que ce fut aussi lui qui en récolta les fruits.

Et pendant tout ce temps, quelqu'un d'autre l'attendait aussi, silencieux et non moins déçu que la petite Dina, c'était le bel Alik, maigre silhouette avec son allure d'éternel étranger qui précisément l'avait attirée, il était arrivé au kibboutz avec un groupe de rescapés européens, des jeunes gens qui, dans son environnement trop familier, avaient introduit de nouveaux regards, des sons de langues inconnues, des récits de neige et de cerises, de forêts et de tramways, des descriptions qui, tels des bonbons empoisonnés, plongeaient les plus vieux dans une nostalgie interdite, suscitaient chez les enfants un mépris railleur, mais elle, elle avait tout de suite été attirée par eux, surtout par lui, différent même parmi les différents. Il refusait de s'intégrer, allait marcher tout seul jusqu'à la route comme s'il attendait quelqu'un qui ne venait jamais, et ce fut après avoir fait sa connaissance qu'elle apprit qu'effectivement il attendait ses parents, parce que, en le hissant sur le bateau, au-delà des larmes de la séparation, ils lui avaient promis de venir le rejoindre trois semaines plus tard, dès que seraient obtenus les papiers nécessaires, mais une année s'était écoulée et aucune nouvelle n'était arrivée. Il continua à les attendre toute sa vie, refusant de grandir sans eux, et ce n'est que lorsqu'il comprit que s'ils avaient vécu, ses parents auraient atteint l'âge où l'on part de toute façon rejoindre ses ancêtres, lui-même approchait alors de la cinquantaine, qu'il renonça à cet espoir. Lorsque cette flamme éperdue se fut éteinte, il lâcha prise et attrapa le mal qui allait l'emporter.

Était-ce la vraie histoire, se demande-t-elle en soupirant, eh oui, jusqu'à son dernier souffle elle s'en conterait, des histoires, rien que pour elle-même car personne ne s'y intéresse. A-t-elle le droit de résumer ainsi les années de vie de son mari, en quelques phrases d'une clarté trop évidente ? Peut-être qu'il n'attendait pas ses parents, mais elle, sa femme, peut-être pas elle mais une autre femme, une autre vie. Par malchance, il était arrivé dans son kibboutz, par malchance il était tombé dans ses bras, un beau blond délicat, il avait une tête de moins qu'elle mais aujourd'hui elle sait qu'elle n'était pas digne de lui tant elle avait le cœur déjà pris par l'homme de sa vie, son père, qui ne supportait pas le moindre signe de faiblesse, et c'est elle qui, à son tour, avait obligé cet être vulnérable à avancer sur les rails tendus au-dessus du gouffre, incapable de masquer son agacement et le mépris que lui inspirait une nostalgie nourrie de souvenirs mièvres et perpétuellement ressassés, chaque fois qu'elle se retrouvait allongée sous lui, elle sentait des gouttes salées lui picoter les joues sans qu'elle puisse les essuyer, serrait fort les cuisses, elle avait toujours aimé le regarder mais ne supportait pas de le toucher, détestait son contact invasif et affolé d'adolescent éperdu de reconnaissance pour un instant si bref.

Évidemment qu'il ne pouvait pas l'aider à cette époque, pourtant elle l'espérait chaque fois qu'elle passait le voir au secrétariat du kibboutz, là où il s'étiolait au milieu de paperasses, il avait voulu étudier le droit mais la collectivité ne l'y avait pas autorisé, c'est d'un expert-comptable qu'on a besoin, pas d'un magistrat, lui avait-on répondu, il levait vers elle son regard implorant, Kemda, même son nom, il avait du mal à le prononcer, allons rendre visite à notre bébé, proposait-il, elle grandit si bien, et Hemda hochait tristement la tête, oui, allons rendre visite à cette pauvre petite Dina. Dans sa mémoire, la naissance de sa fille et la mort de son père s'étaient fondues en une seule et même secousse, au point que parfois elle se disait que c'était l'accouchement qui avait provoqué la mort et non le contraire, parfois aussi elle se voyait accoucher de son père tandis que sa fille, immobile, s'était transformée en gisant de marbre, comment son Alik, à la sensibilité si meurtrie, aurait-il pu saisir ne serait-ce qu'une bribe de tout cela, lui qui avait déjà du mal à comprendre la langue qu'elle parlait. Comment expliquer qu'ils s'étaient trouvés, lui qui ne savait pas un mot d'hébreu et elle qui s'exprimait avec tant de recherche et de sophistication, lui dont la vie s'était arrêtée au port de Hambourg, dans les bras de ses parents, et elle qui avait l'impression de ne pas avoir encore commencé la sienne.

Et la mère de Hemda, dans tout ça ? Où était-elle à cette époque ? Sa jolie maman, toujours occupée et qui n'avait pas remarqué le désespoir de sa fille, comment l'aurait-elle pu, d'ailleurs, ne venait-elle pas de perdre son mari adoré. Digne veuve, elle continuait à s'agiter, regardait sa fille avec le même étonnement compatissant que ce fameux jour où, de retour d'une longue absence, elle avait remarqué le bourgeonnement de ses seins, mais où était ta mère au cours de toutes ces nuits noires où ton père, insensible à tes larmes et à tes coups de pied, t'arrachait du lit et te traînait sous une pluie diluvienne jusqu'au bateau de pêche ? Il te voulait vigoureuse comme un homme, aussi téméraire et combative que lui, peut-être avait-il si facilement accepté les absences de sa femme afin d'avoir le champ libre pour pouvoir te façonner, toi, à sa guise ?

Comme elle était lourde, la rame qu'elle tenait dans ses petites mains quand il lui apprenait à frapper l'eau, fuyez poissons, fuyez, voulait-elle crier, ce n'est qu'une feinte, n'en croyez rien, c'est ainsi qu'on pêchait à l'époque, on frappait la surface avec les rames pour effrayer les poissons qui se sauvaient en nageant vers les profondeurs et fonçaient ainsi droit dans le filet tendu en dessous, mais ces poissons étaient les bébés du lac, et le lac les pleurerait amèrement, elle le savait, elle ressentait la douleur de celui dont on prenait les petits, chaque nuit il en perdait davantage, elle craignait qu'il ne cherche à se venger et, le soir, seule dans son lit de la maison d'enfants, elle tremblait de peur dans l'obscurité, persuadée qu'il allait bientôt envoyer ses vagues éplorées pour submerger le kibboutz, noyer tous ses membres et ce ne serait que des siècles plus tard qu'on retrouverait leurs restes, comme les défenses de l'éléphant et le squelette de l'homme préhistorique qui avaient été découverts dans les marais voisins.

Il l'obligeait à pêcher avec lui puis à manger les pauvres poissons, une violente colère montait en elle mais jamais elle n'avait osé rester longtemps fâchée, c'était plutôt des élans de rage qui se muaient instantanément en foi aveugle, il savait ce qu'il faisait, impossible qu'il en soit autrement, c'était un homme intelligent et rigoureux, leur conscience et leur boussole à tous, il ne pouvait pas se tromper. Par sa mort précoce, il avait interrompu le processus de séparation naturel entre une fille et son père, si bien qu'elle était restée, pour son malheur, très proche de lui, mais voilà qu'enfin, pour la première fois, elle va pouvoir remettre son autorité en question, il est revenu dans ce but, assis à son chevet, il la contemple de ses beaux yeux bleus, elle secoue la tête en proie à une terrible colère, tend ses bras non pas pour l'étreindre mais pour lui faire du mal, pour solde de tout compte, papa, elle a tellement de difficultés à formuler ses reproches qu'ils se transforment en maigres geignements, comment as-tu osé me modeler en une autre que celle que j'étais puis m'abandonner comme ça, suspendue entre ciel et terre, incapable d'être la fille que tu voulais, incapable de devenir celle que j'aurais dû être.

Car maintenant elle les voit nettement, les deux fillettes, l'une impitoyable et dure à cuire, l'autre craintive, rêveuse et indolente, tandis qu'elle-même plane au milieu, ou plutôt toutes ses parties flottent dans l'intervalle qui les sépare et, poussées par des forces contraires, s'entrechoquent, comment pourront-elles s'assembler en une petite fille entière, validée conforme, elle est si fatiguée de cette gesticulation frénétique qui dure depuis des dizaines d'années, bien au-delà du temps imparti à son père, bien au-delà du temps imparti à sa mère, bien au-delà du temps imparti à son mari, si épuisée qu'une seule chose s'impose à elle et mue par la force de son amour et de sa faute, elle tend les mains vers le beau cou paternel et serre, l'étrangle lentement et ainsi évacue le reste de volonté qui demeure encore en elle par un dernier élan qui les achèvera tous les deux.

Les bras de sa mère l'attrapent au moment où il se penche vers elle et approche son oreille des vieilles lèvres gercées, saisir quelques mots clairs dans ce lamento qui lui sort de la gorge tel du vomi acide. Le bonheur naïf qu'il a lu dans ses yeux s'est vite mué en plainte, mais au moment où elle s'agrippe à lui il retrouve l'ancien dégoût que ses caresses lui inspiraient, là, à quelques centimètres au-dessus du sternum décharné et de la poitrine creuse. À son grand étonnement, ces mains qu'elle tend ne se rejoignent pas pour devenir l'étreinte avide qu'il connaît trop, elles s'arrêtent à son cou et s'y accrochent avec une force qu'il ne leur soupçonnait pas, en même temps sa plainte se mue en grognements furieux et dans le flou de la trop grande proximité avec la peau ridée et mitée, frappé par l'haleine qui sort de la bouche édentée, il comprend que la vieille femme essaie de l'empêcher de respirer, pendant un court instant, il est prêt à s'abandonner, séduit par l'impuissance originelle du bébé dans les bras de sa mère, pour le meilleur et pour le pire, simplement surpris de constater combien il préfère qu'elle l'étrangle plutôt qu'elle ne l'embrasse.

Les muscles qu'elle vient d'extirper de quelque cachette secrète serrent de plus en plus fort l'anneau des doigts qui se referment autour de sa gorge, il sent son cœur palpiter de plus en plus vite, ferme les yeux avec chagrin et incrédulité, comme lorsqu'on découvre que le gamin qui nous a attirés dans un jeu dangereux est plus fort que nous. À la piscine du kibboutz, il défiait souvent ses petits camarades, quelqu'un peut-il rester aussi longtemps que moi la tête sous l'eau, et il gagnait toujours sauf, parfois, contre sa sœur Dina. Vous êtes une famille à gros poumons, disaient les enfants en riant, à poumons d'hippopotame, mais il savait, lui, et elle aussi sans doute, bien que jamais ils n'en aient parlé, qu'ils ne devaient pas leur victoire à des poumons développés mais à un instinct de vie atrophié, et à la force autodestructrice glaciale que cela induisait, cette même force qui le happe à présent, alors qu'il sent sa tête tomber sur la poitrine de sa mère et sa bave se répandre sur la chemise de nuit déchirée.

Comment as-tu osé, comment as-tu osé, elle hausse la voix et lui lance ces mots avec une incroyable véhémence, tu as tout détruit, tu ne m'as laissé aucune chance, les gencives vides expulsent des rugissements entiers, non digérés, pas même mâchés, tu t'es trompé ! Tu avais tort ! Elle plisse les yeux d'effort et lui meugle dans les oreilles, pourquoi est-ce que, moi, je dois conduire un tracteur ? Pourquoi est-ce que, moi, je dois pêcher dans le lac ? J'avais peur, si peur, pourquoi m'as-tu forcée ? Tu t'es trompé et un père n'a pas le droit de se tromper, l'erreur d'un père, c'est l'échec assuré de la fille, elle lui entoure le cou de ses mots et continue à serrer les mains, il a de moins en moins d'air dans les poumons, comme s'il se noyait, poids mort au fond du lac, je suis le petit noyé, le frère de la petite noyée. Respire-t-il encore, vit-il encore, bien sûr qu'il a la force de se sauver, pourtant il ne se sauve pas, on dirait même qu'il essaie d'aider sa mère à arriver à ses fins, à exaucer son dernier vœu, comme s'il obéissait à une loi de la nature, c'est tellement juste que la personne qui vous a donné la vie soit aussi celle qui vous la reprenne.

Dans le brouillard de l'étourdissement, il revoit le sourire de l'homme couché sur le lit du box voisin et tente de lui sourire en retour, toi et moi, songe-t-il, avons lutté avec une force similaire pour arriver enfin à lâcher prise, parce que avec l'abandon jaillit un bonheur pointu comme une aiguille, un bonheur cruel que tout le chagrin du monde ne pourra endiguer, je le sens, ce bonheur, qui passe de ton corps à mon corps, je me prépare à l'accueillir, il m'atteindra au moment de ta mort et je mourrai moi aussi, mais voilà que des pas rapides s'approchent et il n'en revient pas, l'infirmière vêtue de blanc se rappelle son prénom et celui de sa mère, Avner ! Hemda ! Qu'est-ce que vous fabriquez ? les sermonne-t-elle sur le ton de quelqu'un qui veut séparer deux enfants querelleurs, elle aussi tend les mains vers son cou et arrache les doigts crochus qui s'y agrippaient. Lâchez-le, Hemda, crie l'infirmière, et la vieille, apeurée, obéit, ne me gronde pas, maman, pleurniche-t-elle, c'est lui qui s'est trompé, il avait tort ! Depuis toujours, vous vous occupiez l'un de l'autre au lieu de vous occuper de moi. Avner relève lentement la tête, s'écarte du torse desséché au-dessus duquel il se penchait, émerge lentement de sa torpeur et se retrouve, étonné, nez à nez avec sa femme. Qu'est-ce que tu fais là ? marmonne-t-il comme si cette arrivée en ce lieu, incursion dans un moment qui n'appartient qu'à lui et à sa mère, dépassait l'entendement, mais elle répond, encore sous le choc, Dina m'a demandé de venir la remplacer, pourquoi ne m'as-tu pas prévenue ?

Méfiante, elle le scrute, puis ses yeux passent à la vieille femme qui s'est soudain tue, remontent se poser sur lui, essaient de comprendre le spectacle qu'elle vient d'interrompre, mais il est submergé de colère, encore une fois sa femme l'a sauvé sans même se demander s'il voulait être sauvé et encore une fois, comme dans leur adolescence, elle l'arrache des bras de sa mère et lui inspire le même mélange de rancœur et de gratitude qu'à l'époque, pourtant, à part le ressentiment qu'elle éveille en lui, rien ne reste de la fine jeune fille aux cheveux courts qui lui avait proposé un refuge confortable, censé être temporaire mais devenu son dernier refuge, et ce ressentiment a grossi au fil des années, exactement comme elle dont la taille, les hanches et la nuque, le cou épais, tout s'est alourdi, une femme corpulente a avalé la brunette d'hier et l'a couverte d'un chemisier blanc, pourquoi t'habilles-tu en blanc si tu ne peux pas éviter de te salir ?

Plus le souvenir de l'étau qui lui a enserré la gorge s'éloigne, plus l'air qu'il respire presque malgré lui remplit à nouveau ses poumons. Assailli d'une violente fringale, il se redresse, se masse le cou, n'a qu'une seule envie, c'est de fuir vers un endroit où il pourra s'épandre et se répandre librement, fuir vers une autre vie, une vie non encore vécue, toute de beauté virginale, ce n'est pas de la mort qu'il vient d'être sauvé mais de la soumission, ce n'est pas à des mains étrangères qu'il vient d'être arraché, mais à ses propres mains, il tousse, il a la bouche sèche et le cou encore traversé de spasmes précipités, elle a vraiment l'esprit confus, elle m'a pris pour son père, dit-il pour justifier sa mère, comme si s'étrangler était chose courante entre une fille et son père. Il ne tient en fait pas à parler de ce qui vient de se passer, voilà tellement d'années qu'il n'a pas senti une telle intimité avec sa mère que de vieux souvenirs ont resurgi, et lorsqu'il regarde sa femme dont les joues rougissent, il comprend qu'une fois de plus un élan de bonne volonté vient de se perdre, elle s'est précipitée à l'hôpital pour le soutenir, a mis de côté leur contentieux avec l'intention sincère de l'épauler, mais voilà, de nouveau elle est en trop et lui rongé par la culpabilité, de nouveau ils sont retombés dans les mêmes schémas antagonistes. Y a-t-il une issue à ce maudit engrenage, cherche-t-il d'ailleurs une issue, cette impasse n'est-elle pas justement ce qui lui procure une miette de liberté parce que c'est une impasse et que tous les efforts sont vains, à quoi bon l'attirer contre lui, la prendre par la taille et la remercier d'être venue, à quoi bon lui proposer de venir boire un café avec lui à la cafétéria d'à côté, il se rabat sur sa montre et déclare sèchement, je dois faire un saut au bureau, j'ai un rendez-vous important, tu peux rester avec elle jusqu'à ce que je revienne ?

Et sans un regard, ni pour sa femme ni pour sa mère, il s'en va, ses mains continuent à masser son cou comme si elles essayaient d'enlever une cravate trop serrée ou au contraire de la rajuster, il passe non sans émotion devant le banc sur lequel était assis l'homme, son voisin fugace, c'est de ce banc qu'on l'a guidé jusqu'à la voiture couleur de carrosse royal, c'est plutôt rare par ici, soudain il lui semble qu'il n'y a rien de plus simple que de retrouver une Citroën dorée dans la plus grande ville du pays, il presse le pas, ébranlé, se retrouve sous le soleil agressif du début de l'été et sent que ses rayons, eux aussi, lui enserrent la nuque de leurs doigts brûlants.

Il aime le petit chemin qui mène à son bureau, mélange de faste et de laisser-aller, tu avances entre les tessons de bouteille, les paquets de chips vides, l'odeur d'urine et de crottes de chien et puis, tout à coup, tu tombes sur l'immeuble qui se révèle dans une réelle splendeur antique, cela dure un quart de seconde parce que, aussitôt, cette splendeur disparaît sous la laideur des deux étages dont on l'a affublé. N'est-il pas ainsi lui-même, du moins à ses propres yeux, jeune homme fringant et rayonnant de beauté, sur qui les années ont accroché des étages, une détestable bedaine au-dessus de la taille et des poches sous les yeux, les années qui lui ont aussi terni les cheveux qu'il avait si noirs, raides et brillants, oui, il ressemble à une mauvaise plaisanterie mais serait-il capable de s'habituer à un autre aspect ? Il a quasiment renoncé, épuisé par cette lutte quotidienne, tout cela dépend si peu de lui, et pour qui, à vrai dire. Salomé et les garçons l'acceptent tel qu'il est, bon, ils n'ont pas vraiment le choix, et lui, ce n'est que par instants, comme maintenant, sur le seuil de son bureau, debout face à elle, qu'il entrevoit la possibilité de se dépouiller de tout cela grâce à un simple frôlement, au bon moment, au bon endroit.

Comme il aime s'arrêter à la porte du cabinet, profiter de ce qu'elle ne l'ait pas encore remarqué pour l'observer, il a l'impression de la voir sur un écran, une sorte de projection qui la met hors de portée et transforme toute tentative de l'atteindre en une gesticulation semblable aux efforts de son benjamin pour attraper les personnages de dessins animés qui s'agitent à la télévision, sauf que, sincèrement, il ne veut pas de contact physique avec elle, c'est trop facile et d'une telle vulgarité, tiens, maintenant il touche le chambranle et l'effleure du bout des doigts, cela suffit-il pour marquer la possession ? La posséderait-il si, du bout des doigts, il effleurait l'épais coton du chemisier très cintré qu'elle ferme jusqu'au cou et dans lequel elle doit se sentir mal à l'aise ? Elle se croit obligée de s'habiller ainsi, pour lui et pour les clients, se déplace toute raide à l'intérieur de son petit domaine, chaque fois qu'elle se tourne, apparaît en creux entre deux bourrelets le large élastique de son soutien-gorge qui lui comprime le dos, mais elle ne s'en rend pas compte et indéniablement il est ébranlé par ce secret intime qu'il a débusqué et dont elle ne sait rien.

Jusqu'à l'année dernière, deux stagiaires travaillaient dans son cabinet, parfois il se disait, surtout au moment de passer le seuil, que rentrer à la maison devait ressembler à cela, c'était tellement plus agréable pour lui que d'aller retrouver Salomé et les garçons, était-ce ici sa vraie maison, était-ce ici sa vraie famille, un père célibataire avec deux grandes filles bourrées de talent et qu'il prenait plaisir à guider, si elles se trompaient il ne leur en tenait pas rigueur, et le fait qu'elles changent tous les un ou deux ans n'amoindrissait en rien le sentiment familial qu'il éprouvait, au contraire, cela ne cessait de croître, dans une famille, l'important n'était pas tant l'identité des protagonistes que le rôle imparti à chacun.

Dernièrement, ses activités s'étant réduites, il avait été obligé de se contenter d'une seule stagiaire et était devenu le père célibataire d'une fille unique, au début, la situation lui rappelait les longues années où Tomer, son aîné, était resté son seul enfant, ce n'était qu'après la naissance de Yotam qu'il avait compris à quel point cette période avait été pénible. Au cabinet en revanche, ils s'adaptaient très bien tous les deux à ce cadre réduit, Avner n'avait effectivement pas besoin d'une stagiaire supplémentaire, et cette recrue débordait d'un enthousiasme qui le satisfaisait pleinement, elle faisait preuve d'un sérieux et d'une maturité étonnants, seul ce *i* qu'elle rajoutait à son prénom le dérangeait parfois, pourquoi Anat se présentait-elle avec cette candeur idiote, Anati, comme une gamine de trois ans, elle qui était si intelligente et comprenait tout avec une telle rapidité, pourquoi avait-elle besoin de cette lettre en trop.

Cabinet Horowitch, bonjour, lance-t-elle dans le combiné, non, il n'est pas encore là, sa mère vient d'être hospitalisée, je pense qu'il arrivera en fin de matinée, quoi, ils recommencent à vous empêcher de passer ? Je lui dirai de vous rappeler tout de suite. Le rouge envahit son visage à l'écoute du nouveau préjudice subi et dont elle note rapidement tous les détails dans son cahier, pendant ce temps, il observe le cabinet en parfait état de marche sans lui, douloureuse morsure, un de ces jours, c'est ainsi que fonctionnerait le monde sans lui, toujours autant d'infractions, de coups de téléphone désespérés, de chemises fermées jusqu'au col, de mères et de fils, rien ne manquerait. Ainsi fonctionnerait le monde sans l'homme qu'il avait rencontré ce matin, mais pouvait-il qualifier de rencontre ce face-à-face avec quelqu'un qui ne l'avait pas du tout remarqué, quelqu'un qui de ses dernières forces gardait les yeux braqués sur sa femme, comme s'il voulait graver les traits du beau visage harmonieux dans sa mémoire, c'est pourquoi Avner allait, lui aussi, s'imprégner des lèvres délicates d'Anati qui soufflaient des mots dans le combiné, des doigts fins qui notaient, émus, les informations révoltantes. Par la fenêtre bourgeonne l'aulne hideux qu'il a fini par apprécier, un résistant qui pousse partout, ça n'existe pas, un arbre hideux, avait protesté la jeune stagiaire le jour où, plaisanterie habituelle, il s'était personnellement excusé de cette laideur, mais soudain il sursaute et, comme s'il venait de se réveiller en retard, repousse quelque tâche urgente pour lui dire sans perdre davantage de temps, Anati, j'ai besoin de votre aide. Il a l'impression que s'il l'associe, sa stagiaire rendra son étrange obsession moins étrange, si elle téléphonait à sa place au concessionnaire pour demander qui a acheté, au cours de l'année passée, une Citroën de couleur dorée, cette enquête, dans laquelle il ne pouvait plus ne pas se lancer, s'intégrerait tout naturellement à son monde, elle tourne la tête vers lui, Avni, comment va votre mère, mais enchaîne aussitôt, à propos, Soliman vous cherche, en trois mots elle offre à son patron une entrée logique au cabinet, le pauvre ne va sans doute pas tarder à débarquer ici, d'ailleurs elle n'a pas terminé sa phrase que l'intéressé apparaît, est-ce que, à l'instar d'Avner, il les a, lui aussi, observés au préalable, immobile sur le seuil, attendant d'être officiellement annoncé.

Les deux hommes s'étaient rencontrés des années auparavant, presque par hasard, Soliman, qui coupait le lierre à l'entrée de l'immeuble, l'avait salué puis, après une hésitation, lui avait demandé s'il était bien l'avocat qui venait de s'installer, les voisins lui avaient parlé d'un cabinet au dernier étage, et Avner, qui terminait tout juste ses études et regrettait déjà son choix, avait admis sans conviction être bien la personne recherchée, il s'était aussitôt retrouvé à l'écouter puis à proposer son aide bénévole dans la résolution d'un petit différend, de ces histoires bibliques typiques de la fin du deuxième millénaire, où il était question de trois bergers dont le troupeau avait été confisqué sous prétexte que les bêtes broutaient sur une zone militaire fermée, et à qui l'on demandait à présent de verser une amende astronomique pour les récupérer. Ce premier dossier avait duré presque deux ans, une simple affaire de chèvres devenue un lourd combat qu'il avait porté jusqu'à la haute cour de justice devant laquelle il avait fait appel après avoir déniché un vice de forme dans l'ordonnance de fermeture de la zone, il avait donc obtenu non seulement que les Bédouins récupèrent tout leur argent avec indexation et intérêts, mais qu'ils soient reconnus comme habitants du terrain. Depuis, toute la tribu, Soliman en tête, lui prêtait volontiers des pouvoirs extraordinaires.

Pourtant, ce qu'il lit à présent sur le visage de son interlocuteur n'est que doute et amertume. Vous avez vu que notre recours a été rejeté ? On vient de recevoir l'arrêté autorisant la démolition de l'école, et sans reprendre son souffle Soliman lui tape sur l'estomac, dites donc, Horowitch, vous avez grossi.

Ne vous inquiétez pas, c'était attendu, se hâte-t-il de répondre, on va introduire une requête en référé pour la stopper, vous voulez un café ?

Non, je n'ai pas le temps, je dois bouger.

Il a beau s'habiller avec soin, chemise à rayures et pantalon en lin clair, se raser de près et avoir un stylo qui pointe de la poche, l'odeur de sa tribu, une odeur prégnante de feu et de poussière, lui collera toujours à la peau. Mais combien de requêtes peut-on déposer, il est temps de trouver une solution, maugrée-t-il et Avner soupire, croyez bien que je fais tout ce que je peux, comment avez-vous réussi à passer les barrages ?

J'ai des rendez-vous médicaux, d'ailleurs je suis déjà en retard, j'essaierai de revenir après, dit-il. Soliman parti, vif et décharné, Avner se retourne et s'assied à son bureau, épuisé, contemple les dossiers qui l'entourent, des dossiers remplis de documents, des documents remplis de mots, tant de mots bordent l'impasse dans laquelle poussent leur vie et leur mort, tant de mots pour un camp de tentes démantelé sans légitimité et remonté aussitôt sans autorisation puisqu'il leur est impossible d'en obtenir une, des dossiers remplis de documents relatifs à la construction de sanitaires minables ou de baraques en tôle bancales au milieu du désert, ça n'en finit pas, d'appels en jugements et de jugements en appels, l'État, le sien, se crispe de plus en plus, il traque le moindre soupçon de sédentarisation, voit une menace dans la moindre cuvette de cabinets, est-il possible de combattre dans la peur sans créer de la peur ? Est-il possible de se défendre sans attaquer ? S'il y a eu une occasion, elle a été loupée, mais plus ça va, plus il a l'impression que jamais il n'y a eu d'occasion.

La géographie illusoire de son pays se reflète dans tous ces dossiers, une géographie double, triple, la ville de Hébron est aussi lointaine que proche, Gaza est aussi lointaine que proche, il n'a sous la main que des papiers au lieu d'individus en chair et en os puisque la majeure partie de ses clients ne peuvent pas atteindre son cabinet. Il soupire, tâte son cou encore douloureux, combien de temps cela peut-il continuer? Depuis des années, il se bat contre les institutions les plus puissantes, l'État, l'armée, les services de sécurité, il se bat pour des terres et des indemnisations, des troupeaux et des cabanes en boue, des taudis et des cuvettes de cabinets, oui, parce que c'est là que réside la dignité des malheureux pris entre les feux croisés de forces qui les dépassent, la dignité de Haled, un ouvrier de seize ans qui travaillait chez un marbrier jusqu'à ce qu'une grue lui lâche une pierre tombale sur le dos, depuis il est paralysé, mais comme il n'était pas déclaré, son patron s'en lave les mains, sa famille n'osera pas porter plainte car juste après, le jeune frère a été embauché dans l'entreprise, qui essayera d'obtenir des indemnités pour ce gosse, qui donc s'occupera de Hala, une jeune femme qu'on allait expulser vers la Jordanie en violation totale du droit fondamental de mener une vie privée et familiale normale, qui interviendra pour ces trois enfants grièvement blessés par l'ancien obus de mortier avec lequel ils jouaient, qui s'occupera de ces tribus en voie de disparition, ces âmes libres du désert, ces Bédouins, fiers nomades qui sont à présent réduits à ramasser les ordures aux abords de nos villes? Rares sont ceux qui acceptent de défendre les faibles, les cerveaux les plus brillants se mettent au service du pouvoir, c'est tellement plus excitant de représenter le gouvernement, les banques, les nantis ! Mais toi, quand tu enfiles ta robe dans la salle d'audience, c'est justement là que tu te sens puissant, en plaidant pour les désarmés et les humiliés face au système capable de les broyer, parfois même tu arrives à gagner et alors tu ne te sens plus du tout démuni, sauf que ces dernières années tu peux compter tes victoires sur les doigts de la main, il revoit le visage de Soliman marqué par la déception, est-ce lui, Avner, qui a moins de force ou le pays qui s'est musclé ? Qui se bat avec davantage de rage parce qu'il se sent fragilisé justement ? Il lève les yeux, contemple par la fenêtre l'arbre qui fleurit avec assurance comme si l'hiver ne reviendrait jamais, Anati, j'ai besoin de votre aide, c'est vraiment urgent, répète-t-il, parce que soudain, il est sûr que s'il arrivait à retrouver la voiture dorée, donc le couple qui roulait dedans, il pourrait aussi retarder l'exécution de la sentence rendue par le tribunal d'en haut.

Le carrelage, encore frais de l'hiver qui vient à peine de s'éclipser, émet un discret crissement au contact de son dos brûlant, lorsqu'elle ouvre les yeux, elle a l'impression d'être enveloppée d'un halo de vapeur et découvre sa fille qui, allongée elle aussi sur le sol, se presse contre elle de son corps gracile, une douce odeur de fruits d'été se dégage de son opulente chevelure et elle lui a passé les bras autour du cou, des bras délicats à la peau si soyeuse, quel plaisir de la sentir si proche ! Mamaman, mamaman, lui chuchote-t-elle dans le creux de l'oreille et Dina se fige, ne pas remuer ne serait-ce que l'ongle du petit doigt de peur de rompre le charme et de casser le rêve, elle se contente d'émettre un pitoyable grognement qui ressemble au gémissement d'un chien ayant retrouvé son maître après une longue absence, la nostalgie qui la submerge est tellement lourde qu'elle ne sait quoi en faire, bonheur total donné puis repris, deux faces d'une même médaille.

Les yeux braqués sur le mur, elle voit la photo prise à la maternité et se souvient combien Nitzane aimait venir dans leur lit le samedi matin, parfois, en regardant cette première trace d'elles ensemble, la petite disait avec sérieux, je veux redevenir un bébé, je veux sortir maintenant de ton ventre, paroles qui affolaient aussitôt Dina, sa fille lisait-elle dans ses pensées, car force lui était d'admettre que c'était ce qu'elle désirait elle aussi, accoucher de nouveau de Nitzane, recommencer à élever Nitzane.

Pourquoi tu dis ça ? lui demandait-elle alors avec une naïveté feinte. Parce que c'est plus facile d'être bébé, répondait la douce voix et elle, évidemment, s'empressait de la rassurer, mon amour à moi, c'est bien plus chouette d'être grande, pense à quel point ta vie est intéressante, pense à toutes les choses que tu peux faire aujourd'hui, mais Nitzane s'entêtait, avant, je n'avais pas les problèmes de maintenant, c'est ainsi qu'elle formulait sa détresse devant les amitiés de cet âge qui évoluaient implacablement à coups de mesquineries, de clans qui se faisaient et se défaisaient, c'était l'époque où elle racontait encore le moindre détail de ses journées à une Dina tout ouïe qui la réconfortait, comme elles lui plaisaient, ces conversations durant lesquelles elle pouvait encore étreindre sa fille si sérieuse, si mûre, et voilà que soudain, douloureux rappel de ce bonheur perdu, renaît entre ses bras cette ancienne intimité, plaisir suprême, peau contre peau, cellule contre cellule, c'est comme la communion de la terre et de l'arbre dont les racines s'en vont puiser très profondément ce qui lui permettra de se développer et de s'épanouir.

Mamaman, ne pleure pas, lui souffle Nitzane à l'oreille, tu es tombée mais tout va bien, papa a dit que tout allait bien et que je ne devais pas appeler d'ambulance, comment tu te sens ? Dina hoche la tête, c'est dur de séparer réalité et divagation, d'autant que les mêmes mots servent pour les deux, mais indiscutablement ce qu'elle vient d'entendre appartient à la réalité, papa, ambulance, tout va bien, et pourtant sa sensation intérieure est irréelle, exactement comme lorsqu'elle s'abandonne à ses spéculations imaginaires, qu'elle joue avec les souvenirs d'un passé qui n'a jamais existé, il faudrait un langage réservé aux fantasmes, des organes réservés à l'amour, elle a toujours regretté ce mélange des genres, pourquoi cette confusion entre humeurs sécrétées et humeurs ressenties, alors elle sourit à sa fille en veillant à ne pas écarter les lèvres, Nitzane est si sensible aux odeurs que son haleine risque de la dégoûter.

Mais pourquoi se laisser happer par un passé chimérique alors qu'entre elles deux le passé a bel et bien existé, qu'il était magnifique et totalement satisfaisant, elles s'étaient épanouies l'une à côté de l'autre, elle avait tout eu, s'était gorgée de l'amour de sa fille unique jusqu'à ce que soudain, très récemment, Nitzane ne se mette à la rejeter et, bien qu'elle connaisse par cœur toutes les théories sur le cordon qu'il faut couper, sur le processus inéluctable par lequel tout adolescent doit passer pour construire sa propre identité, bien qu'elle ne remette pas en doute l'amour de sa fille, un amour réel même s'il se cache à présent derrière une barrière hérissée de piquants, oui, bien qu'elle sache tout cela, elle n'arrive pas à renoncer à leur ancienne relation, alors maintenant que Nitzane lui embrasse les joues et chuchote, mamaman, dis quelque chose, je t'en supplie, dis-moi que tu vas bien, elle sourit, muette, comment pourrait-elle expliquer qu'elle ne s'est justement pas sentie aussi bien depuis des lustres, c'est-à-dire aussi heureuse qu'en cet instant, allongée sur le sol aux pieds de son lit, elle sait que si elle avoue ce bonheur lui sera aussitôt retiré et en quelques minutes elle n'ira plus bien du tout, elle resserre les bras autour de sa fille, au-dessus de la charmante tête elle voit un cercle trouer le plafond et s'élargir en margelle autour d'un puits qui se révèle être le ciel, mais pas le vulgaire azur de début d'été, non, son ciel est tapissé de doux nuages hivernaux qui les protègent toutes les deux, tel un épais duvet, et saupoudrent le sol autour d'elles de flocons de neige qui s'entassent en un léger murmure. Instant miraculeux qu'elle va devoir cacher comme elle cachait ses rares trésors à l'époque du kibboutz et de la maison d'enfants où elle dormait, le cacher même de sa propre fille, la chair de sa chair, elle s'en veut de l'inquiéter ainsi, de faire semblant de ne pas avoir retrouvé ses esprits uniquement pour ne pas être privée de ses gestes de tendresse.

Mamaman, elle discerne une vibration puérile dans sa voix, réveille-toi, parle-moi, je ne sais pas quoi faire jusqu'à ce que papa arrive, alors elle ouvre prudemment un œil et contemple Nitzane dont les cheveux pendent de part et d'autre du visage qui se penche vers elle, sa peau est claire, presque translucide, et derrière ses fines lunettes la douceur de ses yeux souligne sa vulnérabilité, sa détresse est si criante que Dina se hâte de la rassurer, ne t'inquiète pas, ma chérie, chuchote-t-elle, je vais bien, j'ai eu un coup de vertige, mais c'est passé.

Je t'ai apporté de l'eau, tiens, je suis si contente que tu te sois réveillée, j'ai eu drôlement peur. Au moment où Dina se redresse un peu pour boire, il lui semble entendre un froissement dans la chambre d'à côté et d'un coup l'image lui revient, délicieuse et effrayante, elle les revoit allongés l'un sur l'autre dans le lit étroit, peau contre peau, cellule contre cellule, alors elle tente une question prudente, il est encore là ? En voyant Nitzane hésiter, elle enchaîne, il s'appelle comment ? Où vous êtes-vous rencontrés, mais elle regrette aussitôt ces questions, pourquoi perdre un si beau moment en questions dont elle connaît la réponse, il s'appelle Noam et ils se sont rencontrés chez Shiri, trop tard, sa fille recule, s'assied en tailleur, la fixe d'un drôle d'air et demande, qui ?

Ma chérie, insiste-t-elle tandis qu'un hoquet embarrassant lui échappe, il y avait quelqu'un avec toi dans la chambre, non ? J'ai ouvert la porte et je vous ai vus dormir, mais l'adolescente secoue la tête, non, il n'y avait personne, Dina lève les yeux vers le plafond, au centre de l'abat-jour dont les bords ont un peu roussi l'ampoule est éteinte, pupille aveugle dans un œil écarquillé, elle se tourne vers la fenêtre qu'elle s'étonne de trouver fermée alors qu'une chaleur de fournaise s'en dégage puis son regard passe à l'armoire dont les portes coulissantes ouvertes révèlent leurs vêtements parfaitement rangés par

Amos. Une inquiétude humiliante, qui ressemble à une perte de repères, l'assaille, rien de neuf sauf son ampleur, bon, se persuade-t-elle, c'est facile de semer le doute, notre passé se modèle comme de la glaise, fruit de notre imagination ou de celle du Créateur, quelle différence à vrai dire ? Pourtant, elle a capté quelque chose, image réelle ou vue de l'esprit que ces deux corps enlacés dans le petit lit, membres soudés les uns aux autres ? Elle décide de laisser la question en suspens et d'accepter la version de sa fille si tel est le prix à payer pour la garder encore si proche, alors elle rit discrètement, j'ai dû rêver, oui, j'ai rêvé que tu étais allongée sur ton lit avec un beau jeune homme qui te ressemblait terriblement, Nitzane la dévisage avec une expression hermétique qui l'effraie, que se passe-t-il, le rempart entre réalité et fiction est-il en train de s'effriter ou, pire, est-ce sa fille qui s'effrite, car si elle lui ment ainsi, cela n'a rien à voir avec le mensonge, c'est un supplice, Dina lui lance un regard aussi affolé que si elle venait de découvrir chez Nitzane les premiers symptômes d'une horrible maladie, la sclérose du cœur. Assise en tailleur et adossée au sommier, celle-ci ne se départit pas de son expression indéchiffrable, elle porte une veste de pyjama que dans sa précipitation elle a enfilée à l'envers, s'est refermée comme une huître, Dina soupire profondément, où a disparu cette relation si simple toute de tendresse et de parole, reviendra-t-elle un jour, elle s'assied à côté de sa fille, face à l'armoire, est-ce que vraiment rien ne reste de ces années-là ?

Désemparée, elle se tourne discrètement vers le miroir accroché sur la porte coulissante, s'y reflète l'adolescente tout entière, la forte cambrure de ses plantes de pied, les fines chevilles, elle est encore très enfant, éthérée en comparaison de ses amies qui sont déjà alourdies de féminité, elle est redevenue difficile à décrypter, comme à l'époque où, petit bébé sans mots, elle exprimait ses souhaits et ses détresses à travers des signes qu'il fallait traduire, et voilà, Dina cherche de nouveau des signes, sauf que cette fois son bébé semble avoir consciemment décidé de l'induire en erreur. Assises côte à côte devant l'armoire restée ouverte, dans le silence qui s'instaure et envahit la pièce bouillante de cette chaleur vexante de début d'été, elles laissent la question peser entre elles de tout son poids, et soudain Dina se demande si on ne lui aurait pas mystérieusement échangé sa gamine, à l'extérieur, elle est restée la même mais en dedans il y a quelqu'un d'autre, n'est-ce pas ainsi que l'on procède avec les immeubles dont on conserve la façade mais qui, derrière, sont totalement refaits, et lorsqu'un des panneaux coulissants commence soudain à vibrer puis carrément à glisser de droite à gauche, elle est prête à croire à un tremblement de terre, pourquoi pas, de toute façon elle a lâché prise, si ce n'est que de ces secousses monte soudain un miaulement guttural et c'est le chat qui pointe le museau, se faufile par l'ouverture en ronronnant et leur extirpe un sourire à toutes les deux.

Lapinou, s'exclame Nitzane qui enfouit aussitôt les doigts dans la fourrure hérissée, petit idiot, tu t'es laissé enfermer dans l'armoire ? Tu sais que c'est là que tu aimais dormir quand tu étais bébé, lui rappelle-t-elle, pas vrai, maman, qu'il dormait dans l'armoire ? Et Dina confirme, pleine de reconnaissance, comme si se raccrocher à un souvenir commun pouvait recréer le lien perdu, elle caresse, elle aussi, les soyeux poils blancs, ses doigts heurtent ceux de sa fille et elle les retire aussitôt comme pour prévenir un rejet instinctif, mais non, au contraire, Nitzane lui attrape la main tandis que de sa gorge s'échappe aussi une espèce de miaulement qui sonne comme le début d'un rire auquel Dina répond joyeusement, espérant enfin entendre quelque chose du genre, tu m'as crue, maman ? Évidemment qu'il y avait quelqu'un avec moi ! Alors elle tend le bras pour enlacer sa fille dont le dos est toujours secoué par cet étrange gloussement qui devient de plus en plus fort, de plus en plus précis.

Que se passe-t-il, ma chérie, pourquoi tu pleures ? Si tu me racontes, je pourrai t'aider, elle la presse contre sa poitrine, à nouveau submergée par la puissance mythique de son état de mère, forte de son amour et de son dévouement, de son sacrifice et de sa détermination, une mère n'est-elle pas censée résoudre tous les problèmes, éradiquer toutes les peines, et voilà que le petit oiseau recroquevillé contre elle, redevenu œuf fragile dans le nid de ses bras, hoquette, sa respiration précipitée éjecte les syllabes, mamaman, je ne sais plus quoi faire.

À quel sujet ? Explique-moi et je pourrai t'aider, mais le grincement de la porte de l'appartement les réduit instantanément au silence, et il est là sur le seuil de la chambre à coucher, il se tient très droit comme tous les petits de taille, l'appareil photo se balance sur son torse, que se passe-t-il ici, les filles ? Sa voix un peu distante exprime sa critique mesurée et habituelle qui marque la séparation entre lui et elles, elles qui le fixent comme s'il venait de les surprendre en flagrant délit, occupées à lui cacher quelque secret féminin pleurnichard dont de toute façon il ne veut rien savoir.

Ça va beaucoup mieux, se hâte-t-elle de préciser au moment où Nitzane se dégage de ses bras, je me suis apparemment évanouie, et il répond, oui, on m'a tenu informé de la situation, tu veux qu'on aille aux urgences ? Il reste planté là, ne s'approche pas d'elle, comme s'il la regardait à travers l'objectif de son appareil photo, non, surtout pas, réplique-t-elle en essayant de ravaler sa colère, même quand il a de bonnes intentions, il tombe mal, elle avait enfin récupéré sa fille et voilà qu'à cause de lui l'adolescente lui échappait à nouveau. Il paraît lui aussi contrarié d'avoir dû rentrer plus tôt à la maison alors que l'état de sa femme ne justifiait pas un tel sacrifice, elle le regarde, embarrassée par sa présence comme s'il était un étranger, lui, avec son expression méprisante et son corps trapu, encore très beau, même plus qu'avant, la maturité va bien aux traits de son visage délicat et un peu juvénile, ses cheveux grisonnants soulignent son hâle et, encadrés par les lunettes, ses yeux bruns n'ont rien perdu de leur éclat curieux et un rien taquin.

Il fut un temps où le contempler la ravissait, elle se sentait elle aussi propriétaire de cette beauté-là, mais depuis quelques années une force aussi discrète que la dérive des continents les éloigne l'un de l'autre, et maintenant qu'assise sur le sol elle lève le visage vers lui, voilà que sa douleur intercostale se renforce, elle voudrait l'attirer à elle et l'obliger à s'asseoir, là, par terre, qu'il remarque sa détresse, devant ta retenue j'ai honte d'éprouver la moindre émotion, mais elle le fixe sans rien dire et soudain un tapotement de pas rapides résonne dans le couloir et la porte d'entrée claque violemment contre le chambranle.

Nitzane est partie ! s'écrie-t-elle en se redressant d'un bond comme si elle allait la rattraper en courant, mais à nouveau elle est assaillie par le vertige, les battements d'aïles d'oiseaux noirs la renversent sur le lit, Amos, rappelle-la, elle est partie ! Et alors, réplique-t-il en la dévisageant comme si elle avait perdu l'esprit, que t'arrive-t-il, on ne la retient pas enfermée à la maison avec toi comme garde-chiourme, elle est partie et elle reviendra, mais Dina secoue la tête, tu ne comprends pas, elle est partie avant de m'avoir dit quelque chose d'important, elle voulait enfin se confier à moi, elle ne va pas bien, elle a besoin d'aide mais je ne sais pas pour quoi.

Tu n'es pas censée savoir, la raille-t-il aussitôt, ce n'est plus une gamine qui raconte tout à sa maman, elle a sa vie, fort heureusement, et pour elle et pour toi, non, tu ne m'écoutes pas, Amos, proteste-t-elle, il s'est passé quelque chose d'étrange, elle m'a menti et après elle l'a regretté, à moins qu'elle ne m'ait pas menti, en fait, je ne sais pas s'il y avait quelqu'un avec elle ou non. Pourquoi, depuis un certain temps, chaque fois qu'il intervient dans le fil de ses pensées, il la déstabilise, la voilà assise et humiliée sur ce lit, en train d'ânonner des mots ridicules, dans un appartement qui s'est vidé de Nitzane mais garde son mystère non élucidé, de nouveau elle essaie de se lever, s'agrippe à l'armoire, pose sur le miroir une main qui se plaque sur le profil dur d'une femme blême et décoiffée, lorsqu'elle arrive enfin à s'éloigner, elle y laisse l'empreinte de ses longs doigts humides et, malgré sa tête encore brumeuse et ses genoux chancelants, elle avance d'un pas déterminé vers la chambre de sa fille.

Il est là, mystérieux et provocant, le lit béant avec ses draps défaits qu'elle fixe les yeux écarquillés, elle essaie de reconstituer l'image, les a-t-elle vus ou pas, ces deux corps peau contre peau, cellule contre cellule, imbriqués tels des jumeaux dans le ventre de leur mère. Nitzane lui avait-elle menti ? Évidemment qu'elle lui avait menti, impossible que Dina ait imaginé une telle scène, quelle méchanceté, lui mentir au point de la faire douter de sa capacité à différencier l'imaginaire de la réalité ! Et prêter à sa fille une intention aussi cruelle ravive aussitôt son chagrin, qui devient tellement insupportable qu'elle se jette sur le lit étroit et se met à le flairer comme un animal aux abois, si seulement elle réussissait à se prouver que Nitzane n'a pas menti.

Elle repousse la fine couverture qui dégage une odeur de feu de camp, les indices sont à chercher sur le drap, sur l'oreiller, que vont te révéler les objets inanimés, que peut-on apprendre de tel ou tel pli, de ce cheveu clair sur lequel tu te jettes soudain pour en vérifier la longueur, seule différence entre eux deux. Le vent du désert gonfle le rideau juste au-dessus de sa tête, est-ce que quelqu'un se terre là-derrière, se demande-t-elle soudain affolée, est-ce là que se niche la vérité ? Tu es malade, lui chuchote-t-on dans un ricanement, tu l'as toujours été mais maintenant impossible de se voiler la face, l'air moite lui souffle ses syllabes de poussière et d'amère déception, tu es malade, malade, et ce n'est qu'alors qu'elle remarque la silhouette d'Amos impeccablement dessinée dans l'embrasure de la porte, a-t-il lui aussi entendu les mots, à moins que ce ne soit lui qui les ait prononcés, comme son expression est réprobatrice, ses lèvres se tordent dans un sourire moqueur, qu'est-ce que tu cherches là-dessus, la preuve de son dépucelage ?

Au lieu de répondre, elle pose la tête sur l'oreiller et tire la couverture à elle, c'est ainsi que Nitzane se couche, un rideau de lin violet d'un côté et la porte de l'autre, une porte qui mène à un appartement aux murs clairs et vides, ils n'y ont presque rien accroché parce que Amos préfère le jeu des ombres projetées par les arbres, peu de meubles aussi, rien que le strict nécessaire, un intérieur simple et propre, presque monacal et presque stylisé. C'est ainsi que Nitzane se couche nuit après nuit, que voit-elle, qu'entend-elle, sait-elle quel effort surhumain ce fut de créer de la lumière aux côtés de cet homme, dans les pays nordiques les habitants remplissent leur maison de bougies, eh bien, c'est ce qu'elle avait fait pendant seize ans, elle avait allumé des tas de petites bougies pour sa fille et veillé sur les flammes afin que le vent ne les éteigne pas. J'ai froid, Amos, s'entend-elle chuchoter mais aussitôt elle rectifie, j'ai chaud, pourquoi avoir lâché froid quand elle voulait dire chaud, et pourquoi s'en remettre à son mari, ce n'est même pas la peine d'essayer, pourtant il s'approche d'elle, s'assied au bord du lit, écoute, tu dois te ressaisir, commence-t-il sans la regarder, je sais que tu traverses une période difficile, l'approche de la ménopause est toujours une période de turbulences pour les femmes, j'ai lu pas mal de trucs là-dessus, certaines réagissent très mal, et toi, tu es du genre à prendre les choses à cœur, elle s'étonne de ne pas entendre de reproche dans sa voix mais plutôt de la bienveillance, alors elle se redresse lentement comme tirée vers lui par les fines cordes de ses mots. Tu as lu des trucs là-dessus ? répète-t-elle presque reconnaissante et il confirme, oui, il ne faut pas minimiser la chose, Dina, j'ai même entendu parler d'une femme tellement déprimée qu'elle s'est suicidée alors qu'elle n'avait jamais eu le moindre problème, elle était mariée, mère de trois enfants, tu dois te ressaisir, c'est peut-être ce que Nitzane essaie de te dire, il faut que tu t'occupes de toi maintenant et pas d'elle.

C'est pour ça qu'elle m'aurait menti ? s'insurge-t-elle sans se laisser convaincre, elle pose la joue sur sa cuisse et continue, elle prétend qu'il n'y avait personne dans ce lit avec elle, mais je sais qu'il y avait quelqu'un, regarde, j'ai trouvé un cheveu du garçon. Elle ouvre un poing moite qui se révèle vide, voilà que les preuves lui échappent les unes après les autres, Amos émet un petit rire, ses mains restent plaquées à son corps au lieu de lui caresser la tête, même si elle t'a menti, où est le problème ? Pourquoi en faire un plat, tout le monde ment, ça ne t'arrive jamais, à toi, de mentir ? À moi, se cabre-t-elle, non, pas vraiment, pas à ceux que j'aime, elle sent son visage rougir au souvenir des mensonges qu'elle a débités le matin même à sa jeune élève, quelle étrange rencontre, ridicule, elle frotte son visage contre le tissu rêche du jean et reprend, mais toi, tu l'acceptes si facilement qu'on dirait que tu mens à tout bout de champ.

Pas à tout bout de champ, uniquement quand je n'ai pas le choix, ces mots sont accompagnés d'une contraction involontaire des muscles des cuisses, elle en a le cœur qui s'accélère, d'ailleurs, tu étais où ? lui demande-t-elle et lorsqu'il répond, en reportage dans le Néguev, elle relève la tête, alors comment es-tu rentré si vite ?

Nitzane m'a tellement effrayé que j'ai foncé, quand on fonce, on arrive vite, mais elle le scrute, soudain assaillie par un doute, à nouveau elle sent la sueur ruisseler de son front et des vapeurs brûlantes déborder de sa poitrine et emplir l'intérieur de son crâne, elles ne vont pas tarder à lui trouer l'occiput pour s'échapper en épaisse fumée noire, tel le génie d'une bouteille. Il passe ses journées sur les routes à sillonner le pays sans elle, souvent accompagné de collègues photographes ou journalistes, des hommes mais aussi des femmes, t'est-il déjà arrivé de me mentir, à moi ? Il lui lance le même regard énigmatique que Nitzane, bien sûr, je n'arrête pas, dit-il avec un fin sourire qui déforme son visage et accentue encore son expression de raillerie permanente, elle l'attire à elle bien que ce ne soit pas de ça dont elle ait envie, de quoi donc a-t-elle envie, si seulement elle le savait, arracher son chagrin, voilà ce qu'elle voudrait, l'extirper de son corps et s'en libérer, elle veut courir légère et aérienne sur des chemins de traverse, retrouver une donnée qu'elle a perdue, une certitude qui s'est dissoute, un espoir fauché.

Sans résistance ni enthousiasme particuliers, il s'allonge sur le dos et elle se couche sur lui, c'est comme ça que je les ai vus, chuchote-t-elle, elle sur lui, ils étaient vraiment imbriqués l'un dans l'autre, elle avait la tête sur sa poitrine, et le plus étrange, c'est qu'ils avaient l'air de jumeaux, pas d'un couple, peut-être parce qu'ils n'étaient qu'à moitié dévêtus ? Dina, ça n'a aucune importance, soupire-t-il, tu n'étais pas censée les voir, pas non plus l'expliquer, de nouveau elle se demande s'il fait semblant de ne pas la comprendre, avant ils se comprenaient si bien tous les deux, mais peu importe à présent car elle a une question plus urgente à lui poser, pas exactement à lui mais au corps ferme et immobile qu'elle sent sous le sien. Oh, Amos, soupire-t-elle consciente de la bêtise de sa tentative, le corps aussi est capable de mentir, elle le sait, celui de son mari comme le sien puisque, à cet instant, ce n'est pas lui qu'elle recherche mais une donnée perdue, une certitude dissoute, un espoir fauché, oui, elle n'a que faire de leur communion trompeuse, que faire de la manière tranquille et confiante dont il l'enlace depuis presque vingt ans, que faire du joyeux soupir qu'il lâche de contentement, et c'est précisément au moment où il décide de la combler que sa tristesse s'accentue, comme ils sont vides, leurs gestes familiers, depuis qu'ils sont privés de la possibilité d'engendrer une nouvelle vie, une vie qui, même si elle ne reste que potentielle et non concrétisée, transforme la moindre caresse en un joyau scintillant, si seulement on pouvait encore faire un enfant, lui murmure-t-elle à l'oreille, pourquoi ne l'avons-nous pas fait quand il était encore temps, quel gâchis, nous avions un trésor que nous avons laissé pourrir.

Pourquoi est-ce que tu parles comme si tu n'avais personne ? maugrée-t-il encore haletant, tu es mère, qu'est-ce que ça change, combien d'enfants tu as eus ? En Europe, on se satisfait d'un seul, ce n'est qu'ici qu'on procrée à tour de bras, il ne faut pas croire que plus tu en as, mieux c'est, mais elle proteste, je ne te parle pas d'idéologie mais d'envie, si tu savais comme j'ai envie d'élever un autre enfant. Ils ont beau être toujours plaqués l'un à l'autre, le gouffre qui les sépare depuis longtemps s'est déjà recreusé, de toute façon c'est trop tard, à quoi bon ressasser d'anciennes discussions qui les avaient menés là et pas ailleurs, à quoi bon accuser ? Elle avait manqué de détermination, son désir avait été trop mou face à l'âpre refus d'Amos, maintenant c'était trop tard puisque leurs corps, toujours unis mais qui bientôt se sépareraient, n'étaient plus capables d'engendrer la vie, à peine quelques gémissements de plaisir passager, rien ne semblait avoir changé en apparence, pourtant un immense chambardement avait secoué leur monde au cours de toutes ces années perdues en vaines négociations. Le binôme unique qu'ils formaient était définitivement périmé, mais rien n'empêchait la création d'un binôme différent, formé d'Amos et d'une autre femme par exemple, une autre femme à qui il donnerait satisfaction, peut-être, et rien que de penser à l'avantage qu'il a sur elle, même s'il n'a pas l'intention d'en profiter, lui paraît si injuste qu'elle demande, avec qui étais-tu quand je t'ai téléphoné ?

Une nouvelle reporter de la rédaction, tu ne la connais pas, il se redresse, la repousse légèrement pour se dégager mais elle insiste, quel âge a-t-elle ? Je n'en ai pas la moindre idée, la trentaine peut-être, une réponse qui attise sa jalousie soudaine, oh, comme elle en veut à cette femme, non pas parce qu'elle accompagnait son mari dans le Néguev, à supposer qu'il s'y soit vraiment rendu, pas non plus pour ses quinze ans de moins, mais parce qu'elle peut réaliser la seule chose dont Dina a vraiment envie, allongée là, toute seule dans le lit, alors en entendant Amos ouvrir le robinet de la douche et s'abandonner au jet violent qui le lavera de son empreinte, elle décide de sortir du lit, de le rejoindre comme ils le faisaient des années auparavant pour se plaquer à lui sous l'eau chaude, sûr que son chagrin fondrait, mais au moment où elle essaie de se lever, un froid glacial en provenance de ses pieds paralyse l'extrémité de ses orteils et monte de plus en plus haut, elle a beau se recroqueviller sous la couverture, elle claque des dents, lourde et gelée.

C'est peut-être ce que ressentent les morts, à supposer qu'ils ressentent quelque chose, la lourdeur de leur corps, la lourdeur de leur mort, la lourdeur de la séparation, car elle a l'impression qu'elle est en train de se séparer, qu'à l'instar du cheveu qui se détache sans bruit elle se détache de son corps, n'a plus ni poids ni emprise, le vent qui souffle à travers le rideau la soulève et l'emporte, elle plane sans force ni volonté dans l'immensité d'un ciel de givre, privé de limites et privé d'horizon. Comme elle est tangible, sa non-existence, bien plus que son existence, bien plus que la voix qui l'appelle par son nom, elle essaie de se réveiller, mais s'est-elle endormie, ce n'est pas du sommeil, c'est la vision d'un autre monde qui peut-être n'est pas autre, peut-être que ce qu'elle a vu, c'est le monde de la vérité et maintenant ses yeux ne s'ouvrent que sur une réalité factice rendue pertinente uniquement par sa durée.

Elle a du mal à maintenir les paupières écartées et, tandis qu'elle tente de remuer ses membres rigidifiés, elle le voit, debout devant elle, les cheveux humides, en train de reboutonner sa chemise en jean. Tu es pâle, remarque-t-il, peut-être as-tu attrapé quelque chose, en ce moment il y a une espèce de virus qui donne des nausées et des vertiges, elle ne répond rien, parce qu'elle attend qu'il s'en aille, étrangement plus il reste auprès d'elle, plus elle se sent seule, mais il s'attarde, tu donnes cours à quelle heure aujourd'hui, tu devrais peut-être annuler, et tout à coup il se souvient, que se passe-t-il avec ta mère ? Elle sursaute, embarrassée, comment a-t-elle pu l'oublier. Depuis toujours sa fille éclipsait sa mère, comme si ces deux-là ne pouvaient pas cohabiter en même temps dans sa vie, comme si elle-même était incapable de se placer à la fois en fille et en mère, la preuve, ce matin, dès qu'elle était rentrée à la maison et avait vu ce qu'elle avait vu, ou pas, cette image avait effacé de sa mémoire la femme qui l'avait mise au monde et gisait à présent les lèvres serrées, agrippée de ses dernières forces au cerf-volant de sa conscience vacillante.

CHAPITRE 4

De nouveau, il essaie de lui enfoncer la petite cuillère dans la bouche, de lui faire boire l'eau douce du lac, de nouveau elle est allongée entre les joncs, au milieu des nénuphars jaunes, le soleil dégèle ses membres qui se fondent à la vase épaisse, il s'agenouille, trempe la petite cuillère dans l'onde et lui verse le liquide dans le gosier, bois, Hemda, bois, on doit assécher le lac, une cuillerée et encore une cuillerée, jusqu'à ce qu'il n'y ait plus d'eau.

Mais j'aime le lac, papa, je ne veux pas qu'il disparaisse, proteste-t-elle essayant de verrouiller ses lèvres, ce qui lui vaut aussitôt une réprimande, rien à voir avec l'amour ! Nous avons besoin de cette terre pour y faire pousser du blé et de l'orge, des pommes et des avocats, il y a le devoir et l'amour, le devoir passe en premier, bois, Hemda, bois, non, gémit-elle, je ne suis qu'une petite fille, comment ingurgiter un lac entier, et il répond, lentement, très lentement, nous avons toute la vie pour ça.

Je ne ferai donc rien d'autre que de rester allongée sur le dos pendant que tu m'obligeras à boire à la petite cuillère ? C'est ce que je ferai toute ma vie ? s'étonne-t-elle, et il rectifie, songeur, toute ta vie peut-être pas mais jusqu'à ce qu'il soit asséché, plus tu boiras vite, plus vite on y arrivera et plus vite tu pourras commencer à vivre. C'est totalement irréaliste, mais l'est-ce davantage que les autres missions qu'il lui a imposées, traverser des ponts bancals, creuser des canaux, sans parler du tracteur qu'il l'avait obligée à conduire et derrière lequel il s'était planté, bras écartés, parce qu'elle refusait d'avancer tant elle était effrayée par le ravin qui bordait la route, je ne bouge pas, avait-il crié, si tu recules, tu m'écrases ! Alors elle avait obéi, les mains tremblantes serrées sur le volant, la bouche béante de terreur, et maintenant aussi elle ouvre la bouche pour remplir sa mission, avaler l'eau du lac, plus douce encore que dans son souvenir. Chaque fois qu'elle l'avait goûtée, elle avait été un peu déçue, les deux mots, eau douce, étaient si prometteurs alors qu'en fait ils ne signifiaient que l'absence de sel, rien de doux, elle avait même envisagé de voler des sachets de sucre au réfectoire dans l'espoir d'en faire du sirop mais n'avait jamais osé, apparemment quelqu'un d'autre s'en était chargé à sa place puisque le goût est à présent bien plus agréable que dans son souvenir, bravo, Hemda, l'encourage son père, tu bois très bien, pourquoi parle-t-il d'une voix si féminine, féminine et rauque, on dirait sa mère.

Maman est là aussi ! s'exclame-t-elle ravie et elle ouvre les yeux en grand pour la voir, mais les referme aussitôt craignant de perdre l'image chérie et si rare qui lutte contre une autre image, l'image de sa bru Salomé qui, assise à son chevet, tient un verre de thé tiède dans une main et une petite cuillère dans l'autre, non, elle veut retourner à ses roseaux élancés et couronnés d'inflorescences aussi blanches que la chevelure des aïeux, c'est aux marais qu'elle appartient et pas à ce lieu qu'elle ne connaît pas, elle appartient aux marais, comme est brève l'époque de l'innocence et en même temps infinie, ce n'est qu'avec sa mort que s'achèvera son enfance.

Je devrais avoir honte, soupire-t-elle en constatant, gênée, que ses parents sont bien plus présents en elle que ses enfants ou son mari, ils sont là, vivants et indispensables, lourds de menaces et d'amour, ils se faufilent par la moindre brèche de sa conscience pour venir la récupérer, son Alik au contraire s'efface de plus en plus, alors elle décide de s'obliger à penser à lui, involontairement inspirée par des odeurs d'hôpital qui la renvoient aux dernières années de son mari, il était devenu si amer, d'une jalousie plus âpre que jamais, comme si ce n'était qu'à cette période qu'il en avait trouvé la justification, il était jaloux parce qu'elle allait bien alors qu'il était malade, parce qu'elle continuerait à vivre alors qu'il allait bientôt mourir.

En apparence, il manquait d'assurance et il était d'une timidité maladive qu'elle avait, par erreur, prise pour du raffinement mais, lorsque la porte se refermait sur eux, Alik se laissait parfois emporter par de terribles colères, surtout après leur départ du kibboutz, lorsqu'ils s'étaient retrouvés pour la première fois à vivre tous les quatre sous un même toit, c'est-à-dire lorsqu'ils étaient devenus une famille. Ils avaient dégoté cet appartement grand comme un mouchoir de poche dans un immeuble populaire d'où l'on voyait le village arabe voisin construit à flanc de coteau, lui, à son corps défendant, avait tout de suite trouvé un emploi dans la succursale d'une banque implantée dans le quartier. Et elle, privée de la structure communautaire qui la protégeait, jamais il n'avait remarqué combien elle en était étrangère tant il s'y était lui-même mal intégré, s'était soudain sentie démunie, parfois elle se disait qu'ils avaient tous les trois été pris en otages par un fou furieux, ou plus exactement tous les deux, elle et Avner, car il avait toujours épargné Dina, unis qu'ils étaient par la fraternité des mal-aimés, un lien qui tenait jusqu'à ce jour et bien qu'il fût mort depuis des années.

Il ne cessait de s'en prendre à son bel Avner, chaque fois que l'adolescent se mettait devant le miroir pour se recoiffer, il lâchait, tu sors encore ? Tu ne crois pas que tu devrais commencer à étudier sérieusement, on ne pourra jamais rien faire de toi ! Hier, tu étais au cinéma, alors aujourd'hui tu restes à la maison, mais elle se dressait en lionne qui défend son petit, qu'est-ce que tu racontes ? Il n'est pas sorti de la semaine, laisse-le tranquille, la dispute familière s'envenimait rapidement tandis que le gamin se faufilait dehors les yeux remplis de larmes et allait de plus en plus loin, le week-end, il se réfugiait chez ses amis au kibboutz. Parfois, elle, la petite brunette aux cheveux courts, débarquait chez eux le vendredi après-midi après un long trajet épuisant.

C'est de mauvaise grâce qu'elle avait accepté cette barrière vivante qui se glissait entre elle et son fils, elle avait longtemps espéré qu'il se trouverait quelqu'un de bien plus brillant ou, mieux, qu'elle n'ait, pendant quelques années encore, à le partager avec personne, mais cette Salomé s'était incrustée, aujourd'hui encore elle s'accroche à lui de toute la force de ses bras de plus en plus épais, elle le tient par les enfants, surtout le grand qui lui ressemble tellement, et lorsque Hemda entrouvre malicieusement les paupières, qu'elle la voit à son chevet, en chair et en os, elle est de nouveau submergée par sa vieille rancœur et, de la main, repousse la petite cuillère puis observe discrètement la tache de thé qui s'étend sur le chemisier blanc de sa belle-fille. Elle voudrait bien savoir où est Avni, même si elle ferait mieux de demander où suis-je, mais aucune question ne sort, pourtant, elle sent ses lèvres remuer, couvrir et dévoiler ses gencives honteusement vides, sur lesquelles elle ne cesse de passer la langue à la recherche de ses dents perdues, de ses années perdues.

Perdues, vraiment ? Assise des heures à sa fenêtre, elle avait déversé sa colère par tonnes, une bile aussi bouillante que la tourbe des marais en perpétuelle effervescence, triplement trahie, par son mari qui avait quitté le monde trop tôt ou trop tard et l'avait abandonnée pour la dernière étape, par ses enfants qui s'éloignaient de plus en plus et par cette ville, Jérusalem, dans laquelle elle avait si ardemment désiré commencer une nouvelle vie et qui lui fait à présent face, indifférente et verrouillée, presque hostile avec ses faubourgs chargés de menaces, tu peux venir habiter en moi si ça te chante, tu peux m'aimer si ça te chante, mais ne me demande rien en échange. À la différence du kibboutz, entité spongieuse et englobante qui prenait et donnait, la ville lui avait toujours paru une masse fermée à la négociation, qui avait repoussé pareillement ses espoirs et ses accusations et les lui avait laissés sur les bras, exactement comme son mari défunt.

Qu'est-ce qui t'a empêchée de vivre, qu'est-ce qui t'a empêchée de connaître de nouvelles personnes, de trouver un nouveau travail, tu n'étais pas si vieille, tu ne peux t'en prendre qu'à ta fierté idiote, toi, la fille de l'aristocratie du kibboutz, reine en exil volontaire venue des lointaines contrées de ce Nord mystérieux, qu'avait-elle en commun avec la trivialité de ses voisins, une majorité de jeunes couples dont les enfants passaient la journée dans une cage d'escalier envahie par des odeurs de cuisine rapide, saucisses grillées, riz carbonisé ou boulettes de viande, et dont la vie éclatée se cognait aux murs d'appartements exigus au-dessus, en dessous et autour d'elle.

Pourquoi ne sors-tu pas un peu, ce n'est pas bon de rester toute la journée à la fenêtre, le paysage ne va pas s'enfuir, inutile de le surveiller ainsi, ses enfants n'avaient cessé de la tancer jusqu'à ce qu'elle se résolve à faire semblant, dès qu'elle les entendait entrer, elle posait sur ses genoux le cahier hérité de sa fille, et soudain elle se redresse, affolée, mon cahier, essaie-t-elle de dire, ne touchez pas à mon cahier, elle vient de comprendre que jamais plus elle ne retournera là-bas, jamais plus elle ne s'assiéra à la fenêtre pour contempler la ligne des collines qui masquent les clochers de Bethléem, elle voit son fils et sa fille éplorés entrer dans son appartement et fouiller dans ses affaires, ouvrir tiroirs et armoires comme s'ils cherchaient la quintessence de ce qu'elle avait été, elle imagine leur joie en découvrant le vieux cahier caché entre les draps puis leur déception au moment où, les mains tremblantes, ils l'ouvriraient et constateraient qu'il était vide.

Oui, c'est tout ce qui resterait de ses quelques décennies sur cette terre, un cahier vide, car jamais elle n'avait osé y inscrire le moindre mot, où le trouver, ce mot, le premier, qui devait être unique, singulier, lourd de majesté et ne ressembler à rien de ce qui avait été écrit auparavant, il devait contenir tous les sons qu'elle avait entendus, toutes les images qu'elle avait vues, toutes les odeurs qui l'avaient enveloppée, le frémissement du vent d'est qui secoue les buissons, les gémissements des poissons pris dans les rets, l'odeur des huttes arabes sous le soleil et la miséricorde des hérons plantés entre les joncs des marais, le papotage des femmes en train de remailler de leurs jeunes mains les filets de pêcheurs, le bruit de l'éclosion des œufs de rouget collés aux galets du ruisseau, la plainte du poisson-chat embusqué au fond du lac à l'affût des alevins, les magnifiques couleurs des mâles en période de frai, les grognements des sangliers, l'odeur de fumée qui monte soudain de la terre, l'aspect des vagues qui se cassent sous le vent et se retournent couvertes d'écume, la beauté des nuages annonciateurs de pluie au-dessus du mont Hermon, l'incrédulité des grues cendrées qui, à leur retour en automne, n'avaient plus trouvé le lac. Elle avait tant chargé un seul et unique mot qu'il avait coulé comme ces lingots métalliques retrouvés au fond du lac après son assèchement, et soudain elle songe que ce serait peut-être le moment d'une ultime tentative, pour ne pas dire d'une première tentative, cette fois sans mot, se contenter de plaquer très fort le cahier contre son corps, qu'il pénètre sous sa peau et s'imprègne de son lait et de son sang. N'est-ce pas son devoir sacré, témoigner tant que cela lui est encore possible, elle, seule rescapée d'une catastrophe, alors elle agite le bras vers sa bru qui semble soudain s'écarter, le cahier, crie-t-elle, apportez-moi mon cahier, mais Salomé s'éloigne de plus en plus, la voilà devenue un point minuscule sur la plage à côté des lumières du kibboutz qui se raréfient parce que la tempête se lève, un vent d'est secoue le bateau, les nénuphars jaunes s'agitent comme s'ils étaient vivants, étalent leurs pétales en cœur sur l'eau corolles gracieuses grappes agrippées au vert vivace qui s'en mêle s'entremêle frissonne.

On avait déjà couché tous les enfants par cette nuit d'orage, elle aussi était fatiguée, mais son père était venu la chercher pour la traîner jusqu'au bateau. Par une telle nuit, tu veux pêcher, papa ? Il fait froid et il pleut, mais il l'avait aussitôt sermonnée, ne joue pas les enfants gâtés, Hemda, en hiver, on doit aussi manger, non ? Il lui avait jeté un poncho imperméable sur les épaules et l'avait tirée derrière lui.

Dans le bateau, quatre hommes aux rames ou au filet, elle se retrouve petit moineau transi à l'arrière, le vent siffle à leurs oreilles, ils lancent les rets sur cette étendue de cambouis noire et la longue rangée de flotteurs remonte à la surface. Ce n'est pas encore ton tour de dormir, reproche son père, tout-puissant maître à bord, à l'un des marins qui somnole à son poste, viens, Hemda, remplace donc Yossef, mais comme elle est dure à manier, la rame, ils s'y mettaient parfois à deux sur la même alors qu'elle doit toujours se débrouiller seule, elle a le visage en sueur malgré le froid, les torrents de pluie coulent le long du poncho et en dessous ses jambes tremblent.

Les feux du kibboutz ont totalement disparu, des éclairs violets et aussi pointus que des épines dardent le Hermon, la pluie se renforce, la surface de l'eau écume, au loin hululent les oiseaux de nuit, elle se penche par-dessus la coque et chuchote, fuyez brochets, fuyez poissons-chats, pourtant elle sait que seule une pêche multicolore dessinera un sourire sur le visage de son père et leur permettra de rentrer avant l'aube, ils accosteront sur la jetée en chantant joyeusement, nous construisons la Galilée, nous construisons la Galilée, tralala, tralalère, ils déchargeront les filets avec satisfaction, iront s'installer dans le réfectoire pour attendre leur plat de friture, elle attrapera une tranche de pain avec de la confiture et courra à l'école, mouillée et fatiguée, puant le poisson.

En fait, il n'y a qu'une seule de ces nuits-là qu'elle veut raconter à son cahier, elle veut lui parler de cette bombonne de gaz à l'intérieur de laquelle on avait fixé un balancier métallique et qui servait de cloche pour annoncer aux pêcheurs les événements de la nuit, principalement les accouchements. Cette fameuse nuit, la cloche ayant bruyamment annoncé à Yossef la naissance de son premier fils, l'heureux papa les avait suppliés de faire demi-tour pour qu'il puisse rejoindre sa femme, mais le chef avait catégoriquement refusé. On ne revient pas avant d'avoir terminé, avait-il déclaré, tu la verras demain matin, les camarades attendent nos poissons, alors Yossef avait serré les lèvres sans insister, c'était un homme retenu et obéissant, un des fondateurs du kibboutz, pourquoi justement cette nuit-là les poissons ne s'en étaient pas laissé conter, pourquoi les filets remontaient-ils tous à la surface aussi vides que lorsqu'on les avait jetés.

Une énigme, la pêche, avait alors dit son père tandis que la cloche ne cessait de sonner, à croire que le bébé ne cessait de naître, et lorsque, au matin, ils avaient accosté avec des filets vides, les quelques camarades qui les attendaient sur la grève, tête basse, avaient étreint Yossef avant de le mener jusqu'à sa tragédie, jusqu'au bébé sorti du ventre d'une mère qu'il venait de perdre, jusqu'au corps de la jeune femme dont la vie s'était interrompue à la suite d'une complication très rare. Face au visage blême de son père, Hemda avait éclaté en sanglots, tout est à cause de toi, lui avait-elle crié, si tu l'avais laissé rentrer, ça ne serait peut-être pas arrivé, au lieu de répondre, il l'avait attrapée par le bras et s'était mis à marcher rapidement vers le réfectoire, ses lèvres frémissaient, si seulement il avait partagé son chagrin avec elle, si seulement il lui avait dit des choses évidentes comme je ne pouvais pas savoir, personne ne pouvait savoir, mais il avait susurré, on n'arrête pas le travail avant d'avoir terminé.

Au petit déjeuner il n'avait rien mangé, s'était versé des verres de thé brûlant les uns après les autres puis avait regagné sa chambre d'un pas un peu chancelant, démarche caractéristique des marins dont le corps prévient le roulis, et il était le pêcheur le plus ancien et le plus âgé, c'est lui qui leur avait appris le métier, à tous, un art que lui avaient transmis les Arabes au début de l'implantation et qu'il avait lui-même transmis aux plus jeunes. Ce jour-là, au lieu d'aller à l'école, elle l'avait suivi et s'était cachée entre les buissons sous sa fenêtre, tremblante de froid et de fatigue, à guetter le moindre sanglot, prête à bondir pour le consoler dès qu'elle l'entendrait, mais seul un lourd silence régnait dans la chambre qui était restée obscure toute la journée, il n'en était sorti qu'au crépuscule, mais alors que tout le kibboutz accompagnait la jeune mère à sa dernière demeure, il avait marché jusqu'à la jetée, sans rassembler les autres pêcheurs ni prendre un panier de provisions. Le cœur lourd, elle avait vu son bateau qui s'éloignait, ne savait-il pas combien il était dangereux de sortir seul pêcher la nuit, avait-il oublié les bandes d'Arabes dissimulés dans les feuillages, qui guettaient hommes et poissons ? Papa, avait-elle crié de loin, reviens, papa, toute la nuit elle s'était tournée et retournée dans son lit, persuadée qu'elle ne le reverrait jamais plus, comme elle le détestait et l'aimait, pleine de pitié et de colère, assassin, murmurait-elle, goûtant chaque syllabe sur sa langue, assassin, qui t'a autorisé à être même plus dur que Dieu lui-même ?

Elle avait suivi avec anxiété l'évolution du petit orphelin qui poussait sous ses yeux telle une pierre tombale en perpétuelle construction, incarnation du temps qui passait et d'une douleur qui ne passait pas, l'après-midi elle voyait Yossef errer sur la pelouse avec son fils, tous les deux maigres et un peu voûtés, couple triste et solitaire. La perte d'une mère marquait si profondément, la perte d'une femme si violemment, ces formules qu'elle avait apprises dans les livres semblaient s'être coulées dans leurs deux silhouettes, et elle imaginait que sa mère à elle adoptait l'enfant pour racheter les péchés de son père, à moins qu'elle-même ne le fasse, car bien qu'elle n'ait eu que douze ans cette fameuse nuit, elle pouvait déjà devenir la mère du petit Hannan, on avait donné au bébé le prénom de la morte, Hannah, elle le pouvait tant elle croyait, en son for intérieur, avoir elle aussi une part de responsabilité, si elle n'avait pas été dans le bateau cette nuit-là, son père se serait certainement montré moins dur mais il était trop préoccupé par l'éducation de sa fille, par l'exemple personnel qu'il tenait à lui donner. Toutes ces années, elle avait eu peur que l'âme de Hannah ne la poursuive, craignant que le jour où elle accoucherait elle aussi mourrait, juste châtiment en fait, sauf que lorsqu'elle avait pris dans ses bras la petite Dina pour la première fois, c'était son père qui gisait devant elle, mort.

Troublante et impitoyable, l'histoire qu'elle veut raconter à son cahier, une perte engendre une autre perte, ils en avaient tant subi au fil des années, sans parler de la grande perte, l'assèchement fatal dont l'ombre avait auparavant plané sur des générations d'enfants au bord de l'eau, est-ce pour cela qu'ils avaient tant aimé le lac ? Depuis toujours, des gens effectuaient des relevés de mauvais augure, des ingénieurs du littoral débarquaient au kibboutz, imbus d'eux-mêmes, comme diligentés pour une mission de première importance, ils maniaient des instruments de plus en plus performants et, même si les enfants changeaient au fil des années, tous suivaient ces arpenteurs avec inquiétude, qu'allez-vous faire de notre mer ? Avez-vous vraiment l'intention de l'assécher ? Mais pourquoi ?

Parce que, d'après eux, leur lac, que les gamins appelaient mer, était le seul obstacle à la concrétisation du renouveau de ce pays, oui, lui, ce lac innocent, magnifique, doucement étendu dans le berceau protégé par les montagnes environnantes, lui seul menaçait la sécurité et l'équilibre de la Nation, son avenir et sa santé, lui et ses marais qualifiés de cancer, d'ailleurs au début Hemda avait mal compris ce mot inconnu, elle avait entendu concert et avait pensé à l'étrange musique qui montait la nuit sous la lumière vert bleuté de la pleine lune, finalement elle avait découvert qu'il ne s'agissait que des hordes de moustiques dont on se protégeait en se recroquevillant sous les baldaquins de tulle blanc, comme des poissons pris dans le filet, ou plutôt, là, c'était chaque poisson dans son épuisette. Elle regardait avec hargne les enfants qui ne cessaient de remuer dans leur lit et leur attribuait des noms : lui, c'était le brochet avec son corps effilé et ses dents pointues, l'autre, le rouget à tête allongée, l'autre encore, le rouget grain de café, elle, là-bas, c'était la carpe, elle la truite, lui le saint-pierre, blanc sur la côte Est et noir dans les marais, et celui-là, c'était le poisson-chat arrivé d'Alexandrie, il guettait sa proie tapi au fond du lac, de toute façon, ils seraient pêchés au matin par Nimrod le géant, le Dieu assis aux pieds du Hermon, oui, Nimrod les lancerait tous de ses bras puissants et, dans leur vol plané, tous verraient une dernière fois leur vallée encastrée, immense amphithéâtre naturel enlacé par les trois bras du Jourdain, les superbes éventails de sédiments et les sources jaillissant du cœur des montagnes tels des éclats de rire retentissants.

Son père aimait lui raconter la légende rapportée par les paysans arabes, l'histoire du géant qui habitait dans la forteresse à laquelle il avait donné son nom, la plus grande forteresse médiévale construite en Eretz-Israël. Il avait un physique à la démesure de son héroïsme, à chaque repas, il avalait des montagnes de nourriture et s'abreuvait de l'eau du fleuve. Assis au sommet du Hermon, il lui suffisait de tendre le bras pour récupérer l'eau du Jourdain à sa source, il se sentait si fort qu'il avait osé, pour son malheur, prendre son arc et défier Allah, alors Allah avait d'abord fait pleuvoir du sang sur ses flèches, à l'aube et au crépuscule, puis, pour le punir de son impiété, lui avait envoyé la plus petite de ses créatures, le moustique, qui s'était engouffré dans son nez et était entré dans son cerveau.

Chaque jour, le moustique sortait se reposer sur

les genoux du géant puis retournait habiter son cerveau, si bien que les yeux de Nimrod se brouillaient et que, n'en pouvant plus, il avait demandé à ses esclaves de lui trancher la tête pour la remplacer par une tête en or. Depuis, une fois par an, un lourd nuage de moustiques sort de sa tombe et s'abat sur les marais de la vallée de Houla, Hemda imaginait volontiers le géant Nimrod sous les traits de son père, parfois, en le voyant somnoler à l'arrière du bateau auréolé du soleil levant, elle se persuadait que les Arabes avaient profité de son sommeil pour lui couper la tête et la remplacer par une tête en or, que c'était de là que lui venait sa cruelle sévérité, et que dès qu'il aurait récupéré sa vraie tête elle sentirait à nouveau combien il l'aimait.

Mais avait-elle jamais senti qu'il l'aimait ? Dès son plus jeune âge, elle avait dû apprendre à décrypter des signes d'amour par-delà sa dureté et ses exigences permanentes. S'il ne l'avait pas aimée, aurait-il investi tant d'efforts pour l'éduquer, aurait-il tant misé sur elle, aurait-il été tant déçu par elle, c'est faux, elle secoue la tête telle une gamine furieuse, la preuve, il ne s'était jamais comporté ainsi avec sa femme. Arrête, Hemda, tu fais de la peine à maman, lui reprochait-il quand elle essayait de parler de ses problèmes à sa mère et même pendant la guerre, le jour où elle avait reçu un éclat d'obus dans la jambe et s'était mise à hurler de douleur et de frayeur, il l'avait fustigée, ça suffit, Hemda, tu ne vois pas que maman pleure ?

Il y a tellement d'espèces de poissons, tellement d'espèces d'amours, de souffrances, tellement de manières de s'agripper. Maintenant encore, elle ne lâchait pas prise. À l'instar du saint-pierre qui portait dans la bouche les œufs fécondés de ses enfants en devenir, ce qui l'empêchait de s'alimenter pendant des mois, elle avait rempli sa gorge de son père et de sa mère, voilà pourquoi elle n'avait plus de place pour ses propres enfants, ses œufs, elle les avait pondus et s'en était bien vite éloignée, oui, elle n'avait commencé à les rechercher qu'avec beaucoup de retard, entre les branchages ou sous les galets, sur les pelouses du kibboutz qu'elle traversait en criant, Avni, Avni, où es-tu ?

Parce que, entre le cabinet et le tribunal, entre son appartement et celui de sa mère, Hemda était revenue chez elle et avait réintégré le lit face à la fenêtre dans la petite chambre, entre ses deux fils, le petit à la joie rayonnante et le grand aussi dégingandé que Salomé, il sillonne la ville avec, en poche, la liste d'adresses qu'a réussi à lui dégoter Anati, elle avait fait preuve d'une malice aussi charmante qu'étonnante pour l'obtenir du concessionnaire, mais sa mission se révèle bien plus ardue qu'il ne s'y attendait : le long des trottoirs, dans les parkings souterrains ou en plein air, couverts ou non, il découvre que sont garées beaucoup de voitures dorées, muettes avec leurs sièges tapissés de cuir ou de tissu, décorées de souvenirs lourds de sens comme les premiers chaussons de bébé suspendus aux rétroviseurs, tant de voitures hermétiquement fermées sur les secrets qu'elles renferment. Il roule lentement malgré une circulation très dense, il ralentit le trafic, suit toutes les taches jaune vif qui renvoient des éclats aveuglants, accepte sans broncher les coups de klaxon et les invectives. Où sont-ils maintenant, où habitent-ils, et s'ils venaient d'une autre ville, et s'ils étaient retournés à l'hôpital, ce couple a sans le savoir partagé avec lui un rare instant de beauté et de douleur qui maintenant l'obsède, et la nuit, incapable de dormir, il se relève et pénètre dans la chambre de ses garçons, est-ce que le malade se tient lui aussi aux pieds du lit de ses enfants, dans l'obscurité menaçante de sa fin imminente et les envoie vers une longue vie sans père ? Reste-t-il auprès d'eux le plus possible, ou au contraire a-t-il du mal à supporter leur présence, trop concentré sur sa douleur, comme l'avait été son propre père. Il imagine l'inconnu qui marche, le soir, dans un grand jardin aux senteurs capiteuses, entre des arbres croulant sous les fruits, un néflier orange, un prunier et des citronniers dont la floraison se termine tout juste, un sourire effrayé barre son visage émacié, mais pourquoi Avner a-t-il tellement envie de le revoir, c'est trop tard pour qu'ils deviennent des amis et de toute façon, voilà quelques années qu'il évite les gens ou, plus exactement, il n'a jamais cherché à fréquenter qui que ce soit.

Il n'a jamais prisé l'amitié virile, et depuis un certain temps il ne prend plus la peine de feindre. Les hommes de son âge le mettent de mauvaise humeur et les plus jeunes le dépriment, en fait c'est tout le genre humain qui lui plaît de moins en moins, autant les oppresseurs que les opprimés, pourtant il s'est lancé à corps perdu dans cette recherche, sort du cabinet à la nuit tombée et roule à travers Jérusalem, jamais il ne l'a autant étudiée, sa ville, guidé par une émotion funeste. Depuis que, tout jeune, il s'y est installé, jamais il n'a pris le temps de la regarder d'aussi près, trop occupé qu'il était à s'y acclimater au jour le jour, si bien que Jérusalem était devenue sa ville sans qu'il la connaisse vraiment, il avait volontiers laissé aux autres le soin de la tester, d'y voir toutes sortes d'intentions et de qualités urbaines tandis que pour lui, elle restait un assemblage fortuit de rues dont l'une était celle où se trouvait son domicile, une autre son cabinet, l'une menait à la cour de cassation, l'autre au tribunal, et voilà que pour la première fois, les éléments s'unissaient en un tout intégral et décisif qui l'englobait lui aussi dans une vague sensation de devoir à accomplir. Bien qu'il n'ait rien à annoncer à cet homme ni à sa famille, il est farouchement déterminé à le retrouver et justement à l'heure où tout le monde se hâte de rentrer à la maison profiter de ses enfants et du dîner, lui se prend à s'attarder encore, il oblique vers l'est, passe devant l'immeuble de sa mère exactement au moment où une lumière s'allume à la fenêtre de la chambre, il a le temps de reconnaître la chevelure d'encre de l'aide-soignante qu'ils viennent d'embaucher, la voilà qui disparaît, lui aussi s'éclipse, un peu plus tard, il passe devant l'immeuble de sa sœur à qui il rend une visite imaginaire, est-ce Nitzane debout à l'entrée du bâtiment, en grande conversation téléphonique qui semble houleuse, son portable est caché sous sa chevelure si bien qu'on dirait qu'elle se bagarre avec elle-même. Il n'a jamais beaucoup apprécié sa nièce, jamais éprouvé de réelle sympathie envers ce petit bout de chou qui énonçait des idées trop mûres pour son âge et la gamine, de son côté, n'avait jamais montré un intérêt quelconque envers lui et les siens, elle ne supportait pas ses fils, il se disait souvent que ces trois-là, avec leur vague mépris, s'étaient construit une famille en vase clos, qui n'avait besoin de personne et certainement pas de lui.

Hé, toi, là-bas, je suis ton unique oncle, tu n'en as pas d'autre, avait-il parfois envie de lui asséner, nous sommes du même sang, en réalité c'était plutôt à sa sœur qu'il voulait asséner ses mots, je suis ton unique frère, tu n'en as pas d'autres, alors pourquoi tant d'indifférence, que t'ai-je fait pour que tu m'en veuilles à ce point, mais où trouver la force de secouer une telle charge émotionnelle et de toute façon, ce qu'ils pourraient se dire avait déjà été dit jusqu'à l'écœurement, ce n'est pas maintenant, à mi-vie, qu'ils trouveraient de nouveaux mots, sans compter qu'il a toujours quelque chose de plus urgent à faire, comme s'attarder en bas de chez lui et consacrer aux siens un bon gros morceau saignant de son temps. Le volet de la terrasse est baissé mais il a l'impression d'entendre le petit pleurer, il sait qu'il doit éteindre le moteur et monter immédiatement, mais il n'a pas mené à bien sa mission, et si cela arrivait ce soir, de toute façon, sa présence chez lui ne servirait à rien, vu qu'il est obnubilé par cette affaire pressante et oppressante. S'il rentre, il veut être décontracté, heureux de voir les siens et inversement, ne pas les décevoir au premier pas, surtout Tomer qui lui lance en permanence de nostalgiques regards hargneux et lui donne envie de repartir aussi sec.

Il y a des gens qui sont ravis de rentrer chez eux, songe-t-il aussi perplexe que si c'était la première fois que cette possibilité lui venait à l'esprit, il essaie de trier ses amis et ses connaissances, s'attarde un instant sur sa femme, à quel groupe appartient Salomé, en fait ? Difficile chez elle de séparer l'amour et le devoir, la compétition et l'envie, parfois il a l'impression qu'elle n'est guidée que par la volonté de lui prouver combien elle est meilleure que lui et dans ce domaine, bien qu'elle ait déjà gagné, elle ne lâche rien. De nouveau, il entend Yotam pleurer, que lui aura donc fait Tomer cette fois, malgré la grande différence d'âge entre ses deux fils, presque dix ans, l'aîné est rongé par une jalousie qui enfle de jour en jour. Oui, il allait tout de suite sortir de la voiture, monter et prendre le petit dans ses bras, lui caresser les boucles moites et l'entendre exulter, papa, papa. Papa, moi ? s'étonnerait-il tant il a encore du mal à se projeter en père d'un si petit garçon. Cette grossesse inattendue et le bébé miraculeux qui en avait résulté participent d'une réalité très éloignée de lui, autant que de Salomé d'ailleurs, elle qui, de surcroît, paraît plus vieille que son âge, quand elle se retrouve avec sa poussette au milieu de jeunes mères, on la prendrait presque pour une grand-mère, c'est sans doute ce qui fait qu'il ne ressent pas sa paternité comme allant de soi mais plutôt comme s'ils s'occupaient de ce bébé par procuration, un bébé arrivé bien trop tard et qui, par chance, ne s'en rendait pas encore compte, occupé qu'il était à satisfaire ses besoins primaires.

La fête est finie, petit garçon, non pas qu'elle ait été particulièrement réussie, mais voilà, maintenant on débarrasse les assiettes en plastique, on jette les restes de nourriture, on empile les chaises en hautes tours, tu n'as pas le pouvoir, petit garçon, de nous ramener en arrière. Les invités sont partis, les boissons ont été bues, la joie éphémère s'est dissipée, il ne reste plus grand-chose, crois-moi, nous faisons encore semblant, pour toi, mais un de ces jours ça te pend au nez, tu le découvriras tout seul, surtout toi qui es un petit gars intelligent, et alors quoi.

Que se passera-t-il alors, soupire-t-il en coupant le moteur et en posant le front contre le volant, rien, il ne se passera rien, cela fait bien longtemps qu'il ne croit plus aux interventions extérieures et radicales, sans doute existent-elles, mais pas pour lui. Lui, il ne connaît que les fluctuations modérées, pas les pentes raides, passer de deux stagiaires au cabinet à une seule, passer de procès gagnés à des compromis et de compromis à des procès perdus, il est déjà hors de sa voiture bouillante, il va rentrer et calmer son benjamin, s'asseoir aussi un peu avec son aîné, l'aider dans ses devoirs, mais la porte qui vient d'être verrouillée dans un cri sec se rouvre immédiatement, pas encore, il est trop tôt pour se laisser happer par la routine de leur soirée, il reviendra dans une heure, maintenant il se doit de continuer, et si cela arrivait cette nuit.

Cette nuit, il fait si chaud, le coucher du soleil n'a apporté aucun rafraîchissement, s'il possède un jardin, l'homme s'y trouve certainement en ce moment, allongé sans force sur un siège, en train de contempler la lune, fine comme un cil tombé d'une paupière. C'est par une nuit identique que son père avait quitté le monde et cela a beau être évident, il s'étonne soudain de ne pas l'avoir revu depuis, oui, cela a beau être évident, il n'en revient pas que plus de vingt ans se soient écoulés sans qu'il l'ait croisé, ce père, et même avant, combien de temps avaient-ils passé ensemble. Toute son enfance, il avait espéré une vraie connivence entre eux, mais la maladie les avait pris de court, dire qu'il était parti sans savoir que son fils avait décidé de faire du droit, les études qu'il avait lui-même rêvé d'entreprendre.

Au début, une espèce d'amère nostalgie remontait de ses entrailles chaque fois qu'il se souvenait de lui et de ses remontrances qui rebondissaient sur les sommets alentour, pourquoi cherchait-il tant à le blesser ? Ils étaient en apparence deux fauves, ou plutôt un lion et un lionceau, mais en fait ils ressemblaient davantage à des moutons perdus au milieu de terres arides, dans ce quartier qui rongeait le désert avec ses barres d'immeubles dressées comme autant de rangées de dents enlaidissant les contours des collines. À la différence de son père, lui, Avner, ne s'en prenait pas à ses enfants, n'élevait jamais la voix, il préférait s'éloigner plutôt que de laisser échapper quelque vérité impossible à contenir, s'en aller comme maintenant, laisser Salomé seule ce soir aussi, il se coule dans le flot de voitures qui roulent vers l'ouest et ressemble à présent à tous les habitants de cet ancien petit village rattaché à la métropole par des liens restés fragiles, ce quartier qui protège avec élégance ses charmantes maisons stylisées et ne se laisse pas vraiment annexer.

Voilà des années qu'il propose à Salomé de s'y installer, d'autant qu'avec la venue de Yotam ils commençaient à être à l'étroit chez eux, mais elle refusait obstinément, c'était trop excentré, elle n'avait pas envie de rallonger ses trajets en voiture, déjà comme ça, ce n'était pas évident, lui reprochait-elle comme s'il en était responsable, ce qui d'ailleurs n'était pas faux, il lui arrive souvent de rester au cabinet jusque tard le soir et c'est elle qui assure le transport des enfants à droite à gauche, voilà, c'est de nouveau elle qui a raison, et de nouveau lui qui en a assez de cet épineux constat parce qu'il a beau se rendre à ses arguments, il a toujours l'impression que quelque chose manque à la logique de sa femme, précisément l'élément qui lui aurait permis d'y adhérer au lieu de la subir. Dommage qu'elle ne veuille pas déménager, parce que en se laissant glisser jusqu'au cœur battant de ce petit quartier bourgeois il sent soudain monter en lui comme une sève d'adolescent, un désir oublié, il roule lentement le long d'étroites ruelles sinueuses, ou plutôt le voilà qui, sur le dos d'un petit âne, cherche une maison dans l'obscurité, et ultérieurement, peut-être même dès le lendemain matin, il serait incapable de dire ce qu'il avait remarqué d'abord, la voiture dorée garée dans un grand parking ou l'annonce de deuil placardée sur le portail sans doute deux jours auparavant, car l'enterrement avait eu lieu la veille, l'enterrement de Raphaël Alon, inhumé au cimetière Har haMenouhot, le bien-nommé Mont-des-Repos, en présence de sa famille, ses parents, Yeshouha et Myriam, sa femme, Élishéva, et ses enfants, Yaara et Avshalom, dont les noms apparaissent en lettres noires sous celui du défunt. Avner sort de sa voiture les genoux tremblants, s'arrête devant l'affichette blanche aux contours noirs et se répète avec un pieux respect le patronyme qu'il découvre enfin. Bénie soit ta mémoire, Raphaël Alon, repose en paix, Raphaël Alon, je me sépare de toi, c'est écrit en toutes lettres, je n'ai pas eu la chance de te connaître, et c'est évidemment le plus grand regret de ma vie pourtant étoffée de ratages, j'ai raté mon père et j'ai raté l'amour, mais c'est devant ta mort officiellement inscrite que mon cœur se serre, alors il regarde autour de lui pour s'assurer qu'il n'y a personne, tend l'index et le passe rapidement sur le nom du défunt puis sur ceux de la veuve et des orphelins, au bout de la liste des endeuillés il trace de petits caractères invisibles et, d'une écriture mystérieuse dessinée avec le bout d'un doigt à la peau chaude et moite, il ajoute son nom à lui, Avner Horowitch.

En entendant des voix féminines, des syllabes feutrées qui s'approchent du portail, il se réfugie en hâte dans sa voiture, allume son autoradio et fait semblant de parler avec son portable, son cœur bat douloureusement, des haut-parleurs sortent des bras squelettiques et désespérés qui se tendent vers lui, semblables à ceux de cet homme dont le nom vient de lui être donné au moment même où il perdait la vie, Raphaël Alon, il était si friable et pourtant quel poids avait sa présence, il palpe rageusement ses propres bras, en écrase la chair flasque. Gamin, il se pinçait jusqu'aux larmes pour que sa peau se couvre de bleus et lorsque sa mère s'affolait à la vue de ces traces, il prétendait que c'était l'œuvre de petits camarades dont il refusait de livrer le nom, maintenant il se surprend à gémir comme si les sons qui envahissent l'habitacle de sa voiture cherchaient à le terrasser. Pourquoi ceux qui aiment sont-ils ainsi arrachés à ceux qui les aiment, pourquoi une sélection cruelle s'opère-t-elle à chaque instant tandis que toi, tu vaques à tes occupations croyant en contrôler les moindres détails. Des gens qui viennent de sortir passent devant ton pare-brise, deux femmes d'âge mûr, sans doute des amies de la veuve, d'Élishéva, ça y est, leur voiture démarre et les phares illuminent un instant ton visage puis s'éloignent. Pauvre Élishéva, sont-elles certainement en train de se dire, comment va-t-elle se débrouiller sans lui, et qu'est-ce qu'elle s'en est bien occupée, et les pauvres enfants, si jeunes, que c'est triste, Avner se l'imagine assise au milieu des visiteurs venus lui présenter leurs condoléances, droite et souveraine, plus belle que toutes les autres, est-ce qu'elle essuie une larme du coin de son chemisier, révélant ainsi fugacement la peau de son ventre lisse, il a tellement envie de la revoir qu'il sort de sa voiture et, dans l'espoir de piéger quelques bruits à travers la porte hermétiquement fermée, il contourne la villa et s'en approche par-derrière.

Aussitôt des aboiements s'élèvent du jardin voisin, ou peut-être de leur jardin, dans ces quartiers-là, impossible de se sentir en sécurité sans chien et impossible de se sentir en sécurité à cause des chiens, peut-être son quartier surpeuplé est-il effectivement préférable, te voilà de nouveau épinglé par des phares de voiture, alors tu fais semblant de te hâter vers le bout de la ruelle escarpée qui, à ta gauche, longe un précipice obscur d'où monte l'odeur d'une nature trop vite fanée, l'odeur de la démission des plantes face au soleil, à n'en pas douter aussi violente que celle de la floraison qui embaume cet endroit pendant le trop bref printemps israélien.

Caché par un petit grenadier, il observe le flot incessant de gens qui débarquent avec de nouvelles condoléances, certains sont venus en voiture, il y a aussi un groupe de jeunes, sans doute des copains des enfants, une fille pleure à chaudes larmes, peut-être la meilleure amie de Yaara ? Au loin, le grondement de la ville frappe ses oreilles, mais le ravin est profond et attirant, comme régi par d'autres lois, alors il s'approche tout au bord, s'assied sur un rocher encore chaud, le deuil qui se déverse là se brise sur son dos et il vacille, enfouit son visage dans ses mains et lâche un amer soupir.

Quelle tragédie, pas encore cinquante ans, entend-il une voix par-derrière, un instant il pense que c'est de lui qu'on parle mais lorsqu'il tourne la tête il découvre une femme au corps lourd, une laisse à la main, ses cheveux teints en roux sont ternes et ébouriffés, elle porte une large tunique sur un saroual, vous êtes aussi de la faculté, demande-t-elle sans vraiment poser la question et en le voyant hocher la tête avec hésitation, elle reprend, vous en sortez ?

Non, en fait, je reviendrai une autre fois, marmonne-t-il, je ne suis pas assez proche pour m'imposer chez eux dès le lendemain, ce n'est pas le lendemain, rétorque-t-elle aussitôt, on a simplement dû repousser l'enterrement jusqu'à hier, le temps de retrouver le fils en Amérique du Sud, mais alors quand est-il décédé ? s'enquiert Avner, incapable de masquer sa surprise. Il y a exactement une semaine, qu'est-ce que vous êtes mal renseignés, à la fac !

C'est moi, j'étais à l'étranger, je viens de rentrer, aujourd'hui, se hâte-t-il de préciser tout en faisant une rapide reconstitution, c'était mardi dernier qu'il les avait vus, son inconnu avait donc rendu l'âme ce jour-là, sauf s'il s'agissait de quelqu'un d'autre qui avait la même voiture. La ville est si vaste et si peuplée, ce ne sont pas les morts qui manquent. Si c'est trop pénible, je peux entrer avec vous, lui propose la femme, je vais chez eux tous les jours, je leur apporte un gâteau ou une tarte salée, et comme je n'y suis pas encore allée aujourd'hui je peux vous accompagner, elle émet un sifflement strident et de la vallée remonte à fond de train un chien noir qui ressemble à un chacal mal proportionné et montre aussitôt les crocs, Avner saute sur ses pieds, effrayé.

Chut, Casanova, du calme tous les deux, dit-elle en riant, avant de se pencher et d'attacher la laisse au collier de l'animal, elle se comporte comme si elle venait de séparer deux frères violents en pleine bagarre, il n'est pas dangereux et vous non plus je présume, en avant, allons-y, continue-t-elle, il n'apprécie pas du tout ses manières, elle est certainement née dans un kibboutz celle-là, son comportement abrupt lui rappelle un peu sa femme et il a l'impression qu'on le traîne en laisse lui aussi, les voilà qui passent devant sa voiture, il peut encore s'éclipser, lancer un mot de remerciement et disparaître avant d'être démasqué, mais non, il attend docilement à côté d'elle qu'on leur ouvre le portail, s'arrange un peu, fourre les bords de sa chemise dans son pantalon, se lisse les cheveux. Et si la veuve le reconnaissait, que lui dirait-il et comment expliquer sa présence ? Malgré les frissons d'embarras qui l'assaillent, il continue à suivre la voisine rousse et son horrible chien qui s'engagent sur le petit chemin bordé de buissons de jasmin d'où s'échappe une odeur à la suavité évanescente.

Et s'il s'agissait de quelqu'un d'autre, une autre famille, et si l'homme des urgences vivait toujours, sauvé par la force de l'amour donné et reçu, ne lui avait-elle pas dit clairement, tu seras bientôt soulagé, Avner s'accroche à cette lueur d'espoir mais, dans le salon où se presse beaucoup de monde, il remarque tout de suite, posée sur la table, la photo du défunt et son léger sourire reconnaissable entre tous, preuve qu'il ne s'est trompé ni d'endroit ni de deuil.

C'était donc arrivé le jour même, le jour de leur rencontre était devenu son dernier jour, danse sans mouvement, chant sans voix, dire que son errance hallucinée à travers la ville dans l'espoir de le revoir s'était déroulée post mortem, il s'adosse au mur, laisse la voisine et son aile protectrice se détourner de lui, elle entame une vive conversation avec une femme de petite taille aux mèches orange carotte et aux traits durs et anguleux marqués par la fatigue, sans bouger il se met en quête du profil majestueux, visage encadré de cheveux noirs, sent cette montée d'adrénaline qu'il connaît de ses plaidoiries au tribunal, ne t'inquiète pas, tu seras bientôt soulagé, lui avait-elle promis, est-ce qu'elle pensait à la mort qui allait bientôt l'emporter, c'était lui, Avner, qui avait entendu cette promesse, lui qui avait partagé avec eux leurs derniers moments ensemble, témoin fortuit de leur amour, fortuit, vraiment ?

Ne la voyant nulle part, il jette un œil vers l'étage, peut-être est-elle allée se reposer un peu, son regard grimpe jusqu'en haut des escaliers qui mènent certainement aux chambres, glisse sur le sol aux douces couleurs pastel, puis redescend au salon, les canapés clairs, les grandes baies vitrées donnant sur le jardin, il ose même détailler les gens qui se rassemblent par grappes, ils ont le même âge que lui, pourvu que personne ne le reconnaisse, ses yeux croisent ceux de la voisine et se baissent aussitôt mais, à sa grande frayeur, celle-ci saute sur l'occasion, le montre du doigt et lance à la petite femme aux cheveux courts, Élishéva, regarde ce que j'ai glané dehors, un collègue de la faculté qui avait peur d'entrer, et Avner est obligé de s'approcher malgré le vertige qui l'assaille, de tendre la main et de marmonner une formule de condoléances à celle qui vient de perdre son mari et n'a rien de commun avec celle qu'il a vue exactement une semaine plus tôt au chevet du défunt, celle qui a partagé ses derniers instants, il se sent rougir jusqu'aux oreilles, à croire que c'est lui qui l'a trompée, d'ailleurs oui, il la trompe présentement et invente en vitesse un congrès à l'étranger où ils se seraient rencontrés, dès qu'il le peut, il lui lâche la main comme si le chagrin rendait toute parole difficile et recule vers le couloir. Fort heureusement pour lui, la porte ne cesse de bourdonner et les visiteurs affluent, la veuve aux cheveux roux est déjà en train de recevoir d'autres condoléances, honnêtes celles-ci, de personnes qui ont réellement connu son mari, pas comme lui, pense-t-il tout en s'éclipsant sous le couvert de l'agitation ambiante, à moins que ce soit lui qui l'ait, en vrai, le mieux connu.

Il se dirige vers sa voiture avec la sensation d'avoir sur les talons le chacal noir qui lui montre les crocs, il accélère le pas, a du mal à retrouver son véhicule au milieu de ceux qui ont eu le temps de s'agglutiner tout autour, lorsqu'il le voit enfin, il cherche ses clés, se souvient les avoir mises dans la poche de son pantalon ou peut-être les a-t-il posées sur le rocher au bord du précipice, il y retourne en hâte, jaillit une voiture dont les phares l'éclairent brièvement, une voiture qui continue jusqu'à la maison des endeuillés mais ne s'arrête pas, il croit presque avoir reconnu le profil au volant, digne et retenu, mais elle passe son chemin, où va-t-elle ? Cette rue étroite donne-t-elle sur la voie principale du quartier ? Il fouille une nouvelle fois dans sa poche et sous ses doigts nerveux sent un petit trou au fond de l'une d'elles, ses clés ont-elles pu tomber par là sans qu'il s'en rende compte ? Quoi qu'il en soit, ne lui reste que son portable éteint, l'appareil le rassure un peu et surtout lui permet d'appeler une station de taxis à qui il demande qu'on vienne le chercher à l'adresse de la famille en deuil, il décide cependant d'avancer un peu, ne manquerait plus qu'il croise à nouveau la voisine avec son chien, il ne sait pas qui craindre davantage, car les deux se sont mêlés dans son esprit en une seule entité, un chacal géant aux poils roux et hérissés, doté de la voix rugueuse d'une femme vulgaire.

Quelques voitures supplémentaires grimpent vers le haut de la ruelle tellement étroite que si quelqu'un arrivait dans l'autre sens l'un des véhicules serait obligé de finir dans le ravin, il continue à scruter, sur le qui-vive, les silhouettes des nouveaux arrivants, croit chaque fois identifier l'inconnue aux cheveux noirs mais ses efforts ne portent pas de fruits car, voilà, les phares qui trouent à présent l'obscurité sont ceux de son taxi salvateur, il s'assied en silence, couvert de sueur, sur la banquette arrière, il est dans un tel état qu'il ne remarque pas le regard interrogateur du chauffeur, alors l'homme finit par lui demander, on va où, machinalement il donne son adresse mais aussitôt se reprend, certes il a chez lui un double de clés, mais à quoi bon faire l'aller-retour, les enfants seraient déçus et Salomé l'abreuverait de reproches comme s'il n'avait d'autre but dans la vie que de les blesser, eux et elle aussi bien sûr, d'ailleurs il a laissé un autre double chez Anati, au cas où, et c'est elle qu'il appelle, essayant de parler d'un ton détaché.

Anati, vous êtes chez vous ? Avez-vous toujours mes clés de voiture ? Est-ce que je peux passer les chercher ? J'ai perdu les miennes, rappelez-moi votre adresse, parfait, c'est vraiment sur mon chemin, il raccroche mais dans le silence qui envahit l'intérieur de la voiture il entend ses mots résonner, stridents comme ceux qui jaillissent des radio taxis, peut-être est-il sur écoutes, peut-être qu'un réseau clandestin et tentaculaire intercepte ses paroles et en décrypte les codes, un réseau auquel sont aussi branchés feu Raphaël Alon et sa bien vivante maîtresse en train de le pleurer en cachette, cette conversation téléphonique involontaire le lie maintenant pour toujours à leur destin, pourtant tout cela résulte d'un enchaînement d'événements totalement fortuits et en même temps extrêmement prémédités, orchestrés sans qu'elle le sache et comme toujours de main de maître par sa mère, oui, par sa mère, sa mère dont la conscience effilochée est à présent incapable de différencier main droite et main gauche, passé et présent.

Attendez-moi là deux minutes, je reviens tout de suite, dit-il au chauffeur qui s'arrête devant une longue barre d'immeubles, il hésite entre les différentes entrées, aller vers la droite ou vers la gauche, toujours la même question, surtout si tu te trouves au milieu et que tu ignores le sens des numéros, tu recules alors que tu as l'impression d'avancer, parfois l'inverse, il fut un temps où il habitait non loin de là avec Salomé, dans un grand ensemble du même genre, et il se souvient que déjà à l'époque, il rentrait chez lui le cœur lourd, imputait à sa femme la laideur du bâtiment, la saleté de la cage d'escalier, oui, à l'époque déjà il l'avait affublée, dans ses pensées, de la rage de ses ratages, ils n'étaient pourtant qu'au début de leur vie, ils auraient pu changer maintes fois d'appartement, maintes fois de conjoint. Pourquoi avait-il si vite tenu à s'engager et pourquoi, de la même manière, s'était-il si vite enterré vivant, dire qu'ils étaient alors tous les deux plus jeunes que celle qui lui ouvre à présent la porte de toute la maladresse de ses vingt ans.

C'est la première fois qu'il la voit autrement qu'avec l'uniforme sévère qu'elle s'impose au cabinet, ce soir elle porte une robe en jersey de coton rouge à pois noirs qui lui donne un air de grosse coccinelle, son corps, débarrassé de la gaine des vêtements moulants, semble se répandre et doubler de volume à chaque mouvement, je voulais vous rappeler, s'excuse-t-elle aussitôt avec un sourire gêné, je ne les retrouve pas, je suis sûre qu'elles sont quelque part mais je ne sais plus où je les ai mises.

Il remarque aussitôt qu'elle a les yeux rouges et humides et la rassure aussitôt, ce n'est pas grave, je vais vous aider à chercher, mais lorsqu'il la suit jusqu'à sa chambre il a un choc, jamais il n'a vu un tel désordre, des piles de vêtements sur le sol, des sandales, des livres, des papiers, il contemple la pièce avec embarras, voit aussi des petites culottes, des Tampax, un débordement charnel autant dépourvu de pudeur que de sensualité, Anati ne semble pas gênée le moins du monde, elle marche pieds nus sur ses affaires, les tourne dans tous les sens et les rejette n'importe où, comme si le trousseau de clés pouvait se trouver dans un bonnet de soutien-gorge ou au fond d'une chaussette, il en est encore à se demander comment l'aider et s'il doit lui aussi soulever les vêtements épars pour les lancer un peu plus loin, que des coups de klaxon retentissent dans la rue et il se souvient du taxi qui l'attend, les deux minutes se sont écoulées, il va lui dire, laissez tomber, Anati, peu importe, je vais récupérer le double que j'ai chez moi, c'est d'ailleurs ce qu'il lui dit avant de foncer en bas des escaliers, mais au lieu d'ouvrir la porte du taxi, de s'installer à l'intérieur, de donner son adresse pour le meilleur et pour le pire, il se penche par la vitre ouverte, règle la course, n'attend même pas la monnaie, retourne en courant jusqu'à l'immeuble, s'engouffre à nouveau dans les escaliers et entre par la porte restée ouverte. Le chauffeur a filé sans m'attendre, lâche-t-il tout essoufflé et elle se plante devant lui, cramoisie, est-ce l'évidence du mensonge de son patron qui la fait rougir, ou l'évidence du mensonge qu'elle lui a servi à son arrivée, puisque, dans un geste enfantin, elle tend un poing fermé, tenez, je les ai trouvées.

La pousser doucement jusqu'à ce qu'elle trébuche et que sa chair flasque s'aplatisse sur les piles de vêtements, robe soulevée sur une simple culotte en coton, elle ferme les yeux, ne demande qu'à le satisfaire, ce n'est pas lui qu'elle attend mais c'est lui qui est là, plaquer les lèvres sur ses épaules féminines et puissantes, sur le sein lourd dont le contour tristounet se dessine nettement sous le tissu à pois. Oui, c'est ce qu'il désire, enlever sa chemise, frotter sa peau contre la peau d'Anati, son âge contre le sien, son deuil contre sa jeunesse, il voudrait s'abandonner entre ses bras et qu'elle le console, qu'elle lui console les lèvres avec ses lèvres, les doigts avec ses doigts, les os avec ses os, il a l'impression d'être emprisonné dans le vide laissé par le mort avant qu'il ne meure et ne sait comment en sortir, comment échapper au néant qui attend derrière les buissons de jasmin surchauffés d'où s'échappe une odeur à la suavité évanescente, ce néant qui ne s'explique pas davantage que la naissance ou la mort, il a l'impression d'avoir été ensorcelé par cet homme qui vivait ses derniers instants et seul un charme inverse pourra le libérer, ce n'est que s'il est consolé qu'il pourra consoler la veuve, les enfants et surtout cette maîtresse que personne ne vient réconforter, le désir qui monte en lui est si impérieux qu'il doit s'agripper de toutes ses forces au chambranle pour résister, entre elle et lui se dressent, enracinées sur le sol, des masses d'air aussi inébranlables que des cadavres, s'il tentait de l'approcher, il serait obligé de les repousser, tous, non seulement Salomé et les garçons, mais aussi la mystérieuse amante.

Il ne compte plus les fois où il a failli céder à ce genre de tentation, où en dernière minute il s'est agrippé à un chambranle, une poignée de porte, sa sacoche, dans de telles situations, n'importe quel objet symbolise à ses yeux la vie équilibrée qu'il risquait de détruire, comme si le moindre écart allait engendrer le chaos, il prend ses clés de voiture qu'elle lui tend toujours, je peux avoir un verre d'eau, demande-t-il la gorge sèche, il fait terriblement chaud dehors, elle file aussitôt dans la cuisine, est-ce bien une déception qu'il a lue sur son visage, qu'attendait-elle, qu'attendait-elle de lui. Le verre n'est pas propre mais il s'efforce de boire dedans, à la maison, il l'aurait bien sûr lavé et relavé, pourquoi est-ce toujours sur lui que ça tombe, lui qui est indiscutablement un peu maniaque, pourquoi se retrouve-t-il toujours face à des femmes qui se fichent de la propreté, il lui rend le verre vide, merci, je vais y aller, dit-il mais à sa grande surprise il l'entend lui demander de ne pas partir tout de suite, je peux vous offrir une bière, lui propose-t-elle avec l'air d'une gamine qui a peur de rester seule à la maison.

Une bière ? répète-t-il comme s'il s'agissait d'une proposition étrange, d'accord, mais à condition que vous buviez avec moi, elle ouvre le réfrigérateur et il en profite pour y jeter un œil, c'est justement bien rangé à l'intérieur, alors il s'assied à la table de la cuisine et essuie la sueur qui perle sur son front. Le soleil, pourtant couché depuis longtemps, frappe encore violemment le plafond de cet appartement situé au dernier étage, ses rayons trouent le fin béton et se plantent sur son crâne pendant qu'elle pose une bouteille devant lui puis s'assied, à nouveau il remarque qu'elle a les yeux rouges, avait-elle passé la soirée à pleurer avant qu'il n'arrive, vous allez bien, vous avez besoin d'aide ? demande-t-il.

À vrai dire, il ne sait presque rien de cette jeune fille qui avait brillamment obtenu son diplôme et débuté chez lui à peine deux mois auparavant, elle lui avait alors expliqué qu'elle tenait à se spécialiser dans la défense des droits de l'homme bien qu'elle ait eu des propositions de cabinets beaucoup plus importants que le sien. Elle se montrait aussi bienveillante qu'efficace envers les clients et consacrait son temps libre à courir les manifestations, injustices et inégalités lui donnaient une énergie d'enfer, assis en face d'elle, il s'aperçoit qu'elle a de très petites incisives, ce qui confère à son sourire embarrassé une expression de manque fondamental.

Non, rien, c'est juste que je suis un peu perturbée aujourd'hui, répond-elle sur un ton enfantin, j'ai quelque chose à vous donner, elle se lève et sort, il l'imagine de nouveau penchée sur les vêtements éparpillés dans sa chambre, un amoncellement dont la totale décontraction l'éblouit soudain, d'où vient cette liberté insoupçonnable dans les gestes d'Anati, mais il se trompe car un instant plus tard elle est de retour et lui tend une enveloppe, ça vient d'arriver de chez l'imprimeur, vous êtes le premier, Avner l'ouvre et en tire un carton brun sur lequel apparaissent des lettres sans fioritures, peu nombreuses, quelques noms, une date, un lieu, il est tellement surpris que son cerveau ne comprend pas ce qu'il est en train de lire et surtout n'arrive pas à faire le lien avec elle.

De quoi s'agit-il, qui se marie ? Vous ? lâche-t-il presque choqué et elle opine sans joie, c'est arrivé aujourd'hui de chez l'imprimeur, répète-t-elle comme si cela expliquait son désarroi, Anati, mais c'est très bien ! s'exclame-t-il en se ressaisissant aussitôt, il se demande s'il doit lui serrer la main ou la prendre dans ses bras, il est assis, elle debout et aucune de ces deux réactions ne convient, mieux vaut donc reporter son attention sur l'invitation qu'il réexamine, il remarque qu'à l'endroit où est inscrit le nom des parents, chez elle il n'y en a qu'un seul, un père, tandis que le marié est, comme il se doit, soutenu par ses deux géniteurs, il voit dans ce détail, qui doit être pris très au sérieux, un déséquilibre douloureux dans la fête annoncée et se souvient soudain de la manière dont elle avait veillé à prendre des nouvelles de Hemda durant toute sa période d'hospitalisation. Qu'est-il arrivé à votre mère ? Elle est morte quand j'avais huit ans, répond Anati qui s'assied en face de lui et s'essuie les yeux, je ne sais pas ce qui m'arrive, quand j'ai vu les invitations, ça m'a tellement effrayée, c'est comme si je comprenais que tout ça, c'était vrai, genre vrai de vrai.

Genre vrai de vrai ? répète-t-il, étonné par ce langage familier totalement incongru dans la bouche de sa stagiaire qui réplique, ben oui, ou plutôt ce n'est pas genre vrai de vrai, c'est vrai tout court, et ça se passera le 20 août pour Anat et Lior, sauf qu'Anat c'est moi en l'occurrence, et je ne suis plus sûre qu'Anat doive épouser Lior, c'est peut-être trop tôt pour elle, et si elle ne l'aimait pas assez, et si elle n'avait pas connu assez d'amour dans sa vie ? Vous parlez toujours de vous à la troisième personne ? s'enquiert-il, interpellé au premier abord, comme d'habitude, par la forme du propos, et elle rougit, seulement quand je suis toute seule, j'ai commencé après la mort de ma mère, je lui parlais toutes les nuits de sa petite fille, c'est devenu normal chez moi, elle prend une gorgée de bière qu'elle avale aussi goulûment qu'une enfant boirait son chocolat, Avner soupire, on n'aime apparemment jamais assez, depuis combien de temps êtes-vous ensemble ?

Quatre ans déjà, c'est mon premier petit copain, quand je pense que c'est moi qui ai insisté pour ce mariage, bizarre comme les choses changent, depuis qu'on a pris la décision et que, pour lui, c'est définitif, tout à coup, moi, je me tâte. Comment savoir ce que l'on doit faire ? Elle lève vers lui ses grands yeux expressifs et il lâche un petit rire, exactement, Anati, c'est la grande question, et la réponse est que personne ne sait sauf quelques chanceux pour qui tout est clair.

Il a toujours l'invitation à la main et la corne sans s'en rendre compte, comment savoir ce que l'on doit faire ? A-t-il un rôle à jouer dans la vie de cette jeune femme, à cet instant précis, doit-il la mettre en garde ? Écoutez, chuchote-t-il très vite, comme s'il craignait de le regretter, j'ai épousé ma première petite amie et depuis, pas un jour sans que je le regrette, pourtant je n'ai jamais tenté de me libérer de ce lien, et je ne peux absolument pas savoir comment ma vie aurait évolué si j'en avais décidé autrement. Ce que je vous dis n'éclaire bien sûr en rien votre histoire, se hâte-t-il de préciser, chaque cas est particulier, mais si vous n'êtes pas sûre de vous, eh bien, attendez, parfois, ça vaut la peine d'attendre l'amour, dût-il venir au dernier moment, quand j'étais à l'hôpital avec ma mère, je l'ai vu de mes yeux, cet amour, ce qui prouve qu'on n'oublie jamais. Il roule le carton entre ses doigts bouleversés par cette confession, ne s'en aperçoit qu'au moment où elle se lève et se dirige vers le téléphone qui sonne, et il est étonné de l'entendre répondre d'une voix glaciale, non, je te l'ai dit tout à l'heure, je veux être seule ce soir, ça suffit maintenant, Lior, arrête de me stresser, et Avner se lève d'un bond comme si ces paroles s'adressaient à lui, lorsqu'elle revient et s'arrête sur le seuil de la cuisine il s'excuse, je dois vraiment partir, on m'attend à la maison, je vous vois demain au cabinet, n'est-ce pas, ajoute-t-il presque à contrecœur parce que, à cet instant, il souhaiterait ne plus jamais la revoir, elle et la question insupportable de son visage, comment savoir ce que l'on doit faire, et lorsqu'il sort de l'immeuble, ses clés de voiture dans la poche déchirée, il froisse l'invitation et la lance dans la poubelle qui déborde et a déjà essaimé autour d'elle des petits buissons d'ordures.

CHAPITRE 5

Ni la philosophie ni la pensée ne peuvent indiquer de quel côté se trouve la justice, répète-t-elle, c'est l'Histoire qui tranche, la réalité qui balaie le doute. Au moment de l'expulsion, l'heure de vérité a sonné pour les Juifs et a marqué la séparation entre d'une part un judaïsme traditionnel, une foi qui a perduré même pendant les périodes de dure répression, et d'autre part des principes philosophiques et spirituels qui ont mené à la conversion. La réponse à la question posée depuis le douzième siècle, à savoir si l'on peut se consacrer à des études séculières, a été déterminée non pas par les commentaires du Talmud, mais par un choix personnel et c'est ce choix qui, d'après les sages de la génération bannie, a clairement séparé ceux dont la vie et la pensée étaient guidées par le judaïsme, ceux à travers qui le judaïsme trouvait son expression, de ceux qui optaient pour le reniement de leur foi et la perte de leur identité, un roucoulement enroué interrompt l'enchaînement des mots qu'elle connaît par cœur, le récit historique dont elle essaie, année après année, de transmettre le déroulement en communiquant son enthousiasme à des classes de plus en plus clairsemées, avec de moins en moins de succès, est-ce sa faute ou les nouvelles générations sont-elles de moins en moins nombreuses ?

Jusque-là, y a-t-il des questions ? Elle balaie la salle du regard, s'arrête sur l'une des étudiantes assise près de la fenêtre le visage inondé de soleil, et remarque, contre sa poitrine, le petit bébé tout heureux qui émet des bruits de succion réguliers. En général, elles lui demandent l'autorisation et en général, elle ne refuse pas. Bravo, Avigaïl, lance-t-elle avec contrariété, il vient de naître et doit déjà apprendre que les Juifs ont été cruellement persécutés ? L'agacement embrase son visage, elle reprend son exposé d'une voix sévère comme si elle cherchait à intimider le nouveau-né, il y a eu deux conséquences tragiques à l'expulsion des Juifs, le drame de ceux qui ont été chassés et le drame de ceux qui sont restés. À la fin du quinzième siècle, ces deux drames convergent et aboutissent à une profonde remise en question du judaïsme et de la manière dont il avait été pratiqué pendant des centaines d'années en Espagne, ce qui oblige les populations juives à adopter de nouveaux rites, elle ne peut quitter des yeux l'image de ce corps à deux têtes, de nouveau cette douleur intercostale aiguë, deux têtes, une petite et une grande qui se nourrissent mutuellement, une image aussi merveilleuse que monstrueuse. Le contour sombre du mamelon aspiré par la bouche du bébé, la volupté affichée par le visage de la mère, les bruits de tétée et le glouglou du minuscule estomac qui se remplit de lait, il ne lui en faut pas davantage pour qu'une vague de colère la submerge, contre ce petit élève distrait et surtout contre cette mère qui la met, elle, dans une situation insupportable en lui imposant de voir et d'entendre des choses qui, exactement comme l'acte sexuel, n'ont pas leur place dans un lieu public.

Avigaïl, je suis désolée mais ces pleurs nous dérangent tous, s'entend-elle articuler sèchement, j'aimerais que tu trouves un arrangement pour les heures de cours, l'interpellée sursaute comme si on la tirait d'un doux sommeil et elle proteste dans un rictus offensé, mais il ne pleure pas ! Évidemment qu'il pleure, et moi, je ne peux pas faire cours dans ces conditions, impossible de se concentrer, il fait trop de bruit. Sans cacher son impatience, Dina suit les gestes de l'étudiante qui rassemble ses affaires et emporte, serré contre elle, un bébé dont les poumons lancent un grand cri en guise d'au revoir. Elle se tourne vers sa classe, sourit aux élèves qui lui restent, je suis désolée, en général, ça ne me dérange pas, mais aujourd'hui c'est particulièrement perturbant, non ?

Leur approbation, elle pourrait l'attendre jusqu'à demain matin, la situation est d'une évidence criante, une femme squelettique bientôt ménopausée exclut de son cours une jeune maman féconde, alors elle reprend, à la suite de l'expulsion, l'aspect messianique de la religion juive s'est renforcé, non seulement en s'appuyant sur l'immortalité de l'âme, mais aussi sur le salut terrestre du corps, si bien que le rappel de la diaspora et la résurrection des morts sont devenus des aspirations immédiates. En parallèle, la crainte de l'anéantissement et l'espoir de salut ont fusionné, la chaise vide d'Avigaïl, inondée de soleil, attire son regard comme un aimant, est-ce une tétine oubliée qui traîne au coin du siège, elle pourrait aller la ramasser à la fin du cours et la cacher dans son sac, la confisquer, que ça lui serve de leçon, mais ses élèves en penseraient quoi ? Même sans cela, ils la toisent avec des yeux méfiants, alors elle termine un peu avant l'heure et court se réfugier dans la salle des professeurs, pourvu que Naomie y soit, oui, elle y est, penchée sur une bible ouverte, occupée à prendre des notes dans un cahier.

Qu'est-ce que tu cherches encore là-dedans, tu la connais par cœur, lui lance-t-elle en souriant mais son amie lève vers elle un regard fatigué, souligné par de sombres cernes, si c'était vrai ! Ça fait des années que je n'ai pas enseigné cette histoire et je ne me souviens plus de rien. Laquelle ? s'enquiert Dina qui se verse un verre d'eau froide. Celle de Hannah et Samuel, j'avais oublié à quel point elle était choquante, comment peut-on abandonner son enfant, si petit, et après l'avoir tellement désiré ? Dina, qui ne l'écoute que d'une oreille, la coupe, tu veux que je te raconte une autre histoire choquante ? Je viens d'exclure une élève sous prétexte qu'elle avait emmené son bébé en classe.

C'est ton droit, moi aussi, les bébés qui pleurent me dérangent.

C'est que justement il ne pleurait pas, le bébé, susurre-t-elle tout bas afin que leurs collègues n'entendent pas, je lui ai dit de sortir parce que j'étais jalouse, tu comprends, je ne pouvais pas supporter la vue de ce petit bout de chou, et Naomie lui pose une main sur le bras, vraiment, Dina, de quoi peux-tu être jalouse, lui aussi finira par la quitter, même celle qui fait dix enfants se retrouve seule, crois-moi.

Merci, mais ce n'est pas exact, réplique-t-elle dans un soupir en s'installant sur la chaise d'en face, il y a une différence entre une grande et une petite famille, entre se retrouver seule à quarante-cinq ans ou à soixante-cinq ans.

Bien sûr qu'il y a une différence, mais elle n'est pas fondamentale, c'est d'ailleurs peut-être plus sain d'être livré à soi-même quand on est encore jeune et pas au dernier moment, regarde-moi, d'ici à ce que mon Rohi grandisse et quitte la maison, je serai une vieille toute ratatinée. Le plus tard est le mieux, s'entête Dina qui essuie la sueur de son visage avec une serviette en papier, tu ne peux pas imaginer ce que c'est que de vouloir donner mais de ne pas avoir à qui, de sentir soudain que plus personne n'a besoin de toi. On m'a raconté récemment qu'une femme s'est suicidée au moment de la ménopause et je la comprends sans problèmes. Dina, c'est dingue comme tu exagères toujours tout ! Amos, à sa manière, a besoin de toi et Nitzane aussi évidemment, elle n'a que seize ans, c'est juste que chaque fois qu'elle te fait la tête, tu montes sur tes grands chevaux. Pour qu'elle me fasse la tête, ironise Dina, il faudrait d'abord que je la voie, ce qui n'arrive presque plus, elle vit sa vie, elle est tout le temps occupée et moi, je n'ai pas la moindre idée de ce qu'elle fabrique, elle ne me raconte rien. C'est parfait, ça veut juste dire que ta fille chérie est une adolescente comme les autres, pas qu'elle n'a plus besoin de toi. Tu te retrouves un peu sur la touche, la belle affaire, Naomie écarte sa bible de son cahier pour illustrer ce qu'elle vient de déclarer et elle ne la contredit pas, au contraire, c'est clair, sache que je me suis fait une raison, la seule chose que je ne peux pas me pardonner, c'est de ne pas avoir eu un autre enfant, parce que si j'avais maintenant un petit à la maison, comme toi avec ton Rohi, tout me paraîtrait différent.

Qu'est-ce que tu nous fais, là ? On dirait Hannah qui prie pour avoir un enfant, attention, tes prières seront peut-être exaucées mais tu as vu le prix qu'elle a payé ? Naomie sourit, prend une rapide gorgée de café et rassemble ses affaires, allez, on bouge, on n'est pas en retard ? Moi, j'ai terminé pour aujourd'hui, mes deux dernières heures ont sauté, j'ai une classe en stage. Tu n'as rien à regretter, lui chuchote encore son amie en la serrant contre elle dans une étreinte moite, tu ne le voulais sans doute pas suffisamment, il ne faut pas juger les choses *a posteriori*, pense aux avantages que tu en retires, chez moi, c'est un asile de fous, le désordre permanent, ça n'arrête pas de se bagarrer, toi, au moins, tu peux profiter du calme.

Sauf que je ne cherche pas le calme, proteste-t-elle mais Naomie s'engouffre déjà dans la salle qu'elle a libérée une dizaine de minutes auparavant, elle suit du regard sa silhouette trapue, une vraie maman ourse, avec ses quatre oursons et son ours de mari, la famille nounours, comme les appelait Nitzane qui se moquait volontiers d'eux. Quoi, ils vont encore avoir un petit ? s'était-elle étonnée quatre ans auparavant en apprenant que Naomie était de nouveau enceinte, ils n'en ont pas marre de faire des bébénours ? En plus à quoi ça sert, ils se ressemblent tous comme deux gouttes d'eau. Quelle chance j'ai d'être fille unique, lançait-elle aussi de temps en temps, c'est le pied, si je m'ennuie, je peux inviter une copine, si j'en ai marre des copines, je peux être seule, et le mieux, c'est que j'ai ma maman rien que pour moi, Mamaman, concluait-elle avant de venir se lover contre Dina en ronronnant comme un chaton.

Oui, telle avait été leur vie, elle ne devait pas l'oublier, d'autres règles avaient régi leur cellule familiale pendant toute une époque, ils s'étaient constitué un territoire à part, fier et indépendant, et regardaient de haut la conduite maladroite des autres familles qui croulaient sous le poids des reproches et des disputes. À l'évidence, le plaisir que j'éprouve en élevant une et unique Nitzane est bien supérieur à celui que Naomie éprouve avec ses quatre enfants réunis, se répétait-elle à l'envi, j'ai du temps pour ma fille, de la patience, je peux lui donner tout ce que je veux sans me sentir coupable envers un autre enfant, quant à Amos, un enfant lui suffit amplement, il a les besoins aussi limités que les capacités, jamais elle ne s'était imaginé que tout cela changerait et jamais elle ne s'était imaginé que sa décontraction affichée se basait sur l'hypothèse qu'elle pouvait, si et quand elle le voulait, être de nouveau enceinte, et voilà que d'un seul coup, en moins d'un an, une guerre s'était déclarée sur plusieurs fronts en même temps, elle avait vu Nitzane s'éloigner comme si la douce couverture d'une relation fusionnelle ne les avait jamais protégées, et avait dû accepter qu'à la place de la chaleur que sa fille lui avait dispensée pendant toutes ces années, de pénibles bouffées de chaleur l'assaillent, souvent accompagnées de vertiges qui la laissaient quasiment sur le point de défaillir, hagarde elle était venue frapper aux portes du cœur d'Amos et à celles des centres de fertilité, tout cela pour se retrouver face à l'amère réalité, elle devait faire une croix sur les merveilles de l'enfantement, sur cet éclat sacré qui transfigurait le visage de sa jeune élève et avait éveillé sa colère et son chagrin.

Elle sort du parking au volant de sa voiture, et c'est là qu'elle la remarque, à l'arrêt du bus, encore tout empesée de sa grossesse, d'une main inexpérimentée elle tient sa poussette, son sac, son bébé, une couverture inutile qui lui échappe, alors Dina s'arrête à sa hauteur et lui propose, un peu mal à l'aise, de la déposer quelque part, n'importe où, j'ai le temps, mais la jeune maman secoue la tête, pas la peine, mon bus va arriver, je suis désolée mais les petits bruits m'empêchaient de me concentrer même s'il ne pleurait pas vraiment, tente-t-elle à nouveau, Avigaïl hésite, resserre son bras autour du bébé puis finit par lui accorder son pardon du bout des lèvres, pas de problème, je ne viendrai plus avec lui.

Sauf que, même pardonnée, Dina n'arrive pas à renoncer, il lui faut absolument recueillir la mère et l'enfant au moins pour un petit moment, dans l'espace confiné de sa voiture, il les lui faut, là, maintenant, tout de suite. Allez, monte, ça compensera ma saute d'humeur de tout à l'heure, insiste-t-elle avec un sourire si bienveillant que l'élève se laisse convaincre et met tout son barda dans le coffre, elle en a des affaires, on dirait une réfugiée fuyant un pays en guerre.

La jeune femme s'installe sur la banquette arrière avec le bébé endormi dans les bras, elle s'escrime pour attacher la ceinture de sécurité sous le regard de Dina qui l'observe dans son rétroviseur et démarre, envoûtée par la maladresse de ces gestes, par la négligence et le laisser-aller de la demoiselle qui, à peine quelques mois auparavant, prenait tant soin de sa personne, portait des vêtements moulants et des hauts talons, mais maintenant elle est mille fois plus belle car tous ses actes sont guidés par une raison supérieure : elle mange pour que son bébé soit bien nourri, elle dort pour bien s'occuper de son bébé, est-ce que le vide laissé par cette finalité qui s'effrite au fil du temps peut, un jour, être comblé par autre chose.

Où habites-tu ? Elle est prête à la conduire au bout du monde, pourvu qu'on la laisse emplir ses poumons de cette présence qui la met au supplice, quelques minutes plus tôt elle n'avait pu la supporter et à présent elle ne peut envisager d'en être privée. C'est parfait, ma mère aussi habite par là et j'avais l'intention de lui rendre visite aujourd'hui, déclare-t-elle avec trop de précipitation en entendant la réponse, et pourquoi ne deviendrais-tu pas son chauffeur personnel tant que tu y es, la raille alors une petite voix intérieure, tu pourrais aussi lui proposer tes services de nounou, et pourquoi te contenter d'elle, tu pourrais punaiser une annonce dans la rue, nounou adulte et responsable, titulaire d'un presque doctorat et enseignant dans un institut d'études supérieures, quelle brillante carrière s'offre à toi, et tandis qu'elle roule dans des rues de moins en moins fréquentées, chauffées à blanc par un soleil d'après-midi, qu'elle surveille par le rétroviseur sa prisonnière au visage radieux et aux seins gonflés qui serre contre elle un bébé endormi, se trame dans son cerveau un scénario cruel et en même temps d'une grande mansuétude, elle se voit éjecter la jeune mère au milieu du désert et rester seule avec le nourrisson, en voilà une surprise pour sa fille et son mari lorsqu'ils rentreraient à la maison, un nouveau bébé, une nouvelle vie. Nitzane sautillerait autour de lui en exultant et elle aurait enfin droit à un geste tendre et ému de sa part, Amos aurait son sourire retenu et se saisirait de l'appareil photo qui se balance en permanence sur sa poitrine, un seul baiser suffirait pour elle et ce bébé, et elle doit secouer la tête à plusieurs reprises pour évacuer le murmure de ce fantasme diabolique. Oui, le bonheur a pris place dans un coin de son rétroviseur, si près et si douloureusement inaccessible qu'elle n'ose pas s'adresser à lui, et d'ailleurs que dire à la jeune mère douillettement installée dans cette célébration de dévouement et de dévotion, lui demander l'âge de son fils, et comment s'appelle-t-il, et fait-il déjà ses nuits ? Mieux vaut s'en abstenir, un crissement de jalousie s'échapperait assurément de sa gorge si elle ouvrait la bouche, de toute façon les petits détails sont insignifiants et bien vite oubliés, combien de temps garderait-elle encore en mémoire l'évolution précise de Nitzane ? Il n'y a que de leur amour partagé dont elle se souviendrait, l'instant où il était né et celui où il était parti.

Elle voit les paupières de la jeune femme tomber sur ses yeux, elle va s'endormir, sans doute le petit ne fait-il pas ses nuits, c'est le moment d'accélérer, le désert ardent est là, tout près, c'est au prochain carrefour à gauche, dit Avigaïl d'une petite voix, Dina s'arrête devant des barres d'immeubles en pierre construites les unes sur les autres, récentes et pourtant déjà défraîchies, elle serre les lèvres, honteuse, sort de la voiture, extirpe la poussette de son coffre et, en généreuse chauffeuse de taxi, lui tend ensuite le reste de ses affaires. Vraiment merci, vraiment, et votre mère, elle habite où ? demande sa passagère qui essaie en dernière minute d'engager la conversation avec son imprévisible prof d'histoire. Pas loin, marmonne Dina avant de la planter là, debout sur le trottoir, elle la laisse suivre la voiture qui s'éloigne d'un regard plein de reconnaissance, loin de s'imaginer à quel danger elle vient de réchapper.

Chacun avec le bébé qu'il mérite, sourit-elle d'amertume en se penchant sur le large visage de sa mère troué par deux yeux rouges telles des plaies qui s'ouvrent sous l'ombre pâle des sourcils, est-ce que je vais la prendre dans mes bras et la bercer, maman chérie, je vais te chatouiller le ventre, te mettre une tétine dans la bouche, je vais t'envelopper d'une couverture, après je sortirai de la chambre sur la pointe des pieds et je reviendrai aussitôt sans bruit pour te regarder dormir. Comment se fait-il que tu sois la seule à m'être restée, toi justement qui jamais n'as été mienne et qui, de toute façon, n'es plus toi-même, juste un débris humain. Une esquisse de sourire déforme les vieilles lèvres crispées, Dina a l'impression que sa mère, sans doute happée par l'une de ses nombreuses hallucinations, n'essaie même pas de cacher à quel point elle se réjouit du malheur de sa fille, n'a-t-elle pas passé son temps à la critiquer, à lui reprocher son dévouement exagéré envers Nitzane dans lequel elle ne voyait qu'un doigt accusateur pointé contre elle, uniquement nourri pour lui rappeler quelle mère indigne elle avait été : regarde, c'est comme ça qu'on élève sa fille, regarde, c'est comme ça qu'on aime sa fille, alors oui, Hemda était certainement ravie de découvrir que sa Dina donneuse de leçons s'était elle aussi fourvoyée, qu'elle le reconnaissait, bien qu'elle ignorât où exactement était l'erreur. Que de compétitions couvaient sous ce toit, toutes ces années, sa mère disputait l'amour d'Avner à Salomé, disputait l'amour de Dina à Nitzane, elle avait aussi encouragé tous ses petits-enfants à se disputer l'amour de leur grand-mère après avoir laissé Dina et Avner se disputer l'amour de leur mère, que de compétitions perdues d'avance pour tout le monde, le perdant perdait et, aussi étonnant que cela puisse paraître, le gagnant aussi perdait, songe-t-elle en détaillant le corps allongé devant elle dans la pénombre de la chambre, la garde-malade a profité de sa venue pour aller faire les courses, l'a laissée veiller sur sa mère comme si elle était digne de confiance.

Elle est bien naïve, cette Rachel, de croire qu'on peut compter sur moi, ricane-t-elle, comment sait-elle que je ne vais pas profiter de l'impuissance de la vieille patiente dont elle a la garde pour lui faire du mal, il n'y a personne au monde qui lui en veuille autant que moi. Le premier voyou qui s'introduirait dans l'appartement pour lui voler des bijoux ou de l'argent afin de se payer sa drogue aurait, envers elle, davantage de compassion que moi, non, c'est faux, en réalité, elle a raison, Rachel, on peut compter sur moi, parce que moi, je n'ai plus rien à lui voler. Un cambrioleur aurait encore l'espoir de trouver quelques billets dans son porte-monnaie, mais moi, je ne peux plus rien recevoir d'elle, et certainement pas ce dont j'ai besoin, pas un gramme, pas un malheureux petit sou oublié.

À nouveau, un sourire se dessine sur les lèvres sèches, un sourire un peu minaudant cette fois, qui ravive aussitôt la colère de Dina, alors elle va remonter le store, une violente lumière australe inonde la pièce, maman, réveille-toi, la presse-t-elle en lui secouant l'épaule, tu auras tout le temps de dormir plus tard, je dois te demander quelque chose, elle insiste parce que soudain elle a l'impression que c'est sa dernière chance, que la conscience de sa mère se fendille de plus en plus mais peut-être que justement la chance lui sourira enfin, lorsqu'elle se penche sur le visage poisseux de sommeil, elle se souvient de la fois où elle était entrée dans la chambre de ses parents à l'heure habituelle de la visite des enfants mais avait trouvé sa mère au lit, elle l'avait si peu vue dormir qu'elle l'avait crue morte et s'était mise à la secouer, maman, tu es vivante, tu es vivante, avait-elle crié en larmes, Hemda avait ouvert des yeux étonnés et l'avait grondée, évidemment que je suis vivante, pourquoi tu cries comme ça, j'ai la grippe, c'est tout. Penaude, elle s'était alors glissée sous la couverture, contact si étrange, si rare, avec le corps maternel, et elle se souvient aussi comment, à ce moment-là, l'aversion qu'elle inspirait à sa mère s'était graduellement infiltrée en elle, à peine une légère réticence physique que celle-ci n'arrivait pas à surmonter bien qu'elle lui ait passé un bras autour des épaules, Dina avait été submergée de pitié envers cette pauvre femme obligée de supporter une telle intimité avec sa fille, depuis, il lui arrivait de retrouver, sous la couverture, un vague écho de cette sensation au contact du corps d'Amos, elle se retournait alors et se recroquevillait comme si on l'avait battue.

La lumière qui inonde la pièce illumine le visage flétri de sa mère comme ces fruits que l'on voit se ratatiner au pied des arbres, tachés et balafrés, mais soudain son regard morne s'éclaire et Dina se précipite à son chevet, tout émue, ça va, maman? demande-t-elle dans un hurlement inattendu et aussitôt elle soulève la couverture, se glisse dans ce lit qui avait été le sien, dans cette chambre qui avait été la sienne, elle se presse comme à l'époque contre ce corps, méconnaissable tant il a rétréci. Mamaman, marmonne-t-elle, tu te souviens que Nitzane m'appelait comme ça ? Peut-être que toi aussi, tu aimeras ce surnom, j'ai besoin d'aide, mamaman, elle se serre encore plus contre cette chair qui dégage une chaleur faible mais constante, aussi indifférente qu'un cadavre mais pourtant encore vivante, je suis si seule, c'est certainement ce que tu as ressenti après la mort de papa et notre départ de la maison, sauf qu'Amos n'est pas mort et que Nitzane n'a pas quitté la maison, pourtant, si tu savais comme je me sens seule, c'est toi qui avais raison et moi qui me suis trompée, j'aurais dû faire un autre enfant, maintenant c'est trop tard, je sais qu'il y a des catastrophes pires que celle-ci, mais j'ai l'impression que ma vie s'est arrêtée, elle déplace avec précaution le bras de sa mère et le pose sous sa nuque, étreinte contrainte.

Tu entends, maman, je veux courir pour aller chercher un gamin à la maternelle, je veux voir la joie illuminer son visage à mon arrivée, je veux le serrer dans mes bras et l'emmener au zoo, je veux jouer avec lui et lui lire des histoires, tu vois tout ce que j'ai à lui donner, j'ai du temps, j'ai de la patience et j'ai de l'amour mais je n'ai pas d'enfant, sauf que parfois il est là, il prend la forme de ce fils que j'ai failli mettre au monde, le jumeau de Nitzane, je le vois avec une telle netteté, si tu savais, et pendant qu'elle parle, elle reste plaquée à sa mère, évite de la regarder tant elle craint d'être repoussée par un sourire égaré ou une expression creuse et c'est la raison pour laquelle elle sursaute lorsque soudain une voix se fait entendre, comme si une troisième présence, extraterrestre, s'était jointe à elles, elle est déjà tellement habituée au mutisme de sa mère qu'elle n'en revient pas, pourtant c'est bien elle qui soudain balbutie des mots brouillés, trouve-le, cet enfant.

Quoi, qu'est-ce que tu dis? Elle se retourne et s'approche de la bouche de sa mère malgré l'haleine fétide qui s'en échappe, quel enfant, comment est-ce que je le trouverais puisqu'il est mort en moi, dans mon ventre, mais à nouveau la voix monte, trouve-toi un enfant, et voilà que les yeux se referment, impossible de savoir si ces paroles lui étaient vraiment destinées ou si ce n'était que la convergence fortuite de leurs deux consciences, depuis qu'elle est rentrée de l'hôpital, Hemda dort la plupart du temps et ne réagit quasiment à rien, elle ne semble même plus les reconnaître, pourtant, par instants, se peint sur son visage une expression de vif ressentiment et c'est à eux qu'elle l'adresse, pas de doute là-dessus.

Maman, explique-moi ce que tu voulais dire, la supplie-t-elle, comment le trouverais-je, où trouve-t-on des enfants? Elle n'obtient comme réponse qu'un raclement de gorge et repose la tête sur l'oreiller, étrange, les ronflements d'Amos l'obligent à se tourner et se retourner dans le lit pendant des heures tandis que ceux de sa mère la calment un peu, dernier signe d'une vie qui palpite encore. Si tu savais, maman, j'ai tellement froid en ce moment que même ton peu de chaleur m'est nécessaire, distille-t-elle dans ses grandes oreilles, des oreilles de vieille éléphante accrochées à un crâne bien dégarni, et j'ai tellement chaud que j'ai justement besoin de ta froideur, parfois j'ai l'impression que je deviens folle, récemment on m'a parlé d'une femme de mon âge qui s'est suicidée sans mobile apparent, je ne sais rien d'elle mais je la comprends tellement, elle s'est pendue, me semble-t-il, pendue comme on accroche une chemise dans l'armoire après le repassage, as-tu un jour songé à te pendre ? Et lorsque sa mère lui envoie un faible grognement, elle chuchote, tout va bien, maman, détends-toi, j'ai l'impression que jamais nous n'avons réussi à avoir une conversation aussi précieuse, que jamais tu ne m'as autant aidée.

Malgré le vent chaud qui entre par la fenêtre, elle claque des dents, se colle au corps immobile à côté d'elle et finit par sombrer dans une douce somnolence tandis qu'elle croit entendre sa mère lui chuchoter, dors, dors, comme ce fameux après-midi où, gamine, elle s'était glissée avec elle dans le lit. Dors, dors, lui avait-elle alors ordonné pour l'empêcher de parler, mais Dina avait profité du sommeil de sa mère pour la contempler, détailler le visage rougi par la fièvre et la tête encadrée d'une épaisse chevelure en bataille qu'elle n'avait pas cessé de caresser, et puis soudain elle avait vu son père debout sur le seuil, ma Dina, dépêche-toi de sortir de là avant que maman ne te transmette ses microbes, elle a beaucoup de fièvre, et il l'avait extirpée, elle n'avait pas compris pourquoi Hemda était tellement froide si elle avait tellement de fièvre, et maintenant aussi il est là, debout sur le seuil, et vient perturber son sommeil, avait-il alors une intention cachée en l'extirpant du lit de sa mère comme s'il l'éloignait d'une zone de grand danger ? Elle était censée être à lui, selon un accord tacite passé entre les deux époux, Dina était à papa et Avner à maman, une mauvaise affaire pour tout le monde, alors quoi, maintenant aussi, il serait revenu d'entre les morts pour les séparer toutes les deux, que se passe-t-il, papa ? La vieillesse serait-elle contagieuse elle aussi, la mort serait-elle contagieuse elle aussi ?

Ah, c'est là que vous êtes, lui lance Rachel, je me demandais effectivement comment vous aviez pu partir en laissant maman toute seule, et devant Dina qui s'est assise sur le lit l'esprit encore embrumé de sommeil elle vante ses achats, j'ai rapporté de magnifiques tomates, je vais en faire une purée, avec un peu de sel et d'huile d'olive, peut-être que vous aussi, vous en voudrez ? Non, merci, je dois partir. Elle se lève lourdement, les os douloureux, comme si elle venait, avec quarante ans de retard, d'attraper la grippe d'alors.

Buvez quelque chose, vous n'avez pas l'air dans votre assiette, je vous prépare un thé au citron, et elle n'en revient pas de cette femme qui doit avoir à peu près son âge et a décidé de jouer les mères attentives ou du moins telles qu'elle se les imagine, telle que la sienne n'a jamais été, alors elle accepte la généreuse proposition, s'assied dans la cuisine et observe les doigts rapides qui versent l'eau bouillante, pressent un citron, guident aller et retour une tomate sur la râpe, je vais bientôt me retrouver avec un bavoir autour du cou, à me laisser nourrir à la petite cuillère comme un bébé, pour ne pas dire comme une vieille à l'esprit de plus en plus confus. Qui sait combien de bouches elle a déjà nourries de ses doigts efficaces qui courent sur l'ustensile de cuisine telle une pianiste sur un clavier, combien d'enfants a-t-elle langés, lavés, habillés, coiffés et embrassés, un instant elle voudrait être sa fille, bien qu'en fait elle ne sache rien de cette femme qui a été recommandée à Salomé par une de ses amies et a pris du service le jour où leur mère était sortie de l'hôpital.

Vous avez combien d'enfants, Rachel ? Elle a déjà les lèvres prêtes à sourire d'étonnement devant la réponse évidente, cinq, six, plus peut-être, mais les doigts si alertes se figent un instant sur la râpe avant de reprendre de plus belle et, une fois la tomate mûre disparue, ils se jettent sur la suivante pour la couper en rondelles. Je n'en ai pas, avoue la garde-malade du bout des lèvres et Dina se hâte de la tranquilliser, contrariée de s'entendre parler comme un juge qui pardonne à son accusé, aucun problème, vraiment, aucun problème, elle espère que sa question se dissipe au plus vite dans l'air de la cuisine, sauf que, manque de chance, les cris de petits voisins qui reviennent de l'école bondissent à cet instant par la fenêtre ouverte, quoi, tous les enfants qu'elles auraient pu avoir à elles deux se seraient-ils donné rendez-vous là pour une fête surprise en leur honneur ? Rachel s'assied en face d'elle et s'essuie les mains dans son tablier, en fait, j'avais un enfant, rectifie-t-elle à voix basse, mais on me l'a pris et il a été adopté, je ne pouvais pas l'élever, je me droguais, j'étais trop défoncée, on me l'a pris.

C'était quand, demande Dina qui essaie de masquer son ahurissement, il y a quinze ans, mon fils a maintenant dix-sept ans et demi, voilà des années que je travaille dur pour qu'à ses dix-huit ans, s'il décide d'ouvrir son dossier d'adoption et de me retrouver, il voie que je me suis réinsérée, je ne veux pas qu'il ait honte de moi. Avez-vous une idée de l'endroit où il se trouve ? Non, murmure Rachel en secouant la tête, je ne sais ni où il habite ni comment il s'appelle, mais je suis sûre que si je le voyais, je le reconnaîtrais tout de suite, je ne vis que pour ça, pour cet instant où on m'annoncera qu'il a ouvert son dossier et qu'il veut me rencontrer, j'ai déjà préparé ma tenue, j'ai une robe pour l'hiver et une pour l'été, juste qu'il n'ait pas honte de moi.

Il sera fier de vous, Rachel, assure Dina en lui posant une main sur le bras, je vous remercie de m'en avoir parlé, ajoute-t-elle, je n'avais pas l'intention de vous embarrasser, je pensais que c'était une question simple, mais apparemment il n'y a pas de questions simples, et encore moins de réponses simples, elle se lève, prend deux récipients et y verse l'épaisse purée rouge, on va manger dans la cuisine en sœurs qui se font des messes basses, songe-t-elle, de mystérieux liens se tissent d'un être à un autre, de mystérieux liens se tendent et orientent nos vies, et nous, nous fonçons sur la chaussée en tramways aveugles, incapables de lever les yeux vers le ciel pour voir le réseau complexe qui s'est tramé au-dessus de nos têtes.

En silence, elles s'installent face à face, deux gamines qui trempent une petite cuillère dans la purée consolatrice et la portent à leur bouche, jusqu'à ce que Rachel se secoue, je vais faire manger maman, dit-elle comme s'il s'agissait de leur mère à toutes les deux, Dina hoche la tête, distraite, mon enfant a été adopté, lui a raconté la garde-malade, trouve cet enfant, lui a dit Hemda, ces deux phrases se fondent en un message nouveau qui pénètre dans ses veines et lui fait l'effet d'une transfusion, la voilà guérie et revigorée, peut-être qu'en cet instant, dans ce pays ou dans un autre, naît un bébé que sa mère ne peut pas élever, il suffit de le trouver et de l'adopter.

Les hurlements des gamins qui jouent en bas se plantent dans sa peau telles des épines, on ne prend même plus la peine de l'appeler, on n'essaie plus de partager quoi que ce soit avec elle, comment jouerait-elle avec ses petits camarades si elle ne peut pas marcher, comment sauter ou courir alors qu'elle n'arrive même pas à se tenir debout sur ses deux jambes. On l'a déposée sous le poivrier et elle s'amuse en regardant les grappes de boules rouges suspendues aux branches qui se courbent si bas qu'elle a l'impression de pouvoir les toucher, mais un souffle de vent chaud les éloigne, elle a les bras trop courts, qu'il est haut soudain l'arbre, plus jamais il ne se penchera vers elle, pourtant ces boules rouges sont à elle, traîtresses elles aussi, qui l'interpellent, attirantes, puis disparaissent pour la narguer du haut de leur cime.

C'est ce qu'elle fait toute la journée ? entend-elle sa mère se désoler, pourquoi ne lui trouve-t-on pas un autre enfant pour qu'elle puisse jouer, même un bébé qui resterait allongé dans le parc à côté d'elle, elle ne peut quand même pas rester seule pendant des jours et des jours, mais son père refuse, elle a presque trois ans, elle va finir par en avoir marre de cette solitude et commencer à marcher, crois-moi, si je lui amène de la compagnie, j'en fais une handicapée à vie.

Sa mère se penche sur elle, un instant toute proche puis s'éloigne aussitôt, à l'instar des boules luisantes du poivrier, attirante puis envolée, sauf que sa mère ne fait pas partie de son quotidien, c'est une invitée chez eux, elle vient, leur laisse quelques mots puis repart. Pourquoi ne lui trouve-t-on pas un autre enfant, répète Hemda, mais que lui veut-on avec les enfants, elle les déteste, eux et leurs cris qui la narguent, taisez-vous, puisse-t-elle être la seule fillette au monde. À nouveau elle les entend, moqueurs, qu'est-ce que c'est que ce nom, Hemda, un nom de vache qui veut dire Précieuse ou Délicieuse, ils arrondissent les lèvres en la regardant, fais meuh, Précieuse, meuh. Son père voulait tellement qu'elle soit comme les autres, alors pourquoi l'avoir affublée d'un nom si peu courant, comment ne serait-elle pas gênée aux entournures à l'intérieur de ces deux syllabes qui ne lui vont pas du tout et ne révèlent rien de ce qu'elle est, deux syllabes qui célèbrent une minute à laquelle elle n'a pas participé même si elle en est le résultat, bref signal envoyé par son père à sa mère, message télégraphique en cinq lettres. Il s'agissait d'un acte qui ne les concernait que tous les deux, rien à voir avec elle, alors pourquoi avait-elle été condamnée à témoigner, sa vie durant, de leur précieux désir, de leur délicieuse jouissance ? Comme les enfants sont bêtes, son nom n'est pas un nom de vache, c'est encore plus honteux.

C'est quoi, Hemda ? lui avait demandé Alik la première fois qu'il avait osé lui adresser la parole, et elle avait répondu, c'est un peu comme si je m'appelais Désirée ou Minute-de-Bonheur, alors il avait hoché la tête et répété Kem-da, ces deux syllabes dont son accent étranger accentuait encore la dureté, il y avait mis un tel sérieux que cela l'avait subjuguée et induite en erreur, car elle s'était imaginé qu'il l'accepterait, elle, de même qu'il avait accepté son nom, dans son entièreté et après mûre réflexion, même s'il s'agissait d'une acceptation sans joie.

De toute façon, la joie était rare, à cette époque, la chercher était stupide et aussi difficile qu'extraire une goutte de nectar d'une fleur fanée, et c'est ce qu'il était, son Alik, un bourgeon desséché, fané avant d'éclore, comme elle d'ailleurs, comme tous les autres autour d'elle, hébétés par les morts de la guerre mondiale, hébétés par les pertes de la guerre locale, inconsolables. Ce qu'elle avait eu honte de lui au début de leur amour, et ce qu'elle avait eu honte d'elle-même ensuite, lorsqu'elle avait compris à quel point les valeurs de son père, l'ethos de l'héroïsme, être fort et surmonter, avaient façonné sa personnalité. Elle voulait que son amoureux se batte pour elle en se battant pour la patrie, qu'il efface la tache de son enfance handicapée, qu'il prouve à son père ce qu'elle valait, elle, mais alors que les jeunes de son âge combattaient, il était resté au kibboutz, avec sa silhouette aussi gracile qu'une demoiselle et son souffle au cœur, incapable ne serait-ce que d'imaginer les effroyables pensées de sa jeune épousée.

Parce qu'elle, ce qu'elle voulait, c'était le sacrifier, peut-être pour cela l'avait-elle choisi, agneau orphelin et candide sauvé par des parents qui l'avaient envoyé au loin, ne saviez-vous pas, chers parents, qu'au loin aussi guettait le danger, elle souffre et s'agite dans son lit, et même si elle n'allait pas jusqu'à le vouloir définitivement mort, elle avait espéré qu'il fût prêt à mourir pour elle, pour son kibboutz à elle, pour sa patrie à elle, or à son grand dam il n'avait rien compris, trop étranger qu'il était, certes il avait fini par apprendre leur langue difficile, gutturale, mais jamais, jamais, il n'avait réussi à décrypter les pensées des natifs de ce pays.

Avait-elle essayé à nouveau plus tard, une trentaine d'années plus tard, de le sacrifier afin de protéger son fils, avec succès cette fois ? Pendant toute la période où le magnifique adolescent aux cheveux noirs et aux yeux bleu ciel se préparait physiquement pour le grand jour, s'entraînait comme si son corps était un outil à perfectionner, terminait ses sprints en s'affalant sur la pelouse minable devant l'entrée de l'immeuble puis entamait une série de pompes bruyantes comme s'il s'imposait à la terre, elle, Hemda, tout en contemplant de la fenêtre de la cuisine son dos musclé, ses larges épaules, se répétait, comment pourrai-je contrecarrer ton plan, mon Avni chéri, car je ne pourrai jamais vivre sans toi, et puis un beau jour, le salut était venu de là où elle ne l'attendait pas, un salut qui avait aussi scellé sa perte, ça n'existe pas les cadeaux gratuits, surtout pas pour celle qui prétend s'appeler Désirée ou Minute-de-Bonheur, et à peine quelques semaines après l'incorporation de son fils dans cette fameuse unité de combat pour laquelle il s'était tant préparé, Alik était tombé malade, oui, le père du valeureux soldat avait contracté la maladie qui l'emporterait, voilà qu'elle le tenait, son argument imparable. Tu dois servir dans une base près de la maison pour pouvoir passer du temps avec ton père, qui sait combien il lui en reste, l'armée, elle, ne disparaîtra pas, ton père si. Contre toute attente, Avner s'était immédiatement soumis, avait renoncé à son plus grand espoir sans opposer la moindre résistance et avait rapidement demandé son transfert dans une base près de chez eux, il rentrait tous les soirs à la maison pour être avec son père qui, lui, restait les yeux dans le vague, ne lui exprimait ni gratitude ni intérêt, ignorant tout du complot secret qu'elle avait tramé derrière son dos, d'ailleurs même s'il s'étiolait, il n'avait pas l'air prêt à mourir si vite que ça, absolument pas disposé à faire le seul et unique geste qui aurait sauvé son fils de l'humiliation du renoncement et des affres de la culpabilité. Il n'avait quitté le monde qu'un an après la démobilisation d'Avner, au terme de mois suspendus qui les avaient tous plongés dans d'odieux calculs de gain et de perte, de gâchis et d'utilité, à attendre qu'il meure alors qu'ils avaient attendu toutes ces années la moindre invitation à pénétrer dans sa vie.

Ténébreux sont les complots qui se trament sous un même toit au nom de l'amour et du sacrifice, sans contrat ni témoin, sans mots ni indulgence, des complots que même le diable n'aurait pas osé ourdir, cachés derrière notre impuissance, nous décidons à la légère du sort de ceux qui nous sont pourtant le plus proches, voilà pourquoi elle serre les lèvres et refuse de se soumettre à la petite cuillère trop pleine qui essaie de s'introduire dans sa bouche. Jamais elle n'a perçu les choses avec une telle acuité, jamais les jours de sa vie ne se sont résumés en un enchaînement aussi impitoyable, du début jusqu'à la fin, elle a l'impression que ses os se fissurent à présent sous la violente secousse de sa lucidité. Quel complot désespéré l'avait mise au monde, quel complot la pousserait dehors à l'instar de son mari, elle se couvre le visage de la main parce qu'il s'approche d'elle et brandit un objet métallique, laisse-moi tranquille, Alik, mais tu dérailles, ma pauvre, ce n'est pas ainsi que les choses se définissent dans le contrat conjugal, le combat conjugal, devrait-elle dire, tu ne seras pas punie par la main de celui que tu as blessé mais justement par la main de celui que tu aimes le plus, celui pour lequel tu t'es damnée.

Mais où est-il, celui-là, et où est l'amour infini qu'il lui inspirait et dont elle s'était remplie, son cœur se serait-il sclérosé au fil du temps, l'amour s'en serait-il évaporé, comme l'eau dans le désert, qui, même si elle arrive par miracle à atteindre les terres arides, sera aussitôt asséchée par le soleil, oasis qui n'a peut-être jamais été qu'un mirage, doux souvenirs dont le goût s'altère après une trahison. Serait-il possible de continuer à apprécier les représentations de l'amour après avoir été trompée, car n'est-ce pas cela qui, au final, te prive de tes plus beaux souvenirs, pourtant un sourire se dessine malgré elle sur ses lèvres à l'évocation de son Avni qui se précipite vers elle, elle ouvre les bras pour l'accueillir, l'odeur de l'herbe fraîchement coupée enveloppe leur étreinte d'une cape féerique sous le dôme argenté du Hermon. Il court vers elle, encore et encore, une expression extatique sur le visage, petites jambes grassouillettes, chemise à rayures vertes et blanches sur un torse musclé, de loin il a l'air d'un petit animal qui émerge de la pelouse, elle n'essaie pas de raccourcir la distance qui les sépare, non, il aime qu'elle l'attende immobile et bras écartés, il s'approche, s'approche, s'approche, elle sent d'abord son souffle puis son corps qu'il jette contre elle, et cette minute où elle referme les bras autour de lui et où, plaqués l'un à l'autre, ils basculent puis tombent sur le gazon tout juste tondu, cette minute est, semble-t-il, ce qu'elle désire le plus au monde, sa Minute-de-Bonheur à elle.

Il profite de son sourire pour lui fourrer dans la bouche un liquide granuleux, elle grimace, refuse d'avaler ce que lui a préparé Alik, il a encore brûlé le repas et elle va devoir frotter le fond de la casserole et refaire en vitesse quelque chose à manger. Une fois partis du kibboutz et installés dans leur quartier excentré avec deux adolescents furieux, ils avaient été surpris par la nécessité récurrente des repas, jamais auparavant ils n'avaient songé à cette charge quotidienne, nourrir quatre bouches trois fois par jour, loin du réfectoire, certes trop intrusif mais en même temps si commode. Ce fut le temps des bouleversements, fort décevants en fin de compte, le temps des alliances et des nouvelles fréquentations, bonjour, enchanté, ou peut-être pas tant que ça, voilà ta maison, tes enfants, ton homme, il fera la cuisine et toi le ménage, il sera employé de banque et toi professeur dans un lycée mais, mon Dieu, qu'elle avait détesté ce qu'il leur préparait à manger. Dès qu'ils s'installaient tous les quatre autour de la table de la cuisine, elle ne pouvait réprimer sa mélancolie agacée, que ce soit devant des lentilles carbonisées ou du riz insipide, il n'avait que quelques recettes à son répertoire, il laissait presque immanquablement les bords de la casserole noircir, pourtant, tous les soirs, il attendait qu'on le remercie ou qu'on le complimente et tous les soirs, il décevait autant qu'il était déçu. Il en arrivait même à sermonner Dina quand elle ne louait pas le contenu de son assiette avec assez d'enthousiasme, et Hemda, elle, s'interrogeait sur l'amour, devait-il se placer comme la foi au-dessus des ternes contingences, ou était-il justement constitué de ces ternes contingences ? Si elle avait davantage aimé son mari, aurait-elle réussi à aimer ce qu'il cuisinait ? Car tous les soirs il mettait dans ses préparations le fondement de sa personnalité, cultivant l'espoir idiot de charmer leur palais, et puis un jour, alors qu'il posait de nouveau devant eux un plat brûlé, elle s'était levée dans un élan furieux, avait tout jeté à la poubelle, la casserole avec son contenu, et elle était sortie en claquant la porte après avoir demandé aux enfants de la suivre. Seul son Avni avait dévalé les escaliers derrière elle, un peu effrayé bien qu'il fût déjà grand, mère et fils s'étaient arrêtés à la pizzeria qui venait d'ouvrir dans le quartier et ils avaient mangé en silence, contemplant les familles regroupées autour de tables en plastique, Dina, elle, était restée à la maison avec son père, depuis, il avait cessé de les tester à l'aune de ses velléités gastronomiques sans pour autant essayer de redorer son blason par autre chose, ce qui explique pourquoi elle s'étonne à présent de l'entêtement qu'il met à vouloir la faire manger, n'est-elle pas, tout comme lui, au-delà de la faim et de la soif. Est-ce déjà leur première rencontre dans un monde où il avait des années d'ancienneté alors qu'elle débarquait, exactement à l'inverse de leur première rencontre au kibboutz ? Dans le monde des morts, allait-il se venger ou bien se montrer grand seigneur et prendre sa main flétrie pour lui présenter les charmes de l'endroit, comme elle l'avait fait en le guidant jusqu'au lac lors de leur première rencontre ? Pour un instant, il retrouverait à ses yeux son visage de gamin au teint pâle, ce n'est sans doute que sous cette condition qu'elle pourrait l'aimer, elle à la fin de sa vie et lui au début, parce que ce n'est que sous cette condition qu'elle pourrait le voir comme il avait été, solitaire, miséreux et déraciné, même si sa solitude s'était vite muée en rempart, sa misère en agressivité et son déracinement en indifférence.

Elle a les jambes qui flageolent mais grimpe à l'échelle de corde bancale pour le rejoindre, lui tendra-t-il la main, petite main blanche et étroite au bout d'un bras qui n'a pas assez poussé ? Cet homme s'était figé en pleine croissance, comme si son développement physique s'était arrêté au moment où il avait été séparé de ses parents, et à cause de leur mauvais ajustement, elle était grande avec de larges épaules, elle s'était toujours sentie gauche auprès de lui. Nous sommes enfin en harmonie, lui chuchote-t-elle, regarde comme je me suis ratatinée, quand je marcherai à tes côtés dans le monde des morts, lorsque nous nous promènerons entre les pommiers d'un bleu spectral qui ont pris les nuages entre leurs branches, nous aurons en tous points l'apparence d'un mari et de sa femme, on nous organisera là-bas une seconde noce, dédommagement tardif à notre première cérémonie, calamiteuse, assombrie par la guerre.

Son père l'avait menée au mariage exactement comme, vingt ans auparavant, il l'avait obligée à marcher, toujours aux aguets, à surveiller de ses mille yeux bleus chacune de ses avancées. Il leur faisait si peu confiance, à elle et à ses capacités, qu'il lui avait tout de suite dit, épouse-le, Hemda, c'est un gentil garçon et il t'aime, à croire que ces conditions étaient nécessaires et suffisantes pour prendre une telle décision et elle n'avait pas osé dire, mais je ne l'aime pas, papa, ou plutôt je ne l'aime pas assez, c'était si simple, si attirant de se laisser submerger par le discrédit qu'elle lui inspirait et d'y noyer toutes ses ambitions.

Sous le dais nuptial installé dans le réfectoire, par un soir pluvieux, les marais qui entouraient le kibboutz semblaient prêts à déborder et à inonder les pelouses, les petites maisons et les arbres censés les dissimuler à la vue des Syriens installés sur les hauteurs, elle n'avait pas eu l'impression de célébrer son mariage mais sa bat-mitzva, une tradition qu'on ne respectait pas même de manière symbolique dans ce kibboutz laïc. Elle avait trouvé à l'événement un caractère si familial, si fermé sur elle et ses parents, que chaque invité lui avait paru déplacé, même le marié debout à ses côtés, fût-il le plus important des convives, et assurément il ne pouvait passer pour un membre de la famille.

Comme ses parents étaient beaux ce soir-là, sa mère avec un tailleur en soie couleur crème, couronnée de sa tresse grisonnante, les yeux humides et bienveillants, les ridules naissantes qui surplombaient sa lèvre supérieure étirées par un sourire béat comme si elle ne comprenait rien, peut-être d'ailleurs ne comprenait-elle rien, car cette femme intelligente à qui les dirigeants d'Eretz-Israël venaient demander conseil, certains même l'aimaient en secret, oui, cette femme qui maîtrisait tant de réseaux complexes ne savait rien de sa fille, sa Hemda qui, debout sous le dais nuptial, était submergée par le chagrin de la défaite au point de n'avoir qu'une envie, s'enfuir, retrousser sa robe et courir vers son lac qui l'attendait, tumultueux au milieu des marais en ébullition. Elle s'était retrouvée exactement comme des années auparavant, lorsque, dans le réfectoire, tous avaient voulu applaudir la gamine d'un an qui faisait ses premiers pas et, comme à l'époque, elle avait été incapable de leur donner ce qu'ils attendaient. À nouveau ils l'entourent et sourient, pleins d'espoir, mais elle se fige, paralysée, tombe en arrière et éclate en sanglots, sauf que cette fois personne ne la voit ni ne l'entend, elle est devenue experte dans l'art de la dissimulation, parfois elle a même l'impression que c'est la seule chose qu'elle a apprise depuis son premier anniversaire et jusqu'à ce jour, le jour de son mariage. Lui seul peut-être voit et comprend, son père qui est là, à l'affût, debout à côté de sa mère, ses cheveux sont déjà clairsemés et son front strié de rides mais il n'a rien perdu de sa beauté, il surveille, tendu et le regard lourd de menaces, chacun de ses pas, allait-il devoir à nouveau courir les médecins, ma fille refuse de marcher, leur racontait-il à l'époque, ma fille refuse d'aimer, leur dirait-il aujourd'hui, elle refuse d'aimer.

Quelle force dans le refus, à croire que ce n'est qu'ainsi qu'elle arrive à extraire sa substantifique moelle, à toucher cet os ténu appelé Hemda, Précieuse ou Désirée, Minute-de-Bonheur. Quelle force dans son refus d'aimer son mari, d'aimer sa fille venue au monde après de longues années de résistance, ce n'est qu'avec la naissance d'Avner que sa sève gelée avait fondu d'un coup et qu'elle s'était emplie de précieux désir et de bonheur, son intérieur était devenu un lac de bonté avec des nénuphars que survolaient des nuées rose clair de pélicans, mais en même temps la frustration de son mari n'avait fait qu'empirer et maintenant encore elle se crispe sous la couverture à cause du puissant dégoût que draine ce souvenir. Presque toutes les nuits, au moment où il se couchait, l'espoir qui se peignait sur son visage devançait de peu la main qui se tendait, il lui tapotait le dos mais elle marmonnait, je suis fatiguée, Alik, et faisait semblant de dormir, aussi gênée que révulsée par son propre corps qui éveillait en lui un désir permanent et incompréhensible, que veut-il de moi, que me veut-il ? Comment peut-il me désirer avec autant d'entêtement, on dirait un forçat qui s'acharne à creuser dans une mine de charbon, la nuit elle ne cessait de se tourner sur sa couche et de se demander si cela se passait ainsi chez les autres, elle se remettait en question, incriminant la détermination glaciale de son père qui ne s'occupait que d'elle mais avait oublié la joie, peut-être qu'inconsciemment elle avait été freinée là, conditionnée depuis sa plus tendre enfance à ne penser qu'au côté sinistre du sentiment, car chez elle la puissance de l'amour ne se mesurait qu'à la puissance de la froideur.

D'ailleurs, elle n'avait pas non plus été totalement payée en retour de la passion dévorante qu'elle avait fini par éprouver, elle rêvait de partager avec son mari l'amour que lui inspirait Avner, tous ces instants de grâce si précieux, elle rêvait de voir Alik apporter à leur fils chaleur et protection afin qu'il ne manque de rien, et n'avait agi que dans ce but. Qu'il ne manque de rien. Quelle aspiration stupide, elle en frissonne à présent sous sa couverture, depuis de longues années déjà elle voit son fils déambuler dans le monde, il tourne en rond selon des cercles concentriques, lourd et éteint, insatisfait, et ses beaux yeux disparaissent lentement dans son visage tels deux lacs agonisants.

CHAPITRE 6

Curieusement, il ne s'empresse pas d'aller récupérer sa voiture, ni le soir même, ni le lendemain, il se plaît au contraire à l'imaginer garée devant le portail en représentant fidèle qui observe et compatit au deuil silencieusement avec tous les visiteurs entrant ou sortant, mais voilà que justement ce matin, Salomé lui demande de conduire Tomer à l'école vu qu'elle est déjà en retard, pas grave, maugrée-t-il, on n'a qu'à y aller à pied, nous, personne ne nous conduisait en voiture quand on était petits, tu penses que c'est sain pour lui, il ne marche quasiment jamais, tu n'as pas remarqué comme il a grossi ?

Il n'est pas le seul à avoir grossi, susurre-t-elle, mais je suis drôlement contente de te l'entendre dire, ça prouve que tu regardes ton fils de temps en temps, et sans lui laisser le temps de répondre elle demande, elle est où, à propos, ta voiture ? Au garage, j'ai eu un problème d'essuie-glaces, vraiment, d'essuie-glaces ? relève-t-elle avec un étonnement dubitatif, depuis quand a-t-on besoin d'essuie-glaces en plein été ? Et comment, à ton avis, nettoie-t-on le pare-brise ? réplique-t-il sans se démonter, évidemment, tu ne peux pas le savoir, quand as tu nettoyé quelque chose pour la dernière fois ? Il s'interrompt car elle lui fait signe de se taire et il aperçoit le visage de Tomer sur le seuil de la cuisine, les joues rouges comme si on l'avait giflé, alors Avner s'approche et caresse les cheveux de son fils, ses doigts se crispent à leur contact poisseux, il essaie de faire bonne figure, bonjour, mon grand, ma voiture est au garage, alors je vais t'accompagner à pied, ça nous donnera le temps de discuter un peu, d'accord ? Exclu, décrète Salomé au moment où le gamin lève vers lui des yeux étonnés, il n'arrivera pas à l'heure si vous y allez à pied, tu aurais dû me prévenir que tu n'avais pas ta bagnole, je l'aurais réveillé plus tôt, va donc habiller Yotam et je les déposerai tous les deux, comme d'habitude.

Je ne te comprends plus, tu ne cesses de me reprocher que je ne lui consacre pas assez de temps et quand je veux être avec lui, c'est toi qui m'en empêches, mon cher, les occasions d'être avec ton fils ne manquent pas, lance-t-elle énergiquement, jamais elle ne lui laissera le dernier mot, comme tu le sais, il ne passe pas ses journées entouré de copains, inutile de le faire au détriment de l'école, pourquoi n'irais-tu pas plutôt le chercher cet après-midi, je ne peux pas, grogne-t-il, je suis au tribunal, alors elle écarte les bras dans un geste de défi, comme si elle disait à des jurés assis en face d'eux, voilà la preuve de ce que je ne cesse d'affirmer, mais en face d'eux il n'y a que lui, leur aîné, avec un ventre flasque et des épaules basses. J'ai des amis, maman, marmonne-t-il, c'est juste que je n'aime pas les voir après l'école, en classe ça me suffit, Tomer, il n'y a aucun problème, moi aussi, à ton âge, je n'avais pas beaucoup d'amis, ce qui compte, c'est de ne pas s'ennuyer en sa propre compagnie, intervient-il avec un sourire encourageant mais, comme elle n'en loupe pas une, elle lance aussitôt, parce que aujourd'hui tu en as beaucoup, des copains ? Excuse-moi, mais je ne vois pas en quoi ton exemple est rassurant.

Effectivement, je n'en ai pas, et je n'essayais de rassurer personne, admet-il avant de s'éloigner, il la laisse dans la cuisine face à Tomer, occupée à couper un petit pain en deux pour y fourrer une tranche de feta, elle le fait tous les matins, avec ses doigts épais et puissants terminés par des ongles rongés de gamine, incroyable que ces mains-là, mouchetées à présent de quelques résidus de fromage, soient aussi celles qui palpent des corps endoloris, les empoignent et les obligent à remuer, pourtant Salomé arrivait, de sa voix forte, à lever les malades de leur lit et les encourageait à faire leurs premiers pas postopératoires, il a un bref pincement de cœur en pensant à ce gâchis dont ils étaient responsables tous les deux et la honte le submerge, quel couple minable, tous les deux complices d'un délit aussi ridicule qu'inutile, comme le vol d'un chewing-gum ou de bonbons aussitôt retrouvés dans leur poche, il s'attarde encore une seconde sur le seuil de la cuisine, le temps d'envisager de s'approcher de sa femme pour enlacer les épaules qui se dessinent sous la chemise de nuit terne, mais elle le houspille déjà, pourquoi tu restes planté là, c'est dingue ce que les hommes sont efficaces, va donc habiller Yotam ! Ces mots le projettent directement dans la chambre des enfants où il découvre son benjamin assis sur le lit, un album à la main, en train de se poser une série de questions hautement pédagogiques, un vrai petit instituteur, c'est quoi, ça ? et il se répond facilement, ça, c'est une maison. Et c'est quoi, ça, un chat ou un lapin ? Il émet un petit rire sans doute en se remémorant son chat adoré, celui de Dina et d'Amos.

Papa, c'est papa ! exulte-t-il dès qu'il l'aperçoit sur le seuil de sa chambre et il se met aussitôt debout sur le lit, écarte les bras vers lui, tout nu, sa couche est tombée sur le matelas tant elle est lourde et Avner se surprend à lancer un regard discret autour de lui avant de soulever du lit le joyeux bambin dont la peau est si lisse qu'il manque de lui glisser des mains, papa, y a-t-il ici un père ? Il est chaque fois surpris par la gaieté de ce cri matinal, combien de temps encore cela durera, se demande-t-il en fouillant dans la commode, Salomé profite de la candeur de Yotam pour l'habiller avec des vêtements usés quitte à le transformer en va-nu-pieds à son insu, alors aujourd'hui il ira à la crèche paré de ses plus beaux atours, un adorable petit jean et une chemise à rayures, aujourd'hui il sera l'enfant de son papa, et Avner se souvient de la chemise à rayures qu'il adorait, la seule qu'il voulait porter quand il était gosse, que de moqueries avait-il essuyées à cause de ses goûts vestimentaires. Il prend son fils dans ses bras direction la salle de bains, lave d'une caresse la frimousse resplendissante, brosse avec douceur les cheveux noirs encore très fins, tu es mignon-mignon, lui chuchote-t-il à l'oreille, et Yotam répète en écho, tu es mignon-mignon, Avner plaque un bisou sur la joue encore tiède, soudain il a envie de rester ainsi pour l'éternité, ne pas aller travailler, ne pas l'emmener à la crèche, juste couvrir de son aile protectrice cet enfant qui n'est que joie et bénédiction. Joie et bénédiction, vraiment ? Tout dépend pour qui, songe-t-il car il vient d'intercepter le regard accusateur de son aîné qui, du seuil de la salle de bains, les observe avec aigreur, est-ce que mes joues aussi, tu les as embrassées, est-ce que mes cheveux aussi, tu les as peignés avec cette tendresse ? Comme pris en flagrant délit, il repose aussitôt Yotam qui grogne mais se ressaisit aussitôt, court chez sa mère et il entend aussitôt Salomé râler, c'est quoi ce jean, qui donc envoie un gamin en jean à la crèche, rien de plus inconfortable, tu penses un peu à ce que tu fais ? Avner, qui n'a pas bougé, a l'impression que ces reproches remontent aussi de la gorge de son grand fils, il ressemble énormément à sa mère celui-là, avec son visage rond et son expression offensée, alors il chuchote, au revoir mon grand, en passant devant le garçon il lui effleure l'épaule, attrape sa sacoche et s'en va.

Il a mis une veste sombre et une cravate, la brise matinale calme son visage en feu, la fraîcheur ne tardera pas à se dissiper mais pour l'instant elle est là, aussi bienfaisante qu'une serviette humide sur un front brûlant. Autour de lui, les gens marchent quasiment d'un même rythme, des hommes, des femmes et des enfants, on dirait qu'ils font tous partie de la main-d'œuvre docile d'une usine gigantesque où ils ont tous des tâches similaires à accomplir, il observe aussi les poussettes qui le dépassent, oui, elle a sans doute raison, la majorité des enfants portent de souples pantalons de survêtement d'été, pas des jeans, qu'importe, ce qui le préoccupe en ce moment, c'est une douloureuse impression dont il n'a jamais pu vérifier le fondement mais qui le taraude depuis des années, l'impression que la vie de tous ces autres-là est bien meilleure que la sienne.

Cette impression le cerne depuis sa plus tendre enfance, en cercles concentriques qui l'étouffent, d'abord le pays, puis la ville, puis la famille, puis sa femme. Avait-il reçu en héritage cette nostalgie avec laquelle son père racontait ses souvenirs européens, des récits de neige et de cerises, de grands immeubles aux nobles façades devant lesquelles passaient en silence des tramways rutilants, cette distance lucide qui transformait le pays poussiéreux dans lequel il était né et avait grandi en un pis-aller de vrai pays, son modeste kibboutz septentrional en un minable ersatz de métropole ? D'autant que leur déménagement n'avait pas amélioré les choses puisqu'ils s'étaient retrouvés dans le quartier le plus excentré de la ville la plus pauvre, et cela avait empiré au moment où il s'était lié à sa première petite amie, oui, il avait presque immédiatement senti que la vie qu'il s'était choisie ne faisait qu'imiter lamentablement une vraie vie amoureuse, pas seulement celle que d'autres vivaient mais aussi celle que lui-même aurait pu vivre.

N'importe quoi, sa bouche est pleine de glaires et il manque presque de cracher sur le trottoir sous l'effet de sa propre rebuffade, jamais tu ne sauras, n'es-tu pas en train de commettre une erreur fondamentale, regarde comme tu es pitoyable, ta jalousie n'épargne même pas ceux sur lesquels le sort s'acharne, comme par exemple ce mourant que tu prenais avec convoitise pour un homme qui avait eu la chance d'aimer sa femme d'un amour total et voilà que tu découvres qu'il ne s'agissait pas de sa femme, le malheureux est six pieds sous terre mais toi, tu continues à croire qu'il a mieux vécu que toi. C'est quoi, ça ? se demande-t-il de la même voix que son petit Yotam, c'est de la bêtise, c'est de l'arrogance, il a de nouveau l'impression de la voir au loin, ses cheveux noirs et l'éclat de son chemisier rouge, ça te ressemble tellement de t'accrocher à ce genre de chimères, de chercher des chemisiers rouges dans des rues très fréquentées, comme si, juste pour toi, elle ne changerait pas de tenue. Ça te ressemble tellement de t'intéresser à l'habillage et non à l'essence, à la parure et non au parjure, pourtant le parjure, de même que le deuil, est double, nous nous perdons en perdant ceux que nous aimons, et pour elle, c'était encore plus pénible, elle allait devoir faire le deuil de ce qu'elle n'avait pas eu, c'est-à-dire le temps de vivre avec lui et celui de lui donner des enfants, toutes ces années passées sans lui et toutes celles qu'elle passera sans lui, est-ce pour cela que les voitures qui roulent en silence sur la chaussée dans un ordre parfait lui paraissent suivre, infini cortège, l'enterrement de l'aventure clandestine de ces deux-là, un amour dont il avait été le témoin fortuit, que faire, il s'était trouvé là et dès l'instant où il avait vu ce qu'il avait vu, entendu ce qu'il avait entendu, il avait été investi d'une mission sacrée.

Mission sacrée et secrète, dont la finalité ne lui a pas encore été révélée et ne le sera que lorsqu'il la retrouvera, pour l'heure, il doit se contenter d'avoir laissé là-bas quelque chose de lui, sa voiture, l'imaginer à côté de la maison du défunt suffit à lui procurer une sensation d'appartenance, le réconforte comme s'il avait planté ses racines dans une terre qui lui permet d'aspirer une sève éclairée, il se demande jusqu'à quand il pourra la laisser garée là-bas, éternellement peut-être, s'il y réfléchit, il n'a presque pas besoin de voiture. Il peut se rendre à pied au cabinet, comme ce matin, le trajet ne prend pas plus d'un quart d'heure de marche rapide, pour aller au tribunal un taxi est de toute façon préférable, Salomé assure en général le transport des enfants, quant à ses visites dans les territoires occupés, il en fait de moins en moins. Oui, il n'a quasiment pas besoin de voiture et pourrait donc laisser la sienne là-bas pour l'éternité, il viendrait lui rendre visite de temps en temps, suivrait sa dégradation jusqu'à ce que, recouverte de feuilles mortes et de poussière, pneus dégonflés, elle se transforme en une sorte de mémorial en l'honneur de… de quoi, se demande-t-il, d'une fraternité mystérieuse et d'une communauté de destin ? De l'amour défait ? Mais comment serait-ce possible, un mémorial ne s'érige que pour commémorer une victoire, jamais une défaite.

Arrivé devant le café le plus proche du cabinet et dont le nom s'affiche joliment sur le fronton, il voit un groupe rassemblé en silence autour de la plaque ornée d'un petit flambeau, ou plutôt de la liste de noms agencés en petit flambeau, dix noms de jeunes gens dont la vie s'est arrêtée à cet endroit précis deux ans auparavant, alors il presse le pas et baisse la tête afin de ne pas être reconnu, dans ce genre de circonstances, la douleur désinhibe dangereusement, regardez, c'est l'avocat des assassins, lui lance-t-on trop souvent, c'est l'homme qui défend les monstres, les assassins de nos enfants, pourtant jamais il n'a accepté, sauf à être convaincu de leur innocence, de représenter les suspects d'attentats contre des civils, mais allez donc expliquer cela à une famille éplorée. Lui revient en mémoire cette fameuse matinée où Ali avait fait irruption dans son bureau, paniqué et désespéré, vous devez m'aider, Avner, Ibrahim vient d'être arrêté !

Ibrahim ? Pour quel motif ? s'était-il écrié, prêt à rassembler toutes ses années d'expérience afin de voler au secours du fils de son confrère palestinien, un avocat qu'il avait appris à estimer et même à aimer au fil des nombreuses heures qu'ils avaient passées ensemble dans les tribunaux militaires, ils l'accusent de faire partie d'une cellule qui préparait un attentat au café Likeur, avait bafouillé Ali, mais je ne peux pas le croire, c'est vrai qu'il s'est radicalisé et éloigné de nous ces derniers temps, mais de là à projeter un attentat, c'est impossible ! Au café Likeur ? avait répété Avner, la voix aussi altérée que si le lieu en question était le salon de son propre appartement. En effet, Salomé, alors en congé maternité, s'y installait souvent, au Likeur, avec le landau, et il lui arrivait à lui aussi de descendre les rejoindre pour partager un petit déjeuner tardif, rien que d'imaginer son bébé ensanglanté hurlant de terreur tandis que sur le sol gisaient ses parents sans vie, oui, tel était le choix instinctif qu'il avait fait parmi toutes les horreurs envisageables, Yotam vivrait et ses parents mourraient, l'avait tellement bouleversé qu'il en était resté un instant sans voix, avant de reprendre, au Likeur, vous voulez dire, ici, en bas ? Oui, c'est ce qu'ils prétendent, avait confirmé Ali et Avner avait lentement secoué la tête, fixant son confrère avec une telle concentration qu'on aurait dit qu'il cherchait à incruster ses traits dans sa mémoire, pas seulement ses traits mais aussi le souvenir de leurs longues conversations dans les antichambres des tribunaux, leurs échanges sur les dossiers, la situation politique, les enfants, son fils Ibrahim par exemple, la fierté de la famille parce qu'il avait étudié la médecine en Jordanie. Je ne peux pas, je ne peux pas le représenter, avait-il finalement déclaré, je suis désolé, debout face à face les deux hommes s'étaient mesurés du regard sans rien dire, toutes leurs années partagées volaient en éclats sous le coup de corne de cet instant, puis Ali avait tourné les talons, était parti et il ne l'avait plus jamais revu.

Ultérieurement, il avait appris que le défenseur du garçon, un avocat de Ramallah, avait réussi à alléger un peu les charges qui pesaient contre Ibrahim, si bien qu'il n'avait écopé que de vingt ans de réclusion, mais peu de temps après le démantèlement de cette cellule, un autre commando avait réussi à perpétrer le pire, un samedi soir, toute sa petite famille était à la maison, mais le café, lui, était rempli de jeunes, dont dix avaient à présent leur nom gravé dans la pierre, bénie soit leur mémoire, il se remémorait souvent le fil des événements, s'en voulait parfois de n'avoir pas défendu le fils d'Ali qui risquait de prendre perpette. Qui es-tu pour te placer en juge ? Tu sais bien que tu ne peux jamais deviner ce qu'un juge découvrira et finira par décider, ce gamin ne méritait-il pas d'être représenté correctement, comme tout être humain ? Peut-être, mais moi, je ne m'occupe que de défendre les droits de l'homme, je ne suis le porte-flambeau ni d'un peuple ni d'un autre, or qu'est-ce qu'un attentat sinon le coup le plus rude porté aux droits de l'homme ? Je ne suis pas un mercenaire qui loue ses services au plus offrant, se justifiait-il face à sa propre conscience, il y a des avocats qui défendront n'importe qui, je ne suis pas de ceux-là, pour le meilleur et pour le pire. Dans cette affaire, ce qui le terrifiait, c'était que l'attentat au café Likeur avait eu lieu malgré tout, que rien n'avait pu l'empêcher, ni les arrestations préventives, ni les procès, ni la perte de son ami, face au tragique de cet engrenage, il se sentait aussi impuissant que face à un conte cruel, la fin est inéluctable et l'intrigue a beau faire des tours et des détours, il sera impossible d'en changer le cours initial, il se hâte de traverser la rue, un peu plus de deux ans s'étaient écoulés depuis cette fameuse matinée, c'était sans doute à ce moment-là qu'il avait perdu confiance en lui, puisque sa confiance en la réalité, il l'avait perdue depuis bien longtemps.

Oui, il avait compris depuis bien longtemps que la réalité était désespérée, partout, pas seulement ici dans son pays, dans sa ville. Souvent, lorsqu'il traversait les rues encombrées, contemplait les jouets que l'homme s'était construits, des voitures et des avions, des armes et des charges explosives, toutes sortes de poisons visibles et invisibles, d'appareils mobiles et immobiles, il constatait, désolé, qu'on avait sans cesse œuvré pour améliorer le cadre de nos vies sans arriver à rendre meilleure ni plus résistante la vie elle-même, au contraire, avec désinvolture, on avait augmenté la vulnérabilité de l'homme et le risque d'être blessé croissait de manière inversement proportionnelle à sa capacité à se protéger, d'ailleurs Avner s'étonnait chaque soir d'être toujours là, de trouver son immeuble toujours debout et de n'avoir pas eu l'occasion, depuis le décès de son père qui avait scellé son adolescence et jusqu'à celui de Raphaël Alon, d'être vraiment confronté à la mort, de ne l'avoir croisée qu'indirectement, des rencontres dont il ressortait toujours anxieux et presque coupable, comme en cet instant.

Il lâche un soupir de soulagement au moment où il s'engouffre dans la cage d'escalier fraîche de l'immeuble, il ouvre la porte du cabinet et la trouve affairée autour de la fontaine à eau, avec dans les bras une bombonne pleine qu'elle tient comme un bébé. Bientôt elle en aurait un vrai, de bébé, songe-t-il en se remémorant non sans embarras leur conversation de la veille, sauf évidemment si, suivant le conseil qu'il lui avait donné, elle changeait d'avis. Mais comment avait-il osé lui suggérer qu'elle allait peut-être commettre une erreur, pourquoi, au contraire, n'avait-il pas trouvé les mots justes qui l'auraient rassurée, par exemple lui dire que de telles hésitations étaient inhérentes à toute décision cruciale, liées davantage à la personnalité de chacun qu'à la décision elle-même.

Avni, nous sommes en retard pour l'audience, je vous ai appelé mais vous n'avez pas répondu, le presse-t-elle avec un sourire qui convenait davantage à une relation intime, un réveil après un tendre somme par exemple, il jette un œil sur sa montre, incroyable à quel point le chemin s'est allongé, quasiment une heure pour venir de chez lui, croit-il en marchant si lentement que le monde peut et veut l'attendre, juge et avocats, témoins, procureurs et mis en examen ? Désolé, je suis sans voiture, je l'ai laissée au garage, et elle s'étonne, au garage ? Je pensais que vous aviez perdu vos clés, oui, non, peu importe, marmonne-t-il embarrassé, de toute façon, on va prendre un taxi, vous avez les dossiers ? Y compris les nouvelles prises de vue ? Bien sûr, Avni, tout est prêt et ordonné. Elle aussi s'est ordonnée en se glissant dans une cosse sévère, il ne peut s'empêcher de se demander comment elle arrive à comprimer ses rondeurs dans la chemise noire au col blanc pointu et le pantalon foncé sur lequel il lui semble avoir marché la veille avec ses chaussures, ce matin pourtant rien n'y paraît, mais ce qui l'étonne le plus, alors qu'ils profitent du trajet pour discuter, c'est la détermination de sa jeune stagiaire qui ne doute apparemment pas du bien-fondé de leurs arguments, il en va de même pour tous les dossiers qu'ils traitent, elle est persuadée de leur légitimité avec cet enthousiasme volontariste qu'il perd, lui, de plus en plus, s'il évoquait Ali, sûr qu'elle le désapprouverait catégoriquement, il frissonne car une pensée lui traverse soudain l'esprit, pour la première fois, et si c'était Ali qui avait planifié l'attentat au Likeur rien que pour lui prouver qu'il s'était trompé et qu'Ibrahim avait été injustement accusé.

Il aime toujours ce dispositif bien qu'il comprenne de moins en moins ce qui lui plaît là-dedans. Est-ce l'ordre implacable, où chacun connaît sa place et son rôle, qui le met en sécurité, est-ce la hiérarchie protocolaire, dont ce lieu reste le dernier bastion et qui lui rappelle les histoires de son père, à moins que ce ne soit la théâtralité, tout cela n'est que spectacle, même si l'on traite de destins bien réels, même si le lieu ressemble davantage à une salle de classe qu'à une salle de théâtre. Un spectacle pour enfants, décisif, voilà ce qu'ils mettent en scène, costumés de longues robes noires, ils adoptent des manières qui ne sont pas les leurs, se lèvent à l'entrée de la juge, se lèvent aussi pour parler, se donnent pompeusement du cher confrère, affichent une retenue ironique, arrivent enfin à lester du poids qu'ils méritent les mots prononcés par leur bouche. Impossible, devant un tribunal, de les utiliser à tort et à travers, ils sont tous retranscrits avec un tel soin qu'on pourrait croire que là est l'unique but de la rencontre, tous ces gens en robe noire se sont réunis afin d'aider la greffière à garder une trace de certains événements, comme par exemple de cette soirée à Naplouse sous couvre-feu, presque trois ans auparavant, la lumière du jour se raréfiait, un cocktail Molotov avait été lancé sur un véhicule blindé, surnommé Cruella par les soldats, et avait pénétré dans l'habitacle par une des meurtrières, blessant le plaignant au visage et à la main, si bien que, lorsque, plus tard, trois silhouettes suspectes avaient été vues essayant de s'enfuir, il avait donné l'ordre d'ouvrir le feu.

Le radio tireur de notre blindé nous a prévenus qu'il voyait une silhouette à terre et deux autres penchées sur elle, mais nous ne pouvions pas savoir que nous avions touché quelqu'un parce que de toute façon, dès que ça tire, les gens se couchent, j'ai même pensé que c'était l'appât d'une embuscade, comment aurions-nous pu deviner dans cette obscurité qu'il s'agissait de pacifistes européens, et la juge répète tout cela à la première personne, au rythme de la dictée, comme si elle s'était personnellement trouvée dans le Cruella, à surveiller les rues dangereuses par la meurtrière du blindage, et en écoutant ce jeune homme qui commandait la patrouille à l'époque, cheveux noirs coupés à ras et chemise un peu ouverte sur un torse bronzé, Avner sent de nouveau monter en lui sa vieille haine contre tous ceux qui avaient réalisé son rêve d'enfant, un rêve qui, bien qu'abandonné depuis belle lurette, lui avait laissé un goût d'échec toujours aussi vif. Il aurait été comme ces vrais hommes, saignant et saignés, si la maladie de son père n'était venue contrecarrer ses projets et réduire à néant des mois d'entraînement à courir le marathon, faire des pompes et manier les haltères tous les matins. Il en était à sept semaines de classes éprouvantes dans une des meilleures brigades d'infanterie du pays au moment où on l'avait informé de l'état d'Alik, aussitôt il avait renoncé à l'armée et inversement, oui, ce mammouth d'ordinaire si intransigeant et si rigide s'était révélé d'une incroyable compréhension et l'avait, avec une vitesse étonnante, extrait de ses intestins d'acier pour le parachuter dans une base tout près de Jérusalem, là, il avait accompli un travail administratif fastidieux qui lui permettait de rentrer tous les soirs à la maison, retrouver un père de plus en plus faible qui n'avait pas besoin de son fils et une mère qui, elle, en avait trop besoin, ses quelques amis et tous les jeunes de son âge ne revenaient que rarement le week-end, il avait de toute façon constaté qu'il ne comprenait plus leur langage, mais bon, tout cela, il l'aurait facilement digéré s'il avait été convaincu que seule la maladie de son père l'avait obligé à dévier du parcours implacablement viril et ardemment désiré qu'il s'était tracé, le problème était qu'en son for intérieur il n'en était pas convaincu, à l'époque et aujourd'hui encore, n'avait-il pas secrètement aspiré à échapper à cette unité de combat, ne se serait-il pas de toute façon défilé, car bien vite il avait compris que malgré tous ses exercices de musculation, il n'était pas de ceux dotés d'un estomac en béton.

Car en réalité, pendant ses quelques semaines de classes, il avait regardé le fusil qui battait son flanc comme son seul et unique salut, enfin un ami à sa convenance, aussi aimant que fidèle, loin d'avoir pris conscience du potentiel destructeur avéré de cet engin conçu pour tuer et éliminer autrui, il se croyait en fait seul dans sa ligne de mire et ne voyait pas d'autre issue, oui, sa décision était quasiment prise, se débarrasser ainsi de l'accablement et de la honte, en finir avec ses vains efforts pour se couler dans le moule, c'était juste qu'il repoussait d'instant en instant et de jour en jour cette simple pression sur la détente qui engendrerait le silence et lui apporterait le repos. Il ne voyait, à l'époque, aucun autre moyen de s'en sortir, mais c'était sans compter sur le miracle de l'instinct maternel qui, incroyablement aiguisé, avait réussi à lire dans ses pensées et à exaucer son vœu. À son grand désespoir, cela ne l'avait soulagé en rien.

Il le savait, lui, que son service militaire avait été d'abord et avant tout un échec personnel et que dessus on avait négligemment cousu la maladie de son père, depuis, il n'approchait qu'avec un respect anxieux les porteurs d'uniforme et de cartouchière, les considérait comme une menace intime, Salomé avait peut-être raison chaque fois qu'elle affirmait, et elle ne s'en privait pas, que s'il s'identifiait autant avec l'autre côté, c'était par jalousie et frustration, peut-être, car au moment de se lever et de se planter devant le témoin pour un contre-interrogatoire qu'il veut agressif et retors, il se trouve soudain ridicule dans sa robe noire de bonne femme, d'autant qu'il découvre, affolé, que dans sa précipitation il a oublié de troquer au bureau ses tongs contre des chaussures noires, si bien qu'au moment où il décide de faire quelques pas intimidants vers l'accusé il s'entend traîner les pieds dans une sorte de crissement, un bruit de vestiaire, il se racle la gorge, gêné, mais aussitôt il se ressaisit et fonce, bombarde le jeune homme de toutes sortes de questions dérangeantes et précises dans le but de prouver la préméditation ou au moins la négligence. Était-ce une lumière de fin de journée ou carrément l'obscurité ? Étaient-ils déjà passés en équipement de vision nocturne ? Quel était l'éclairage dans la rue à cette heure-là ? Quelles informations aviez-vous sur les activités des militants pacifistes qui, rappelons-le, avaient un bureau dans cette ville ? Il est inconcevable que vous n'ayez rien su, rien vu et que la rue ait été complètement noire.

À Naplouse, il n'y avait que deux rues éclairées, lui répond le commandant de la patrouille de l'époque, en ce qui me concerne, un militant pacifiste est un civil inoffensif et je dois tout faire pour éviter de le toucher mais, en l'occurrence, j'étais certain qu'il s'agissait de terroristes, j'avais continué à me battre toute la nuit malgré mes blessures, et je n'ai découvert ce qui s'était passé qu'au matin quand on m'a convoqué pour interrogatoire avant même de me soigner. L'avocate générale, longs cils passés au rimmel noir et menton proéminent, lui coupe la parole pour présenter des clichés pris en temps réel et censés clarifier deux des points centraux de désaccord, l'état de l'éclairage au moment des faits et l'habillement du pacifiste Steven au moment où il a été blessé, Avner et sa stagiaire ne sont pas en reste et tendent à la juge leurs propres clichés, des photos qui montrent le visage horriblement défiguré du blessé.

Il faisait noir, il n'y avait pas assez de lumière pour identifier qui que ce soit, avec les jumelles de vision nocturne j'ai pu distinguer trois silhouettes noires qui représentaient un danger immédiat et en tant que commandant de la patrouille, je suis comptable de la vie de mes hommes. Le radio tireur a indiqué qu'il en avait vu un tomber et deux autres se pencher sur lui, nous ne savions pas si c'était un leurre, quand ça tire on se couche, le témoin a beau répéter ce qu'il a dit, Avner ne lâche rien et interpelle la juge, Votre Honneur, l'éclairage est difficile à cerner et ce qu'on voit sur les photos n'est pas toujours fidèle à la réalité, nous savons de source sûre que les pacifistes avançaient les mains en l'air, qu'ils leur ont crié en anglais d'arrêter de tirer, qu'ils portaient des gilets fluorescents, comme dans toute catastrophe chaque détail est lourd de signification, le chemisier rouge de la femme, la peau jaune de l'homme, les derniers mots qu'elle lui a chuchotés à l'oreille, ne t'inquiète pas, tu seras bientôt soulagé.

L'accusé quitte la barre, rejoint sa petite amie qui le serre dans ses bras et lui caresse la joue du bout des doigts, devant ce geste, Avner se demande si une fille caressera un jour le visage mutilé de Steven puis il appelle le témoin suivant à comparaître et, tandis qu'il mène l'interrogatoire, argumentant et écoutant, interrompant et interrompu, il pense de temps en temps à sa voiture fidèlement garée devant la maison en deuil, qui observe les allées et venues des visiteurs ainsi que le chemin où fleurissent les buissons de jasmin à l'odeur enivrante. Dès que la nuit tomberait, il irait là-bas lui aussi et il a l'étrange certitude que ce soir, au bord du ravin béant ou devant un arbre, à l'entrée de la ruelle ou à son extrémité, adossé à sa voiture blanche qui ressemble déjà à un des gros rochers du quartier, il la verrait.

Drôle d'enfance, déclare Dina qui sursaute en entendant le son de sa propre voix dans la pièce vide et cernée de fenêtres, drôle d'âge, la ménopause est une enfance sans espoir, un ciel sans lune. Elle n'a apparemment jamais été aussi proche de ses premiers balbutiements, de cette époque où le corps est encore tout menu, fermé, où l'âme n'a pas éclos et se cache, solitaire et quasi indifférente dans sa coquille, écoutant les pépiements secrets et n'est pas encore prise par une autre âme, piégée dans cet étau vital et douloureux. Sommes-nous toutes censées y revenir, à cet état antérieur, n'en plus bouger pour ce qui nous reste de jours et avec ce qui nous reste de forces, après avoir déployé d'immenses efforts pour fonder une famille et nous en occuper, après avoir vu nos enfants grandir, nos maris vieillir et nos parents mourir, sommes-nous toutes condamnées à retrouver une verdeur immature, égoïste et repliée sur elle-même, à lécher nos blessures en silence, trahisons et abandons successifs, bandage et débandage, débandage et rebandage ? Sauf que, durant notre enfance, nous serrions contre notre poitrine un grand ballon, un magnifique ballon plein d'avenir, alors qu'à présent nos bras sont vides et c'est arrivé d'un coup, semble-t-il, en à peine quelques mois notre avenir s'émiette et se disperse à tous les vents, comme de la cendre.

Le matin, une fatigue poisseuse et totalement inconnue colle ses membres les uns aux autres, ralentit ses gestes et elle n'y peut rien, alors que pendant la nuit son sommeil se troue de spasmes affolés qui la tiennent éveillée, elle n'est pas allongée sous une lourde couverture d'inconscience régénératrice mais sous un filet en lambeaux. Dormir est devenu un effort épuisant, comment pourra-t-elle se présenter le lendemain face à ses élèves qui elles aussi seront fatiguées, qui elles aussi ne dorment pas assez, à la différence qu'elles sont réveillées par un bébé adoré alors que ce qui réveille Dina, c'est celui qu'elle n'a pas mis au monde. Elle bondit hors du lit dégoulinante de sueur et le cœur battant, avec dans la poitrine une torche vive dont la flamme va s'échapper par sa bouche, une langue de feu embrasera les quatre coins de son appartement, elle enlève sa veste de pyjama et la lance dans le noir, chasse la couverture bouillante à coups de pied, allume la lumière et va changer sa taie d'oreiller humide, mais très vite le froid qui assaille ses plantes de pied l'oblige à récupérer à tâtons le vêtement dont elle vient de se débarrasser, elle essaie de le tirer sous le corps d'Amos qui se réveille en râlant et file se recoucher dans le petit lit de sa chambre noire. Avec sa désertion, tout espoir d'endormissement quitte la pièce, alors elle rallume, attrape un roman sur la commode, mais une fois allongée avec le livre ouvert calé sur sa poitrine, ce qu'elle voit ce sont d'affreux dessous de bras qui pendouillent, enveloppés d'une peau usée, comme c'est étrange, ils ressemblent à ceux de sa mère, ne peuvent pas être les siens, de même qu'elle ne veut avoir aucun rapport avec les oscillations extrêmes qui la secouent, tantôt lave en fusion, tantôt neige fondue.

Le matin, lorsqu'elle s'habille épuisée au-dessus des draps défaits de son lit, elle remarque que dans le soutien-gorge qu'elle enfile reposent silencieusement deux boursouflures qui ont perdu toute vitalité depuis qu'elles ont été exclues du cycle mensuel qui les gonflait et les vidait, elles s'accrochent à son torse, dénuées de sensualité et de sensibilité, presque reléguées à l'état d'organe interne dont on n'a pas vraiment conscience et Dina ne peut qu'en détourner les yeux, affligée. Bien sûr qu'elle ne s'attendait pas à jouir d'une jeunesse éternelle, d'ailleurs depuis des années elle suit le vieillissement de sa mère, mais elle n'avait pas imaginé que cela lui tomberait dessus si vite, elle s'étonne même que ses proches ne se rendent pas compte de sa métamorphose, ils s'adressent à elle comme s'ils la connaissaient alors qu'elle change à vue d'œil, bon, de proches, elle n'en a pas énormément c'est vrai, elle a toujours préféré la solitude, se contentant de l'affection de quelques personnes choisies, lesquelles sont d'ailleurs de moins en moins proches. Ne subsiste qu'une chose avec laquelle elle se sent de plus en plus en phase, c'est son appartement, quatre pièces avec terrasse, plus le balcon qu'ils ont fermé et transformé en véranda, et ensemble ils s'étonnent, où ont-ils tous disparu ? Avant, une agitation permanente les occupait, Nitzane rentrait de l'école avec une ou deux copines, Amos revenait tôt avec ses négatifs à développer, il les trempait dans les différents bains et les lui montrait pour qu'elle donne son avis, les mères venues récupérer leur fille restaient prendre un café, de temps en temps elle avait aussi des élèves qui téléphonaient, alors que maintenant l'appartement semble se faner, ses pièces arides baissent des paupières assoiffées parce que Amos rentre tard, fatigué et peu enclin à la conversation, il s'installe devant son ordinateur portable pour envoyer directement le résultat de ses prises de vue à la rédaction du journal, lâche parfois une remarque contre les jeunes éditorialistes, comment peuvent-ils choisir quelle photo publier alors qu'ils ne mettent jamais les pieds sur le terrain, quant à Nitzane, elle préfère bien souvent aller chez ses amies ou traîner dehors avec elles, quand elle rentre c'est pour disparaître dans sa chambre et Dina, qui hésite derrière la porte fermée, se contente des bruits du vibreur des SMS, de la sonnerie du portable, des clics de l'ordinateur encouragé par les gloussements qui s'en échappent et elle n'arrive même plus à discerner une voix humaine d'une voix électronique, oui, c'est ainsi que la chronologie de la journée a perdu sa structure claire et rassurante, les heures qui passent s'agglutinent en une bouillie informe, un temps durant lequel on peut certainement accomplir des tas de choses extraordinaires comme venir en aide à des malheureux ou développer ses talents cachés, mais on peut aussi se consacrer à des choses utiles, comme rédiger son doctorat, déterminant si elle veut garder son poste l'année prochaine, le problème, c'est qu'elle n'arrive pas à se rassembler, ses forces se perdent dans toutes les pièces et la laissent exsangue.

Tu es malade, se dit-elle à voix haute non sans un certain plaisir, tu es malade et tu vas finir comme cette femme qui s'est pendue, elle déambule dans l'appartement et réfléchit à la manière de mettre un tel acte à exécution, cela requiert, lui semble-t-il, des aptitudes qu'elle n'a pas, une ingéniosité pratique, de la sagacité et de la détermination. Son regard erre sur les différents systèmes d'éclairage, les robinets, les chambranles, voilà le tabouret sur lequel Nitzane grimpait pour se laver les dents, elle l'appelait crapouillet, ce sera lui qu'elle mettra sous ses pieds, mais aussitôt elle secoue la tête pour se débarrasser des poux de cette pensée terrifiante à laquelle elle n'arrive soudain pourtant pas à renoncer.

Tu m'as parlé d'une femme qui s'est suicidée, tu t'en souviens ? demande-t-elle un soir à Amos, comment s'est-elle pendue exactement, mais lui ne se le rappelle absolument pas, sa vie est jalonnée de rencontres uniques, d'informations glanées au hasard, je n'en ai pas la moindre idée, Dina, en quoi est-ce que ça te concerne et ai-je dit qu'elle s'était pendue ? s'étonne-t-il sans pour autant attendre sa réponse, il est trop occupé, pas simple de rester dans la course face aux jeunes loups du métier, il court en permanence d'une manifestation à un enterrement, d'une opération militaire à une réunion gouvernementale, cherche chaque fois l'angle le plus singulier et il n'est jamais satisfait, il a reçu des prix, la reconnaissance, mais reste inquiet, espérant encore trouver le lendemain ce qu'il n'a pas trouvé le jour même. Dina ne fait pas partie de ses préoccupations, seul l'intéresse son appareil photo, il en a toujours été ainsi, mais ces derniers temps elle arrive de moins en moins à le supporter, et elle a beau essayer de se consoler en se persuadant qu'elle n'a pas et n'a jamais eu besoin d'un amour crampon, la preuve, elle l'avait préféré, lui, à son compagnon de l'époque, un homme doux et prévenant, rien n'y fait.

Car son compagnon d'avant Amos, cet homme doux et prévenant qu'elle avait jugé idiot parce qu'il admirait son intelligence, elle l'avait repoussé. Il la couvait avec tendresse, voulait se marier et fonder une grande famille, lui faisait des surprises et la couvrait de cadeaux, sans compter qu'il était très beau, grand et élancé, pourtant elle avait renoncé à lui en un quart de seconde, au cours de cette soirée où ils s'étaient rendus ensemble et où, sur un toit sans garde-fou d'un immeuble de Jérusalem, un jeune homme pas très grand aux traits juvéniles s'était approché d'elle, appareil photo accroché au cou et sourire moqueur au visage, et lui avait posé la question la plus banale qui soit. Ainsi était Amos. Jamais il n'essayait d'impressionner, mais le ton de sa voix, qui lestait ses mots de double voire de triple sens, semblait railler ceux qui n'arrivaient pas à les capter.

Il lui avait demandé si elle venait de débarquer en ville ou quelque chose comme ça, ce qu'elle avait volontiers admis, pour en fait découvrir que c'était lui qui débarquait et que cette soirée était la sienne, une espèce de pendaison de crémaillère dans un studio bâti sur ce toit, si minuscule qu'on pouvait difficilement le considérer comme un logement digne de ce nom, pourquoi ne resterais-tu pas après le départ des autres ? lui avait-il aussitôt proposé. Elle avait réagi par un petit rire surpris, ne voyait-il donc pas qu'elle était quasiment tout le temps collée à son petit ami, mais cela avait suffi pour qu'elle ne le lâche plus du regard, ferait-il la même proposition à d'autres filles, et surtout, ce qu'elle ne comprenait pas, c'était pourquoi il ne prenait aucune photo, comme si rien n'en valait la peine à ses yeux, il déambulait parmi ses invités, très droit, buvait beaucoup et dansait un peu, lorsqu'elle l'avait vu, à la fin de la soirée, collé pour un slow à une fille qu'elle ne connaissait pas, jupe courte et longs cheveux blonds, elle s'était sentie trompée, pendant tout ce temps son Ethan à elle la gavait de paroles et de délicieux amuse-gueules dont il remplissait son assiette sans se rendre compte que plus la soirée avançait, plus il devenait un boulet.

Ils étaient ensemble depuis deux ans et demi, le père de Dina avait été hospitalisé à côté de la mère d'Ethan et les parents étant morts presque le même jour, cela avait créé entre eux une sorte d'alliance d'orphelins, une liaison qui semblait indissoluble et s'était dissoute avec une étonnante facilité dès le lendemain de cette drôle de soirée, au moment où, après avoir grimpé les quelque soixante-quatre marches pour atteindre le toit, elle s'arrêtait essoufflée devant une porte fermée qui s'était subitement ouverte et d'où avait émergé, cheveux mouillés, la fameuse blondinette de la veille, Dina avait aussitôt fait demi-tour en suffoquant, rouge comme une pivoine et défaillant d'embarras, si bien que, comble de frayeur, la question l'avait atteinte dans le dos, eh, toi, où t'enfuis-tu comme ça ? Lorsqu'elle s'était retournée, petit animal effarouché, un flash avait soudain inondé son visage crispé d'une lumière aveuglante, puis il lui avait lancé, penché par-dessus la rampe, allez, viens, monte, tu as oublié quelque chose hier ? Oui, merci, mes lunettes de soleil, avait-elle aussitôt répondu, pleine de reconnaissance, vraiment, tu es sûre ? Tu es venue à une soirée avec des lunettes de soleil ? Oui, figure-toi que je déteste la lumière. C'est vraiment dommage, comment pourrons-nous vivre ensemble, moi, je ne peux pas m'en passer, elle avait eu un sourire un peu étonné mais toute son assurance lui était revenue, un flux apaisant transportait dans ses artères des globules blancs d'identité, elle avait une existence propre, un nom propre, des qualités et des préférences, la preuve, elle n'aimait pas la lumière.

Nous ne vivrons donc apparemment pas ensemble, je vais juste récupérer mes lunettes et m'en aller, à cet instant, elle était persuadée d'avoir effectivement oublié ses lunettes de soleil chez lui, elle l'avait donc suivi sereinement sur le toit et avait commencé à se pencher pour les chercher entre les bouteilles de bière vides et les cendriers pleins alors qu'en fait elles étaient sur son front. Pendant tout ce temps, vêtu d'un simple slip qui révélait son corps puissant et musclé, il n'avait cessé de la photographier, jusqu'au moment où elle s'était heurtée à son propre reflet dans le miroir du couloir et avait vu ses lunettes plantées au sommet de son crâne, au moins une preuve qu'elle n'aimait pas la lumière, dire qu'elle n'avait même pas été capable de marmonner, c'est ma paire de rechange ou c'est la paire de mon petit ami, ce qui lui aurait, en plus, permis de préciser qu'elle avait un compagnon et n'était pas aux abois, oui, elle aurait dû le faire en dépit ou peut-être à cause de l'irrésistible attirance qu'elle ressentait envers lui. Amos avait alors doucement ôté les lunettes de son front, s'était débarrassé de l'appareil photo et était venu se placer juste derrière elle qui fixait toujours le miroir, il l'avait dépouillée de sa longue robe grise, de son soutien-gorge et de sa petite culotte, et comme il était un peu plus petit qu'elle, il n'apparaissait quasiment pas et ses vêtements semblaient s'envoler tout seuls, sauf qu'alors elle avait senti les portes de son corps enfoncées, vu dans le miroir ses épaules se pencher un peu en avant, ses seins brinquebaler et l'ahurissement se peindre sur son visage, jamais elle ne s'était surprise pendant l'acte lui-même, impossible de détourner le regard de cette vision pourtant presque aussi taboue que l'inceste, vision de ses yeux écarquillés dans un désir qu'elle n'aurait jamais soupçonné sien, les lèvres entrouvertes dans une soif de baisers, tout en elle n'était que féminité offerte, au sens primitif et presque vexant du terme, elle n'était que corps de femme béant devant l'homme, un inconnu de surcroît et qui venait, à l'instant, de congédier une autre femme.

Elle avait embué le miroir de son haleine échappée d'un gémissement de plaisir violent, impétueux, des larmes avaient empli ses yeux, et alors seulement il était réapparu, reflet derrière elle, ne pleure pas, ma toute douce, avait-il chuchoté, plus tard c'est ainsi qu'il appellerait Nitzane, ma toute douce, sans lui demander pourquoi elle pleurait, mais aurait-elle été capable d'expliquer ? Il l'avait enlacée, elle avait posé la tête sur son épaule dont la peau dégageait une odeur amère et sensuelle de résine de pin, tout le toit était entouré de ces arbres lourds qui aujourd'hui cernent le petit bureau qu'elle s'est aménagé, ne regrette rien, ce sera comme tu voudras, prends ton temps, je suis là, lui avait-il dit, quelques mots simples pour indiquer qu'il était au courant de sa relation avec Ethan, comment interpréter la facilité avec laquelle il était prêt à s'engager, ses paroles n'avaient-elles aucune valeur ou, au contraire, lui offrait-il en toute connaissance de cause une des choses les plus incroyables et difficiles au monde, ce sera comme tu voudras. Comment savoir ce qu'elle voulait, elle ne le connaissait pas et n'avait-il pas chuchoté la même chose à la blondinette ? Quand elle était rentrée ce soir-là, Ethan préparait une salade de crudités dans la cuisine, elle l'avait saisi par le bras et lui avait raconté d'une voix tremblante ce qui s'était passé le matin, il avait secoué la tête de droite à gauche et de gauche à droite, incrédule, en répétant inlassablement, Dina, ma Dina, et la nuit même il avait emballé ses affaires et était parti, la laissant hagarde dans l'appartement vide, avec l'impression de perdre son père une nouvelle fois, de se retrouver une nouvelle fois seule avec sa mère et, comme alors, de ne pouvoir s'en prendre qu'à elle-même, parce que ce photographe sur son toit, qui n'avait assurément aucune conscience de ce qu'elle sacrifiait, ne pourrait certainement pas être le réceptacle de ses flots de lamentations et n'avait d'ailleurs aucunement l'intention de se mesurer en permanence à un homme qui avait eu pour elle un amour inconditionnel. Il faut tout de même préciser que son Ethan, tout éperdu qu'il ait été, en avait épousé une autre moins d'un an plus tard, tu vois, il ne t'aimait apparemment pas si fort que ça en vrai, bon, tu peux rester persuadée que ce mariage accéléré n'était que la preuve et le signe d'une profonde dépression, mais les quatre enfants qu'il a eus ensuite avec sa riche Américaine, la belle maison du moshav sur les hauteurs de Jérusalem, cela est-il aussi la preuve et le signe de l'amour incommensurable que tu lui inspirais ? Comment savoir ? Toi, tu t'es retrouvée avec un inconnu que tu n'as toujours pas réussi à décrypter, dont tu n'avais, à l'époque, soupçonné ni le renfermement ni la froideur, pas non plus le dévouement, mais avec qui les rares moments d'intimité partagée sont et restent encore maintenant chose si précieuse qu'ils dépassent de loin l'abondance d'attentions que d'autres auraient pu te proposer.

En fin de compte, force lui avait été de reconnaître que cette vie-là lui convenait à elle aussi, exister à ses côtés et non avec lui, surtout tant que la présence de Nitzane l'avait rassurée et régénérée, mais maintenant, assise devant son ordinateur, dans la véranda qu'ils ont aménagée en bureau pour elle, au milieu des aiguilles de pin, elle sait que, pour la première fois depuis leur rencontre à cette fête sur le toit, ils vont devoir faire un choix, et que, sur un plateau de la balance, s'empileront leur amour et leur désamour, leur complicité et leur hostilité, leurs heurts et leurs bonheurs, tandis que sur l'autre sera posé, pour la première fois depuis leur rencontre à cette fête sur le toit, un besoin lourd de menaces, qui semble sorti du néant mais remonte en vrai du plus profond de ce qu'elle est, un besoin viscéral et vespéral.

Car seule cette pensée arrive à lui redonner de l'énergie, à lui remettre entre les bras ce ballon magique gorgé d'avenir qu'elle a perdu, oui, elle ne se sent revivre qu'en imaginant un bébé qui l'attend quelque part. En même temps, cette pensée semble tellement irréaliste qu'elle n'essaie même pas de réfléchir à une mise en application, c'est comme un fantasme de petite fille sans limite aucune car sans concrétisation aucune, assise devant son ordinateur dans son bureau aux murs de verre, en riant Amos appelait cette petite pièce sa tour de contrôle parce que de là elle surveillait les oiseaux, les cimes des arbres, les nuages, les toits et les panneaux solaires, tout ce qui n'avait pas besoin d'elle, pendant que sur sa table l'attendait une pile de copies en mal de correction, drôle d'enfance, se répète-t-elle encore une fois. Son portable sonne et c'est la voix de Nitzane, ne m'attends pas, maman, je vais dormir chez Tamar parce qu'il n'y a personne chez elle, toi, ça va ? ajoute-t-elle et Dina décontenancée s'empresse de répondre, bien sûr, pourquoi ?

Tu es un peu bizarre ces derniers temps, la suite de la phrase est aussitôt recouverte par un brouhaha de sortie de lycée, moi, bizarre, relève-t-elle du bout des lèvres afin d'empêcher son désarroi de noyer leur conversation et de peser sur sa fille unique, éviter ce que lui infligeait sa propre mère, bon, je rentre demain midi, *bye*, lance l'adolescente qui est déjà ailleurs, happée par ses amies, peut-être leur révélera-t-elle, à elles, où a disparu le garçon qui a partagé son lit, profite bien de ta soirée en amoureux avec papa, glousse-t-elle en dernière minute et Dina répond, bien que la gamine ait déjà raccroché, merci ma chérie, elle pose la tête sur sa pile de copies à corriger, ses yeux se mettent à picoter, du ventilateur lui arrivent des souffles d'air chaud, pourquoi sa tour de contrôle s'embrase-t-elle si facilement, envahie par la poussière du désert alors que toutes les fenêtres sont fermées.

Oui, ils avaient devant eux une soirée en amoureux, que lui dirait-elle, trouve-moi un bébé parce que ma mère me l'a conseillé dans son sommeil ? Citer la Rachel biblique, donne-moi un fils sinon je vais mourir ? Elle n'a pas la moindre idée de ce dont il s'agit, des démarches à entreprendre, par quoi commence-t-on, alors elle se secoue et se jette sur l'ordinateur, rien de plus aisé aujourd'hui que de collecter des informations, et pas seulement des informations, car à peine quelques heures plus tard elle a déjà rencontré beaucoup plus de gens qu'au cours de sa vie entière, des gens qui partagent son désir d'enfant, qui se sont choisi d'étranges pseudos, ridicules parfois, ce qui ne les empêche pas d'être très sérieux, d'être pris très au sérieux, et tous ces inconnus lui racontent volontiers leur expérience, leur histoire et surtout les épreuves qu'ils ont traversées dans des pays étranges et étrangers, impuissants mais vibrants d'espoir face à des interlocuteurs cupides, à suivre les méandres d'une procédure compliquée et d'une administration tortueuse, tous ces gens qu'elle ne connaît pas mais avec lesquels elle se sent plus d'affinités qu'avec son mari ou sa fille, sa mère ou son frère, elle a soudain l'impression qu'un cœur généreux et débordant de ressources palpite dans les entrailles de cet ordinateur dont elle ne se servait jusqu'à présent que pour travailler, elle lit des pages et des pages en retenant son souffle, s'imprègne de récits d'hommes et de femmes qui, ensemble ou séparément, n'ont pas eu la chance de concevoir, mais ce ne sont pas les enfants qui manquent sur terre, peu importe que le chemin pour les atteindre soit long et harassant, jalonné d'obstacles et de miracles, ceux qui n'ont pas mis un enfant au monde ont pris un enfant du monde et lui ont donné un toit, oui, tous leurs récits parlent d'amour à nul autre pareil, de finalité et de profonde communion spirituelle.

Il y a là cette femme, par exemple, qui se fait appeler Azalée et qui, à cette minute précise, attend depuis plusieurs jours, seule au fin fond de l'Ukraine, qu'on la conduise enfin à la fillette qui lui a été attribuée, Azalée qui reçoit de toutes ses amies des messages de soutien et d'espoir, jamais elles ne se sont rencontrées mais chacune y va de sa propre expérience, il est surtout question d'enfants éteints métamorphosés en feu de joie, subitement les mots cabossés de sa mère deviennent réalité bouleversante, oui, c'est possible, c'est du domaine du réel, c'est le quotidien de ma nouvelle fratrie, c'est à eux que j'appartiens désormais, oui, elle appartient à ces hommes et à ces femmes qui ont pris sous leur aile un petit abandonné et même si la majorité est plus jeune qu'elle, même si la majorité n'a pas eu d'enfants, ils parlent aussi pour elle et comprennent sa détresse, elle est tellement concentrée sur sa lecture qu'elle ne remarque ni que la nuit est tombée ni qu'il est rentré et soudain, il est là, debout sur le seuil de la véranda, vêtu d'un tee-shirt usé et d'un short qui révèle ses jambes puis santes, il aura beau enfiler systématiquement le premier vêtement qui lui tombe sous la main et mépriser intentionnellement son apparence, il aura toujours de la classe.

Tu as enfin repris ton doctorat, il est grand temps en effet que tu t'y remettes, lui dit-il avec un sourire satisfait et elle se hâte d'obscurcir l'écran, j'ai surtout un million de copies à corriger, j'en ai vraiment marre de cette surcharge de travail à chaque fin d'année, marmonne-t-elle, si tu étais restée à la fac, rebondit-il aussitôt, tes assistants l'auraient fait à ta place, tu dois y retourner, c'est incompréhensible que tu te sois laissé bouffer une brillante carrière par une telle broutille, arrête, Amos, c'est foutu, je n'ai aucune chance d'être réintégrée dans le département, mais il s'entête, je suis sûr que si, au contraire, tu te rabaisses bêtement, il suffirait que tu termines ce foutu doctorat pour qu'on te coure après, oui, oui, c'est ça, lâche-t-elle avant de poursuivre, as-tu envie qu'on aille manger dehors, Nitzane dort chez Tamar, je sais, je viens de lui parler, mais je n'ai pas du tout envie de sortir, invariable réponse, rien de nouveau sous le soleil, eh bien, dans ce cas je vais nous préparer quelque chose. Soudain un élan de vitalité la lève de sa chaise, elle vient de décider que cette nuit, elle l'embarquerait dans son projet, peu importe que tout soit encore flou, car même si elle ignore par où commencer, elle sait que ça se terminera en histoire d'amour.

Pleine d'ardeur, elle met une bouteille de vin blanc au frais, coupe des crudités, elle va préparer une soupe de yaourt froide parfaite pour la moiteur de cette soirée, une omelette aux herbes, il aime la cuisine simple et elle aussi, pour une fois, elle ne regrette pas l'absence de Nitzane à table, elle n'a besoin que de lui ce soir, que de son accord pour insuffler une vie nouvelle dans leur petite famille et lui redonner, à elle, le goût et l'espoir, alors elle se fiche des signes de vieillissement qu'elle remarque lorsqu'il entre dans la cuisine torse nu, des poils blanchis sur sa poitrine et de ses belles lèvres charnues qui se sont affinées, oui, elle s'en fiche, il lui en faudrait bien davantage pour être déstabilisée, l'enfant n'y prêtera guère attention, mieux vaut un père âgé que pas de père du tout, Amos la dévisage avec un plaisir un peu paternaliste, tu as l'air d'aller beaucoup mieux, note-t-il, ça fait des années que je te tance pour que tu termines ce doctorat, je savais que ça te ferait du bien, elle s'étonne de découvrir qu'il la regarde encore, même s'il se trompe sur la cause de l'effet.

Elle esquisse un léger sourire, dresse la table en bois un peu bancale de la terrasse, une brise venue des collines lui caresse doucement le visage et confère à chacun de ses déplacements une signification particulière, comme si cette nuit elle allait être fécondée par la force de la pensée et du désir, oui, cette nuit serait différente de toutes les autres nuits, un vent divin veille sur eux, elle verse du vin blanc dans les verres, de la soupe de yaourt dans les bols, tranche du pain. Qu'elle aime le regarder manger, elle retrouve dans ses gestes la délicatesse et la retenue de Nitzane, elle en revanche se jette toujours sur le plat de peur de devoir le partager avec vingt autres enfants. Elle le contemple avec un plaisir non dissimulé et finit par lui demander, où étais-tu aujourd'hui ?

En reportage dans cette crèche ouverte pour les gosses des travailleurs étrangers, qu'est-ce qu'ils sont mignons, si tu voyais comment on les traite, c'est révoltant, elle en croit à peine ses oreilles, ce qu'il vient de dire est le signe qu'elle attendait pour lui dévoiler son idée, mais par où commencer, elle n'a pas eu le temps de planifier correctement la chose, d'ordonner ses idées comme le requiert toute démonstration scientifique majeure, elle boit rapidement une gorgée de vin et sent sa peau se couvrir de sueur, la serviette en papier rouge dont elle se sert pour s'essuyer se délite sur sa joue et y laisse de fins lambeaux qui ont l'air de griffures.

Écoute, Amos, elle doit parler en femme responsable et réfléchie et non en instable fragile comme le laisse certainement croire son visage en train de fondre sous l'effet d'une violente bouffée de chaleur, il lève les yeux vers elle, il t'est arrivé quelque chose ? demande-t-il d'une voix plus lasse que curieuse et peut-être avec un voile d'appréhension, non, non, rien, elle sourit de plus en plus crispée, tout va bien, c'est juste que j'ai pensé à une chose, ou plutôt j'ai une idée qui me tient très à cœur depuis peu, depuis que j'ai compris ce qui manquait à notre bonheur, elle n'en dit pas plus car elle sent le yaourt acide avec les petits dés de crudités si soigneusement coupés remonter lentement dans sa gorge et, dégoûté, se préparer à en jaillir, quelle phrase débile, il partage apparemment cet avis car il lui assène d'une voix glaciale, mais on est heureux, en tout cas moi, je suis heureux, plus ou moins, autant que possible, tout dépend bien sûr de ce que chacun attend, j'espère que tu n'as pas l'intention de me traîner à un stage d'épanouissement personnel, de bouddhisme ou que sais-je encore ? Non, non, bien sûr que non, s'empresse-t-elle de le rassurer en lâchant un rire d'autant plus forcé qu'elle sait que dans un instant, il regrettera amèrement cette éventualité-là.

J'ai réfléchi, Nitzane est grande, tente-t-elle, mais rien qu'à cette affirmation ses yeux se mouillent comme si elle avait dit une horreur du genre Nitzane est malade ou, pire encore, Nitzane est morte, la voilà obligée de se moucher dans la serviette en papier rouge humide de sa sueur mais elle reprend tout de même d'une voix geignarde, tu sais combien j'ai regretté qu'on n'ait pas fait un autre enfant, eh bien, figure-toi que tout à coup j'ai compris que c'était justement une chance, parce que ça va nous permettre d'accomplir quelque chose de beaucoup plus important, tu me suis ?

Je t'ai toujours dit qu'un enfant me suffisait amplement et je suis ravi que tu aies enfin compris qu'effectivement c'était une chance, il hoche la tête tandis qu'elle accuse le coup en se crispant davantage puis elle se lève, va s'asseoir sur ses genoux, pose le front sur son épaule tant elle a besoin d'un contact apaisant, non, Amos, tu n'y es pas du tout, lui chuchote-t-elle dans l'oreille, je viens de comprendre ce que nous devons faire, je sais que tu vas d'abord trouver mon idée insensée mais après, tu y réfléchiras toi aussi et tu verras combien ce sera merveilleux pour nous trois. De quoi parles-tu ? demande-t-il en remuant nerveusement sur sa chaise au bois fissuré par la pluie et le soleil, eh bien voilà je… cette question l'oblige à assumer pour la première fois les mots clairs, pas les quelques syllabes nébuleuses qui ont plané dans la chambre de sa mère, pas non plus les pages silencieuses qui ont défilé sur l'écran de son ordinateur, elle hésite un peu puis se lance à voix basse, je veux adopter un enfant.

Quoi ? rugit-il, à moins que ce ne soit qu'une impression parce que son oreille est presque plaquée à la bouche d'Amos, elle bondit sur ses pieds mais c'est peut-être lui qui l'a repoussée car à présent il la toise de bas en haut, les verres de ses lunettes scintillent d'ahurissement, adopter un enfant ? D'où ça sort, là, tout à coup ? Tu dérailles, Dina, ou bien c'est pour te moquer de moi ? Elle réintègre sa chaise en face de lui, où se cache son sens de la repartie, pourquoi disparaît-il dès qu'elle en a besoin, pourquoi les arguments ne lui viennent-ils pas avec la même fluidité que les facteurs de l'expulsion des Juifs d'Espagne qu'elle cite en cours, écoute-moi avant de monter sur tes grands chevaux, dit-elle, nous n'avons qu'une fille et elle est grande maintenant, dans quelques années elle va quitter la maison, mais moi, je sens que j'ai encore trop de choses à donner, si tu savais comme j'aime être mère, alors pourquoi ne pas sauver un enfant qui n'a pas de foyer et nous sauver nous aussi par la même occasion, pourquoi ne pas donner un sens à notre vie au lieu de vieillir et de nous rabougrir, tu ne vois pas à quel point ça serait merveilleux ?

Absolument pas, répond-il sèchement, je n'ai pas besoin d'être sauvé et je suis désolé d'apprendre que tu as peur de te retrouver en tête à tête avec moi après le départ de Nitzane, c'est n'importe quoi, je ne comprends vraiment pas quelle mouche t'a piquée, heureusement que tu aimes être mère, parce que Nitzane, grande ou pas, reste ta fille et aura besoin de toi toute sa vie, de plus, tu as aimé être la mère de Nitzane mais comment peux-tu être sûre que tu aimeras être la mère d'un enfant qui n'est pas le tien et qui te mettra face à des situations que tu ne peux même pas imaginer ! Adopter, c'est un saut dans le vide, si tu savais le nombre d'histoires abominables que j'ai entendues là-dessus, le fils de mon rédacteur par exemple avait un ami qui vient de se suicider à dix-huit ans, un pauvre môme adopté au Brésil, tu n'as pas idée de l'enfer qu'ils ont vécu à cause de lui, c'est ce que tu veux, transformer notre vie en enfer ?

Tu ne cesses de me parler de gens qui se suicident, lui susurre-t-elle étonnée, tu cherches à me donner des idées ou quoi ? Elle s'empresse de ponctuer sa question par un petit rire pour qu'il comprenne que c'était une plaisanterie, même si le tour conflictuel de cette conversation la secoue jusqu'au plus profond d'elle-même, tu déraílles complètement, Dina, reprend-il, évidemment que je ne suis pas contre l'adoption, mais ça dépend des cas, c'est toujours un pari fou, il faut avoir les épaules sacrément larges pour tenir le coup et toi, tu es plutôt du genre à paniquer au moindre problème, tu ne veux pas la difficulté, tu veux le bonheur, lâche-t-il avec amertume, alors tu es en train de te fourvoyer, ma chérie, prends un amant si tu t'ennuies avec moi, crois-moi, ce sera plus simple.

Pourquoi dis-tu n'importe quoi, braille-t-elle les lèvres frissonnantes, je te parle d'élever ensemble un autre enfant et tu m'envoies dans les bras d'un autre homme, je veux que nous retrouvions le bonheur qu'on a connu à la naissance de Nitzane, un enfant c'est une vie nouvelle, un sens nouveau, surtout si c'est un orphelin qui, sans nous, serait resté dans une institution sordide, mais il la coupe avec impatience, Dina, laisse tomber, tu ne fais que réciter bêtement des formules toutes faites, tu ne sais rien de ces mécanismes, d'ailleurs, il y a plus d'adoptants que d'enfants adoptables, plus de demandes que d'offres, alors ne te berce pas d'illusions en te persuadant que tu sauveras vraiment un pauvre gosse, si ce n'est pas toi, c'est quelqu'un d'autre qui le prendra, et certainement dans un pays moins dangereux que le nôtre.

Tu te trompes, je le sauve parce que, nous, nous avons beaucoup à lui apporter, s'entête-t-elle, je le sauve même si quelqu'un d'autre l'aurait pris, je le sauve parce que nous sommes des parents expérimentés, que nous avons une bonne situation, qu'il aura une sœur merveilleuse et que je pourrai lui consacrer énormément de temps.

Ça, c'est sûr, du temps, tu en auras pléthore puisque tu seras licenciée si tu ne termines pas ta thèse, ironise-t-il sans sourciller, mais on n'adopte pas un enfant pour occuper son temps libre. Je comprends les gens qui aspirent à ce qu'on les appelle maman ou papa, mais toi, tu as une fille, tu ne vois pas que c'est une différence fondamentale ? Tu es déjà mère, ça devrait te suffire, tu dois te contenter de ce que tu as et ne pas en demander plus. Si tu veux mon avis, c'est lié à la ménopause, et toi, comme d'habitude, tu choisis de traverser cette crise de la manière la plus originale qui soit, mais il faut que tu te mettes bien ça dans le crâne, et il souligne son propos en se penchant vers elle au-dessus des verres de vin et des bols de soupe de yaourt vides, un enfant ne te rajeunira pas, un enfant ne réparera pas tes erreurs, un enfant ne nous rendra pas plus heureux, tu ne peux pas prendre un pauvre gamin et le charger d'espoirs fous qui n'ont rien à voir avec lui. Bref, Dina, au lieu d'essayer de recréer un paradis perdu qui de toute façon ne reviendra pas, tu dois accepter ce que tu as et voir comment tu peux apprécier ta vie telle qu'elle est, tu comprends ?

Comment peux-tu être aussi sûr de toi, proteste-t-elle tandis qu'elle palpe ses côtes douloureuses, le plus facile, c'est de dire que je suis folle sans même essayer d'examiner la chose, mais il la coupe de nouveau, il n'y a rien à examiner, tes motivations sont nauséabondes et tu sais quoi, même si elles émanaient du sentiment le plus noble et le plus pur, moi, ce truc ne me convient pas du tout. Je me sens suffisamment père avec la fille que j'ai, même si elle commence à avoir une vie à elle, je ne suis plus tout jeune, tu oublies que je vais sur mes cinquante-cinq ans, alors la dernière chose dont j'ai envie, c'est de courir après un bébé qui ne sera même pas de moi. Qu'est-ce qui va me rattacher à lui ?

Et qu'est-ce qui me rattache à toi, se demande-t-elle en fixant hargneusement les lèvres qui lui assènent leurs arguments avec une désarmante fluidité, elle a l'impression que jamais il n'a parlé avec un tel débit, aussi étrange que cela puisse paraître, des deux, c'est lui qui est le mieux préparé à cette conversation, qu'est-ce qui me rattache à toi, elle se lève de sa chaise dans un élan furieux, avec l'envie de tout balancer en bas, les verres et les bols, entendre son rêve se fracasser dans la cour dallée des voisins, non, elle ne va pas battre en retraite si vite, alors elle dit, Amos, je ne renoncerai pas, elle sait que ses lèvres se déforment et que des lambeaux de la serviette en papier rouge tremblotent sur son visage, elle sait qu'il la considère en cet instant comme une malade mentale et que cela ne l'ébranle pas le moins du monde, Amos, je le ferai, je ne peux pas renoncer cette fois. Tu as besoin de te faire soigner d'urgence, ça fait déjà un certain temps que tu ne vas pas bien, articule-t-il en se dressant devant elle, ne crois pas que je ne m'en sois pas rendu compte, c'est juste que je ne pensais pas que ça irait si loin.

Comme c'est facile pour vous de nous qualifier de folles dès que nos aspirations sont contradictoires aux vôtres, ricane-t-elle même si, intérieurement, elle n'est pas certaine de trouver beaucoup de femmes prêtes à la soutenir dans ce choix-là. Il la toise avec froideur, tu sais quoi, tu as peut-être raison, peut-être que c'est une erreur de ma part d'essayer de poser un diagnostic, alors je vais me contenter de te répéter ce que je ressens : pour moi, c'est exclu. Je n'ai aucune envie d'élever maintenant un petit enfant et tu ne peux pas me l'imposer. Désolé de te décevoir, si tu ne renonces pas, c'est simple, je me lève et je pars.

Et, comme pour illustrer sa menace, il se lève et il part, en un clin d'œil il n'y a plus personne, elle a l'impression qu'il n'a même pas pris le temps d'enfiler un tee-shirt ni de mettre des sandales, il s'est évaporé pendant qu'elle posait les assiettes tremblantes dans l'évier de la cuisine et se penchait sur le lave-vaisselle, à présent elle contemple la terrasse vide, la chaise vide, elle n'a même pas entendu claquer la porte, peut-être est-il encore dans l'appartement, mais quelle différence, la question n'est pas où est Amos en ce moment précis, mais que fera-t-elle, elle, maintenant qu'il lui a clairement indiqué sa position, que fera-t-elle du restant de ses jours, du restant de sa vie.

CHAPITRE 7

Cette odeur qui la poursuit, qui s'engouffre à l'intérieur par la fenêtre ouverte et envahit l'appartement, qui colle aux draps et s'embrase, c'est l'odeur du feu et de la poussière, de la terre en fusion dans les profondeurs des marais. Comment avait-on pu croire qu'une telle terre serait bonne pour l'agriculture ? Malgré les avertissements de l'agronome hollandais qui avait été sollicité, ils avaient imaginé des champs de coton, des plantations de blé, d'orge et de canne à sucre, rien ne sortira de la tourbe, les avait pourtant prévenus l'expert, rien que de la poussière et une combustion permanente. Cette terre s'oxygénera à un rythme accéléré, elle s'étiolera, se desséchera, s'affaissera pour finir par s'effondrer tandis qu'une couche sous-jacente brûlera sans intervention humaine pendant des semaines entières et vous aurez beau tout mettre en œuvre, vous n'arriverez pas à éteindre les incendies.

À cet endroit, le feu et l'eau s'étaient depuis toujours miraculeusement imbriqués l'un dans l'autre entre les roseaux touffus, mais au moment de l'assèchement, quand l'eau avait disparu, le feu avait, avec un rire sardonique remonté du ventre de la terre, fêté sa victoire sur des champs qui s'enfonçaient, obligeant les membres du kibboutz à se retrancher dans les maisons, à se calfeutrer derrière des fenêtres closes, en vain, car il était impossible de s'en protéger. Pendant des années, tout ce qu'ils mangeaient ne dégageait que l'odeur de la tourbe incandescente, le pain préparé pour le shabbat autant que les gâteaux, les vêtements qu'on avait beau porter et laver, jusqu'aux bébés qui voyaient le jour dans ce kibboutz et surtout sa Dina, née longue et triste, drapée de cette odeur de combustion dont elle n'avait pas conscience, l'odeur de l'erreur, l'odeur du rêve consumé.

Finalement, c'était cette odeur qui l'avait chassée du kibboutz, elle était partie au mauvais âge et dans de mauvaises conditions, trop tard ou trop tôt, ce qu'elle avait été naïve de croire qu'ainsi elle lui échapperait, car cette odeur l'avait retrouvée, la poursuivant jusqu'ici, de toute façon le feu se rapprochait d'elle chaque jour davantage puisque c'était au sein de la terre ardente qu'on déposerait son corps, leurs deux cœurs mêlés, et elle aussi s'embraserait soudain sans intervention humaine, elle aussi s'étiolerait, se dessécherait et s'affaisserait puisqu'elle aussi avait déçu, n'était-elle pas cette tourbe bonne à rien ?

Fermez la fenêtre, essaie-t-elle de crier, mais ce n'est qu'un gémissement rauque qui sort de sa gorge, la lourde odeur est aussi tangible que la main qui lui enserre le cou, c'est comme si une rivière en flammes dégringolait sur elle des hauteurs du Hermon, une étreinte de feu à sa seule intention, un baiser qui la suivait à la trace depuis des années, la cherchait de maison en maison et allait enfin la trouver puisqu'elle ne pouvait plus marcher, d'ailleurs depuis toujours ses pas avaient été chancelants. Mais qui peut fouler avec assurance un sol dont les tréfonds sont secoués par une guerre permanente, des années de lutte sans victoire ni d'un côté ni de l'autre, jusqu'à ce que son père meure et que le feu triomphe de l'eau. Comme elles avaient grandi, les flammes, après son décès, elles dansaient sur toutes les parcelles stériles, soulevant d'épais nuages de fumée, sortez-le de là, il brûle, hurlait-elle en se précipitant dans la chambre de ses parents, le feu s'approche de papa, il faut le tirer de là, mais sa mère la regardait avec tristesse en soupirant, calme-toi, ma Hemda, l'incendie n'atteindra pas le cimetière, il ne peut rien lui arriver puisque la catastrophe s'est déjà produite.

Mais que sais-tu, toi, de ce qui se passe en dessous, sous la terre, qu'en sais-tu ? sanglotait-elle et sa mère la suppliait de se ressaisir, l'âme de ton père est avec nous, le reste n'a aucune importance. Quelle bizarrerie, maman sans papa, quelle bizarrerie maman tout court, pourtant elle aussi était devenue mère, voilà la mère de Dina, lançaient les assistantes maternelles en la voyant entrer dans la pouponnière du kibboutz, elle saisissait toujours une nuance railleuse et critique dans leur voix parce que sa petite fille n'était jamais calme en sa présence, qu'elle l'embarrassait en hurlant devant les autres mamans et recrachait le lait pendant la tétée, quant à son odeur, celle que dégageait sa peau étonnamment mate, c'était une odeur de brûlé.

Fermez la fenêtre, implore-t-elle, Dina, Avni, l'ont-ils laissée seule, où donc est cette femme aux cheveux noirs et brillants qui lui rappelle sa nounou du premier kibboutz, Shoula, elle vient de se souvenir de son nom, est-ce que quelqu'un, parmi vous, s'appelle Shoula ? Fermez la fenêtre, l'appartement silencieux est plongé dans la pénombre, elle entend sa respiration saccadée et frappe sa tête contre l'oreiller. Si seulement elle pouvait s'enfuir, si seulement elle pouvait atteindre la fenêtre, mais elle est trop faible, elle a trop mal aux jambes, jamais elle n'arriverait ne serait-ce qu'à se redresser, alors elle se saisit du téléphone posé à côté d'elle, appuie sur les touches sans regarder, comme si elle tenait là quelque mystérieux coffre-fort recelant un trésor salvateur, mais comment composerait-elle le bon numéro, quel est d'ailleurs le bon numéro, depuis quand le bon numéro serait-il celui de sa fille ?

Mieux vaut que je l'appelle intérieurement, chuchote-t-elle, Dina, ma Dina, car à cette seconde se profile dans sa mémoire un instant rare, c'était juste après la première ondée qui avait, cette année-là, donné une pluie drue et violente, elle avait réussi à s'enfuir en courant de la pouponnière sans que personne ne la voie, elle avait couru avec son bébé jusqu'au cimetière, essoufflée, elle s'était assise sur le basalte mouillé de la pierre tombale toute neuve de son père, avait mis sa fille sur ses genoux et, tout en lui caressant les cheveux, elle lui avait raconté l'histoire.

J'étais le premier bébé du kibboutz, lui avait-elle chuchoté ce jour-là, les camarades s'étaient rassemblés dans le réfectoire pour me voir marcher. Je suis là, sous leurs regards brillants, on m'encourage, moi je m'affole mais comme je ne veux pas les décevoir, je tends une jambe en avant, à ce moment-là précisément mon père me lâche la main, une grande clameur monte de l'assemblée, c'est tellement effrayant que je tombe en arrière. Après je n'ai plus mis un pied devant l'autre pendant deux ans, on avait même songé à m'emmener consulter un spécialiste à Vienne, et puis un jour un médecin de Tel-Aviv a dit à mon père, elle a simplement peur, faites en sorte qu'elle vous craigne, vous, davantage que la marche, et là Hemda avait vu un premier sourire éclairer le visage de Dina, un regard intelligent l'écoutait sous un grand front un peu bombé, alors elle avait continué à lui raconter son histoire, plus elle racontait plus elle la serrait contre sa poitrine, imbriquer leurs côtes si fort que personne ne pourrait plus les séparer, mais soudain la petite avait lâché un gémissement dénonciateur qui les avait aussitôt trahies, elle s'était retrouvée encerclée par son mari, sa mère et la puéricultrice, on lui avait arraché des bras la bambine mouillée et tremblante de froid, à croire qu'elle lui faisait du mal, ensuite, on ne les avait plus laissées seules toutes les deux, pas grave, elle n'en avait plus envie car elle ne lui faisait plus confiance, en fait elles avaient mutuellement perdu confiance l'une en l'autre, et jamais plus elle n'avait retrouvé un tel regard dans les yeux de sa fille, leur couleur avait beau se préciser, ils n'exprimaient plus envers elle que méfiance et défiance.

Elle ne m'aime pas, murmurait-elle incrédule, mon bébé ne m'aime pas, elle arrive à attraper son oreiller et le soulève un peu, ma Dina à moi, chuchote-t-elle, ma pauvre enfant. Il est trop gonflé, ce coussin, pourtant elle s'efforce de le modeler, de lui affiner la taille, la taie exhale un souffle caressant, mouvement de vie presque imperceptible, elle serre son bébé contre sa poitrine, ma fille, sanglote-t-elle comme si elles ne s'étaient pas revues depuis ce fameux épisode sous la pluie. Après l'avoir grossièrement fustigée, ils la lui avaient arrachée des bras et s'en étaient allés, quelle faute avait-elle donc commise, Dina avait été un peu mouillée, et alors ? La pluie les avait couvertes de ses bontés, la pluie avait éteint le feu, apaisé le cadavre de son père qui reposait sous la pierre tombale, elle aurait voulu raconter encore tellement d'histoires à sa fille, elle avait tellement de récits morts enterrés en son sein, mon bébé, aide-moi.

Comment aurais-je pu t'aider puisque je n'étais qu'un bébé ? Le son de cette voix froide la surprend, elle lâche l'oreiller et plisse les yeux dans la pénombre, est-elle là ? L'a-t-elle entendue l'appeler intérieurement ? Mais alors, pourquoi, si l'on répond à un appel venu du cœur, pourquoi une telle animosité ? Depuis quand es-tu là, Dina ? Elle tâtonne, essaie de se raccrocher aux détails, sauf que sa fille se fiche des détails, depuis cet épisode désolant, elles n'ont plus jamais réussi à accorder leurs désirs. Je suis tout le temps là, maman, répond-elle, ne me dis pas que tu ne t'en es pas aperçue, alors Hemda lâche un petit rire gêné, encore une fois elle a prononcé ce mot de maman avec un ton aussi réticent que s'il s'agissait d'un titre de noblesse usurpé. Les puéricultrices utilisaient exactement le même ton pour l'annoncer, voilà la maman de Dina, et la maman de Dina se cabrait face au troupeau de femmes lourdes qui pétrissaient leur bébé avec des mains expertes, face à Alik qui n'attendait que l'occasion de la mépriser et de prouver qu'il était meilleur qu'elle, la preuve, à lui, la petite souriait, n'arrêtait pas de sourire, alors avec le temps Hemda s'était éloignée d'eux, elle partait des jours entiers en excursion avec des élèves à qui elle racontait les histoires du lac au lieu de leur enseigner les sciences naturelles ou la géographie, elle s'isolait dans le petit cimetière, assise des heures et des heures sur la tombe de son père, tout le monde la regardait de travers en la considérant comme folle, mais elle avait fini par leur montrer, à la naissance de son fils, de son Avni, oui, elle avait fini par leur montrer à tous ce qu'était le vrai amour maternel. Avec quelle facilité elle tenait son petit garçon dans les bras, un bébé robuste et potelé, rien à voir avec l'autre, la maigrelette apathique, le contact d'une peau féminine l'avait toujours dégoûtée, d'ailleurs, elle comprenait difficilement qu'une femme puisse accoucher d'une femme. Une femme devrait accoucher d'un homme et un homme d'une femme, quel dommage que tel ne soit pas l'ordre des choses, elle a même toujours eu du mal à voir une mère allaiter une fillette, elle détournait aussitôt les yeux de ce qui lui semblait être une perversion repoussante.

Dire qu'elle avait failli renoncer à lui, elle attendait un autre miracle, également indifférente à son utérus de plus en plus rond qu'à la bambine qui crapahutait sur ses talons. Elle s'imaginait plonger dans le lac jusqu'à ce que son ventre se détache, remonte à la surface et se transforme en grand poisson, ou encore courir vers le sommet du Hermon, se vautrer dans la neige jusqu'à ce qu'il se découse, roule de plus en plus bas et devienne une grosse boule de neige, mais la petite tendait systématiquement les mains et elle était obligée de la prendre dans ses bras, furieuse comme si c'était sa fille qui l'avait mise enceinte, que tout cela était de sa faute, elle avait aussi l'impression que cette grossesse durerait éternellement, que c'était une gestation qui n'aboutirait à aucune naissance tant les années de fécondité étaient stériles à ses yeux.

Or ce fut justement après avoir désespéré de tous les miracles que se produisit le vrai miracle, celui qu'elle n'avait pu ni envisager ni imaginer, même s'il était apparemment le miracle le plus courant sur terre, un miracle qui lui fait monter les larmes aux yeux encore maintenant car, après le chaos physique de l'accouchement, un silence s'était instauré et lorsqu'elle avait ouvert un œil las, elle avait trouvé à ses côtés une créature vigoureuse au visage rouge qui la fixait silencieusement entre ses paupières mi-closes.

Captivée, elle était restée à contempler le bébé, des gens entraient et sortaient mais elle ne se souvient que de lui, que de la plénitude qui les enveloppait tous les deux, comme si une voix divine était descendue du ciel et avait déclaré qu'elle venait de trouver l'âme sœur, aucune grâce évidente sur ce visage qu'elle détaillait, il était fripé et cramoisi par l'effort, pourtant elle ne pouvait en détacher le regard et il ressentait apparemment la même chose, car lui non plus ne lâchait pas son visage, il la dardait de ses yeux sombres et étroits, doux comme des raisins secs, alors elle avait tendu un doigt vers la joue délicate, c'était le seul geste qu'elle avait réussi à faire tant elle était faible, incapable de retenir des larmes d'un bonheur aussi débordant que soudain. Elle avait eu l'impression de vivre sa propre naissance, la naissance de son moi profond et durable, oui, à partir de maintenant, elle serait entière, le monde pouvait se vider jusqu'à la dernière goutte qu'elle ne s'en rendrait pas compte tant elle et lui le remplissaient rien qu'à eux deux, et de sa faiblesse elle sentit poindre des forces titanesques. Alors que la naissance de Dina avait aggravé son sentiment d'impuissance, la venue de ce nouveau bébé la libérait, plus rien ne la muselait, elle était une déesse toute-puissante, non pas pour l'humanité entière mais pour un seul petit être, un nourrisson devant qui elle prenait l'engagement solennel de veiller à ce qu'il ne manque jamais de rien.

Elle s'affole en se demandant si elle vient d'évoquer ces souvenirs à haute voix, auraient-ils par inadvertance frappé les oreilles de sa fille assise dans le fauteuil, sa fille qui se tait dans le noir, car dès le début elle s'était évertuée à nier tout cela comme s'il s'agissait d'un adultère, tu le préfères, tu l'as toujours préféré à moi, lui reprochait Dina depuis l'enfance, non, non, niait-elle avec obstination, essayant même de surmonter la légère répugnance physique qu'éveillait en elle son jeune corps féminin en la serrant dans ses bras, qui t'a fourré ces bêtises dans le crâne, je ne veux plus t'entendre dire de telles âneries ! Était-ce Alik ? Non, elle ne pouvait pas l'imaginer la trahir aussi ouvertement.

J'étais jeune, mon père venait de mourir, et toi, tu n'étais pas facile, ça nous a pris du temps pour nous habituer l'une à l'autre, jamais elle n'avait réussi à lui dire ces choses simples, cramponnée qu'elle était à cette dénégation énergique qui privait de justification l'offense ressentie par sa fille, elle plisse les yeux dans le noir et demande, tu es là, Dina ? A-t-elle entendu ce souvenir originel, énoncé avec des mots sans ambiguïté, cet aveu qui détruirait le peu de liens qui les unit encore ? Alors elle se hâte de lâcher un rire nerveux, tu ne me croiras jamais, j'ai rêvé d'un bébé, elle se met carrément à jacasser, fière de son stratagème, oui, j'ai rêvé que je venais d'accoucher d'un bébé que j'aimais, insiste-t-elle comme si c'était extraordinaire, mais le fauteuil à son chevet ne s'anime toujours pas, Dina se serait-elle endormie, serait-ce la garde-malade qui somnole, à moins qu'il n'y ait personne dedans, comme à l'époque du kibboutz, quand elle était malade dans la maison d'enfants ? Elle approchait une chaise vide de son lit et y posait une couverture qui, dans le brouillard de la fièvre, se muait en sa mère, assise là, des yeux anxieux fixés sur elle, un fin sourire de retenue sur les lèvres.

Ça va aller, maman, ne t'en fais pas, murmurait-elle parce que depuis toujours son père lui expliquait qu'il ne fallait pas chagriner maman, ne pas l'inquiéter, à vrai dire, aujourd'hui encore elle ne comprend pas pourquoi, elle se souvient très bien qu'au kibboutz les maladies infantiles avaient été une épreuve pour de nombreux parents et que quelques-uns, incapables de supporter la situation, se faufilaient dans la maison d'enfants la nuit, la petite Hemda aimait penser que sa mère aussi la veillait pendant son sommeil et même si ce n'était pas sûr à cent pour cent, elle préférait ce doute à la preuve du contraire, mais pas maintenant qu'elle se retrouve à tousser, entravée, prisonnière de l'odeur du feu, maintenant il faut qu'elle sache, alors elle s'en prend à Dina, pourquoi ne fermes-tu pas la fenêtre ? la tance-t-elle en haussant le ton, la fenêtre est fermée, maman, exactement comme ton cœur.

Arrête ces bêtises ! lâche-t-elle frissonnante, qu'est-ce que tu me veux ? Ma mère m'a donné beaucoup moins que ce que je t'ai donné, pourtant je l'ai aimée et jamais je n'ai contesté son amour, pourquoi passes-tu ton temps à m'accuser ? Qu'est-ce que tu me veux, toi, j'ai juste dit que la fenêtre était fermée, l'interrompt sa fille, alors elle poursuit, quelle heure est-il, est-ce déjà le matin ?

Depuis peu, elle apprécie presque ce temps qui l'enveloppe sans restriction ni limite, elle se promène en lui comme dans un immense verger, cueille ici une figue sucrée, là une prune gorgée de soleil et qui fond dans la bouche, elle se sent plus libre que jamais, et lui aussi, le temps, renonce pour elle à ses lois rigides du trop tôt ou du trop tard, du plus-que-parfait ou du futur antérieur, on ferme les yeux sur les petits écarts. Au cours de ces dernières semaines, elle est devenue une fraudeuse de présent, et elle est heureuse dans son malheur, très entourée dans sa solitude puisqu'elle peut convoquer qui elle veut, elle passe elle-même en invitée dans sa propre vie, peut en remonter le cours et descendre aux arrêts de son choix, s'attarder où bon lui semble, mais face à sa fille elle doit se ressaisir, elle n'a jamais réussi à dormir correctement lorsque Dina était dans les parages, sa présence l'a toujours crispée, en quittant le kibboutz jamais elle n'avait imaginé que ce qui l'embarrasserait le plus, ce serait de se retrouver sous le même toit qu'elle, comment comprendre qu'une mère ait du mal à s'endormir uniquement parce que sa fille se trouve dans la pièce d'à côté.

Elle se sentait en permanence jaugée par la gamine qui, elle en était certaine, essayait de lire dans ses pensées, de s'introduire dans ses rêves, d'écouter les mots qu'elle murmurait en dormant, et maintenant la voilà obligée de rassembler ses bribes de souvenirs en un seul bloc, un seul temps, quelle heure est-il ? lance-t-elle à nouveau mais aucune voix ne répond à sa question, le fauteuil muet ne lui renvoie qu'un courant d'air chaud et lourd, des doigts de feu s'approchent de plus en plus, elle les connaît si bien qu'au moment où sa couverture se soulève et que quelqu'un se glisse dans son lit, elle en a le souffle coupé, tout cela s'est déjà passé, alors quoi, ce serait sans fin, dans la maison d'enfants, dès que les nounous avaient sombré dans un profond sommeil, commençaient les déambulations nocturnes, tantôt une fille en proie à une crise d'angoisse, tantôt un plus petit qui avait besoin de protection, parfois aussi d'étranges incursions brumeuses et essoufflées qui laissaient une tache visqueuse sur ses draps, sauf que le corps qui se plaque à elle cette fois est moite et squelettique, on dirait qu'il veut tout, tout d'elle justement, l'avaler et être avalé par elle, l'enfanter et être enfanté par elle, oh, Dina, ne pleure pas, pourquoi tu pleures ? Et sa fille se colle à elle, morsure brûlante contre sa peau, aide-moi, maman, il ne veut pas de cet enfant.

Elle n'ose pas lui demander de quel enfant il s'agit tant elle ne se fie plus à sa mémoire, elle a trop peur qu'on ne la surprenne en flagrante confusion, mieux vaut donc se taire, déduire une chose d'une autre, se contenter de questions prudentes, pourquoi n'en veut-il pas ? Dina éclate en sanglots, il dit que c'est de la folie, qu'il ne veut pas d'enfant, qu'il n'a pas besoin d'enfant, qu'il est bien comme ça, tu penses que c'est de la folie, que j'ai perdu l'esprit ?

Il y en a du monde, dans sa tombe, cette nuit, songe-t-elle contrariée, des années qu'elle repose dans la pénombre sous des mottes de terre et voilà que soudain son tombeau est ouvert, des rais de lumière lui trouent les yeux, un souffle d'air violent s'engouffre dans ses narines, on jette un autre cadavre à côté d'elle et on recouvre, devrait-on rester ainsi serrées pour l'éternité, pour l'éternité sa fille lui chuchoterait ses mots fiévreux à l'oreille, ne me fuis pas, donne-toi à moi pour une dernière fois, ne t'échappe pas de nouveau vers ton père, ta mère et ton lac, alors elle tend le bras vers Dina, malgré la terre, lourde et boueuse, qui les sépare, elle doit creuser pour l'atteindre et besogne lentement, de toute façon elles ont pris perpette, de toute façon, elle aussi a été jugée folle à une époque, c'est dans ce contexte que je t'ai accueillie, ma fille, mais ils se trompaient, ce n'était pas de la folie, c'était le contraire. Et s'il me quitte pour ça ? Est-ce que tu crois qu'il va me quitter ? Hemda soupire de nouveau, tout le monde te quitte à la fin, l'enfant aussi te quittera mais ça ne change rien, tu es une mère, et une mère a besoin d'un enfant, c'est si simple, soudain elle la revoit, petite, qui ferme les bras autour d'un bébé et part en courant, fais attention, Dina, lui crie-t-elle affolée en se lançant à sa poursuite, ne laisse pas tomber Avner, tiens-lui bien la tête, comment court-elle si vite sur des jambes fines comme des allumettes, dès qu'elle la rattrape, elle lui arrache le bébé des bras, mais la gamine ne lâche pas, elle s'agrippe aux petons roses et lisses en criant, c'est mon bébé, je suis sa maman, je suis sa gentille maman, elle crie, frémissante et bouleversée, exactement comme en ce moment. Tu es une bonne mère, ma chérie, c'est si simple, ne laisse personne remettre en doute l'évidence, une mère a besoin d'un enfant, comme il était calme dans ses bras, son petit frère, comme il avait aimé cette course-poursuite. À propos, où voulais-tu l'emmener ? lui avait-elle demandé lorsqu'elle avait enfin repris son souffle, et la fillette avait répondu, dans sa maison, il voulait que je le ramène chez lui, et Hemda avait demandé, où c'est, chez lui ? Au cimetière, dans la tombe de ton papa.

Mais lorsqu'il se trouve devant sa voiture dont le pare-brise est orné de deux contraventions et le toit tapissé de feuilles palmées, il se demande d'où lui vient la ridicule certitude qu'elle apparaîtrait ce soir, pauvre fils à maman gâté pourri qui prend encore ses désirs pour des réalités, jusqu'à présent il ne s'est rien passé dans ta vie qui puisse justifier que tu t'agrippes ainsi à cette foi intérieure, plus le temps passe, plus ça devient risible mais toi, tu espères encore, tu déblaies les feuilles sur ta voiture et tu espères, que feras-tu maintenant ?

Car ce n'est que maintenant, dans la douce lumière crépusculaire, qu'il remarque à quel point sa voiture est proche du portail de leur maison, elle bloque presque le passage, de quoi intriguer et énerver les passants, il doit l'éloigner avant que la famille en deuil ne le surprenne et ne lui demande des comptes, qu'est-ce qu'il fait là, non seulement il ne leur est d'aucun secours mais en plus il les dérange, oui, à l'évidence, il ne leur sera d'aucun secours à eux, mais il y en a une, persiste-t-il à croire, à qui il pourra venir en aide, de tout son cœur il veut la remercier du cadeau qu'elle lui a fait, il rêve de la consoler bien qu'il ne sache pas comment arriver à ses fins et tandis qu'il entre dans sa voiture pour s'éloigner, qu'il fonce jusqu'en haut de la ruelle pentue et s'arrête au bord du ravin, il comprend à quel point ses chances de la recroiser sont ténues, à cet endroit qui plus est, oui, ténues, même s'il localisait la tombe et qu'il s'y rendait tous les jours, même s'il participait systématiquement à toutes les commémorations, n'est-elle pas, elle, condamnée à un deuil secret, ne se doit-elle pas, elle, d'être encore plus discrète que lui ? Il pose la tête sur le volant, tous ses efforts ne l'ont jusqu'à présent qu'éloigné de ce qu'il imaginait, d'autant que le décryptage petit-bourgeois de ce qu'il avait cru saisir aux urgences derrière le rideau avait volé en éclats. Non, il n'avait pas intercepté l'adieu de conjoints qui avaient vécu jusqu'au bout dans l'harmonie mais quelques instants d'amour volés qui avaient réussi à adoucir un peu le goût de la mort, quelle conclusion était-il censé en tirer, lui, pour sa vie et pour sa mort, il n'en avait pas la moindre idée, il actionne les essuie-glaces et contemple l'eau projetée sur le pare-brise, rigoles transparentes, et ce n'est qu'à cet instant qu'il se rend compte combien il est proche du précipice, il sort de la voiture et frissonne en constatant qu'une de ses roues est déjà dans le vide.

Alarmé, il regarde autour de lui, prend une grande inspiration et se laisse pénétrer par l'odeur des buissons de sauge et de romarin mêlée à celle, plus sucrée, de la paille brûlée, il trébuche sur des grappes de dattes sèches qui jonchent le sol, jaunissant dans le soleil couchant, où est-elle, où pleure-t-elle son amant défunt, il la revoit s'essuyer le visage avec le mouchoir en papier qu'il lui a tendu, il revoit le léger frissonnement de sa joue lorsque leurs larmes s'étaient mêlées. A-t-elle, elle aussi, une famille, un mari et des enfants à qui elle doit cacher son chagrin, a-t-elle déjà divorcé, ce qui lui permet d'afficher son deuil mais sans avoir personne pour la consoler, il s'adosse à un figuier aux branches tortueuses et aux fruits encore durs, protégés par de grandes feuilles baissées telles les oreilles d'un chien contrit, et contemple le soleil sur la chaîne des collines qui dégouline alangui en couleurs chaudes du sommet vers la vallée.

Voilà bien des années qu'il n'a pas ainsi fait face à l'astre en son couchant, rien qu'eux deux, il attrape un brin d'herbe, se le glisse dans la bouche et le suce comme s'il fumait. Un goût sucré de cendre envahit son palais, est-ce le goût de la mort ? Le ravin est abrupt et sec, avec un fond rocailleux. Lui ressemble-t-il ? Ça y est, le soleil a disparu derrière la ligne des crêtes, l'ouest rougit au point de créer l'illusion d'un violent incendie allumé derrière la colline, un incendie dont seules les braises arriveraient à grimper le long des antiques terrasses avant de disparaître en blêmissant. Il s'étonne de constater que le ciel reste clair et, pour la première fois de sa vie, il se rend compte qu'il n'y a aucun rapport entre le déclin du soleil et celui de la lumière. D'où vient l'obscurité, il regarde autour de lui comme s'il s'attendait à voir une boule sombre descendre sur le monde et peindre tout sur son passage, à moins qu'il ne s'agisse d'une émanation des cimes déjà totalement noires.

Deux adolescents en nage remontent l'étroit sentier au pas de course, arrivés en haut, ils font demi-tour puis repartent, leurs pas résonnent et Avner descend le long de la pente à leur suite, remarque un buisson où poussent d'étranges fruits, on dirait des carambars, il en cueille aussitôt un dans lequel il mord goulûment mais recrache aussitôt, est-ce le goût de la mort ? Quoi qu'il en soit, il vient de découvrir que l'obscurité monte de la terre vers le ciel et non le contraire, ce qu'il avait toujours cru. Sur les hauteurs d'en face, les lumières s'allument en autant de petits flambeaux, des voix se précisent, des pleurs de bébés, des gens qui se disent au revoir, un ronflement de moteur qui s'éloigne, soudain il entend de bruyants jappements suivis des remontrances rauques d'une voix qu'il reconnaît immédiatement, cherche un refuge pour y échapper mais c'est trop tard, la voilà debout devant lui, curieusement ravie de le voir.

J'étais sûre que c'était votre voiture là-bas, je l'ai dit à Élishéva, claironne-t-elle avec satisfaction, c'est que j'avais perdu mes clés et j'ai été obligé de la laisser, se justifie-t-il mal à l'aise avant d'enchaîner, comment va-t-elle ? C'est difficile pour elle, soupire la voisine, elle est très triste, mais ce sera pire à la fin de la semaine de deuil, à ce propos, je trouve excellente votre idée de journée d'études, plus il y aura d'événements organisés à sa mémoire, plus cela aidera la famille à surmonter, évidemment il saisit la balle au bond, à quelle date exactement, cette journée d'études ? Le 30, pour que ça corresponde exactement aux trente jours de sa mort, quoi, vous n'y participez pas ?

Non, je suis en année sabbatique, bafouille-t-il, ils font ça où ? Incroyable comme l'information circule mal chez vous à la fac ! s'exclame-t-elle et il confirme par un petit rire, oui, j'ai toujours été mal informé, il hésite, déchiré entre son envie de continuer sur le sujet afin de récolter un maximum d'informations et la crainte d'être démasqué s'il pousse plus avant le sujet, heureusement, elle agite soudain la laisse qu'elle tient à la main, Casanova, viens ici tout de suite ! J'en ai assez de te courir après ! Sur le sol, l'ombre des arbres s'agite dans la légère brise et un instant leurs deux silhouettes paraissent avancer. Eh oui, la vie file comme une ombre, soupire-t-elle, hier à peine ils s'installaient ici avec leurs enfants, quelle belle famille, comme ils s'aimaient, je n'ai jamais vu ça, nos jardins sont mitoyens, en quinze ans, jamais entendu la moindre dispute entre eux, Dieu seul sait comment elle s'en remettra, la pauvre.

À ce qu'on dit, le deuil serait justement plus facile à surmonter quand la relation conjugale a été bonne, se surprend-il à proposer en guise de vague consolation, enfin, moi, je n'en suis pas convaincu, qu'a-t-on à regretter d'un couple désuni ? C'est tout à fait logique, au contraire, rétorque la voisine, de mauvaises relations vous laissent toujours un goût de ratage, on s'en veut de ce qu'on n'a pas fait, on en ressort rongé par la colère et la culpabilité mais privé de la possibilité de réparer quoi que ce soit, on ne peut plus rien, souligne-t-elle d'une voix menaçante, comme si elle avait été envoyée pour le mettre en garde, il sursaute devant l'index pointé vers lui, recule et se tourne vers sa voiture, toujours en équilibre au-dessus du ravin. Il faut que j'y aille, s'excuse-t-il, passez mon bonjour à Élishéva et espérons que nous nous reverrons dans de plus joyeuses circonstances, il regrette aussitôt cette formule toute faite d'autant qu'elle le reprend, on se reverra à la journée d'études, oui, oui, bien sûr, s'empresse-t-il de confirmer mais il n'est pas encore entré dans sa voiture que du précipice déboule sur eux une ombre noire qui grandit de plus en plus, langue pendante et souffle court, une ombre qui le pousse d'un bond pour s'installer avant lui à sa place, sur le siège du conducteur. Oh, il aime tellement rouler, ce chien, lui explique la voisine en s'esclaffant, allez, sors de là, gros bêta, tu ne vas nulle part. Raphaël l'emmenait de temps en temps faire un tour, en voiture ou à pied, il aimait beaucoup les chiens, c'est d'ailleurs lui qui nous a donné Casanova, pas vrai, mon toutou ? demande-t-elle à l'animal qui pose une patte sur le volant et ouvre sa gueule en un sourire baveux. Il nous l'a donné quand leur chienne a mis bas et lorsqu'elle est morte, il n'a pas voulu la remplacer, c'est pour ça qu'il emmenait Casanova en promenade presque tous les jours, pas vrai, mon toutou ? Et elle se tourne à nouveau vers le chien, où c'est donc qu'il t'emmenait, Raphaël ? Ça la rendait folle, Élishéva, parfois ils disparaissaient tous les deux pendant des heures, il était comme ça cet homme, un ange, il ne voulait décevoir personne, pas même un chien, figurez-vous que très malade, diminué par tous les traitements, il s'entêtait encore à le sortir de temps en temps, pas vrai, mon Casa, pas vrai que tu aimais te promener avec Raphi, où alliez-vous, donc, hein ? Tous les deux fixent le chien qui a toujours la gueule ouverte et braque ses yeux de perles noires sur le pare-brise, dans un instant, semble-t-il, il va lever toutes les ambiguïtés, Avner frissonne comme si involontairement on portait atteinte à l'honneur du mort, alors il regarde sa montre et lâche, je dois partir, ma femme et mes enfants m'attendent pour dîner. Soudain, il est fier de ce groupe de mots, ma femme et mes enfants, il les lui lance à la figure avec plaisir, comme s'il disait, il n'y a pas que le mort qui avait une famille merveilleuse, peut-être que moi aussi j'en ai une, peut-être même en ai-je une sans le savoir et c'est ce que je découvrirai ce soir, car une fois la créature poilue extirpée, non sans peine, de l'habitacle et malgré l'odeur et les poils laissés sur le siège, ce sont les avertissements rauques de la voisine qui le poursuivent et résonnent à ses oreilles, alors il accélère, fuit ce quartier résidentiel et prend la direction du centre-ville.

Jamais il ne la retrouverait, jamais il ne la reverrait, jamais il ne connaîtrait leur histoire, et tant mieux, car leur amour clandestin ne peut plus être sauvé, la famille éplorée non plus, seule lui reste, peut-être, la possibilité de retaper sa propre famille, ne serait-ce qu'en prévision du jour où il la perdrait, agir afin que ce déchirement soit plus facile, s'éviter les affres qui lui avaient été décrites, on en ressort rongé par la colère et la culpabilité mais sans avoir la possibilité de réparer quoi que ce soit, on ne peut plus rien, alors il s'arrête devant un traiteur oriental, achète des pitas fraîches, du houmous, de la téhina et de la purée d'aubergines, Salomé lui sera gré de la soulager de la préparation du dîner, il remonte dans sa voiture, fonce, klaxonne et finit par doubler un véhicule particulièrement lent qui hoquette en montée, il a fugitivement l'impression de voir le visage triste de l'inconnue reflété dans son rétroviseur, quoi d'étonnant à ce qu'elle conduise avec une telle distraction, mais il la perd aussitôt car d'autres voitures s'intercalent, non, il ne va pas s'arrêter sur le bas-côté pour l'attendre, il va continuer jusque chez lui, n'est-ce pas ce que le défunt a voulu lui dire, occupe-toi de ton foyer tant que tu as un foyer, il imagine Raphaël traverser la vallée en compagnie de l'énorme chien surexcité, peut-être habite-t-elle tout près, dans une de ces maisons à flanc de coteau qu'il a vues scintiller dans le noir sur le versant d'en face, peut-être que, de là, elle observait la vie de son amant. Le prétexte douteux d'aller promener le chien leur permettait-il de se retrouver en cachette jusqu'à ce qu'il soit trop malade pour marcher? Et qu'avaient-ils fait alors, est-ce que le chien l'avait traîné jusqu'au seuil de la maison de sa maîtresse où il s'était écroulé à bout de forces et avait été, de là, conduit d'urgence à l'hôpital? Où donc se trouvait sa femme, Élishéva, ce fameux matin, le dernier matin de sa vie apparemment, et laquelle des deux était à son chevet au moment où il avait rendu son âme au Créateur, Avner comprend que jamais les faits ne lui seront confirmés et que sa propre exégèse restera fluctuante, soumise à toutes les sautes d'humeur possibles. La vision qui s'était révélée à lui dans le box de l'hôpital l'envoyait-elle en quête d'un amour qu'il n'avait encore jamais expérimenté ou au contraire le poussait-elle chez lui, auprès de Salomé et des garçons, l'enjoignant à essayer d'adoucir la mouise de leur vie commune avec une pincée de sagesse de mort, il a l'impression d'avoir la bouche pleine de ce goût particulièrement concentré, salé et sucré en même temps qui lui rappelle les carambars poussés dans le buisson. Au moment où il verrouille sa portière, il découvre qu'une feuille dorée s'est glissée sous un de ses essuie-glaces, une feuille d'automne en plein été, il se la passe délicatement sur la joue avant de la fourrer dans la poche de sa chemise et il franchit le seuil de son appartement avec sur le visage le souvenir de ce doux contact, frais et caressant, et dans les mains le sachet contenant des boîtes un peu huileuses.

Il a beau se sentir porteur d'une grande nouvelle, son entrée ne suscite aucune réaction, personne n'est attentif à l'importance de cet instant unique, pas même Yotam, qui reste accroupi dans un coin du salon devant sa caisse de jouets, une odeur de fumée de cigarette provient de la terrasse, Salomé ne s'est pas encore désintoxiquée du cocktail téléphone-cigarette, guidé par son odorat, il l'aperçoit accoudée à la rambarde, elle lui tourne le dos, ne le remarque pas et elle explique au combiné que oui, mais c'est facile à dire, je sais que tu as raison, n'empêche que je n'en dors plus la nuit tellement ça m'inquiète, le vent anime ses cheveux et révèle furtivement une nuque charnue et attirante, couverte de longs poils noirs qui rappellent ceux d'une chienne, il tend la main pour les caresser mais elle fait une brusque volte-face, Avner, tu m'as effrayée, depuis combien de temps es-tu là, et qu'est-ce qui te prend, tu veux me masser à l'huile de vidange? Elle se palpe la nuque comme si elle avait été piquée par un insecte, il lui tend son sachet, j'ai apporté à manger.

Ma cocotte, je te rappelle, se hâte-t-elle de lancer dans le téléphone avant de lever vers lui ses yeux bleus pleins de reproches, dire que ces yeux-là, des années auparavant, le regardaient avec tant d'amour et d'émerveillement!

Vos enfants auront des yeux magnifiques, leur assurait-on quand ils étaient jeunes car, sous leurs sourcils noirs, ils avaient tous les deux de l'azur à profusion, pourtant Tomer devait se contenter des simples iris bruns de sa grand-mère Hemda, quant à Yotam, certes il scrutait le monde avec des yeux d'un bleu délavé, mais petits et légèrement bridés, rien à voir avec ceux de Salomé, qui, à une certaine époque, brillaient avec passion en le voyant. Comment étaient-ils devenus agressifs et blessés, il a même l'impression, alors qu'elle se passe toujours la main sur la nuque puis renifle ses doigts avec dégoût, de voir pointer de la moquerie, se prendrait-elle soudain pour madame Propre, il pose le sac plastique dégoulinant d'huile sur le rebord de la terrasse et c'est là qu'il le retrouvera le lendemain soir, le soleil aura eu le temps de s'acharner sur ses salades, il ouvrira cependant les boîtes et les reniflera une à une, humant avec ravissement les relents nauséabonds qui s'en échapperont, rien de mieux en matière d'autodénigrement, comme s'il avait intentionnellement apporté à sa femme et à ses enfants un cadeau empoisonné.

Avec qui parlais-tu, sa question lui rappelle aussitôt son propre père qui, vers la fin de sa vie, était devenu d'une telle jalousie que chaque coup de téléphone de sa mère éveillait ses soupçons. Avec Dafna, pourquoi ? Pour rien, élude-t-il, en fait, ce qu'il aurait voulu savoir c'était plutôt quelle était la raison de son inquiétude, pourquoi n'en dormait-elle pas la nuit et pourquoi aussi avait-elle repoussé la main qu'il lui tendait mais, la probabilité d'une réponse sincère étant très mince, il préfère renvoyer ces éclaircissements à un moment plus favorable et se contente de lui demander, où est Tomer ? Dans sa chambre devant l'ordinateur, comme d'habitude, où peut-il bien être, chez des copains ? Encore et toujours cette voix accusatrice, encore et toujours, elle lui imputerait toutes les difficultés de ce fils-là.

En se dirigeant vers la chambre du gamin, il remarque sur la grande table ronde trois assiettes avec des restes de salade et de jaune d'œuf, ils auront dîné sans lui, pourquoi pas d'ailleurs, il est rentré aussi tard que d'habitude, bientôt neuf heures, il pénètre dans la chambre des enfants, sur l'écran de l'ordinateur des personnages gesticulent frénétiquement mais Tomer est figé comme un roc, ses mains posées sur le bureau ne bougent pas non plus, et ce contraste l'emplit d'effroi, par un effet de vases communicants les personnages dessinés auraient-ils aspiré la force vitale de son fils, il s'approche et lorsqu'il lui pose une main sur l'épaule, qu'il voit son ventre flasque souligné par un tee-shirt trop moulant, une vague de colère le submerge. Qu'est-ce que c'est que ça ? À son époque, les enfants n'étaient pas gros, ni dans son kibboutz ni dans les kibboutz voisins, sauf peut-être un garçon qui avait un problème physiologique, ils couraient dans tous les sens, ne laissaient pas des personnages vides s'agiter à leur place, que t'arrive-t-il, Tomer, c'est à ça que tu passes tes journées, il entend la voix énervée qui sort de sa gorge et le regrette aussitôt, tu parles d'une phrase d'introduction pour qui voulait proposer une soirée de pacification familiale, il jette un œil derrière lui pour s'assurer que Salomé n'a rien entendu, où est-elle, s'est-elle empressée de reprendre sa conversation téléphonique sur la terrasse, quoi qu'il en soit, son fils, lui, a entendu, parce qu'il remue une épaule embarrassée sous la pression des doigts de son père et se met à geindre comme s'il avait été frappé, papa, laisse-moi tranquille.

Justement parce que je suis ton père, je ne vais pas te laisser tranquille, rétorque-t-il en se croyant malin, tu m'inquiètes et je ne peux pas te voir ramollir à ce point sans réagir. Si tu ne peux pas me voir, tu n'as qu'à pas me regarder, lâche son fils avec amertume, Avner essaie d'adoucir le ton de sa voix, attends, c'est quoi, cette manière de parler, écoute-moi bien mon grand, je veux qu'on prenne le temps de réfléchir ensemble pour te trouver des activités plus saines, je ne comprends toujours pas pourquoi tu as arrêté le karaté. Pourquoi, lui lance Tomer avec un regard accusateur, tu veux savoir pourquoi ? Parce qu'on se moquait de moi tellement j'étais nul ! Comment Salomé avait-elle réussi à lui transmettre ce regard qui le rendait, lui, Avner, seul responsable de tout ce qui allait de travers dans cette maison ?

Tu étais nul, et alors ? On ne te demandait pas de te présenter aux Jeux olympiques, ce n'était qu'un cours au centre d'animation du quartier, tu y allais pour apprendre et progresser ! Sauf qu'ils étaient tous meilleurs que moi et c'était pas drôle, proteste son fils dont la voix frémissante devient pleurnicharde, mais Avner s'entête, c'était pas drôle, répète-t-il, depuis quand tout doit être drôle ? Il y a des choses dans la vie qu'il faut faire, même si elles ne sont pas drôles ! Tu n'as qu'à essayer une autre activité, du judo, du basket, c'est bien ça, non ? Tout vaut mieux que de rester comme ça. Il vient de terminer sa phrase qu'elle déboule, exclu qu'elle rate la moindre occasion de le rabaisser en volant au secours du gamin. Qu'est-ce qui te permet de lui dire ça, la voix venimeuse précède de peu le corps lourd qui entre dans la chambre, tu fais de la gymnastique tous les jours, toi ? Tu te préoccupes de ton apparence ? Regarde-moi l'estomac que tu te paies ! Ne pas s'emporter, songe Avner, ne pas imiter son père, même s'il a le souffle court et que des poings serrés cognent à l'intérieur de son ventre.

Quel mal y a-t-il à ce que j'essaie de lui éviter mes propres erreurs, c'est encore un enfant, il peut changer, et pourquoi est-ce que tu prends tout le temps sa défense, il entend sa voix s'enflammer de plus en plus, tu ne vois pas le mal que, toi, tu lui fais ? C'est à cause de toi qu'il se sent si faible, tu l'empêches de se libérer de ta protection infantilisante, pire encore, tu lui fais croire que son père est une espèce de monstre dont il faut se protéger, chez toi aussi, le cerveau s'est ramolli ou quoi ? ajoute-t-il bêtement bien sûr, car Tomer se lève de sa chaise et crie, le visage bouffi, foutez-moi la paix et arrêtez de vous bagarrer à cause de moi ! Je vais sauter du balcon pour que vous arrêtiez de vous bagarrer à cause de moi ! Salomé le serre aussitôt contre sa poitrine, du calme, du calme, mon amour, nous ne nous disputons pas à cause de toi, nous nous disputons à cause de nous, le gamin sanglote dans ses bras comme un chiot trop grand, alors pourquoi vous ne vous bagarrez jamais à cause de Yotam, et Avner se souvient, paniqué, que le petit est resté dans le salon sans surveillance, il fonce dans la grande pièce mais il n'y a plus d'enfant tranquillement installé devant la caisse à jouets, et s'il était sorti sur la terrasse et avait grimpé sur le rebord ? Il se précipite dehors et l'appelle mais finit par le retrouver assis dans la baignoire au milieu de canards en plastique souriants autant que lui. Dès qu'il aperçoit son père, son visage se voile de l'ombre d'une inquiétude, Toto pleure, dit-il avec tristesse, Toto méchant ? Et Avner s'empresse de rectifier en zézayant, non, Toto pas méchant !

Toto pas méchant, répète le bambin songeur qui embraie sur une autre question, bulle de savon trouble, alors papa méchant ? Non, papa pas méchant, répond-il en séparant chaque syllabe, à nouveau le bambin répète après lui avec un soulagement qui débouche immanquablement sur une conclusion dix fois plus inquiétante, alors maman méchante ? Il rectifie à nouveau, non et non, il insiste, maman pas méchante, mais tout cela ne satisfait pas son petit malin de fils qui doit absolument trouver la pomme pourrie du panier et tente une dernière proposition, alors Yotam méchant ? Avner passe les bras autour des petites épaules, il a très envie d'entrer tout habillé dans la baignoire tant son cœur est submergé d'amour pour ce merveilleux enfant, et il lui répète, certainement pas ! Yotam pas méchant ! On n'a pas de méchant dans notre famille !

Et lorsque les garçons finiront par s'endormir, il la trouvera vautrée sur le canapé du salon. Mais avant cela il aura couché le petit qui se laissera emprisonner dans son lit avec une étonnante docilité, comme s'il s'efforçait de ne pas peser sur les négociations de paix si prudemment esquissées, il se sera assis un long moment au chevet de l'aîné qui, allongé sur le dos, tirera par-dessus sa tête une couverture dont seules quelques ondulations indiqueront qu'il en profite pour se fourrer l'index dans le nez puis dans la bouche, ce qui n'empêchera pas Avner de lui poser une main sur l'épaule, de s'excuser une nouvelle fois en lui expliquant qu'il ne voulait surtout pas le blesser, qu'il était juste très concerné, qu'il l'aimait et s'inquiétait pour lui, et finalement il lui proposera de l'emmener courir avec lui, rien que tous les deux, le soir, sauf que, dans leur quartier, il n'y a pas de parcours vraiment appropriés. Tu sais quoi, j'ai une idée, et si on prenait la voiture pour aller dans un autre quartier, je sais où trouver un excellent trajet, s'enthousiasmera-t-il soudain, se voyant déjà avec son fils en train de grimper l'étroit sentier d'asphalte, en sueur et purifiés, puis de longer le ravin d'où monte une odeur de paille et de cendres, de sauge et de romarin. On garera la voiture sur le parking en bas et on courra jusqu'à la dernière maison aller et retour, tu en dis quoi, chef ? Très excité, il essaiera de baisser la couverture et tapotera l'épaule de Tomer qui se hâtera de retirer son doigt du nez, Avner aura un sursaut de recul face au visage qui apparaîtra, c'était plus facile sans le voir, il frémira en se remémorant la menace qu'aucun d'entre eux n'a osé prendre au sérieux, je vais sauter du balcon pour que vous arrêtiez de vous bagarrer à cause de moi ! Il se penchera vers lui et avec des lèvres crispées embrassera son front, l'odeur désagréable qui montera du lit soudain béant lui rappellera celle d'une tente moisie, ce qui lui rappellera que dans quelques années, qui fileraient comme une ombre, Tomer se retrouverait sous des tentes militaires impitoyables à grincer les dents d'effort, à porter tout son barda sur le dos, casqué et armé, à essuyer remontrances et humiliations sans sa mère pour le protéger et combler tous ses manques, et cela avant même la véritable épreuve du feu, comment tiendrait-il le coup, il sentira sa tête trop lourde et la laissera tomber sur la poitrine de son fils qui s'enquerra gêné, ça va, papa ? Il se redressera aussitôt, il a encore le temps, des années, presque six, essaiera-t-il de se rassurer, inutile de commencer à s'inquiéter dès maintenant, alors il lancera joyeusement, bon, eh bien bonne nuit, mon trésor, rendez-vous demain soir pour le jogging, n'oublie pas, il éteindra la lumière et sortira d'un pas chancelant, se retrouvera dans le couloir et regardera autour de lui, où est-elle, réparer la situation exige de lui un effort inimaginable, éteindre trois incendies par soir c'est un peu beaucoup, il ne devrait pas en être ainsi, il repense au défunt, est-ce que, de son vivant et quand il était encore en bonne santé, il avait, lui aussi, été obligé de louvoyer entre sa femme et ses enfants ?

Sans doute que non, la voisine l'avait clairement affirmé, c'était une famille merveilleuse, aucune raison de remettre son témoignage en question et même si lui, justement, avait découvert certaines choses qu'elle ignorait, ce qui importe, c'est que dans les familles merveilleuses les problèmes se règlent naturellement et ne demandent pas un tel effort.

Qu'est-ce que tu veux, c'est toi qui as commencé, il sait que c'est ce qu'elle soutiendra s'il ose se plaindre et peut-être a-t-elle raison, au moins dans certains cas, l'énergie vénéneuse qu'elle met à le contrer indique assurément une intime conviction solide, de celles qu'il n'arrive pas à trouver en lui quand il s'agit de sa famille, qu'il n'arrive peut-être plus à trouver du tout, même pour les dossiers qu'il défend en justice, songe-t-il en repensant à l'audience de la matinée et à la déposition du soldat. Il y a quelques années, il se serait planté devant lui en défenseur de l'humanité, plein de morgue et d'agressivité, amenant ainsi le jeune officier à avoir honte de sentiments aussi naturels que le désir de vivre et l'amour de la patrie, tandis que ce matin il avait bafouillé, miné par le doute, focalisé sur des questions d'éclairage comme s'il était électricien, traînant lourdement ses tongs de-ci de-là, face à une justice au pied léger qui sautillait d'une déposition à l'autre et soulevait des nuages de poussière, il entre promptement dans le salon, essaie d'attraper la fin d'un reportage aux infos, ne venait-on pas de mentionner sa requête, à moins qu'à nouveau il ne projette son monde intérieur sur la réalité, pourtant il fut un temps où les médias parlaient de ses actions en justice, sauf que, bien sûr, l'intérêt qu'il suscitait s'était émoussé avec le temps.

Qu'est-ce qu'ils ont dit ? demande-t-il à sa femme vautrée sur le canapé. Je n'ai pas fait attention, répond-elle avant d'éteindre la télévision, de toute façon ils étaient passés au sujet suivant, un incendie violent dans le nord du pays, il se rend compte avec perplexité que sa présence perturbe la routine ambiante, Salomé a interrompu une conversation téléphonique à peine entamée, a réduit la télévision au silence, tous les appareils dont elle se sert habituellement se taisent, pourquoi donc, puisqu'elle aussi se tait, ou plutôt elle se taira jusqu'au moment où elle lui lancera un regard accusateur et dira, je ne te laisserai pas lui faire ce que tu m'as fait.

Qu'est-ce que je t'ai fait ? sursaute-t-il étonné, de quoi parles-tu ? Je parle de ce que tu m'as infligé toutes ces années en me donnant en permanence l'impression que je n'étais pas assez bien pour toi, pas assez belle, pas assez intelligente, tu ne vois pas que tu te comportes exactement de la même manière avec lui ? Il s'assied dans le fauteuil en face d'elle et de ses pieds nus, on dirait que c'est la seule partie de cette femme qui a gardé quelque chose de sa finesse d'avant, de petits pieds étroits qui, obligés de supporter un corps de plus en plus balourd, conservent pourtant leur ancienne beauté, un élan de pitié le pousse vers eux, s'il le pouvait, il les serrerait contre sa poitrine et les caresserait tels deux petits chiots.

Dis, tu m'écoutes ? Sache que tu n'arrêtes pas de le gronder ou de l'humilier, c'est maintenant un adolescent, il a besoin du soutien et de la complicité de son père pour devenir un homme, pas de ses critiques, et toi, c'est comme si tu lui disais à tout bout de champ : tu n'es pas l'enfant que j'espérais ! Tu ne te rends pas compte du mal que tu lui fais, et Avner ne peut que soupirer lourdement, là, tu exagères, non ? C'est toi qui passes ton temps à le surprotéger, ce garçon, quand il fera son service militaire, tu lui courras aussi après pour veiller à ce qu'il ne lui arrive rien ? Mais un ronflement méprisant écarte les narines de Salomé au moment où elle éructe, qu'est-ce que l'armée vient faire là-dedans ? Qu'est-ce que tu lui veux, à ce gosse, avec l'armée ?

Tu serais étonnée de savoir à quel point ça passe vite, les années filent comme une ombre, de plus, je trouve qu'il est de mon devoir de lui signaler qu'il consomme de la merde, que ce soit par la bouche ou par les yeux, c'est justement ma manière de lui montrer que je l'estime, que je ne renonce pas à lui et tu ne peux pas m'obliger à rester les bras ballants devant ce que je vois ! Il entend cependant la faiblesse de sa voix, son ton sur la défensive, comme ce matin au prétoire, rien à faire, dès que tu n'es plus sûr d'avoir raison tu es complètement perdu, il se force à contre-attaquer, c'est toi ma chère qui devrais réfléchir à ton attitude, commence-t-il, très vite il s'emballe et arrive à se convaincre de son bon droit, c'est toi qui l'éloignes de moi en te mettant entre nous comme si j'étais un monstre, tu es dangereuse, non seulement tu lui coupes tous ses moyens mais en plus tu le prives de père ! Et il termine par un cri du cœur déchirant et inutile, de son seul et unique père, tu entends, comme si tous les autres enfants avaient à leur disposition un choix de pères divers et variés. D'ailleurs, qu'est-ce que je lui ai dit, reprend-il toujours en criant, certainement rien qui puisse justifier ton intervention ! C'est toi qui ne veux pas renoncer à cette symbiose malsaine entre vous deux, et pour ça tu es prête à me sacrifier, pire encore, tu es aussi en train de sacrifier ton fils adoré ! À ces mots, elle bondit du canapé comme si un scorpion l'avait piquée, arrête de dire n'importe quoi, tu me confonds sans doute avec ton imbécile de mère ! Je n'ai absolument pas l'intention de le garder pour moi, au contraire, je voudrais justement que vous vous rapprochiez ! Mais là Avner se crispe, elle vient de jeter Hemda dans le brasier, un matériau terriblement inflammable, capable d'allumer n'importe quel type de bois, et il sait que sous peu son père aussi s'y retrouvera.

Je me fiche de tes intentions, lui susurre-t-il sèchement, ce qui compte, ce sont tes actes, or la manière dont tu te dresses contre moi est destructrice et surtout inutile, comment oses-tu te comparer à ma mère ? Elle avait une raison réelle de me protéger, pendant toute mon adolescence mon père a été d'une agressivité extrême envers moi, aujourd'hui je suis sûr que c'était dû à sa maladie, une tumeur au cerveau, ça change complètement une personnalité.

Alors peut-être que tu as, toi aussi, une tumeur au cerveau ? lui suggère-t-elle avec un sourire hideux avant de s'asseoir en tailleur. Replier les jambes fait remonter sa robe et révèle ses grosses cuisses, il s'approche d'elle, ivre de rage, on ne m'aime vraiment pas ici, si seulement il osait, il lui plaquerait une main sur la bouche pour effacer cet odieux rictus, on ne m'aime vraiment pas ici, il tourne les talons et sort du salon. Où aller maintenant ? Il se serait volontiers assis un peu sur la terrasse, humer l'air frais de la nuit d'été, un des uniques plaisirs que cette ville offre sans restrictions, mais le volet métallique est déjà baissé et le relever risquerait de réveiller les enfants, alors il va se déshabiller dans le noir de sa chambre à coucher, entre dans la douche avec une serviette autour des hanches comme s'il craignait d'apparaître nu devant elle, une serviette qu'il ne lâche qu'en sentant le jet sur ses épaules et qu'il laisse tomber à ses pieds dans le bac où le tissu-éponge s'imbibe aussitôt d'une eau brûlante, effervescente de déception et de ressentiment. Pourquoi a-t-elle ainsi changé, pourquoi est-elle devenue si perfide, cultive-t-elle volontairement des plantes empoisonnées dans son cœur ou est-ce uniquement de la négligence ? Il voit sa main les arracher violemment, les unes après les autres, ces mauvaises herbes. Peut-être que tu as, toi aussi, une tumeur au cerveau ! Elle serait prête à lui ôter la santé sans sourciller, rien que pour avoir raison, il se souvient de son père, dressé devant lui à hurler, malgré sa petite taille, la colère le hérissait au point de le faire doubler de volume, comme un chat, quoi, tu sors encore ce soir ? Tu as fini tes devoirs ? Qu'est-ce qu'on va faire de toi, tu es et tu resteras un moins que rien, un moins que rien ! Une fois, Avner se coiffait face au miroir, il était tellement beau à cette époque qu'il s'en était lui-même aperçu alors il avait souri à son reflet mais soudain était apparu derrière son épaule le visage furieux qu'il connaissait tant, espèce de sale nazi ! avait vociféré son père, il s'était retourné, ahuri, tu es fou, papa, mon père est fou, qu'est-ce que tu me veux ? Sa mère avait aussitôt surgi de la cuisine, va-t'en tout de suite, avait-elle lancé à son mari en brandissant une cuillère en bois, si tu dis des horreurs pareilles à ton fils, je ne veux plus que tu habites avec nous, mais Alik ne s'était pas démonté, comment comptes-tu subvenir aux besoins de ta famille si tu me chasses ? Comment pourras-tu rester à rêvasser pendant des heures à la fenêtre ou à écrire dans ton cahier ?

Je me débrouillerai très bien sans toi, avait-elle répondu, va-t'en, mais c'était lui, le fils, qui était parti, il avait rassemblé quelques vêtements et s'était réfugié au kibboutz où il avait retrouvé les caresses et les bras consolateurs de Salomé, impossible à l'époque de s'imaginer que vingt-cinq ans plus tard, elle se servirait si bassement de cette douleur-là pour le blesser, de même qu'il était difficile de croire que la violence de son père à son égard ne s'expliquait que par la maladie qui le rongeait déjà secrètement. Est-ce qu'on pouvait vraiment tout imputer à cette satanée tumeur ? Il n'avait jamais agressé Dina, n'était jaloux que de lui, de sa jeunesse, de sa beauté, de l'amour de sa mère, et c'est pour tout cela qu'il l'avait puni en ne lui donnant rien, de nouveau Avner se souvient des histoires de pêche que rabâchait Hemda, ils lançaient dans le lac des filets composés de plusieurs nappes, si un poisson parvenait héroïquement à échapper à celles au maillage grossier, il s'emmêlait obligatoirement dans la nappe au maillage plus serré.

L'eau de la douche emporte les larmes qui coulent sur ses joues dans les méandres de la tuyauterie de l'immeuble, gâté pourri, fils à maman, les railleries des enfants retentissent une nouvelle fois à ses oreilles, il essaie de retenir ses sanglots, serre le poing et écrase le savon glissant, entreprend de frotter méticuleusement sa peau, se heurte à son estomac proéminent, montagne entre lui et son sexe, ses cuisses et ses pieds, en fait il ne voit tellement rien de la partie inférieure de son corps qu'il pourrait se croire suspendu dans les airs, sans appui, d'ailleurs il est pris de vertige, se plaque aux carreaux et se pince rageusement les bourrelets. Il se dit que cet estomac n'est qu'une grosse tumeur qui s'est incrustée dans sa chair, se remémore avec envie la maigreur du défunt au dernier matin de sa vie, la peau jaunâtre pendouillait sur son visage et pourtant il était beau avec son expression juvénile, oui, cette maigreur, il la lui faut absolument et il fera tout pour l'atteindre, il se le jure et aussitôt un serment supplémentaire s'impose, la quitter, il ne touchera plus jamais cette femme, peu importe le prix que les enfants auront à payer, et tant pis si le petit est si petit et si le grand vient d'entrer dans l'adolescence, ce n'est jamais le bon moment pour divorcer et lui, il n'en peut plus, il veut aimer et être aimé, comme le défunt en son dernier jour. Avant de se laisser ébranler par la vision des cartons qui s'empileront dans l'appartement et de la tristesse de ses garçons, il ferme le robinet d'eau chaude, ouvre celui d'eau froide et, tout étonné par son geste téméraire, laisse la chair de poule lui hérisser tous les poils du corps.

Mais lorsqu'il sort en piétinant la flaque d'éponge froide et après s'être enveloppé d'une autre serviette, elle est déjà au lit, vêtue de la chemise de nuit bleu ciel qu'il lui a offerte pour un anniversaire et dont le tissu a jauni à force d'avoir été oublié au soleil sur la corde à linge, elle le fixe par-dessus la couverture d'un livre ouvert, il se glisse rapidement entre les draps, lui tourne le dos et se couvre la tête, exactement comme son fils, ne lui manque plus que de se fourrer un doigt dans le nez. L'odorat s'aiguise terriblement quand rien ne te sépare de ton propre corps, il vient de se savonner et pourtant il identifie l'odeur désagréable qu'il dégage, lourde et acide, sans doute puait-il ainsi pendant les mois où il était resté lové dans le ventre de sa mère et sans doute puerait-il ainsi dans sa tombe, soudain il sent le doigt qu'elle lui passe le long du dos et se fige tel un animal pris au piège, s'il fait le mort, peut-être le laissera-t-on tranquille.

Fiche-moi la paix, je ne veux plus te parler, grogne-t-il, ce à quoi elle répond avec un petit rire éraillé, personne n'a l'intention de parler, elle presse ses seins contre les omoplates d'Avner et continue, je suis désolée, j'ai sans doute un peu exagéré, mais c'est parce que je suis très inquiète pour Tomer, je n'en dors pas la nuit et toi, au lieu de me soutenir, tu te dresses contre moi. Il se découvre aussitôt le visage, je ne suis pas contre toi, c'est toi qui es contre moi, marmonne-t-il, toi qui ne me laisses aucune chance, qui me fustiges comme si j'étais l'ennemi public numéro un, elle se plaque à lui, alors faisons tous les deux un effort, pour le bien de Tomer, d'accord ? Dubitatif, il réfléchit rapidement à ce qu'elle lui propose, c'est quoi ? Un marché pour le bien de l'enfant ? Pourquoi pas pour notre bien à nous, pourquoi les adultes n'auraient-ils pas droit à ce genre d'efforts ? D'ailleurs, au-delà de cette question, qu'essaie-t-elle de lui suggérer en se servant de son corps, le désire-t-elle réellement ou est-ce inclus dans le contrat, comme c'est humiliant pour lui, pour elle aussi, car voilà des mois qu'ils n'ont pas couché ensemble. La dernière fois, c'était quand ? Pour l'anniversaire de l'un ou de l'autre, le dernier en date, soudain il ne se souvient plus, le sexe s'est depuis longtemps retiré de leur quotidien pour devenir une cérémonie bourgeoise, le genre de bouteille de champagne qu'on ouvre pour les grandes occasions bien que personne n'en apprécie particulièrement le goût. Oui, c'était ainsi depuis longtemps, exception faite des longs mois qui avaient précédé la conception de Yotam, elle suivait tous les matins le mystérieux travail de ses ovaires dont l'activité folliculaire avait dicté leur vie sexuelle pendant presque une année, et même si tous les deux avaient agi avec une efficacité dénuée de romantisme, uniquement au service du but recherché, ils en avaient tout de même retiré un certain bien-être, mais depuis qu'elle avait obtenu ce qu'elle voulait, la chose ne l'intéressait apparemment plus, et il avait beau ressentir autant d'indifférence qu'elle, il lui en voulait, si bien qu'à cette minute précise, le corps qu'elle lui propose n'éveille en lui que de la colère, exactement comme son propre corps, ce n'est pas seulement une question d'amour-propre mais de manque d'amour-propre. Ces seins qui se pressent contre son dos ne sont que des messagers flasques et sans le moindre attrait, je suis crevé, bonne nuit, chuchote-t-il froidement, alors elle remballe ses charmes en silence, réintègre sa moitié de lit et comme d'habitude quelques instants plus tard elle a déjà sombré dans le sommeil, au nom de quoi affirme-t-elle ne pas dormir la nuit ? La respiration régulière de Salomé accompagne depuis des années ses insomnies à lui, une espèce de malédiction familiale qu'il partage avec sa mère et sa sœur Dina, presque la seule chose qu'ils ont tous les trois en commun.

Certaines années, il considérait le sommeil bienheureux de sa femme comme un contrepoint béni, certaines années, il était tellement jaloux qu'il l'en haïssait, mais plus ils s'éloignent l'un de l'autre, plus elle se mêle à cette masse floue de visages qu'il considère simplement comme extérieure à lui, elle peut à présent dormir tout son saoul sans que cela le touche, un être humain de plus qui s'endort facilement, le hasard a voulu que ce miracle ait lieu dans son lit, un lit d'où il sort à présent en soupirant pour entrer dans la chambre des garçons, aura-t-il la force de la quitter, n'a-t-il pas loupé le coche ?

Une lampe de chevet à oreilles de Mickey et sourire idiot éclaire Yotam qui dort la bouche ouverte et les sourcils froncés, le faible éclairage n'atteint pas Tomer dont le visage reste dans l'obscurité, comme si leurs lits se trouvaient en des points du globe très éloignés. Attendait-il vraiment un enfant différent, était-ce la ressemblance de son aîné avec Salomé qui les avait séparés en même temps que la relation du couple se détériorait ou bien, au contraire, leur problème venait-il de ce qu'il retrouvait chez son fils certains traits de son caractère à lui ? Elle se trompe encore une fois, parce que, même si en général on aime que nos enfants nous ressemblent, il n'y voit, pour sa part, qu'un poids supplémentaire, à moins que non, cela n'avait rien à voir, il avait commencé à déprimer bien avant que la personnalité du gamin se soit précisée, sa naissance avait été pour lui un verrou de plus qui se refermait, le piégeait dans des rets supplémentaires, d'ailleurs il ne s'était pas réjoui, pas assez réjoui en tout cas, tandis que Salomé, cupide, s'empressait de jeter son dévolu sur lui et d'en faire la chair de sa chair exclusivement.

Le cœur lourd, il sort de la chambre et allume la lumière dans la cuisine, découvre qu'il a faim, son gros ventre est vide, il n'a rien mangé à part un sandwich insipide avalé à la cafétéria du tribunal, mais il ne cédera pas, il ne donnera pas satisfaction à sa bedaine dilatée, il la punira en l'affamant, il l'opprimera d'une main de fer, alors il se penche et boit de l'eau tiède au robinet, il boit jusqu'à ce que le vide soit comblé et retourne, en traînant les pieds, dans sa chambre à coucher. Par les fentes des volets filtre la lumière d'un réverbère dont une fine bande s'est posée sur la nuque de Salomé et souligne l'opposition entre sa douce peau blanche et ses cheveux noirs aussi frisés que des poils de pubis, c'est là qu'il pose les doigts, se met à la malaxer distraitement tandis que son autre main descend vers son membre qui se réveille, sa fringale serait-elle passée de son ventre à sa queue, serait-ce une envie de viande grasse et saignante, de la chair dont la laideur velue l'attire justement, une pulsion animale qui ne lui ressemble pas du tout le pousse à s'acharner sur cette nuque, il la mord avec rage et désespoir, se jette dessus comme un chien sur une chienne inconnue au milieu d'un tas d'ordures et, avant qu'elle ne lâche le gémissement de douleur ou de reproche qui tuera son fantasme dans l'œuf, il lui couvre la bouche de la main, cette bouche qui, à peine une heure auparavant, arborait le plus repoussant des sourires, il lui écrase les lèvres, de son autre main il dirige son sexe galvanisé par la vexation entre les cuisses épaisses, le dégoût qu'elle lui inspire exacerbe encore son plaisir, il garde les dents plantées dans la chair de cette nuque, monte et descend sur elle, il a des cheveux plein la bouche et sent qu'il va vomir mais ne desserre pas les mâchoires, des yeux il surveille les alentours pour s'assurer qu'aucun autre chien ne s'approche car dès l'instant où il relâchera cette femelle, l'excitation humiliante s'évanouira, sa dernière prise sur la vie, il s'échine sur elle comme s'il escaladait une montagne, courait le long de l'étroite ruelle abrupte au bord du ravin d'où montent des vapeurs parfumées, il souffle et gémit, il a dans la bouche un étrange fruit poisseux en forme de carambar cueilli sur un arbre inconnu, le goût en est salé et soudain il trébuche et tombe au fond du précipice, son corps heurte les rochers, et c'est là qu'on se jette sur lui, on le saigne et on lui tranche la tête, soulagement démoniaque, il n'est pas le chasseur mais la proie, elle n'est pas l'appât mais le piège, exposée là dans toute sa nudité, alors, submergé par un nouvel assaut haineux, il la repousse violemment et, le souffle lourd, se replie dans sa moitié de lit.

Jamais il ne s'est déchaîné ainsi sur elle, la gêne le saisit entre les draps mais en même temps une sensation de libération soudaine le réjouit, est-ce la virilité, est-ce ainsi que fonctionnent les vrais hommes, ceux qui possèdent une multitude de femmes et brandissent leur fusil pour tirer ? Est-ce cela qu'a ressenti le commandant du blindé après avoir mis en joue et blessé Steven, est-ce cela qui les enivre, cette sensation de toute-puissance, cette certitude qu'à partir de maintenant et pour toujours l'univers s'étalerait à leurs pieds ? Comme il aimerait se réveiller demain matin dans les vapeurs de cet abandon merveilleux, comme il aimerait s'endormir dedans maintenant, mais voilà que la voix de Salomé monte de l'obscurité, plate et impénétrable, comme s'il ne lui avait pas maltraité la nuque à peine quelques minutes auparavant, une voix qui, déchirant les voiles du sommeil, le ramène dans cette partie-là du monde, dans son pays, sa ville, sa famille, car voilà soudain que sa femme lui demande sur le ton d'une banale conversation diurne, est-ce que tu as parlé à ta sœur récemment ? Et il répond en chuchotant, confus qu'ils puissent soudain se parler, confus qu'ils aient soudain tout un répertoire de mots à leur disposition et pas seulement des soupirs et des gémissements, non, je n'en ai pas eu l'occasion, pourquoi ?

Sache qu'elle déraille complètement, se fait-elle un plaisir de lui annoncer, je suis passée ce matin voir ta mère et tu ne le croiras pas, mais j'ai trouvé Dina couchée avec elle dans le lit, lovée contre elle comme un bébé, je l'ai apparemment réveillée parce qu'elle avait l'air complètement désemparée, si tu avais vu sa mine, épouvantable, précise encore sa femme qui, il le sait, a toujours été jalouse de sa sœur, sous prétexte que Dina la regardait de haut. Avner, tu dois lui parler, et il la coupe, agacé, maintenant, à deux heures du matin ?

Évidemment que non, ce n'est pas urgent à ce point, je voulais juste te le dire avant de l'oublier, eh bien, merci, tu me l'as dit, susurre-t-il tout en la maudissant intérieurement, pourquoi a-t-il fallu qu'elle ouvre la bouche exactement au moment où il allait enfin s'endormir, ne lui manquait plus que ça, les problèmes de sa sœur, qu'avait-elle trouvé cette fois, ils avaient beau habiter tout près, ils se voyaient peu, se critiquaient mutuellement, dénigrant leurs choix respectifs tant ils étaient déçus l'un par l'autre. Stop, en cet instant précis, il refuse de penser à elle, à son orgueilleuse de sœur, avec sa rhétorique didactique et pleurnicharde, son mari glacial toujours en colère et leur fille trop maigre et trop intelligente, quelle famille énervante, grogne-t-il, et aussitôt c'est Dina qui devient la cible de sa rage, il a l'impression que c'est elle qui a jailli de la gorge de sa femme pour le priver de sommeil une nuit de plus, ne l'a-t-elle pas, toute son enfance, privé de l'amour de leur père.

CHAPITRE 8

Le matin, le soleil filtre en rayons d'une cruauté particulièrement malicieuse dans cette chambre qui fut sa chambre, on ne dirait pas que trente ans se sont écoulés, elle est restée la gamine qui a encore toute la vie devant elle pour abîmer ses maigres ressources. Elle les avait tellement haïs, les matins dans cette pièce où pénétrait une lumière qui allait directement frapper ses yeux, lames étincelantes qui coupaient son sommeil en fines tranches, l'obligeaient à se réveiller, à réintégrer, aveuglée, une réalité transparente. Quelle heure est-il ? Elle se redresse affolée, je vais arriver en retard au lycée, pourquoi ne m'as-tu pas réveillée ? Elle a l'impression que dans un instant elle trouvera son père debout devant le petit miroir de la douche en train de raser une barbe de la veille et sa mère dans la cuisine, en train de laver des plats de la veille, mais elle ne se hâte pas de sortir du lit, ses bras et ses jambes sont si noués qu'elle n'arrive pas à les démêler, sa nuque est bloquée entre ses épaules et la nausée monte dans sa gorge, elle essaie de remuer la tête malgré le torticolis et c'est alors qu'elle découvre le corps allongé à côté d'elle, il y a là une petite vieille posée sur le dos, d'une immobilité de momie, la peau couverte d'une espèce de cire marron et la bouche grande ouverte, Dina aussi ouvre la bouche d'étonnement, que fais-tu là et depuis quand, petite fille ? Tu as fui tes terreurs nocturnes en te glissant dans le lit de tes parents, mais ton père est mort depuis belle lurette, ta mère est très vieille et toi, tu seras bientôt ménopausée.

Tu t'es assise sur la terrasse et tu as bu le reste de vin du dîner, la bouteille, beaucoup plus pleine que dans ton souvenir, s'est vidée, ensuite tu as attendu Amos et peut-être t'es-tu endormie sur la terrasse, mais comment as-tu réussi à prendre ta voiture et à arriver jusqu'ici, depuis combien de temps es-tu là, comment se fait-il que personne ne te cherche, quoi, tu n'as pas de famille, serais-tu plus délaissée encore que ta mère, quand elle tourne à nouveau la tête vers Hemda, elle a un sursaut d'horreur, pas un souffle ne circule dans cette bouche, pas un mouvement ne palpite dans ce corps. Elle est morte, je l'ai involontairement écrasée en dormant, comme une mère inexpérimentée avec son nouveau-né, ou peut-être l'ai-je tuée exprès, en lui pressant l'oreiller sur le visage, pour me venger d'elle, d'Amos, de Nitzane, d'Avner, et elle, gentiment, m'a facilité la tâche en se laissant faire sans même tressaillir. Si je ne me souviens pas avoir roulé jusqu'ici, qui sait ce que j'ai encore commis et dont je ne me souviens pas, elle sent son cœur cogner contre ses côtes, dans une seconde il allait exploser et s'arrêter, et on les retrouverait toutes les deux inanimées dans un seul lit, une mère et sa fille qui n'ont pas eu droit au moindre instant de grâce, elle essaie de calmer sa respiration et tend un doigt tremblant vers le bras desséché. Tu es vivante, dis-moi, vivante, supplie-t-elle, étonnée de constater combien il est difficile pour une néophyte comme elle de différencier la vie de la mort, soudain elle entend les narines de sa mère émettre une faible expiration et quand elle la serre dans ses bras, elle la voit soulever ses paupières fripées et l'entend murmurer, c'est quoi, c'était quoi, tout ça.

Dors, tout va bien, sanglote Dina qui, éperdue de reconnaissance, pose la tête dans le creux de l'épaule maternelle dont les os sont si friables qu'ils risquent de s'émietter sous son poids, pourtant elle voudrait rester ainsi pour l'éternité, la peur de l'avoir perdue a balayé toute pudeur et elle serre les bras autour de cette poupée de cire chiffonnée, enveloppe vide qui peut donc, à présent, se remplir de n'importe quel contenu en fonction de besoins que Dina découvre soudain aussi violents qu'embarrassants. Ne lui manquait plus que d'entourer de ses lèvres le mamelon et d'essayer d'y téter le goût de vivre qu'elle a perdu, abreuve-moi de ton lait gris, maman, de ce qui donne la vie, la gêne l'oblige à s'écarter, elle s'arrache carrément à ce lit qui dégage une odeur de moisi, pose les pieds sur le sol et s'éloigne en chancelant, toutes ses articulations craquent de douleur et elle a très envie de vomir, s'éloigner de là au plus vite, de cette chambre qui n'est plus sa chambre et de ce lit qui n'est plus son lit, il est midi et elle ignore totalement ce qui se passe chez elle. À quelle heure Amos est-il rentré, qu'a-t-il fait, Nitzane est-elle à la maison, l'écuelle du chat est-elle pleine, elle se rince le visage, le petit miroir de la salle de bains ne lui renvoie que son front, ses yeux et la racine de son nez, souvenir de l'époque où sa mère la dépassait, où la différence de taille et de statut se reflétait aussi dans l'image que renvoyait cette glace dont la hauteur en réalité ne convenait à personne, pourtant aucun d'entre eux n'avait pensé acheter un grand miroir capable de les contenir tous les quatre.

Elle voit les cercles violets qui entourent ses yeux, elle a les cheveux secs et emmêlés, ses joues creuses se révèlent au moment où elle s'étire, elle s'humecte la bouche de sa langue, sur sa lèvre supérieure plane une esquisse de ridules, ce miroir a toujours été intransigeant avec leur visage, comme s'il prédisait l'avenir ou devançait son temps, à présent elle s'attarde face à lui, se rince la figure à plusieurs reprises, croit-elle que l'eau froide va lui lisser la peau ? Voilà des années qu'elle ne s'est pas examinée avec autant de soin, c'est pénible, regarde-toi, tu songes vraiment à pousser un landau dans la rue ? Avec cette ride entre les sourcils et la fatigue que dégagent tes yeux ? Ce n'est plus de ton âge, laisse donc cela à tes charmantes élèves dont la peau rayonne et le regard, qu'elles soient fatiguées ou non, pétille, toi, même si tu ne l'es pas, ton regard reste terne, elle se penche à nouveau, met carrément la tête sous le robinet, se brosse les dents avec un doigt, tu dois te contenter de ce que tu as et dire merci, il a raison, Amos, c'est de la provocation, de la pure folie. Crois-tu qu'un petit enfant te rendra ta jeunesse ? Au contraire, il ne fera que souligner ta vieillesse, crois-tu qu'il t'apaisera ? Au contraire, il ne fera qu'augmenter tes angoisses, et quelle injustice envers lui, envers ce petit être, de lui imposer de vieux parents qui n'auront peut-être pas le temps de l'élever, sans parler des difficultés auxquelles tu seras confrontée avec un enfant blessé et meurtri, te sens-tu capable de les surmonter ? Mesures-tu seulement les forces que cela requiert ?

Ses cheveux dégoulinent sur ses épaules, elle pose les mains sur le lavabo, essaie de ravaler un nouveau haut-le-cœur, mais dès qu'un liquide acide et blanchâtre envahit sa gorge, elle s'agenouille au-dessus des toilettes, s'enfonce un doigt dans la bouche, exactement comme avant, il y a presque trente ans, lorsque les parois en émail souillé autour de la petite mare lui renvoyaient le reflet de son visage d'adolescente et que des aliments divers et variés passaient de son estomac convulsé à l'estomac de la cuvette.

À l'époque, on n'avait pas encore mis de nom sur le phénomène, on n'en débattait pas publiquement, si bien qu'elle n'avait jamais imaginé avoir des consœurs de détresse, jamais envisagé qu'il pût y avoir ne serait-ce qu'une autre jeune fille sur terre qui s'agenouillait comme elle quasiment après chaque repas, surtout ceux où elle avait exagéré, et le plus petit écart était pour elle une exagération, sans parler de ses goinfreries volontaires, quand elle avalait frénétiquement du pain frais avec de la pâte à tartiner au chocolat, de la chantilly, du halva et des gâteaux, rien que des aliments interdits jusque dans les pensées de toute jeune fille dont les hanches s'élargissent et le ventre s'arrondit, des orgies possibles uniquement s'il n'y avait personne à la maison, qu'elle orchestrait le cœur battant, elle mangeait et surveillait attentivement par la fenêtre l'entrée de l'immeuble, que personne ne la surprenne, et très vite, une fois le festin englouti, elle s'enfonçait l'index au fond de la gorge dans une prosternation douloureuse, à genoux devant la cuvette, l'éruption volcanique entraînait des coulées de bave et lui laissait un goût acide dans le palais et au bout des doigts, elle se passait la tête sous le robinet, se frottait les mains et les lèvres au savon, en introduisait même un peu dans sa bouche puis s'aspergeait, en dépit de son odeur puissante, de l'après-rasage de son père, parce que ces années-là sa mère ne possédait pas même le plus petit flacon de parfum. Parfois cependant les choses se compliquaient, il arrivait que la bouillie ingurgitée reste accrochée à son estomac, refusant de se hisser le long de l'œsophage, son index avait beau s'échiner dans sa bouche, blesser la délicate luette, rien ne rejaillissait à part un filet de salive sanguinolente, entre-temps quelqu'un était rentré à la maison et la pressait de libérer les lieux, sors de là, Dina, tu ne peux pas bloquer les cabinets si longtemps, tu n'es pas toute seule ici, et aucun de ceux qui habitaient avec elle dans le petit appartement ne s'était demandé, ne lui avait demandé ou n'avait imaginé ce qu'elle fabriquait, enfermée ainsi dans les cabinets, pieds et poings liés à ce dérèglement qu'elle orchestrait elle-même, ni ce qui l'attirait tellement dans cette cuvette de toilettes, de jour comme de nuit, aucun de ceux qui habitaient avec elle n'avait compris que le seul moment où elle était heureuse, c'était quand elle vomissait, que son estomac se vidait et laissait son corps purifié.

Allez, Dina, sors de là, la houspillait-on, elle finissait par se redresser péniblement, chancelait jusqu'à son lit, la gorge en feu et le ventre ballonné, l'abdomen en proie à un ballet sadique et effréné, la chantilly dans les bras du halva, le pain avec le chocolat, tous trinquant à son malheur. Que faire de ce magma qui refusait de sortir, elle se tordait de douleur sur son lit, priait pour subir une intervention chirurgicale simple et ultramoderne qu'elle avait inventée, une espèce d'avortement, un curetage d'estomac à l'aide d'une longue cuillère creuse, une sorte de louche, elle était prête à passer sur le billard même sans anesthésie, tout pourvu qu'on arrache de ses entrailles ce qui restait coincé et qu'elle devienne une créature évanescente. Elle y retournerait pendant la nuit, quand les autres dormiraient, elle boirait beaucoup d'eau et se faufilerait discrètement jusqu'à la cuvette qui l'attendait bouche ouverte, difficile d'avoir un peu d'intimité dans cet appartement, dans ce quartier surpeuplé, entre ces murs en placo et avec un seul cabinet. Pourtant personne n'avait remarqué son désespoir.

Qu'est-ce qui les occupait à ce point, s'étonne-t-elle tandis qu'elle se relave les mains au savon bon marché, Nitzane est certainement rentrée à la maison et elle est très sensible aux odeurs, qu'est-ce qui occupait son père et sa mère au point de ne rien avoir remarqué, chacun d'eux replié dans son coin, à lécher ses propres blessures tandis qu'elle se maltraitait jour après jour, et voilà que cette douleur-là lui revient dans toute sa puissance, cette brûlure à la gorge tellement humiliante, piégée dans ce petit réduit minable aux murs écaillés et au plafond couvert de moisissures, piégée dans cet horrible appartement, il faut qu'elle sorte, qu'elle franchisse le seuil et s'en aille, les années ont passé, la garde-malade allait arriver et elle rentrerait chez elle, car à présent elle possède son propre chez-elle et sa propre famille.

L'écho grossier d'éclats de rire préenregistrés envahit la cage d'escalier tandis qu'elle grimpe péniblement jusqu'à son appartement, un étage après l'autre, il y a de quoi devenir fou avec ces rires forcés qui s'échappent de chez les voisins, des rires qui donnent justement envie de pleurer et de déplorer la bêtise humaine de plus en plus généralisée, elle tente d'enfoncer sa clé dans la serrure mais n'y arrive pas, ils ont apparemment fermé de l'intérieur, elle appuie sur la sonnette mais personne n'entend, comment entendraient-ils puisque force lui est de constater que c'est de chez elle qu'ils s'échappent, ces rires idiots et repoussants, comment est-ce possible, ça ne ressemble pas du tout à Nitzane, elle prend son portable et compose le numéro de sa fille, mais cet appel-là ne sera pas davantage entendu, alors elle s'affaisse, épuisée, sur le palier, s'adosse à sa porte, ses doigts et ses cheveux dégagent une odeur de vomi et de savon bon marché, ses vêtements sont imbibés de sueur, ouvre-moi, Nitzane, chuchote-t-elle aux poignées de quelque antique serrure, ouvre-moi, ma fille, mon trésor, ma colombe, ma merveille, et ce qui est étrange, c'est que justement ces chuchotements sont perçus car la voilà qui contracte instinctivement les muscles pour ne pas tomber en arrière au moment où la porte qui lui sert de dossier s'ouvre d'un coup.

Ma Nitzane, je ne savais plus à quel saint me vouer, lance-t-elle avec une gaieté feinte, quelle chance que tu aies fini par m'entendre, allez, aide-moi à me lever, ajoute-t-elle aussi exaltée que s'il s'agissait d'un miracle, et lorsqu'elle se retrouve debout, elle vacille un peu parce que la main que lui a tendue sa fille est rattachée à un corps sans masse, qui n'est qu'apparence et sur lequel elle ne peut pas compter, oui, cette main tendue est froide et sans vie, peut-être simplement sans amour, la preuve, lorsqu'elle regarde Nitzane en face, elle se heurte à son expression hostile, une expression qui la vieillit tellement que l'espace d'un instant elle ose deviner à quoi ressemblera cette charmante adolescente une fois vieille, alors elle se hâte d'essayer de l'attirer à elle dans un geste maladroit qui échoue, comment vas-tu, ma chérie, il s'est passé quelque chose ?

Non, répond-elle furieuse avant d'échapper à son contact et d'aller se jeter sur le canapé où elle appuie sur la télécommande pour monter à nouveau le son, Dina s'assied à côté d'elle, caresse sa cuisse dénudée, que s'est-il passé, mon amour ? Dis-moi quelque chose et éteins cette satanée télé, mais Nitzane retire aussitôt ses jambes couvertes d'un duvet blond et s'agrippe avec entêtement à la télécommande.

Qu'est-ce qui ne va pas ? Tu t'es disputée avec une copine ? Quelqu'un t'a blessée ? Elle essaie de l'amadouer, ne peut s'empêcher de penser au garçon qui a laissé dans cet appartement un fin cheveu peut-être et un grand doute assurément, est-ce qu'il l'aurait quittée, cette pensée éveille en elle une peur primaire de rejet alors elle se tait, mais sa fille secoue négativement la tête et lui lance à la figure, c'est toi, toi qui me blesses, tu n'imagines même pas à quel point !

Moi ? Mais qu'est-ce que je t'ai fait ? Elle tombe des nues et comme elle ne reçoit en guise de réponse qu'un menton provocateur pointé avec défi, elle se rabat sur la télécommande, essaie de la lui arracher des mains, sauf que la gamine résiste, voilà bien longtemps semble-t-il qu'elles ne se sont pas trouvées physiquement aussi proches l'une de l'autre, des jeunes poumons s'échappe un souffle chaud et parfumé qui lui entre directement dans les narines, les longs cheveux de miel lui effleurent le visage, elle se penche en avant, donne-moi ce truc, Nitzane, ou alors éteins et explique-toi, elle arrive enfin à écarter les doigts qui s'accrochaient au petit boîtier et dans le silence qui envahit la pièce, seuls résonnent les gémissements de Nitzane qui finit par lancer d'une voix accusatrice, papa m'a raconté que tu voulais me remplacer par un autre enfant.

Ce traître d'Amos ! Elle serre les lèvres, tous les moyens sont bons pour me mettre des bâtons dans les roues, même manipuler sa propre fille ! Il se comportait en général avec retenue, sauf s'il se sentait menacé, parce que alors il ruait dans les brancards sans penser aux autres ni aux dégâts qu'il risquait de causer. Sûr qu'il jouerait les innocents au premier reproche, j'ignorais que tu ne lui avais rien dit, tu vas bien devoir la mettre au courant alors moi aussi j'ai le droit d'en discuter avec elle, à nouveau une torche vive lui enflamme la poitrine, l'incendie se propage dans sa gorge, elle se crispe, oublier pour l'instant sa colère contre Amos et ne se concentrer que sur Nitzane, mais elle est bien obligée de constater qu'elle lui en veut à elle aussi, à elle qui a si clairement pris le parti de son père ! Pourquoi est-ce que tu racontes de telles bêtises ? marmonne-t-elle avec dureté en s'essuyant le visage avec le bord de son chemisier, pourquoi donc voudrais-je te remplacer, c'est vraiment n'importe quoi !

Parce que je deviens grande ! Alors tu veux me remplacer, et même pas en me donnant un vrai petit frère mais en allant chercher dans un autre pays un enfant qui ne sera pas de nous, pas de chez nous ! Dina s'étonne de cette formulation maladroite qui ne correspond pas à sa facilité d'élocution et, tout en essayant de faire la part des mots venus de sa fille et de ceux soufflés par Amos, elle continue obstinément à vouloir discuter en gardant la tête froide, calme-toi, ma chérie, il s'agit simplement d'une idée qui m'est venue et que j'ai partagée avec ton père, pour l'instant on n'a rien fait et il est clair que ton avis m'importe énormément, j'avais l'intention de t'en parler mais, au lieu de lui répondre sur le même ton modéré, Nitzane l'interrompt par un cri, je ne te parle pas de ce que tu as fait, ce qui me dépasse, c'est que tu aies été capable d'y penser ! Si tu ne veux plus de moi, je me lève et je pars, je peux très bien aller habiter chez des amies, pas la peine de me mettre à la porte de cette manière !

Je ne comprends vraiment pas, réplique Dina alarmée par l'incohérence de tels propos, pourquoi le fait d'intégrer un nouvel enfant dans une famille devrait-il exclure celui qui s'y trouve déjà ? Quand la mère de Tamar a accouché de son petit frère, tu penses que c'était pour la remplacer ? Et Naomie, qui ramène chez elle tous les deux ans un nouveau bébé, tu crois que c'est pour remplacer les précédents ? Mais toi, tu veux adopter, ça n'a rien à voir ! proteste sa fille.

Pourquoi est-ce si différent, explique-moi, évidemment, c'est moins naturel, mais aussi moins égoïste, c'est une bonne action et, si on y réfléchit, un enfant, c'est un enfant !

Non, ça n'a rien à voir, ce ne sera pas un vrai petit frère !

Sauf que toi, tu n'as jamais voulu de petit frère, lui rappelle Dina dans un reproche qu'elle n'arrive pas à masquer, quand je pouvais encore avoir des enfants, tu n'as pas voulu.

Tu n'avais qu'à pas demander mon avis, la coupe sèchement Nitzane. Quel parent demande à ses enfants ce qu'ils pensent là-dessus ? Tu n'avais pas à me poser la question et encore moins à te laisser influencer par moi, tu as fait une erreur, conclut-elle froidement, mais on ne répare pas une erreur par une autre erreur.

Alors peut-être que maintenant aussi, je ne dois pas me laisser influencer par ce que tu dis. Pour toi, c'est facile, tu es jeune, tu as la vie devant toi, toutes les portes te sont ouvertes, du corps et de l'esprit, l'avenir t'appartient, mais moi, que me reste-t-il à part voir que tu t'éloignes de plus en plus ? Elle ne comprend pas d'où lui vient cette rancœur inconnue contre sa fille qui renchérit, effectivement, tu n'as aucune raison d'écouter ce que j'aurais à dire, d'ailleurs tu ne l'entendras pas, et tu sais pourquoi ? Parce que je ne serai plus là, voilà !

Vraiment, s'écrie Dina, et tu seras où ? Ça ne te regarde pas puisque tu es prête à détruire notre famille et à faire entrer dans cette maison un gosse paumé qui de toute façon se sentira étranger. D'ailleurs tu veux le mettre où ? On n'a pas de chambre. Tu vois, tu comptes sur la mienne, mais Dina l'arrête aussitôt, cesse de dire des bêtises, ta chambre sera toujours ta chambre, ne t'invente pas des menaces qui n'existent pas, tu as besoin que je te prouve mon amour ? Toi, à qui j'ai tellement donné, à qui j'ai encore tellement à donner ? À qui je veux donner plus que ce que tu es prête à recevoir. C'est exactement le problème, s'écrie Nitzane, et c'est aussi ce qui explique que tout soit tellement tordu ! Tu réagis de cette manière à cause de moi, parce que je grandis et que tu as du mal à l'assumer, pas du tout, s'empresse de réfuter Dina, je suis ravie que tu grandisses et ça ne me pose aucun problème, simplement je sens que j'ai encore beaucoup de choses à donner à un petit enfant, alors pourquoi ne pas en faire profiter un malheureux ? Aussitôt le visage de sa fille s'empourpre et elle recommence à crier, la preuve que j'ai raison, quand j'étais bébé, cette idée ne t'a même pas effleurée, c'est un acte désespéré et tu le fais à cause de moi, comment peux-tu ne pas t'en rendre compte ?

Pourquoi désespéré, c'est au contraire un acte plein d'espoir, qui montre combien j'ai confiance en la vie et confiance en moi, avoir envie de donner n'a rien de désespéré, mais ces arguments faiblards n'arrivent pas à la convaincre elle-même et sa fille encore moins, sa fille qui se recroqueville tout au bout du large canapé, enlève ses lunettes, se mouche, se remouche et répète, je vais déménager, je te préviens que si tu ramènes un enfant ici, je me barre ! Dina secoue la tête de droite à gauche, comment peux-tu être si obtuse malgré tout ce que tu as reçu de moi ? Comment peux-tu ne penser ni à mes besoins ni à ce que ça peut représenter pour cet enfant ? Je ne te reconnais plus, je croyais que quand on recevait beaucoup, on était aussi capable de donner beaucoup.

Je donnerai à qui je veux ! hurle Nitzane de l'extrémité de la banquette, je donne beaucoup à mes copines, crois bien qu'elles n'ont pas à se plaindre de moi, alors Dina se lève vivement, entre dans la cuisine, prend un verre d'eau d'une main tremblante, elle a l'impression de s'être dégrisée d'un coup face à cette réalité qui se dresse soudainement devant elle, piquante et sévère, tout ça pour rien, toutes ces années, tout cet amour, son dévouement absolu. Des propos fortuitement glanés ici et là tintent à ses oreilles, des papotages chez la coiffeuse, à l'arrêt du bus, dans les cafés, les enfants sont ingrats, il ne faut jamais rien attendre d'eux à part des déceptions qui se multiplient avec les années, mais elle ne s'était jamais sentie concernée, se pensait protégée, jamais elle n'aurait cru que sa Nitzane la torturerait à ce point et lui lancerait des mots si durs. Tout ça pour rien, et il ne s'agissait pas seulement de la manière dont sa fille la traitait, ça, bon, elle aurait encore pu, bien qu'avec difficulté, se faire une raison, mais ce qu'elle avait du mal à accepter, c'était l'adulte qu'elle allait devenir, égoïste et sans pitié, comment était-ce arrivé, aussitôt elle pointe un index accusateur vers Amos, pas la peine de chercher midi à quatorze heures, il est comme ça et c'est avec lui que tu l'as élevée, ça vient de lui, pourtant, elle ne se résout pas encore à prendre les paroles de sa fille au sérieux, quoi, serait-ce la même qui caresse et nourrit tous les chats de gouttière de la rue ? Serait-ce la même qui donne de l'argent à tous les mendiants, qui larmoie dès qu'on lui parle de souffrances ou d'injustice ? Elle ne pense pas vraiment ce qu'elle dit, c'est juste pour me mettre à l'épreuve.

À peine quelques mois auparavant, Nitzane lui avait parlé d'une folle croisée dans la rue, elle s'en souvient parfaitement, une femme qui s'agitait dans tous les sens et ne cessait de jurer, je n'ai pas eu pitié, lui avait-elle expliqué très sérieusement, parce que la pitié implique le mépris, je me suis identifiée à elle, et Dina l'avait écoutée, émue, pleine de reconnaissance, alors maintenant elle lui lance un regard prudent de la cuisine, la voit recroquevillée en silence au bout du canapé, avec sa jupe en jean très courte et son débardeur blanc, les cheveux cachent son visage et que cache cette réaction brutale qui lui ressemble si peu ?

Il faut l'apprivoiser au lieu de la blâmer, elle remplit la bouilloire, tu as faim, ma chérie ? demande-t-elle d'un ton plat et détaché qui veut souligner que même si des propos pénibles ont été échangés, la routine continue, mère et fille, boisson et déjeuner, mais Nitzane refuse de la tête et Dina ouvre un réfrigérateur presque vide, elle n'a pas la force de préparer quoi que ce soit et sort le reste de la soupe au yaourt de la veille, réprime le dégoût qu'éveille en elle le souvenir de l'écume blanchâtre au fond de la cuvette des toilettes, arrache un morceau de brioche de shabbat desséchée, le trempe dans le bol, le met dans la bouche et, toujours debout devant les étagères glacées, elle mâche et dresse mentalement une liste des courses. Il manque tellement de choses, elle irait au magasin dans l'après-midi et remplirait le frigo, Amos rentrerait, elle préparerait des pâtes à la crème fraîche et aux champignons, ils mangeraient tous les trois sur la terrasse, peut-être même aurait-elle le temps de concocter un gâteau, le gâteau au fromage préféré de Nitzane conviendrait parfaitement à la soirée très chaude qui les attend.

Que dirais-tu d'un bon gâteau au fromage, ma chérie ? tente-t-elle, mais comme aucune réponse ne vient elle referme violemment le réfrigérateur, peu lui importe, à vrai dire, peu lui importe qu'il reste vide, qu'il n'y ait rien à manger dans cette maison, qu'il n'y ait plus de maison du tout, plus de famille puisque des années viennent de partir en fumée, des années de gâchis, des mois, des semaines, contenter Nitzane avec un gâteau et Amos avec du vin, veiller à ce que rien ne manque, lisser une nappe sur la table de la terrasse, cajoler et enjôler, ingérer et suggérer, pourquoi se préoccuperait-elle d'eux s'ils ne se préoccupent pas d'elle, ils n'ont qu'à manger les restes debout devant le frigo, exactement comme elle et, tandis qu'elle mastique avec acharnement, elle se rend compte que sa fille la surveille à travers les longs cheveux qui lui couvrent le visage. Pour la première fois depuis qu'elle l'a mise au monde, elle se sent tellement étrangère à cette gamine qu'elle est gênée de manger sous son regard, gênée d'avaler. Quel spectacle ridicule qu'une femme ménopausée qui se nourrit, creusant pitoyablement les ridules qui couronnent ses lèvres, une pas jeune qui déjeune, elle a soudain l'impression que sa fille ne peut surmonter le dégoût inspiré par ce qu'elle est, par sa présence physique et son comportement, une solitude si totale s'abat sur elle qu'elle lance dans la poubelle le reste du pain, s'enfuit de la cuisine et laisse au bout du canapé une étrange créature dont les membres sont recouverts d'une fourrure soyeuse, une créature sans visage et peut-être, comme elle vient de le découvrir à son corps défendant, sans cœur.

Rien n'a changé dans sa chambre à coucher depuis la veille, le lit n'est pas défait, le verre vide est toujours là, mais c'est surtout le volet fermé qui indique qu'Amos n'a pas dormi ici cette nuit, à peine a-t-il ouvert un œil qu'il remonte bruyamment le store. Il l'avait prévenue à l'époque, comment pourrons-nous vivre ensemble, je ne peux pas me passer de lumière, eh bien, lui avait-elle répondu avec désinvolture, nous ne vivrons pas ensemble. A-t-il dormi dans sa chambre noire, a-t-il dormi à la maison, a-t-il remarqué qu'elle était partie, quand avait-il eu le temps de voir Nitzane et de l'alarmer en lui annonçant les inquiétantes nouvelles ? On peut sans doute clarifier tout cela, mais on peut aussi s'en dispenser, qu'importe, au moment où elle ôte ses vêtements moites, elle se rend compte que sa fille n'a même pas jugé bon de lui conseiller, exactement comme elle ne l'aurait pas conseillé à une étrangère assise à côté d'elle dans le bus, d'aller d'urgence se doucher et se changer, nous nous sommes vraiment beaucoup éloignées, songe-t-elle avant de s'allonger sur son lit en petite culotte et soutien-gorge puis de se couvrir d'une simple housse de couette.

C'est certainement ce qu'a ressenti la femme qui s'est suicidée, s'entend-elle penser, plus rien ne lui importait, elle était devenue indifférente aux préoccupations des membres de sa famille, sinon, jamais elle n'aurait pu les abandonner ainsi, dans la culpabilité et la douleur. Quelle puissance donne l'absence de sentiment, on est enfin débarrassé du lasso qui nous tire d'un endroit à un autre, qui l'avait, elle, ballottée de droite à gauche en fonction de ces deux-là, ses deux amours, à qui elle devait sans cesse rappeler qu'ils avaient un foyer, qu'ils avaient une famille, qu'elle était ce foyer, qu'elle était cette famille, écouter apaiser habiller laver étendre endormir réveiller conduire, tout ça pour finir par te prendre une telle offense en pleine figure, au moment où pour la première fois de ta vie tu cherches à n'agir qu'en fonction de toi-même.

Il fut un temps où, à peine sortie de son cours, elle téléphonait à Amos pour lui rappeler de couper la croûte du pain de leur petite ou lui demander quelle photo serait publiée dans le journal, mais la voilà à présent qui déambule dans d'autres sphères et les détails insipides que ne cessait de générer son amour pour eux ne l'intéressent plus, elle lâche prise, à l'instar de l'autre femme qui avait sans doute son âge ou un peu plus. Que lui avait-il encore raconté sur cette histoire ? Lui avait-il expliqué pourquoi elle s'était suicidée ? Quoique, ça, elle le comprend parfaitement, au point d'avoir l'impression de très bien connaître cette femme, de la connaître autant qu'elle a connu une seule personne au monde, sa meilleure amie Orna, et dans une illumination subite, une certitude aussi saisissante que la lumière qui jaillit lorsqu'on ouvre un volet en plein midi, elle sait que c'est elle, que ça ne peut être qu'elle, Orna, car personne d'autre ne serait capable de leurrer ainsi son entourage pendant des années et des années, de se dévouer totalement à ses proches pour ensuite les trahir en un battement de cils, oui, Dina voit nettement comment ça s'est passé, elle ne s'est pas pendue, elle a sauté dans un nuage aux branches duquel elle s'est accrochée.

Lui revient avec netteté cette soirée d'hiver où, seules sur le toit d'un des bâtiments de l'université, appuyées à la rambarde, elles s'étaient trouvées si proches l'une de l'autre que le vent en soufflant dans leurs cheveux les avait emmêlés, Orna avait alors caressé ce nœud touffu et déclaré, si je saute maintenant je t'entraîne dans ma chute, ce qui avait fait rire une Dina certes un peu surprise, mais qui aimait tellement son amie que même cette pensée lui avait paru plaisante, l'air si dense formerait un immense berceau qui recueillerait leurs deux corps, elles tomberaient lentement, chevelures unies, et lorsque arriverait la douleur elles ne la sentiraient pas car au même instant leurs deux âmes, toujours unies, auraient quitté l'enveloppe humaine, et ainsi elles resteraient pour l'éternité, comme leurs cheveux, plus jamais elle ne serait triste, c'est pourquoi, ce soir-là, elle avait ri à pleines dents tout en se livrant à la morsure du vent. Comment avait-elle pu croire qu'elle trouverait la sécurité justement auprès de la plus désespérée ? La rupture avait été terrible, en une nuit Orna était sortie de sa vie pour toujours, ne laissant à sa place que colère et culpabilité, chagrin et dévastation, si Dina ne venait pas d'accoucher, elle ne s'en serait peut-être jamais remise, alors à présent Orna lui revenait enfin, elle avait attendu le moment où Nitzane relâchait la pression, attirante et dangereuse, je t'entraîne dans ma chute, Dina essuie la sueur qui perle sur son front avec le bord de la housse, entraîne-moi dans ta chute, elle vient de se souvenir combien sa fille aimait se fourrer dans cette housse-là justement quand elles allaient jouer dans le jardinet en bas de l'immeuble, la petite se traînait avec ce grand rectangle de tissu à travers toute la pelouse, et c'est son rire à présent qui en resurgit. Feu rouge ! lançait-elle et sa mère devait s'arrêter, feu vert, à gauche, à droite ! Guidée par les cris de joie enfantins, elle inspirait à pleins poumons un air verdoyant, jamais, lui semble-t-il, elle n'a été plus heureuse qu'en ces heures-là où elle piétinait le gazon telle une mule qui ne regardait que droit devant, et même si la porter dans ses bras lui crispait les doigts et lui coinçait le dos, elle ne desserrait pas son étreinte de peur de perdre ses perles de rire, maintenant la housse ne couvre que son corps stérile, les fils de coton si étroitement tissés ont-ils retenu dans leur trame ces simples instants de bonheur, ont-ils gardé l'écho des exultations et du plaisir ? Nous avons besoin de si peu, se disait-elle alors non sans fierté, sauf que ce peu-là aussi n'a pas duré longtemps, la fête est finie, elle se lève, la housse en cape sur les épaules et se dirige vers la véranda.

Une lourde chaleur règne dans sa tour de contrôle pourtant ses doigts hésitent devant les fenêtres coulissantes, une fois qu'elles seront grandes ouvertes telles les portes du ciel, comment résistera-t-elle au désir impérieux de disparaître totalement, ne plus être, ne plus rien ressentir, ni le chagrin, ni le gâchis, ni la colère contre eux mais surtout contre elle-même, comment ose-t-elle se lamenter alors que tout va bien, qu'aucune catastrophe ne s'est abattue sur elle, qu'il ne s'agit que de caprice ridicule et d'espoirs exagérés, aucune catastrophe, à part celle qui arrivera dès qu'elle aura enjambé le petit rebord en pierre pour se jeter dans le vide enveloppée de ce tissu bleu ciel semblable à des ailes antiques. Combien de temps pour tomber du quatrième étage ? Quelques secondes, puis un bruit sourd, Nitzane n'entendrait même pas, les rires préenregistrés couvriraient le son émis par son corps heurtant le trottoir.

Que la tentation est vive, elle en tremble de tous ses membres dans l'espace confiné et surchauffé, elle se vomirait par la fenêtre à l'instar des vomissements qui suivaient ses crises de boulimie, y a-t-il une fin plus adéquate à son adolescence et à tout ce qui avait suivi. Sa solitude avait eu droit à une courte trêve au moment de la naissance de sa fille, quinze ans qui étaient passés en un battement de cils, un tiers de sa vie jusqu'à présent, une remise de peine pour bonne conduite, mais quelle trêve lui propose l'avenir ? Elle plaque son front à la vitre, les échos de rires lointains et étouffés parviennent à ses oreilles, voix honnies d'un monde où elle ne trouve ni place ni réconfort, elle sait que c'est exactement ce qu'a ressenti Orna juste avant d'accomplir son geste, elle avait toujours été la plus courageuse des deux, elle l'avait toujours devancée d'un pas. Il avait eu mille fois raison, le professeur Emmanuel, de choisir Orna pour le poste, elle le méritait effectivement davantage, c'était elle la plus rapide aussi et la plus désespérée bien sûr, la preuve, sa mèche s'était consumée la première, elle avait gagné la course et maintenant Dina n'avait plus qu'à suivre le même chemin, elle respire lourdement, ses doigts écartés contre le carreau y laissent des empreintes moites en guise de bénédictions d'adieu. Son corps tremble de plus en plus, parcouru de frissons de désir et d'excitation, elle s'agrippe à la fenêtre, si elle avait eu des poids attachés aux chevilles, ç'aurait été plus difficile de grimper sur le rebord qui se révèle enfin à elle, mais c'est alors que jaillit des profondeurs de son sac qu'elle a laissé sur le bureau un bruit oublié venu d'ailleurs, son téléphone portable sonne et elle va tout de même le prendre, simple curiosité, juste pour voir qui l'appelle. Amos aurait-il senti sa détresse et tenterait-il inconsciemment de ne pas la laisser partir, non, ce n'est pas lui, c'est un numéro familier que pourtant elle n'identifie pas, alors elle décroche avec la ferme intention de se contenter d'écouter sans répondre et lorsque les mots atteignent ses oreilles, elle a l'impression d'être déjà morte car c'est son père qui lui parle d'outre-tombe. Il y avait toujours de l'amour dans sa voix lorsqu'il s'adressait à elle, mais elle n'y trouvait aucun soulagement parce que c'était un amour calculé, destiné d'abord et avant tout à créer une frustration chez sa mère et son frère, si bien qu'à présent aussi elle reste sur ses gardes, écarte l'appareil de son visage mais aussitôt le rapproche. Salut, Dinette, Salomé m'a dit que tu avais dormi hier chez maman, tu vas bien, jamais elle n'avait remarqué à quel point la voix de son frère ressemblait à celle de leur père. Elle répondra à l'appareil aveugle en secouant la tête, remuera les lèvres mais aucun son n'en sortira, non, je ne vais pas bien.

Lorsqu'il arrive, avec un retard spécialement calculé pour ne pas avoir à s'expliquer ni à commenter quoi que ce soit, que faites-vous là, quelles étaient vos relations avec le défunt etc., la soirée a déjà commencé, une voix féminine et monotone monte de la scène dont il est très éloigné puisqu'il s'assied à un des derniers rangs de l'amphithéâtre bondé. Il se met aussitôt en devoir d'examiner le public, tous ces gens, assis épaule contre épaule dans un silence respectueux, sont là pour rendre hommage au professeur Raphaël Alon, il y a des personnalités de l'académie et des étudiants, des têtes blondes et brunes, des chevelures drues et des crânes chauves. Il reconnaît de loin la tignasse orange de la voisine à côté de celle de la veuve, tout aussi orange, elles fréquentent apparemment une coiffeuse qui ne dispose que d'un seul pigment, celui de la citrouille, c'est tellement artificiel que c'en est repoussant, mais il a beau passer de femme en femme, il ne retrouve pas les cheveux noirs et raides dont il se souvient parfaitement, certes la coiffure féminine est réputée pour son manque de fiabilité, le genre de détail sur lequel il ne faut surtout pas compter, en une journée elle peut changer de forme et de couleur, il le sait et donc traque surtout les profils, s'arrête sur certaines candidates potentielles, attend qu'elles tournent la tête, mais aucune ne passe l'examen avec succès, ce n'est ni celle-ci ni celle-là, et là c'est d'ailleurs un homme, il baisse la tête, ferme les yeux, à force de chercher, son regard s'est fatigué, la voix de la conférencière lui arrive étouffée, observer le ciel, c'est aussi voir ce qui n'existe plus, des étoiles mortes depuis longtemps, déclare-t-elle tristement, puisque les astres se trouvent à des années-lumière de notre planète.

Il soupire, elle n'est pas là, elle n'osera pas se montrer ici, jamais il ne la retrouvera, c'était le dernier espoir qu'il entretenait encore après avoir renoncé à la croiser aux abords de la tombe fraîche, et ce n'était pas faute d'avoir traîné au cimetière, il avait passé des heures à guetter de loin, posté en veuf éploré devant la sépulture d'une jeune femme qui avait eu droit à une pierre tombale du même rose que les robes de poupées et sur laquelle était gravé, repose en paix, belle fiancée.

Repose en paix, belle fiancée, il avait beau l'avoir répété, elle ne lui était jamais apparue s'essuyant les yeux avec le mouchoir en papier qu'il lui avait donné, elle n'était pas non plus dans cet amphithéâtre et ne sera nulle part, il comprend maintenant que tout ce qu'il a imaginé n'aura servi à rien, ses stratagèmes, sa malice, son identité mensongère, il rouvre les yeux et fixe la pointe de ses chaussures, se masse la nuque, c'est quoi, ce chagrin que t'inspire un homme qui t'est totalement étranger, ce besoin de retrouver une femme inconnue, que veux-tu qu'elle te dise et que veux-tu lui dire, il s'est tellement crispé sur ses recherches qu'il n'a même pas réfléchi à leur signification.

L'univers a-t-il gardé le souvenir de sa création ? s'interroge la conférencière d'une voix ténue, inversement proportionnelle à l'ampleur de la question, nous cherchons la trace d'un rayonnement fossile, le refroidissement d'un fond diffus mais qui, s'il a existé, doit avoir laissé une trace, lorsqu'il lève les yeux et les tourne pour la première fois vers la petite silhouette dont le corps se cache derrière un pupitre mastoc d'où ne dépassent que son cou et sa tête, il ne peut retenir l'exclamation incrédule qui s'échappe de sa gorge, c'est elle, il la reconnaît, c'est elle en personne, offerte à la vue de tous, en pleine lumière, oh, que ça lui ressemblait, à lui, de se perdre dans l'obscurité et le secret alors que ce qu'il cherchait était là, exposé sans le moindre mystère, à portée de main. Elle est seule sur l'estrade, dans son dos est accrochée une grande photo du mort dont le sourire semble l'avaler, face à elle, au premier rang, est assise la veuve éplorée accompagnée de ses enfants et au dernier rang un homme, lui en l'occurrence, qui aimerait tellement la consoler, elle est si loin qu'il a du mal à discerner la beauté de ses traits, son visage est plus émacié mais beaucoup moins pâle que dans le souvenir qu'il en a gardé, et sa voix, qu'il n'avait en fait entendue que chuchotée, bien que triste et épuisée, ne vacille pas, elle affirme avec assurance que l'existence d'un rayonnement diffus s'explique par la théorie du big bang, c'est-à-dire de quelque chose qui se situerait avant l'espace et avant le temps, qui serait la mémoire de l'univers et témoignerait de sa création, et même s'il y a eu refroidissement et expansion, on peut en calculer rétroactivement la puissance en fonction des observations que nous faisons aujourd'hui, d'après la fréquence des éléments fondamentaux qui constituent l'univers.

Malgré le trouble qui l'a envahi, il s'oblige à écouter, d'autant qu'elle est en train de conclure, c'est évident, dans un instant elle quitterait la scène pour laisser la place à quelqu'un d'autre qui se planterait derrière le pupitre et parlerait, c'est d'ailleurs pour cela qu'elle s'adresse à lui et rien qu'à lui, ces derniers mots sont accompagnés d'un petit sourire de connivence, vous connaissez sans doute cette réponse, citée par saint Augustin, à la question de savoir ce que faisait Dieu avant de créer le ciel et la terre : il préparait des supplices à ceux qui sondaient l'abîme de ses secrets. Il s'empresse d'opiner, rit même très fort pour qu'elle sache que quelqu'un l'écoute, que ses paroles ne se perdent pas dans un trou noir, c'est aussi lui qui l'applaudit avec trop de ferveur lorsqu'elle quitte la scène, il fait montre d'un enthousiasme bruyant qui ne sied ni au lieu ni aux circonstances mais ne s'arrête que lorsqu'il remarque les regards perplexes lancés des sièges autour de lui, des regards auxquels il répond par un geste d'excuses. C'était palpitant, chuchote-t-il, qui est la conférencière ? Sa jeune voisine lui tend un programme dont le graphisme lui rappelle l'invitation de mariage d'Anati, « Envers de l'univers, soirée d'études dédiée à la mémoire du professeur Raphaël Alon », le premier nom qui figure sur la liste des intervenants est celui de la physicienne, Mme le docteur Talya Franco, la soirée continue comme prévu avec l'orateur suivant qui avance déjà sur la scène tandis que Mme Franco descend les escaliers latéraux et, après avoir chaleureusement serré la main de la veuve Élishéva et des orphelins Yaara et Avshalom, elle va s'asseoir sur le côté, au premier rang.

Il est plus facile de retenir les images que les idées ou les mots, lance l'homme un peu chauve, très grand et au corps lourd, qui s'est planté derrière le pupitre, nous créons donc dans notre cerveau des châteaux de souvenirs pour pouvoir ultérieurement venir visiter tous les espaces ainsi définis, Avner se surprend à écouter avec intérêt bien que son regard reste fixé sur le deuxième siège du côté gauche de la première rangée. La plupart du temps, il ne la voit pas tant il y a d'obstacles sur sa ligne de mire, une multitude de positions assises, de mouvements de mains, de cous et de dos, mais de temps en temps il arrive à la saisir dans sa globalité, avec ses cheveux noirs qui ont poussé, son profil majestueux, plus maigre et plus hâlée que dans son souvenir, par instant, un doute l'assaille, est-ce vraiment elle, mais au moment où il la voit se pencher et essuyer ses yeux avec le bord de son chemisier, un geste qui s'est incrusté dans sa mémoire, il sait, non seulement que c'est bien elle, mais aussi pourquoi il l'a cherchée avec tant d'obstination, des jours et des semaines, c'est à cause de ce geste féminin si délicat et qui le bouleverse jusqu'au plus profond de son âme, le secoue comme l'univers qui a gardé la mémoire du big bang, comme le rayonnement de ce corps noir qui a presque totalement été effacé de la surface de la terre, alors il se lève, slalome entre les travées pour atteindre au plus vite la chaise vide qu'il vient de repérer quelques rangs derrière elle, ne pas attendre pour se rapprocher, s'assurer ainsi qu'elle ne lui échappera pas à la fin de la soirée, qu'elle ne disparaîtra pas soudain au milieu du cercle d'admirateurs qui la féliciteront pour sa conférence, impossible de la laisser partir sans qu'elle sache qu'un consolateur l'attend, malgré le dérangement causé par son déménagement il a l'impression d'être bien accueilli lorsqu'il s'installe parmi ses nouveaux voisins, l'agacement ne convient pas à ce genre d'événements qui appelle plutôt à la solidarité, tous ces gens ne sont-ils pas venus rendre un dernier hommage au défunt ? Agrippés à leur propre vie, ils s'agrippent aussi les uns aux autres même si cela peut paraître ridicule, à l'instar de ces passagers qui, dès que leur avion se met à tanguer, sont rassurés par la présence d'étrangers autour d'eux, oui, constate Avner non sans étonnement, plus les gens nous sont étrangers, plus on les croit protégés, si bien qu'être entouré d'inconnus suffit à nous redonner du courage.

Maintenant que son point de vue sur la scène est nettement meilleur, il peut détailler le portrait du mort et commence par les yeux gris et étroits, entourés de charmantes rides de rire. Raphaël Alon a un visage un peu plus rempli qu'au matin de leur rencontre, mais c'est la même expression juvénile au sourire si généreux qu'Avner se surprend à lui sourire en retour, assailli de nostalgie pour cet ami qu'il n'a pas eu. En même temps, il se rend compte qu'en vrai il n'a jamais eu d'ami. Un rempart de solitude se dressait toujours entre lui et ses pareils, les enfants du kibboutz avaient passé leur temps à l'embêter et ensuite les adolescents malicieux de sa nouvelle ville avaient préféré rester distants de ce rêveur craintif, émigré du nord du pays, qui n'avait grandi ni avec eux ni comme eux. Au cours des quelques semaines d'entraînement qu'il avait passées dans une unité de combat, il n'avait pas non plus réussi à goûter aux charmes de cette fameuse fraternité militaire, et ce n'est que pendant ses études de droit qu'il avait créé des liens avec quelques étudiants dont il appréciait la compagnie, surtout lorsqu'ils avaient un but commun, rendre un devoir ou réviser un examen par exemple, mais finalement ces relations n'avaient jamais dépassé un cadre circonstanciel. À travers le sourire qu'il adresse à présent au défunt, il tente de lui dire, mon ami, ne t'inquiète pas, tu ne t'es pas trompé en me confiant ton secret au dernier matin de ta vie, je vais m'occuper d'elle, je sais que c'est ce que tu m'aurais demandé si tu avais pu. Ses yeux se mouillent tandis qu'il s'engage par un serment solennel et muet, mais lorsqu'il reporte à nouveau son regard vers elle pour la mettre au courant du pacte scellé à son sujet, il sursaute en la voyant penchée sur son voisin à qui elle chuchote quelque chose à l'oreille, et Avner est malheureusement obligé d'admettre que le miracle de se trouver tous les deux au même endroit et au même moment ne lui garantit rien du tout, il risque de découvrir incessamment que Mme le docteur Talya Franco est venue ici accompagnée de son conjoint, qu'elle n'a besoin ni de lui ni de ses condoléances, et encore moins des pactes ridicules qu'il scelle derrière son dos avec des étrangers et des trépassés, pire encore, avec des étrangers trépassés.

C'est ce qui explique pourquoi, à la fin du troisième et dernier discours, il ne se lève pas avec tout le monde, et lorsque, enfin, il se dresse sur ses pieds, il reste planté là où il est, se contentant de l'observer de loin. Autour de la famille endeuillée se presse une masse de gens auxquels elle est mêlée ainsi que son voisin de siège, un homme rondouillard aux cheveux blonds, Avner a beau plisser les yeux, il n'arrive pas à déterminer s'ils se comportent en couple ou simplement en amis, il attend jusqu'à ce que le cercle s'émiette en petits groupes clairement définissables, des trios, des couples ou des individus solitaires, que les gens se répartissent les tâches, qui s'en va et qui dépose qui, qui rentre et qui raccompagne la famille, qui se débarrasse du deuil, de la mémoire du mort et du poids de la mort elle-même et qui continue à porter cette lourde charge, il finit par se retrouver seul au milieu de son rang et commence à avancer lentement, veille à ne pas attirer l'attention mais aussi à ne pas la quitter des yeux ne serait-ce qu'une seconde tant il a peur de la perdre une nouvelle fois. Elle porte un haut bleu foncé sans manches, il ne remarque les discrets points blancs qui mouchettent le fin tissu qu'après s'être rapproché, un pantalon de même couleur très bien coupé, elle a un petit sac en cuir sous le bras, il n'ose pas s'approcher davantage et attend qu'elle se détache vraiment du cercle pour s'autoriser à avancer vers elle. Il découvre avec soulagement que l'homme rondouillard est accompagné d'une autre femme, aussi ronde et blonde que lui, constatation qui lui permet d'espérer que s'il y a un couple dans le trio derrière lequel il marche elle n'en fait pas partie, il les suit jusqu'au parking où il a, lui aussi, garé sa voiture qu'il dépasse d'ailleurs sans ciller, il essaie en vain d'intercepter leur conversation, et voilà qu'arrive l'instant incroyable où se réalise son vœu le plus cher, il les voit esquisser un geste d'adieu à côté d'un véhicule dont les portières s'ouvrent, l'homme et la femme rondouillards s'engouffrent à l'intérieur, Talya reste seule, debout sur l'asphalte comme elle l'était sur la scène, et dirige ses pas vers sa voiture sans doute, elle marche le corps bien droit, ses talons qui martèlent le sol résonnent de solitude aiguë, il en est si ému que sans s'en rendre compte il commence à courir, malgré le ridicule de son estomac qui se balance et de ses joues qui rougissent, comme lorsque gamin il courait sur la pelouse en chemise à rayures vertes et se jetait dans les bras de sa mère, qui arrivera le premier, mais cette femme-là n'écartera pas les bras, ne sentira rien de ce remue-ménage, et ce ne sera que lorsque qu'il l'aura rattrapée tout essoufflé qu'elle le remarquera et se tournera vers lui avec un air interrogateur si froid qu'il n'arrivera même pas à tirer de ses lèvres l'esquisse d'un sourire.

Talya, les syllabes lui sortent de la bouche gonflées d'air chaud, il est bouleversé par ce nom qui n'a rien d'original mais qu'il prononce, lui semble-t-il, pour la première fois de sa vie, j'ai beaucoup aimé votre intervention bien que je n'y aie pas compris grand-chose, merci beaucoup, répond-elle avec politesse, déjà prête à reprendre sa marche, alors il fait une autre tentative, je voulais vous dire encore quelque chose, il hésite puis reprend, je voulais vous demander si vous vous souveniez de moi, bravo Avner, c'est toi tout craché, ironise une petite voix intérieure, tu as attendu cette rencontre pendant un mois entier mais n'as prévu ni ce que tu feras ni ce que tu diras.

Je ne pense pas, déclare-t-elle en le dévisageant avant de secouer la tête pour s'excuser vaguement, alors il s'empresse de la rassurer, c'est normal, mais je voulais juste vous dire que moi, je ne vous avais pas oubliés, je vous ai vus tous les deux à l'hôpital, j'étais dans le box d'à côté, vous pleuriez et je vous ai donné le mouchoir en papier que j'avais dans la poche, eh bien c'est comme ce rayonnement dont vous avez parlé, j'ai gardé votre lumière en mémoire, il voit monter sur son visage un léger soulagement, ah oui c'est vrai, dit-elle, vous étiez là-bas avec votre mère, comment va-t-elle ?

Comment va ma mère ? Elle est toujours vivante, enfin, si on peut appeler ça vivre, grogne-t-il presque, glorieux résultat pour le Créateur, Raphaël Alon est mort et Hemda Horowitch toujours vivante, il ne veut pas s'appesantir sur elle mais sur eux, insister le plus possible sur l'instant qu'ils ont partagé, l'unique souvenir qu'ils ont en commun. Vous portiez un chemisier rouge, lui révèle-t-il, vous lui avez assuré qu'il serait bientôt soulagé et il vous a crue, il était très calme, vous aviez tous les deux l'air presque heureux, c'est quelque chose que je n'ai pas compris, que je n'avais jamais vu, et comme il est incapable de définir ce « quelque chose » il se tait, elle aussi, elle le regarde, un peu embarrassée, puis elle reprend sa marche, lentement, et s'arrête devant une Citroën dorée, copie conforme de celle qu'il avait traquée pendant des jours et des jours, ça alors, c'est votre voiture ou la sienne ? s'étonne-t-il, dévoilant par inadvertance les informations qu'il a secrètement récoltées, c'est la mienne, répond-elle avec une étonnante franchise, nous avons acheté deux voitures identiques, c'était idiot mais nous cherchions toutes sortes de moyens détournés pour nous rapprocher.

Voilà par exemple qui ne lui était absolument pas venu à l'idée, où donc se gare-t-elle d'habitude, se demande-t-il aussitôt, étais-je sur le point de la retrouver, il essaie de se remémorer les adresses de la liste qu'il avait obtenue, un papier froissé qu'il a longtemps gardé en poche, mais il lui faut rapidement se ressaisir, elle a déjà ouvert la portière de son carrosse d'or, n'a apparemment pas l'intention de continuer cette conversation même si elle a reçu de lui, un matin, un mouchoir en papier usagé. Elle prend congé avec un petit sourire effilé, n'a rien à lui dire, d'ailleurs elle n'a pas l'air d'aimer gaspiller les mots, même sur scène, ses lèvres ne les lâchaient pas volontiers, mais comme il ne peut renoncer, il lui adresse avec précipitation une étrange requête, accepteriez-vous de me parler de lui ?

De Raphaël ? Pourquoi ?

J'ai besoin de le connaître, se justifie-t-il, je ne comprends pas moi-même pourquoi, s'il vous plaît, allons nous asseoir quelque part et vous me parlerez de lui, elle le dévisage avec curiosité, les réverbères jaunes du parking donnent soudain à son teint une couleur maladive. D'accord, eh bien, je vous en prie, dit-elle sur le même ton que si elle l'invitait à pénétrer chez elle, il contourne la Citroën, ouvre la portière dorée, encore une fois il abandonne sa propre voiture en terrain étranger, encore une fois il devra venir la chercher le lendemain sous un quelconque prétexte, mais peu importe pourvu que cette femme ne lui échappe pas, cette femme dont il cherche la trace depuis trente jours et trente nuits sans savoir pourquoi.

Elle roule en silence, il s'interroge, sur elle, sur lui-même, il l'avait traquée avec pugnacité et exaltation, maintenant ils sont là, tous les deux, ceinturés et enfermés dans le même espace clos, souffles mêlés, destins unis pour un court laps de temps, si elle faisait une fausse manœuvre, il serait lui aussi blessé, pourtant elle ne sait rien de lui et n'a pas l'air particulièrement préoccupée par son sort, qu'il vive ou qu'il meure ne la concerne pas, la distance qui les sépare paraît infranchissable tant ils sont éloignés l'un de l'autre, mais n'est-ce pas ce genre de distance qui caractérise justement les plus violentes passions, songe-t-il, d'ailleurs à sa naissance le bébé non plus n'a pas conscience de l'ampleur des espoirs et des angoisses liés à sa venue au monde, il débarque sans rien voir ni savoir, pas même de sa propre dépendance, eh bien, avec Talya c'est pareil, elle conduit en silence et ne sait encore rien, ni combien elle l'attendait, ni combien elle a besoin de lui et de son réconfort, il en conclut que mieux vaut pour l'heure qu'il garde, lui aussi, le silence. Habitué aux bavardes du genre de sa femme, de sa sœur et de la plupart des avocates qu'il rencontre, si rompues aux papotages qu'elles n'ont aucun problème à laisser s'envoler de leur bouche des tonnes de mots, des mots qui, même doux, sont aussi durs et blessants que les bonbons lancés sur l'enfant fêtant sa bar-mitzva, il a l'impression de se trouver en présence d'une nouvelle espèce, très rare, alors il l'examine avec curiosité et, tout en s'efforçant de regarder droit devant pour ne pas l'embarrasser, il lui jette de temps en temps quelques coups d'œil obliques et essaie de capter ses gestes afin de rassembler le plus possible d'éléments à son sujet.

Elle a posé sur le volant des mains étroites à la peau un peu ridée, sous le menton aussi il discerne un pli trop lâche, il ne se souvenait pas qu'elle était à ce point marquée par l'âge, à moins qu'elle n'ait pris un coup de vieux durant ce dernier mois. Dans les châteaux de sa mémoire, il l'avait placée au-dessus du temps, sculptée en marbre et en porcelaine, mais la réalité la lui révélait dans toute sa vulnérabilité, avec des bras minces à l'enveloppe un peu usée et un long cou creusé de fines stries. Comme si l'âge avait fondu sur elle dès l'instant où on l'avait privée de l'amour de Raphaël Alon, heureusement qu'il est là, lui, Avner, pour la prendre sous son aile, il la protégera du temps qui passe comme il protège les malheureux justiciables venus le solliciter, tout à coup, il a envie de lui parler d'eux, ou plutôt de s'envoyer quelques fleurs, regrouper tous ses succès et les lui offrir, tous les gens dont il a réussi à prouver l'innocence, les enfants dont il a défendu le droit à l'éducation, les femmes dont il a réussi à éviter l'expulsion, les maisons qui, grâce à lui, n'ont pas été détruites, toutes ses requêtes, ses procès, ses interrogatoires et les plaidoiries qui ont jalonné sa biographie.

Il continue à détailler son profil à la dérobée, elle repousse ses cheveux derrière une oreille piquée d'une petite pierre qui brille comme une étoile lointaine, elle a un front haut et un nez étroit, des lèvres enduites d'un rouge brillant et son œil, dont il ne peut discerner la couleur sous les cils drus, cligne nerveusement, il se répète plusieurs fois mentalement l'ensemble de ces signes particuliers comme s'il était encore en train de la chercher, cette amoureuse cachée, cette veuve sans reconnaissance ni droits, ce qu'on appelle une maîtresse. Elle lui jette un bref coup d'œil et esquisse un sourire, appuie sur un bouton et soupire en entendant la musique qui vibre soudain dans l'habitacle, une voix masculine, grave et triste, puis uniquement un cor, d'autres cuivres s'y ajoutent, pourtant chaque note semble solitaire.

C'est ce que Raphaël aimait le plus écouter ces dernières semaines, dit-elle comme si elle se souvenait enfin qu'on lui avait demandé de parler du défunt, vous connaissez ? *Les chants pour les enfants morts* de Mahler, il ne comprenait pas l'allemand, alors j'ai voulu lui traduire mais il a catégoriquement refusé, Avner hésite à lui demander qu'elle le fasse pour lui, serait-ce considéré comme une trahison, un grave manquement à la mémoire du professeur Alon, mais avant qu'il ne se décide, et alors que le chant n'est pas terminé, il découvre qu'ils sont arrivés, elle semble aussi surprise que lui, sinon comment expliquer qu'après un si long moment à rouler en silence elle n'ait mis la musique qu'à la fin du trajet, quoi qu'il en soit, elle gare la voiture dans le parking d'un vieil immeuble en pierre, et comme il a fait le chemin avec des œillères, à ne voir qu'elle, il ignore dans quel quartier il se trouve.

Lorsqu'il sort de la voiture et regarde autour de lui, qu'il scrute la petite rue sombre et étroite, il se rend compte, fort surpris, qu'il est tout près de chez lui, un bref instant il se demande même si cette histoire n'est pas totalement différente des apparences, elle sait peut-être tout sur lui et, ayant décidé de le reconduire auprès de sa famille, elle va le planter là et reprendre sa route, mais non, elle verrouille les portières, lui indique de la suivre sur le petit chemin bordé d'une fine haie de bambous qui contourne le bâtiment, il s'étonne qu'elle ait choisi de l'emmener chez elle et non dans un café quelconque, était-ce pour l'aider à éclaircir d'un seul coup certaines des questions qui l'occupent depuis des jours, avait-elle un mari, des enfants, apparemment non, et au moment où il pénètre dans ce rez-de-chaussée obscur situé au milieu de l'étroite ruelle qui s'étire derrière l'artère principale du quartier, il se désole du manque d'égalité entre le couple. Des serments ridicules et déplacés le secouent au souvenir de la luxueuse maison en plein cœur de la zone résidentielle où vivait le défunt, il est submergé de pitié pour cette petite femme reléguée dans son petit appartement, et même après que la lumière lui aura révélé un intérieur coquet orné de rideaux clairs tombant sur un sol aux teintes jaunes et un canapé couleur crème avec des coussins harmonieusement dispersés le long du dossier, il restera triste car à qui est destiné un si bon goût.

Comme c'est agréable chez vous, remarque-t-il. Merci, ce n'est pas encore vraiment terminé, je viens d'emménager après avoir tout retapé, c'était l'appartement de mes parents, et il se souvient effectivement des travaux qui l'avaient gêné au cours des derniers mois, chaque fois qu'il passait par là avec Yotam dans sa poussette, il râlait à cause de l'immense benne et des camionnettes garées sur le trottoir, dire que tout cela était en son honneur à elle, peut-être même en son honneur à lui, Avner, car c'est avec un plaisir indéniable qu'il s'enfonce dans le canapé et admire la pièce, le carrelage décoré de losanges bleu ciel comme autant de petits poissons, le coin salle à manger surplombé d'un abat-jour en osier, les tableaux de paysages tourmentés aux couleurs vives pleines d'expression. Tandis qu'il répond à ses questions, vin ou café, eau ou limonade, ses yeux tombent sur une photo posée dans la bibliothèque, il a l'impression qu'elle a été prise le fameux jour et se lève aussitôt pour l'examiner de plus près. Ils se tiennent par le bras, adossés à la voiture, est-ce l'hôpital en arrière-plan ? Elle porte le chemisier rouge dont il se souvenait si bien, lui son tee-shirt gris qui pendouillait sur sa terrible maigreur, pas de doute, ils ont été photographiés ce matin-là, et il suffirait qu'Avner plisse les paupières pour se voir, lui aussi, sur le seuil, en train de les observer, alors il lui demande, incrédule, qui donc vous a pris en photo ? Elle ne s'attendait apparemment pas à cette question mais continue à déboucher une bouteille de vin et répond, on a demandé à un passant, il est presque étonné de ne pas avoir été sollicité, comme il aurait été heureux de les immortaliser ensemble, lui qui ne s'était occupé, ces derniers temps, que de cela.

Vous saviez ? chuchote-t-il. Vous saviez qu'il n'y aurait pas d'autres occasions ? Oui, bien sûr, dit-elle comme s'il s'agissait d'une chose facile à encaisser, alors il manque de rétorquer, pourquoi dans ce cas lui avoir promis, m'avoir promis, un soulagement imminent, mais une autre photo sur l'étagère attire son regard, plus petite et déjà ternie, un garçon et une fille posent en se tenant par le bras, adossés à un arbre. Le garçon, il le reconnaît immédiatement, son sourire n'a pas changé, c'est le même que celui du dernier jour de sa vie, Avner est devenu un expert, il identifie parfaitement cette expression, une espèce de tristesse méditative presque totalement annulée par le sourire qui la recouvre, pour la fille à ses côtés c'est moins évident, elle a certes de longs cheveux noirs, mais le défi peint sur son visage n'a rien à voir avec ce que dégage l'adulte qu'elle est devenue et, bien qu'il ne doute pas de la réponse, il s'étonne tout haut, c'est vous ? Elle hoche la tête, s'excuse presque, ai-je tellement changé ?

Oui et non, vos traits non, c'est l'expression, il soulève la photo encadrée, l'approche de ses yeux, y passe un doigt bien qu'il n'y ait pas le moindre grain de poussière dessus, caresse les superbes joues de porcelaine, les lèvres parfaitement dessinées et les sombres yeux orgueilleux, puis il met l'autre photo en regard, impossible de ne pas essayer de trouver les différences, certaines sont évidentes, d'autres imperceptibles, ce qu'il voit tout de suite, c'est le basculement du rapport de force, sur la photo de jeunesse, c'est lui qui s'accroche au bras de sa compagne dans une sorte de prière muette, alors que sur la dernière photo c'est elle qui semble formuler une prière muette, non pas adressée à son compagnon mais… à qui ? Avner se rassied sur le canapé les photos à la main, épuisé comme s'il était obligé de porter pour eux le poids des dizaines d'années qui séparent ces deux prises de vue, le poids du gâchis, pendant ce temps, la table basse s'est couverte de verres et d'assiettes, s'y ajoutent une coupe avec des raisins noirs et des cerises rouge clair, un bol rempli de cacahuètes et d'amandes, une carafe d'eau avec des glaçons, il est incapable de détacher les yeux de ces photos posées devant lui telles des pièces à conviction qui racontent une bien triste histoire, une boucle qui s'est refermée, à laquelle il n'y a plus rien à ajouter. Est-ce pour cela qu'elle ne parle pas et continue à s'affairer en silence dans la cuisine, elle tire du réfrigérateur un plateau de fromages, tranche du pain comme si elle s'était préparée à le recevoir, pas lui uniquement mais des tas de gens, avait-elle l'intention de marquer chez elle la fin des trente jours de deuil, dans ce cas, où étaient les autres ? Pourquoi tardaient-ils tant ? Il attend qu'elle arrête de s'agiter et prenne place dans le fauteuil tapissé d'un tissu à fleurs, il n'a au bord des lèvres que la seule question qui s'impose à la vue de ces deux couples immobiles sur les clichés, comment est-ce arrivé, ou plutôt, pourquoi ? Comment vous êtes-vous ratés puisque, très jeunes déjà, vous étiez ensemble ? Pourquoi ne vous êtes-vous pas mariés, pourquoi n'avez-vous pas fait des enfants et fondé une famille ? Comment expliquer que vous vous soyez retrouvée seule dans cette maison de poupée, et lui vivant auprès d'une autre femme, ou plutôt mort auprès d'une autre femme, d'autant que c'est vous que j'ai vue là-bas, au dernier jour de sa vie.

Lorsqu'elle se cale enfin face à lui et qu'elle enlève ses escarpins, il est surpris de voir apparaître des ongles vernis de noir, jamais il n'a rencontré de femme adulte avec des orteils d'une telle couleur, est-ce sa manière de porter le deuil, comme il voudrait s'asseoir à ses pieds et effacer de sa langue ces taches mortifères, en fait, il n'a plus du tout envie de discuter avec elle, ni de l'écouter ni d'être écouté, la seule chose qu'il aimerait, c'est l'entendre lui chuchoter au creux de l'oreille une phrase déjà prononcée, demain tu seras soulagé, il n'y a que ces mots-là qui ne le révoltent pas, qui ne lui infligeront pas la douleur presque insupportable de ce qu'elle allait immanquablement lui raconter après avoir servi le vin, mais elle lève d'abord son verre dans sa direction avec un sourire triste, boit goulûment, sa peau rougit comme si le liquide la colorait de l'intérieur, son front se perle de gouttes de sueur, elle tend le bras et lui prend les photos des mains, les détaille avec intérêt, à croire qu'elle ne les a pas vues depuis longtemps, c'était son idée de se faire photographier exactement dans la même position, il aimait ce genre d'enfantillages, précise-t-elle avec un petit rire qui souligne encore davantage le tragique de cette pirouette espiègle, espère-t-elle ainsi satisfaire la demande de son étrange visiteur, et Avner s'entend l'interrompre, pourquoi n'êtes-vous pas restés ensemble ?

Qu'est-ce qui vous intéresse tellement dans notre histoire ? lui renvoie-t-elle sans aucune agressivité, juste de la perplexité, alors il essaie de prendre un ton détaché, je ne le comprends pas moi-même, depuis que je vous ai vus tous les deux là-bas, je n'arrête pas de penser à vous, on peut dire que votre rayonnement m'accompagne, il est ravi de constater que cette explication lui suffit puisqu'elle commence à parler, avec la même élocution forcée mais ordonnée que pendant sa conférence quelques heures auparavant, c'est moi qui l'ai quitté, nous nous sommes rencontrés à l'université, avons vécu quelques années ensemble, il voulait qu'on se marie mais je n'étais pas prête, et puis l'avenir qu'il me proposait me paraissait trop bourgeois, elle remplit à nouveau son verre et croise les jambes. Je l'ai quitté pour un obscur musicien, continue-t-elle sans s'y arrêter davantage, c'est le genre de précision inutile car ils savent, tous les deux, que les actes existent même sans les mots qui vont avec, j'ai passé quelques années à New York et quand je suis rentrée en Israël il vivait déjà avec Élishéva et deux enfants, tout était perdu, pour moi en tout cas, résume-t-elle et Avner, qui découvre qu'il l'écoutait bouche bée, proteste comme si quelque chose pouvait encore changer, pourquoi perdu ? Les familles se décomposent, les gens réparent leurs erreurs ou en font de nouvelles, ça arrive souvent, enfin pas chez moi, s'empresse-t-il d'ajouter, mais je le vois tout le temps chez les autres. Oui, c'est toujours chez les autres, confirme-t-elle en remplissant de nouveau son verre, il a envie de poser la main sur son poignet pour décrisper ses gestes mais se rabat sur un raisin qu'il arrache de la grappe et mâche lentement. Lui n'a pas réussi, reprend-elle, il a fait une grave dépression quand j'ai rompu, c'est Élishéva qui l'a tiré de là alors il n'osait pas la quitter, il voulait aussi préserver ses enfants et en plus, il avait peur de me faire confiance. Les années ont passé ainsi.

Vous avez entretenu une relation pendant tout ce

temps ? Non, c'était plutôt par intermittences, nous n'arrêtions pas d'essayer de nous séparer, lui par culpabilité, moi par colère, et ce n'est que cette dernière année, parce que ses enfants avaient quitté la maison, que nous avons commencé à entrevoir un avenir possible, il m'a aidée à retaper cet appartement et on avait prévu d'y vivre ensemble, il s'était enfin décidé à tout raconter à sa femme et à s'installer avec moi, mais c'est exactement à ce moment-là qu'il est tombé malade.

Élishéva se doutait-elle de quelque chose ?

Il y a toutes sortes de doutes, c'est difficile à dire parce qu'on travaillait aussi ensemble, Raphaël et moi, on avait certains programmes de recherches en commun, et quand il s'est enfin décidé à lui parler, il a appris qu'il était malade, répète-t-elle, alors à quoi bon la faire souffrir pour rien. Je l'ai tellement poussé, c'est peut-être mes pressions qui l'ont rendu malade, allez savoir, soupire-t-elle, je le voulais pour moi toute seule et j'ai récolté un compagnon mort, peut-être que si j'avais accepté de continuer à le partager, il serait encore vivant, quand on veut trop, on perd trop.

Vous n'avez vraiment pas à vous culpabiliser, se hâte-t-il de dire, espérant l'aider avec des paroles d'apaisement, cette maladie n'a besoin d'aucune raison particulière, n'avons-nous pas, autour de nous, de plus en plus de gens qui en souffrent ? lui demande-t-il comme s'ils avaient de nombreuses connaissances en commun, j'ai du mal à ne pas m'en vouloir, s'entête-t-elle, pourtant il désirait ce changement autant que moi, il avait très envie que nous vivions ici ensemble, elle indique vaguement le petit salon raffiné, il s'est beaucoup investi dans les travaux, souligne-t-elle à nouveau, c'était symbolique pour nous parce que c'est ici que nous sommes tombés amoureux, j'habitais encore chez mes parents quand on s'est rencontrés, dire qu'on a cru pouvoir recréer un univers à nous, c'était idiot ! lâche-t-elle et pour la première fois il note un brin d'amertume dans sa voix, elle se saisit de la bouteille de vin et il en profite pour tendre son verre, prêt à boire à sa place, sauf qu'elle ne se contente pas de le servir, elle se sert aussi, avec un empressement étranger au monde qu'il connaît, elle boit à petites gorgées rapides, le liquide laisse sur ses dents une traînée violet foncé, elle a la bouche qui paraît soudain aussi vide que celle de Hemda, il sursaute, un peu dégoûté, et baisse les yeux. Voilà qu'elle a déroulé son histoire devant toi, te l'a offerte comme les raisins et les cerises de cette coupe, est-ce cela que tu attendais ? Ce récit te satisfera-t-il ou bien chercheras-tu maintenant à l'analyser mots à maux ? Tu voulais savoir, maintenant tu sais, où iras-tu avec cette information et qu'en feras-tu ?

C'est l'histoire d'une vie, encore une, il y en a de plus amères, c'est une histoire d'amour, il y en a de plus tristes, en quoi te concerne-t-elle, en quoi cette femme te concerne-t-elle, où est le point d'intersection de ta vie et de la leur ? Il s'étonne tout à coup qu'elle ne l'interroge pas plus avant, qu'elle lui confie son secret sans essayer d'approfondir davantage les motivations qui le poussent. Est-ce à cause du poids de sa douleur qu'elle ne s'intéresse pas à lui, ou bien est-ce sa manière habituelle de fonctionner, hermétiquement fermée, concentrée sur ses propres affaires, il pourrait s'en aller, telle est l'histoire, elle ne changera plus, déposer une requête ou aller en appel ne serviraient à rien, la sentence est tombée, le dossier est clos, un grand vide l'envahit, un vide étrangement lourd, des tonnes de vide. Tu as obtenu ce que tu espérais, et maintenant, quoi ? Qu'attends-tu pour te lever et rentrer chez toi, tu habites à deux pas d'ici, tu croiseras certainement cette femme de temps en temps dans la rue principale ou chez le primeur du coin, vous vous ferez un signe de tête, vous vous souhaiterez un bon shabbat ou une bonne semaine, une bonne année, de bonnes fêtes, qu'est-ce que les gens peuvent se dire d'autre, il recule jusqu'à sentir contre son dos le dossier moelleux du canapé qui ne lui était pas destiné et comprend qu'à sa femme non plus il n'a rien d'autre à dire que bonne semaine ou bon shabbat, bonne année et bonnes fêtes, et pareil pour ses enfants, sa mère, sa sœur, tous ceux qu'il connaît, il pourrait juste ajouter au cas où, que le malheur vous épargne, c'est tout, il s'allonge épuisé sur la banquette, n'a envie ni de partir ni de rester, qu'on l'emporte, voilà ce à quoi il aspire, qu'une force compacte et mystérieuse, plus tenace que sa volonté, l'arrache d'ici exactement comme Raphaël Alon l'a été, car sans l'ombre d'un doute c'est là qu'ils sont rentrés ce fameux matin dans leur voiture dorée, c'est là qu'elle l'a conduit après l'hôpital, après avoir appris qu'il n'en avait plus que pour quelques heures.

Il se souvient de l'infirmière des urgences qui lui avait chuchoté, sur le ton de la confidence, il y a des gens qui préfèrent mourir chez eux, sauf que voilà, ce malade-là avait préféré mourir dans un appartement qui n'était pas le sien mais où il avait prévu de vivre le restant de ses jours, Avner pose la tête sur un coussin, il n'a pas l'habitude de boire autant, le vin lui brouille les idées et il a l'impression d'avoir lui aussi renoncé, d'être monté dans le train de sa propre mort, il fonce déjà à toute allure, lancé à grande vitesse sur une ligne qui relie son lieu de naissance à celui de sa mort, relie le lac agonisant à la mer Morte, doit passer par des vestiges éparpillés dans les sables du désert, pour finir dans cette ville où les Juifs ont toujours rêvé d'être enterrés. Il le connaissait si bien ce long, long chemin, certaines périodes, il était même capable d'en identifier la moindre épine et la moindre fleur, toutes ses gares aussi, sauf qu'à présent le train ne marque aucun arrêt car il est seul à bord. Sur le trajet, on le salue de la main, cet unique passager qui se métamorphose, bébé puis enfant, adolescent puis homme, plus vieux à chaque carrefour, d'ailleurs est-ce bien lui qui roule ou les autres qui s'éloignent, le temps et l'espace doivent s'unir, comme un homme et une femme, pour créer le mouvement, mais chez lui l'espace et le temps s'écartent de plus en plus l'un de l'autre, il longe la vallée du Jourdain, les montagnes s'évaporent à l'est, maintenant il slalome entre les sites de pèlerinage qui jalonnent un fleuve disparu et les promesses faites en ce lieu mais jamais tenues, voilà que déjà scintillent les tours dorées et les clochers argentés de Jérusalem, mais il continue, dépasse les tentes de Bédouins si familières, restez donc avec nous, demandent ces fantômes ambulants, hommes, femmes, enfants qui ont de toute façon l'habitude de ne pas être entendus, reste donc avec nous, demandent à présent ses propres enfants, mais là il se redresse en sursaut les mains un peu tremblantes, hagard il regarde autour de lui jusqu'à ce qu'il croise les yeux de Talya, aussi rouges que des yeux de lapin, elle sirote en silence le verre de vin qu'elle tient à la main.

Excusez-moi, j'ai dû m'endormir, marmonne-t-il, je n'ai pas l'habitude de boire. Comme c'est bizarre, dans son lit il se torture des nuits entières sans fermer l'œil alors que là, sur ce canapé étranger, il s'est assoupi sans le vouloir. Pourquoi ne pas le lui louer, ce canapé, il viendrait y dormir de temps en temps, ne sont-ils pas voisins même si elle ne le sait pas, évidemment qu'elle ne le sait pas et d'ailleurs elle s'en fiche, mais pourquoi s'en fiche-t-elle, il est presque indigné de cette constatation, trouve-t-elle normal que des inconnus s'intéressent à sa triste histoire, pourquoi ne prend-elle pas la peine de le remercier ne serait-ce que par un semblant de réciprocité, il se verse un verre d'eau, excusez mon impolitesse, dit-il, je m'endors sur votre canapé alors que je ne me suis même pas présenté, je m'appelle Avner Horowitch.

Je sais, elle lève son verre vers lui comme si elle trinquait. Ah bon, comment ? Je vous ai vu à la télévision ou dans un journal, ça m'a pris du temps pour vous remettre, vous êtes l'avocat des Bédouins, n'est-ce pas ? Elle lâche un petit rire insolite, il hoche la tête à la fois surpris et flatté, à nouveau le fossé entre l'apparence et l'image de soi l'a poussé à se conduire comme un imbécile, et si la voisine rousse l'avait, elle aussi, reconnu, tout comme la veuve, alors qu'il se présentait en collègue scientifique ? Comme il est ridicule, on va finir par l'arrêter pour imposture, peu importe, maintenant qu'il a réintégré son identité, tel un homme qui marchait nu dans la rue et qui, ayant enfin récupéré ses vêtements, s'est rhabillé, ou au contraire tel un homme qui, vêtu d'un costume ne lui appartenant pas, se retrouve enfin nu comme un ver, il a certes perdu la liberté de l'anonymat mais avoir été reconnu lui donne de l'assurance. Il n'est plus un enfant des rues qui essaie de glaner des bribes d'information mais un avocat connu et reconnu qui se bat pour les faibles, même si ses victoires se sont considérablement raréfiées ces dernières années, c'est donc fort de ce statut qu'il regarde à présent la femme assise en face de lui, elle a les yeux éteints, les dents violettes et la tête qui dodeline un peu, alors il se lève, se plante devant elle, lui tend les mains et dit, venez, Talya, vous devez dormir.

Il est étonné qu'elle accepte et que, sans attendre, elle s'agrippe à lui pour se redresser, il la conduit doucement jusqu'à la chambre dont la porte est fermée, a l'impression de guider une fillette assoupie, elle n'a sans doute jamais accompagné ainsi un enfant puisqu'elle a raté le coche, songe-t-il fugacement, lorsqu'il la dépose sur le grand lit, qu'il ouvre délicatement les boutons de son chemisier et lui fait glisser le pantalon le long des hanches, le corps mince et lisse qui se dévoile à lui ne porte effectivement aucun signe de grossesses antérieures, elle a le ventre plat de celles qui n'ont jamais accueilli d'êtres vivants dans leurs entrailles, des seins petits et fermes qui n'ont jamais été gonflés de lait, elle se laisse dévêtir, tend avec docilité un bras et une cuisse, courbe les reins, il la dépouille de ses vêtements et n'en revient pas, ni d'elle ni de lui d'ailleurs, si elle se dégrisait et le surprenait ainsi, elle hurlerait et il serait arrêté comme le dernier des pervers, un voyou voyeur profitant du deuil et de l'ivresse d'une femme inconnue pour contempler sa nudité, or l'important pour lui n'est pas ce qu'il voit mais l'odeur qu'elle dégage, sans l'avoir décidé, il s'agenouille sur la descente de lit et se met à la humer, il hume non pas son bassin en petite culotte blanche à dentelles, mais son cou, ses bras, ses jambes et ses pieds, jusqu'à ce qu'elle lâche un soupir et ouvre les yeux, il se redresse aussitôt et d'un geste paternel la couvre de son drap. Reposez-vous, Talya, chuchote-t-il, je vous apporte de l'eau, mais quand il revient elle est déjà profondément endormie, alors il pose le verre sur la table de nuit et sort de la chambre, assailli par un léger vertige et le nez encore rempli de son odeur, une odeur de raisins amers, une odeur de deuil et de gâchis, l'odeur d'une maîtresse sans amant, au bout de trente jours, a-t-elle gardé en elle un peu de son odeur à lui, de l'odeur de l'amour, de la maladie et de la mort ? Bien que son cœur batte très fort, que sa tête soit lourde et son équilibre chancelant, il ne quitte pas les lieux mais entreprend de ranger le plateau à fromages dans le réfrigérateur, les raisins et les cerises aussi, il en profite pour en examiner le contenu, que mange-t-elle donc, mais les rayonnages sont vides, elle a mis tout ce qu'elle avait sur la table, il n'y a même pas de lait, comme si cet appartement n'existait que pour recevoir des visites et non pour être habité.

Sans bruit, il rapporte les assiettes et les verres dans l'évier et ne peut s'empêcher de laver la vaisselle et de la déposer sur le séchoir, il admire les nouveaux placards en bois et les ustensiles de cuisine rutilants, il est encore devant l'évier qu'il remarque une autre porte en face de la chambre à coucher, s'y précipite, allume et se retrouve dans un bureau vraisemblablement conçu pour les accueillir tous les deux car il y a là deux chaises devant l'immense table de travail orientée vers un petit jardin privatif, deux ordinateurs, une profusion de livres sur les étagères, et bizarrement c'est dans cette pièce à l'érudition monacale qu'il se sent vraiment intrus, alors il sort sur la pointe des pieds et se dirige vers la porte d'entrée, il est l'heure de partir, s'exhorte-t-il, l'heure pour toi de partir, mais soudain il remarque une clé plantée dans la serrure, s'arrête avant de franchir le seuil et se demande comment quitter les lieux sans qu'elle vienne verrouiller derrière lui.

Il doit rentrer chez lui, sa femme a déjà laissé deux messages inquiets sur son répondeur, mais comment abandonner Talya profondément endormie et vulnérable dans un appartement aussi facile d'accès, n'importe qui peut pénétrer dans le jardin uniquement protégé par une fine haie de bambous, ouvrir la porte de l'appartement si elle n'est pas verrouillée de l'intérieur et de là atteindre son lit, que peut-il bien faire, s'il l'enferme de l'extérieur, certes elle serait en sécurité mais possède-t-elle un autre jeu de clés pour sortir, il y a des barreaux et des moustiquaires à toutes les fenêtres, ces deux options ont beau être opposées, elles sont aussi mauvaises l'une que l'autre, comment choisir entre trop ou pas assez de liberté.

Il aurait bien sûr été ravi de rester à somnoler sur le canapé, mais il craint qu'elle ne se réveille et ne s'affole ou n'interprète mal sa présence, alors il va dans le jardinet, oui, c'est la seule possibilité qui lui reste, il va la protéger de l'extérieur, comme s'il était le chien de garde de cet appartement, un Casanova au sourire étrange, d'ailleurs ne l'a-t-il pas ainsi flairée, avec ardeur et désespoir, satisfait de peu, alors il cherche un endroit où s'installer, ce n'est pas encore aménagé et il n'y a pas de carré de gazon pour s'allonger, ni de banc ni même de hamac, il est si fatigué qu'il s'étend sur le dos devant la porte et pose la tête sur le paillasson. Le mot Bienvenue inscrit dessus en lettres majuscules vertes lui rappelle qu'il doit envoyer un message à sa femme, ne t'inquiète pas, je reviens demain matin, bienvenus les entrants, bienvenus les sortants. Il est encore plus mal loti que ses misérables plaignants confinés dans leurs tentes, lui n'a ni couverture ni toit, un chien sans niche, pourtant il se sent apaisé et, tandis qu'il sombre dans le sommeil, il a l'impression d'entendre de l'autre côté de la palissade les pas de Salomé qui conduit Yotam à la maternelle, où est papa, demande la voix claire et harmonieuse, où il est, mon papa ?

CHAPITRE 9

De loin, elle reconnaît la lourde démarche de sa belle-sœur qui avance sans doute avec Yotam dans la poussette, la large robe noire qui masque ses formes généreuses lui donne un air de tente sur pattes, alors pour l'éviter elle bifurque aussitôt dans une ruelle fraîche que le soleil n'a pas encore réussi à conquérir, s'arrête à la hauteur d'une palissade en bambou à laquelle elle s'adosse et pose ses sacs, le souffle aussi court que si elle venait d'échapper à un grand danger. Pourquoi se sent-elle toujours aussi menacée par cette femme qu'elle connaît depuis l'enfance, est-ce justement à cause de cela ? À chaque fois, la première chose qu'elle voit en elle, c'est l'ampleur des dégâts, car si telle est devenue la fillette timide aux membres fins qui caressait doucement le bras de son frère et le regardait avec un sourire béat, cela signifiait que tout pouvait arriver, que la métamorphose de Nitzane était aussi réelle que le changement qui s'opérait inexorablement en elle, oui, si une telle transformation était possible, alors le phénomène de réincarnation se produisait au cours de la vie et non après la mort. Aujourd'hui, Salomé se traîne avec un corps maladroit, un visage grossier, une voix stridente et ne lui adresse la parole qu'avec froideur, comme si elle la tenait pour responsable des défaillances de son frère, et même le merveilleux bébé qu'elle avait eu en dernière minute n'arrivait pas à dissiper sa fureur, un bébé sur lequel elle avait fait main basse et qu'elle isolait pour qu'il ne s'attache qu'à elle, stratégie qui lui avait auparavant presque réussi avec Avner qui s'était effectivement éloigné de sa sœur, sauf qu'il ne s'était pas pour autant rapproché de sa femme, d'ailleurs, s'était-il vraiment éloigné de sa sœur puisque jamais ils n'avaient été unis par des liens fraternels.

Ils étaient nés des mêmes parents, chair de leur chair, certes, mais cela avait bien peu compté puisqu'ils avaient grandi par tranches d'âge et non au sein de leur famille, ce n'est qu'après avoir quitté le kibboutz qu'ils avaient eu, pour la première fois, l'occasion de façonner ce lien du sang, un même appartement, deux chambres mitoyennes, elle avait choisi la plus petite pour la vue, et lui la plus grande, même si la fenêtre donnait sur un parking, être déracinés leur avait offert la possibilité de s'agripper l'un à l'autre, elle se souvient soudain des insomnies, une malédiction familiale, qu'ils partageaient la nuit dans la cuisine, du lait qu'elle faisait bouillir pour deux dans une petite casserole, des confidences qu'elle lui chuchotait en ces heures suspendues, à lui, ce beau jeune homme un peu rêveur et qui l'avait privée de l'amour maternel auquel elle avait droit, le pauvre, il l'avait payé si cher que parfois elle s'en rassurait et arrivait même à lui pardonner cette usurpation.

Derrière le dos de leurs parents endormis, ils réussissaient à s'apprivoiser l'un l'autre pour quelques heures, le fils de maman et la fille de papa, oui, elle se dit à présent qu'au cours de ces nuits-là elle avait sans doute expérimenté pour la première fois de sa vie ce qu'était la douceur de la fraternité, îlot de bonheur dans leur isolement, elle regagnait son lit plus tranquille, apaisée, le cœur aussi débordant de sentiments que la casserole de lait, oui, ils laissaient systématiquement déborder la casserole tant ils étaient pris par leur conversation, mais ces liens fragiles avaient à peine commencé à se nouer que Salomé s'était empressée de les détruire par ses visites fréquentes, avec une timidité entêtée elle réclamait sa part d'Avner, Avner tout entier, et Dina, qui ne dormait pas et restait allongée dans le noir, entendait le frottement de leurs corps et les chuchotements qu'ils échangeaient, persuadée qu'elle était condamnée à une solitude éternelle, elle observait avec étonnement son frère qui avait renoncé avec une telle facilité, comme s'il n'avait rien à perdre, non seulement à elle, son unique sœur, mais à lui-même.

Tout en surveillant de loin et avec soulagement les pas de Salomé qui s'éloignent, elle remarque une affichette de couleur vive accrochée au poteau électrique juste sous son nez, la publicité pour une nouvelle crèche dans le quartier, spacieuse et attrayante, elle jette un œil alentour pour s'assurer que personne ne la voit et déchire une des languettes en papier avec le numéro de téléphone et le dessin d'une petite tétine, sur le chemin du retour, les bras chargés de ses lourds sacs plastique de fruits et de légumes, elle se surprend à s'arrêter devant toutes les annonces punaisées sur les poteaux, elle les lit attentivement, on y propose des appartements à louer et des cours de musique, de yoga ou de jardinage, si bien qu'elle rentre à la maison avec, au fond du sac, trois numéros de téléphone de nounous dévouées capables de s'occuper de bébés et deux de crèches familiales sérieuses, moisson qui l'émeut et la comble, comme si rien que d'avoir arraché ces morceaux de papier les mettait devant le fait accompli et enclenchait le passage à l'acte.

Elle sait bien sûr que ce n'est qu'un détail, le moins important de tout ce qu'elle devra accomplir, elle ne cesse de lire et de relire les témoignages de ses nouveaux amis qui, même s'ils ne sont pas encore conscients de son existence, l'aident davantage que tous ceux qui la connaissent, elle comprend de mieux en mieux ce qui lui sera demandé pour atteindre son but, l'ampleur des difficultés et des dangers, mais ces numéros de téléphone donnent à son enfant une sorte de consistance, elle osera et agira, la preuve à peine rentrée elle téléphone pour se renseigner, note l'adresse de la première crèche familiale, le nombre d'enfants accueillis et d'assistantes maternelles pour les encadrer, elle consigne joyeusement toutes ces informations puis appelle aussitôt le deuxième numéro, compare les données, l'une est plus proche mais dans l'autre il y a moins d'enfants, laquelle choisir ? Et ce n'est qu'après avoir obtenu tous les renseignements qu'elle lâche enfin le téléphone et enfouit son visage dans ses mains, tu es folle, folle, elle traverse toutes les pièces de l'appartement pour s'assurer qu'il est vide, que personne n'a été témoin de sa crise irrationnelle, peut-être alors osera-t-elle téléphoner à l'une des associations recommandées par ses amis sur la Toile, elle entend sa voix aussi affolée qu'exaltée, nous voulons adopter un enfant en bas âge, comment s'y prend-on ?

Plus le tableau se clarifie, les dizaines de papiers obligatoires à fournir, certificats de santé mentale et physique, attestations de situation économique et de probité, assurances de solidité du couple et de stabilité d'emploi, acte de propriété, le tout avec photos à l'appui, de l'appartement et de ses habitants, ajoutés à cela les enquêtes dont ils feront l'objet et le coût financier, plus elle comprend qu'il lui faudra une volonté et une détermination de fer pour apporter les preuves et surmonter les épreuves, en amont et en aval, elle noircit des feuilles et des feuilles de listes désespérantes qu'elle s'empresse de dissimuler entre ses livres et surtout, ce dont elle se rend compte, c'est qu'elle est pieds et poings liés à Amos, que s'il n'est pas à ses côtés, s'il ne lui donne pas son accord, elle ne pourra rien entamer, mais le pire, c'est que même s'il est à ses côtés, leurs chances de réussite tendent vers zéro. Nombreux sont les petits orphelins, mais le chemin qui mène jusqu'à eux est long et épuisant, jonché de ces obstacles qu'elle croyait réservés aux histoires pour enfants justement, elle ne se souvient que vaguement de ces contes peuplés de princes et de princesses qui, pour se retrouver, doivent réussir des missions impossibles, terrasser monstres ou dragons, lutter contre les forces de la nature avant de pouvoir réintégrer leur royaume et obtenir l'objet de leurs désirs.

En Israël, ils sont trop vieux pour adopter un tout-petit, et à l'étranger, la majorité des pays, de moins en moins enclins à laisser partir leur progéniture vers des zones de conflit, avait mis en place des procédures complexes qui accumulaient les difficultés, tout cela évidemment pour le bien de l'enfant, oui, le temps pressait et les barrières se fermaient les unes après les autres, mais comment pourrait-elle se dépêcher, entravée autant à l'intérieur qu'à l'extérieur, à nouveau elle est happée par les témoignages qui dégoulinent de douceur, de candeur, de chaleur, comme par exemple celui de cette femme, qui se fait appeler Goutte-de-Rosée et raconte que son mari, affolé par l'adoption, n'avait rien voulu savoir dans un premier temps, mais était à présent très heureux de leur petite fille qui les comblait, *a contrario* une autre femme, Amazone, explique qu'elle a accompli seule toutes les démarches et que c'est seule qu'elle élèvera son enfant, Dina se surprend à l'envier, comme ce serait simple si elle était célibataire, elle aurait déjà pu fixer des rendez-vous, émouvoir et s'émouvoir, clarifier et éclaircir, mais surtout espérer car, sans cet espoir, que vaut sa vie.

Ça ne va pas du tout, ces derniers temps, tu pars complètement en vrille, la secoue Naomie dans le café proche de l'institut où elles se sont installées après les cours, adopter un môme ? Je ne peux pas croire que tu veuilles te fourrer là-dedans ! Tu sais à quel point c'est difficile ? Tu recevras un gosse déjà très marqué par la vie, avec des troubles du comportement, des problèmes de communication et ce ne sera jamais comme ton propre enfant ! J'ai des amis qui ont adopté une fillette de trois ans il y a quelques années, tu n'imagines pas ce qu'ils endurent, les pauvres, et vu l'âge d'Amos, on vous donnera un enfant encore plus grand, d'ailleurs est-ce qu'il te suit dans ce délire, Amos ?

Pas vraiment, avoue-t-elle, en fait pas du tout, pour l'instant ça reste entre moi et moi-même, mais je pense à adopter à l'étranger, là-bas on pourra avoir un enfant d'à peu près deux ans, Naomie repose violemment sa tasse sur la table, à l'étranger ? s'exclame-t-elle incrédule, tu sais combien ça coûte ? Où trouveras-tu l'argent ? Et comment sauras-tu qu'on ne te trompe pas sur la marchandise ? Toutes ces associations sont corrompues, on te donnera un enfant malade dont tu ne sauras rien du patrimoine génétique. Tu veux passer le reste de ta vie à courir les hôpitaux ? Tu ne t'en sortiras jamais, Dina, crois-moi, tu vas au-devant des pires ennuis.

C'est maintenant que j'ai l'impression d'aller au-devant des pires ennuis, lâche-t-elle en ricanant avant de demander à la serveuse encore un verre d'eau car elle sent une flamme brûlante monter à nouveau de ses entrailles, son visage se couvre de sueur, tu n'as pas encore de bouffées de chaleur, moi, je me sens comme un dragon qui crache du feu. Non, rien du tout pour l'instant, répond Naomie avec une satisfaction non dissimulée, comme j'ai accouché de Rohi assez tard, je pense que ça a repoussé tout le processus, et Dina soupire, quelle idiote j'ai été, comment n'ai-je pas pensé à avoir un deuxième enfant, ça dépasse mon entendement, tu peux m'expliquer ce que j'avais de mieux à faire ?

Arrête de ressasser, le passé est le passé, son amie agite les mains comme si elle parlait d'une mouche qu'il suffirait de chasser, demande-toi plutôt ce que tu fais maintenant, et pourquoi ne pas avoir recours à un don d'ovocyte ? Ça n'engendre pas autant de frais, c'est plus simple, plein de femmes le font et au moins tu sauras qui est le père, mais Dina secoue la tête, non, non, ce n'est pas du tout ma démarche, moi, je veux m'occuper d'un enfant qui est déjà né et a besoin d'un foyer, je préfère adopter.

Tu crois que tu préfères adopter, mais c'est un

fantasme, tu fantasmes sur un poupon blond tout mignon qui sera heureux parce que tu l'auras sauvé, mais dans la réalité tu élèveras un gamin caractériel qui testera en permanence tes limites, te pourrira la vie, se sentira toujours exclu et plein de haine, et ça, c'est dans le meilleur des cas, en supposant qu'il soit en bonne santé. Comment peux-tu être aussi catégorique ? Ce n'est pas du tout ce que je lis sur les forums, proteste-t-elle d'une voix rauque, les gens racontent de très belles histoires sur leurs enfants, bien sûr qu'ils se heurtent à des difficultés, mais ils les surmontent avec amour. Naomie mord à pleines dents dans le sandwich qu'on vient de lui apporter, évidemment, que veux-tu qu'ils disent, qu'ils se sont fait avoir, qu'on les a trompés ? Bien sûr qu'ils aiment les enfants qu'ils ont adoptés, ils essaient de voir le côté positif des choses, mais n'oublie pas que ces gens-là n'ont pas eu d'enfants, ils ne peuvent pas comparer, et surtout ils sont beaucoup plus en manque que toi. Pas si sûr, réplique Dina qui approche de sa bouche une moitié de sandwich mais, dégoûtée par l'odeur de l'œuf, le repose dans son assiette et prend une gorgée d'eau, tu te trompes, il y a aussi des gens qui ont un enfant biologique et sont pourtant très attachés à celui qu'ils ont adopté, peut-être même davantage parce que ces petits-là te touchent davantage, mais son amie continue à lui asséner ses avertissements tout en mâchant rapidement, tu rêves, ma chérie, réveille-toi, tu n'as aucune idée de ce qu'est un môme à problèmes, Nitzane a toujours été un ange et regarde comme tu réagis mal pour une fois qu'elle se comporte en adolescente normale. On peut te refiler un psychotique, un vrai détraqué mental qui va vous détruire tous les trois, impossible de savoir ce que tu prends, tu n'es pas à l'abri de très mauvaises surprises.

Et avec un enfant biologique, on n'a pas de mauvaises surprises ? Comme si tu savais tout de tes propres enfants ! Si tu m'avais dit il y a un an que Nitzane changerait à ce point, je t'aurais envoyée paître, à propos, en profite Naomie pour demander, qu'en pense-t-elle ? Comment réagit-elle à ton coup de folie ? Elle le prend très mal, soupire Dina, ne fait preuve d'aucune solidarité et menace de quitter la maison si ça aboutit.

Naomie lâche un grognement triomphal, tu vois ! Même plus la peine de discuter, si chez toi personne ne te soutient, s'ils s'y opposent tous les deux, tu dois renoncer et, s'il te plaît, sans leur en vouloir, parce qu'ils t'évitent une terrible erreur. Ça te passera, tu verras, c'est juste un moment d'égarement, la crise de la ménopause, tout rentrera dans l'ordre, regarde comme ta vie est belle, tu as une famille, du travail, tu es en bonne santé, il faut que tu apprennes à apprécier ce que tu as, à en retirer de la satisfaction, et si vraiment tu es en manque, tu n'as qu'à faire du bénévolat une fois par semaine dans une école maternelle et en finir avec cette lubie, ouf, j'ai trop mangé et toi, tu n'as rien avalé, comme d'habitude, se lamente-t-elle en secouant les miettes collées à ses mains, c'est terminé, je ne vais plus au café avec toi, allez, ma belle, laisse tomber, tu n'as pas le choix, ça te passera et tu remercieras le bon Dieu de t'avoir sauvée.

Comment le sais-tu ? marmonne Dina tandis que Naomie tire de son porte-monnaie un billet froissé, laisse, c'est moi qui t'invite, en plus, j'ai mangé ton sandwich, je le sais parce que ça crève les yeux ! lui répond-elle au moment où elles sortent, l'adoption, c'est un pari à hauts risques, qui ne peut s'envisager qu'avec énormément de soutien et de détermination, quand on n'a vraiment pas le choix. Toi, c'est le contraire, tu as le choix et aucun soutien, quant à ta fille, elle n'est pas en train de t'abandonner, elle essaie simplement de se construire une identité, elle te reviendra, que vous vous soyez un peu éloignées ces derniers temps, ce n'est pas une raison pour devenir folle et aller chercher un enfant à l'autre bout du monde. En plus, n'oublie pas quel âge tu as.

Explique-moi pourquoi accoucher comme toi à quarante-quatre ans et pour la quatrième fois, ce n'est pas de la folie, mais adopter à quarante-cinq ans, ça, oui ? Explique-moi en quoi c'est différent, la supplie-t-elle presque et son amie lui lance un regard désolé, ouvre la portière de sa voiture et déclare, comment peux-tu ne pas le voir, Dina ? Sincèrement, tu m'inquiètes, comment ne saisis-tu pas qu'adopter, c'est jouer à la roulette russe ? Et puis, le fait qu'Amos refuse, quoi, ce n'est pas rédhibitoire pour toi ? Parce que ton Alex a sauté de joie quand tu lui as annoncé que tu voulais un quatrième enfant ? Je me souviens très bien de vos disputes, la coupe-t-elle mais Naomie réplique sèchement, c'est vrai, il m'a fallu plusieurs mois pour le convaincre, mais ce n'est pas la même chose. Comment peux-tu attendre qu'Amos, qui ne veut pas d'autre enfant et n'en a jamais voulu, élève avec toi un gosse qui ne sera même pas de lui mais lui compliquera terriblement la vie ? Il n'aura pas à l'élever avec moi, je n'ai besoin que de sa signature, je l'élèverai toute seule, j'en ai assez de vos mises en garde à la noix, comme si tous les enfants biologiques étaient sains de corps et d'esprit ! Écoute, s'énerve Naomie, on ne peut pas parler avec toi, tu es à côté de la plaque et tu ne réfléchis plus rationnellement, tu devrais aller consulter un psy ou, mieux, un gynéco, ça ira plus vite, il va te prescrire des hormones et le problème sera réglé. Je ne peux pas croire que c'est toi qui parles comme ça, réplique Dina en s'appuyant contre la portière de la voiture et malgré elle sa voix se brise quand elle continue, regarde à quel point tu as intériorisé les codes masculins, si une femme aspire à quelque chose qui dérange ces messieurs, ça ne peut venir que d'un dysfonctionnement hormonal ? Tu devrais avoir honte !

Naomie s'installe au volant et tourne vers elle son visage empâté, désolée, mais c'est parfois le cas, les hormones peuvent nous jouer de sales tours et il faut se soigner, à mon avis, c'est ce qui t'arrive en ce moment, tu abordes une nouvelle étape de ta vie et tu dois y faire face, avancer au lieu de reculer. Je suis désolée d'être aussi brutale mais c'est le rôle d'une vraie amie de te dire les choses sans détours, de ne pas te mentir ou soutenir aveuglément tout ce qui te passe par la tête, allez, je bouge, Rohi va m'attendre à la maternelle, on en reparle, elle tourne la clé de contact et démarre, sa voiture est aussi trapue et ronde qu'elle, ce qui ne l'empêche pas de se mouvoir avec légèreté, Dina la suit d'un regard plein de haine, s'agrippe au tronc sec d'un cyprès qui lui semble osciller dangereusement, mais non, c'est elle, elle qui n'a de nouveau rien mangé de la journée et n'a même pas reçu de sa meilleure amie une miette de chaleur ou de compréhension, peut-être Naomie avait-elle raison, peut-être la remercierait-elle un jour, mais pas aujourd'hui, aujourd'hui elle se sent trahie et abandonnée, jamais plus elle ne lui reparlerait, à cette unique amie, la seule qui lui soit restée au fil des années, après la perte d'Orna, et à l'évocation de ce nom elle a les dents qui claquent comme si la température avait subitement chuté, sûr qu'Orna l'aurait soutenue, elle était téméraire et originale, rien à voir avec cette grosse vache rétrograde et conformiste de Naomie, mais où était-elle maintenant, avait-elle vraiment été capable de se jeter dans le vide, peu importe, car même si elle vivait, elle était morte pour Dina, jamais elle ne lui pardonnerait, elle était comme ça, téméraire et originale mais aussi rancunière et revancharde, d'ailleurs comment pardonnerait-elle à celle qui avait trompé sa confiance et détruit sa vie. Dina traverse la rue, plongée dans ses pensées, une voiture pile dans un crissement de freins, si près qu'elle sent la chaleur du moteur sur sa peau telle une haleine bestiale, le conducteur l'insulte aussitôt, faites attention, imbécile ! Si vous voulez vous suicider, pas sous mes roues ! Elle lui lance un regard perplexe, d'où la connaît-il, quoi, lui aussi pense que c'est de la folie d'adopter un enfant, mais alors elle se rend compte qu'elle a traversé au vert, pourtant elle continue à avancer, une grosse moto lui passe sous le nez en hurlant et lorsque, enfin, elle arrive sur l'autre trottoir, ne lui reste qu'à s'étonner de l'effritement de sa force vitale, avec quelle rapidité se détériorent les instincts les plus fondamentaux, en un clin d'œil tous ces gestes accomplis machinalement pendant des années, sans volonté particulière ni réflexion préalable, semblent avoir perdu leur évidence, veiller sur le nectar de nos vies, sur la mèche qui ne doit pas s'éteindre, y a-t-il, se demande-t-elle soudain, une justification à l'effort quotidien nécessaire pour traverser la rue en sécurité, regarder à droite et à gauche, s'assurer que la voie est libre, au nom de quoi, d'ailleurs ? Elle, par exemple, Dina Horowitch-Yarden, professeur d'histoire médiévale dans un institut d'études supérieures, bientôt quarante-six ans, mariée et mère d'une fille, n'aurait rien contre le fait qu'en ce matin brûlant où elle claque des dents un monstre à deux ou quatre roues l'aide à régler le conflit apparemment insoluble entre la voix du cœur et la voix de la raison, entre sa voix et celles de son mari, de sa fille et de son amie, oui, elle s'imagine marcher à travers la ville les yeux fermés, sans canne ni chien guide, rien qu'elle et une envie de vivre de plus en plus fragile, pourquoi ne pas s'en remettre au destin, son doigt serait-il plus froid que celui de ses proches, dont pas un ne lui a tendu la main ?

Épuisée, elle s'affale sur un banc au bout du trottoir, se frotte le visage, elle a besoin d'aide, elle a besoin d'aide mais personne à qui en demander, comment se retrouve-t-elle soudain sans pouvoir solliciter qui que ce soit, le goût de vivre est-il parti si loin que seul un enfant pourrait le lui ramener ? Un enfant, quelle drôle d'idée ? Depuis quand un enfant servirait-il à cela ? D'autant que jamais elle n'a sombré dans cette ridicule bébémania des mamans bécasses qui s'extasient devant tous les bambins du monde. Au contraire, ces femmes-là l'avaient toujours dégoûtée et elle les considérait avec un indéniable mépris, alors que lui arrivait-il, maintenant, à mi-vie ?

Naomie a raison, Amos et Nitzane ont raison, pourquoi n'est-elle pas contente de ce qu'elle a, cette amertume qui l'envahit est aussi répugnante que les orties sur un carré de pelouse docile, quoi d'étonnant à ce que personne ne la soutienne, que n'importe quel véhicule roulant sur le bitume essaie de la blesser, elle va se lever, regagner sa voiture et rentrer chez elle, s'attaquer à la rédaction de sa thèse, s'occuper de sa petite famille et ne pas perturber le cours naturel de la vie, oui, c'est ce qu'elle va faire mais au moment de se lever, elle est prise d'un tel vertige qu'elle retombe sur le banc, ses mains tremblent et elle secoue la tête, tout cela dépasse l'entendement, bafoue la logique la plus élémentaire, car si elle a effectivement un toit, pourquoi est-elle allongée sur ce banc en plein après-midi comme une SDF, si elle a effectivement une famille, pourquoi ne peut-elle appeler personne à la rescousse, demander qu'on lui apporte à manger et à boire, elle fouille dans son sac à la recherche de son portable, elle va téléphoner à Amos, récemment il a photographié une série de sans-abri, viens donc me photographier moi aussi, lui dira-t-elle, mais rien qu'à la pensée des chiffres qui, mis ensemble, formeront le numéro de son mari, tous impairs comme par un fait exprès, elle a un sursaut révulsé, sept, un, trois, cinq et neuf, elle n'a pas la force d'affronter son regard froid et réprobateur, elle a besoin de compassion, chaude et débordante, comme le lait qui bouillait dans la casserole au milieu de la nuit.

C'est vrai qu'elle retournait se coucher apaisée après les conversations nocturnes avec son frère, presque heureuse, tellement d'années ont passé depuis, ils sont de plus en plus indifférents l'un à l'autre, et pourtant cet unique souvenir est si tangible qu'elle passe en revue la liste de ses contacts, Avner

Horowitch, étrangement, elle avait pris la peine d'écrire aussi son nom de famille, une manière de souligner la distance entre eux, une distance derrière laquelle ils se sont retranchés, qu'ils ont même cultivée comme quelque trésor précieux, Avner, viens vite, j'ai besoin de toi.

Que se passe-t-il, je suis en plein boulot, il est arrivé quelque chose à maman ? Non, non, maman va bien, dit-elle, son existence n'a-t-elle de justification aux yeux de son frère qu'en fonction des nouvelles qu'elle lui rapporte de leur mère, elle regrette de l'avoir appelé, ne veut pas qu'il vienne par obligation mais par envie, par amour, seulement voilà, comment cet amour surgirait-il du néant, elle fait aussitôt machine arrière, peu importe, Avner, laisse tomber, je vais me débrouiller, mais il se ressaisit, où es-tu ?

Elle est étonnée de le voir arriver en taxi et si vite, elle s'apprêtait à l'attendre pendant des heures et s'était allongée, jambes croisées sur le banc, sous le soleil qui la protège de sa couverture dorée, depuis longtemps elle ne s'est pas sentie aussi détendue, un bébé allongé dans son parc observant les branches de l'eucalyptus penchées sur lui, et sans s'en rendre compte elle a posé une main sur ses yeux et s'est amusée à serrer et à écarter les doigts dans un geste terriblement familier parce qu'il lui vient de sa mère, que de fois Hemda lui avait décrit les baies rouges du poivrier, souvenirs révoltants car évoqués dans le seul but de susciter sa pitié, mais voilà qu'à présent Dina est touchée par cette petite fille trop grande qui n'ose pas marcher et reste des jours entiers prisonnière dans son parc à recadrer des doigts, exactement comme elle, ce que voient ses yeux. Tout autour la vie continue, le trafic s'écoule lourdement dans sa pollution habituelle, les gens passent, genoux articulés d'avant en arrière, laissant tomber dans ses oreilles des bribes de conversation sans la remarquer, d'ailleurs elle n'est aucunement dérangée par cette indifférence urbaine, elle attend son frère, attente d'autant plus agréable qu'elle est sans exigence. C'est ainsi qu'elle avait attendu sa naissance, il était pour elle, vivrait à ses côtés, transformerait le mal en bien, et lorsque du taxi qui s'arrête à sa hauteur sort un homme en costume noir fripé, son unique frère, dont elle est l'unique sœur, elle est ravie, oui, ravie de l'accueillir sur son banc, bien plus qu'elle ne l'a jamais été de l'accueillir chez elle, elle replie les jambes et lui fait de la place, merci d'être venu.

Qu'est-ce qui t'arrive, tu ne te sens pas bien ? demande-t-il avant de se justifier inutilement, on m'a volé ma voiture, je l'avais laissée dans le parking de l'université et elle a disparu, Dina le dévisage, étonnée, il a l'air différent aujourd'hui, son visage s'est desséché et ses traits ont changé, une crispation torturée a remplacé l'arrogance qu'il affichait, du moins face à elle et quand il s'assied à ses côtés, elle le sent distrait, ses lèvres frissonnent, en fait il a l'air tellement bouleversé qu'elle se dit que ce banc, sous l'eucalyptus, est un radeau au milieu d'un lac, un radeau qui oscille à la merci des vagues, plus il tangue, plus il apparaît comme leur seul espoir, ils sont les rescapés d'un bateau ivre, un frère et une sœur qui ont urgemment besoin d'une intervention céleste car leur père est mort et leur mère agonise, rampant vers sa fin tel un vieux crocodile des marais, et eux, les enfants, ne peuvent, en toute impuissance, que les observer de loin dans leurs cimetières respectifs.

Je t'ai apporté de l'eau, elle se plaque contre le front la bouteille fraîche qu'il a sortie de sa sacoche puis se la passe lentement sur les joues et, quand finalement elle en prend une gorgée, elle a l'impression de n'avoir jamais rien bu de meilleur, prends-en toi aussi, l'engage-t-elle en lui tendant la bouteille, il met la tête en arrière avec le même mouvement que lorsque, bébé, il prenait son biberon dans le landau, ses magnifiques yeux bleus braqués sur le ciel avec une telle intensité que tous ceux qui le voyaient levaient automatiquement les yeux, curieux de voir ce qu'il avait découvert là-haut, maintenant aussi elle lève les yeux vers la cime qui se consume dans le feu de l'après-midi, le blanc du ciel au-dessus ondule telles des volutes de fumée, mais Avner ramène son regard sur elle, alors que se passe-t-il, Dinette ? Quel est le problème ? Je t'ai appelée il y a quelques jours, tu n'as pas répondu. J'ai soudain été prise de malaise, commence-t-elle en hésitant, j'ai cru que j'allais m'évanouir, je n'arrivais pas à me lever de ce banc, c'est que tu as terriblement maigri, l'interrompt-il après l'avoir dévisagée, tu manges ? Tu as mangé quelque chose aujourd'hui ? Non, avoue-t-elle, je n'ai pas d'appétit, alors il ouvre à nouveau sa sacoche et en tire un sandwich appétissant, deux tranches de pain aux noix d'où dépassent une rondelle de tomate et une feuille de salade, tiens, mange quelque chose, elle le prend et le palpe avec étonnement, c'est drôlement sophistiqué, tu te prépares ça tous les matins ? Non, pas moi, dit-il un peu moqueur et elle tente une nouvelle fois, c'est Salomé qui l'a préparé ? Non, ce n'est pas du tout son genre. Elle enlève le film transparent, examine l'intérieur avec curiosité et au moment où elle mord dans le pain frais et le tendre fromage de chèvre, un élan de fringale la saisit, si bien que les doigts mystérieux qui ont tranché le pain, coupé le fromage et les crudités pour son frère, la consolent du même coup elle aussi.

Tu veux un café ? Je vois un bar au bout de la rue, mais elle refuse, j'y étais tout à l'heure, je préfère qu'on reste ici. J'ai presque tout mangé, s'excuse-t-elle en lui rendant ce qui reste, il mord dedans en silence, inspecte chaque fois le pain qui rétrécit et lorsqu'il se retrouve les mains vides il tire de sa poche un mouchoir en papier et se nettoie la bouche, c'est à elle de le dévisager, ses joues en général lisses sont couvertes de poils noirs qui soulignent ses yeux aux iris incroyablement limpides dans la lumière aveuglante de ce début d'après-midi, Avner, tu te souviens qu'on se retrouvait la nuit dans la cuisine ? De quoi parlions-nous ? Je sais qu'on parlait, mais de quoi ?

De notre incapacité à dormir, me semble-t-il, tu vivais ça très mal. Moi ? Moi plus que toi ? s'étonne-t-elle et il répond, bien sûr, tu disais tout le temps que mourir était préférable, qu'une fois morte tu pourrais enfin dormir, je me souviens que tu me faisais drôlement peur, j'étais un gamin et je ne savais pas comment t'aider.

Tu en as parlé aux parents ?

Non, j'ai beaucoup hésité et finalement j'ai décidé que c'était à toi de choisir si tu voulais leur aide, si tu voulais vivre. À l'époque, j'étais bardé de certitudes, si seulement je pouvais les avoir gardées aujourd'hui, ricane-t-il et elle soupire, alors moi apparemment, j'ai moins changé que toi, parce que aujourd'hui aussi j'ai voulu mourir, enfin presque, se rétracte-t-elle aussitôt, ces derniers temps, j'ai la sensation d'être morte, comme si ma vie était déjà terminée, c'est horrible mais je n'arrive pas à m'en débarrasser.

Depuis quand ? J'imagine qu'il y a eu un élément déclencheur, non ? Peut-être est-ce l'âge ou les hormones, soupire-t-elle à nouveau, je ne comprends pas bien moi-même, mais je me sens soudain complètement abandonnée, tout ce que je croyais avoir construit s'est évaporé, devant le manque de réaction de son frère qui se contente de confirmer ses propos par un sinistre hochement de tête, elle continue, j'ai une idée que tout le monde réprouve, on me traite de folle, mais il y a une chose à laquelle j'aimerais consacrer le reste de ma vie, sauf que, apparemment, ça ne se fera pas.

De quoi s'agit-il ? Elle hésite, non, laisse tomber, toi aussi tu vas trouver que c'est n'importe quoi, je sais que je dois tirer un trait dessus et me réjouir de ce que j'ai, mais je n'y arrive pas, il a un bref éclat de rire et elle lui demande, qu'y a-t-il de drôle ? Depuis quand, dans la famille, ressentons-nous ce que les gens sont censés ressentir ? lui lance-t-il, elle sourit de soulagement, je n'y ai jamais pensé, sans doute parce que je ne me vois pas comme faisant partie d'une famille, on était toujours si désunis.

Bon, à quoi aspires-tu donc tant ? À passer un an en Inde ? À prendre un jeune amant ? Avner, si seulement c'était ça, si ces solutions-là me convenaient, crois bien que ç'aurait été très simple mais non, mon désir est beaucoup plus fondamental, elle s'attarde un instant puis se lance, beaucoup plus compliqué aussi, je veux adopter un enfant, ça te paraît certainement de la folie, les hommes ne peuvent pas comprendre, la vérité c'est que les femmes non plus, les mots se précipitent dans sa bouche, les filles non plus d'ailleurs, c'est-à-dire les adolescentes, c'est-à-dire Nitzane, et quand sa voix se brise et que sa tête tombe involontairement sur l'épaule de son frère, il lui passe un bras autour de la taille, Dinette, je ne comprends pas pourquoi tu t'excuses à ce point, je trouve que c'est un acte magnifique, y a-t-il quelque chose de plus beau? Détrompe-toi, ce n'est pas pour la beauté du geste que je veux le faire, précise-t-elle les yeux humides, je ne pense qu'à moi, tu comprends, ça répond à un besoin profond en moi, je n'ai rien d'une bonne âme, pourquoi devrais-tu être une bonne âme? la coupe-t-il, et qu'est-ce que ça change, tes motivations? Sais-tu quelles obscures motivations poussent les gens à faire des enfants? Tu es en manque d'enfant et tu veux aller en chercher un qui est en manque de mère, quoi de plus logique?

Avni, réfléchis, ce n'est qu'un fantasme, un rêve pétri de bons sentiments, il s'agit d'enfants difficiles, à problèmes, s'exclame-t-elle, se délestant sur lui de tous les mots qu'elle a entendus ces derniers temps, et alors? plaisante-t-il, les enfants difficiles n'ont pas besoin de mère? Évidemment que tu te heurteras à toutes sortes d'obstacles, mais tu les surmonteras et tu auras sauvé un gosse par la même occasion. Elle laisse ses larmes couler sur l'épaule de son frère, apparemment c'est moi que j'essaie de sauver, tout le monde me dit que je dois me soigner d'une autre manière, prendre des hormones, aller voir un psy ou simplement me satisfaire de ce que j'ai, mais je n'y arrive pas.

Pourquoi y arriverais-tu? Comment peut-on réprimer un désir si fondamental, moi, ce qui m'effraie, c'est le prix que tu auras à payer si tu y renonces, dit-il en lui tendant son kleenex usagé, non, je dois y renoncer, je n'ai pas le choix, Amos ne veut pas en entendre parler et je ne pourrai pas adopter toute seule, eh bien dans ce cas, je vais t'aider, je partirai avec toi où il faudra, déclare Avner mais elle secoue la tête, tu n'imagines pas à quel point c'est compliqué, je ne peux pas détruire la famille que j'ai construite à cause de cette idée fixe, je suis obligée de me calmer et de me trouver un autre centre d'intérêt, je vais commencer une thérapie, m'inscrire à un cours de yoga, me porter volontaire dans une association et me sentir utile.

Oh, Dinette, tu as drôlement de la chance de ne pas faire le même métier que moi, jamais tu n'aurais gagné de procès, la titille-t-il, tu te culpabilises en permanence, et si tu te taisais un instant pour me laisser plaider ta cause ?

Reconnaissante, les yeux brillants, assise sur ce banc que recouvrent des branches chauffées à blanc, elle ferme alors la bouche et ouvre les oreilles, boit le beau discours de son frère bien qu'elle ait l'impression qu'il ne lui parle pas d'elle mais d'une autre femme, une femme pleine de courage et de générosité qu'elle aurait été ravie de rencontrer, une femme qui avait été rejetée par sa mère et aspirait, pour le reste de sa vie, à ouvrir sa maison et son cœur à un petit enfant, lui aussi rejeté par sa mère.

De nouveau, elle est en retard, de nouveau elle devra affronter leurs regards réprobateurs et leurs questions faussement naïves, que s'est-il passé, Hemda, systématiquement en retard pour son cours, que ce soit en tant qu'élève ou qu'enseignante, elle arrivait aussi en retard à l'étable et au poulailler, elle rêvassait en traversant les pelouses, marchait lentement, bafouait involontairement leur valeur sacrée, la valeur travail, devant laquelle tout le kibboutz se prosternait à l'époque. C'était à qui se présentait le premier au travail, à qui n'avait jamais manqué un jour de travail, à qui pouvait s'enorgueillir d'avoir les mains les plus travailleuses, capables de remplir plus rapidement les paniers d'olives dures et amères, de traire le plus de vaches, de pêcher le plus de poissons, de sarcler les mauvaises herbes avec une dextérité de harpiste, et elle, elle justement, la fille de son pionnier de père, était toujours en retard, toujours la dernière et, de surcroît, revenait avec des paniers vides.

Son père était leur conscience, leur conscience et leur boussole à tous et elle s'était trouvée reléguée dans les marges lointaines, ourlées d'épines, de cette réalité-là. Chacun donne selon ses moyens et reçoit selon ses besoins, lui serinait-il, nous n'aspirons pas à l'égalité car l'égalité est une calamité, mais comment connaître ses moyens et reconnaître ses besoins ? Ne pas se ménager, donner toujours plus, serrer les dents car on peut toujours plus, et que méritait-on ? Rien, à vrai dire. Son père se satisfaisait de très peu, pendant ses rares heures de liberté, il apprenait l'anglais tout seul, remplissait des cahiers avec de petits caractères tracés de sa belle écriture, lisait de la philosophie ainsi que Tolstoï ou Brenner et elle ne pouvait que se sentir écrasée face à lui, face à tous les habitants de cette cocotte-minute transparente, cernée de dizaines d'yeux inquisiteurs, que dit-on de toi, qu'a-t-on dit de toi hier, qu'en dira-t-on demain.

Pour les cérémonies et les deuils cette promiscuité avait peut-être du bon, car elle pouvait se transformer en entité caressante et encourageante, mais pour le quotidien, c'était insupportable. Que n'a-t-on pas déblatéré sur son compte, on l'a traitée de paresseuse, d'enfant gâtée, on l'a accusée de rêver au lieu de travailler, de profiter de ceux qui s'échinaient à côté d'elle, comment un tel père avait pu engendrer une telle fille ? Mais pourquoi donc vous étonner ainsi, avez-vous oublié qu'elle a aussi une mère ? Quoiqu'on ne puisse pas vous reprocher de l'avoir oubliée, sa mère, puisque la pauvre gamine elle-même l'a oubliée, et inversement. D'ailleurs, vous l'avez vue ? À peine rentrée, déjà repartie, pour un an, soi-disant dans le but de collecter des fonds en Amérique pendant que nous, ici, on a les mains pleines de cloques. La petite Hemda n'est simplement que le fruit avarié de cette précieuse en tailleurs chics, cette snob qui part en début de semaine travailler au siège du mouvement et ne revient que le jeudi dans le meilleur des cas, c'est-à-dire quand elle est en Israël. Pas de chance pour la fille, pas de chance pour le mari, d'ailleurs pourquoi est-il si tolérant, comment ne se rebiffe-t-il pas contre cette solitude permanente, veuf avant l'heure. Mais elle, Hemda, elle était si fière de sa mère ! Vibrante d'admiration, elle écoutait ses histoires qui ne parlaient que de coopératives agricoles fondées en Pologne des années auparavant, soulignaient l'importance de préparer les jeunes Juifs pour le travail physique et les métiers manuels afin qu'une fois arrivés en Eretz-Israël ils puissent tout de suite intégrer les kibboutz, oui, sa mère lui expliquait combien il était vital de rencontrer des Juifs américains et de collecter des fonds pour soutenir l'implantation dans le pays, c'était grâce à cela que l'on pouvait se construire et se défendre, ne t'inquiète pas,

Hemda, ça passera vite, je reviens dans moins d'un an, écris-moi de longues lettres, toi qui écris si bien, et la petite, épuisée, lui disait au revoir, voilà, aucun doute, elle aussi donnait selon ses moyens puisqu'elle donnait sa mère, non, la vérité, c'était qu'elle donnait bien au-delà de ses moyens.

Adulte, elle avait continué à être en retard, d'une ou deux secondes qui suffisaient à décaler la journée, comment expliquer qu'un professeur n'arrive jamais à l'heure ? De toute façon, les enseignants étaient mal vus au kibboutz, puisqu'ils ne fournissaient aucun travail physique, sauf bien sûr quand ils étaient à l'armée ou servaient à leur tour au réfectoire, mais on les regardait de travers, et elle plus que les autres, à cause de ses retards et aussi parce qu'elle n'imposait pas de devoirs, ne faisait pas d'interrogations écrites et ne donnait pas de notes. Même ses propres élèves, pourtant les premiers à profiter de son système, la trahissaient, la dénonçaient à leurs parents, mais que faire, elle détestait la compétition, la contrainte et la discipline et voulait qu'on s'instruise par appétit, non par obligation. Elle qui souffrait des plaies encore vives de l'autorité, comment aurait-elle pu en user sur autrui, d'ailleurs, devenir enseignante lui avait quasiment été imposé, quel choix avait-elle eu, juste après la guerre ? Être vachère, fermière, cuisinière, infirmière ? Évidemment que l'enseignement était préférable, sauf qu'elle voulait enseigner la littérature ou la Bible et qu'on l'avait forcée à se tourner vers l'agriculture, puis plus tard vers les sciences naturelles, pour les classes du premier cycle, ce qu'elle ne leur avait jamais pardonné. Pourquoi l'avoir obligée à démystifier ce qui lui était le plus cher et le plus proche, exiger d'elle de communiquer les lois de la nature au risque de transformer ce qui l'émerveillait en tâche, pour elle et pour ses élèves, un fardeau révoltant devenu bien vite sa routine quotidienne. Qu'elle était décevante, la vie d'adulte, son père ressentait-il cela, sa mère ressentait-elle cela ? Apparemment non, préoccupés qu'ils étaient par des questions totalement différentes. Eux avaient cherché à façonner un être humain nouveau au lieu de s'interroger sur l'avenir de leur fille.

Si bien qu'elle, à cette époque, s'était fait une raison, telle serait sa vie d'adulte, une vie qui rétrécissait autant que la surface du lac cerné par les monstres d'acier, ça creusait entre le canal de l'Ouest et le canal de l'Est, une vie qui s'embourbait tandis que le niveau de l'eau baissait. Le lac condamné à mort avait agonisé sous ses yeux pendant des années mais, contrairement à elle, il n'avait pas renoncé facilement, avait chaque fois dressé de nouveaux obstacles devant les ingénieurs et leurs machines ultramodernes arrivées tout droit d'Amérique. Il les avait d'ailleurs obligés à se réfugier à plusieurs reprises dans le centre du pays, les travaux de terrassement ayant dû être stoppés car il refusait de s'assécher, bouchait les voies d'écoulement et rendait impossible le traçage du premier sillon, et même au dernier stade, le pire de tous, lorsqu'on avait ouvert les vannes du barrage devant une foule de personnalités et de curieux venus dans la région contempler cette mise à mort miraculeuse, il avait tenu bon et, en dépit des bâtisseurs qui avaient promis une vidange en quelques heures, ces beaux messieurs étaient rentrés bredouilles, oui, lui, son lac, avait résisté pendant de longues semaines encore, jusqu'à l'hiver suivant qui l'avait de nouveau rempli. Cependant, les anges exterminateurs revenaient, chaque fois qu'elle croyait qu'il avait réussi à s'en débarrasser, ils revenaient, les mains pleines de nouvelles solutions, et finalement elle avait compris qu'elle n'assistait qu'à des soubresauts d'agonie. Jamais ils ne renonceraient, déterminés non seulement à sacrifier le lac mais encore à qualifier cela d'acte fondateur, exactement comme ils s'étaient entêtés à qualifier de stérilité son obstination à ne pas tomber enceinte puis de bénédiction sa grossesse arrivée tardivement, car ce n'est que lorsque le lac s'était résigné qu'elle aussi avait baissé les bras.

C'était quoi tout ça, soupire-t-elle, et au nom de quoi, au nom de quoi ai-je droit à une vie si longue, plus longue que celle de mon lac, de mes parents, de mon mari ? Elle arrive en retard même pour le travail de la mort, vole encore un instant de désœuvrement et de rêve éveillé tandis qu'ils sont tous déjà là-bas, dociles masses laborieuses en tenue de travail, ils labourent les champs du néant, gaulent les olives vides, traient les cadavres de vaches et en tirent un lait noir, ramassent des œufs de charbon pondus par des poules inertes, sortent dans le crépuscule pêcher des carcasses de poissons, pourquoi se donner tant de mal puisque les morts n'ont pas besoin de nourriture.

Pourquoi se donner tant de mal, c'est exactement ce qu'elle ressentait à l'époque, rien ne valait la peine, et surtout pas de manger, les olives et les fruits restaient sans saveur car cueillis sans amour, elle n'était entourée que de haine et de mépris. Tous la regardaient de haut, adultes comme enfants, terriblement insolents tant ils restaient persuadés que leur mode de vie était le plus noble, chacun donne selon ses moyens et reçoit selon ses besoins, alors pourquoi s'épiaient-ils en permanence, pourquoi cherchaient-ils à voir qui profitait de qui. Elle avait l'impression qu'on la surveillait jusque dans son sommeil, que son lit était cerné de juges qui rendaient un verdict à chaque heure plus sévère, et voilà que maintenant aussi elle se réveille en sursaut, terrorisée, elle est de nouveau en retard, lance autour d'elle un regard contrit dans l'espoir que personne ne s'en est aperçu, ne devait-elle pas, comme le lui répétait inlassablement son père, donner l'exemple ?

Il basait tout son credo là-dessus, l'exemple personnel érigé en doctrine sacrée, l'amélioration individuelle de chacun qui engendrerait un monde meilleur, elle au contraire y avait très tôt renoncé, oui, dès qu'elle s'était mise à penser par elle-même tout s'était écroulé, ou plutôt bien avant, le jour où elle avait refusé de se tenir debout, et elle remue dans son lit inconfortable, trop tard à présent pour essayer de donner un sens à une vie déjà vécue, qu'était-ce que ce fatras-là, des dysfonctionnements dans le temps et l'espace, des frustrations empilées les unes sur les autres, des réseaux sans raison d'où s'extirpe à présent la bambine qui avait tardé à marcher, la fillette obligée de surmonter des épreuves avec un héroïsme ostentatoire, la jeune femme qui s'était froidement privée d'amour conjugal, la mère immature et enfin la veuve qui, aussitôt après la mort de son mari, avait renoncé elle aussi à la vie, du moins à ce qui lui restait, ne demandant que très peu de choses, qu'on la laisse tranquille ou, à défaut, qu'on l'aime sans réserve, elle avait juste suivi anxieusement l'évolution de ses enfants, son fils et sa fille qui grandissaient et faisaient des choix d'avenir avec son propre échec comme obscur horizon.

Muette, elle les observe, passe d'une compassion douloureuse à un détachement plus douloureux encore, lorsqu'elle examine l'homme balourd et vaincu, la femme hérissée de piquants qu'ils sont devenus, elle n'arrive pas à reconnaître en eux les enfants qu'ils étaient, elle ne reconnaît qu'elle-même, comme si rien en elle n'avait changé depuis sa naissance, et à nouveau elle s'interroge sur cette incompatibilité quasi biblique qui lui colle à la peau, elle ne convenait ni au kibboutz, ni à ses parents, ni à son mari, ni à ses enfants, pourquoi faisait-elle les frais d'une tentative si vaine et si longue de surcroît. Y avait-il un but caché, lui donnerait-on encore une chance, ultime, de se conformer à la réalité, d'être au bon endroit et au bon moment, mais lorsqu'elle songe à l'instant où on la ramènerait à ses parents qui l'attendent là-bas prêts à lui offrir une nouvelle enfance, elle comprend soudain avec un incommensurable chagrin qu'elle allait bientôt se séparer de ses propres enfants. Elle ne les verrait pas pendant de longues années, ne saurait rien d'eux, ne pourrait pas les aider, dire qu'elle ne leur laissait rien à part eux deux et un cahier vide ! Tu es réveillée, mamie ? entend-elle, voilà bien longtemps que cette petite voix n'a pas frappé ses tympans, surtout ne pas arriver en retard cette fois, elle doit être là, au bon endroit et au bon moment, elle palpe ses gencives pour s'assurer que ses dents sont en place, c'est toi, ma Nitzane, oui, je suis réveillée.

Comment tu te sens ? demande l'adolescente et Hemda, sans encore ouvrir les yeux, tend le bras vers le souffle chaud, à force de passer la majeure partie de la journée paupières closes tels des volets qui n'ont plus besoin d'être levés, elle a l'impression que son cerveau n'est plus capable de ce simple geste. Ses doigts caressent la douce chevelure opulente qui lui rappelle celle de sa propre mère séchant au soleil après le shampoing du shabbat, ses mains se serrent autour de ce nuage parfumé et ses yeux se contractent d'effort. Tu vas bien, mamie ? lui demande sa petite-fille d'un ton un peu effrayé, alors elle s'empresse de la rassurer, oui, ne t'inquiète pas, j'ai déjà moins mal, la lueur orange qui filtre de la fenêtre envoie des rayons de miel sur le crâne et jusqu'aux orteils de cette gamine si mignonne, dommage, elle non plus, elle ne la reverrait pas, ne saurait rien de son avenir, mais que savait-elle de son présent, vu sous cet angle, elle est déjà morte, elle se souvient avec quel enthousiasme elle a accueilli sa naissance, avec quelle joie elle aurait participé à son éducation, sauf que Dina l'en avait écartée, ne lui laissant aucune place dans leur amour exclusif. Une seule fois, elle avait goûté à ce plaisir bien vite retiré, lorsque le couple était parti à Venise et la lui avait confiée, elle avait ensuite espéré qu'en grandissant et en s'émancipant de sa mère, Nitzane se rapprocherait d'elle, mais non, elle avait gardé ses distances comme si elle n'avait pas besoin de sa grand-mère, n'avait-elle effectivement jamais eu besoin de sa grand-mère avant cet instant ?

Voilà, elle arrive à écarter les paupières, ses yeux s'ouvrent et découvrent un visage pâle avec quelques taches de rousseur dont la beauté transparente et retenue s'infiltre lentement jusqu'à son cœur, à qui ressemble-t-elle ? À Alik, oui, les traits de son mari jeune se dessinaient avec de plus en plus de précision sur les traits de l'adolescente, puisse-t-elle ne pas s'endurcir comme lui, garder toute sa délicatesse. Elle a encore l'air d'une gamine, n'a pas beaucoup changé depuis ses six ans et la semaine qu'elles ont passée ensemble, Hemda se souvient que la petite avait voulu dormir avec elle pour pouvoir, tels avaient été ses mots, se cacher dans son cœur. Te cacher de qui ? lui avait-elle demandé. De la séparation. Elles avaient ainsi eu sept nuits paisibles, tout se passait simplement pour la première fois de sa vie, dormir simplement, aimer simplement une gamine qui n'était pas la sienne, et elle dit, je suis contente de te voir, j'ai l'impression que ça fait des années qu'on ne s'est pas vues, tu es venue toute seule, où est ta mère ?

Elle travaille, d'ailleurs je ne lui ai pas dit que je venais. Comment ça se passe au lycée, tu es contente ? demande alors Hemda, obligée de se raccrocher à n'importe quoi car, à vrai dire, elle n'a aucun détail précis sur la vie de sa petite-fille. Elle se souvient de son âge, elle sait qu'elle aime lire et dessiner, ou plutôt prendre des photos, mais rien à part ça, de toute façon Nitzane coupe court à ses tâtonnements, je n'ai pas classe en ce moment, c'est les grandes vacances, et d'une voix sombre elle s'enquiert, dis, mamie, je peux m'installer chez toi ?

Bien sûr, quelle question ! Tes parents partent de nouveau à l'étranger ? Non, c'est juste que je ne veux plus vivre à la maison. La réponse étonne Hemda mais elle est soudain si lasse que ses paupières vont céder et avec elles sa lucidité, aussi fuyante que les poissons dans le lac de sa conscience, elle doit essayer de la garder par tous les moyens, user de tous les stratagèmes qu'elle connaît, il faut dérouler les filets pour les ouvrir, les gerbes de sorgho sont blanches, les saint-pierre frappent l'eau, fuyez, fuyez vite. Voilà que le vent d'est s'est levé, il faut se hâter de rentrer et de tirer les bateaux sur les berges, les vagues s'allongent, ralentissent et bientôt elles se retourneront, éructeront leur écume blanche, ne t'endors pas, ce n'est pas encore ton tour de repos, la sermonne son père et elle se secoue, fixe la silhouette assise à son chevet, ne t'endors pas, mamie, reste avec moi, alors elle se passe la langue sur des lèvres au goût de sang, quoi, que dis-tu ? Nitzane soupire, je dis que maman ne veut plus de moi à la maison, je dérange ses plans, quoi, que dis-tu, que se passe-t-il avec ta mère ? redemande Hemda, submergée par une satisfaction opaque, pour la première fois la petite a vraiment besoin d'elle, pour la première fois elle triomphe de sa fille dans cette compétition aussi ancienne qu'humiliante.

Dis, mamie, si tu avais une vieille paire de chaussures que tu as utilisées pendant de nombreuses années mais dont tu n'as plus besoin, tu en ferais quoi ? Bon, tu sais, ma chérie, que chez nous, au kibboutz, on usait tout jusqu'à la corde, mon père se vantait de n'avoir jamais jeté la moindre paire de chaussures, mais Nitzane l'interrompt à nouveau, aujourd'hui c'est différent, aujourd'hui on les jette, pas vrai ? On les pose à côté d'une poubelle pour que quelqu'un qui en a besoin puisse les prendre, pas vrai ? Et Hemda hoche la tête, tu as sans doute raison, pourquoi cette question, tu as vu des chaussures dans une poubelle et ta mère ne te permet pas de les prendre ? Non, non, pas du tout, lance-t-elle d'une voix éraillée, c'est maman qui me jette comme une vieille paire de chaussures.

Elle te jette, qu'est-ce que tu racontes, ta mère t'adore ! Tu n'es pas au parfum, mamie, proteste Nitzane dans un étrange hennissement, elle ne m'aime plus, sur ces mots, elle arrache un mouchoir en papier de la boîte posée sur la table de chevet, se mouche, pose la tête sur son épaule desséchée et se répand en sanglots hachés.

Arrête de pleurer, chuchote Hemda, elle lui caresse les cheveux désolée d'avoir déjà entendu ces paroles et plus d'une fois ! Pourquoi dans cette famille passait-on son temps assis autour du brasier de l'amour à ne cesser de mesurer la hauteur des flammes, quelle étrange malédiction se transmettait-elle de génération en génération, alors elle répète, bien sûr qu'elle t'aime, d'où te vient une idée aussi ridicule, elle t'aime, tu es sa fille, sa fille unique !

Eh bien justement non, s'écrie Nitzane, elle veut se dégoter un nouvel enfant, tu saisis ? Tout à coup, elle a envie de me remplacer ! Qu'est-ce que ça veut dire, de te remplacer ? demande Hemda qui n'en revient pas, bribes de mots, lambeaux de conversations effilochés, elle recoud d'une main maladroite, qui a dit quoi à qui et quand, les bouches permutent, les langues se délient mais il lui reste encore un ruban transparent de mémoire qu'elle peut dérouler, faites juste qu'il ne lui échappe pas des mains encore une fois, te remplacer, quelle drôle d'idée, je vous ai aimés tous les deux de la même manière ! Bribes de mots, lambeaux de conversations effilochés, sa petite-fille sanglote sur son épaule, tant que j'étais sa gamine toute gentille toute mignonne elle m'aimait, maintenant que j'ai grandi et que je lui appartiens un peu moins, elle a du mal à le supporter alors elle a trouvé la solution, elle me jette et prend un autre enfant à ma place, trop facile, et tu sais quoi, ce n'est pas moi qui lui mettrai des bâtons dans les roues, je vais quitter la maison et la laisser seule avec son nouveau bébé.

Qu'est-ce que tu me racontes là, marmonne Hemda, l'image est totalement limpide dans son cerveau, ne pas la laisser s'effacer avant d'y mettre des mots, l'occasion peut-être ne reviendra pas, allez, un pied devant l'autre, non, ne tombe pas maintenant, alors elle articule péniblement, toi et ta mère, vous n'êtes pas un couple, bien sûr qu'un nouveau mari remplace le précédent, mais un enfant ? Pense à tes cousins par exemple, est-ce que, quand il est né, Yotam a remplacé Tomer ?

Ça n'a rien à voir, mamie, tu ne comprends pas, Nitzane relève la tête, ôte ses lunettes et les pose sur la table de bistro, elle veut adopter, elle veut aller chercher à l'autre bout du monde un enfant totalement étranger et le ramener à la maison, ma chérie, la coupe Hemda, tout enfant est un étranger avant de voir le jour, parfois aussi après, mais un enfant reste un enfant, il n'y a pas de différence fondamentale entre adoption et grossesse.

Si, elle veut me remplacer, la preuve, c'est qu'elle ne voulait pas d'une grossesse, pas d'un autre enfant avant, quand j'étais petite ! Maintenant, tout à coup, elle se réveille, ce qui signifie qu'elle ne m'aime que sous certaines conditions, et si je ne lui donne pas ce dont elle a besoin, elle va chercher ailleurs, tout ça c'est de ma faute, gémit-elle, j'ai été méchante avec elle, elle ne l'a pas supporté et maintenant elle me punit et me repousse comme je l'ai repoussée, je le mérite, elle a raison de ne plus m'aimer, Hemda serre à nouveau dans ses bras sa petite-fille qui frissonne mais n'arrête pas de parler, je ne l'ai pas fait exprès, c'est venu tout seul, je ne comprends pas moi-même, tout à coup les choses ont changé, je sors de plus en plus avec mes copines, et chaque fois que je rentre à la maison je vois maman qui m'attend en tirant la tête, alors je préfère dormir ailleurs, et même quand j'essaie de rester à la maison et de lui raconter des trucs, je ne trouve pas les bons mots, ça m'énerve, je lui en veux et je lui réponds méchamment, après je m'en veux, et comme je m'en veux, je me défoule encore plus sur elle, c'est de ma faute si je grandis ? Il n'y a que les enfants morts qui ne grandissent pas !

Tais-toi, ma chérie, c'est merveilleux que tu grandisses, lui chuchote Hemda à l'oreille, c'est normal que tu t'éloignes de ta mère et c'est bien que tu puisses aussi lui dire des choses désagréables, être en colère contre elle, si seulement j'avais pu, moi, à ton âge, me mettre en colère contre mes parents, mais sa petite-fille se rebiffe, qu'y a-t-il de bien là-dedans, qu'est-ce que ça m'apporte, de me mettre en colère ? Je lui fais du mal et c'est à cause de ça qu'elle va se chercher un petit bébé tout gentil, mais que se passera-t-il quand il grandira ? Qui est-ce qu'elle adoptera ? Hemda passe la main sur le dos fragile, Dina aussi l'accablait de reproches qu'elle venait aussi déverser dans son lit, de la même manière, comme il est aisé de consoler quand on n'est pas la cible, tous les mots qu'elle n'a pas réussi à trouver à l'époque pour sa fille se révèlent à présent dans les tréfonds de sa conscience tels les objets qui s'étaient révélés au fond du lac après son assèchement, un harnais de charrue, un mât de bateau, des filets perdus. Regarde, ma Dina, comme le vide révèle des choses, voudrait-elle dire, regarde comme des histoires purement imaginaires sont gravées dans la mémoire de la réalité, comme l'amour perdu passe de génération en génération, une voix qui n'a pas été entendue devient angélique, à l'instar de la voix de cette femme qui désirait tant être fécondée qu'elle venait tous les jours se plonger dans le lac, alors le lac a fini par lui dire, d'accord, je serai ton fils, je serai ton bébé, il l'a abreuvée de son eau, lui a empli le ventre qui a gonflé et gonflé, à la fin elle a mis au monde l'enfant des eaux. Tu entends, ma chérie, quand j'étais petite, j'avais beaucoup d'histoires à raconter, mais il n'y avait pas suffisamment d'amour dedans, et ce n'est que trop tard que j'ai compris, plus on aime, plus il y a d'amour pour tout le monde, c'est une espèce de miracle, comme le miracle de la fiole d'huile de la fête de Hanouka, quand j'avais l'âge de ta mère, je voulais qu'on me laisse tranquille, ta mère, elle, veut se sentir utile, toi, tu veux les deux à la fois, et tout est possible.

Non, c'est faux, il n'y a plus rien à faire, s'entête Nitzane, si maman renonce, ça sera terrible, mais si elle ne renonce pas, ça sera tout aussi terrible. Comme tu es loin de la vérité, comme tu te trompes, proteste Hemda qui secoue la tête, voit nettement la vérité sur une rive et sa petite-fille sur l'autre, il faudrait qu'elle arrive à les rapprocher avec ses doigts alors elle se cache les yeux de la main, comme à l'époque où, sous les branches du poivrier, elle s'amusait avec ses doigts, c'était si agréable. Elle a tant à lui dire, car à quoi pense-t-elle à longueur de journée sinon à ces choses-là, un père et une mère, une mère et une fille, une mère et un fils, mais le plus simple c'est de le faire sans mots, juste rapprocher les doigts l'un de l'autre, donne-moi ta main, ma chérie, regarde comme tout se rapproche et s'éloigne, dans notre famille, les choses arrivent trop tard ou trop tôt, tu n'es pas responsable.

Si, parce que je n'ai pas voulu de petit frère, j'étais bien, toute seule, j'ai toujours plaint mes copines avec leur marmaille énervante, j'ai toujours dit à maman que je leur interdisais ne serait-ce que d'y penser et maintenant, à cause de moi, elle doit adopter un caractériel du bout du monde, Hemda passe un doigt sur la joue humide de Nitzane, moi aussi j'étais fille unique mais, contrairement à toi, j'aurais aimé avoir beaucoup de frères et sœurs, dit-elle, il y avait chez nous au kibboutz un garçon dont la mère était morte en couches, si tu savais comme je voulais que ma mère l'adopte, je pense que c'est merveilleux d'avoir la possibilité de s'occuper d'un enfant déjà mis au monde et de lui assurer un foyer et de l'amour.

Tu parles de foyer et d'amour, mais maman déraille complètement et papa ne veut pas en entendre parler, il m'a dit que si elle s'entêtait, il quitterait la maison, qu'il la laisserait seule dans sa folie, heureusement que moi, je serai ici avec toi, mamie, comme ça, je ne verrai rien, à ces mots, Hemda voit passer devant ses yeux les jambes squelettiques de sa petite Dina, elle a trois ans, a réussi à sortir Avner de son berceau et elle court en le serrant dans ses bras, elle court comme une possédée en criant, c'est mon bébé, c'est moi, moi, sa maman. Le revirement est impressionnant, je te l'accorde, reprend-elle, mais je ne trouve pas que ce soit fou, au contraire, ce geste est une preuve de force et il est porteur de beaucoup d'espoir.

Qu'est-ce que je suis fatiguée, mamie, je peux me coucher avec toi dans le lit ? Alors Hemda soulève la couverture, bien sûr, viens là pour te cacher de la séparation, viens te cacher dans mon cœur, et au moment où elle sent le jeune corps se glisser contre elle, elle remarque que les bandes de lumière s'adoucissent entre les fentes du volet, le soir approche apparemment, et pour la première fois depuis des semaines une sensation de faim la titille, dès que la garde-malade arrivera, elle lui demandera de préparer de la bouillie pour elle et sa petite-fille, de la bouillie chaude au miel et à la cannelle. Dis-moi, mamie, chuchote la Nitzane qui s'est lovée dans son cœur, tu penses que si mon frère jumeau était né maman serait plus heureuse maintenant ? Que ça lui aurait suffi, parce que moi, je l'ai toujours cherché, ce frère, c'est lui que je voulais, le seul qui pouvait me convenir. Oui, ma chérie, je le sais, et l'adolescente soupire, dommage que nous n'ayons pas assez parlé toutes ces années. Il n'est pas trop tard, chuchote Hemda, je te le promets, on aura encore le temps de parler, elle remonte la couverture, pose sa main sur l'épaule de porcelaine et c'est dans cette position qu'Avner les trouvera lorsqu'il fera irruption en pleine nuit chez sa mère, bouleversé et hagard.

CHAPITRE 10

Il se retrouve, encore et encore, face à la juge qui chaque nuit change de visage, parfois c'est sa femme avec son menton carré et ses yeux qui lancent des éclairs de reproche et de haine tandis qu'il lui tend des dizaines de documents dont certains s'effritent à force d'avoir été utilisés. J'ai fait ce que j'ai pu, s'évertue-t-il à prouver, quittons-nous en bons termes, ne m'accuse pas et je ne t'accuserai pas, l'erreur, nous l'avons commise à deux, nous nous sommes mis ensemble trop tôt et n'avons pas osé nous séparer, s'il te plaît essayons de sauver ce qui reste de nos vies. Je t'ai déçue et tu m'as déçu, je t'ai blessée et tu m'as blessé, quand je te désirais tu m'as tourné le dos, et quand tu me désirais je t'ai tourné le dos, je crois sincèrement que nous avons agi ainsi en toute innocence, avec la candeur des enfants qui n'ont pas encore conscience à quel point ils sont éphémères, mais voilà, j'ai compris quelque chose ces derniers temps, voudrait-il lui révéler au rythme de la dictée afin que la greffière puisse suivre et qu'aucun mot ne se perde, j'ai compris quelque chose au sujet de l'amour, ne te moque pas, même si ce que je raconte te paraît ridicule, à vrai dire, pas sur l'amour mais sur moi-même, j'ai compris que je ne voulais pas vivre sans amour, ou plutôt pas mourir sans amour, et même si je risque de découvrir qu'aimer et être aimé, c'est trop en demander, je me contenterai soit de l'un, soit de l'autre, mais chez nous ce n'est ni l'un ni l'autre, nous le savons tous les deux, alors à quoi bon insister, les enfants y gagneront, on se partagera leur éducation, libérons-les, eux aussi, du poids de nos affrontements permanents.

Comment n'y avons-nous pas pensé plus tôt, s'étonne-t-il par moments bien qu'au fond il n'ait cessé d'y penser, sauf que c'était toujours avec son fameux défaitisme qui rendait tout changement impossible, voilà qu'il s'en est enfin débarrassé, comme lorsqu'on enlève une tache qui opacifiait le cristallin, l'image est restée exactement la même, c'est la vision qui est différente, et il a beau évoquer encore et encore les affres de la séparation, la tristesse de ses garçons et sa nostalgie pendant les jours de fête, la peur de la solitude et l'angoisse de la vieillesse, la question reste aussi simple qu'une équation du premier degré : il ne veut pas, ne veut pas, ne peut pas et ne doit pas vivre aux côtés d'une femme qui lui fait la tête à longueur de journée, qui se moque de lui devant les enfants, qui de toutes ses forces ne cherche qu'à le rabaisser, qu'à amoindrir ses réussites et à souligner ses défaites, et il a beau passer toutes ces nuits d'insomnie où elle dort à côté de lui à essayer de se remémorer leurs bons moments, il en trouve à peine quelques-uns au cours des dernières années, peut-être pendant son congé maternité, les fois où elle venait le retrouver au café Likeur avec Yotam dans son landau, mais tout cela était si fragile qu'il suffisait d'un instant d'inattention pour que Salomé redevienne amère, quant à lui, à vrai dire, il n'était pas en reste, dès qu'elle montrait le moindre signe de vulgarité, il se rétractait de dégoût, se cachait derrière une froide réticence, et maintenant qu'il se préoccupait de plus en plus de la mort, il se rendait aussi de plus en plus compte que ce n'était pas ainsi qu'il avait envie de mourir. Vivre dans de telles conditions aurait peut-être pu être supportable, mais pour mourir, il voulait une autre femme à ses côtés, une femme douce et élégante qui, même si elle ne l'aimait pas, accepterait de recevoir son amour, ou qui, même si elle ne l'acceptait pas, ne pourrait pas l'empêcher de l'aimer, car parfois c'est elle qu'il voit, assise sur la chaise de la juge, il s'approche en la suppliant, Talya, laissez-moi faire pour vous ce que le mort n'a pas fait, laissez-moi quitter ma femme et mes enfants, vous sauver de la solitude, peut-être y trouverai-je moi aussi le salut, laissez-moi vous consoler d'une injustice que je n'ai pas causée, je veux tellement apprendre à aimer, car il comprend aussi avec de plus en plus d'acuité combien l'amour et l'objet qui l'inspire sont dissociables, il le comprend chez cette femme, dans l'appartement si coquet qu'elle habite et où il se rend presque tous les jours depuis un mois sous des prétextes divers et variés, il la trouve toujours seule, en train de planter des fleurs dans son jardinet, assise dans le fauteuil un livre à la main, absorbée par du travail devant l'ordinateur et elle l'accueille toujours avec le même sourire énigmatique tandis qu'il sent toujours le vide de son cœur se remplir grâce au cœur lourd d'amour de Talya, au fil de ses visites, il acquiert la certitude que, de même que le sentiment qu'elle éprouvait survivait à son amant mort, le sentiment qu'il éprouve envers elle peut exister sans réciprocité, comme si elle était pour lui une amante morte.

Le voilà de nouveau assis en face d'elle, il lui raconte sa journée, sa visite à midi, sous un soleil de plomb, à l'école des Bédouins, c'est tout simplement incroyable comme ils s'entassent dans cette chaleur, ils ont une telle soif d'apprendre, vous devriez venir une fois avec moi là-bas, propose-t-il, elle l'écoute avec intérêt, parle peu, depuis qu'elle a emménagé dans cet appartement elle pense de plus en plus à ses parents et des scènes de son enfance, qu'elle partage parfois avec lui presque en s'excusant, lui reviennent en mémoire avec une force incroyable mais surtout, elle se focalise sur Raphaël, et chaque fois qu'elle l'évoque, avec son phrasé tout en retenue, il se surprend à sentir que c'est en fait de cet homme qu'il est en train de tomber amoureux et que c'est peut-être la seule chose qui l'unit à cette femme, mais en général il ne tente pas de clarifier quoi que ce soit, il préfère s'abandonner à cette sensation de délice qu'elle lui procure et dont il a de plus en plus besoin, un délice qu'il ne goûte que seul avec lui-même et qu'en de rares occasions. Il la quitte en lui déposant un baiser sur la joue, sa peau est aussi fine qu'une feuille d'automne, ne lui dit pas quand il reviendra, elle ne pose pas la question mais lui offre, pour son départ, le même sourire énigmatique qu'à son arrivée si bien qu'il ne sait pas quel moment elle préfère, à supposer qu'elle ait une préférence, il se dit parfois que c'est justement parce qu'elle est si lisse qu'il arrive pour la première fois de sa vie à atteindre une espèce de sérénité. Il n'est pas responsable de la souffrance de Talya, n'est pas la cible de sa passion, elle n'attend rien de lui et il n'a rien à lui donner, l'amour qu'elle lui inspire est pour lui et rien que pour lui, peut-être qu'un jour cette plante qu'il cultive à l'intérieur se perfectionnera, se polira, se sublimera, pourra enfin se tourner vers autrui et être acceptée, plus il se sent impuissant face à elle, plus monte en lui cet émoi viril et fougueux qu'il n'a connu que dans ses fantasmes de jeunesse, élan mystérieux et consolateur qu'éveille justement cette femme en deuil, sans la moindre exigence.

Parfois, ce n'est pas elle qui émerge des plis de la toge noire mais Hemda et à elle aussi il tend de vieux documents jaunis, les produit en silence, la greffière attend qu'il parle, l'avocate s'empresse de le railler, mon confrère est-il soudain frappé de mutisme, ne s'est-il pas bien préparé au procès, je n'accepterai aucun report supplémentaire, alors il marmonne la gorge sèche, les faits parlent d'eux-mêmes, les témoins ont déposé, que puis-je encore plaider que je n'aie déjà plaidé.

Voici qui porte atteinte à l'honneur de cette cour de justice, pérore l'avocate, au nom de quoi nous sommes-nous réunis cette fois si monsieur n'a pas de nouveau témoignage à fournir, mais soudain il reconnaît sa sœur, c'est Dina qui s'est maquillée et teint les cheveux en noir brillant, ils se présentent tous les deux devant leur mère pour qu'elle les départage, chacun dans sa robe noire, on dirait une famille de chauves-souris, sauf que Hemda vieillit en accéléré sous leurs yeux, voilà déjà que sa bouche est béante et que sa tête s'affaisse, elle a le crâne presque chauve et les yeux fermés, il voudrait lui dire quelques mots d'adieu mais ce n'est qu'un gémissement de bébé qui sort de sa gorge, il s'essuie les yeux avec son ourlet, que ferai-je à présent de ton amour, maman, marmonne-t-il, un amour que j'ai toujours haï, qui m'a esquinté et obligé à fuir, comme il était dangereux ton amour, nourri de la solitude et du désespoir dont tu voulais que je te débarrasse, il se réveille au son de ses propres sanglots, se demande affolé si tout cela a déjà eu lieu, s'il est déjà seul, sans femme ni enfants, dans un appartement de location inconnu et mal entretenu, alors, dans l'épaisseur de la nuit, il tente de se coller au corps de Salomé. Du calme, il ne s'est rien passé, ce ne sont que des pensées, depuis quand les pensées changent-elles le cours des choses ? Ta femme est là, à tes côtés, et malgré tous ses défauts tu lui es solidaire, c'est la mère de tes enfants, deux garçons encore jeunes qui dorment dans la pièce d'à côté, si tu tombes malade elle s'occupera de toi malgré tous tes défauts, si l'un des gamins tombe malade vous serez assis ensemble à son chevet, vous avez la même adresse et il en sera ainsi pour l'éternité. Dans ta tête, tu t'es aventuré bien loin, mais oseras-tu lui dire ne serait-ce qu'un seul mot de tous les discours que tu as formulés, se raille-t-il sous les pales du ventilateur qui broie leurs respirations en un grand souffle tournoyant, il se concède sans difficulté que la pensée est beaucoup plus aisée que l'action, le rêve plus aisé que la parole, et qu'il doit, pour le moment, se garder de toute décision précipitée, mais lorsqu'il la voit, boudinée dans sa robe du soir noire, installée à côté de lui dans la voiture qui doit les mener au mariage d'Anati, comme d'habitude ils sont en retard, la montre du tableau de bord indique dix-huit heures cinquante-cinq, la cérémonie est prévue pour dix-neuf heures et ils sont encore coincés dans les embouteillages à la sortie de Jérusalem, oui, quand il la voit ainsi, il sait que cela arrivera cette nuit, il sent dans tous ses membres les picotements d'un bouleversement de plus en plus tangible, comme si son corps était un rail vibrant sous les roues d'une locomotive déjà en route, impossible à arrêter l'eût-il voulu, ce qui, en l'occurrence, n'était pas le cas.

Tu aurais dû couper par la ville, à cette heure-ci, toutes les sorties sont bouchées, lui reproche-t-elle et il maugrée, ah bon ? Alors pourquoi ne l'as-tu pas dit plus tôt, c'est facile d'être malin *a posteriori*. J'étais sûre que tu le savais, je ne pensais pas que tu étais assez idiot pour tomber dans ce piège, alors il susurre, si j'ai été assez idiot pour tomber dans ton piège et y rester coincé toute ma vie, je ne vois pas ce qui t'étonne. Personne ne te retient, rétorque-t-elle, en ce qui me concerne, tu peux te lever et partir, on ne s'en portera que mieux, il sent ses doigts picoter, les étire rageusement, sans le faire exprès sa main heurte le volant et le bref coup de klaxon qui retentit inopinément énerve le conducteur arrêté devant lui, il a droit à un bras d'honneur épicé d'une moquerie réjouie de Salomé, pourquoi est-ce que tu klaxonnes, qu'est-ce que tu lui veux, qu'il ouvre ses ailes et s'envole au-dessus de la file ? Avner soupire lourdement et ouvre la fenêtre, il n'y a pas d'air dans cette voiture, elle a avalé tout l'oxygène avec son animosité, mais de l'extérieur un souffle brûlant et poisseux pénètre dans l'habitacle, à nouveau elle râle, ferme la fenêtre, qu'est-ce qui te prend ?

Il fixe la vitre qui remonte et va clore hermétiquement leur petit espace climatisé, il aurait presque envie de poser les doigts sur le bord et de les laisser jusqu'à ce qu'ils soient écrasés, la douleur qui se répandrait dans son corps dissiperait la morsure de la vexation, parfait, aboie-t-il, eh bien, si je perturbe votre trio, je vais effectivement me lever et partir, ça l'arrange de les mettre dans le même sac, elle et les enfants, mais oui, bien sûr, on te connaît, toi et ton courage légendaire, rétorque-t-elle ravie de pouvoir appuyer là où ça fait mal. Que les vieux couples sont vulnérables, songe-t-il dans un soupir, l'un sait tout de l'autre et tout est archivé, mis en mémoire pour pouvoir être exploité jusqu'au dernier jour, alors il pense à son dernier jour à lui, regrettera-t-elle toutes les mauvaises paroles qu'elle lui aura lancées au fil des années et dont aucune ne sera oubliée, exactement comme les erreurs qu'il a commises dans sa jeunesse, sauf que, à partir de cet instant, en ce mardi après-midi-là, en cette fin d'août là, et jusqu'à son dernier jour, il y a encore un bout de chemin à parcourir, impossible de savoir s'il sera long ou court, mais ce qu'il sait, c'est que sur ce chemin il n'a pas envie d'avoir Salomé à ses côtés, il secoue la tête de droite à gauche et imite la grimace de Yotam dès qu'on essaie de le forcer à manger, il serre les dents et ferme très fort les yeux.

Pourquoi tu n'avances pas, ça y est, maintenant que ça se dégage, monsieur ne bouge pas ? le houspille-t-elle, il appuie sur l'accélérateur avec une telle précipitation qu'il manque d'enfoncer la voiture de devant qui, elle, avance comme il se doit, c'est-à-dire progressivement, tu devrais me laisser le volant si tu veux arriver vivant à ce mariage, marmonne sa femme, tu es un vrai danger public, quelque chose se met à bouillir en lui et son sang chauffé à bloc inonde son cerveau comme si un barrage s'était rompu, cette femme est un vrai danger pour moi, alors il freine au premier carrefour malgré des feux clignotants, peu lui importent les protestations bruyantes du conducteur de derrière, je t'en prie, prends ma place, lance-t-il avant de sauter sur la chaussée, il a fugacement envie de la planter là et de s'en aller, de se faufiler pour l'éternité entre les terre-pleins tel un mendiant. Avec une lenteur délibérée, il contourne sa voiture mais au lieu d'ouvrir la portière de devant, il se coule à l'arrière et s'assied à côté du siège-auto de son fils, il la voit lever les fesses pour passer au-dessus du changement de vitesses et lorsque, sans avoir eu besoin de sortir, elle se cale péniblement sous le volant, il a l'impression de discerner une satisfaction légèrement sadique sur son visage devenu ingrat, elle semble ravie d'arriver enfin à le pousser à bout, aussi fière qu'une femme qui découvre que ses charmes attirent encore son mari, quelle honte et quelle humiliation d'arriver ainsi à une noce, dispersant tout autour nos microbes de mariage raté, réel problème de santé publique, songe-t-il, complètement écœuré.

Certes, ils sont habitués aux disputes, pourtant il se rend compte qu'ils viennent de descendre d'un cran sur l'échelle de l'avilissement, cette fois le plaisir pervers a remplacé la douleur, et c'est ce qui le terrorise tandis qu'il se recroqueville de plus en plus sur la banquette arrière, le corps débordant de répulsion il se met à prier pour qu'advienne un changement subit, je vais me lever et partir, répète-t-il, je vais quitter la maison, mais elle n'entend pas car elle a allumé la radio dans l'espoir de glaner des informations sur le trafic, de temps en temps il capte son regard dans le rétroviseur, elle a une profonde ride d'inquiétude entre les deux éclats maladifs de ses yeux, la plupart du temps cependant il préfère scruter les voitures qui défilent à droite et à gauche, déterminées à doubler une conductrice aussi lente, les voyageurs se succèdent, des couples assis normalement à l'avant en train de se disputer comme eux ou de profiter d'une agréable conversation, ce soir étrangement il est moins enclin à croire que tous ces gens sont plus heureux que lui, ce soir il observe de loin et sans curiosité ces duos aperçus fortuitement, car ce qu'il cherche ce sont les conducteurs isolés, ceux qui roulent seuls, ceux qui n'ont personne assis ni à côté ni à l'arrière, ceux à qui personne n'adresse la parole et qui ne transportent qu'eux-mêmes d'un lieu à un autre, oui, ainsi installé derrière et ligoté par la ceinture de sécurité qui lui comprime l'estomac, il constate à quel point cette soirée est différente de toutes les autres, car à ses propres yeux au moins il ne fait déjà plus partie d'un couple.

Il a toujours aimé les cérémonies nuptiales, si bien que même dans son état, une joie puérile l'envahit lorsqu'il constate que malgré leur retard ils n'ont pas loupé la célébration proprement dite, quelle fragilité, quelle pureté dans les quelques instants qui précèdent ce moment, rien à voir avec le repas qui suit et qu'Avner trouve toujours abject et grossier. Il faudrait terminer la noce juste après le sacrement sous le dais, se dit-il, couvrir le couple d'une profusion de bénédictions et s'en aller, inutile bien sûr de proposer ça à sa femme, ils s'étaient déjà maintes fois disputés à ce sujet. Ce qui prouve bien que tu n'as aucun sens de la réalité, le raillait-elle, et c'est précisément ton problème, tu es resté prisonnier de tes conceptions romantiques, tu espères encore que la vie continue à être aussi lumineuse et aussi décorée qu'au moment où les fiancés se retrouvent debout sous le dais, tout ce qui ne sera pas à ce niveau te décevra, comme ces minutes par exemple où il marche sur le gazon, désappointé, et où leurs pensées respectives s'affrontent en silence, oui, peut-être a-t-elle raison, peut-être que ce sont ses espoirs qui l'ont condamné à une insatisfaction permanente, à cette combinaison destructrice de culpabilité et de gêne, mais soudain son regard embrasse la grande pelouse verte et plus loin les collines de Jérusalem, il trouve la vue magnifique, il y a des coussins d'un blanc éclatant généreusement éparpillés sur l'herbe, ainsi que de petites tables en osier, une douce mélodie espagnole s'arpège en fond musical, le ciel est attendrissant, orné de nuages de dentelle comme autant de reflets du sol, il se dit que cela fait longtemps qu'il n'a pas vu une telle concordance entre ciel et terre et que c'est certainement un signe de chance et de réussite pour le jeune couple, il cherche la mariée des yeux pour le lui expliquer, peut-être ce signe la débarrassera-t-il de ses doutes, si tant est qu'ils aient perduré. Depuis cette fameuse soirée, elle ne partageait plus sa vie privée avec lui, à croire qu'elle lui en voulait du conseil qu'il lui avait donné avec trop de désinvolture, un conseil qui ne se basait que sur sa propre expérience et non sur ce qu'il savait d'elle et du futur, oui, depuis, elle veillait à garder ses distances comme s'il était l'incarnation du doute, quant à lui, il avait bien eu l'intention de rectifier le tir, mais l'occasion ne s'était pas présentée, d'autres affaires urgentes l'avaient accaparé et leur conversation s'était effacée de son quotidien en même temps que ces étranges minutes où ils s'étaient tous les deux penchés sur les piles de vêtements, les avaient tournés et retournés comme s'ils cherchaient dedans la solution de quelque mystérieuse énigme, il espère qu'elle n'a plus besoin de signe, qu'elle est convaincue de ce qu'elle fait, que son cœur déborde de joie et d'amour, ce qu'il n'a pas eu la chance de ressentir même le jour de ses noces, il prend deux verres de vin sur un plateau et, au moment où il en tend un à sa femme, il se souvient de l'autre femme, assise en ce moment seule dans le jardin de son appartement avec un verre de vin rouge identique à la main, les dents déjà violettes, il a très envie d'être assis là-bas à ses côtés, séparé de l'écoulement de la vie par la fine haie de bambous, car il a beau vouloir tout d'elle et elle rien de lui, il ne se sent bien qu'auprès d'elle.

En silence, elle se saisit du verre, un silence qui ne lui pèse pas du tout, le silence est d'or pour ceux qui n'ont plus rien d'agréable à se dire, il la regarde, elle est là, debout, renfrognée avec son verre à la main, un peu ridicule dans sa robe du soir moulante aux manches en chiffon transparentes et ses efforts de maquillage ratés, le rouge à lèvres étalé d'une main trop lourde dépasse, le crayon pour les yeux a laissé un trait épais sur une paupière et fin sur l'autre, les pieds comprimés dans les chaussures à talons sont de plus en plus rouges. Elle aurait éternellement l'air d'une paysanne fourvoyée en ville, mais rien de cela ne l'aurait dérangé si elle avait été avec lui et non contre lui, à moins que cela non plus ne soit pas juste car en vérité il avait toujours aspiré à une partenaire plus prestigieuse que cette Salomé, d'ailleurs, debout à côté d'elle sous le dais nuptial, il ressentait déjà la déception et la frustration, et puisque tel était le cas, il lui avait assurément, d'une manière ou d'une autre, transmis ce que ses mots avaient beau nier, oui, elle méritait qu'il lui présente des excuses. Elle aussi s'en serait mieux tirée s'il ne l'avait pas épousée, mais elle avait tellement insisté, avait menacé de le quitter, il avait eu peur de la perdre et s'était bercé de l'espoir que les choses s'amélioreraient, il venait d'enterrer son père et avait besoin de se raccrocher à quelque promesse.

Il suit d'un regard distrait les rares invités, à sa grande surprise il ne connaît personne, certains se sont installés sur les coussins et tiennent de petites assiettes à la main, d'autres se promènent, qui en grande conversation, qui plongé dans ses pensées, on dirait que tout le monde, du plus grand au plus petit, partage un même souhait charmant, celui que les deux jeunes gens qui, en ce soir et en ce lieu, allaient s'unir par les liens sacrés du mariage inonderaient toute l'assistance d'une lumière porteuse de changement, de bonté et de vérité. Une légère brise chargée de toutes sortes d'odeurs de parfums et de savons, de nourriture et de boissons, agite doucement les cheveux, les serveurs vêtus d'un blanc angélique ne cessent d'apporter des plats et de remporter des assiettes, il goûte les délicieux amuse-gueules et s'étonne du choix d'un cadre aussi spacieux pour si peu de monde, la majorité des invités leur aurait-elle fait faux bond et si oui, pourquoi ?

Il voit Salomé qui regarde sa montre puis lui lance un regard lourd de reproches comme s'il était responsable de ce retard-là aussi, il répond par un haussement d'épaules, où est le couple, où est le rabbin et où est le dais pour la cérémonie, il est presque huit heures ! Anati se serait-elle à nouveau laissé submerger par les doutes dont ils avaient parlé, était-elle présentement en train de sangloter dans une voiture toute décorée, sans savoir à quel saint se vouer ? À moins qu'elle n'ait décidé en dernière minute d'écouter les conseils d'Avner, de tirer profit de son expérience, oui, peut-être le mariage avait-il été annulé mais on n'avait pas eu le temps de prévenir tout le monde, ce qui expliquait pourquoi ils étaient si peu, il sort le carton de la poche de sa chemise et s'assure qu'on n'y a pas ajouté une nouvelle mention rien que pour lui, il prend distraitement une feuille de vigne bien assaisonnée et voit Salomé s'éloigner puis s'affaler sur l'herbe, comme pour signifier qu'elle se dégageait de toute responsabilité quant à la suite des événements.

Dans la lumière qui se raréfie, l'espace s'obscurcit rapidement, les coussins virent au gris et il ne peut plus distinguer les différentes parties de la silhouette de sa femme qui, posée là, devient un bloc de chair massif bourré de souvenirs irrités, remonte alors dans sa mémoire leur soirée de noces au kibboutz, quelque vingt ans auparavant, comme il s'était senti orphelin ! Jamais la solitude ne l'avait assailli avec autant de violence qu'au moment où il se préparait sous la douche, il était resté longtemps protégé par le jet d'eau chaude, et rien qu'à imaginer les nappes blanches étalées au moment même sur les tables devant le réfectoire, les voisins en train de revêtir leurs plus beaux atours et les autres invités arriver, de loin pour certains, la pluie d'effusions et de félicitations qui allait bientôt s'abattre sur lui, il n'avait eu qu'une seule envie, prendre ses jambes à son cou, tirer sur les nappes et jeter les fleurs à la poubelle, courir sur les pelouses nu et tout mouillé, hurler comme un bébé qui vient de naître et, dans sa démence, chasser les convives en couvrant de honte sa famille et sa fiancée. Soudain, dans une illumination subite, il sait que c'est ce qui va se passer. Voilà pourquoi il se sentait si tristement proche d'elle, depuis le début, depuis ce jour où elle avait franchi la porte de son cabinet, leur relation, il l'avait d'abord erronément interprétée comme de l'attirance mais en vrai il s'agissait d'une communion de destin qui deviendrait évidente dès qu'elle réaliserait le rêve auquel il avait renoncé, et elle apparaîtrait soudain, nue, courant à travers la grande pelouse, ses seins lourds se balanceraient de droite à gauche, elle pleurerait et crierait de ses dernières forces, poursuivie par une noce furieuse, par son père, un veuf ténébreux, et même lorsque finalement il la voit poindre entre les coussins dans une simple robe de mariée au bras de son fiancé, il croit encore que le tableau imaginaire qu'il vient de brosser est plus pertinent que tout ce qui se passe sous ses yeux, n'a-t-elle pas les paupières gonflées et les joues rouges, le jeune homme n'est-il pas d'une extrême pâleur, oui, ces éléments inquiétants indiquent le sens de leur retard. Avec une grande méfiance, il dévisage le marié, son menton volontaire et ses fines lèvres lui donnent une expression de raideur, dans quelques années son côté autoritaire et exigeant se sera accentué, que deviendrait-elle alors, cette fillette qui a perdu sa mère à huit ans et qui, depuis, parle d'elle à la troisième personne, il les suit de loin mais finalement laisse sa femme en retrait et se fraie un chemin jusqu'au premier cercle comme s'il était le rabbin en personne, le seul et l'unique susceptible de valider ce mariage, il ne peut s'empêcher de se mêler aux intimes massés autour du couple, le père de la mariée, qui se révèle être un géant arrogant, est accompagné d'une jeune femme à peine plus âgée que sa fille semble-t-il, les parents du marié sont deux petits vieux tendus à l'extrême, une sorte d'exaltation le pousse à se coller à eux pour ne rien rater mais en même temps il ne voudrait pas qu'elle le surprenne, alors il se ratatine derrière le large dos du père, et c'est là qu'il se trouvera au moment où le dais sera déployé presque au-dessus de sa tête, sous une pleine lune qui se mettra soudain à briller, oui, il se tiendra là, dans l'ombre de cet homme inconnu, caché à la vue de la mariée mais totalement visible aux autres spectateurs. Dès qu'il sent le regard étonné de sa femme, il recule lentement, abandonne sa place pourtant difficilement conquise et, sans quitter des yeux ce qui se passe sous le dais, il va se poster à côté d'elle.

Quel couple magnifique, chuchote Salomé qui ne dissimule pas ses velléités pacificatrices. Le rabbin prononce la bénédiction, et l'on entendra bientôt dans les villes de Juda et dans les rues de Jérusalem la voix de la joie la voix de la réjouissance qui précède les fiancés sortant de leur dais nuptial. Sois loué, Éternel notre Dieu, qui réjouis le fiancé et la fiancée, et Avner ne peut que déplorer amèrement le manque de vision de sa femme, qu'y a-t-il de magnifique dans leur détresse criante ? Mais lorsque le marié soulève tendrement le voile et fait boire la mariée, ce qu'il voit dans les superbes yeux de sa stagiaire, c'est un calme absolu, elle est transfigurée par un bonheur si total que force lui est de reconnaître que pour une fois sa femme a eu raison, l'esprit de Dieu en personne est sans doute descendu sur cette pelouse pour que le marié puisse s'enthousiasmer de la mariée et inversement, oui, elle a été transfigurée par le doigt de Dieu, descendu du firmament pour effacer tous ses doutes, chez lui ce miracle n'avait pas eu lieu, il était entré sous le dais nuptial et en était ressorti exactement le même, idem pour la femme qui se tient présentement à ses côtés et observe le couple avec jalousie, il soupire, un homme et une femme, une femme et un homme, que sont-ils sans intervention divine, des êtres torturés, rongés d'angoisses et de regrets, il sent à nouveau peser sur ses épaules ce terrible sentiment de solitude, il est doublement orphelin, puisqu'il a perdu à la fois son père géniteur et son père dans les cieux.

Lorsque les invités, dont le nombre a nettement augmenté entre-temps, se jettent sur le couple pour le féliciter, il attrape le bras de sa femme, viens, on n'a plus rien à faire ici, et il s'étonne qu'elle ne discute pas, n'exige aucune explication, non, elle s'assied en silence à côté de lui dans la voiture encore chaude, lèvres serrées elle garde les yeux braqués sur la route sinueuse, a-t-elle ce soir, elle aussi, compris quelque chose d'une importance capitale car lorsqu'il lui annoncera, quelques minutes plus tard, il aura attendu qu'ils soient rentrés à la maison et aient libéré la baby-sitter, je ne reste pas ici cette nuit, je vais m'installer dans l'appartement de ma mère, elle se contentera de le regarder d'un air vaincu et ne dira rien.

Jamais il ne l'a regardée ainsi, comme s'il voyait en elle une dangereuse créature, et s'il n'y avait que lui ! Mais elle a l'impression que tout l'univers l'épie, se faufile entre les cimes des arbres et les étoiles, les toits et les ballons d'eau chaude, les fenêtres et les terrasses, que des dizaines d'yeux méfiants la suivent, dissèquent ses moindres faits et gestes. Oui, même quand il n'y a personne à ses côtés, elle se sent surveillée, comme maintenant par exemple, alors que, juchée sur une chaise, elle se tend pour atteindre le haut de l'armoire, là où elle garde les vêtements de Nitzane bébé et des tas de choses qui peuvent encore faire plaisir à un enfant, des cubes, des poupées et des peluches râpées. Les uns après les autres, ils tombent sur le sol, un déluge de jouets, une cascade de tendres souvenirs et elle s'assied par terre, regarde à nouveau autour d'elle pour s'assurer qu'elle est seule et vide fébrilement les sacs plastique, si seulement les vieux objets avaient le pouvoir de l'emporter loin d'ici, vers d'autres temps.

Tiens, voilà le chaton en velours gris et à la mine tristounette, elle le lui avait acheté pour une fête, ensemble elles avaient inventé une histoire de bébé chat qui avait perdu sa mère, était presque mort de faim et avait été sauvé en arrivant chez eux où il était devenu un petit chat joyeux, elles avaient même fini par se persuader que son expression avait un peu changé, évidemment les longues années passées dans l'armoire l'ont éprouvé autant que ses congénères, tous ont perdu leur énergie, exactement comme elle, sauf qu'elle a une bonne nouvelle à annoncer à ce public désabusé, un enfant allait venir, un enfant qui les serrerait dans ses bras et les coucherait dans son lit. Oui, c'était possible, aujourd'hui elle avait rediscuté avec certaines personnes qui, pleines de bienveillance, lui avaient tout expliqué en détail, elle savait à présent ce qu'elle devait faire et elle le ferait, les choses arriveraient dès l'instant où elle serait vraiment convaincue, elle se sentait déjà par moments soulevée par une vague indomptable, de la puissance d'un tsunami, qui pour l'instant se contentait de la traverser afin de s'assurer qu'elle serait capable de la contenir tout entière, qu'elle aurait la trempe de ceux que rien n'arrête.

Elle examine minutieusement les jouets, c'est comme si chacun d'eux lui racontait à sa manière une histoire simple, une histoire d'amour et d'osmose, or c'est exactement ce qu'elle recherche, cet amour fusion d'autrefois, c'est de cela dont elle a besoin et elle n'a pas à s'en excuser. Certains aspirent à la liberté, à la réussite, aux émotions fortes, elle non, son besoin est différent mais tout aussi profond, et le fait qu'il soit pour l'instant difficile à satisfaire ne prouve en rien la folie du projet, elle presse les jouets contre sa poitrine, enfouit son visage dans les peluches, vous êtes les témoins, chuchote-t-elle, les uniques témoins de cette époque révolue, des jours et des jours d'amour total que je croyais ne jamais devoir finir, elle a l'impression que tous lui adressent un soupir désolé, un soupir qui s'éteint, elle l'entend soudain, au moment où il lui lance de sa voix glacée, bravo, tu as enfin décidé de vider l'armoire.

Pas exactement, bafouille-t-elle en repoussant les peluches, que se passe-t-il, tu es rentré plus tôt que d'habitude, et il soupire à nouveau, je ne me sens pas bien, j'ai mal au crâne. Est-ce que tu as assez bu, tu t'es peut-être déshydraté, il fait très chaud aujourd'hui, elle bondit sur ses pieds et se retrouve face à lui, ça, je suis bien placé pour le savoir, j'étais en reportage dans la vallée du Jourdain ! Sur le tee-shirt moite qu'il porte est imprimé le visage d'un homme qui la regarde avec défiance lui aussi, serait-elle porteuse d'une maladie grave et contagieuse ? C'est qui, en fait, sur ton tee-shirt, demande-t-elle et il tend le tissu, baisse les yeux vers ce visage qui se déforme, je ne sais pas, juste un anonyme je pense, à propos, continue-t-il tandis qu'elle remet les jouets dans les sacs plastique, je vais dans les territoires cette semaine, je peux les prendre, je les distribuerai là-bas à des gosses qui en seront ravis.

Va t'allonger sur le lit, je t'apporte un verre d'eau, quand il enlève son tee-shirt, ne reste plus qu'une seule paire d'yeux qui la dévisagent sauf que lui, jamais il ne l'a regardée ainsi, je dois me doucher d'abord, déclare-t-il et elle a le temps de remarquer que son torse s'est terriblement creusé, elle détaille avec inquiétude son dos qui disparaît dans la salle de bains, c'est de ma faute, c'est moi qui lui pourris l'existence avec mes idées folles, c'est à cause d'elle qu'il ne se sent pas bien, qu'il ne mange pas, le poids qu'elle a imposé à sa petite famille est trop lourd à porter et le résultat ne s'est pas fait attendre. Nitzane ne dort pas à la maison cette nuit, Amos s'affaiblit, elle ne s'imaginait pas à quel point ils avaient besoin d'elle, d'elle calme et solide, pour vivre leur vie, c'est-à-dire pour continuer comme si elle n'existait pas, elle referme les sacs mais se ravise et en retire le doux chaton gris, d'accord, emporte-les, dit-elle bien qu'il n'entende pas, un seul témoin me suffit, ensuite elle se déshabille et se glisse dans le lit, pose le petit animal sur l'oreiller à côté d'elle, quel cruel affrontement, Amos, mon besoin contre ton besoin, mon bonheur contre ton bonheur, quelle erreur de les avoir supposés semblables.

Tu dors ? Il s'allonge à côté d'elle nimbé d'une forte odeur de savon aux plantes, elle pose la tête sur sa poitrine, parle-moi, dit-elle, nous nous parlons si peu, tu es si loin. Moi, je suis loin ? lâche-t-il dans un petit rire, je n'ai pas bougé, c'est toi qui as changé avec ta nouvelle lubie, essaie de prendre un peu de distance et de te regarder, tu es une femme brillante, très belle, tu as une famille sans problèmes, tout à coup, tu débarques avec cette idée d'élever un autre enfant justement à l'âge où on commence à se libérer de ces contraintes, et chez toi ça vire tout de suite à l'obsession, je me demande parfois si je ne devrais pas me mettre en quête d'un désenvoûteur pour t'aider à t'en sortir.

N'exagère pas, je t'accorde que ça peut paraître déroutant, mais c'est très simple en fait, il s'agit même d'un besoin élémentaire, une femme veut un enfant, ni plus ni moins, mais il se redresse, s'adosse au mur et enlève ses lunettes, Dina, la question est jusqu'où cette femme est prête à aller pour assouvir ce besoin, bien souvent c'est la mesure qui différencie la raison de la folie, toutes les femmes n'iront pas jusqu'à se mettre en danger et mettre leur famille en danger pour ça, que tu n'aies aucune conscience de ce à quoi tu nous exposes prouve à quel point ça ne tourne pas rond dans ta tête. Bien sûr que j'en ai conscience, rétorque-t-elle en s'adossant elle aussi au mur, elle lance les syllabes droit devant, sans le regarder, mais j'y vois aussi une possibilité de bonheur, d'autant que ce n'est pas moins dangereux de renoncer, mais il la coupe vivement, renoncer à quoi ? Comment peux-tu te lamenter sur une chose qui de toute façon n'existe pas, que tu n'as jamais eue, franchement, je ne te comprends pas. Si, je l'ai eue, marmonne-t-elle, nous avions un autre enfant qui n'est pas né, tu l'as oublié ? Alors là, pardon mais je ne vois pas le rapport, soupire-t-il, aucun enfant, conçu ou adopté par toi maintenant, ne pourra remplacer celui que tu as perdu à l'époque, tu ne te rends pas compte à quel point cette pensée est malsaine ? Non, et pourquoi est-ce que tu choisis des mots si cassants, je n'en ai vraiment pas besoin en ce moment, alors il lâche, je regrette de ne pas pouvoir te donner ce dont tu as besoin, si ça se trouve, il te faut un nouvel homme, pas un nouvel enfant, je te l'ai déjà dit. Je ne veux pas de nouvel homme, susurre-t-elle furieuse, je te veux toi comme tu étais avant, il n'y a plus aucune chaleur entre nous, plus aucune tendresse, voilà ce qui me manque, si on était plus proches l'un de l'autre, j'aurais sûrement moins de mal à me résigner, et il ricane, de quel avant parles tu donc, tu t'es toujours plainte de ma froideur et de ma dureté, je ne peux pas être ton bébé, désolé, en revanche je te serais très reconnaissant de m'apporter une bouteille d'eau, elle s'extrait du lit, se faufile dans la cuisine en soutien-gorge et petite culotte, c'est fichu, sûr que c'est fichu, jamais il n'acceptera et de son point de vue à lui, il a raison, d'autant qu'il peut très bien vivre sans elle, les liens qui les unissent sont de plus en plus distendus. Lorsqu'elle revient, il est allongé les yeux fermés, si vulnérable sans ses lunettes, pourquoi l'embête-t-elle, il ne peut pas lui donner ce qu'elle demande, elle s'assied de son côté du lit, tiens, bois, comment va ta tête ? Toujours pareil, il ouvre des yeux qui semblent encore plus enfoncés que d'habitude, je suis crevé, je n'ai pas la force pour tes excès, j'ai travaillé dur toute ma vie et je ne cherche pas de nouveaux défis, plus maintenant, je suis désolé, si tu n'es pas capable de renoncer, on devra se séparer, mais demande-toi si ça vaut la peine de faire le malheur de ta fille et de briser sa famille sur un simple coup de tête.

Je ne veux rien briser, je veux construire, proteste-t-elle, tu déformes tout pour me donner tort, depuis quand un nouvel enfant briserait-il une famille ? Un enfant, c'est la vie et l'amour, mais il la contredit aussitôt, un enfant c'est des soucis et de la fatigue, ça ne correspond pas du tout à l'avenir que je m'imagine, parce que maintenant j'ai envie de tranquillité et pas du contraire, eh bien je te garantis que tu seras très tranquille dans la tombe, lui renvoie-t-elle, tu ne vois pas combien elle est déprimante ta perspective, quoi, à notre âge, on ne peut attendre de la vie que le calme, eh bien, sache que moi, je refuse. Personne ne t'oblige à rien, lui assène-t-il, je ne parle que de moi, ça ne t'implique en rien, la seule chose que je dis, c'est que tu ne peux pas m'imposer de tels bouleversements contre ma volonté.

Toi aussi, tu m'imposes le calme contre ma volonté.

Sauf que mes aspirations restent dans le cadre de la normalité, j'avance sur le chemin naturel de la vie, alors que toi, tu prends des tangentes totalement irrationnelles. Monsieur est devenu le chantre de la normalité, maugrée-t-elle, si tu crois que rester avec une fille unique c'est la normalité, tu te trompes. Oh, pourquoi est-ce que je suis rentré plus tôt, dire que je voulais me reposer et te voilà qui recommences à me bassiner, inutile de continuer à parler de ça, je te dis et je te redis que c'est non, jamais je n'accepterai d'adopter un enfant, à ce propos je ne crois pas que ce soit bien pour toi non plus. Bref, inutile de continuer à essayer de me convaincre, tu n'y arriveras pas, et maintenant laisse-moi dormir, écoute, Amos, je te fais une proposition, je suis prête à renoncer mais à condition que tu réfléchisses sérieusement à ma proposition. Allons ensemble rencontrer des gens qui sont passés par là, ou sinon, lis quelques forums de discussion et tu décideras après, exclu, Dina, je ne rencontre personne et je ne lis rien, ce n'est pas que j'hésite, je ne veux pas, un point c'est tout ! Mais elle lui attrape la main, comment peux-tu opposer une fin de non-recevoir à quelque chose qui est si important pour moi ? Tu me dois au moins ça, examiner la proposition avant de décider.

Il se redresse, se débarrasse de son emprise et s'assied face à elle, dis-moi, si je t'annonçais que je venais d'avoir la révélation et que je voulais que vous me suiviez dans la voie de Dieu, tu aurais accepté ? Tu aurais accepté de cuisiner casher, de te couvrir les cheveux, de déménager dans un quartier de gens pratiquants et d'aller enseigner dans un institut religieux ? Aurais-tu accepté d'examiner la proposition ou bien m'aurais-tu opposé une fin de non-recevoir ? D'ailleurs, ce que tu essaies de nous imposer, à moi et à Nitzane, est un changement encore plus radical, comment ne le vois-tu pas ? Je n'ai rien à examiner, tu entends !

Impossible de ne pas entendre puisque tu hurles, dit-elle tout bas, je pense justement que je l'aurais fait pour toi, peut-être pas tout, mais j'aurais cherché un compromis qui nous aurait permis de rester ensemble, merci beaucoup, vraiment, la raille-t-il, quel compromis exactement peut-on faire avec un enfant ? Être à moitié père ? Un enfant, c'est un engagement total, c'est tout ou rien, mais elle s'entête, je suis sûre qu'on peut trouver une solution et c'est de ça dont je parle, si seulement tu pouvais t'adoucir un peu et m'accompagner sur ce chemin, au moins qu'on y réfléchisse ensemble. Il la darde à nouveau de son regard hostile et crie en agitant la main, tu es tellement déconnectée de la réalité que tu ne comprends plus ce qu'on te dit, je ne veux pas, point barre, trouve-toi un autre partenaire pour cette aventure-là. Il se détourne, se couche sur le ventre, tire la couverture jusqu'à disparaître entièrement dessous et la laisse sans air, sans espoir, en train de secouer la tête de droite à gauche.

Amos, marmonne-t-elle, je te comprends mais que vais-je devenir, cette obscurité glaciale auprès de toi me tuera, et elle examine avec rage le corps replié à côté d'elle, un tas d'os sans âme, pourtant jamais elle n'a envisagé de le quitter, comme si, par l'exact équilibre entre frustration et satisfaction, il avait réussi à la retenir, à détourner son attention en l'obligeant à extirper de la chaleur dans sa froideur et à guetter la moindre fissure dans son armure, surtout ne pas rater ces rares instants de grâce que jamais elle ne suscitait, qu'il lui offrait par surprise, et ce qui la motivait, c'était justement qu'il n'en demandait jamais beaucoup, juste qu'on le laisse agir à sa guise, il considérait la liberté comme sacrée, et cela ne s'exprimait pas à travers de grands effets de manches mais dans les simples gestes du quotidien.

S'il se montrait plus tendre envers elle, plus fougueux, se demande-t-elle, s'il ne lui délivrait pas les plaisirs de la vie conjugale au compte-gouttes, arriverait-elle plus facilement à renoncer ? Peut-être que oui, bien que justement ce soit cette triangularité qui l'attire, c'est elle, avec lui et un enfant comme autant de reflets mutuels d'amour, à l'instar de ce qu'ils avaient vécu pendant les premières années de

Nitzane, quand la chaleur qu'il donnait à sa fille ricochait sur elle aussi. Est-ce là le nœud de son désir d'enfant, cherche-t-elle en vrai à regagner l'amour de son mari ? Non, se répond-elle tout fort, ça, ce sera le bonus, la miette sur le gâteau, certainement pas le nœud fondamental qui réside dans les palpitations de la vie, dans les battements d'un petit cœur, c'est cela qu'elle cherche, comment osait-il l'en priver, comment osait-il se dresser entre elle et sa vocation. Ce n'était ni juste ni justifié, le dieu du mariage n'était pas censé exiger de tels sacrifices, des sacrifices humains pour ainsi dire, car ce qu'on lui demandait, c'était de sacrifier soit cet enfant qui l'attendait dans quelque contrée lointaine, soit, si elle refusait, sa famille la plus proche. Mais avait-elle le choix ? Jamais Nitzane ne lui pardonnerait et elle était obligée de préférer son enfant vivante et bien présente à un enfant hypothétique. Une seule voie s'offrait à elle, celle du renoncement, et en plus elle devait renoncer avec amour, sans amertume, oui, c'est avec amour qu'elle devait accepter de ne plus rien espérer, et certainement pas de la reconnaissance, car personne n'apprécierait particulièrement son abnégation.

Oui, elle continuerait, avec amour et résignation, à avancer sur le chemin et rentrer dans le rang des fourmis dociles. Elle avait reçu la part de bonheur qui lui était impartie et il n'y aurait pas de rab, elle avait raté le coche, tout le monde fait des erreurs et maintenant elle devait en payer le prix, à nouveau elle déroule à l'envers le fil de toutes ces années, quand donc l'erreur a-t-elle été commise ? Question idiote car elle s'est renouvelée tant de fois, cette erreur, chapelet de perles noires, gaspillées, elle a été faite et répétée toutes les nuits où elle aurait pu tomber enceinte mais où, totalement focalisée sur la préservation de ses acquis, elle n'avait pas compris que ceux-ci lui échapperaient de toute façon, et comment réparer à présent, combien de nouvelles erreurs pour en réparer une seule, survenue dans le passé. Elle a l'impression d'entendre une porte s'ouvrir, se redresse mais il n'y a personne, peut-être juste les souvenirs incrustés dans cet appartement qui se jouent d'elle et s'amusent à la tromper, ou alors le chat avec sa nostalgie qui déboule soudain de la chambre de Nitzane et saute sur le lit, elle l'attrape et enfouit la joue dans sa fourrure. Lapinou, l'implore-t-elle bien que rien ne soit plus ridicule que de demander à cet animal, encore plus désarmé qu'elle, de changer le passé, Lapinou, Lapinou, Lapinou, qu'allons-nous devenir ? continue-t-elle à lui chuchoter à l'oreille, comme s'il était un oracle antique, comme s'il avait le pouvoir de lui envoyer un signe.

C'est lui, mon frère ! s'exclamait Nitzane en se tortillant autour du chat, c'est le frère le plus mignon du monde, elle plaçait devant lui des petits cadeaux chaque fois qu'elle avait décidé de lui fêter son anniversaire ou les jours dédiés aux chats, des rouleaux de papier collant, des vieux lacets, des souris en caoutchouc, non mais ça tourne à l'idolâtrie féline dans cette maison, plaisantait Amos qui réglait son appareil photo pour immortaliser leurs cérémonies. Moi et Lapinou, on ne veut pas d'autres frère ou sœur, déclarait la gamine de temps en temps, rien de plus facile que de ne pas la contrarier, au moins dans les premières années, ce n'est que plus tard que Dina avait commencé à flancher, à l'approche de la quarantaine, mais alors cela n'avait été que le début des discussions, exactement là, dans ce lit ou dans d'autres, plus grands, au cours d'escapades dans le nord ou le sud du pays, à la lueur de bougies parfumées. Et si on faisait un autre enfant, mon amour, c'est la dernière occasion, on risque de le regretter toute notre vie, mais il s'entêtait dans son refus et comme elle manquait de combativité, elle n'insistait pas, préférait revenir à la charge de temps en temps et attendre son feu vert pour passer à l'action. Il savait tellement bien jouer sur sa corde sensible, Nitzane a encore besoin de toi, vous avez une relation si privilégiée, imagine sa réaction si tu te retrouves soudain accaparée par un bébé ? Ce n'est pas notre truc, crois-moi, Dina, d'ailleurs toi, tu ne t'es toujours pas remise de la naissance de ton petit frère. Tu ne peux pas comparer, protestait-elle, ça n'a absolument rien à voir, mais elle n'insistait toujours pas, attendons quelques semaines de plus, ce n'est pas grave, aujourd'hui on fait accoucher des femmes bien plus âgées que moi, se rassurait-elle, mais les semaines s'étaient transformées en années, pendant qu'elle palabrait et qu'elle argumentait dans l'espoir qu'il accepte, n'importe quelle autre femme un peu plus déterminée aurait fait au moins trois enfants, jusqu'à ce que, environ deux ans auparavant, ses hésitations se fussent soudain cristallisées en une volonté affolée, une volonté devant laquelle Amos s'était un peu adouci, preuve désolante que dès le début tout ne dépendait que d'elle, et les jours adéquats il la satisfaisait avec un sourire paternaliste, comme s'il se pliait aux caprices d'une gamine charmante et trop gâtée, sauf que les mois avaient passé sans résultat, et lorsqu'elle avait commencé à frapper aux portes des médecins, elle avait découvert que c'était trop tard, le noyau fertile, ce noyau mystérieux et bouleversant, menaçant et merveilleux, qu'elle avait porté en elle pendant des décennies sans y réfléchir outre mesure, avait pourri et s'était ratatiné plus tôt que prévu, processus irréversible, alors maintenant qu'elle est allongée sur le dos en train de fixer les vieilles taches d'humidité du plafond, que le chat n'arrête pas de se lécher à côté d'elle, elle voit se dessiner sous ses yeux, avec une netteté cinglante, le reste de sa vie. Mendier un peu de chaleur et de tendresse, voilà à quoi elle en serait réduite, glaner quelques morceaux de bois aux coins des rues, ne plus jamais être illuminée par une grande flamme ardente, à peine des étincelles par-ci par-là éclaireraient-elles son obscurité un bref instant, voilà à quoi elle devrait se résoudre et peut-être y trouver le salut, elle tourne la tête vers les fenêtres coulissantes de la véranda où se profile un ciel jaune, que ne donnerait-elle pour un signe, pour qu'une voix céleste vienne lui indiquer le chemin.

Si seulement elle pouvait s'adresser à un rabbin, un gourou ou même une voyante, mais elle est d'un naturel sceptique, et puis elle a besoin d'un indice personnel qu'elle sera la seule à capter, sans intermédiaires, alors elle sort du lit, s'assied devant l'ordinateur, non, elle ne va pas se laisser happer par les histoires réconfortantes de ses nouveaux amis sous pseudos, plus jamais, elle va cesser de les fréquenter, elle n'est pas aussi audacieuse qu'eux et peut-être pas aussi désespérée non plus. Elle a trop de choses à perdre et c'est pour cela qu'elle va rejoindre dans un instant les malheureuses communautés d'Espagne qui sont sur le point d'être anéanties mais ne le savent pas encore, Valence, Cordoue, Tolède, Séville, voilà que votre fin approche à grands pas, car même si ce ne sont pas les personnes physiques mais la religion juive qu'Isabelle et Ferdinand voulaient éradiquer de la terre d'Espagne, les monarques n'ont pas compris à quel point les deux étaient indissociables, les juifs étaient pénétrés de leur foi jusque dans leur moelle, c'était pourquoi on pouvait affirmer que l'édit d'expulsion n'avait non seulement pas atteint son but qui était la conversion massive des juifs, mais qu'il avait créé les marranes, lesquels aux yeux des institutions étaient encore plus dangereux, elle relit ce qu'elle avait écrit dans l'introduction de sa thèse sur les racines de l'étrange phénomène qu'elle a défini comme un judaïsme sans juifs, oui, c'est sur cela qu'elle devrait se concentrer et non sur une maternité sans enfants, et elle s'étonne à nouveau, avec la même perplexité qu'avant, comment se fait-il qu'il n'y ait pas eu d'assimilation massive, comment avez-vous résisté à la tentation de rester dans vos murs et dans vos villes et avez-vous préféré embarquer sur des rafiots et immigrer en terre étrangère, au péril de tous ceux que vous aimiez ?

Peut-on d'ailleurs comprendre un tel choix à notre époque ? se demande-t-elle tout en continuant à relire le premier chapitre du travail qu'elle avait eu le temps d'achever et même de publier dans le cadre d'un article sur l'affaire du saint enfant de La Guardia, un épisode dramatique où les juifs avaient été faussement accusés de crime rituel, jusqu'à ce que son portable se mette à vibrer sur son bureau et qu'elle entende la voix de son frère, salut, Dina, je suis chez maman, il faudrait que tu viennes. Elle s'affole aussitôt, se sent instantanément orpheline, qu'est-il arrivé à maman ? Rien du tout, elle va bien justement, ne pose pas de questions, viens. C'est que j'allais commencer à travailler sur mon doctorat, marmonne-t-elle mais elle a déjà attrapé son sac, évidemment qu'elle allait venir, pour la première fois depuis des années, la voix de son frère lui met du baume au cœur, petit bout de chou, son premier bébé. Comme elle l'avait aimé ! Encore un qui lui avait été confisqué, oh, comme elle avait voulu le serrer sur son cœur, peau contre peau, mais sa mère l'en avait empêchée. Craignait-elle que la fillette lui fasse du mal, voulait-elle se le garder exclusivement, de toute façon Hemda n'avait pas été la seule à les avoir séparés, tout le système y avait contribué, y compris lui, Avner, son magnifique bébé, qui avait renoncé à elle tout de suite, sans la moindre protestation.

J'arrive, petit frère, dit-elle tressaillant soudain d'émotion au moment où elle se plante devant le miroir pour souligner ses yeux de noir et ses lèvres de rouge brillant. Galvanisée par l'intuition qu'il l'attend avec une grande nouvelle, elle chuchote au tas de muscles immobiles sur le lit, vautre-toi tout ton saoul dans ce calme auquel tu aspires tant, moi, je ne vais peut-être pas revenir. Qui sait, peut-être que l'heure de la résurrection de leur ancienne famille a sonné, une famille restée jusque-là immature et pas bien développée, oui, peut-être que là-bas, entre Avner et Hemda, dans le petit appartement cuisant sous le soleil de midi, elle trouverait le salut.

Mais quelle n'est pas sa surprise lorsque Nitzane, oui, sa fille, ouvre la porte, vêtue d'une des tuniques de sa mère qui lui arrive jusqu'aux chevilles, elle est décoiffée et le sourire de ses lèvres se mue en expression sérieuse, comme si ouvrir cette porte était un acte adulte et responsable, mais elle ne peut s'empêcher de lui tomber dans les bras, de se plaquer contre elle, en une seconde se reforme leur ancienne imbrication miraculeuse et incontournable, Nitzane qui pose la tête dans le creux de son épaule et qui, avec son buste, lui écarte les côtes. Parfait emboîtement du concave et du convexe, du corps et de l'âme, parfait aussi l'apaisement qui s'en dégage, tout va rentrer dans l'ordre, elle le sent soudain et n'ose pas respirer de peur de profaner l'instant, n'ose pas remuer le bout du bout du doigt de peur de couper leur étreinte et de se retrouver à nouveau privée de l'amour de sa fille, sa raison de vivre. Il lui semble que cette immobilité à deux dure des heures, que le soleil s'est couché et que bientôt il se lèverait, que des années passent, qu'elles reculent dans les profondeurs du temps et avancent en soufflant sur les mystères de l'avenir, ce qui était et ce qui sera, la naissance et la mort, la vieillesse, la maturité et l'enfance, tout cela revient presque au même comparé à l'absolue plénitude de leur présent et de leur amour, à la splendeur d'une âme capable d'extraire de ses entrailles un sentiment si essentiel et si violent, et pendant les secondes et les années que dure leur étreinte si forte et si dense, elle comprend que personne ne pourra lui prendre cette splendeur, pas même Nitzane dont elle sent le cœur vivant battre à l'intérieur de son propre corps, oui, rien n'a été retiré du bonheur qu'elles se sont procuré depuis le début et jusqu'à ce jour, rien n'a été réduit à néant, elle ne se désolera donc plus, maintenant qu'elle s'est débarrassée du poids glaçant et glacial des regrets, elle ne se lamentera plus sur un passé inchangeable et l'avenir, peu importe lequel, sera plus léger. Est-ce le but de cette affirmation d'amour qui lui est offert en cet instant, dissoudre les blocs de chagrin qui enserrent ses organes pour que, fondant comme neige au soleil, ils glissent le long de son corps, oui, c'est soudain la fête, sa fille, de par son existence, l'emplit de joie car même si elle prend ses distances, sa présence ne cessera de témoigner des enchantements et des éblouissements qu'elles ont vécus ensemble.

Elle n'y était pour rien, Dina, c'était juste un vœu qui venait de se réaliser intégralement, et ces moments-là, personne ne les lui prendrait non plus, voilà pourquoi elle était calme, voilà pourquoi elle pouvait maintenant couler, les unes après les autres, les fondations de la barrière qu'elle construira entre ce qui était et ce qui sera, bloquer l'intrusion accablante des bêtes sauvages qui erraient dans ses déserts intérieurs, dans le flou des époques, imposant le règne de la terreur et de la solitude. Cette mission lui paraît à présent dans ses cordes, elle en a la force, clôturer les domaines, pierre par pierre, et ce ne sera qu'ensuite qu'elle pourra appréhender le continent mystérieux de ce qu'elle désire, examiner les actes qu'elle aura à accomplir, décrypter les signes et les indices. Merci à toi, ma chérie, chuchote-t-elle en passant les doigts dans la douceur de l'opulente chevelure de Nitzane qui se presse encore davantage contre elle et murmure avec son intonation si particulière, mamaman, je suis contente que tu sois venue, puis elle la prend par la main et la conduit à petits pas réguliers, comme si elle accomplissait quelque rituel antique, jusqu'à son ancienne chambre d'adolescente, et c'est dans cette chambre honnie qu'Avner l'attend, assis dans le fauteuil, il a le visage si émacié qu'elle y retrouve les traces de sa beauté d'avant. Dans le lit, les yeux fermés sous des paupières fripées, est allongée leur vieille mère, les lèvres étirées par un discret sourire satisfait.

C'est bien que tu sois venue, Dinette, l'accueille son frère, on a beaucoup parlé tous les trois de ton projet, et elle s'étonne, vraiment et qu'en avez-vous dit ? Nous sommes tombés d'accord que tu étais très courageuse, moi, courageuse ? se hâte-elle de l'interrompre, je n'ai encore rien fait, ce n'est qu'un fantasme, peut-être mais pour fantasmer, il faut aussi du courage, continue-t-il, et telle que je te connais, ça se traduira en acte, je pense sincèrement que dans cette vie, nous avons rarement l'occasion de prendre des décisions aussi admirables, même si ça a du mal à passer auprès de ta famille, conclut-il avant de tourner la tête vers Nitzane, jamais il ne l'a regardée ainsi, d'ailleurs il ne l'a jamais regardée, la gamine se plaignait de temps en temps de son seul et unique oncle qui n'était pas un vrai oncle, qui ne s'intéressait pas à elle, et Dina lui rendait la pareille avec ses garçons, mais maintenant il la couve d'un regard aussi chaleureux qu'encourageant. Oui, on a beaucoup parlé, mamaman, confirme aussitôt sa fille, maintenant je te comprends mieux et si c'est vraiment important pour toi, tu ne dois pas y renoncer, certainement pas à cause de moi, Dina lui sourit émue, merci, ma grande, je suis très touchée par ce que tu me dis, oui, c'est très important pour moi mais j'ai une famille, je ne veux pas vous faire de mal, et j'espérais parcourir ce chemin à trois, avec toi et ton père.

Bon, je ne pense pas que ça se passera comme ça, j'ai besoin de temps pour m'y habituer, mais je ne crois pas que ce soit une raison suffisante pour y renoncer, quoi qu'il en soit, je lève mon veto, ce n'est peut-être pas assez mais c'est ce que je peux dire pour le moment, si tu veux vraiment adopter un enfant, n'y renonce pas à cause de moi, je ne le supporterais pas, conclut-elle pleine de douceur et Dina secoue la tête avec étonnement tandis que sans raison ses yeux sont attirés par la table de bistro envahie de boîtes de médicaments. Elle se souvient de sa crise de larmes dans le magasin parce qu'elle s'était persuadée que grâce à cet objet cette chambre deviendrait sa chambre, cette vie deviendrait sa vie. Qu'as-tu fait à ma fille, demande-t-elle à son frère en riant, d'ailleurs que fais-tu chez maman au milieu de la journée ? J'habite là, j'ai quitté le domicile conjugal.

Comme il aime prononcer ces mots, même s'il a souvent l'impression d'avoir vécu ici et ainsi toute sa vie, d'avoir toujours dormi dans le lit étroit de la chambre donnant sur le parking, avec le sac de voyage contenant ses quelques vêtements glissé en dessous. J'ai quitté le domicile conjugal, se répète-t-il quand il se réveille la nuit et écoute les gémissements de sa mère, lamentations d'un bébé pour qui on ne peut plus rien et que rien ne calmera, ni biberon, ni câlin, ni tétine, nous pleurons tous les deux notre vie passée, maman, et cela lui semble si évident qu'il a du mal à comprendre pourquoi il ne l'a pas fait plus tôt. Tu passes ton temps à hésiter, à chercher, à investir, à regretter, à promettre et finalement la décision arrive inopinément, presque par inadvertance, sans que tu l'aies programmée, c'est naturel et c'est trois fois rien, oui, c'est finalement un acte de trois fois rien, peut-être est-ce de même avec la mort, oui, peut-être que la mort, qui t'a terrorisé toute la vie, rétrécit au fur et à mesure qu'elle approche, alors quoi, c'est à ça que tu ressembles, la Camarde, telle serait l'allure de notre plus grand ennemi ?

J'ai quitté le domicile conjugal, se répète-t-il toutes les nuits, j'ai pris quelques vêtements et quelques livres, mon ordinateur portable et mon téléphone, je n'ai même pas embrassé les garçons qui dormaient, j'ai fermé la porte, descendu les escaliers comme si j'allais vider la poubelle pour remonter immédiatement, je suis entré dans ma voiture, pas un instant je n'ai pensé à elle, à sa perplexité ou à sa colère, je n'ai pas pris en compte l'outrage des années passées et la peur des années à venir, non, j'ai laissé derrière moi tous les graphiques et les calculs, je les ai laissés dans la zone grise de l'inertie et je me suis jeté à corps perdu dans le tourbillon, me laissant emporter par cet acte de trois fois rien : un homme roule dans la nuit, il retourne chez sa mère retrouver le lit de son adolescence et se coucher entre ses draps usés, redevenir, revivre avant que de mourir.

J'ai quitté le domicile conjugal, ne cesse-t-il de se répéter, le domicile conjugal, c'est là-dessus qu'il insiste, il dit domicile conjugal et non Salomé, car quitter une femme peut signifier trahir, alors que quitter le domicile sonne comme un sacrifice, abandonner une chose précieuse, un bien acquis, au nom d'un but suprême, mais qu'était son appartement et était-il vraiment à lui, était-ce vraiment un acquis précieux, il se surprend à réfléchir de plus en plus aux éléments matériels, les meubles, les bibelots, les différents recoins, la terrasse surplombant la rue, il sortait parfois une chaise et s'y installait au soleil un livre à la main, au lieu de lire il regardait les passants, essayait de capter des bribes de conversations, à la recherche de ce qui confirmerait sa jalousie généralisée et *a priori*, comment font-ils tous pour être plus heureux que moi ? Il pense à la partie du salon occupée par le vieux fauteuil en cuir face à la télévision dans lequel il aimait somnoler mais qu'il trouvait bien souvent déjà occupé, à la cuisine exiguë où il avait toujours l'impression de la déranger même quand c'était lui qui cuisinait ou lavait la vaisselle, il était en charge des grosses casseroles et elle du reste, en fait, il se sentait presque toujours mal à l'aise chez lui, ne s'y trouvait seul que les rares fois où il était malade et donc incapable d'en profiter, à bien y réfléchir, son domicile était justement l'enclos où il se sentait le moins en sécurité, sans cesse harcelé, traqué par les regards de sa femme, toujours déçu et toujours coupable. Non, il n'était pas bien chez lui et n'a donc aucune tristesse à répéter ces mots, il en apprécie même la sonorité, il aime voir la stupeur monter sur le visage de ses interlocuteurs, sa mère, sa sœur, Anati qui était revenue de sa courte lune de miel, quelques confrères aussi, d'autant qu'il l'annonçait sur un ton victorieux, j'ai quitté le domicile conjugal, comme s'il avait terrassé quelque dangereux ennemi.

Vraiment pas de quoi fanfaronner, jouer les héros face à une femme, deux enfants et une vieille impotente, car oui, lui qui, tant d'années, avait craint de se retrouver seul avec sa mère, inventant toutes sortes de prétextes pour fuir sa compagnie, reste à présent avec elle sans être assailli par la moindre angoisse, au contraire, il est presque ravi d'habiter avec cette femme qui ne lui demande rien et passe la plupart du temps allongée sur le dos, les yeux clos, plongée dans ce qui ressemble à du sommeil. Il lui trouve soudain, avec son visage de plus en plus ratatiné et ses pommettes de plus en plus saillantes, une grande dignité, quand il s'adresse à elle, elle se secoue et marmonne avec un sourire d'excuses, j'ai un peu dormi, je suis en retard, elle lève péniblement les paupières et lui fait un clin d'œil pour aussitôt se rendormir, et dans cet entre-deux jaillissent de sa bouche quelques mots comptés qu'il arrive certes à saisir mais dont le rapport entre eux devient de plus en plus mystérieux.

Qui est-ce que tu aimes, Avni ? lui demande-t-elle de temps en temps, et il se défile, quelle question, j'aime mes enfants, qui est-ce que tu aimes, lui redemande-t-elle comme si elle n'avait pas entendu, sache qu'on ne peut pas vivre sans amour, mais que faire s'il esquive la question comme il esquive ses propres questions, pourquoi as-tu quitté le domicile conjugal et pour qui, à quoi ressemblera ta vie et à quoi ressembleras-tu en vieillissant, comment vivras-tu tout seul, comment surmonteras-tu la douleur de ton cœur brisé, car il n'a aucun doute là-dessus, c'est exactement ce qui lui arrivera, peut-être est-ce même déjà arrivé, il a l'impression de tenir précautionneusement son cœur dans ses mains, exactement comme on tiendrait un plat fendu et qui serait à la merci du moindre geste imprudent, c'est pourquoi il évite toute secousse, se meut avec lourdeur, d'un pas lent et hésitant, il évite aussi de la rencontrer, elle, passe de temps en temps par la petite rue après avoir ramené les garçons à la maison, s'arrête devant la haie de bambous à travers laquelle il essaie de saisir quelques lambeaux de voix et d'images mais il n'entre pas, il regagne l'appartement de sa mère et se couche tôt, ou bien il s'installe tout seul au comptoir d'un bar du quartier pour préparer à nouveau ce qu'il dira à Talya et imaginer comment elle réagira. Y a-t-il d'ailleurs un lien entre ce qu'il lui dira et la manière dont elle réagira, y a-t-il un moyen d'influencer sa réaction, c'est-à-dire de la pousser à répondre à son attente, c'est-à-dire à l'aimer ? Et comme ce moyen n'existe pas, il le sait, mieux vaut qu'elle ignore qu'il a quitté le domicile conjugal, sa femme et ses enfants et qu'il lui offre ce que l'homme qu'elle aimait n'a pas été capable de lui offrir, oui, mieux vaut qu'elle l'ignore, parce que si jamais elle comprenait à quel point cet acte est aisé, elle n'en serait que plus humiliée et regretterait encore davantage que ce petit pas de trois fois rien n'ait pas été franchi par la bonne personne, au bon moment.

Et si mon amour arrivait quand même à éveiller le sien, songe-t-il par instants, mais il s'empresse de balayer tout espoir, depuis quand les choses se passaient-elles ainsi dans la réalité, qui es-tu, un adolescent attardé ? N'as-tu pas encore appris la règle toute simple de la ronde des amours déçus, si tu ne m'aimes pas je t'aime ? Parfois, à son grand embarras, il a l'impression d'être un jeune homme éperdu et perdu dans ses fantasmes, transporté par les émois d'une vie à peine éclose, tout ce qu'il ne s'est jamais autorisé, la passion amoureuse, avec sa force et la frayeur qu'elle inspire, son mystère et son désordre, tout cela semble se multiplier parce qu'il ne les vit qu'au plus profond de lui-même, sans elle, il est aussi seul dans son amour qu'un célibataire dans une noce ou qu'une grossesse sans fœtus, l'absence conforte le sentiment puisqu'il n'y a personne en face pour imposer une limite, ainsi Talya se métamorphose en créature surnaturelle et surhumaine, une déesse de l'amour descendue sur terre qui marche pieds nus et le visage triste, une déesse de l'amour qui ne s'est transcendée que par la souffrance et qui maintenant fera souffrir les autres en retour, une déesse que l'on doit soulager et protéger car elle est plus vulnérable que les mortels, si jamais elle est blessée, c'est l'amour qui désertera le cœur des hommes comme l'eau qui s'écoule d'une cruche fendue, alors ils deviendront vides et amers, les hommes, aussi vides et amers que la femme aux traits déformés par la haine qu'il a quittée, une femme qui ne supporte même plus ses propres enfants.

Est-ce que vraiment son dévouement maternel n'avait servi qu'à prouver qu'elle valait mieux que lui ? Car à présent que son départ a sonné la fin de la compétition entre eux, elle semble avoir perdu tout intérêt pour les garçons, il le voit sur leurs vêtements, leur visage, leurs gestes, leur manière de manger, il le voit et son cœur se serre, le tire enfin de son engourdissement affectif et il s'évertue à combler le manque. Alors, on va où, aujourd'hui ? demande-t-il à Yotam qui l'attend à la sortie de l'école et escalade le portail comme un petit singe, manger une glace ? Une pizza ? Au zoo ? Son fils choisit en général avec enthousiasme la dernière proposition, mais Avner entend parfaitement la vibration de détresse qui termine son exclamation ravie. Car il aura beau essayer de l'abrutir avec ses tentatives de diversions dégoulinantes et mielleuses, rien n'y fera, le petit se satisferait volontiers du modeste jardin public du quartier pourvu qu'après ils montent à la maison reprendre leur quotidien apaisant. Il n'y a qu'une seule compensation possible à l'arrachement qu'il leur a imposé sans qu'ils en soient le moins du monde responsables, c'est de leur prouver qu'ils y ont gagné un meilleur père, ce qui est à sa portée, il le leur doit, même si cela n'a rien d'évident, pas tellement avec le petit dont le charme lui rappelle le bébé qu'il a lui-même été, mais avec Tomer, qui bout de colère.

Il doit faire l'effort de se frayer un chemin jusqu'à lui, exploiter ce moment privilégié où Salomé a lâché prise justement, car dans ce pays le temps des pères avec leurs fils est compté, oui, d'ailleurs pendant ses nuits d'insomnie, lorsque ses pensées errent des gémissements infantiles de sa mère à la mère de ses enfants puis à celle qui ne sera jamais mère, il pense de plus en plus à Israël. Son sentiment d'appartenance nationale semble s'être renforcé depuis qu'il s'est déraciné, alors il s'y agrippe et s'interroge sur le destin de la mère patrie avec de plus en plus d'angoisse, elle l'a tellement déçu que tantôt il se réjouit de ses malheurs, liste toutes ses décisions arbitraires et aberrantes, tantôt il est saisi à la gorge par toutes les épreuves endurées et il la sent aussi proche de lui que sa mère ou sa sœur, aussi complexe qu'elles, aussi imparfaite qu'elles, aussi précieuse qu'elles dans sa détresse, il en arrive même à se lamenter sur le sort de son pays comme s'il était déjà scellé, comme si, après tant et tant d'années d'existence, celui-ci avait vieilli avant d'avoir grandi, avait pourri avant d'avoir mûri, il songe à la mort de cette terre comme il songe à la mort d'êtres humains, par exemple à celle, imminente, de sa mère. Comment cela se passerait-il, quel était l'organe qui déclencherait la fin, quel dysfonctionnement détruirait cet État qui n'a pas réussi à se faire aimer de ses habitants et qui allait, en plus, les obliger à le trahir puisqu'ils devraient l'abandonner, exactement comme Salomé, parfois il a l'impression de devenir fou à force de discutailler, de passer des nuits et des nuits en reproches, à lui faire la morale, rien que penser à tout ce qui a été exigé de son peuple, il en a des palpitations d'indignation, c'est quoi, ce pays qui s'appuie sur autant de morts, des morts qui doivent continuer à le tenir à bout de bras malgré leur faiblesse grandissante. Des dizaines de milliers de jeunes morts, presque des enfants, tiennent à bout de bras cet État-nation qui se laisse porter, se prélasse, insupportablement lourd, paresseux, imbécile, se goinfre, boit jusqu'à plus soif.

Ceins-toi d'un sac et roule-toi dans la cendre, peut-être réussiras-tu encore à te sauver, pas pour les vivants mais au moins pour les morts, lance-t-il à ce monstre qui lui renvoie un éclat de rire retentissant, pour qui te prends-tu, réplique la mère patrie, à me donner des leçons de morale, c'est toi qui m'as affaiblie et trahie, je suis tombée malade à cause de gens comme toi et maintenant je suis malade, malade, ses cris lui font mal aux oreilles, se mêlent aux gémissements de sa mère et aux pleurs du bébé des voisins. Calme-toi, mon Yotam, bredouille-t-il, ce n'est qu'un mauvais rêve, papa est là avec toi, papa te protège, sauf qu'il n'est pas là et donc qu'il n'entendra pas les appels de son fils, que reste-t-il de la paternité à celui qui n'entend pas les pleurs de ses fils pendant la nuit. Il doit absolument se trouver un appartement et préparer une chambre pour les garçons, mais au matin, coincé dans les embouteillages sur le trajet qui le mène de chez sa mère à son cabinet au centre-ville, il reprend ses esprits, c'est encore trop tôt pour s'installer, tout a été si précipité, sans réflexion ni préparation, et maintenant il est obligé de planifier *a posteriori*, de prévoir *a posteriori*, non pas qu'il risque de regretter quoi que ce soit, la possibilité d'un retour à la maison lui donne des frissons, non, le problème est qu'il ne cesse de penser, nuit et jour, à un autre endroit, un petit appartement au milieu d'une étroite ruelle, qu'une fragile haie de bambous protège des passants, de tous ces gens incapables d'imaginer que si près d'eux, en plein cœur du tumulte de la vie, l'autre monde a élu domicile.

Il coule son regard à travers le feuillage jaune et touffu, y a-t-il de la lumière sur le seuil, des voix s'échappent-elles des chambres, une ombre passe-t-elle devant les fenêtres ? Qu'elle est fine, cette haie, pourtant totalement hermétique, exactement comme Talya, par instants il lui en veut terriblement parce qu'elle ne semble pas se languir de lui. Combien de temps est passé, plus d'un mois, et rien n'a changé dans le quotidien bien réglé, qu'il connaît par cœur, de cette femme. En fin de journée, elle gare sa voiture non loin de la ruelle, passe par l'artère principale faire quelques courses, se prépare à dîner, des crudités, du fromage, du pain, un verre de vin, met un disque sur sa chaîne hi-fi sophistiquée, encore un opéra, incroyable qu'une personne si avare de ses mots soit folle d'opéras, et alors elle s'allonge sur le canapé un livre à la main, ou bien elle va s'asseoir devant l'ordinateur pour correspondre avec des collègues à l'étranger, plus rien, semble-t-il, ne peut lui causer de la tristesse ni de la joie, plus rien ne la transporte ni ne la bouleverse. Tu finiras toute seule, pense-t-il furieux, en vieille fille juste bonne à jouer les marraines, dites bonjour à marraine Talya, demandera-t-il à ses enfants si un jour il les amène chez elle, mais alors il est saisi par la violence de sa colère. Que lui veut-il ? Doit-elle quelque chose à Avner, c'est lui qui s'est imposé à elle au moment où elle perdait l'homme de sa vie ! Non seulement il la chargeait de ridicules espoirs, mais en plus il osait lui reprocher de ne pas y répondre ! Il commence à s'éloigner en traînant les pieds mais remarque, rangé au bout de la ruelle, un véhicule doré qui n'y était pas précédemment. À cette vision il est pris de faiblesse et sent ses jambes flageoler, elle est là et elle peut le sauver, elle est là et jamais elle ne le sauvera, exténué il s'adosse à la voiture dont le moteur est encore chaud, pose la joue sur le toit et sent la vibration de ce corps métallique qui se donne immédiatement, il caresse la tôle lisse, combien il l'a cherchée, quadrillant la ville au tout début de l'été, voilà, l'été se termine et la distance qui les sépare est toujours la même.

Il frissonne soudain de tous ses membres, sa gorge se noue dans une sensation d'étouffement, que lui arrive-t-il, ses paupières se sont-elles baissées ou la nuit est-elle soudain tombée, est-ce une éclipse de soleil déjà bien bas, il ne voit plus rien, plus rien du tout, mais il entend, il entend très bien une voix agréable qui lui demande s'il a besoin d'aide, il hésite avant de répondre, bien sûr qu'il a besoin de quelque chose mais de quoi et de qui exactement, de l'aide, c'est une notion très compliquée. Un peu d'eau peut-être ? continue la voix, et une bouteille s'approche de ses lèvres, il s'en saisit reconnaissant, il avait terriblement soif sans le savoir, même ses yeux ont soif et il les arrose, se mouille le visage jusqu'à ce que l'image retrouve sa netteté et qu'il distingue une femme grande et maigre debout devant lui, visage anguleux, de longs cheveux humides. Il y a en ce moment un virus qui traîne, ça donne des frissons et de la température, j'en sors à peine, je comprends exactement ce qui vous arrive, dit-elle et il s'étrangle, ah oui ? Et ça dure combien de temps ? Un ou deux jours, pas plus, avez-vous besoin d'aide pour rentrer chez vous ? Non merci, ça ira, j'habite juste là, et il indique la haie de bambous.

Venez, je vous raccompagne, elle lui attrape le bras et il prend appui sur elle, une agréable odeur d'automne se dégage de sa chevelure, soudain il se ravise, honteux de son mensonge, s'écarte, inutile, je vais beaucoup mieux, vraiment merci, comment justifierait-il, sur le seuil de sa propre maison, qu'il n'ait pas les clés et sonne avec l'hésitation d'un invité indésirable. Vous êtes sûr ? insiste l'inconnue en le lâchant et il répond, oui, oui, sûr et certain. Elle fait demi-tour et il a encore le temps de lancer à sa silhouette qui s'éloigne, merci, vous m'avez sauvé. De dos elle a l'air d'une gamine, avec son long chemisier blanc qui descend sur un jean moulant, soudain il a très envie qu'elle revienne, alors il lève le bras, agite la bouteille d'eau vide qu'il a gardée et s'écrie, bien que la femme ne le voie pas, hé, votre bouteille, comme si elle lui avait confié quelque objet de valeur, mais elle est déjà loin, il approche le goulot de sa bouche et essaie d'en extirper une dernière goutte, sa soif est inextinguible, il s'imagine à genoux comme un chien en train de laper de l'eau d'une flaque ou du caniveau, laper avec une langue qui s'allonge, son palais ne peut plus la contenir, elle aspire la moindre goutte d'humidité sur son chemin mais s'alourdit à présent de plus en plus et le tire vers le bas, longue langue lourde qui ressemble à une queue frétillante, bientôt, il s'écroulera sur le pas de la porte, il cherche avec affolement la sonnette, avoir le temps d'émettre un signe de vie avant de s'étaler sur l'asphalte, avoir le temps de lui donner une dernière chance pour qu'elle l'invite à entrer, qu'elle le couche dans son lit, essuie discrètement une larme avec le bord de son chemisier et lui assure qu'il ne doit pas s'inquiéter, qu'il sera bientôt soulagé.

Les doigts qu'elle pose sur son front lui font mal, vous avez de la fièvre, déclare-t-elle, vous devez rentrer chez vous. Est-ce parce qu'elle ne l'a pas vu depuis plusieurs semaines qu'elle a les mains si froides, l'a-t-elle attendu tout ce temps ? Elle ouvre la porte à contrecœur, sa robe rouge est fanée, ses cheveux retenus par une pince, ses mains couvertes de boue et un tuyau est enroulé autour d'elle, sans doute était-elle en train d'arroser son jardin, sans doute l'a-t-elle vu derrière la haie mais elle s'est bien gardée de lui ouvrir, peut-être même l'a-t-elle entendu raconter à l'inconnue qu'il habitait là. L'odeur de la terre mouillée le renvoie à un désir lointain et il lui dit, vous m'avez manqué, Talya, je ne me sens pas bien.

Venez, entrez, je vais vous préparer un thé avec du citron, elle remplit la bouilloire tandis qu'il se laisse tomber, sans force, sur le canapé, je ne peux pas rentrer chez moi, bredouille-t-il d'une haleine fiévreuse, j'ai quitté le domicile conjugal, il lui a asséné ces mots brûlants au lieu de lui annoncer la nouvelle comme il l'avait prévu, avec douceur et sur un ton anodin, elle sursaute, s'écarte de ce rêve tout neuf qui écorne le rêve tout vieux qu'elle caressait autrefois, elle les avait tant attendus, ces mots, mais pas de cette bouche. Vraiment, pourquoi ? demande-t-elle. Il n'avait jamais évoqué sa femme dans leurs conversations, s'était contenté d'allusions suggérant une situation tendue, le voilà à présent en train de lui offrir maladroitement son cadeau inutile, alors il répète, pourquoi ? En voilà une drôle de question, comment voulez-vous que j'y réponde, des explications, il n'y en a aucune ou des milliers, lâche-t-il sur un ton où perce l'irritation et elle admet qu'il a raison, je voulais juste vous dire que j'étais désolée de l'apprendre, et à nouveau il s'énerve, pourquoi était-elle désolée, avait-il laissé entendre qu'il s'agissait d'une catastrophe, ne voyait-elle pas que c'était une chance, un espoir, il avait attendu trop longtemps et s'était trop préparé à cette conversation qui ne se déroulait finalement pas du tout comme il l'avait prévu, il aurait dû débarquer chez elle le soir du mariage d'Anati, avec sa rupture encore toute chaude entre les mains, venir à elle plein de vie et de tumulte et l'emporter dans le tourbillon de l'instant, non se présenter ainsi, faible et malade, pourri par de vaines pensées. Comme elle a soudain le visage sévère ! On dirait qu'elle le réprouve, se peut-il, puisque Raphaël Alon était mort avant d'avoir quitté sa famille, qu'elle ne veuille plus qu'aucun homme sur terre ne quitte sa famille, et encore moins sous ses yeux ?

Elle va se laver les mains dans l'évier de la cuisine, élimine de ses doigts le contact de la peau d'Avner, il en profite pour reporter son attention sur la bibliothèque et remarque que les deux photos entre lesquelles s'inscrivait l'histoire de cette femme n'étaient plus à leur place, cherche-t-elle, elle aussi, un nouveau départ ? Cette constatation attise sa colère, comme si c'était à lui qu'elle avait renoncé, rien ne les unissait à part son amant défunt qui avait tissé entre eux ce lien si fragile et qui, de ses fins doigts jaunis par la maladie, les avait tous les deux saisis par le bras. Où sont les photos ? demande-t-il. Élishéva est venue hier, je les ai enlevées pour ne pas la blesser et j'ai oublié de les remettre. Élishéva est venue ici, pour quoi faire ? s'enquiert-il, ravi de reprendre le fil de cette histoire qui lui est devenue familière, presque notre histoire, songe-t-il, car nous n'en aurons jamais une autre.

Pour parler, pour m'entendre parler, pour compléter le tableau, dit-elle en se retournant vers lui et en s'adossant au plan de travail. Et comment ça s'est passé ? C'était triste, soupire-t-elle, comment peut se passer la rencontre de deux veuves, et il sursaute de la fierté qu'il détecte dans cette réponse, la voilà reconnue comme veuve par la veuve officielle, une sacrée promotion, il a envie de la secouer, la vie s'enfuit, Talya, aussi rapide qu'un lapin, aussi rusée qu'un renard, n'est-ce pas assez d'avoir renoncé à la première moitié de votre existence pour cet homme, sacrifierez-vous aussi la seconde moitié, à l'instar de ces veuves hindoues vouées au bûcher, vous qui n'êtes même pas une veuve ?

Votre thé refroidit, buvez-le, j'y ai mis de la citronnelle du jardin, et il réplique, votre vie refroidit. Elle a un sursaut étonné, s'assied dans le fauteuil en face de lui, très droite, il imagine son corps aussi scellé et rigide que celui d'une poupée, petits seins sans tétons et vulve sans fente, pardon mais qu'essayez-vous de dire ? Ne vous vexez pas, Talya, commence-t-il le regard fuyant, comment se proposer à elle, je sais bien que ce ne sont pas mes affaires, mais je vous apprécie beaucoup et j'aurais été content de vous voir revenir vers la vie.

Vous raisonnez trop et vos hypothèses sont erronées, je n'ai pas à revenir vers cette vie dont vous parlez car je n'y ai jamais mis les pieds, et jamais je n'ai voulu y mettre les pieds, je n'ai pas voulu fonder de famille, je voulais Raphaël, c'est tout, poursuit-elle d'une voix atone et il la revoit, seule sur l'estrade, avalée dans le grand sourire photographique du défunt, voyez-vous, les gens mélangent l'amour et la famille, les enfants et la passion, ça n'a jamais été ma tasse de thé, pas quand j'étais jeune et encore moins maintenant. Elle se penche sur son portable qui, posé sur la table entre eux, émet un bref couinement, lit le message avec curiosité avant de reprendre tout en gardant les yeux fixés sur l'écran de sorte qu'Avner a l'impression qu'elle lit un texte à haute voix, je déteste la situation des femmes dans ce pays, cet asservissement volontaire qu'elles s'imposent, parce que si elles se sont libérées de leur mari, elles restent sous le joug de leurs enfants, cessent d'être des femmes pour devenir des mères, moi, je ne voulais pas de cela, et ce n'est qu'hier que j'ai compris tout ce que j'avais gagné à ma situation, heureusement qu'il n'a pas quitté sa femme, j'ai reçu le meilleur, notre amour est resté un sanctuaire non profané.

Vous ne regrettez vraiment pas de ne pas avoir eu d'enfants ? s'entend-il protester au nom de ses propres enfants qui soudain lui manquent terriblement, comme il voudrait les avoir maintenant, tout de suite, auprès de lui, non, j'ai toujours su que je n'aurais pas d'enfants, je n'aime pas les mélanges. Qu'est-ce que ça veut dire ? Eh bien, quand j'étais petite, j'adorais peindre mais je détestais mélanger les couleurs, j'aimais la beauté des à-plats primaires, les gamins mélangent tout jusqu'à ce que ça devienne une bouillie grisâtre, il l'écoute et pense soudain à sa sœur, savez-vous que, commence-t-il mais il s'arrête net, pourquoi lui offrir l'histoire de Dina qui vient de découvrir que sans nouvel enfant sa vie n'a plus de sens, il la dévisage, comme elles sont étonnantes, les femmes, songe-t-il, d'un côté il y a sa sœur, de l'autre Talya et au milieu Salomé. Qu'ont-elles en commun à part la défiance qu'il leur inspire, une défiance profonde, fondamentale, certes pour des motifs différents, voire opposés, pourtant, n'est-ce pas cela qui réunit toutes les femmes de la terre ? Même sa jeune stagiaire a développé envers lui une aversion non dissimulée, à moins que cela ne vienne de lui, oui, il a l'impression que cette défiance enfle et comme il ne peut plus soutenir son regard, il détourne la tête vers la fenêtre à barreaux où se reflète l'intérieur de la haie, ombres tremblotantes dans un entremêlement de branchages. Est-ce parce qu'elle n'a pas besoin de lui qu'il ne se sent plus du tout attiré par elle, c'est étrange car il le savait depuis le début, c'était même cela qui avait éveillé son désir. Toutes les autres se plantaient devant lui avec des exigences, sa mère, sa sœur, sa femme, les juges et les avocates, les femmes sont des exigences ambulantes, chaque cellule de leur corps déborde d'exigence, toutes dirigées vers lui, vers l'homme, tandis qu'eux, les hommes, c'est du monde qu'ils exigent, à moins que cette analyse ne soit qu'une vision masculine et erronée, peu importe, cette femme-là, assise la cheville droite sur le genou gauche, la robe un peu remontée et les plantes de pied tachées de boue, cette femme-là est sans exigence, est-ce ce qui remet à présent sa féminité en question ? À nouveau, il imagine son corps aussi scellé et rigide que celui d'une poupée, petits seins sans tétons et vulve sans fente.

Elle laisse échapper un large bâillement qui lui étire le visage, excusez-moi, je n'ai pas dormi de la nuit, Élishéva est restée jusqu'au matin, je suis très fatiguée, je m'en vais, Talya, ne vous inquiétez pas, lâche-t-il avec précipitation, je ne veux pas vous importuner, croyez-moi, dès le premier instant où je vous ai vue, j'ai eu envie de vous aider mais c'est apparemment inutile, j'ai davantage besoin d'aide que vous, imaginez-vous qu'une inconnue a dû me soutenir tout à l'heure dans la rue, elle sourit sans écarter les lèvres, ce n'est qu'au léger tressaillement de sa joue qu'il remarque ce sourire, comme elle est fragile, sa peau, pense-t-il, en vieillissant, elle se déchirera mais ne se flétrira pas.

Je vous remercie, répond-elle avec un grand sérieux, aider, c'est quelque chose de compliqué, j'imagine que vous vous en rendez compte tous les jours dans votre travail, si seulement vous pouviez m'aider et si seulement je pouvais vous aider, elle se penche en avant et enlève une fine pellicule de boue autour de sa cheville qui semblait enrobée de chocolat, mais je peux peut-être tout de même vous aider avec un conseil, reprend-elle un peu hésitante, vous devriez retourner chez vous, les mots qu'elle prononce le blessent et il sent dans son corps le vide qui allait bientôt prendre possession de chacune de ses cellules. Que savez-vous de mes rapports avec ma femme, et elle lui concède tout bas, rien, c'est vrai, mais si vous avez tenu ensemble jusqu'à présent, ce n'était apparemment pas si terrible.

Qu'avons-nous effectivement fait ensemble jusqu'à présent, se demande-t-il torturé par la conviction de ne rien avoir accompli dans la vie, de ne s'être jamais marié, de n'avoir jamais eu d'enfants, c'est comme s'il ne cessait de tambouriner contre une porte fermée, son offrande n'a pas été acceptée, refusée à plusieurs reprises et en même temps, jamais, jamais il ne s'est autant abandonné, il a la peau striée de toutes les griffures de son ratage et son intérieur est déjà plein du vide qui l'envahira au moment où il devra accepter qu'elle sorte de sa vie, il la contemple encore, elle a les mains distraitement serrées autour des chevilles, le vernis noir a été enlevé de ses ongles de pieds pâles, presque invisibles.

Que voulez-vous, Talya ? Qu'allez-vous devenir ? demande-t-il, j'ai planté des cyclamens dans le jardin, dit-elle calmement en tendant pour preuve ses mains ouvertes bien qu'elles n'aient plus aucune trace de terre, j'attends de les voir fleurir en hiver, j'aime les cyclamens, j'aime mon travail, je viens d'obtenir un budget pour démarrer un nouveau programme de recherches, mes parents ont vécu ici une vie simple, maintenant c'est mon tour, et il pense à sa propre famille, chez nous, on voit tout en grand mais seulement dans sa tête, c'est le pire des systèmes, de grands rêves pour de maigres réalisations. Dans ma famille, on se crée des mythes, lui raconterait-il s'il le pouvait, ma mère et son lac agonisant, mes grands-parents et leur kibboutz érigé en idéal de société, l'Europe perdue de mon père, moi, preux chevalier des démoralisés, et maintenant ma sœur en train de se créer le mythe le plus audacieux, le plus désespéré de tous, trouver le salut en allant sauver un pauvre orphelin, qu'avons-nous en commun avec l'éclosion des cyclamens en hiver ? Qu'avons-nous en commun avec la petitesse d'une vie simple ? Et pourtant, comme il aurait voulu être là avec elle en hiver, lorsque fleuriraient les cyclamens de toute leur douce palette de roses, s'asseoir avec elle dans le jardin pendant que Tomer et Yotam joueraient au ballon sur le gazon à peine repoussé, lorsque le froid se renforcerait, ils rentreraient à l'intérieur et Avner leur préparerait un bon chocolat chaud, ce serait simple et fabuleux, événement minuscule dans l'histoire de l'humanité mais bouleversant pour lui parce qu'elle en aurait été témoin, elle aurait vu de ses yeux comment il embrassait ses enfants, comment eux se passaient la langue sur des lèvres sucrées par la boisson, peut-être que si ces simples images le remuent autant, c'est parce que jamais elles ne se concrétiseront, il le sait, elle le sait, même ses enfants endormis dans leur lit le savent, même sa femme le sait, elle qui se consume dans une flamme de colère éternelle sans trouver de consolation. Il allait se sauver de cette maison de poupée où même les plus modestes de ses rêves ne se réaliseront jamais, il allait retourner chez lui, mais avant cela il devait la toucher. Ce n'était pas là du désir mais une quête profonde et antique qui l'habitait totalement, de la pointe des pieds au sommet du crâne, une quête née bien avant lui et qui durerait après lui, telle la quête de l'univers pour ce fameux rayonnement originel qui accompagnait la création du monde.

Elle se lève et se dirige vers sa chambre à coucher, il la suit du regard, à l'affût du moindre geste, va-t-elle lui suggérer de la rejoindre ? Elle revient les bras chargés de draps blancs et d'un oreiller, dormez ici cette nuit, dit-elle tout bas, vous ne pouvez pas traîner dehors dans cet état, il se lève lourdement et l'observe lisser le drap en parfaite soubrette, taper l'oreiller, tout cela elle le fait pour lui et bien qu'elle ne serait aucunement désolée s'il lui disait maintenant, merci, Talya, mais je vais rentrer dormir chez moi, ce que d'ailleurs il devrait dire, ce qu'il devrait faire. Pourtant ce sont d'autres mots qui sortent de sa bouche, merci, je n'ai pas la force de conduire, j'habite en ce moment chez ma mère, à Armon haNatziv, ajoute-t-il inutilement tandis qu'il enlève ses chaussures pour les remettre aussitôt de crainte de l'odeur, mais elle ne se rend compte de rien, lui tend un pyjama bleu orné d'étoiles jaunes, observer le ciel, c'est aussi voir ce qui n'existe plus, des étoiles mortes depuis longtemps, puisque les astres se trouvent à des années-lumière de notre planète.

Raphaël avait un faible pour les pyjamas, déclare-t-elle en souriant, il affirmait qu'il dormait beaucoup mieux avec, on aurait dit un gamin. Vraiment ? Et il avait aussi son nounours ? chuchote Avner avec un petit rire, attrapant fiévreusement la veste étoilée dont le tissu dégage un parfum si frais qu'il semble sortir de la lessive. Je le mets parfois en dormant, avoue-t-elle, je me réveille le matin et je l'ai sur moi sans me souvenir de l'avoir enfilé, à ces mots il lâche le doux vêtement, c'est peut-être lui qui vous habille, je préfère me débrouiller sans, je dors toujours tout nu, précise-t-il, étonné de l'intimité sèche qui s'est instaurée entre eux, aurions-nous pu un jour être amants, il y a vingt ans, dans vingt ans, car maintenant ce n'est pas le bon moment, pas la bonne nuit.

Dormez bien, dit-elle, de près, elle a le visage encore plus mince et plus fatigué, ses yeux semblent élargis à cause de l'ombre qui les souligne et il chuchote, vous aussi, Talya, dormez bien, une tristesse aiguë se plante dans sa chair car il ne la reverra plus, il le sait, il en a la certitude au moment où la porte de la chambre à coucher se referme sur elle, il ne la reverra qu'une seule fois, après qu'elle aura éteint sa petite lampe de chevet, que les pas dans la ruelle se seront raréfiés, que le grésillement des insectes du jardin se sera perdu dans le frissonnement de l'herbe qui perce la terre et le chuchotement des cyclamens qui sortent de leurs oignons, il s'allonge tout habillé sur le canapé, le corps tendu et le sexe douloureux, pose sur son visage la veste de pyjama et soupire lourdement. Des mots tout chauds craquellent sur sa langue comme des marrons, son désir devient de plus en plus ardent mais il n'a pas d'exutoire, elle est faussement proche, quelques pas les séparent cette nuit pourtant aucune femme au monde ne lui semble plus inaccessible, même celle qui lui a donné de l'eau avant de disparaître dans la rue lui est plus proche, il pose une main sur son sexe et se redresse, il doit s'en aller, il doit fuir cet endroit, mais avant cela il se séparera d'elle à sa manière à lui, car on ne peut se séparer que de ce qu'on a possédé.

Sous la lumière de la pleine lune qui traverse la fenêtre, elle offre un visage glacé de femme mûre, un bref instant il la voit à l'âge de Hemda car de fines rides indiquent celles qui la marqueront quand il ne sera plus là, quand il n'y aura plus personne auprès d'elle. Ses traits sont figés dans une expression d'intense concentration, comme si, taraudée par une pensée amère, elle n'avait cessé de la tourner et de la retourner dans son esprit jusqu'à ce qu'elle s'endorme, il tend le bras et écarte d'une main tremblante la bretelle de la chemise de nuit blanche. Repose en paix, belle fiancée, l'inscription gravée sur la pierre tombale devant laquelle il l'avait attendue en vain remonte dans sa mémoire, repose en paix sur ta couche, marmonne-t-il le souffle court, ses yeux glissent sur les tétons pâles, le ventre plat et déterminé. Elle remue soudain dans son sommeil, soulève un peu une jambe et dévoile une cuisse d'adolescente, toi non plus tu n'y échapperas pas, lui chuchote-t-il, mais pour l'heure elle est là, offerte et intouchable, il a du mal à respirer et l'impression que des vapeurs d'encens jaillissent de sa gorge et que, dans un instant, la chambre va être embrasée par son souffle brûlant. Tremblant, en sueur et pourtant très calme, comme quelqu'un qui s'est enfin décidé à prendre sa vie en main, il se penche vers elle et passe les lèvres sur la douce peau de ses cuisses laiteuses, il sait qu'elle ne se réveillera pas, il sait que même si elle se réveillait, elle ferait semblant de dormir, qu'elle le laisserait terminer sa cérémonie d'adieux, car c'est d'un rituel qu'il s'agit, d'une vénération idolâtre interdite. Il voit un reste de boue sur sa cheville et le lèche, goûter la saveur de la mort, ce sont ces mottes de terre qui les attendent, elle et lui, sa mère et sa sœur, sa femme et ses enfants, saveur profonde et étrange mais pas inconnue, comme si tout ce qu'il a un jour porté à sa bouche la contenait déjà, il s'agenouille au pied du lit et plaque les mains l'une contre l'autre. Donne-moi la vie, chuchote-t-il, pas avec toi mais sans toi, offre-moi une seconde chance avant que je ne sois enfoui dans la terre, toi, la femme qui n'a encore donné la vie à personne, redonne-moi la vie, il me faut une réponse, et il lui incruste sa prière sur la peau par ses syllabes chauffées à blanc, il les grave sur son pied, sa cheville et à l'intérieur de ses cuisses, sur les poils de son pubis, sur son ventre, ses seins et son cou, sur ses épaules, sur ses bras, chaque parcelle de son corps l'enflamme pareillement, aussi bien les cachées que les révélées, il y marque son incantation, donne-moi la vie comme si j'étais un oignon de cyclamen, donne-moi ce dont tu as été privée, toujours agenouillé il se balance d'avant en arrière, ses lèvres remuent, sa voix n'émet aucun son. Du sommet de son crâne, il sent couler une cascade qui descend le long de son corps, une cascade qui fait trembler sa poitrine et lui retourne le ventre, lui secoue le sexe et jaillit au monde, amère et douloureuse comme si on lui avait saigné l'âme, il sanglote à ses pieds, soudain elle écarte les lèvres dans un sourire hagard et tend la main vers le visage d'Avner, on dirait qu'enfin son offrande est acceptée, alors il se redresse lentement et avec des gestes prudents, tel un père qui touche pour la première fois son nouveau-né, il lui enfile le pyjama, lui soulève le dos, tire les bras et la repose enveloppée de petites étoiles jaunes, le corps perdu dans la veste trop large, le visage rendu plus blême encore par l'étoffe d'un bleu si profond.

Une brise de début d'automne passe par la fenêtre ouverte, rafraîchissante, il tourne les yeux vers la pleine lune et sursaute devant son sourire d'adieu qui dévoile de longues dents blanches. Il le connaît, ce sourire, n'est-ce pas celui du mort, de Raphaël Alon, il bondit sur ses pieds malgré la douleur infligée par ses genoux ankylosés après sa longue prière, s'agrippe au mur, progresse en titubant, et avant de le regretter et de s'affaler sur les draps accueillants du canapé, il sort, claque la porte qui se verrouille derrière lui grâce à un nouveau loquet, le portail se ferme en un clic déterminé, le voilà à nouveau dans la ruelle qui mène à l'artère principale au bout de laquelle se trouve son appartement, là où dorment sa femme et ses enfants, il marche vers eux en somnambule, il doit leur dire quelque chose d'éminemment important, leur faire part de la révélation qu'il vient d'avoir concernant le reste de sa vie.

CHAPITRE 11

Il faut oublier ce rêve, parce qu'il ne se réalisera pas. Une fois que vous aurez accepté cela, vous pourrez réellement examiner la question de l'adoption et voir si effectivement c'est ce que vous voulez. Il faut que vous effaciez l'image du petit bébé tout mignon qui s'abandonnera entre vos bras. Ne vous basez surtout pas sur ce que vous avez vécu avec votre fille. Bien sûr, vous cherchez à retrouver la chaleur et la tendresse d'avant, vous êtes pleine de nostalgie pour tout ce que la petite enfance apporte de joie et de douceur, mais il n'y a quasiment aucune chance pour que les choses se passent comme vous l'imaginez. On ne vous donnera pas un nourrisson mais un enfant blessé qui en aura déjà beaucoup trop vu et qui sans doute refusera toute marque d'affection, il préférera mordre et taper qu'embrasser, du moins dans les premiers mois. Je ne dis pas cela pour vous faire peur, mais pour vous préparer, moi, je ne l'étais pas assez et ça a été très pénible.

Vraiment, comment ça ? demande Dina d'une toute petite voix, elle s'attendait à ce qu'on l'encourage, pas à ce qu'on l'effraie, en matière de frayeurs, elle a son propre lot, merci, mais que faire, la femme assise en face d'elle dans ce café du centre-ville est passée à l'acte, il lui faut donc l'écouter. Sur le forum, cette blonde à la peau un peu rougie se présente sous le pseudo de Poucette, si bien que Dina a été surprise de voir arriver une grande bringue au corps lourd. J'ai passé dix ans à essayer de soigner mon infertilité, continue Poucette qui s'exprime avec franchise et cordialité, mon fils avait douze ans et je tenais absolument à avoir un deuxième enfant, je ne pouvais pas me résoudre à fermer la boutique, à ne pas avoir un autre petit bébé à la maison. Dix ans de traitement avant que je baisse les bras. Mon mari était prêt à un deuxième enfant, mais pas à l'adoption à cause du risque d'être trompé sur la marchandise. La bataille a été longue et rude jusqu'à ce que je finisse par le convaincre. Après, le processus aussi a été long et rude, finalement on nous a proposé une petite fille, on a fait plusieurs voyages, subi toutes sortes de contrôles, le tribunal, il faut avoir des nerfs à toute épreuve, mais le plus dur commence au moment où se termine la bureaucratie, c'est-à-dire au moment où enfin tous les éléments étrangers sortent de votre vie et où vous vous retrouvez face à une fillette de qui, sur décision de justice prise un beau jour dans un pays étranger, vous êtes soudain devenue la mère.

Comment ça s'est passé ? demande Dina à nouveau tenaillée par cette satanée douleur intercostale qui la gêne pour écouter la réponse exhaustive, on m'a donné une gamine de deux ans sous-alimentée, chauve, blême et terrorisée. À l'orphelinat, elle était comme une poupée amorphe qui ne réagissait pas et j'ai eu peur de cette apathie mais dès l'instant où nous l'avons sortie de cet endroit elle s'est métamorphosée en excitée. Elle s'agitait dans tous les sens et chaque fois que j'essayais de la prendre dans mes bras, elle s'enfuyait. En plus, mon mari, qui dès le début n'adhérait pas à la démarche, ne cessait de me rabâcher qu'il m'avait prévenue et qu'à son avis quelque chose clochait chez elle. La nuit, elle se réveillait avec de telles frayeurs qu'on n'arrivait pas à la calmer, quand je m'approchais, elle hurlait de plus belle et donnait des coups de pied, je sentais que non seulement elle m'incluait dans son cauchemar mais que toute notre vie tournait au cauchemar, et le problème, c'est que cela ne vient pas progressivement. Avec un enfant qu'on a mis au monde, les liens se construisent petit à petit, lorsque les difficultés surgissent, on a déjà eu le temps d'installer une profonde intimité et de l'amour. Là, au départ, on n'avait rien en commun et malgré la meilleure volonté du monde on se retrouvait avec une fillette étrangère en qui on n'avait pas assez confiance, pas non plus assez de vécu commun pour accueillir sereinement les problèmes qu'elle posait, un sentiment d'ailleurs totalement partagé, elle non plus n'avait pas confiance en nous. S'apprivoiser requiert une patience infinie, ces enfants sont comme des prisonniers qui viennent d'être libérés. Autre chose, il faut éviter de les assommer tout de suite avec trop d'amour, l'amour aussi peut être pesant, d'un côté ne pas leur imposer le poids de nos attentes, de l'autre s'occuper d'eux avec douceur et retenue pour leur donner le temps de s'habituer… Combien de temps, répète Poucette qui se couvre les bras d'une large étole de laine, il fait frais tout à coup, vous ne trouvez pas, l'hiver est précoce cette année, combien de temps ? répète-t-elle une seconde fois, eh bien, ça n'est pas encore vraiment terminé et je pense que le combat est sans fin. Mais la première année a été la pire. C'était un âge difficile et elle était très curieuse, soudain propulsée dans un monde nouveau, alors elle courait partout, appuyait sur tous les boutons, sur l'ordinateur, la télévision, la radio, le lave-vaisselle. Elle jetait la nourriture sur le sol, claquait les portes et moi, je devais sans cesse lui dire non. Dès qu'elle se réveillait commençait le bras de fer. Rien à voir avec ce que j'imaginais, au lieu de la serrer contre moi, de la couvrir de bisous, de lui lire des histoires et de jouer aux cubes, je la poursuivais dans toute la maison en répétant non à longueur de journée, ce qui ne servait à rien, vu qu'elle ne m'écoutait pas. Soudain, j'ai compris ce que signifient des termes comme tester les limites ou souffrir d'un manque affectif. C'est là qu'on découvre que ce n'est pas parce qu'un enfant est en manque d'affection qu'il s'abandonnera à l'amour que vous avez pour lui, au contraire, il n'a pas l'habitude d'être aimé et n'y voit qu'une menace. J'ai dû attendre des mois avant que ma fille s'apaise, qu'elle accepte de s'asseoir sur mes genoux, d'écouter une histoire. Et je ne vous raconte là que les petits problèmes. Au début, j'étais sûre que quelque chose ne tournait pas rond chez elle et ne rien savoir sur son héritage génétique me rendait folle. Elle se cognait la tête contre le bord du lit, se tapait, tapait ses jouets et nous mordait. Mon fils, lui, disait qu'il aurait préféré un chien, il me demandait tout le temps pourquoi je n'en avais pas pris un à la place de cette furie, or lui, justement, il voulait une petite sœur, mais pas comme ça, sans compter qu'on ne cessait de se disputer avec mon mari qui n'avait pas accepté de ne pas avoir d'autres enfants biologiques.

Il a fini par nous quitter au bout d'un an. Aujourd'hui il est resté très proche de notre fille, mais entre-temps il s'est remarié et a fait des enfants. D'ailleurs comment se positionne votre mari dans cette histoire ?

À vrai dire, il ne se positionne pas du tout, avoue Dina du bout des lèvres, mais j'espère arriver à le convaincre, oui, confirme la femme, c'est plus dur pour eux que pour nous, ne pas utiliser leur propre sperme porte atteinte à leur ego et puis ils ont en général besoin de plus de temps que nous pour s'attacher à un enfant. Ils commencent toujours par se mettre en compétition avec lui et ont du mal à avaler que nous ne puissions pas nous contenter de leur présence à nos côtés. Cela dit, ne vous leurrez pas, là n'est pas la plus grande difficulté. J'imagine que, d'une manière ou d'une autre, votre mari finira par accepter, la question est de savoir si vous tiendrez le coup, si vous avez les épaules assez solides, parce que ce sera votre responsabilité et c'est vous et vous seule qui devrez fournir tous les efforts, Dina hoche la tête, abattue, ses yeux errent sur la rue éventrée par les bulldozers et les ouvriers, quel dommage qu'ils réaménagent le centre de Jérusalem, elle avait toujours eu un faible pour son côté délabré. Même à l'époque des attentats, elle s'y risquait de temps en temps, venait flâner dans les librairies d'occasion en quête de bonnes affaires et de souvenirs, c'est ici qu'on aimait s'asseoir, avec Orna, on se commandait des cafés liégeois et on corrigeait nos copies, un soir Emmanuel était passé soi-disant par hasard et elle s'était aussitôt éclipsée pour laisser les amants ensemble. Elle se tend au son d'une sirène d'ambulance, mais heureusement aucune autre ne suit, une sirène isolée est le signe d'une catastrophe personnelle, plusieurs d'affilée deviennent une catastrophe nationale, c'est-à-dire une catastrophe qui risque de la concerner elle aussi. Que de négociations n'avait-elle pas engagées avec le pire, si tu me prends ma Nitzane, je me prendrai moi-même la vie, c'est l'avantage de n'avoir qu'un seul enfant, mais s'il te plaît, ne la prive pas de ma présence tant qu'elle a besoin de moi. D'ailleurs, maintenant que ma fille a grandi et qu'elle a moins besoin de moi, j'ai moins peur, songe-t-elle soudain, c'est sans doute mieux ainsi, sauf que si je suis attablée ici en cette heure, c'est justement pour recommencer à tout prix, enclencher de nouveau une telle relation, Dina se secoue, sent elle aussi la baisse de la température mais elle a oublié de prendre un pull et de toute façon aucun vêtement ne serait capable de repousser le souffle froid qui la glace de l'intérieur, dites-moi, comment se comporte-t-elle maintenant ? Quel âge a-t-elle ?

Déjà huit ans, c'est une adorable fillette mais tout reste compliqué. Fièrement, Poucette lui tend son portable où s'affiche la photo d'une gamine blonde aux yeux cachés derrière d'épaisses lunettes, tenez, rien qu'hier, quand je lui ai dit d'aller se coucher, elle m'a répondu en hurlant que sa vraie mère, qui était plus gentille que moi, lui aurait certainement tout permis. Ah bon ? lâche Dina déçue, et comment réagissez-vous ? J'ai encore du mal mais j'essaie de ne pas me vexer, je lui explique que ce qu'elle ressent est naturel mais que c'est moi qui l'élève et que c'est à moi qu'elle doit obéir. Ces derniers temps, elle s'intéresse beaucoup à sa mère biologique, elle pose des tas de questions, ce qui la taraude, c'est comment celle-ci a pu l'abandonner. L'abandon est une blessure profonde qui vous marque à vie.

Mais elle vous aime, n'est-ce pas ? insiste Dina, un peu honteuse de révéler ainsi la motivation obscure de son acte, un méprisable besoin d'amour, mais son interlocutrice lui offre un large sourire, évidemment qu'elle m'aime, on passe de merveilleux moments ensemble et je l'adore, il faut pourtant que vous compreniez : l'adoption n'a rien à voir avec un lien qui se noue normalement, c'est beaucoup plus dur et beaucoup plus complexe. Vous qui avez une fille, surtout ne comptez pas revivre les mêmes choses, je ne dis pas ça pour vous effrayer, juste pour vous préparer.

Merci, marmonne Dina en se demandant ce qu'elle allait faire de ces informations qui lui picorent les entrailles. Elle prend une gorgée de son café déjà froid, à la table voisine s'assied un couple avec un landau d'où est aussitôt extrait un bébé, il se love dans les bras de sa mère qui rayonne, comme ils sont jeunes, presque des enfants. Oui, tout cela ne reviendra pas, ni cet âge béni, ni cette relation unique et fusionnelle, elle doit donc être sûre de pouvoir affronter ce qui l'attend. Mais comment savoir ? Comment savoir si l'adoption est la bonne réponse à ce qui la mine et la désespère ? Elle sait, bien sûr, qu'élever un enfant ne se fait pas sans difficultés et qu'il est interdit d'y mettre des conditions, or elle, elle attend quelque chose, elle attend de retrouver l'amour total, cette relation miraculeuse qui la régénérerait. Tout cela ne reviendra pas. Ce sera autrement, à supposer que cela soit. D'ailleurs même convaincre Amos, ce qui, aux dires de Poucette, se révélera la partie la plus facile de sa mission, risque d'échouer. Depuis des semaines ils n'en parlent plus, elle croit qu'il croit qu'elle a renoncé, il tente de se rapprocher d'elle aussi prudemment que si elle venait de subir une opération et devait veiller sur ses sutures encore fragiles, il rentre plus tôt et lui parle de temps en temps de son travail. Des années auparavant, ils se penchaient tête contre tête au-dessus des bains révélateurs où apparaissaient petit à petit les photos qu'il avait prises, maintenant, les voilà côte à côte le soir devant l'ordinateur, mais c'est justement cette similitude factice qui est douloureuse, elle y voit surtout ce qui a été perdu, à moins qu'en vrai cela n'ait jamais existé. Il n'empêche, avant, elle pouvait se targuer d'avoir de l'espoir, de l'avenir et une fille en bas âge, maintenant ce qui les lie encore s'amenuise de plus en plus.

La plupart du temps, il reste dans son monde et elle n'arrive pas, ne pense d'ailleurs pas, à allumer en lui la moindre petite flamme, il est ainsi et ne changera pas, c'est d'elle-même que viendront les réponses, pas de lui, elle le regarde lire dans la lumière qui décroît, il n'aime pas les romans et ne s'intéresse qu'aux ouvrages documentaires ou scientifiques, comme celui écrit par Raphaël Alon, un physicien récemment décédé et sur lequel il se concentre jusqu'à ce qu'il s'endorme. Nitzane grimpait sur lui pour le réveiller avec des chatouillis et des bisous, cela ne reviendra pas, comment lui imposer un enfant tout cabossé et plein d'agressivité, elle détaille le livre qui lui a échappé des mains et couvre son visage, au dos s'affiche la photo d'un bel homme au sourire délicat, elle lui sourit en retour et imagine d'autres hommes débordant de joie de vivre, des hommes qui se seraient engagés avec enthousiasme dans une mission qu'ils auraient considérée comme supérieure, non, pour être honnête, elle pense à un homme, Ethan, se dit qu'aujourd'hui elle aurait su apprécier ses qualités, tout en contemplant Amos qui somnole toujours dans le fauteuil elle se prend à fantasmer la mort de cette Américaine qui a épousé son premier petit ami. À leur âge, certaines personnes, malheureusement, ont déjà quitté ce monde, cet élégant scientifique en est la preuve, et même si c'est elle qui l'a plaqué quelque vingt ans auparavant, elle n'aurait aucun scrupule à débarquer pendant la semaine de deuil et à ne plus s'en aller, elle élèverait avec dévouement les quatre enfants d'Ethan, si cruellement privés de mère, elle le dédommagerait du vieux chagrin en le consolant du nouveau, un peu plus tard Nitzane la rejoindrait car sa fille avait du cœur et prendrait en pitié ces pauvres orphelins, quant à Amos, il se rendrait à peine compte de leur absence, explique-t-elle avec un zeste de mauvaise conscience au visage qui lui sourit toujours au-dessus du visage de son mari, rien dans sa routine n'en serait changé. Il a de toute façon peu de besoins, et qui sait s'il ne retrouverait pas, avec sa nonchalance caractéristique, une nouvelle femme qui lui donnerait un nouvel enfant, stop, cette partie-là de son fantasme lui plaît beaucoup moins, elle est même submergée de colère envers Amos et de jalousie envers sa rivale potentielle, mais de qui et de quoi es-tu jalouse, la nouvelle femme aussi serait obligée de s'habituer à la froideur qu'il dégage, pourtant, cet homme a encore quelque chose auquel elle n'est pas prête à renoncer, pas encore, elle a du mal à expliquer de quoi il s'agit, un instant rare où il pose les yeux sur elle et où son visage s'adoucit, car alors elle est submergée par un bonheur si total qu'il efface ce qui, juste avant, la rendait tellement malheureuse. Oui, ces instants-là, elle les attend et n'y renoncera pas facilement bien qu'ils soient de plus en plus espacés, elle se revoit en train de lui raconter un différend avec une collègue ou de tester une idée d'article, elle a l'impression qu'il n'écoute pas mais soudain, en deux mots clairs, il résout la contradiction, elle ne cessera d'être étonnée par son soutien naturel et jamais forcé, ce n'est peut-être pas beaucoup, ce n'est assurément pas beaucoup, mais voilà, pour elle, c'est infiniment précieux, maintenant la question est de savoir si elle se sent capable soit d'y renoncer, soit de s'en contenter. Le problème, c'est qu'aucune de ces deux possibilités n'est envisageable, et il n'y a pas non plus de compromis possible, alors voilà des jours que personne ne parle plus de l'enfant abandonné qui l'attend dans quelque contrée lointaine, c'est comme s'il avait été de nouveau abandonné, de nouveau l'espoir s'éteint.

Il n'y a que Nitzane qui parfois l'observe avec curiosité, mais elle ne pose pas de questions. Elle paraît d'ailleurs plus détendue, ce qui la réjouit, et puis elles se parlent davantage, partagent des anecdotes du lycée, tu veux bien m'aider à réviser mon contrôle, lui demande parfois sa fille en tendant un cahier ou un livre, elle lui montre aussi de temps en temps un devoir à rendre et Dina, pleine de fierté, constate une fois de plus à quel point leur adolescente est brillante et s'exprime bien, sauf qu'aussitôt cette fierté enclenche le regret, quelle erreur, quel gâchis de ne pas avoir fait un autre enfant. Bien sûr, la distance entre elles ne s'est pas résorbée et ce n'est pas avec sa mère que Nitzane discute passionnément pendant des heures, il lui arrive aussi d'émerger de sa chambre les yeux humides, mais Dina, dont l'estomac s'est réduit à force de privations, a appris à se contenter de ce peu-là et, tout en observant avec attention ses faits et gestes, elle essaie de se raisonner. Pas d'inquiétude, elle mange bien, dort bien et travaille bien à l'école, sort avec ses copines, ne boit pas et ne fume pas, pour l'instant cet âge semble se passer sans heurts, rien à voir avec sa propre adolescence lorsque, penchée sur les cabinets, elle se griffait la gorge et n'arrivait pas à se débarrasser de cette odeur acide de vomi qui la suivait partout. Plus ça va, plus elle a l'impression que son mari et sa fille se sont ligués pour obtenir d'elle, certes avec leur retenue habituelle, qu'elle se résigne et accepte ce qu'elle a, contente-toi, contente-toi de nous malgré nos défauts, contente-toi de toi malgré tes défauts, personne n'est parfait, personne n'assouvit tous ses désirs, elle fouille dans sa mémoire, que lui a donc dit sa fille au cours de cette miraculeuse conversation chez sa mère, était-ce, ne renonce pas, ou bien, ne renonce pas à cause de moi, ne cherchait-elle qu'à décliner toute responsabilité ?

Elle passe à présent de longues heures dans sa tour de contrôle, l'hiver précoce l'oblige à allumer son petit radiateur à résistances, il réchauffe vaillamment cette pièce exiguë aux murs vitrés qui exacerbent la réalité, la pièce est brûlante l'été et froide l'hiver, seul point statique dans un univers où tout est agité d'un mouvement lent et incessant, il y a les cimes qui tremblent, les nuages qui glissent dans le ciel tels des poissons morts, les oiseaux pressés qui battent des ailes, et comme ce paysage se reflète aussi sur la porte vitrée qui la sépare de sa chambre à coucher, elle se trouve cernée de toute part, où qu'elle regarde la vie palpite et lui présente la même requête silencieuse, contente-toi, apaise-toi, résigne-toi. Même le chat qui saute dans ses bras ronronne sur un rythme régulier apaise-toi, résigne-toi, contente-toi, de toute façon tu n'auras pas gain de cause, de toute façon, à partir de maintenant et pour toujours, la vie ne sera plus qu'un rafistolage entre compromis et acceptations, grandes pertes et petites joies, telle est la marche du monde, qui es-tu pour vouloir l'inverser.

Peut-être doit-elle effectivement se replier sur des solutions partielles, s'exhorte-t-elle, alors un jour elle prend son courage à deux mains, elle téléphone à une association dédiée à l'enfance en danger, se propose comme bénévole et se retrouve fort déconfite lorsqu'on lui répond avec méfiance et qu'on lui demande quelles sont ses compétences. Non, je ne suis bonne ni en travaux manuels, ni en musicothérapie, pas non plus en gymnastique, est-elle obligée d'avouer. Quelle activité ai-je à proposer à des enfants… eh bien… je peux leur lire des histoires, bafouille-t-elle, jouer avec eux, les aimer. À l'autre bout du fil on prend certes ses coordonnées mais on ne la rappellera pas et elle est aussi mal à l'aise que si elle avait été prise en train de commettre une imposture, voire un détournement de mineur, elle propose et demande de l'amour, peut-être as-tu besoin d'un homme et pas d'un enfant, mais voilà des années qu'elle n'a pas croisé d'hommes dignes d'intérêt. Il n'y a qu'à lui qu'elle pense de temps en temps, à Ethan qui l'aimait tant, alors un jour, lorsque pour la énième fois un de ses cours s'annule, elle monte dans sa voiture et prend la direction du moshav où il s'est installé. Excitée, elle suit les routes qui serpentent sur les collines de Jérusalem dont les coteaux commencent déjà à reverdir après les premières pluies, même les cyclamens se dressent entre les rochers, superbes stalagmites roses.

À l'entrée, on lui indique volontiers l'adresse de la famille Harpaz et en deux temps trois mouvements elle se trouve un poste d'observation idéal, à distance respectueuse de l'immense villa. Ethan a épousé une riche Américaine, lui avait-on raconté, mais on avait omis de lui dire combien elle était jolie, car au bout de quelques minutes une jeep luxueuse se gare devant le portail, une femme de petite taille en saute d'un pied léger, sa chevelure blonde et bouclée est négligemment retenue en arrière, elle tire de la voiture un bébé, à sa suite bondit un garçonnet aux cheveux dorés d'environ trois ans, Dina les suit des yeux le cœur serré, elle a l'air d'aller très bien cette femme, bien mieux qu'elle en tout cas, et elle est aussi plus jeune, pressée et heureuse, elle n'a pas le temps, elle, d'aller surveiller la maison d'autres familles à la poursuite d'une vie qui n'a pas été vécue. Que lui manque-t-il, dans cette grande bâtisse remplie d'enfants avec un mari dévoué et généreux, dont pourtant, se rappelle-t-elle, toi, tu n'as pas voulu, tu méprisais ses ambitions, déjà à l'époque il parlait d'une famille nombreuse et d'un terrain à bâtir dans un moshav, toi, tu levais les yeux au ciel, par défi tu l'humiliais, tu piétinais ses sentiments et finalement tu l'as quitté pour un homme que tu ne connaissais pas du tout, un homme qui s'est enfui au moment où tu es tombée enceinte, et qui, même s'il a fini par revenir, n'a toujours été jaloux que de lui-même.

Tu voulais une vie exaltante, écrire des livres, participer à des colloques internationaux partout dans le monde, se rappelle-t-elle encore, tu dois respecter celle que tu étais même si ses aspirations n'ont abouti à rien, elle sort de sa voiture et s'approche de la villa, un vent violent ébouriffe le nuage de ses cheveux, comme il fait froid ici, bien plus qu'en ville, et les gouttes de pluie sont plus grosses, en une seconde, elle est trempée jusqu'aux os. Pourquoi ne pas frapper à leur porte pour leur demander de la recueillir, qu'elle puisse se réchauffer un peu, c'est si grand chez eux, sûr qu'ils trouveraient une pièce où l'installer provisoirement, peut-être pas provisoirement d'ailleurs, peut-être accepteraient-ils de l'adopter, elle serait leur vieille fillette grisonnante, elle serait gentille, ne mordrait pas, ne donnerait pas de coups de pied, ne toucherait pas les appareils électriques, non, elle se contenterait de s'asseoir devant le chauffage sans bouger, parce que c'était toujours ainsi avec son Ethan, elle n'avait pas besoin de lever le petit doigt, il s'occupait de tout, avec Amos c'était exactement le contraire, mais grâce à ce dont il l'avait privée, elle avait justement appris à vivre pleinement, comme si chaque couple avait droit à la même part d'éléments fondamentaux, seule changeait la répartition entre les conjoints, si l'un en prenait moins, l'autre en prenait davantage.

Sur le trajet du retour elle lui envoie un SMS, coucou Amos, tu es où, j'ai un cours qui s'est annulé, si tu bosses dans le coin, je serais ravie de te rejoindre. Il fut un temps où elle aimait l'accompagner, regarder le monde à travers ses yeux à lui, parfois elle arrivait même à se rendre utile, elle se débrouillait pour faire diversion afin qu'on ne le remarque pas, se mettait par exemple subitement à courir ou ôtait ses chaussures au milieu de la rue, et pendant ce temps il prenait ses clichés sans être dérangé, mais comme il ne répond pas elle rentre, l'appartement est vide et sa gorge douloureuse, elle s'allonge sur le canapé, s'enroule dans une couverture et se réveille tremblante de froid en l'entendant ouvrir la porte, quelle heure est-il ? Où est Nitzane ?

Je nous ai réservé un week-end à la mer Morte, lui annonce-t-il, une chambre dans un hôtel avec vue sur la mer, pour ton anniversaire.

Vraiment ? C'est super, j'avais complètement oublié. Elle est tellement émue par ses efforts qu'elle tend les bras vers lui, viens, Amos, j'ai froid, je me suis fait saucer, il s'approche prudemment, s'assied au bord du canapé, tout près, où étais-tu, continue-t-elle, pourquoi ne m'as-tu pas répondu ? J'ai eu une journée infernale, élude-t-il, je n'ai vu ton message que sur le retour, il s'est passé quelque chose ? Non, non, le rassure-t-elle, je vais bien, je me suis endormie, il lui passe la main dans les cheveux et soudain elle se désole de leur triste couleur, une main d'homme hâlée de soleil dans des cheveux blanchis, une main ridée de femme sur un torse creusé par les ans, comme nous avons changé.

Et si je me teignais comme tout le monde ?

Personnellement, je trouve que c'est joli tel quel, j'aime le naturel.

Mais si je me teignais en l'honneur de mon anniversaire, peut-être que ça me ferait du bien, insiste-t-elle et il sourit, pas de problèmes, si ça te fait du bien, le poids de ce qui les sépare les empêcherait-il d'échanger autre chose que ce genre de futilités ? Viens t'allonger à côté de moi, tu as l'air fatigué, alors il enlève lentement ses chaussures. Lorsqu'il se serre contre elle sur le canapé, elle lui demande, tu te souviens que je faisais diversion avec des drôles de trucs pour que tu puisses prendre tes photos en paix ? Oui, ça fait bien longtemps, chuchote-t-il et elle lâche un petit rire, aujourd'hui aussi j'ai fait un truc bizarre. Quoi donc ? s'inquiète-t-il aussitôt d'une voix si méfiante qu'elle change d'avis, inutile de lui raconter, elle le connaît, il dira de nouveau qu'elle déraille et de nouveau il se vexera d'avoir été comparé à Ethan. As-tu vu mon bouquin, il était posé sur le canapé ? demande-t-il tout à coup. Il y est toujours, comment se fait-il que tu voies tout à l'extérieur mais qu'à la maison tu ne retrouves rien ? Elle extirpe d'entre les coussins l'ouvrage du physicien décédé, il le prend et s'y plonge sans attendre, elle se presse contre le dossier du canapé, les yeux rivés au plafond, avec l'impression qu'un œil caché les observe d'en haut, un homme et une femme, un homme et une femme sans rien de plus, avec une peau qui vieillit et en dessous des os de plus en plus friables, peuvent-ils encore quelque chose l'un pour l'autre ? Va-t-elle tendre le cou et l'embrasser sur la bouche, pourquoi l'embrasserait-elle sur la bouche alors qu'il garde les lèvres scellées, de nouveau le contact de son corps éveille en elle une douloureuse tension, pâle réplique de la fusion entre une mère et son enfant.

Un homme et une femme, que leur reste-t-il à attendre ? Dans deux ans à peu près, ils accompagneront Nitzane au centre d'incorporation de l'armée, dans une dizaine d'années ils l'accompagneront sans doute sous le dais nuptial et puis viendra le jour où l'un des deux accompagnera l'autre sur son dernier chemin, avant cela, les rides entre les yeux se seront creusées et ils auront perdu quelques centimètres, tout ce temps, ils auront maintenu un dialogue verbal et corporel, mâché l'un en face de l'autre et dormi l'un à côté de l'autre, terrorisés par la maladie qui en alitera un et obligera l'autre à prouver son dévouement, cela a beau paraître déprimant, c'est pourtant mieux que le lot de nombreux couples qui se sépareront ou resteront ensemble à se pourrir la vie, mais ça ne lui suffit pas, à elle, elle n'y peut rien, c'est plus fort qu'elle et de plus en plus évident. Elle a besoin d'une grande entreprise, elle a besoin d'un petit enfant, et même si le processus est aussi difficile que l'a décrit Poucette, elle n'aura pas peur, elle préfère essayer de résoudre les problèmes d'un orphelin que les siens, oui, au lieu de tenter en vain de se consoler, elle lui apportera, à lui, une consolation.

Elle n'aura pas peur parce qu'elle perçoit son appel et sait qu'il l'attend, elle est persuadée de pouvoir lui apporter bien davantage qu'à l'homme présentement recroquevillé à ses côtés. Ce n'est pas un hasard s'il a proposé de l'emmener fêter son anniversaire au point le plus bas de la terre, dans une chambre avec vue sur la mer Morte. C'est la mort de leur amour qu'il veut ainsi concrétiser, pas de quoi en faire un plat, ça arrive à la plupart des couples, sauf que les autres ont à leur disposition davantage de diversions, des amours cachés peut-être, lorsqu'elle le regarde qui lit les lèvres serrées, elle en vient presque à lui souhaiter quelque aventure secrète dont il retirerait un peu de joie et d'exaltation, l'enfant adopté n'est pas le seul à devoir être protégé d'une surcharge d'espoirs, leur couple non plus ne résistera pas à un tel poids car, à l'instar de la lune qui ne fait que renvoyer une lumière empruntée, la vie conjugale a besoin d'être illuminée de l'extérieur par les enfants, les amis, les festivités, voilà pourquoi eux deux, qui ont toujours fait la fine bouche face à ce genre de divertissement, se retrouvent à présent à contempler un désert obscur, une mer morte, la leur.

Alors à quoi bon une chambre d'hôtel luxueuse, un massage ou un spa, elle n'en a guère besoin, ce qu'elle veut, c'est boucler sa valise et partir chercher son enfant, cet être unique au monde à qui elle peut encore procurer de la joie. Même si la première année sera difficile et la deuxième aussi, même s'il est froid et renfermé, agressif et méfiant, elle lui fera confiance parce qu'elle le connaîtra, n'avait-elle pas été exactement ainsi, ne l'était-elle pas encore à ce jour ?

Avec l'air qui se réchauffe d'instant en instant, elle sent grandir son espoir, il ne refusera pas, pas le jour de son anniversaire. Elle a même l'impression qu'ils ont laissé leurs ressentiments dans la ville pluvieuse et atteignent les portes d'un autre pays, un pays où tout est possible, d'ailleurs sa carcasse se dégèle au milieu de cet hiver et elle enlève un vêtement après l'autre, finit par se retrouver en simple débardeur, peut-être que les murailles derrière lesquelles il protège son cœur s'écrouleront devant le souhait qu'elle reformulera, si tu cesses de lutter tu y trouveras toi aussi ton compte, crois-moi, donner un toit à un enfant qui n'a rien, as-tu quelque chose de mieux à faire de ta vie ? Lorsqu'elle contemple son beau profil encore juvénile, les quelques charmants sillons qui descendent du coin de l'œil sur les joues, elle sait qu'il a déjà accepté, que leur périple a déjà commencé et que cette journée a été repeinte aux couleurs d'une existence pleine de sens et de promesses. Ce n'est pas pour manger, se reposer ni passer du bon temps qu'ils traversent à présent un désert aride, mais pour ramener en leur sein un petit être. Cet homme qui conduit la voiture en sera le père et elle ne l'en aimera que plus profondément, elle le sent déjà de tout son corps et de tout son passé, elle vibre de cette résurrection miraculeuse qui lui offre un avenir, oui, parfois il faut créer l'avenir, parfois il ne se crée pas tout seul, et c'est exactement ce qu'elle fait, c'est ainsi qu'elle lui présentera la chose, je nous ai préparé l'avenir, accompagne-moi, tu pourras quitter le navire quand tu voudras.

Avec l'air qui se réchauffe d'instant en instant, elle sent grandir son amour pour lui puisqu'il est investi de ce pouvoir mystérieux dont l'absence est si douloureuse, il rayonne d'une bonté merveilleuse qui les transforme en fils des dieux, toute la voiture s'emplit de l'amour qu'elle éprouve pour lui, pour la vie qu'elle a failli trouver insupportable, pour leur fille, pour l'enfant qui les attend, si elle ouvrait la fenêtre, sa passion débordante abreuverait les monts avachis les uns à côté des autres, genoux repliés dans la posture soumise des chameaux en convoi, bientôt ils sortiraient de leur torpeur, ouvriraient des lèvres sèches et boiraient, plus ils boiraient, plus la source jaillirait, plus elle donnerait, plus ses ressources croîtraient. Tel est le miracle de l'existence, et le seul fait de penser à cet enfant lui confère, à elle aussi, un pouvoir magique qui augmente au fur et à mesure que le paysage autour d'eux perd de sa réalité, impossible que ce soit moi qui voie cela, ces ravins abrupts, cette mer fluorescente d'où s'élèvent des vapeurs roses qui disparaissent dans le ciel, quoi, ne serait-ce pas là la géographie de l'autre monde ?

Non, elle se sent au contraire investie de la puissance de ce monde-là, et ce monde-là exige qu'elle passe à l'acte avant que de trépasser, donc, dès qu'ils entreront dans la chambre d'hôtel, elle se tournera vers cet homme avec qui elle a choisi de vivre, lui annoncera sa décision irrévocable et lui demandera de la suivre.

Est-ce l'air étouffant qui frémit devant elle par la fenêtre ouverte ou est-ce elle qui frémit devant lui, l'instant est si fragile, telle une vitre fine et très lisse, or c'est à travers cet instant qu'elle verra tout, le bien et le mal, la grâce et la damnation. Certes, elle a eu le temps d'apprendre qu'une vie humaine suit en général un chemin équidistant des extrêmes, mais il lui semble que cette fois il n'y a pas de voie médiane, ce sera l'envol ou le crash, l'assimilation ou le bannissement, c'est pourquoi elle tremble devant la fenêtre ouverte, mais lorsqu'elle tire un drap sur son corps nu, c'est une certitude heureuse qui l'enveloppe. Elle y arrivera, finalement cela ne dépend que d'elle, elle peut donc se permettre de lâcher prise et de laisser grandir entre eux le désir, désir du cœur et désir du corps, délice précieux, minute de bonheur, n'est-ce pas la signification de Hemda, comme c'est étrange, pourquoi avoir choisi ce drôle de prénom qui ne convenait ni à sa mère, ni à l'époque, ni à son lieu de naissance, était-ce à elle, Dina, que ses grands-parents avaient voulu transmettre quelque chose, mais quoi, à travers ces cinq lettres ?

Délice-précieux, délice-perdu, murmure-t-elle et Amos, qui sort de la douche une serviette autour de la taille, lui demande avec un sourire, qu'as-tu dit ? Rien du tout, répond-elle en lui renvoyant son sourire, elle veut profiter, être légère, plonger dans cette parenthèse enchantée et en tirer chaque gramme de nectar, elle veut aimer cet homme ici et maintenant, elle veut aimer le corps de cet homme et son corps à elle, un corps qui aujourd'hui a quarante-six ans et qui, même s'il ne peut plus donner la vie, peut encore donner l'amour, et cette capacité-là, le temps ne l'en privera pas, au contraire, peut-être que lorsque la période de fertilité se termine, c'est le cœur qui comble le manque, comme elle aime le sourire un peu bancal qu'il lui adresse, le geste précis avec lequel il braque son objectif sur l'opacité de la fenêtre, tellement mystérieuse cette opacité qu'on est prêt à attendre d'extraordinaires révélations au moment où elle se dissipera, même de voir apparaître le lac perdu de sa mère.

Sa mère, à qui elle pense toujours à l'approche de son anniversaire, n'est-ce pas d'abord et avant tout à elle que cette journée appartient, de nombreuses années passent avant que les enfants ne s'approprient la date de leur naissance, premier signe d'adolescence, je te félicite, maman, même si tu n'as pas su te réjouir de ma venue, Amos tourne vers elle le gros œil noir de l'objectif, à qui parles-tu, Dina, il y a d'autres personnes avec nous dans la chambre ou quoi ? Il y a toujours d'autres personnes avec nous, réplique-t-elle, ceux qui nous ont mis au monde, ceux que nous avons mis au monde et ceux qui ne sont pas nés, il retient un petit rire et appuie sur le déclic de l'appareil photo, s'il te plaît, ma chérie, ne recommence pas à te lamenter sur ton sort. Elle ne se vexe pas, ravie qu'il l'ait photographiée dans cette position, assise au bord du lit les épaules dénudées, apparemment il la trouve encore belle, tout comme elle le trouve encore beau, alors elle lui prend l'appareil des mains et le plaque contre son œil, attends, ne bouge pas. Tel un couple à qui l'on impose une séparation tragique, ils se photographient mutuellement, sauf que la photo qu'elle fait de lui sera loupée, car au lieu de rester immobile il s'approche d'elle, lui soulève le menton et lui caresse l'épaule, la débarrasse du drap et, au moment où elle creuse les reins vers lui, elle comprend qu'ils ne sont plus ce vieux couple essayant de raviver des braises éteintes mais un homme et une femme à l'aube d'un grand changement, et même s'il ne le sait pas encore il se métamorphose sous ses yeux, voilà des années qu'elle ne l'a pas vu ainsi, si ardent et abandonné. Comprend-il, lui aussi, qu'en cet instant précis se forme un embryon de décision, une étincelle d'amour pour un enfant dont ils ne savent rien excepté le fait qu'il n'appartient à personne, un enfant de personne qui va devenir leur enfant.

Instant de fécondation dont la puissance intensifie la fougue, renforce leur fusion, du bout des orteils et jusqu'au sommet du crâne, elle jouit au moindre contact, celui du drap soyeux et du vent chaud, des mains et des lèvres d'Amos, de ses mains à elle qui glissent sur les hanches viriles plaquées aux siennes. Elle ne sépare plus leurs deux corps tant elle a l'impression de ressentir aussi le plaisir qu'il éprouve, elle a ouvert son cœur en grand et peut voir cet homme tel qu'il est, un homme qui a peur pour lui et pour elle, terrorisé par le moindre écart, et elle peut aussi lui pardonner d'avoir le sentiment si crispé, en ce jour, elle pourrait même pardonner à sa mère qu'elle voit soudain en gamine indigente et délaissée, sœur jumelle de la mère du petit abandonné.

N'est-ce pas ce que lui demande cet enfant, de pardonner à sa propre mère pour qu'il puisse lui aussi, le jour venu, pardonner à la sienne, alors elle le fera pour lui, oui, pour lui elle pardonnera, pour lui elle sera miséricordieuse et pour lui elle prendra du plaisir, elle lancera par la fenêtre ouverte un gémissement de désir et de jouissance, un gémissement qui, porté par l'eau salée de la mer Morte, touchera l'autre rive, de là prendra son essor, volera vers le nord pour atteindre celui qui est encore allongé dans un lit en bois au milieu d'une pièce surpeuplée, entouré d'autres petits malheureux comme lui, certains sanglotent, d'autres se sont endormis, d'autres se tapent la tête contre les barreaux, mais lui seul tournera les yeux vers la fenêtre, sur ses lèvres s'étirera un sourire car il aura entendu sa voix à elle, il saura que bientôt on viendra le chercher, que bientôt quelqu'un dira de lui : le voilà, le fils adoré que j'attendais depuis toujours.

Elle a les mains qui tremblent en glissant les doigts entre les doigts d'Amos, elle pose la tête sur son torse chaud, main droite sur main gauche et main gauche sur main droite, lorsqu'elle écarte les bras, il suit le mouvement et se retrouve crucifié sur le lit, c'est à ce moment qu'elle lui dit, Amos, j'ai décidé et je le fais, mais l'a-t-elle dit ou juste voulu le dire, car il ne répond pas, alors elle répète d'une voix plus forte, il ne répond toujours pas, elle n'ajoute ni ne retire aucun mot, elle n'explique ni ne souligne, n'insiste ni ne menace, ne justifie ni ne promet, tout cela elle l'a déjà fait, maintenant, en son jour anniversaire, ne reste plus qu'à communiquer sa décision et à attendre une réaction. Une réaction qui s'attarde. Il a toujours les bras écartés, elle ne voit pas son visage mais sent la respiration qui lui soulève la poitrine, il a apparemment lui aussi compris que leurs mots étaient comptés, alors il attend, les sélectionne avec soin et finalement il dira d'une voix étranglée et aussi affolée que si elle longeait un dangereux précipice, je suis désolé que tu aies fait ce choix, mais je ne peux pas te suivre là-dessus. Elle tendra le cou, détaillera son visage soudain blême, presque transparent, il évitera le regard qu'elle promènera sur lui, elle reposera la tête sur sa poitrine, malgré ce refus, leur intimité est encore intense. Elle pose les jambes sur les siennes, les hanches sur les siennes, les côtes sur les siennes, elle plaque chaque partie de son corps sur le sien et, les lèvres juste au-dessus des siennes, elle chuchote, j'ai besoin de ta présence et de ta signature, une fois que le processus aura abouti, tu seras libre, je n'ai aucune exigence envers toi, d'accord, susurre-t-il la gorge sèche, eh bien, il en sera ainsi. Instant fragile et fugitif, puisque ça y est, il renverse la position qu'elle a si méticuleusement construite, libère les doigts des siens, le corps du sien, se rhabille en vitesse, met ses lunettes sur son nez et l'appareil photo en bandoulière, jette ses affaires dans la valise comme s'il fuyait une zone de séisme et lorsqu'elle lui demande tristement, qu'est-ce que tu fais, il répond, je rentre à la maison, tu viens ?

Elle le contemplera pendant un long moment, non, je reste ici, c'est mon anniversaire.

Il ne l'a pas vue se dépecer, perdre un tiers de son poids au cours du dernier tiers de sa vie, il n'a pas vu sa peau rouiller au-dessus de ses organes internes ratatinés tels des raisins acides, les fruits aigris d'une vie longue et vide, il n'a pas vu ses seins pourrir, son pubis se dégarnir des poils qui ont réapparu sur son menton au point que parfois on ne sait plus si elle est homme ou femme. Elle a vieilli seule, toute seule, elle a dû supporter la souffrance de son mari, mais son mari n'a pas eu à supporter la sienne et de cela il lui en aurait certainement été reconnaissant, en secret, oui, bien sûr, en secret, pour qu'elle continue à se sentir redevable. Aurait-il été capable de s'occuper d'elle aujourd'hui, d'écraser pour elle une tomate et de la lui donner à la petite cuillère, de changer la couche écrasée par son large bassin, s'est-il montré magnanime en la quittant au moment où elle commençait tout juste à vieillir, ou bien cet abandon, trop tardif pour qu'elle puisse refaire sa vie, n'est-il autre chose qu'une cruelle vengeance.

Trop tardif, vraiment ? Elle n'en est plus si sûre à présent, car le problème ne venait pas de son âge mais de la manière dont elle l'avait appréhendé. C'est elle et elle seule qui avait, comme d'habitude, choisi de s'abstenir, comme à l'époque où elle était tombée les quatre fers en l'air dans le réfectoire, si prompte au renoncement préventif. Elle avait toujours préféré mettre de la distance entre la vie et sa réalité, ne garder que l'inévitable, obligatoirement décevant, les enfants, oui les enfants, et aussi les promenades à pied par soirs d'été, les cours privés qu'elle donnait aux petits voisins, d'année en année plus ignorants, ses ridicules fantasmes derrière la fenêtre, son cahier vide et tout ce dont on n'avait pas le droit de se souvenir.

Pourquoi ne retournerais-tu pas au kibboutz, lui avaient proposé ses enfants après la mort de leur père et puis, l'un après l'autre, ils avaient rassemblé quelques affaires et quitté la maison, Dina avec Ethan, Avner avec Salomé, pourquoi ne rentres-tu pas chez toi, la pressaient les délégations qui venaient parfois du nord du pays lui rendre visite à Jérusalem, qu'est-ce qui te retient dans cette ville, comment peut-on vivre dans une telle solitude, ils venaient par groupes, ces enfants qui, à l'époque, sautillaient et gambadaient pendant qu'elle restait allongée dans son parc, oui, ceux qui à l'époque s'étaient moqués de ses histoires de lac étaient descendus de leur vieille camionnette les bras chargés de pommes, d'avocats et d'œufs frais, une question sur les lèvres, pourquoi restes-tu ici alors que tu n'as rien à y faire, mais elle s'accrochait à sa nouvelle vie, fût-elle, cette vie, uniquement la négation de la précédente. Elle s'était efforcée de pardonner à son mari agonisant, mais pardonner à son kibboutz, même agonisant, elle n'y était pas arrivée, elle voyait avec colère le rêve brisé qui avait tenu à peine le temps d'une vie humaine, non, moins qu'une vie humaine, et n'était plus qu'une guenille pleine de trous. Dire que vous vous en gargarisiez, ricanait-elle, se souvenant d'un des rares soirs où sa mère l'avait couchée, elle lui avait demandé, maman, raconte-moi une histoire, non, ma chérie, je ne peux pas, depuis que j'ai immigré en Israël, j'ai oublié toutes les histoires parce que notre histoire dans ce pays les supplante toutes, elle fait pâlir tous les contes et toutes les légendes. Alors raconte-moi cette histoire-là, l'avait-elle exhortée. Impossible, Hemda chérie, impossible de la raconter en mots, rien qu'en actes, tout ce que nous avons construit est notre histoire, toi, le kibboutz, ce pays, et elle qui n'était encore qu'une gamine avait accepté cette réponse avec le même amour résigné qu'elle avait accepté non seulement les nombreux voyages de sa mère mais sa mort prématurée des suites de sa maladie rénale qui s'était réveillée et avait, cette fois, facilement triomphé. Hemda, alors très occupée par son nouveau bébé, s'était étonnée de la manière dont la naissance et la mort étaient si étroitement liées dans sa vie, imbriquées l'une dans l'autre comme des sœurs jumelles.

À tour de rôle et presque dans la force de l'âge, ses parents étaient partis, fidèles en cela à leur volonté de s'ériger en exemple personnel, surtout ne pas devenir une charge pour la communauté, alors elle, qui n'avait pas eu l'opportunité de s'occuper d'eux, s'était dévouée corps et âme à son mari malade, un zèle destiné à leur prouver, à eux, de quoi elle était capable, cela avait été sa manière de leur exprimer sa peine du peu de confiance qu'ils lui accordaient puisqu'ils n'avaient pas compté sur elle, puisqu'ils avaient eu honte d'apparaître devant elle en état de faiblesse. Dire qu'elle avait attendu que son mari tombe malade pour comprendre que c'était ainsi qu'elle aurait dû vivre à ses côtés dès le début, oui, passer chaque jour avec lui comme s'il allait mourir le lendemain, alors seulement elle s'était rendu compte combien la vie était courte, beaucoup plus que ce que l'on faisait croire aux mortels, encore une chose qu'elle avait infiniment regrettée en s'occupant si bien de lui, de plus en plus accrochée à l'emploi du temps qu'imposait sa maladie, attachée à ne remplir que cette mission, claire et précise, et pourtant il avait été incapable de lui en être reconnaissant, avait continué à se plaindre, à la dénigrer et quasiment jusqu'à son dernier soupir il l'avait rendue responsable de son état ainsi que de toutes ses souffrances. Alors seulement elle avait compris que ce n'était pas parce qu'on t'accusait sans trêve que tu étais forcément coupable, elle en avait presque ressenti de la reconnaissance car cette révélation lui avait donné des forces nouvelles, elle se souvient soudain de la nuit où il était mort, une nuit de canicule, elle s'était allongée à côté de lui dans le lit, avait pris sa main brûlante et compté ses respirations. Cette nuit-là, elle lui avait lavé les cheveux qu'il avait encore très épais et, autour de son visage torturé, le gris, le blond et le blanc mélangés avaient formé comme une auréole aveuglante. Un gémissement régulier montait de sa gorge, sa bouche était ouverte et des fils de sang apparaissaient entre ses dents, elle s'était plaquée contre lui, inspirant et expirant profondément à sa place et puis elle avait apparemment somnolé un court moment car quand elle s'était réveillée il ne gémissait plus, encore une fois elle arrivait en retard. Dans une terreur sacrée, elle avait caressé le corps qui gisait là et refroidissait déjà, plus il refroidissait, plus son contact devenait agréable et consolateur, elle avait caressé le front, les joues, était descendue le long du cou et sur les clavicules proéminentes. De minute en minute, sa peau se rigidifiait et se métamorphosait en marbre lisse, elle ne pouvait pas en détacher ses mains et avait fini par poser le front contre son torse comme contre un mur de prière.

Jamais elle n'avait trouvé son corps aussi agréable qu'en ces instants-là, alors qu'il ne pouvait plus lui rendre ses caresses, et elle s'était couchée sur lui, incapable de s'en détacher. Ses enfants dormaient encore, elle ne les avait pas réveillés, de toute façon ils ne pouvaient plus rien, et de toute façon elle voulait rester seule avec lui pour l'éternité, mais soudain on avait sonné à la porte, elle avait oublié le technicien à qui elle avait demandé de passer pour installer une prise de télévision en face du lit à l'intention du malade, l'homme était entré dans la chambre, avait ouvert sa boîte à outils et commencé à travailler, non sans lancer des regards obliques vers la masse allongée sans bouger. Elle n'avait rien dit, était restée adossée au chambranle à regarder fièrement son superbe mari qui paraissait incroyablement jeune dans la violente lumière matinale et braquait sur la fenêtre ses yeux de verre bleu grands ouverts, ce n'est qu'au bout d'un long moment que le technicien s'était approché d'elle, excusez-moi, madame, il est mort ? avait-il demandé d'une voix tremblante et elle avait hoché machinalement la tête, comme s'il n'y avait rien de plus naturel, comme si dans toutes les maisons pouvait se trouver un lit avec un cadavre allongé dessus, mais l'autre, affolé, avait aussitôt remballé son matériel et était vite parti, excusez-moi, je suis un Cohen, il m'est interdit de rester dans la même pièce qu'un mort. Et pour la télévision ? Vous ne pouvez pas me laisser comme ça ! avait-elle crié à son dos qui fuyait. Sans se rendre compte qu'Alik n'en avait plus besoin, elle s'était même précipitée derrière le type dans les escaliers en sanglotant, eh ! Ce n'est pas juste, ça vous a pris tellement de temps pour venir et vous partez déjà ?

Comme il était mort jeune comparé à elle aujourd'hui ! Comme ses parents étaient morts jeunes ! Qui aurait cru qu'elle serait en cela une pionnière, la première de la famille à pénétrer dans le grand âge, à ne pas s'être laissé tyranniser par la mort, parfois elle pense que parce qu'elle n'a pas vécu, elle ne mourra pas, si la mort est le réveil de la vie, comment quelqu'un qui ne dort pas pourrait-il se réveiller ? Ou alors peut-être qu'elle est morte en vivant et donc qu'elle vivra en mourant ? Parfois aussi, elle voit la mort comme une forme supérieure de vie, une vie sans corps, et elle se dit qu'elle était destinée à mourir depuis sa naissance, car depuis les coups que son père lui avait infligés parce qu'elle refusait de marcher son corps avait toujours été un poids pour elle.

Je suis prédestinée à mourir, marmonne-t-elle, prédestinée à mourir, par instants, elle n'en peut plus d'attendre la séparation d'avec ce corps amoindri, elle est chaque jour plus maigre, d'une légèreté spectrale qui lui donne l'impression de ne plus subir la force de gravité, seul le poids de la couverture semble l'empêcher de s'élever en apesanteur, à l'instant où on la lui enlèverait, elle s'envolerait par la fenêtre comme les cigognes dans leur migration. D'ailleurs, elle les entend qui l'appellent, Hemda ! Es-tu bien la même que celle qui nous attendait dans l'automne bleuté, entre les joncs ? Comme vous vous déformez, vous, les êtres humains, en comparaison de nous, les oiseaux ! Le temps passe et ne laisse aucune trace sur notre plumage tandis qu'il marque inexorablement votre peau, est-ce la conscience qui souligne le poids des ans ?

Pauvre Hemda, vieille petite fille que tu es, lui lancent les cigognes en battant des ailes, à l'époque aussi tu n'avais rien d'autre que ton lac, c'est pour ça que nous lui avons donné ton nom, le lac des Délices. Bientôt, toi aussi tu t'envoleras vers le ciel, tu tournoieras au-dessus de ceux que tu aimes, tu ne pourras plus évoquer, témoigner ni prévenir, le temps est compté, Hemda, raconte-leur l'histoire maintenant, raconte-leur la vie de ton père et de ta mère, raconte-leur ton histoire. Raconte-leur leur histoire.

Dépêchez-vous, vous êtes en retard, chuchote-t-elle à la nuée de cigognes, l'hiver est précoce cette année et vous avez encore un long voyage pour atteindre les pays chauds, toi aussi, Hemda, dépêche-toi, lui répondent-elles en un chœur cristallin, ton hiver est froid et c'est le dernier, tu n'en auras pas d'autre, même si tu n'as pas vécu, de mort tu mourras. Alors vas-y, raconte ce dont tu es la dépositaire, ce que personne à part toi ne saura, et elle soupire, à qui le raconter, j'essaie depuis des années et ça n'intéresse personne, raconte-le à l'enfant, lui disent les cigognes, au nouvel enfant qui arrivera à la fin de l'hiver, quand tu ne seras plus là, il aura besoin de tes histoires et de ton témoignage, elle a soudain l'impression que d'autres voix montent de l'appartement, une voix d'homme et une voix de femme mêlées. Son père et sa mère seraient-ils venus la chercher ? Attendez, essaie-t-elle de crier en sentant son cœur battre très fort, je n'ai pas encore trouvé le premier mot, mon cahier est vide, mais lorsque les voix s'approchent, elle reconnaît son fils et sa fille, ils chuchotent dans la cuisine, de l'autre côté de la cloison. Comme elles sont chaudes, leurs voix dont la douceur la submerge de l'intérieur, dans son corps et dans son sang, jamais elle n'a senti ses enfants aussi proches, jamais elle ne s'est sentie autant aimée, s'ils s'aiment, leur amour devra passer en elle puisqu'ils sont la chair de sa chair, elle est tellement aimée qu'elle pourrait presque leur dire adieu, sauf qu'avant cela elle veut attraper son cahier qui attend sous l'oreiller, elle le tire avec difficulté, sur la couverture est écrit au stylo bleu, Dina Horowitch, Première 1, Histoire. Elle se souvient que son père, qui détestait le gâchis, vérifiait toujours ses cahiers pour s'assurer qu'elle écrivait bien des deux côtés de chaque page et ne laissait pas trop d'espaces, elle aussi regardait de temps en temps les cahiers de ses enfants et critiquait leur gaspillage jusqu'à ce fameux matin où Dina, furieuse, lui avait jeté ce cahier à la figure, et elle se l'était aussitôt approprié.

Voilà, elle passe péniblement un doigt sur les lignes vides qu'elle voit se remplir de mots aussi bleus que l'eau d'un fleuve, car elle y consignera non seulement les histoires du lac mais aussi celles de tous ses affluents, elle racontera comment ses propres enfants ont grandi, décrira ses parents telles des montagnes qui projettent leur ombre sur l'agonie des marais. Je vais commencer et vous continuerez, dira-t-elle, elle examine la pièce tout autour qui soudain lui semble immense, si vaste que son regard n'arrivera pas à l'englober, est-ce la pièce qui s'est agrandie ou bien elle qui s'est ratatinée, pourtant elle se trouve dans la plus petite chambre de l'appartement, un appartement lui-même grand comme un mouchoir de poche, depuis qu'elle est clouée au lit du matin au soir, les murs se seraient-ils à ce point écartés, il lui faudrait à présent des centaines de pas pour atteindre la fenêtre, des dizaines d'heures, est-ce que sa vie y suffira.

CHAPITRE 12

Des coups frappés à la porte le réveillent en sursaut, il ouvre les yeux le cœur battant dans le petit lit de sa chambre d'adolescent où ses nuits s'allongent et s'enchaînent, nouées entre elles par des histoires imaginaires et hautes en couleur. Jamais il n'a dormi aussi pleinement, à la fois conscient et nostalgique de son sommeil, il se réveille à plusieurs reprises rien que pour pouvoir jouir de son prochain endormissement, se couche tôt mais au lieu de s'endormir fatigué, il s'endort survolté. Non, il n'est plus fatigué, la terrible lassitude qui le terrassait ces dernières années s'est dissipée comme par magie, c'est pourquoi, allongé dans le noir, il ne cesse de revivre le moment unique et privilégié où il s'est introduit chez lui sur la pointe des pieds comme un voleur, non pas dans l'intention de prendre mais de donner quelque chose, sauf qu'il avait les mains vides, vides et froides, une fois dans l'appartement, il avait trouvé trois personnes endormies dans trois lits, ils étaient là, un petit, un moyen et une grande, un impérieux besoin de pénétrer dans leur sommeil comme on plonge dans l'eau l'avait soudain assailli, se couler entre eux silencieusement, une danse sans mouvement, un chant sans voix.

Ce fut la nuit la plus longue de sa vie, plus longue que toute sa vie, une nuit au cours de laquelle tout lui était presque arrivé, il avait presque reçu l'amour auquel il aspirait, il avait presque récupéré sa femme, ses enfants et son foyer, il s'était presque glissé dans son ancienne vie comme dans un vieux déguisement, sauf qu'au final rien de tout cela ne s'était produit, et à présent il a l'impression que dans ce presque, dans cet intervalle pas plus grand qu'un pas d'enfant, dans cet écart ténu entre l'acte et le non-acte, s'était engouffrée toute sa vie. Il avait attendu longtemps debout, faible et épuisé, adossé au mur face à sa femme endormie, jaloux du sommeil dans lequel elle se vautrait, avec l'envie folle de s'y dissoudre lui aussi afin de les transformer tous les deux en un seul corps dormant, il ne se rappelait que par intermittences la raison de sa venue et ce qu'il voulait dire à Salomé, et puis il avait fini par s'asseoir à côté d'elle, il lui avait caressé les cheveux et lui avait chuchoté à l'oreille qu'elle ne devait pas être triste ni se lamenter sur sa jeunesse car le temps était circulaire malgré un trajet dont l'aboutissement était clair, la jeunesse se répartissait tout au long de la vie, exactement comme la vieillesse, les bienfaits de l'amour pouvaient se terrer dans les recoins les plus inattendus, il n'était jamais trop tard, parfois un seul instant d'amour comptait autant que de nombreuses années, parfois même la réminiscence d'un amour, parfois on pouvait se satisfaire de l'espoir, et lorsque, laissant le lieu plongé dans la même torpeur que lorsqu'il y avait pénétré, il était ressorti sur le palier où se faufilait déjà la lumière bleue du petit matin, transi jusqu'aux os, saisi par le froid hivernal, il avait compris son état de total dénuement. L'échec lui collait à la peau et c'était toujours lié à une femme, rien de plus facile que de tomber sous leur coupe, il en était ainsi depuis la nuit des temps, sauf que pour lui le moment était apparemment venu d'exister sans femme, son heure avait sonné, dût-elle durer des mois et des années.

Une douleur dans les rotules en descendant les escaliers lui avait rappelé son âge, toutes ces années mordues, mâchées puis jetées à la poubelle, mais cela n'avait en rien émoussé la révélation qui lui était apparue ce matin-là à l'aube et, bien que quelques semaines se soient écoulées depuis, elles sont toujours aussi douloureuses, surtout au lever, quand il s'extirpe de son lit comme maintenant. L'esprit engourdi de sommeil, il s'agrippe au mur et avance à tâtons vers la porte parce qu'on sonne, qui est-ce que ça peut bien être, presque minuit et il n'attend personne, il a couché les enfants chez eux, Salomé paraissait calme, presque apaisée, sûr qu'elle ne sortirait pas à une heure aussi tardive, quant à Dina, elle est à la mer Morte, il s'agit sans doute d'une erreur mais lorsqu'il la reconnaît par l'œilleton, il se hâte d'ouvrir, que s'est-il passé, où est Amos ? Vous n'étiez pas censés être partis en week-end ?

Si, mais il n'est pas resté avec moi et de toute façon, je voulais arriver à temps pour terminer avec toi et maman ma journée d'anniversaire, elle écarte les bras mais étonnamment se retrouve contre sa poitrine et c'est lui qui l'étreint. Comme elle est maigre, il a tellement l'habitude des rondeurs de Salomé qu'il palpe son dos squelettique avec curiosité, le collier de noix des vertèbres proéminentes de sa colonne vertébrale, depuis quand es-tu si maigre, toi ? lui demande-t-il, avant, tu étais plus épaisse, tu te souviens que tu te faisais vomir dans les cabinets pour maigrir ?

Quoi, tu le savais ? lui demande-t-elle, ahurie. Alors pourquoi ne m'as-tu pas dit que tu étais au courant ? Je ne voulais pas t'embarrasser, répond-il et elle soupire, dommage, ça m'aurait aidée. Il se souvient de la longue femme inconnue qui lui avait proposé de l'eau dans la rue, liane aussi décharnée que sa sœur, s'il l'avait serrée contre lui, il aurait certainement senti cette même imbrication abrupte, os à os, débarrassée du rembourrage trompeur de la chair, il est soudain captivé par cette proximité avec l'intérieur du corps humain ainsi révélé, il la prend par la main et la guide vers la cuisine, viens, Dinette, on va te le fêter, ton anniversaire.

Qu'est-ce que tu veux boire ? lui demande-t-il au moment où elle s'assied sur le tabouret, du lait chaud, dit-elle en lui envoyant un sourire du bout de ses belles lèvres, très pâles, qui s'étirent dans un visage rayonnant, ça a fait du bien à ta peau, cette virée à la mer Morte, vous avez essayé les bains de soufre ? Non, on n'a pas eu le temps de sortir de la chambre, ça doit être les ampoules à basse consommation de maman. Non, c'est autre chose, tu as l'air différente, insiste-t-il, le lait se met à bouillir au fond de la casserole et il le verse dans deux vieilles tasses jaunes, les entrechoque, à ta santé, sœurette, lance-t-il, joyeux anniversaire, elle lève la tête vers lui, elle a des yeux bruns, profonds et humides, il se souvient comment, exactement trente ans auparavant, ils se trouvaient assis là, elle avait seize ans et lui presque quatorze, c'était quelques jours après avoir quitté le kibboutz, les cartons envahissaient encore l'appartement, les parents se disputaient dans la chambre après une journée de chaos, leur mère avait appris le matin même que le poste d'enseignante qu'on lui avait promis dans le lycée du quartier venait d'être supprimé et leur père n'avait cessé de le lui reprocher, comme si elle était responsable. On n'aurait jamais dû quitter le kibboutz, criait-il, maintenant, de quoi vivrons-nous ? Tu penses que mon salaire d'employé de banque suffira ? Et si on me licencie, moi aussi ? Je t'avais prévenue, on n'a plus l'âge de commencer une nouvelle vie ! À force d'énervement et de frictions, ils en avaient oublié l'anniversaire de Dina, mais à minuit, lorsqu'il s'était relevé de son lit, il l'avait trouvée dans la cuisine, il la revoit à présent avec une incroyable netteté, en chemise de nuit à longues manches ornée de fleurs grises avec ses cheveux noirs et ébouriffés, elle buvait du lait et mangeait les biscuits qu'ils avaient rapportés du kibboutz.

Elle s'était tout d'abord crispée en le voyant débarquer soudain, et puis elle avait enlevé les pieds de la chaise en face d'elle, lui avait indiqué de s'asseoir et avait dit, presque en s'excusant, c'est mon anniversaire aujourd'hui, à croire que l'on ne pouvait se permettre de boire et de manger que pour les anniversaires, une fois par an, il se souvient très bien avoir voulu la prendre dans ses bras dans un élan de tendresse mais ses gestes d'adolescent étaient si maladroits que sa main avait heurté la tasse qu'elle tenait, du lait s'était renversé sur la table, elle l'avait sermonné tout en épongeant négligemment le liquide qui avait goutté sur le sol, alors il s'était empressé de regagner son lit, confus et contrit, mais il n'avait pas réussi à s'endormir et l'avait entendue s'enfermer dans les toilettes. Au début, il n'avait pas décrypté la signification des bruits qui se faufilaient jusqu'à ses oreilles, des toussotements et des hoquets étranglés, un instant il s'était même demandé si quelqu'un ne l'avait pas attaquée et lorsqu'il avait fini par comprendre, un sursaut indigné l'avait secoué, quelle honte, on a licencié maman ce matin, on n'a pas d'argent, on n'aura pas de quoi manger et elle, elle se permet de gâcher comme ça des petits gâteaux.

Il aura fallu trente ans pour qu'au milieu de la nuit il arrive à penser correctement à cette adolescente vêtue d'une chemise de nuit en flanelle ornée de petites fleurs qui se penchait au-dessus de la cuvette des cabinets le jour de son anniversaire et essayait d'arracher à ses entrailles des biscuits imbibés de lait, il tourne vers elle des yeux désolés mais à sa grande surprise il découvre qu'elle resplendit, tout marche à l'envers chez moi, dit-elle un peu gênée, je devrais me sentir terriblement mal mais je suis merveilleusement bien. Que s'est-il passé, vous vous êtes disputés à cause de l'adoption ? Oui, plus ou moins, on ne s'est pas vraiment disputés, simplement je lui ai annoncé que je ne renoncerai pas, il m'a répété qu'en ce qui le concernait c'était exclu mais a accepté de faire toutes les démarches pour que le processus aboutisse.

Que va-t-il se passer ?

Je continue. Dès qu'il est parti, j'ai appelé l'association et j'ai pris rendez-vous. Quoi, tu es vraiment prête à renoncer à Amos ? insiste-t-il, elle resserre autour de son corps le pull mauve qui lui va particulièrement bien et hausse les épaules, je ne sais pas, mais là n'est pas la question, je ne peux simplement pas renoncer à l'enfant, alors s'il estime que c'est un motif de séparation, je n'y peux rien, c'est son droit.

À vrai dire, je comprends tout à fait sa réaction, quand Salomé a voulu un deuxième enfant, moi aussi j'ai paniqué, je suppose que notre rôle est d'avoir peur et le vôtre de ne pas vous laisser impressionner, c'est à vous de nous rassurer, c'est une sorte de test inconscient censé prouver à l'homme que sa femme a la force d'assumer. Il est clair que dans le cas d'une adoption, c'est beaucoup plus dur, mais fondamentalement ça reste similaire et je crois qu'il finira par changer d'avis.

Je n'en suis pas sûre du tout. De ses longs doigts, elle entoure sa tasse avant de poursuivre, j'ai l'impression qu'il aspire vraiment au calme, il n'a jamais été très famille, cette aventure n'est pas du tout pour lui, détrompe-toi, Dinette, réplique Avner, quand tu es à ses côtés il veut la paix parce qu'il est pleinement satisfait, mais il ne renoncera pas à toi pour avoir la paix, il a davantage besoin de toi que ce que tu penses, peut-être aussi davantage que ce qu'il pense. Merci, frérot, soupire-t-elle, mais de cela aussi, je ne suis plus sûre du tout, c'était confortable pour moi de croire, toutes ces années, que même s'il n'exprimait pas son amour, je pouvais compter dessus, pourtant, tu vois, il m'a laissée seule là-bas aujourd'hui, et n'oublie pas qu'il m'a aussi laissée seule quand j'étais enceinte. Mais il est revenu et c'est un père merveilleux, lui répond-il vivement, étonné de se retrouver à plaider la cause de son beau-frère alors qu'il ne l'a jamais vraiment apprécié. Rien à faire, la plupart des hommes vivent la grossesse de leur femme comme une menace, nous avons beau être soi-disant programmés pour vouloir féconder, le mâle décadent du vingt et unième siècle a perdu son instinct primaire de reproduction, il a l'impression que sa semence vient pour lui voler sa place, nier son existence, et non pour lui conférer sa validité, comme c'est le cas dans la nature. Je me suis senti exploité par Salomé à ce moment-là, je voulais un enfant venu uniquement de l'amour, je fantasmais sur un couple où ce n'était que le feu de la passion qui donnait la vie, sans se soucier des jours d'ovulation ni de l'horloge biologique, mais apparemment il y a peu d'enfants de l'amour en ce monde, peut-être parce que le grand amour, lui, n'a pas besoin d'enfant. L'amour est quelque chose de bien trop insaisissable pour moi, se défend Dina qui pose les coudes sur la table en formica, c'est comme essayer d'attraper le vent, alors que les enfants sont concrets, surtout les petits dont il faut s'occuper tout le temps, leur présence rassure parce qu'elle est évidente, d'ailleurs souvent elle consolide la relation, la venue de Nitzane nous a fait un bien fou, à Amos et à moi. Ce qui veut dire, la coupe-t-il, qu'il n'y a pas de recettes, chez nous, les enfants ont toujours été source de tensions et de frictions dont ils n'étaient en rien responsables, même Yotam n'a pas réussi à nous rapprocher, enfin, peut-être un peu au début, mais très vite nous avons été rattrapés par nos démons. Oui, pour nous, c'est vraiment foutu.

Salomé n'essaie pas de te récupérer ?

Non, à mon grand soulagement elle y a renoncé. Oh, au début elle a bien essayé en me prenant par les bons et les mauvais sentiments, le pire étant quand elle me suppliait, mais elle a très vite arrêté. À mon avis, pour elle aussi, notre séparation est plus facile à supporter que notre couple, et même les enfants ne réagissent pas si mal que ça, dès l'instant où ils ont découvert que grâce à cette situation ils me voyaient davantage, ils se sont calmés, mais plus il parle, plus il sent un doute s'immiscer en lui, à quoi bon enjoliver ta séparation, se raille-t-il intérieurement, tu charges ton mariage et tu allèges ton divorce, à quoi bon, parce qu'il a beau dire, il ne peut ignorer la prière muette qu'il capte dans leur regard au moment où il les couche, reste, papa, dors avec nous, même sur le canapé du salon ou dans notre chambre, habite avec nous, papa, quel genre de père est celui qui n'habite pas avec ses enfants et qui avance comme argument, je n'aime pas votre mère et elle ne m'aime pas. Quoi ? On pouvait mesurer l'amour comme on mesure la température ? Le peser sur une balance ? Si seulement ils avaient pu aller tous les deux un matin dans un dispensaire tendre le bras sous une seringue pour qu'on leur prélève du sang, qu'on envoie les échantillons dans un laboratoire d'analyses et qu'une semaine plus tard ils obtiennent les résultats, votre taux d'amour est de tant et tant et les valeurs de référence sont de tant et tant, vous pouvez montrer ce papier à vos enfants, telle une preuve produite au tribunal ! Parce que, en vrai, il en va de l'amour comme du divin, on ne peut ni le voir ni le mesurer.

Et pourtant, lorsqu'il sort de son ancien appartement après avoir raconté une histoire, câliné, consolé, embrassé, son pas est léger et sa démarche posée, rien ne l'attriste davantage que d'imaginer la soirée qu'il aurait probablement passée avec sa femme, humiliant combat de catch dans la boue, le pire étant que ce match n'était jamais dénué d'espoir, d'attente désespérée, jour après jour, de se voir accepté envers et contre tout, semaine après semaine, année après année, non, il ne peut plus. Je ne peux plus, se dit-il tous les soirs au rythme des pas rapides qui le ramènent à sa voiture, et où cours-tu ainsi, tu ne vas ni au café ni dans les pubs où peuvent se croiser les esseulés, tu retournes chez maman, oui, il court retrouver le lit étroit de sa chambre d'adolescent, rejoindre le sommeil, comment se présentera la nuit cette fois, en mère consolatrice ou en femme au giron accueillant, en amante passionnée ou en fille de l'amour qu'il allait peut-être réussir à engendrer ? Et soudain il ne peut plus attendre, allons dormir, Dinette, propose-t-il, demain j'ai une audience au tribunal et je dois me lever très tôt pour la préparer.

Oui, bien sûr, dit-elle, ça te gêne si, pour l'instant, je reste ici avec vous ? Il indique l'appartement d'un large geste, cet endroit t'appartient autant qu'à moi. Tous les deux savent, bien sûr, qu'elle ne parlait pas d'un droit légitime mais de la possibilité qu'elle trouve enfin sa place dans ce qui avait été à l'époque la forteresse imprenable du lien unissant mère et fils, fils et mère. Ta chambre est occupée, dit-il encore, tu es prête à dormir dans celle des parents, pourquoi continuent-ils à l'appeler ainsi alors que leur père y est mort depuis plus de vingt ans. Elle ouvre la porte avec appréhension, allume la lumière, de toute façon, j'ai toujours détesté ma chambre, avoue-t-elle et il sourit, moi aussi, mais maintenant je l'aime énormément.

Peut-être parce que tu as fondé ton propre foyer, tente-t-elle d'expliquer, non, Dinette, je n'en ai plus, je n'ai plus de foyer, et elle le regarde désolée, oh, Avni, je suis sûre que tu as pris une bonne décision, mais une bonne décision au mauvais moment est tellement douloureuse. Oui, à notre âge, soupire-t-il, les choix ne sont jamais faciles, le tribut à payer est de plus en plus lourd, mais un autre soupir résonne dans l'appartement et elle chuchote, regarde, nous sommes tous les deux revenus chez maman et elle ne le sait même pas, elle ne peut même pas s'en réjouir.

Ou s'en désoler, lâche-t-il, allez, bonne nuit, sœurette, il doit rejoindre sa nuit de sommeil qui l'attend au creux du lit, il a peur de la froisser s'il s'attarde, elle risque de se refroidir, de ne plus être aussi tendre et dévouée, alors il plante Dina, là, debout encore hésitante devant le vieux lit double des parents. Lorsqu'il entre dans sa chambre, il est aussitôt enveloppé par un calme délicieux, les revoilà tous les trois, comme si leur père venait de mourir et qu'ils n'avaient pas bougé, sauf qu'à l'époque ils étaient affolés et déboussolés, alors que maintenant ils se cramponnent l'un à l'autre par erreurs interposées, Avner s'allonge sur le dos en souriant au plafond, le temps se joue de nous, n'est-ce pas idiot de sentir pour la première fois, à l'âge de quarante-quatre ans, au milieu de sa vie, la présence bienfaisante de sa famille originelle, et au moment où il se glisse dans le sommeil, entre sa mère et sa sœur, il est submergé de reconnaissance, oui, il leur revenait enfin, au terme d'un périple long de dizaines et de dizaines d'années, il leur revenait et n'avait plus peur de leur amour.

Lorsqu'il se lève le lendemain, très tôt, elles dorment encore et il s'étonne de trouver entre les doigts de sa mère un stylo argenté qu'il essaie de lui retirer mais elle résiste, alors il n'insiste pas, remplit la bouilloire pour se faire un café dans la cuisine encore plongée dans la pénombre, sourit aux deux tasses jaunes qui l'accueillent dans l'évier, un anniversaire sans gâteau, ni fleurs ni invités, mais avec du lait, du lait dont il ne reste plus une goutte à verser dans son café, par chance Rachel arrive, elle passe le seuil de son pas énergique, les bras chargés de courses, le réfrigérateur se remplit rapidement, vous voulez un jus tout frais ? lui demande-t-elle en sortant de leur sachet des oranges qu'elle dispose dans une petite corbeille.

Non, merci, je n'ai pas le temps, c'est fête aujourd'hui ? s'étonne-t-il en remarquant qu'elle est tout de blanc vêtue, une robe à manches longues en dentelle et des ballerines, debout avec ses oranges à la main, on dirait une gamine qui célèbre Shavouot à la maternelle en offrant une corbeille de fruits primeurs comme le veut la tradition, quelle jolie robe, s'exclame-t-il et elle sourit, gênée, ce n'est pas une fête nationale ou quelque chose comme ça, juste un événement personnel, c'est l'anniversaire de mon fils. Félicitations, et il a quel âge, votre fils ? Dix-huit ans, répond-elle. Magnifique, et comment avez-vous l'intention de marquer le coup ? Elle semble hésiter avant de lâcher d'une voix mal assurée, je vais l'emmener manger une pizza et après on ira au cinéma, étrangement elle fuit son regard, quant à lui, il s'étonne un peu de ces réjouissances qui conviendraient davantage à son fils de douze ans. Quel film allez-vous voir ? *Tout sur ma mère*, dit-elle, ah, je ne l'ai pas encore vu mais il paraît que c'est très fort, il remonte la fermeture Éclair de son blouson en laine noir, profitez bien, déjà il dévale les escaliers et ne voit pas qu'elle a pris machinalement une orange du panier et la serre si fort entre ses doigts que le fruit explose, du jus coule sur sa belle robe, mais Dina, qui aura entendu cet échange, encore allongée mais totalement éveillée dans le lit de ses parents, sortira de la chambre et la lui prendra des mains, cette orange dégoulinante, étreindra Rachel et lui chuchotera, ne pleurez pas, vous n'avez rien à vous reprocher, vous avez fait pour lui le plus grand des sacrifices possibles, par votre renoncement, vous avez donné un avenir à votre fils.

La femme pose sa tête sur l'épaule de Dina qui remarque le noir de jais de ses cheveux teints, et sanglote, c'est m'en sortir pour lui que j'aurais dû, qu'est-ce que j'ai gagné à y être arrivée après avoir renoncé à lui. Vous ne pouviez pas faire autrement, c'est tout, ce serait injuste de vous juger *a posteriori*, vous verrez qu'il vous téléphonera bientôt, il ouvrira son dossier et vous cherchera.

Ainsi soit-il, amen, je lui revaudrai tout, on recommencera tout depuis le début.

Exactement, la rassure Dina qui passe les doigts sur la chevelure rigidifiée par le défrisage, à propos, je voulais vous demander, dans quelques mois, j'aurai besoin de votre aide pour garder un petit enfant, vous accepteriez ? Seriez-vous prête à vous en occuper quand je serai au travail ? Il s'agira sans doute d'un enfant difficile, ça exigera beaucoup d'amour et de patience, et Rachel lui lance un regard très vif, oui, avec joie, quand votre maman sera guérie, j'aurai besoin d'une nouvelle place et les enfants, c'est ce que je préfère.

La mort se révélerait-elle une guérison, la vie qui s'échappe par tous les pores de notre peau serait-elle une maladie ? songe Dina. Alors c'est parfait, surtout n'oubliez pas que je compte sur vous, quelles belles oranges vous avez rapportées, regardez, on va les couper en quartiers, c'est comme ça qu'on les mangeait chez nous au kibboutz, et lorsqu'elles se retrouvent devant le plan de travail à couper les fruits puis à les déposer dans une assiette, les petites barquettes juteuses qui ne vogueront nulle part lui apparaissent comme autant de bouches humides, figées dans le sourire édenté de ceux qui se trouvent aux extrémités de la vie, au début ou à la fin.

Étrange, la manière embarrassée dont elle lui avait parlé de l'anniversaire de son fils, songe-t-il tandis qu'il se retrouve coincé dans les embouteillages habituels, quoique ce n'est pas si étonnant que ça, en fait, puisque les dix-huit ans d'un fils débouchent sur sa mobilisation dans l'armée, l'instant que nous redoutons tous dans ce pays dès que naît un bébé mâle, d'ailleurs un flash d'information annonce qu'un soldat vient d'être grièvement blessé dans le sud du pays, très bientôt ce pourrait être le fils de Rachel, dans quelques années son fils à lui, déprimé il ferme la radio, tout devient si personnel ici, que ce soit les flashs ou les informations dans leur intégralité, dès que les nouvelles sont sinistres, il le ressent comme son propre échec, comme s'il s'agissait de sa propre famille, comme s'il n'avait pas investi assez d'efforts, lui, le fils préféré, dont le rôle aurait dû être d'assumer toutes les responsabilités, oui, il avait failli, il se souvient soudain qu'Anati, la veille, lui avait lancé d'un ton plein d'animosité qu'elle devait lui parler d'urgence, encore une qu'il avait déçue à force de l'esquiver, mais il ne voulait pas entendre ce qu'elle avait à lui annoncer, certainement qu'elle était enceinte.

Depuis quelques semaines, il ne peut qu'observer tristement la rapide métamorphose de sa jeune stagiaire qui lui donne l'impression de condenser, à elle seule et en quelques mois à peine, tout ce qu'il a, lui, traversé en vingt ans, l'enthousiasme communicatif qu'elle affichait avant son mariage s'est évanoui pour être remplacé par du défaitisme, de toute façon on ne pourra pas les aider alors à quoi bon essayer, susurre-t-elle de temps en temps, et quand il pense à elle tout en cherchant à se garer le long des trottoirs encombrés, il est assailli par les désagréables picotements d'un malaise inexpliqué. Que lui veut-elle, comment interpréter les regards accusateurs qu'elle lui lance depuis quelques semaines, on dirait qu'elle s'estime grugée, pourtant en l'embauchant il l'avait prévenue, il lui avait bien expliqué que dans son cabinet la frustration dépassait de loin la satisfaction. Serait-elle, au début, tombée amoureuse de lui et se sentirait-elle à présent repoussée ? Peu probable, il était trop vieux pour elle, ce genre d'histoires arrivait bien sûr, mais pas à lui, même s'il ne pouvait nier qu'il s'était passé quelque chose entre eux. Étrange de penser que justement le jour où elle s'était mariée, il s'était libéré, que justement elle, qui n'avait rien à voir là-dedans, avait sonné l'heure du grand chambardement, était-ce cette raison qui expliquait l'attirance pesante qu'il avait ressentie pour elle dès le premier instant, dès qu'il l'avait vue franchir le seuil de son bureau, lourde gamine avec de très beaux yeux et qui essayait tellement de l'impressionner.

Il l'entend décrocher le téléphone au moment où il entre, bonjour, Nasserine, non, maître Horowitch ne peut pas prendre votre dossier, je lui ai transmis les documents et sa réponse est négative, vous n'avez aucune chance de gagner, et Avner n'en revient pas, c'est quoi, Anati, la coupe-t-il aussitôt, de quel dossier s'agit-il, je n'ai pas souvenir que vous m'ayez récemment transmis quoi que ce soit de nouveau. J'ai fait une première sélection, répond-elle sèchement, une main posée sur le combiné, la cause est perdue, nous avons déjà eu à plaider de telles affaires et n'avons jamais réussi à éviter l'expulsion, quelle expulsion, s'insurge-t-il, de qui, de quoi parlez-vous ?

C'est encore un couple mixte, lui est originaire de Jérusalem-Est, elle d'un village près de Ramallah, il a une carte d'identité israélienne et elle un frère dans une organisation terroriste. Elle vient de recevoir un arrêté d'expulsion, quoi, c'est l'histoire habituelle, Avner sursaute en entendant ce qu'il capte comme de l'agacement et il la reprend vertement, il n'y a pas d'histoire habituelle, chaque histoire est unique et singulière, je ne comprends pas que vous osiez repousser des gens en mon nom sans m'avoir consulté, cela s'est-il déjà produit auparavant ? Non, non, pas vraiment, marmonne-t-elle. Je vous conseille de ne plus jamais recommencer, si cela devait se reproduire… mais avant qu'il n'ait proféré de menace elle l'interrompt, soyez sans inquiétude, il n'y aura pas d'autres occasions, c'est ce dont je voulais vous parler, j'ai décidé de démissionner, je vais commencer un nouveau stage dans un cabinet d'affaires, j'en ai assez de la défense des droits de l'homme, c'est bon pour les rêveurs qui supportent de perdre à tous les coups, moi, j'ai besoin de gagner de temps en temps. Perdre à tous les coups ? répète-t-il en soupirant, cette façon de penser ne lui est bien sûr pas étrangère, c'est ce ton sans appel qui le blesse, pourquoi dites-vous que l'on perd à tous les coups ? Depuis que je suis chez vous, vous n'avez pas gagné un seul procès. Les quelques centimes obtenus par Steven ne le dédommageront jamais de la blessure qui l'a défiguré, l'école des Bédouins va être détruite et jamais ils n'obtiendront de permis de construire, ni pour une école ni même pour des toilettes, je sais qu'ils construiront malgré tout sans permis, ils seront condamnés et on leur enverra les bulldozers pour arracher les cuvettes, dans le meilleur des cas vous déposerez une requête en référé qui retardera l'exécution de la décision. C'est bien d'avoir réussi à rendre quelques chèvres aux Jahalin, et vous avez gagné leur reconnaissance éternelle, mais qu'avez-vous fait depuis ? Vous n'avez obtenu que des sursis, je ne sais pas comment vous pouvez continuer.

Quelques chèvres ? proteste-t-il furieux, et qu'en est-il de tous ceux à qui j'ai évité l'expulsion ou des années de prison, cela n'a aucune valeur à vos yeux ? Si, si, bravo, lui renvoie-t-elle, alors disons que vous avez servi à quelque chose mais le mal que vous faites est bien plus important parce que vous participez à la grande imposture, ne me dites pas que vous avez foi en la justice de ce pays, vous savez très bien que tout est joué d'avance, vous ne voyez pas que c'est votre présence qui donne la légitimité à des systèmes qui ne sont justement pas légitimes ?

Et que proposez-vous ? Qu'on arrête d'essayer ? Qu'on abandonne des êtres humains à leur triste sort ? Il élève la voix mais elle n'est pas en reste et lui lance, peut-être que oui, il y a des périodes où mieux vaut ne rien faire, laisser les choses empirer et espérer alors que surgira une solution. Inutile de me regarder comme si vous tombiez des nues, vous savez bien que j'ai raison, de temps en temps vous arrivez à aider un pauvre bougre mais, globalement, l'État vous coince en permanence et vous acceptez le verdict sans sourciller, comme si, en votre for intérieur, cela vous rassurait de le savoir plus fort que vous.

Rassuré, s'écrie-t-il, malheureux, oui ! J'en suis dévasté, mais elle se hâte de retourner les arguments contre lui, exactement, vous êtes dévasté, je ne vous accuse de rien mais je ne veux pas vivre ça, moi, je ne suis qu'au début de ma carrière, je veux avancer, gagner de l'argent et j'en ai marre de me bercer d'illusions. Vous ne voyez donc pas que vous ne cessez de donner de faux espoirs à vos clients ? Est-ce que vous avez réussi à éviter la reconduction en Jordanie de Hala ? Alors pourquoi réussiriez-vous avec Nasscrine ?

La respiration lourde, il détourne le regard et fixe la fenêtre, soudain la présence et l'aspect de la jeune femme lui deviennent insupportables, quand pensiez-vous partir ? demande-t-il. Dans quelques semaines, le temps que vous engagiez une nouvelle stagiaire, eh bien dans ce cas, je vous demande de partir aujourd'hui, si vous avez trouvé où aller.

Je me suis adressée à plusieurs cabinets et j'attends leur réponse. Vous avez contacté des confrères sans me prévenir ? s'étonne-t-il, eh bien, vous ne manquez pas d'air, sa voix grince et il a l'impression que ses dents claquent tant il est furieux et déçu, prenez donc une journée de congé, j'aimerais rester seul ici aujourd'hui. Il va s'asseoir à sa place et suit avec des yeux impatients les allers et retours d'Anati, qu'est-ce qu'elle en met du temps, pour s'en aller, elle range un classeur sur l'étagère, pose des feuilles sur le bureau, part chercher son portable dans l'autre pièce et, sans vergogne, profane ce qui, pour lui, a toujours été sacré. Oui, une réelle fraternité l'avait toujours lié à ses stagiaires, il les avait toujours considérés comme sa vraie famille, une famille parfaite, unie autour d'un même dessein, et il avait toujours pensé que dans son cabinet s'appliquait effectivement la formule, chacun donne selon ses moyens et reçoit selon ses besoins, comme aux origines du kibboutz.

Ici aussi, je vais devoir recommencer à zéro, se dit-il le regard plein de rancœur, il suit les gestes d'Anati engoncée dans sa veste noire, comme à son habitude elle porte des vêtements trop étroits et quand enfin elle se penche vers son sac, cette veste se soulève et un bourrelet de chair blanc poupin déborde au-dessus de la taille basse du pantalon. Pourquoi ne m'en avez-vous pas parlé plus tôt ? demande-t-il soudain pris de pitié, vous ne me laissez aucune possibilité de vous faire changer d'avis, vous êtes inaccessible depuis des mois, réplique-t-elle, vous ne répondez pas à mes coups de fil, au cabinet vous êtes tout le temps stressé, je sentais que vous m'évitiez mais peut-être aussi n'ai-je pas voulu vous donner l'occasion de me faire changer d'avis, ne le prenez pas personnellement, c'est juste que je ne suis pas faite pour ça, désolée. Non, non, ne regrettez rien, mieux vaut découvrir ce genre de choses à temps, soyez contente d'avoir pu éviter certaines erreurs avant qu'il ne soit trop tard, c'est exactement comme pour le mariage.

Elle sort tête basse, une fois seul il arrive fort heureusement à récupérer le numéro du dernier appel entrant et n'hésite pas une seconde, maître Avner Horowitch à l'appareil, se présente-t-il avec douceur à la voix féminine et glaciale qui a décroché, vous avez cherché à me joindre, il y a eu un malentendu, aussitôt l'inconnue se répand en lamentations, notre avocat nous a lâchés, vous êtes notre dernière chance, Ali a dit que vous seul pouviez nous aider. Ali, vous connaissez Ali ? demande-t-il. C'est mon oncle, le frère de mon père. Quand pouvez-vous passer au cabinet ? Dans une heure à peu près, répond-elle, en l'attendant il déambule à travers les pièces vides, contemple l'arbre qui, dans sa laideur dépouillée, évoque un squelette, cela doit être difficile de tout perdre ainsi chaque année, sauf que l'aulne refleurit chaque année tandis que nous, nous nous contentons de nous déplumer, chaque fois un peu plus. Voilà bien longtemps qu'il ne s'était pas retrouvé seul à son cabinet, bien longtemps qu'il ne s'y était pas senti aussi impliqué, rien que lui et ses tristes dossiers. Peut-être avait-elle raison, la rétribution était bien maigre face à la frustration ! Pourtant les troupeaux avaient bel et bien été rendus à leurs propriétaires, quoi, trouvait-elle la chose sans importance ? Les toilettes étaient restées en place, trouvait-elle la chose sans importance ? Oui, il se battait pour des cuvettes et des chèvres car, dans un champ de tir, c'était là que se trouvait la dignité humaine. Bouleversé, il s'allonge sur le canapé qui fait face à sa table de travail, pendant des années il avait cru que la réalité changerait à condition qu'il ne ménage pas ses efforts, devait-il en déduire qu'il ne s'était pas suffisamment dépensé ? Aurait-il pu s'investir davantage ? Il avait perdu, pas de doute là-dessus, mais dans cette guerre-là même le perdant devait rester fier, et crois bien que je n'ai rien contre toi, dit-il tout bas, reprenant, comme dans un rêve éveillé, ses discussions nocturnes avec la mère patrie, toi, tu ne m'as jamais compris, tu as toujours douté de mes motivations, sache que je n'aspirais qu'à assurer ton avenir, de même que toi, tu aspirais à assurer le mien, nous voulions tous les deux permettre aux habitants de ce pays de pouvoir survivre ici ensemble. Qui veut se défendre efficacement doit réduire au maximum les points de friction et de haine, s'accrocher à l'essentiel et lâcher du lest sur le superflu, c'est ce que je me suis efforcé de faire mais je n'ai réussi qu'à m'attirer tes foudres, parfois je me dis que tu es peut-être plus naïve que ce que je pensais, que tu ne peux te passer de la peur, c'est pourquoi tu te donnes au premier venu, pourvu qu'il te promette sa protection. Est-il possible de combattre dans la peur sans créer de la peur ? Est-il possible de se défendre sans attaquer ? C'est difficile mais je crois la chose possible or, toi, tu n'as pas de réponses parce que tu cherches dans un endroit aphasique et agressif, c'est toi qui n'as pas fait assez d'efforts, tu m'as tellement déçu et pourtant, je ne renoncerai à toi pour rien au monde, tels sont les liens du sang, indénouables, lorsque ton cœur s'accélère dans ta poitrine, j'entends tes palpitations effrayées qui tambourinent, Avner se redresse en sursaut et se rue sur la porte, effectivement, une heure est passée et elle frappe à la porte, comme elle ressemble à Ali, son beau visage dégage un charme un peu masculin, elle est vêtue à l'occidentale, un pantalon noir moulant et un pull rouge, de grandes lunettes de soleil masquent ses yeux et lorsqu'elle les enlève il découvre ce regard aux abois qu'il connaît si bien.

C'est donc Ali qui vous a conseillé de venir me trouver ? demande-t-il pour entendre de nouveau ces mots consolateurs, oui, il nous a dit dès le début que si quelqu'un pouvait nous aider c'était vous, mais mon mari voulait un avocat de Jérusalem-Est qui parle arabe. Je comprends, s'empresse-t-il de la rassurer, vous avez fait ce que vous pensiez être le mieux, expliquez-moi plutôt où vous en êtes, et elle lui raconte toute son histoire, une histoire qui semble avoir commencé par son mariage avec un habitant de Silwan puis leur installation sous des cieux plus propices, mais en fait cela a commencé bien avant sa naissance, c'est une histoire qui a de multiples commencements en différents points du temps, qui aurait pu s'achever à de multiples reprises depuis un siècle que ça dure, seulement voilà, il y a tant de gens nés et morts au cours de toutes ces années, sans compter ceux qui sont morts directement à cause d'elle, à cause de cette histoire qui n'en finit pas, Avner est certain de n'avoir vu nulle part ailleurs une telle contradiction entre le tout et les éléments qui constituent ce tout, des éléments qui, comme la jeune femme assise en face de lui, n'aspirent qu'à la paix pour eux et leur famille, c'est-à-dire à la paix dans la région, telle est aussi son aspiration à lui, celle des membres de sa famille et de ses connaissances, celle d'Ali, comment expliquer que le tout composé de ces éléments-là arrive pourtant à précipiter les masses dans la direction opposée, celle de la radicalité et de la violence, chaque génération pouvant en rejeter la responsabilité sur telle ou telle personnalité, un responsable chasse l'autre, ils se suivent et se ressemblent, rien ne change, à croire qu'une force aussi brutale et puissante que le rayonnement fossile arrive à anéantir les aspirations fondamentales des êtres humains et à jeter les peuples dans une réalité sans espoir.

Peut-être les scientifiques, et non les hommes politiques, devraient-ils s'occuper de ce conflit, pense-t-il, peut-être arriveraient-ils, eux, à trouver la formule, à résoudre le paradoxe entre les éléments et le tout qu'ils constituent, un paradoxe qui se perpétue dans cette partie du monde, de génération en génération, voilà une de ses victimes les plus petites, cette femme que l'on veut expulser bien que son mari soit citoyen israélien, elle a le choix entre se séparer de sa famille ou l'emmener avec elle dans son village d'origine, tout cela parce que son frère, membre d'une organisation ennemie, la transforme en risque sécuritaire, or elle ne l'a pas revu depuis des années, son frère, certes il existe de pires tragédies, Avner s'est lui-même occupé de dossiers bien plus graves, elle a au moins le droit d'emmener son mari et ses enfants dans son exil hors du territoire national, mais cela bouleverserait leur vie et il voudrait vraiment leur éviter ça, c'est pourquoi il allait, à partir de maintenant, s'efforcer de rassembler un maximum d'informations et les passer au crible, de la plus anodine à la plus sérieuse. Quand a-t-elle vu son frère pour la dernière fois, quel genre de relations entretient-elle avec sa famille, quelles relations son frère entretient-il avec le reste de la famille, que sait-elle de ses activités, le temps presse, l'audience a été fixée pour le début du mois prochain, il est tellement tendu et concentré qu'il ne remarque pas que l'heure a tourné et qu'il aurait déjà dû être devant la porte de l'école de son fils, il ignore son téléphone, qui doit sonner une seconde fois au fond de sa sacoche pour qu'il réagisse.

T'es où, papa ? demande Tomer, ça fait une demi-heure que je t'attends, il bondit de sa chaise, oh, pardon, mon grand, je suis en rendez-vous et je n'ai pas fait attention, j'arrive, il se sépare de Nasserine avec précipitation, je vais étudier tous les documents et je vous rappelle, lui promet-il mais elle lui demande encore, les lèvres frémissantes, pensez-vous qu'on y arrivera ? Avons-nous une chance ? Il hésite, les paroles de sa stagiaire remontent dans sa mémoire, vous ne cessez de perdre vos procès, pourquoi les bercer d'illusions ? Ça dépendra beaucoup du juge et d'un tas d'autres facteurs, dit-il, mais j'ai un bon pressentiment, un bon pressentiment qui l'accompagne d'ailleurs jusqu'au portail de l'école, voilà bien longtemps que cela ne lui était pas arrivé, il ne la laissera pas être reconduite à la frontière, il en est sûr et certain, mais dès que, des excuses plein la bouche, il ramène son fils jusqu'à la voiture, sa belle assurance s'est déjà émoussée, il dévisage le gamin avec contrariété, l'expression de mal-aimé qu'il affiche lui est tellement familière, comme à chaque fois il se demande où l'emmener, il est grand temps qu'il se trouve un appartement dans les environs de son ancien domicile, pas la peine d'aller jusque chez Hemda, c'est trop loin, soudain il se souvient de Rachel et demande, tu veux une pizza, sachant à l'avance que son fils opinera froidement, comme pour lui signifier que rien ne pourra compenser l'affront qu'il vient de subir. Pourtant il ne refusera pas.

Aux abords de la pizzeria du quartier, dont le toit est déjà bâché de plastique mais les tables encore ombragées par des parasols comme en été, il se prend, bizarrement, à chercher la garde-malade avec sa robe de mariée en dentelle assise en compagnie de son fils, il regarde même sa montre avec anxiété comme s'il avait rendez-vous avec eux et qu'ils arrivaient en retard. Il y a des centaines de pizzerias en ville, pourquoi viendraient-ils dans celle-ci justement, pourquoi à cette heure-là, et d'ailleurs pourquoi as-tu besoin d'eux, est-ce pour dissiper la tension qui règne entre toi et ton fils ? Pourquoi n'y arriverais-tu pas seul, oui, mais comment, il a l'impression d'avoir loupé le coche, il commande deux pizzas avec du jus de raisin, pendant qu'il attend au comptoir, il reprend distraitement la chanson d'ambiance, oui, je t'aime mon amour, je t'aime et t'aime pour toujours, son regard balaie les parasols ridicules, la rue en pente dénuée de charme mais très passante, il remarque qu'il y a beaucoup de coiffeurs dans les parages, un marchand de légumes, une boulangerie aussi. Apparemment, rien de particulier, juste la rue d'un quartier d'une ville d'un pays, pourtant des questions lourdes de sens pèsent sur le toit en plastique bancal de l'établissement, nous habitons tous sur un champ de tir, même s'il est jalonné de coiffeurs. Laisse-moi t'aimer mon amour, t'aimer et t'aimer pour toujours, chantonne-t-il en se saisissant du plateau appétissant, un amour pour toujours est plus profond qu'un nouvel amour chaque jour, laisse-moi t'aimer mon amour, chuchote-t-il à son fils qui prend sa pizza chaude avec une mauvaise volonté évidente.

Tu n'as pas honte de faire la tête ? À quelques pas d'ici, il y a un garçon de ton âge qui risque d'être expulsé, s'écrie-t-il mais aussitôt il serre les lèvres, Tomer n'y est pour rien, il ne sait rien parce que tu ne lui as jamais rien raconté, Salomé t'obligeait systématiquement à te taire, pas devant le gosse, pas devant les gosses, inutile de les attrister ni d'ébranler leur confiance envers la droiture et la moralité du pays dans lequel ils sont nés et pour lequel ils se battront le jour venu, mais à elle non plus il ne pouvait rien raconter, dès qu'il essayait de lui parler de ses dossiers, elle lui fermait la bouche avec ses reproches, grand défenseur des droits de l'homme, ironisait-elle, et qui défendra mes droits à moi ?

Était-elle jalouse des clients auxquels il se dévouait corps et âme en y mettant un cœur qu'il lui avait toujours refusé, était-elle jalouse de la satisfaction et de la réussite qu'il avait connues à ses débuts ? Elle l'avait tellement dénigré, considérant ses motivations avec une telle méfiance qu'il avait fini par ne plus rien partager avec sa petite famille, et son travail, le travail de papa, était devenu aux yeux de sa femme et de ses enfants une sorte d'ennemi, oui, un ennemi, mais qui cependant les nourrissait tous. Longtemps, il s'était accommodé de la situation, mais à présent, devant son fils qui remue avec ennui sa mâchoire carrée, il laisse les mots sortir, étonné de constater qu'ils coulent avec autant de naturel que s'ils attendaient depuis des années l'instant où, assis face à son aîné, il pourrait lui dire, je suis vraiment désolé d'être arrivé en retard, Tomer, j'ai oublié de regarder ma montre, je recevais au cabinet une femme qui a extrêmement besoin de mon aide parce qu'elle risque d'être expulsée du pays.

Pourquoi, qu'est-ce qu'elle a fait ? demande le garçon en posant sa pizza, alors il commence à raconter, choisit des exemples tirés d'autres dossiers dont il s'est occupé, parle d'autres gens qu'il a réussi à aider, Tomer le coupe de temps en temps par une question intelligente, sensible et pleine de compassion, plus son fils montre de l'intérêt, plus il a envie de continuer, alors il déroule son monde et, ce faisant, sent monter en lui une fierté jusque-là inconnue. C'est vrai, mon fils adoré, que j'avais souvent l'air renfrogné et que je me bagarrais avec ta mère, c'est vrai que je n'ai pas toujours été patient et à l'écoute, c'est vrai que je n'ai pas répondu à tous tes souhaits et surtout au plus grand d'entre eux, pourtant j'ai réussi, parfois, à ce que justice soit rendue, à ce qu'un malheureux obtienne réparation, et cela me donne le droit d'être satisfait, oui, justement en ce jour où on m'a dit mes quatre vérités, je peux te regarder droit dans les yeux et éprouver de la satisfaction de voir ton regard ému se lever vers moi, toi qui désirais ardemment connaître ton père et attendais le moment d'être fier de lui.

Mange, mon grand, dit-il finalement, ça refroidit, mais la pizza n'intéresse plus du tout son affamé de fils qui boit et avale ses paroles, le fixe avec des yeux songeurs, se passe la main dans les cheveux malgré leur aspect graisseux, et finit par déclarer avec une grande maturité, moi, si j'étais le juge, je lui demanderais, à cette femme, de jurer de ne plus jamais revoir son frère, parce que si elle le revoit, ça peut effectivement devenir dangereux, mais si elle est prête à s'y engager, je la laisserais vivre ici, et ce n'est qu'alors qu'il prend une gorgée de son jus de raisin, lentement, avec grand sérieux. Ému, Avner lui assure qu'il pourrait vraiment être juge, Tomer, c'est tellement bien que tu sois capable de penser aux deux parties, ben ça, c'est ce que j'ai appris à la maison, réplique le garçon avec un sourire embarrassé, avec toi et maman, il fallait bien penser aux deux parties pour pouvoir continuer à vous aimer tous les deux, Avner se lève et va le serrer dans ses bras, mon fils, mon chéri, il ne trouve pas d'autres mots, embrasse encore et encore son épaisse tignasse d'où montent un mélange d'odeurs familières, l'omelette du dîner, les toasts du matin, les couches de Yotam, le savon liquide parfumé à la mandarine, l'assouplissant pour lessive, une odeur de foyer, pour le meilleur et pour le pire, il est là, le foyer, dans leur étreinte, sans murs ni meubles, mon fils, mon chéri, je suis fier d'être ton père, chuchote-t-il.

Est-ce que je pourrais venir avec toi au tribunal, demande alors Tomer, si bien qu'un matin, trois semaines plus tard, Avner passe le prendre en bas de l'immeuble, il remarque un peu surpris que sous son manteau le garçon porte une chemise blanche et un pantalon bleu, il s'est mis sur son trente et un, affiche une expression posée et solennelle, paraît extrêmement impressionné de se trouver face aux héros d'une histoire qui enflamme son imagination et interpelle son sens de la justice. Ta mère est au courant que tu viens avec moi ? s'assure-t-il et Tomer répond, évidemment, je lui ai tout raconté, c'est elle qui m'a dit de bien m'habiller pour aller au palais de justice, Avner apprécie cette coopération discrète et inattendue, il enfile sa robe d'avocat et avec son fils survolté traverse les couloirs d'un pas énergique. Nasserine, qui les a aperçus, se précipite vers eux, visage crispé, elle a soigneusement attaché ses cheveux en arrière et leur présente son mari, un jeune homme de petite taille un peu rond et leur fils aîné, lequel examine Tomer avec curiosité, Tomer qui s'installe à ses côtés, à la place de la stagiaire qu'il n'a plus, et se lève sur un signe au moment où entre le juge, celui-là, il ne le connaît pas, c'est un jeune aux traits fins et délicats. Votre Honneur, pensez au bien des enfants, murmure-t-il comme s'il se trouvait dans un lieu de prières et non de justice, ses yeux ne cessent de passer de son fils au fils de Nasserine, il se sent galvanisé par la présence des garçons et lorsque le procureur argue que, cette femme ayant un frère membre d'une organisation terroriste, impliqué dans des activités violentes, elle représente automatiquement un danger pour la sûreté de l'État, il se dresse et rétorque qu'il ne peut imaginer que la cour fasse fi de la logique, ma cliente a obtenu un titre de séjour pendant plus de dix ans, au cours de toutes ces années, elle n'a eu aucun contact avec son frère, en quoi la sécurité du pays sera-t-elle menacée si on lui permet de rester en Israël, n'oubliez pas que l'arrêté de reconduite à la frontière porte atteinte au droit légitime de son mari et de ses enfants à vivre en famille dans l'État dont ils sont citoyens et il conclut dans un élan vibrant, je considère cela comme une mesure injustifiée et disproportionnée, mes clients sont d'honnêtes citoyens pacifiques, donnez-leur l'occasion de prouver que vos soupçons ne sont nullement fondés.

Il entend avec joie le juge poser au procureur des questions pertinentes, avez-vous des éléments prouvant qu'elle a revu son frère ? À quoi précisément le frère est-il mêlé ? Le regard d'Avner balaie les quelques personnes silencieuses de l'assistance puis se pose sur le fils de Nasserine, qui s'est collé contre son père. On dirait que tout se passe au-dessus de la tête des intéressés, comme si des médecins discutaient sur le corps anesthésié et intubé d'un malade qui, au bloc opératoire, n'a plus aucun contrôle sur sa vie, les voilà même obligés de sortir pour permettre au procureur de communiquer au juge certains renseignements confidentiels, Nasserine agrippe son fils qui éclate en sanglots au moment où un représentant des services de sécurité est aussi introduit dans la salle, étrangement il ressemble au mari, qu'allons-nous devenir, le juge ne nous croit pas mais je vous assure que je n'ai aucun contact avec mon frère, aucun, c'était un joueur, il m'a volé de l'argent, il a escroqué toute la famille, personne ne veut plus avoir de relations avec lui.

Ne t'attends pas à ce qu'une décision soit prise aujourd'hui, rappelle-t-il à son fils qui, très remué, ne quitte pas des yeux la femme en train de pleurer, ils vont certainement convenir d'une date pour une nouvelle audience, c'est vraiment une question difficile, papa, déclare Tomer, je la crois quand elle dit n'avoir aucun rapport avec son frère mais s'il débarque au milieu de la nuit et lui demande de l'aide, que fera-t-elle ? Si ta sœur te demandait de l'aide, tu ferais quoi ? Avner soupire, je préfère ne pas me poser la question, mon grand, parce que je connais la réponse, pourtant je ne pense pas que ce soit un motif suffisant pour l'expulser, il y a des risques qu'il faut assumer, cela dit, vu la complexité de la situation, ça risque de traîner des mois, explique-t-il encore, si bien qu'il sera le premier étonné lorsque, juste après la pause, le juge lira sa décision d'une voix ferme, considérant que le danger pour la sûreté de l'État représenté par le frère de la requérante n'est pas un argument dont doit tenir compte le ministère de l'Intérieur, considérant que, d'après les documents confidentiels versés au dossier, la requérante, ainsi qu'il est établi par les autres pièces du dossier, a effectivement coupé les ponts avec son frère, la cour ordonne au ministre de l'Intérieur de renouveler le titre de séjour de la requérante et ce tant qu'aucun élément nouveau n'aura été produit, de lui restituer ainsi son statut de résidente temporaire qui lui permettra une résidence permanente, lorsqu'ils se lèvent, il accompagne respectueusement le juge jusqu'à la sortie de la salle d'audience, voilà bien longtemps qu'il ne s'est senti aussi solide sur ses deux jambes, aussi serein. Il y a peut-être encore un espoir, pas seulement pour cette famille mais pour ce pays, et il en sera ainsi tant que l'on pourra y rencontrer des gens capables de voir l'ensemble des arguments, de reconnaître que le facteur sécuritaire n'est pas le seul à prendre en compte, Nasserine submergée de reconnaissance, se pend à son cou, je vais raconter à Ali à quel point il a eu raison, s'écrie-t-elle heureuse, d'ailleurs il voulait assister au procès mais il a été refoulé à un barrage.

Papa, je suis vraiment content pour eux mais en même temps un peu inquiet, imagine que son frère réussisse à commettre un attentat, lui dit Tomer lorsqu'ils se retrouvent dehors, dans le gris de la journée hivernale, moi non plus, mon chéri, je ne suis pas tranquille, d'ailleurs lui, je ne le défendrais jamais, à la différence de certains de mes confrères, et puis, tu sais, je veux croire qu'au final une telle décision de justice éloigne le danger au lieu de le rapprocher, si elle sent qu'ici c'est aussi sa maison, peut-être essaiera-t-elle encore davantage de la protéger.

Quand est-ce que tu auras enfin, toi aussi, ta propre maison ? rebondit aussitôt son fils. Très bientôt, lui assure-t-il et la preuve, c'est que le lendemain matin, il se rend à l'agence immobilière la plus proche de son cabinet, je cherche un trois-pièces à louer, avec un jardin ou une grande terrasse, il donne le nom du quartier et son budget, qu'il gonfle un peu, fort de sa récente victoire. Installée devant son ordinateur, la directrice, une femme lourdement maquillée, plisse le front, pour l'instant je n'ai rien dans ce quartier, déclare-t-elle, seriez-vous prêt à une petite concession sur le secteur géographique, plus on s'éloigne du centre plus on a le choix, mais il secoue la tête négativement, c'est hors de question, il doit rester à proximité du domicile de ses enfants, qu'ils puissent venir à pied, que Tomer puisse passer chez lui facilement, sans devoir planifier ni préparer son cartable et ses vêtements à l'avance. Prévenez-moi si vous tombez sur quelque chose, c'est vraiment urgent, dit-il déçu en se tournant vers la porte mais elle l'arrête, attendez un instant, j'ai rentré ce matin un produit dans votre coin mais je ne l'ai pas encore visité, je m'apprêtais à y aller, c'est un trois-pièces avec jardin totalement rénové. Dans quelle rue ? s'enquiert-il et elle s'excuse, nous ne donnons jamais de renseignements précis, je vous informerai après ma visite. Et si je vous y accompagnais ? suggère-t-il. Désolée, ce n'est pas dans nos pratiques, nous ne montrons jamais nos appartements avant de les avoir vus nous-mêmes, j'ai ma matinée de libre, ce qui est très rare, insiste-t-il, et je dois me loger d'urgence parce que je n'ai pas où accueillir mes enfants, vous comprenez ? Par chance, la femme est elle aussi divorcée et a elle aussi des enfants, si bien que le désarroi d'Avner lui va droit au cœur et elle accepte, verrouille l'agence, prenons ma voiture, lui propose-t-elle et sur le trajet elle lui explique en lissant ses cheveux blond platine que les propriétaires sont des universitaires, qu'ils vont travailler à New York pour au moins deux ans, le semestre commence bientôt, ils sont donc très pressés, on va essayer de trouver un arrangement pour le prix et, après avoir fait le tour de ce qu'elle pouvait dire sur l'appartement que ni lui ni elle n'ont encore vu, elle se met à raconter son divorce, j'ai supplié mon mari pour qu'il s'installe à côté de chez nous afin de protéger les enfants, c'est tellement important pour eux, mais il ne pense qu'à lui, mon ex, il a acheté un appartement dans le nord du pays, les enfants ne peuvent y aller que le week-end, et c'est toujours très compliqué pour eux, ils loupent toutes les soirées, je vous félicite de penser autant aux vôtres, ajoute-t-elle avec admiration, je vais m'efforcer de vous trouver quelque chose qui soit le plus près possible de chez eux, où m'avez-vous dit qu'ils habitaient ? Il répète le nom de la rue au moment précis où elle se gare à deux pas de là.

L'emplacement est idéal, s'exclame-t-elle, j'espère juste que l'appartement aussi vous conviendra, parfois, les gens me décrivent un palace et je découvre un taudis où aucun être humain ne devrait habiter, vous ne vous doutez pas du culot de certains propriétaires, c'est pourquoi je contrôle toujours, je n'ai jamais convoqué un client avant d'avoir moi-même vu, mais il n'écoute déjà plus son papotage car elle vient de tourner, à petits pas rapides qui picorent la chaussée de ses talons aiguilles, dans l'étroite ruelle ombragée qui lui est aussi familière que s'il l'avait percée de ses propres mains entre les grands immeubles qui la cernent, est-ce uniquement pour prendre un raccourci ou est-ce l'adresse de la location, si tel est le cas, jamais il ne pourra assumer une telle proximité avec elle, la voir aller et venir, ouvrir le portail et le refermer aussitôt. Non, exclu qu'il s'inflige une torture aussi perturbante, il aimerait poser une question à la femme qui ne cesse de parler, mais sa gorge est sèche et exactement au moment où ils arrivent à la hauteur du portail qu'il a maintes fois poussé, elle tire un morceau de papier de la poche de son manteau, le lui cache et cherche des yeux les numéros des immeubles.

J'ai oublié de vous faire signer un contrat, dit-elle, on s'en occupera en rentrant au bureau et il chuchote, si c'est dans cette ruelle, je ne pense pas que ça me conviendra, mais elle n'entend pas car elle s'est un peu écartée et ses longs ongles rouges pressent la sonnette familière, il n'a pas le temps de reculer que la grille s'ouvre et il la voit, tellement pâle devant son interlocutrice si haute en couleur, elle semble n'être que le portrait brouillé d'elle-même, un négatif en noir et blanc. Avec son long pull col roulé noir, ses cheveux un peu plus courts qui, humides, se plaquent sur son crâne, elle a l'air d'une gamine triste et abandonnée, je vous présente, intervient aussitôt l'agente, monsieur est un client très sérieux, et madame, la propriétaire de l'appartement, elle les pousse presque l'un vers l'autre, tels des enfants timides qui n'osent pas commencer à jouer ensemble.

Et si nous entrions ? propose-t-elle, car ils restent tous les deux cloués sur place, douloureusement embarrassés, comme s'ils venaient de se cogner si fort l'un à l'autre que le coup les aurait paralysés, il n'y a personne à incriminer, personne n'est responsable, pourtant la colère emplit l'espace qui les sépare, la femme, quant à elle, tourne les talons, traverse le petit jardin et les laisse là-bas, plantés face à face, jusqu'à ce qu'un léger sourire monte sur le visage de Talya, comment n'ai-je pas pensé à vous, dommage, nous aurions pu économiser les frais d'agence.

Et cette phrase l'accompagnera tout au long de cette journée ainsi que les jours suivants, l'accompagnera dans ses déambulations à travers les pièces où rien n'a changé, au moment où il signera le bail sans même le lire, troublé un quart de seconde à la vue de leurs deux noms côte à côte comme sur un contrat de mariage, nous aurions pu économiser les frais d'agence. Tout est arrivé si vite, lui avait-elle expliqué, la proposition ne lui était parvenue que la semaine précédente et elle avait pris sa décision du jour au lendemain, elle devait s'éloigner d'ici, il emballe les quelques affaires qui avaient immigré avec lui chez sa mère, dommage, nous aurions pu économiser les frais d'agence, c'est ce qu'elle m'a dit, raconte-t-il à sa sœur qui l'aide à plier soigneusement chemises et pantalons avant de les glisser dans de grands sacs. C'est de nouveau toi qui pars avant moi, remarque Dina avec douceur, de nouveau toi qui me laisses seule avec maman, je pensais qu'on vivrait ici à trois pour l'éternité. À l'époque, je suis parti trop tôt, réplique-t-il, maintenant, je pars trop tard, elle le regarde, songeuse, je ne crois pas, Avni, il me semble que tu pars exactement au bon moment.

Et le premier soir, après avoir rangé ses vêtements dans la superbe armoire en chêne, entre les quelques vêtements du mort et ceux de Talya laissés avec son accord, je reviendrai en été et j'arrangerai tout, avait-elle promis, lorsqu'il s'allonge sur le canapé, celui-là même où Raphaël Alon a lâché son dernier soupir, une douleur joyeuse le submerge, une joie douloureuse. Je ne savais pas qu'un tel mélange était possible, s'étonne-t-il, qui sait ce que je vais encore découvrir ici, et la nuit, entre les draps et sous le grand duvet de Talya, elle a laissé tellement de choses dans l'appartement, serviettes, ustensiles de cuisine, livres, qu'il reste très peu de place pour ses affaires à lui, il se dit qu'entre ces murs l'absence de Talya et de Raphaël est pareillement absolue et indiscutable, tandis que leurs affaires sont tout aussi indiscutablement présentes, alors peut-être, qui sait, jouissaient-ils, très loin, de quelque existence commune, exactement celle dont ils avaient rêvé, peut-être étaient-ils partis ensemble en voyage et rentreraient-ils ensemble, Avner n'étant là que dans le rôle du gardien du Temple, pour assurer que la flamme ne s'éteigne pas, ou encore peut-être étaient-ils morts tous les deux, morts ensemble, peut-être que le fossé qui les séparait avait disparu, le laissant, lui, seul survivant capable de témoigner de leur amour, comme l'aurait fait un fils unique, fruit ardemment désiré d'une passion réciproque.

Moi aussi, je connaîtrai un jour un tel amour, chuchote-t-il dans une prière, entre les draps blancs. Il s'était apparemment si bien habitué au lit dur de chez sa mère qu'il a maintenant l'impression de se noyer dans la douceur des oreillers, des couvertures et du matelas, il frissonne, s'agrippe au sommier, entend retentir à ses oreilles les histoires de lac et de marais de Hemda, on rampait comme des crocodiles pour ne pas se noyer, n'a-t-il pas effectivement rampé ventre à terre, année après année, c'est épuisant de ramper ainsi, n'est-il pas enfin temps de lâcher prise. Dans une sorte de somnolence, il desserre les doigts, gagné par un étrange plaisir, il s'enfonce dans la tendre humidité de ces terres boueuses asséchées avant sa naissance, au matin il est presque étonné de se réveiller, tiens, je vis, je suis toujours en vie, je suis en vie toujours, il jongle avec la syntaxe en refermant le portail, et au moment où il sort pour aller chercher Tomer et l'accompagner à l'école il revoit dans sa tête la silhouette juvénile de la longue femme qui lui avait donné de l'eau le jour où il s'était écroulé ici même, je lui ai dit que j'habitais là, se souvient-il, c'est donc là qu'elle me retrouvera si elle le veut, elle qui m'a cru alors que je mentais, maintenant voilà, le mensonge est devenu vérité.

CHAPITRE 13

Le délai qu'on lui avait donné durera le temps d'une grossesse, dans neuf mois vous aurez un enfant, lui avait-on assuré le jour de l'acceptation de son dossier, peut-être même avant, il y a parfois de bonnes surprises, ce qui se confirme puisqu'elle a effectivement la bonne surprise de constater à quel point le changement attendu la reconstitue, la recentre sur elle-même. Elle ne se perd plus dans ses pensées et ne perd plus une minute, chaque heure libre leur est consacrée, à toutes ces communautés persécutées d'Espagne bientôt anéanties, à tous ces juifs qui devront choisir entre le bannissement et la conversion, entre errer sans ressources ou renoncer à la foi de leurs ancêtres. La foi des ancêtres, plus abstraite encore que la notion d'amour, peut-elle vraiment remplacer foyer, pays et sécurité ? Certains affirmeront que la foi, et la foi seule, leur donnait toute la sécurité dont ils avaient besoin, qu'ils ne pouvaient vivre sans, et pour ne pas y renoncer ceux-là partiront, même à bout de forces, vers des terres inconnues, familles brisées, communautés éclatées. Quel rôle avait joué l'affaire du saint enfant de La Guardia dans le choix cruel imposé à des centaines de milliers de gens ? Un enfant qui n'avait pas existé, dont on n'avait pas retrouvé le cadavre, dont personne n'avait signalé la disparition, mais qui avait réussi à déclencher la tempête justifiant la rédaction du brouillon du décret d'expulsion des juifs espagnols car, malgré les témoignages contradictoires et l'absence totale de preuves, un certain nombre de juifs de La Guardia furent reconnus coupables de cet abominable crime rituel. Selon les légendes qui couraient à l'époque, l'enfant avait été crucifié puis, au moment où on lui avait arraché le cœur de la poitrine, la terre avait tremblé et le soleil s'était obscurci, on racontait aussi que sa mère, aveugle, avait recouvré la vue à ce moment-là. Ces accusations de crime rituel étaient-elles un événement exceptionnel ou participaient-elles d'une stratégie organisée dans le but de préparer le terrain au bannissement des juifs ? Dans son premier article, celui qu'elle avait publié quelque vingt ans auparavant, elle traitait de ces questions, et c'était son analyse qui lui avait valu les louanges du doyen de la faculté, ce fameux jour où elle l'avait croisé à l'arrêt de bus et où, complètement désespérée, elle lui avait révélé son drame personnel.

Cette fois cependant, elle veille à ce que rien ne vienne effilocher la trame de ses réflexions et pourtant ce ne sont pas les sujets d'angoisse qui manquent. Il y en a tant qu'elle ne peut même pas les compter : qui sera l'enfant qu'on lui destine, aura-t-elle vraiment la force de surmonter les difficultés que sa venue générera, comment se comportera Amos, quelle sera l'influence de la situation sur Nitzane, sa petite famille allait-elle se désagréger, et surtout la question la plus stressante de toutes, était-elle en train de commettre un acte fou dont les terribles conséquences ne tarderaient pas à éclater au grand jour. De plus, chaque motif d'inquiétude se divisait en des dizaines de motifs d'inquiétude annexes, mais curieusement elle arrivait à les repousser tous et à rester concentrée, exactement comme elle l'était des années auparavant, à l'époque où elle passait des heures à la bibliothèque, penchée sur ses recherches, rédigeant ses premiers articles, à l'époque où sa voie semblait toute tracée. Qu'elles avaient été heureuses, ces années-là, n'était-ce pas ce qu'elle avait toujours désiré ? Apprendre, en savoir de plus en plus, les faits, rien que les faits auxquels elle s'agrippait comme à des pitons plantés dans la terre, dates, processus historiques et non fantasmes maladifs, non pas ce qui aurait pu être mais ce qui avait été, ainsi et pas autrement, puisque cela s'était passé ainsi et pas autrement.

Elle retrouve d'anciennes sensations, assise le nez dans ses livres elle a l'impression, pour la première fois depuis l'épisode qui l'a détournée de sa route, de tirer derrière elle une corde bien consolidée et qui ne se détachera pas facilement, ce n'est que de temps en temps, lorsqu'elle se lève pour se dérouiller les articulations et regarde soudain autour d'elle, qu'elle se demande où elle se trouve ou, plus exactement, quand ? Tantôt elle est l'adolescente qui révisait son bac dans cette pièce justement, ce salon encombré de l'appartement de sa mère, tantôt ce sont ses mois de grossesse qui lui reviennent, sa peur panique au moment où Amos l'avait quittée et où elle s'était retrouvée seule avec Orna à ses côtés, son amie qui était censée la soutenir mais aggravait souvent sa solitude à force de récits torrides racontés en secret ou de regards condescendants lancés vers son jeune ventre de plus en plus rond.

Moi, je ne veux pas d'enfants, ne cessait de clamer Orna, je n'ai pas l'intention de m'occuper de qui que ce soit, j'ai élevé mes petits frères, ça me suffit, ils m'ont volé mon enfance, à présent, je ne veux m'occuper que de moi-même, et Dina l'écoutait en perdant pied. Peut-être avait-elle raison, peut-être était-ce de la folie, cette obligation absolue, à partir de maintenant et jusqu'à la mort, de s'occuper de quelqu'un d'autre, un être qu'elle ne connaissait même pas, qu'il ait habité provisoirement dans son utérus n'impliquait pas automatiquement qu'il lui plaise, or elle était seule, si Amos avait été là, avec elle et solidaire de sa grossesse, sûr qu'elle se serait ressaisie, mais il était parti, parti avant de savoir que la cellule qui s'était dédoublée était redevenue unique, elle repense à ces mois-là avec une bienveillance perplexe, nous en savons bien peu sur ce qui nous attend. Elle avait eu beaucoup de mal, à l'époque, à accepter l'idée d'un petit être totalement dépendant d'elle, tandis qu'à présent ce qu'elle ne pouvait accepter, c'était l'idée contraire, c'était de se dire qu'il n'y aurait plus, nulle part, de petit être totalement dépendant d'elle, la preuve, pour en trouver un, elle est prête à remuer ciel et terre, comment savoir si elle n'est pas en train de se tromper, perdue telle une aveugle dans le labyrinthe de sa vie, exactement comme à l'époque, comment savoir si ce qui l'avait aidée alors convenait encore aujourd'hui, stop, dès qu'elle sent ses craintes enfler, elle les envoie valser d'un bon coup de pied, pas maintenant, pas tant que la guerre fait rage, on ne doute pas de la victoire en pleine bataille, il lui faut attendre l'instant de vérité. Comme Amos. Elle sait que c'est ce qu'il attend, tu ne le feras pas, lui avait-il dit à peine quelques jours auparavant, je te connais, au moment décisif, il n'y aura plus personne, tu te dégonfleras lorsque, devant cet enfant, tu te demanderas soudain si tu as quelque chose en commun avec lui et si tu veux vraiment te consacrer à lui, totalement et jusqu'à la fin de tes jours.

Parfois, de ce ressac du temps où elle est ballottée, remonte une écume épaisse qui lui éclabousse le visage, le souvenir des premiers jours de leur amour et elle se languit terriblement de lui, qu'y avait-il donc dans leur histoire que personne ne pouvait accepter ? Elle se souvient que sa mère avait essayé de la détourner de ce drôle de photographe, comment peux-tu renoncer à Ethan, tout le monde veut un mari aussi sérieux que lui, tu vas le regretter, et voir cette femme rêveuse, habituellement si concentrée sur elle-même, sortir de ses gongs, avait empli Dina de joie. Qu'est-ce que tu y comprends, toi, qu'est-ce que tu comprends à l'amour, rétorquait-elle à sa mère désolée et incapable d'envisager que les merveilleuses qualités d'Ethan aient perdu tout leur charme dès l'instant où elle avait rencontré Amos, sa mère qui d'ailleurs avait été incapable de cacher son étonnement de ce qu'Ethan, ce jeune homme qu'elle considérait comme la perfection incarnée, fût intéressé par sa fille. Et Hemda, qui avait guetté la moindre évolution de leur relation et affiché son grand chagrin au moment de leur rupture, avait fait triste mine au taciturne de petite taille venu remplacer le gendre idéal, ce qui n'avait en rien tempéré leur passion, pendant de longs mois, Dina avait guetté le regard de ses yeux plissés qui s'illuminaient soudain, elle aimait l'écouter, elle essuyait une larme chaque fois qu'il évoquait sa mère, morte dans la force de l'âge et qui l'avait laissé seul avec son père, un survivant de la Shoah. Le pauvre homme, sombre et laborieux, s'excusait de tout et à tout bout de champ, même de lui avoir donné la vie, si cela avait dépendu de moi, tu ne serais pas né, assurait-il à son fils avec une sincérité désarmante, mais ta mère a insisté, et maintenant quoi, elle est morte et c'est à moi de m'occuper de toi, alors je te demande pardon, mon garçon, de t'avoir engendré dans un monde aussi terrible, le suppliait-il à genoux et le gamin haut comme trois pommes lui pardonnait toujours, oh, comme elle aimait lui caresser le bras pendant qu'il racontait ! Allongés l'un à côté de l'autre sur un fin matelas, à l'ombre des pins qui, courbés au-dessus d'eux, parfumaient l'air de leur odeur de résine, ils avaient l'impression d'évoluer dans une autre dimension, de ne pas être concernés par la vie normale qui s'écoulait là-bas en bas, sur terre. Là-bas en bas, sur terre, évoluaient sa mère, son frère, Ethan et quelques amies, mais en haut sur le toit, parmi les cimes, tout était vivant et vibrant, la douleur, le plaisir, leur intimité, elle découvrait avec lui une autre manière d'être proche, il ne pesait pas sur elle, ne la privait de rien, quand il se taisait, même son silence avait une présence, et quand il parlait, elle était toujours étonnée qu'il choisisse les mots qu'elle aurait choisis, sans effort, sans essayer de lui plaire. Elle aimait constater encore et encore combien il était à l'aise en ce monde, justement parce qu'il n'avait besoin d'aucune autorisation, il était à l'aise dans ce corps petit et musclé qu'il avait, à l'aise en elle lorsqu'elle lui enserrait le dos avec ses cuisses pour se plaquer contre lui, ne pas laisser le moindre espace entre leur peau, pourtant elle n'y était jamais vraiment arrivée, malgré ses efforts mus par la fougue ardente qui avait imprégné les jours et les nuits de toute cette période, dont le goût avait perduré longtemps, des années, et revenait encore de temps en temps. N'était-ce pas cela qui comblait tous les vides ?

Quel paradoxe épineux que ce besoin d'être plein, songe-t-elle, d'autant que nous sommes justement attirés par celui qui va nous affamer et non par celui qui va nous rassasier, sauf qu'elle a aussi l'impression que quelque chose s'est enrayé dans ce processus mystérieux, dès que l'équilibre a été rompu, le néant, telle une éclipse de soleil, a presque totalement absorbé ce qui existait entre eux et elle a beau, parfois, avoir très envie de rentrer chez elle au milieu de la nuit, de se glisser toute nue dans leur lit, d'écraser la pomme de leur discorde et de se concentrer sur leur amour, ou de le convier à venir la rejoindre chez sa mère, elle hésite à téléphoner, à quoi bon, ne risque-t-elle pas d'en ressortir affaiblie, peut-être d'ailleurs la repoussera-t-il, elle ne sait plus rien de ce qu'il vit et ne veut surtout rien savoir. En passant devant les kiosques à journaux, il lui arrive de reconnaître, à la une, un cliché d'Amos, le regard frais qu'il porte sur les choses, elle l'identifierait entre mille, comment se débrouille-t-il pour le conserver après tant d'années. Elle en déduit qu'il travaille comme d'habitude, à présent c'est lui qui réveille Nitzane tous les matins et l'emmène au lycée, il rentre tôt pour passer la soirée avec elle, fait les courses et prépare les repas, veille à ce qu'elle aille se coucher de bonne heure, tout cela elle le tient de sa fille qui lui raconte, amusée, la manière dont il prend au sérieux son rôle de père célibataire, percélibataire, minaude-t-elle, partageant avec sa mère, sans rechigner, les anecdotes de son quotidien, mais au-delà de ça Dina n'en tire rien, avec qui parle-t-il, qui voit-il, qu'a-t-il l'intention de faire, est-ce qu'elle lui manque, elle ne peut pas questionner là-dessus une Nitzane qui, à sa grande surprise, ne semble perturbée ni par le bouleversement présent ni par celui à venir. Elle passe presque tous les jours après les cours et Dina découvre soudain qu'habiter ensemble n'est pas gage automatique de rapprochement, qu'une visite offre un laps de temps limpide que rien ne vient déranger. Voilà des années qu'elles n'ont pas autant profité l'une de l'autre, remarque-t-elle de plus en plus étonnée, parfois elle se dit que c'était comme si elles allaient se séparer et avaient donc décidé de s'accorder mutuellement toute l'attention possible, comme si elles comprenaient qu'une chose qui leur était particulièrement précieuse touchait à sa fin. Était-ce l'enfance ? Était-ce leur état si singulier de mère avec sa fille unique, de fille unique avec sa mère, mais de cela, elles ne parlent quasiment pas, chaque fois qu'elle tente un mot Nitzane se défile, laisse tomber, c'est entre toi et papa, je te l'ai déjà dit, si c'est tellement important pour toi, n'y renonce pas, le reste s'arrangera de toute façon, d'une manière ou d'une autre.

Parfois, l'adolescente se moque gentiment de son père dont elle narre les déboires domestiques, il m'a teint toute ma garde-robe en rose, s'esclaffe-t-elle, ses pâtes sont infectes, il ne les sort jamais à temps, et lorsque Dina essaie de lui tendre la perche, j'imagine combien c'est dur pour toi de te retrouver tout à coup seule avec lui, Nitzane se moque d'elle en répliquant, oh, mamaman, pas la peine de jouer les psychologues, je sais que c'est temporaire alors ça ne me pose aucun problème, c'est même parfois agréable, ça change un peu, et puis, tu sais, j'ai ma vie, sourit-elle, mais sur cela non plus elle ne s'étend pas, de temps en temps son portable pépie et elle tape rapidement un message, ses pouces sautillent sur le clavier, parfois elle se retire à l'écart et discute à voix basse, Dina la suit des yeux avec curiosité, incontestablement elle paraît soulagée depuis que sa mère a quitté la maison, une nouvelle relation serait-elle en train de naître entre elles deux, agréable, éthérée, saine peut-être ? Les choses saines étaient-elles ainsi, distantes et vaporeuses ? C'est comme si j'allais à l'étude, répète souvent Nitzane à son arrivée, je viens ici faire mes devoirs et après je rentre à la maison, elle s'assied dans le salon à même le sol, tire de son cartable des livres et des cahiers, tous les devoirs qu'elle nous a donnés, la prof d'histoire, marmonne-t-elle, j'espère que votre bazar sera terminé d'ici l'été, parce que je compte sur toi pour m'aider à réviser mon bac, évidemment, lui répond Dina ravie, ça fait des années que j'attends ça, même si je pense que tu te débrouilleras très bien sans moi, d'ailleurs quelques instants plus tard sa fille se lève et s'étire, bon, j'ai terminé, je vais voir comment va mamie.

Mais pourquoi elle dort tellement ? se plaint-elle en revenant dans le salon, je voulais lui parler. Tu sais, ma chérie, ce qui compte, c'est qu'elle soit calme, elle rêve, elle s'invente des histoires et c'est ce qu'elle préfère. Alors viens, on va se balader dehors, embraie directement Nitzane, il fait beau, quand on rentrera elle sera certainement réveillée, oui, oui, d'accord, j'ai vraiment besoin de prendre l'air, je ne suis pas sortie de la journée. L'air, mamaman, ce n'est pas ce qui manque dans ce quartier !

Effectivement, le vent les poursuit, s'engouffre entre les immeubles, tournoie sous les ridicules arcades, ébouriffe leurs cheveux qui s'emmêlent presque, et si on sautait, avait proposé Orna du haut du toit, viens, mourons ensemble. Les cheveux de Dina s'enroulent autour des jeunes mèches de miel, elle contemple sa fille, admirative, comme elle est belle, avec son léger manteau sans manches et son pull turquoise fluo qui souligne sa pâleur hiératique, elle lui passe un bras autour des épaules, elles atteignent le bout du quartier, là où les immeubles construits en terrasse bordent le désert. Tiens, il commence à pleuvoir, mieux vaut rentrer, mais Nitzane proteste, pas encore, c'est juste quelques gouttes, tu te souviens du premier parapluie que tu m'as acheté ? Je l'aimais tellement que je l'ouvrais aussi à l'intérieur, et Dina lance, on aurait bien besoin d'un parapluie maintenant, regarde le nuage noir qui plombe le ciel, au moment où elle lève les yeux, une femme de l'immeuble d'en face sort sur son balcon pour décrocher son linge, est-ce parce qu'elle vient de se souvenir d'Orna qu'elle a l'impression que c'est elle, de telles coïncidences se produisent parfois, on pense à quelqu'un et soudain on le croise pour de vrai, au dernier étage, sur le toit aménagé d'où pointent de nombreux pots de fleurs, n'est-ce pas Orna, cette belle femme plantureuse aux cheveux de cuivre ébouriffés par le vent qui décroche sa lessive et disparaît en vitesse ? Les premières années elle la voyait partout, les moindres boucles rousses éveillaient en elle espoir, culpabilité et élans de nostalgie, elle avait tout fait pour la retrouver, obtenir des renseignements, sans succès. Était-ce Orna ? Tu peux aller jeter un œil à la boîte aux lettres, ou même sonner à la porte, mais non, tu préféreras continuer ta promenade, parce que si elle n'est pas ici, eh bien, elle est ailleurs, sous un autre nuage de pluie, dans un autre appartement, dans un autre pays, est-ce qu'Orna se souvient de toi les jours de grand vent ?

Si seulement elle pouvait avaler le vent d'aujourd'hui pour qu'il souffle dans ses entrailles, la secoue jusqu'aux tréfonds d'elle-même, la vie avance sur d'immenses cercles, parfois la vie d'un homme ne suffit pas à en parcourir toute la circonférence et ceux qui viennent après n'y comprennent plus rien, d'ailleurs elle aussi reste très loin du sens des événements, elle qui n'est capable que de se répéter les faits dans leur simplicité, ainsi se sont passées les choses même si aujourd'hui elle agirait différemment, alors elle serre sa fille contre elle et toutes deux marchent entre les bourrasques qui se déchaînent, contre le vent qui essaie de les pousser vers le désert.

La nuit même, elle téléphone à Amos, il faut que je te raconte quelque chose, il est surpris car depuis son anniversaire ils se parlent le moins possible, tu te souviens d'Orna ? enchaîne-t-elle le souffle court, eh bien, j'ai l'impression de l'avoir vue aujourd'hui pas très loin de chez ma mère, oui, je sais qu'elle est revenue en Israël, répond son mari sans être ébranlé le moins du monde, je l'ai croisée dans la rue il y a quelques mois, un jour où j'accompagnais Nitzane à la danse, elle était venue chercher une fillette, mais je n'ai pas l'impression qu'elle habite par là-bas. Où, alors ? demande-t-elle, stupéfaite par la quantité d'informations qui s'abattent sur elle en même temps, je ne me souviens pas exactement, dit-il, quelque part en dehors de Jérusalem, elle s'est reconvertie professionnellement et dirige un fonds de capital-risque si j'ai bien compris, je ne sais plus trop, ça fait longtemps. Pourquoi ne pas me l'avoir raconté quand c'était encore frais dans ta mémoire, lui reproche-t-elle, pourquoi me l'avoir caché ? C'est un sujet tellement sensible pour toi, se défend-il, je me demandais comment tu réagirais, effectivement, comment réagir, que représentent ces informations pour elle aujourd'hui, Amos, viens, s'il te plaît, chuchote-t-elle, est-ce ainsi qu'elle réagit, comment veux-tu que je vienne, réplique-t-il, je dois garder une gamine dont la mère a quitté le domicile conjugal, je suis tout seul ici.

Ta fille est grande, le tance-t-elle en riant, tu peux la laisser une ou deux heures, c'est tout ce que tu me consacres, une ou deux heures, et si j'en demande plus ? relève-t-il d'un ton badin, un souffle de légère gaieté leur revient d'une époque révolue, de leur histoire commune, juste une virgule dans la grande Histoire mais presque vingt ans de leur vie, elle se souvient à quel point il l'avait soutenue, tu as fait ce qu'il fallait faire, arrête de t'autoflageller, tu t'es rebiffée contre une injustice, ce poste te revenait de droit, et elle demande, alors quoi, Orna a une famille, un mari et des enfants ? Écoute, elle m'a tellement abreuvé de paroles que j'avais du mal à suivre, mais elle était là avec un ou deux gosses, sans aucun doute.

Qu'est-ce que c'est, en fait, un fonds de capital-risque ? continue-t-elle et il ricane, tu dois absolument le savoir maintenant ? Non, pas vraiment, je peux attendre que tu viennes me l'expliquer, Dina, écoute, je suis désolé mais à quoi bon, le jour où tu m'annonceras que tu as jeté l'éponge, je viendrai avec plaisir, cet enfant nous sépare, c'est lui ou moi, dans ce cas bonne nuit, Amos, susurre-t-elle d'une voix qu'elle essaie de contrôler et il soupire, bonne nuit, elle l'imagine s'allonger sur leur lit, lire sans lunettes en approchant de ses yeux un livre qui finira par tomber sur son visage au moment où il s'endormira, la lampe de chevet restera allumée, non, elle ne veut pas le perdre, la dernière étincelle qui persiste encore est trop précieuse, fût-elle une faible lampe de chevet, mais elle ne peut pas non plus renoncer à cet enfant, elle se relève du lit, déambule dans l'appartement, jette un œil dans la chambre où sa mère, allongée sur le dos, garde les yeux fermés, bras croisés sur la couverture, le corps aussi bien rangé que s'il reposait déjà dans un cercueil, à nouveau elle s'interroge sur la nouvelle forme de vie inventée par cette femme, devenue au cours de sa dernière année presque immatérielle.

À la différence de la plupart des personnes âgées qui, uniquement préoccupées de leurs maux, imposent à leur famille le poids d'un corps de plus en plus dégradé et d'un cerveau de plus en plus vide, Hemda, elle, arrivait à s'élever au-dessus de ses besoins physiques, ne demandait rien et ne se plaignait pas, elle laissait Rachel la laver et changer sa couche, elle mâchouillait avec docilité, avalait ses médicaments et à part cela, elle n'était presque plus là, pourtant, à la grâce de rares instants de lucidité, elle les étonnait par la limpidité de ses propos, intelligents, parfois même Dina se demandait si elle ne faisait pas juste semblant de dormir et qu'en vrai elle les écoutait, encore plus éveillée qu'auparavant, elle surveillait leurs faits et gestes et, afin de savoir ce que serait leur vie après, elle s'était immergée dans une sorte de troisième existence, un état qui n'était ni la vie ni la mort, ni animé ni inanimé.

Qu'elle est simpliste, cette répartition grossière, semble lui dire sa mère, à la voir, les singularités qui l'ont handicapée sa vie durant sont devenues, en ses derniers jours, ses meilleures alliées, il y a ceux qui vivent bien et ceux qui meurent bien, et dans son cas cette troisième existence lui convient à merveille, ses traits sont empreints d'une nouvelle dignité, oh, maman, justement là où tout le monde se fane, toi tu t'épanouis, dit-elle tout fort et sa mère ouvre les yeux, lui sourit d'un air coquin, comment savoir si cette réaction vient d'une compréhension profonde ou d'une totale déconnexion, elle se laisse tomber, épuisée, dans le fauteuil qui fait face au lit, comment savoir ce qu'il faut faire ? Comment savoir si on se trompe ? Ce n'est qu'au fil des années que l'image entière s'éclaircit, sa mère a beau se taire, Dina reste persuadée qu'elle connaît la réponse, sait qu'il n'y a pas de réponse, la plupart des choses ne sont sans doute jamais ni entièrement justes ni entièrement fausses, la question est qu'en faisons-nous, à nouveau pointe un sourire sur les lèvres de Hemda dont les doigts remuent sur son bras en mouvements circulaires comme si elle tenait un stylo à la main et écrivait, dans le fauteuil Dina se détend enfin parce que, aussi infondé que cela soit, elle ne s'est jamais sentie autant en sécurité. Comment cette vieille agonisante pouvait-elle donc la protéger ? Drôle de pensée, pensée pourtant tangible et bien concrète, si elle tombait, elle est sûre que sa mère la rattraperait et que son contact serait aussi doux que la couverture qu'elle tire de l'armoire et dans laquelle elle s'enveloppe puis s'endort dans le fauteuil, couvée par le sourire maternel, heureusement qu'Amos n'est pas venu, songe-t-elle encore, des nuits avec lui, j'en ai déjà eu pléthore, alors qu'une telle nuit, jamais, et jamais je n'en aurai une autre car tout va changer.

Le matin, elle est réveillée par la sonnerie de son téléphone, le nom qui s'affiche sur l'écran lui accélère un peu le cœur, peut-être regrette-t-il de m'avoir repoussée, peut-être me proposera-t-il de venir cette nuit, non, il est direct et pragmatique, Nitzane est rentrée à l'aube, depuis elle est couchée dans son lit, n'arrête pas de pleurer et refuse de me raconter ce qui s'est passé, l'informe-t-il. Je dois bientôt partir, est-ce que tu pourrais venir me remplacer, j'ai peur de la laisser seule, bien sûr, j'arrive tout de suite, elle s'habille en hâte et se sépare de Rachel qui s'affaire déjà dans la cuisine en fredonnant une chanson triste. Que lui est-il arrivé, qu'est-ce que ça peut donc être, quand elles se sont séparées la veille au soir, tout allait bien, c'est certainement ce garçon, seuls les chagrins d'amour clouent les jeunes demoiselles au fond de leur lit, elle pénètre dans l'immeuble au moment où Amos descend les escaliers, voilà presque un mois qu'elle ne l'a pas vu et elle en est toute retournée, donc en vrai tu n'avais personne à la maison hier, comprend-elle soudain, tu aurais pu venir me retrouver.

Préviens-moi si tu arrives à lui tirer les vers du nez, élude-t-il, oui, tu peux compter sur moi, est-ce que tu rentreras avant quatre heures, j'enseigne cet après-midi. Aucun problème, lâche-t-il et ça y est, il a disparu, elle se retrouve sur le seuil de son appartement, comme il est spacieux en comparaison de celui de sa mère, elle a à peine avancé d'un pas qu'elle se rend compte, perplexe, que le lieu n'a aucunement besoin d'elle. Les pièces s'offrent à sa vue propres et rangées, pas de vaisselle dans un évier aussi vide que le frigo est plein, le chat, gros et soigné, somnole sur le canapé, elle entre dans la chambre de Nitzane, voit le rideau qui s'agite violemment au-dessus du lit, un vent froid pénètre à l'intérieur, elle tend le bras pour fermer la fenêtre mais un cri perçant stoppe net son geste, non, je n'ai pas d'air, j'étouffe.

Que s'est-il passé, ma chérie adorée, demande-t-elle en s'asseyant à son chevet, elle essaie d'attirer contre elle le dos fragile mais sa fille se crispe, laisse-moi tranquille, s'écrie-t-elle avant de repousser la couverture, son visage est cramoisi, ses paupières gonflées, ma chérie, raconte-moi ce qui s'est passé, laisse-moi t'aider, supplie Dina mais l'adolescente secoue la tête en sanglotant, personne ne peut m'aider, je veux mourir.

Calme-toi, ma beauté, c'est ce que tu ressens maintenant, mais dans un ou deux jours, crois-moi, ça aura changé, je te le promets, que s'est-il passé, il t'a quittée ? Et Nitzane écarquille des yeux incrédules derrière le voile emmêlé de ses cheveux mouillés, de qui tu parles ? lance-t-elle avant d'hésiter, un peu déstabilisée, et de reprendre, comment tu sais ? Tu oublies que je vous ai vus ensemble tous les deux il y a quelques mois, d'ailleurs, je ne comprends toujours pas pourquoi tu m'as menti.

Parce qu'il est trop vieux, alors j'ai eu peur, je me suis dit que si tu savais son âge, tu m'interdirais de le voir, il a neuf ans de plus que moi, effectivement, c'est une grande différence d'âge pour une jeunette comme toi, remarque Dina, surprise que sa fille lui octroie une telle autorité, pouvoir séparer un couple d'amoureux. Alors tout ce temps-là vous étiez ensemble ? veut-elle s'assurer en avançant avec prudence, la gamine se redresse, s'adosse au mur, essuie une larme du dos de la main et marmonne, pas vraiment, il voulait mais moi j'avais peur, ça a pris beaucoup de temps avant que je lui fasse vraiment confiance et maintenant qu'est-ce que je le regrette, un nouveau sanglot la secoue et elle s'enroule dans la couverture.

Qu'est-ce que tu regrettes ?

Samedi, il n'y avait personne à la maison, papa n'était pas là, alors je l'ai invité, murmure-t-elle avec précipitation, on a passé la journée ensemble et à la fin, voilà, quoi, on l'a fait, c'était ma première fois parce que j'ai voulu prendre mon temps, je sentais que c'était trop tôt, mais samedi on était tellement bien que je me suis dit, pourquoi attendre, je l'aime et il m'aime. Le lendemain, quand il ne m'a pas appelée, je ne me suis pas inquiétée, je pensais qu'il était occupé, hier, je suis allée chez lui après être passée chez mamie, et là, l'horreur, il s'est comporté comme si on était des étrangers et finalement il m'a avoué qu'il voulait casser, qu'il avait revu son ex et avait compris qu'il devait se remettre avec elle, tu te rends compte, il comprend ça juste après avoir couché avec moi, je ne sortirai plus jamais avec personne ! Les muscles crispés, Dina encaisse les mots comme autant de coups de poing, avalant en silence ces pénibles informations, non, ça n'a pas eu lieu, pourquoi est-ce que ça aurait eu lieu, elle fera que ça n'ait pas eu lieu sauf que ça a déjà eu lieu, voilà qu'arrive le moment où tu ne peux plus rien pour ton enfant, qu'elle est amère la totale faiblesse d'une mère toute-puissante, c'était si facile de la mettre en joie quand elle était petite, une sucette, une glace, la lune qui brillait dans le ciel, que lui reste-t-il maintenant à proposer, elle est obligée d'abandonner sa fille au seuil de sa vie amoureuse, elle serait pourtant capable de l'écharper, ce garçon, comment a-t-il osé profaner sa jeunesse, elle les revoit allongés sur ce lit, jumeaux lovés dans le ventre d'une mère unique, à moitié dévêtus, cette vision l'avait-elle terrorisée parce qu'elle y avait vu la défection, là, présente, n'était-ce pas exactement ainsi que le frère avait laissé la sœur, au seuil de sa vie, tâtonner seule dans le noir, tel un lapin affolé.

Je suis désolée, ma merveille, soupire-t-elle en caressant tout doucement le bras délicat de Nitzane, c'est très dur, mais tout le monde passe par là d'une manière ou d'une autre, le principal c'est de ne pas te croire responsable de quoi que ce soit, il ne faut pas que cette histoire ébranle ton assurance, mais enfin, maman, bien sûr que je suis responsable, je l'ai déçu, c'est obligé, pourquoi crois-tu qu'il a changé tout à coup alors qu'il me voulait tellement ? Tu te trompes, s'insurge Dina, ça arrive au contraire tout le temps, certains garçons se désintéressent d'une femme dès qu'ils l'ont obtenue, c'est leur problème, pas le tien, tu n'as aucune responsabilité là-dedans, et c'est très mauvais de penser autrement, tu dois chasser ces idées ridicules.

Ça t'est déjà arrivé, à toi ? demande Nitzane qui éclate à nouveau en sanglots, et elle cherche dans sa tête quelle horrible rupture elle pourrait inventer pour consoler sa fille, pas vraiment, avoue-t-elle, mais tu sais pourquoi ça ne m'est pas arrivé ? Parce que j'avais tellement peur d'être repoussée que j'ai préféré rester seule, imagine-toi que j'ai eu mon premier flirt à vingt-quatre ans, et si j'ai fini par céder, c'est qu'il a lourdement insisté. C'est peut-être mieux comme ça, plus sain en tout cas, soupire Nitzane, au moins, on ne te fait pas souffrir, mais Dina la coupe, détrompe-toi, je me suis fait souffrir toute seule et sache que personne ne peut nous faire davantage de mal que nous-mêmes.

Alors avec papa aussi, tu n'as cédé que parce qu'il a insisté ? Non, ma chérie, avec ton père ça a été différent, mon amour a triomphé de ma peur, mais crois bien que j'ai vécu toutes sortes de ruptures, seul celui qui ne s'attache pas n'est pas abandonné, et celui qui ne s'attache pas ne vit pas vraiment, ne combat pas, ne s'épanouit pas, je suis désolée, c'est le prix à payer pour vivre pleinement, pour oser, il ne faut pas que tu renonces, d'ailleurs tu m'as dit la même chose, tu te souviens ? Ne renonce pas à ce qui t'est important, allez, arrête, maman, la coupe Nitzane, tu tombes dans le pathos, et Dina, qui voit enfin monter un sourire sur le visage bouffi de sa fille, poursuit malgré sa gêne, je le crois vraiment.

Évidemment, mais pourquoi ça sonne comme si tu me disais adieu.

Son cours terminé, elle monte dans sa voiture et trouve normal de prendre la route qui mène jusqu'à son domicile, rien en elle ne s'étonne de ce que ses mains et ses pieds la conduisent là-bas, ainsi rentre-t-on à la maison, exactement comme on en part, presque sans y prêter attention, sans trompettes ni promesses, et c'est ainsi qu'ils se retrouveront tous les trois assis autour de la table pour la première fois depuis des semaines, ainsi qu'ils dîneront, sans presque y prêter attention, et c'est ainsi, peut-être, qu'ils recevront la convocation qui les conduira à l'enfant, voilà le petit, voulez-vous être sa mère ? Ce sera l'instant de vérité, le supporteras-tu ? Je te connais, au moment décisif, il n'y aura plus personne, tu te dégonfleras, avait-il dit, que faire s'il avait raison, en cette soirée par exemple, alors qu'elle est assise entre les deux êtres qui lui sont le plus chers au monde, il ne lui manque rien, Nitzane dévore avec appétit l'œuf au plat qu'Amos lui a préparé, elle trempe du pain frais dans le jaune, a l'air de se ressaisir un peu, et en la voyant, Dina, émerveillée, se sent enfin redevenir la mère au pouvoir consolateur. Jamais elle ne se serait imaginé que sa propre mère puisse l'aider dans sa détresse, au contraire, Hemda avait toujours pointé vers elle un doigt accusateur, je te l'avais dit, je t'avais prévenue, pourtant maintenant elle a l'impression, alors que la vieille parle à peine et qu'on se demande si elle comprend quelque chose, d'être soutenue par elle, est-ce pour cela qu'elle est prête à se raccrocher même à cette brindille, à se laisser étreindre par les bras secs de cette brindille ? Comment savoir ? Ce qui est sûr, c'est que Nitzane est plus forte que moi, songe-t-elle, si j'étais à sa place j'aurais pleuré pendant des jours et des jours, je n'aurais pas mangé de si bon appétit du pain frais avec un œuf au plat, j'aurais vomi mes tripes, je me serais arraché la peau pour effacer les caresses et je n'aurais trouvé aucune consolation, aucune consolation, alors qu'elle, son adolescente de fille, s'assied déjà sur le canapé devant la télévision, mamanpapa, les appelle-t-elle en minaudant avec le même charme que lorsqu'elle était petite, et si on se regardait un film ! On ne l'a pas fait depuis longtemps ! Eux lui sourient en retour, comme avant, elle est tellement mignonne quand elle veut, un petit lapin, un adorable petit écureuil, rapide et souple. Ils en ont passé, du temps, à se chamailler, à qui ressemble-t-elle davantage, à un écureuil ou à un lapin, va-t-on lui donner des carottes ou des noix, dire qu'elle vient d'être quittée, celle qui pose le doigt sur la télécommande et leur lit la liste des films proposés, on va trouver quelque chose qui nous plaira à tous les trois, lance-t-elle avec une gaieté si étrange que, pour un instant, Dina se demande, et voudrait du fond du cœur que cette pensée soit vraie, si tout ce drame n'a pas été mis en scène uniquement pour la ramener à la maison. Elle lève vers Amos des yeux interrogateurs mais il répond un peu ironiquement, laisse tomber, Nitzane, tu ne trouveras pas de film qui nous plaise à tous les trois, il est très calme ce soir, semble digérer son retour en silence mais reste distant, où était-il samedi dernier ? Avec qui ?

Arrête, papa, tu gâches toujours tout, on va prendre ce film, mes copines me l'ont recommandé, soyez cool, Dina s'assied aussitôt à côté de sa fille sur le canapé, peu importe quel film ils regarderont pourvu qu'ils se retrouvent tous les trois, dans l'intimité oubliée d'une soirée passée ensemble à la maison, mais Amos s'entête comme d'habitude, ça parle de quoi, tu sais que je n'aime pas les mélos, je veux bien qu'on se passe un documentaire, mais Nitzane le remballe, ne fais pas ton casse-pieds, papa, c'est un excellent film, ça raconte l'histoire d'un prof qui a une aventure avec une élève, elle tombe enceinte, décide de confier son bébé pour adoption, sauf qu'après ça se complique.

Rien d'étonnant à ce que ça se complique, marmonne Amos en lançant à Dina un regard glacial mais elle l'ignore, croise les mains, qu'est-ce qui ne va pas, demande Nitzane, c'est à cause de l'adoption ? Oups, on marche vraiment sur des œufs ici, allez, détendez-vous, les parents, vous êtes des adultes quand même ! Elle éteint la lumière, se rassied, replie les jambes et pose la tête sur l'épaule de Dina qui n'en revient pas de l'incroyable rapidité avec laquelle s'enchaînent les événements, que ce soit tout au long de cette journée ou sur l'écran devant elle, il y a un enfant confié pour adoption à un homme qui ignore en être le géniteur, jusqu'au jour où son ancienne élève réapparaît dans sa vie, à cet instant monte du fauteuil un ronflement tonitruant, elle essuie ses larmes qui ne cessent de couler depuis une heure, c'est atroce, ce film est horrible, quant à Nitzane, elle sanglote aussi entre ses bras, c'est vrai, je ne sais pas pourquoi mes copines étaient tellement enthousiastes.

Nous sommes entourés de mystères, petits et grands, soupire Dina, son sang bat dans ses tempes et elle a mal à la tête, qu'essaie donc de lui dire sa fille, qu'essaie donc de lui dire cette soirée, les signes sont tellement trompeurs, lorsque Amos émet un nouveau ronflement, la gamine éclate de rire mais aussitôt sa voix se brise, oh, mamaman, je l'aime trop, je ne peux pas croire que ce soit fini, plus jamais je n'aimerai quelqu'un aussi fort, plus jamais, et Dina la serre dans ses bras, le temps adoucira tout cela, ma beauté, chaque jour ce sera un peu plus facile et tu vivras encore beaucoup d'aventures merveilleuses, je te le promets, elle lui caresse lentement le dos, s'imprègne de cet amour renouvelé que sa fille déverse soudain sur elle, réminiscence de leur ancienne relation si fusionnelle, réminiscence d'une merveilleuse petite enfance, ce sentiment existe, il est à moi, c'est ce que je comprendrai peut-être à l'instant de vérité, ce qui fut existe encore, et même si ça ne revient pas et se contente, pour le reste de mes jours, de clignoter de temps en temps, même si ce n'est pas le soleil mais la réminiscence du soleil, des rayons chauds mais lointains, la plupart des gens s'en contentent. Pourquoi pas moi ? Je veux dormir, gémit Nitzane, je veux dormir et ne plus jamais me réveiller, comment peut-il arrêter de m'aimer ?

Dina la met au lit et la couvre, à cette heure ils ne chauffent plus et la fraîcheur se répand dans l'appartement. Cette histoire que tu viens de vivre, personne ne pourra te la prendre, ma chérie, elle est à toi, l'amour que tu as éprouvé et celui que tu as inspiré vont s'accumuler en toi, et c'est là-dessus que se construiront tes nouvelles relations amoureuses, qui viendront, tôt ou tard, je te le garantis, nous sommes comme les cyclamens, des plantes à tubercule, nous avons des organes qui emmagasinent des réserves et nous permettent ensuite de refleurir, tu entends ?

Oui, mamaman, concède du bout des lèvres Nitzane qui ferme les yeux et se tourne, Dina se penche pour lui embrasser le front et continue jusqu'à ce qu'elle entende la respiration calme de sa fille endormie. Pas de raison de s'inquiéter, elle dort, elle mange, elle s'en remettra, si seulement je pouvais souffrir à sa place, mais de toute façon elle surmontera, elle a des forces, aucun doute là-dessus. Elle se lève et sur la pointe des pieds s'introduit subrepticement dans sa chambre à coucher, examine le grand lit soigneusement fait, bizarre, on dirait que personne n'y a dormi depuis longtemps, me voilà, je retrouve ma maison, ma fille, mon lit, alors pourquoi ai-je l'impression qu'il s'agit d'un adieu.

Parce que, une semaine plus tard jour pour jour, le téléphone la réveillera, il sera minuit passé, dehors un orage aura éclaté, éclairs et tonnerre se déchaîneront, elle se lèvera pour répondre, affolée, persuadée d'entendre son frère lui annoncer la mort de leur mère. Maman, maman, son cœur bat à tout rompre tandis qu'elle tâtonne dans le noir pour attraper son portable, mais c'est une voix très vive, à l'accent russe prononcé qui demande, Dina ? C'est Tania, de l'association, je vous ai dit qu'il y avait parfois de bonnes surprises, eh bien en voilà une, on a un enfant pour vous, vous pouvez vous préparer à un premier voyage de prise de contacts, je vais vous envoyer sa photo et les renseignements que j'ai par mail, il me faut une réponse demain. Vraiment ? Si vite ? Mais comment est-ce possible, bafouille-t-elle abasourdie. Son interlocutrice reprend après un instant d'hésitation, je vais vous dire la vérité, cet enfant a été proposé à une autre famille qui est bien avant vous sur la liste, le couple s'est déplacé mais le courant n'est pas passé alors ils ont refusé. Après un refus, on a davantage de mal à trouver un adoptant, c'est pour ça que j'ai pensé à vous, vu l'âge de votre époux, le facteur temps est critique dans votre dossier. Qu'est-ce que ça veut dire que le courant n'est pas passé ? s'affole Dina. Je ne sais pas exactement, quelque chose a coincé sans doute, si vous me demandez mon avis, ils font une bêtise, tant pis pour eux, tant mieux pour vous, c'est l'occasion, seulement il me faut votre réponse demain, bonne nuit. Attendez, Tania, souffle-t-elle, parlez-moi de lui, quel âge a-t-il, comment s'appelle-t-il, que savez-vous de son histoire ?

C'est un garçon de deux ans, répond la femme légèrement agacée, je viens de vous envoyer par mail tous les renseignements dont nous disposons, sa photo, son dossier médical, surtout ne vous affolez pas en le lisant, ils sont obligés de leur inventer des maladies vu que là-bas un enfant en bonne santé n'est pas autorisé à quitter le territoire, mais alors, demande Dina, comment savoir quel est son état de santé réel ? Je vous expliquerai ça demain, nous avons des codes, je vous garantis que cet enfant va quasiment bien, à votre place, je sauterais sur l'occasion parce que sinon ça prendra longtemps et qui nous dit que la législation ne changera pas en votre défaveur, au moment où Dina se lève, elle est assaillie de vertige, son cœur bat trop fort, envoie des ondes de choc qui se propagent dans tout son corps, tout son corps qui devient lui-même un cœur géant et secoue l'immeuble à chacune de ses palpitations. Le voilà, l'instant de vérité, il commence maintenant, au milieu de la nuit, alors que le ciel se fend au-dessus de sa tête, elle entre dans la véranda, l'air y est glacial mais elle n'allume pas le chauffage. Trembler de froid, voilà ce qu'elle veut, entendre ses dents claquer, elle veut contempler les champs célestes zébrés d'électricité, elle veut elle aussi être frappée par la foudre, elle implore qu'on lui envoie un indice, un signe, crucial est cet instant dont le poids l'oblige à ployer, c'est trop tôt, elle n'a pas encore terminé les préparatifs, elle ne s'attendait pas à ce que ce soit aussi effrayant, voilà à quoi ressemble une rencontre avec le destin et même si, à vrai dire, on croise le destin à chaque pas de sa vie, il s'agit en l'occurrence d'une rencontre frontale dont la gravité est prégnante. Est-ce parce qu'elle a le choix et personne pour la soutenir, est-ce parce que c'est une sacrée responsabilité, un sacré pari et une sacrée distance, partir la semaine prochaine pour la Sibérie, en plein mois de décembre, rencontrer un gamin de deux ans, pourras-tu en être la mère, elle allume l'ordinateur, faites que je sache, chuchote-t-elle, que je voie sa photo et que je sache qu'il est mon enfant, faites que je regarde ses yeux et que je sache qu'il est l'enfant adoré que je désire. Les mains tremblantes au-dessus du clavier, elle fixe les lettres lorsque soudain un violent éclair zèbre la nuit, aussitôt suivi par un coup de tonnerre, et à sa grande frayeur l'ordinateur s'éteint en même temps que le réverbère dans la rue, apparemment ce dernier sursaut de tempête a fait sauter tous les systèmes. Pour la plupart des habitants du quartier, plongés dans un profond sommeil au fond de lits douillets, cela n'a aucune importance mais pour elle c'est insupportable, elle attend un enfant, dès qu'elle verra sa photo, elle saura, elle attend avec fébrilité de lever tous ses doutes, pourquoi est-ce que la coupure s'éternise, peut-être est-ce ainsi que la chose doit se faire, dire oui sans rien voir, sans rien savoir.

Au bout de quelques minutes, le réverbère se rallume et avec lui son ordinateur, petit petit petit, chuchote-t-elle, qu'il est long le chemin que tu parcours jusqu'à ma boîte de réception. Ça y est, il est là, ne te reste qu'à ouvrir le fichier pour le rencontrer, il s'affiche, petit garçon plein écran, debout avec un livre à la main, ses cheveux sont clairs et peu fournis, son visage long, ses yeux sombres et rapprochés la regardent sans sourire, il a le front haut, les lèvres serrées, il est sérieux et glacial, un étranger. Il ne ressemble pas du tout à Nitzane, comme elle l'avait espéré, il ne ressemble pas du tout au jumeau perdu qui ne vit que dans son imagination, il ne ressemble ni à elle ni à Amos, il n'est ni mignon ni gracieux, n'essaie pas non plus de plaire, ne demande pas qu'on l'adopte, il semble avoir pris son parti de ses abandons successifs, il semble lui dire, je me débrouillerai tout aussi bien sans toi, il ne lui facilitera la tâche en rien, ne lui enverra pas le moindre signe.

Elle recommence et l'examine attentivement des pieds à la tête, il porte des sandales de fille rouges avec des chaussettes blanches, un pantalon clair très bien coupé, presque de petit monsieur, et une chemise à manches courtes trop grande pour lui, avec des rayures vert fané et blanches. Elle laisse un sourire amer lui étirer les lèvres, on dirait la chemise de son frère, est-ce là le signe qu'elle attendait ? Avner, superbe petit garçon en chemise à rayures qui courait se jeter dans les bras de leur mère sur la pelouse, qui riait de tout son cœur tandis qu'elle, Dina, restait debout, à l'écart, à observer de ses yeux implacables leur passion exclusive, qu'ils sont glacés, les yeux de la photo, est-ce ainsi qu'elle regardait sa mère et son frère ? Le gamin sait-il sourire, a-t-il un jour souri ?

Jamais elle n'a vu un tel enfant, ce n'est d'ailleurs pas du tout un enfant, c'est un petit homme, un minimonsieur, méfiant et scrutateur, c'est lui qui la détaille et qui cherche un signe, elle se recroqueville sous le regard de cet inconnu, tel est l'instant de vérité, ce n'est qu'en te retrouvant au pied du mur que tu comprendras quelle erreur tu fais, quels défis t'attendent. Alors seulement tu mesureras combien la réalité est éloignée de ce doux rêve de tendre communion que tu caressais, je te connais, tu n'en as pas la force, elle se sépare de la photo et ouvre l'autre fichier, apparaissent des documents remplis de termes dont elle ne comprend quasiment rien, le compte rendu exhaustif d'un nombre incalculable d'examens médicaux et de diagnostics, de vaccins et de rapports d'hospitalisation, quand elle essaie de les décrypter sur Internet, c'est tellement effrayant qu'elle revient vite à la photo, laquelle, après cette courte séparation, lui paraît déjà familière. Qui es-tu, petit ? Tous ces renseignements ne me disent rien de toi, à telle date tu as été vacciné et à telle autre examiné, mais toi, qui es-tu ? Mon destin est entre tes mains au moins autant que le tien entre les miennes, elle se focalise sur le livre qui prolonge son petit bras, un majestueux chat blanc est dessiné sur la couverture, une de ses pattes est noire, l'autre marron, on dirait leur chat, comment ne l'a-t-elle pas remarqué plus tôt ? Est-ce le signe ? Peut-on se contenter d'indices si ténus face à un acte si lourd de conséquences ?

Un nouvel éclair zèbre le ciel, l'enfant pâlit, lui semble-t-il, elle tend prudemment un doigt vers sa joue, il va bientôt y avoir un coup de tonnerre, chuchote-t-elle, n'aie pas peur, maman te protège, car ça y est, elle sent que quelque chose est en train de changer, elle n'est qu'aux prémices de l'instant de vérité, mais quelque chose se passe qu'elle n'avait pas prévu et a encore du mal à analyser. Elle n'attend pas de lui la tendresse et la chaleur qu'elle a reçues de sa fille bébé, non, si elle veut l'adopter, c'est au contraire parce qu'elle a reçu et donné tant de tendresse et de chaleur qu'elle est et sera capable d'élever cet enfant-là, car tout cet amour, dût-elle ne jamais le retrouver, est déjà là, emmagasiné en elle, exactement comme elle l'a assuré à sa fille. Ce n'est pas le soleil, mais la réminiscence du soleil, et cela, personne ne pourra le lui prendre, oui, soudain son acte lui apparaît sous un autre angle, avec les traits durs de l'enfant, et cela lui convient parfaitement, en cette nuit d'orage qui tambourine sur les toits. Elle fait coulisser la fenêtre et passe la tête à l'extérieur, la pluie froide lui fouette la nuque, lui tire les cheveux.

Ses dents claquent, elle avance à tâtons jusqu'à la chambre noire où dort son mari depuis qu'elle est rentrée, elle a les mains qui brûlent au moment où, tel un chat de gouttière, elle se glisse dans le petit lit, tout contre lui, on dirait que le bout de ses doigts s'est transformé en glaçons, est-ce le froid sibérien qui se serait introduit chez elle via la photo du petit garçon ? Que se passe-t-il, marmonne Amos tout en l'entourant de la chaleur somnolente de ses bras, a-t-il oublié qu'ils ne se touchent plus et se parlent à peine, comme elle se sent bien dans son étreinte, écoute, dit-elle après avoir posé sa tête mouillée sur le torse de son mari, ils nous ont trouvé un enfant, nous devons y aller, viens voir sa photo sur mon ordinateur, mais aussitôt l'effroi lui clôt la bouche car il vient de la repousser violemment et se redresse, quoi ? De quoi tu parles ? Je n'ai pas la moindre intention de regarder la moindre photo du moindre gosse et je ne vais nulle part !

Mais tu m'as promis, tu m'as promis ! crie-t-elle en lui tirant le bras, tu as promis de venir avec moi. Il l'écarte d'un coup sec, calme-toi, tu veux réveiller Nitzane ? Je ne t'ai rien promis du tout, ça fait des mois que je te répète que je n'en veux pas, de cette aventure, mais toi, tu fais la sourde oreille, comme chaque fois que quelque chose te dérange, non, non, tu m'as promis, s'entête-t-elle sans lâcher prise, tu m'as dit que tu ferais le voyage avec moi, on ne me laissera pas rencontrer cet enfant si j'y vais seule, la loi exige qu'on y aille tous les deux. Je ne m'y suis pas vraiment engagé, déclare-t-il, je pensais même que ça n'arriverait jamais et que tu finirais par faire une croix dessus, je cherchais juste à gagner du temps, quoi, tu cherchais à gagner du temps ? répète-t-elle la gorge sèche, tu ne t'y es pas vraiment engagé ? Elle est certaine que ses os vont se briser sous la puissance du choc et scrute ses bras, extérieurement rien ne bouge mais sous sa peau tout est en train de se désintégrer. Comment se lever pour sortir de là, comment tendre la main au petit garçon, tant pis, elle se traînera sur le ventre s'il le faut, rampera comme un serpent à travers les plaines enneigées pour atteindre le fin fond de la Sibérie, peut-être est-elle déjà là-bas d'ailleurs, elle a tellement froid, jamais elle n'a eu aussi froid, un froid qui part du milieu de son corps, de son cordon ombilical coupé, avec des ciseaux on l'a séparée du corps de sa mère, avec des ciseaux on l'a séparée du corps de Nitzane, on a séparé à coups de ciseaux l'enfant sur la photo de sa mère biologique, des lames de ciseaux tranchantes tournoient dans les rues et séparent les hommes les uns des autres, les condamnent à une totale solitude. Amos, chuchote-t-elle, je ne te demande qu'une chose, de m'accompagner pour ce voyage, de faire tout ce que la loi impose, et après tu seras libre, tu n'auras aucune responsabilité envers cet enfant.

Tu es tombée sur la tête ou quoi ? rugit-il, je ne vais pas en Sibérie en plein hiver, même Staline avait pitié des vieux et ne les envoyait pas là-bas en hiver, peut-être au printemps, si on n'a pas le choix, elle sent un nœud lui obstruer la gorge, on n'a pas le choix, pas le choix, ils nous ont proposé un enfant maintenant, si on refuse, on le perdra, on a déjà perdu un enfant, je ne veux pas revivre ça, tout ce temps elle a d'ailleurs l'impression qu'il les écoute, qu'il les observe de ses yeux fixes, elle doit revoir sa photo pour ne pas le perdre, pour qu'il garde espoir, elle sort du lit, se cramponne au mur, s'arrête sur le seuil de la chambre et contemple la silhouette compacte de son mari, des ciseaux l'ont séparée de lui, elle a tranché, demain matin je réserve deux billets, dit-elle d'une voix aussi glaciale que l'extrémité de ses doigts, même si je dois te traîner de force, nous partons.

Mais au matin c'est avec un coup de pied violent que la réalité la frappe, nous partons ? Vraiment ? La pression des gens de l'association éveille sa méfiance et ses craintes, comment faire la différence entre les maladies fictives et les maladies réelles, qu'a-t-il eu, réellement, et dans quelle mesure ? Pourquoi l'autre couple n'en a-t-il pas voulu ? Il y a des papiers qui manquent, des traductions qui tardent, il y a leur plan d'épargne à casser avant le terme, elle doit aller chercher les billets pourtant elle ne sait toujours pas si elle partira, s'il acceptera de l'accompagner. Lorsqu'elle s'est réveillée, il n'était plus là, Nitzane non plus, indépendants et silencieux tous les deux, ils agissent comme si elle n'avait toujours pas réintégré le domicile, seul l'enfant l'attend patiemment et il l'observe de ses yeux inquisiteurs, pourra-t-elle l'aimer ? Et si elle n'en était pas capable ?

Ce regard qu'il braque, droit dans ses yeux, l'éloigne de ce qu'elle a fantasmé, elle doit se répéter ce que la nuit lui a enseigné, la théorie de l'amour en condensé, elle apprendra à l'aimer comme, depuis la nuit des temps, les hommes et les femmes ont appris à aimer ceux qui leur étaient destinés, elle n'a plus le choix, il est déjà là, il habite dans son ordinateur, il n'a plus d'autre toit. Et dans son ordinateur il évolue, il grandit, sous la lumière matinale ses yeux sont plus clairs mais leur expression plus froide, jamais elle n'a vu un enfant aussi sérieux, comme si on avait posé le visage d'un vieux, marqué par les ans et les déceptions, sur un corps de garçonnet.

Qui es-tu ? Bizarrement, ils n'ont pas traduit ton nom qui n'apparaît qu'en russe, tu es né ce mois-ci, deux ans auparavant, dans trois jours ce sera ton anniversaire, précisément à la date fixée pour notre première rencontre, sommes-nous ton cadeau ? Tu recevras un papa et une maman, plus précisément une maman seule, une grande sœur et un chat, ce n'est pas l'idéal mais quand même, j'avais espéré que cela se déroulerait autrement mais ce n'est pas une raison pour renoncer, sois cool, comme dit Nitzane, même si le fleuve se glace, même si tu risques de te noyer, tout vaut mieux que de battre en retraite. Encore un appel de Tania de l'association, j'attends votre réponse définitive, n'oubliez pas que vous devez vous présenter au bureau des adoptions dans trois jours, de là vous irez à la maison d'enfants pour voir le garçon, Dina parlemente, essaie de gagner du temps, le problème c'est qu'on a du mal à s'organiser, comme ça, du jour au lendemain, vous nous avez pris de court, nous avons besoin d'un délai pour trouver un arrangement avec notre fille et notre travail. C'est la Russie, Dina, pas Israël, rétorque vertement la femme, chez eux, le jour c'est le jour, l'heure c'est l'heure, vous devez partir demain soir pour arriver à temps, demain soir? s'affole-t-elle, on n'a même pas de manteaux assez chauds, elle s'imagine déjà qu'ils sortent de l'avion et se transforment instantanément en statues de glace, qui élèvera Nitzane? D'ailleurs, montera-t-il dans l'avion, utilisera-t-il le billet qu'elle allait lui acheter. Vous n'avez pas à rester longtemps, essaie encore de la rassurer Tania, vous arrivez, vous rencontrez plusieurs fois l'enfant et vous décidez, si c'est oui, vous devrez ensuite retourner là-bas pour le jugement, dans un mois à peu près, je vous ai déjà expliqué la procédure.

Oui, tout est clair, marmonne Dina, sauf qu'à ce moment-là elle ne se doutait pas que ça viendrait si vite, elle s'imaginait avoir le temps d'amadouer Amos, elle s'imaginait qu'ils s'assiéraient ensemble devant la photo d'un enfant qui les happerait par un sourire irrésistible, tout espoir et prière, elle s'imaginait qu'ils se prépareraient au voyage en été, qu'Amos serait tout excité à l'idée de l'aventure qui les attendrait et des paysages qui s'offriraient à son appareil photo, elle se voyait galvanisée par leur amour renouvelé qui grandirait en même temps que l'amour pour le nouvel enfant, mais rien ne se passe comme prévu et elle n'a même pas le temps de s'en désoler. Elle va aller acheter les billets, elle va boucler une valise pour eux deux, et s'il refuse de venir elle partira sans lui, pas le choix, si elle a confiance en elle, elle aura confiance en cet enfant et si elle a confiance en cet enfant, rien ne lui barrera la route, à nouveau elle s'approche de l'ordinateur, qui es-tu, petit bonhomme? Méfiant, éteint, discipliné, et en même temps déterminé, solide, endurci, qu'as-tu vécu depuis ta venue au monde, qu'est-ce qui t'attend, qu'est-ce qui nous attend ensemble ? Épuisée, elle pose la tête sur le clavier, à nouveau ses forces l'abandonnent, à nouveau son cœur tambourine contre ses côtes, tantôt elle est toute-puissante, tantôt elle n'aspire qu'à se fourrer au lit et à ne plus en émerger mais avant de sombrer tout à fait, elle téléphonera à son frère, écoute, Avner, on nous attend demain en Sibérie et je ne sais même pas si Amos acceptera de partir avec moi, l'enfant porte ta chemise à rayures et moi, je n'ai rien à me mettre, tu as peut-être des manteaux chauds ? Des bonnets, des gants ? Tu peux venir ?

En Sibérie ?

Non, chez moi, j'ai besoin d'aide.

Alors Avner, déjà sur le seuil de chez lui, reviendra sur ses pas et l'écoutera, la gorge nouée. Ne t'inquiète pas, Dinette, je suis prêt à t'accompagner jusqu'en Sibérie si Amos ne te suit pas, je ne te laisserai pas y aller seule, je ne te laisserai pas élever cet enfant seule, je crois en ce que tu fais, je crois en l'amour, je l'ai découvert très récemment, je sais que ça a l'air ridicule mais tant pis et ne t'inquiète pas, Dinette, tu m'as, moi, tu as mes garçons, ensemble nous recréerons une famille pour ce gosse, et tandis qu'il l'abreuve de paroles rassurantes, il fouille dans l'armoire remplie des vêtements que Talya a laissés, le nez dans la penderie il pousse les cintres de droite à gauche jusqu'à ce qu'il y déniche deux anoraks de ski d'excellente qualité et tout le chemin jusqu'à chez elle, il est survolté par la pensée que sa sœur et son beau-frère affronteront les neiges de Sibérie enveloppés dans les vêtements du mort et de son amante, Amos n'étant pas très grand, le manteau noir de

Raphaël lui couvrira les cuisses, quant à Dina, il la voit, fiancée de l'hiver, emmitouflée de la magnifique doudoune blanche de Talya, un enfant dans les bras.

C'est au seuil de la mort qu'ils cesseront d'être des mortels justement, au moment de rendre l'âme, ils se métamorphoseront en dieux, du ciel leur arrivera un savoir secret, ils lâcheront le passé pour attraper l'avenir, fini, les accusations et les injustices, au lieu des craintes, des plaintes et des feintes, voilà que se révèlent soudain à leurs yeux l'immatériel futur et sa gamme d'infinies possibilités, tels des dizaines de tapis colorés déroulés d'un seul coup. La fin, ils la regardent du haut de ses cimes, à chaque mort son pic sur la montagne du destin, à chaque mort son avenir obscur et l'avenir des êtres qu'il aime, cela jusqu'à la fin des temps, et même elle, Hemda Horowitch, fille de Yaacov et de Rivka, elle qui n'a réussi à tirer de cette vie ni tous les bienfaits ni toutes les histoires, elle qui a plongé les doigts dans les alvéoles à miel mais les en a ressortis secs, elle qui s'est contentée d'allusions et d'illusions, de paroles sibyllines et de joies dérisoires, a enfin droit, à la dernière minute, au réconfort et aux délices dont elle a été privée toutes ses années, car pour la première fois elle a une certitude absolue, et cette certitude lui donne la force d'accompagner son unique fille sur le chemin de cette expédition fatidique, ce sera son cadeau d'adieu et par-delà les milliers et les milliers de kilomètres, elle étend un bras invisible et lui pose une main sur le front. Permets-moi d'absorber ta terreur, ma fille, je suis avec toi bien que nous n'allions plus jamais nous revoir, je serai avec toi, justement parce que nous n'allons plus jamais nous revoir, serai ce que serai, serai dans l'hiver cristallin dans la vallée escarpée dans les murmures de la nuit, serai dans la joue d'un enfant dans l'ombre d'un oiseau dans les aiguilles de pin, toi, tu me verras passer furtivement, et Dina, le front plaqué contre le hublot de l'avion, sent soudain l'étreinte miraculeuse des nuages qui l'entourent, c'est ce qu'elle a sans doute attendu toute sa vie, cette étreinte fraîche et en même temps consolatrice, qui couvre sans peser. Des bras cotonneux l'enlacent et la guident, telle une fiancée entre son père et sa mère, sous le dais nuptial où l'attend celui qui n'est qu'amour pour elle, la sérénité la pénètre, totale, secrète et mystérieuse, elle ne pense plus à la rencontre fatidique qui l'attend, ni au mari qui, assis à côté d'elle le visage lugubre et une canette de bière à la main, boit dans un silence hostile. Il l'avait laissée dans l'ignorance jusqu'au dernier moment, était parti le matin au travail sans rien lui dire, n'avait pas répondu à ses messages, et ce n'est qu'une heure avant le départ qu'il était rentré, s'était planté devant elle, blême et crispé, je t'en supplie encore une fois, renonce à cette folie, avait-il dit, tu vas tous nous détruire, mais elle s'était penchée en avant et, sans desserrer les mâchoires, avait fait glisser la fermeture Éclair tout autour de la valise. Ce sont les derniers mots que tu entendras de moi, avait-il alors déclaré, je ne pars avec toi qu'en tant qu'accompagnateur, je ne te parlerai plus jamais, je refuse de voir cet enfant, à notre retour je quitte la maison, elle avait traîné la valise jusqu'à la porte et murmuré, merci pour l'accompagnement.

Des menaces en l'air, de la poussière au vent, seuls les actes comptent, s'était-elle rassurée tandis qu'elle se séparait de Nitzane à grand renfort d'instructions et d'interdictions. Ça suffit, maman, tu en fais trop, ce n'est que trois nuits, avait protesté sa fille, Shiri va dormir ici et tout se passera bien, ne vous inquiétez pas pour moi et surtout profitez bien, avait-elle ajouté avec un sourire facétieux, occultant totalement le but du voyage, à croire qu'ils partaient pour des vacances en amoureux alors que jamais ils n'avaient été plus éloignés l'un de l'autre. Tout l'avion semble vibrer de la douloureuse tension qui les sépare, le sol est couvert de débris d'espoirs fracassés, l'air imprégné de ce venin que sécrètent deux personnes qui se fouettent de leur hostilité muette, elle s'étonne de voir les hôtesses marcher sans peine dans l'allée et les passagers calmement installés autour d'elle, ici concentrés sur un livre et là-bas sur un ordinateur portable, personne ne semble souffrir d'empoisonnement, elle est la seule à avoir les mains qui frémissent et la respiration entravée, elle plaque une tête douloureuse contre le hublot mais au moment où elle sent les nuages s'approcher à bras ouverts puis la délester de ses soucis avant de continuer leur chemin, elle comprend qu'elle a raison et à partir de cet instant, peu lui importera qu'il n'ouvre pas la bouche jusqu'à l'atterrissage à Moscou ni pendant les longues heures où ils attendront à l'aéroport leur correspondance pour la Sibérie, ni lorsqu'ils se poseront enfin dans cette ville grise et reculée où est né l'enfant, là où il a été abandonné et confié à une institution, et cela se passera ainsi, il ne dira pas un mot, donnant l'impression, comme tous les gens autour d'eux, de ne pas parler la même langue qu'elle, d'ailleurs peut-être était-ce mieux ainsi, bienvenu est le silence en ces moments où les propos futiles sont obsolètes, où les sujets de discorde ont été discutés et rediscutés sans être surmontés, sans qu'ils arrivent à se rapprocher ne serait-ce que d'un iota.

L'heure est aux actes, l'heure est au mystère qui relie les morts aux vivants et les humains aux dieux, l'heure est à la parole du destin, il faut l'écouter en restant coi, accepter sans rien dire d'être le jouet du temps et de l'espace, comment appréhender ce passage si rapide d'un pays à un autre. Et le changement s'impose dès l'arrivée à l'aéroport de Moscou qui pourtant ressemble à n'importe quel autre aéroport, il est dans la douceur enveloppante des diphtongues, l'expressivité des visages, la beauté des femmes en manteaux de fourrure qui marchent si aisément sur leurs talons aiguilles, l'une d'elles serait-elle la mère du garçon, la gamine qui l'a enfanté ? Elle sort pour la énième fois les papiers de son sac, contrôle l'année de naissance de la génitrice, et ce n'est qu'à cet instant, sans doute parce qu'elle lit enfin plus calmement les quelques informations dont elle dispose, qu'elle comprend que cette gamine, qui n'a pas encore dix-neuf ans, a donc accouché à seize ans, exactement l'âge de Nitzane aujourd'hui, elle soupire tristement, l'image de sa fille se dessine sous ses yeux, sa fille avec un secret en train de germer dans le ventre. Ne t'inquiète pas, petite, voudrait-elle chuchoter à chacune des adolescentes qui passent devant elle, ne t'inquiète pas, tu ne pouvais apparemment pas faire autrement, tu n'es encore toi-même qu'une enfant, l'enfant de cette terre russe aux multiples visages, terre-mère si souvent martyrisée, effrayante mère patrie marquée dans sa chair, sans pitié et presque sans trêve, par les bouleversements de l'Histoire.

C'est le soir que l'avion atterrira au milieu d'un désert de glace d'une couleur indéfinie, lorsqu'ils en descendront, le froid la tétanisera, une pierre t'a frappée en plein cœur, que feras-tu, de vieilles histoires lui reviennent en mémoire, des enfants sur une luge et dont les rires se gèlent soudain, Nikolaï, Sergueï, Andreï, Yuri, si on ne se couvre pas la bouche, on meurt ! Un cocher et son cheval attendent, désespérés, que pointe l'aube, quand donc viendra le jour, l'horloge qui sonne minuit les condamne, ils ne tiendront pas jusqu'au lendemain, des soldats affamés marchent dans la neige, leurs souliers sont déchirés, ils gémissent comme des parents ours ayant perdu leur ourson, n'étiez-vous pas tous des enfants, Nikolaï, Sergueï, Andreï, Yuri. Le froid se rit de l'anorak blanc prêté par son frère, des gants assortis au bonnet, comment, parmi les millions d'exilés et de déportés, des hommes, ne fût-ce qu'une poignée, ont-ils réussi à survivre dans un tel endroit ? Dans quelques heures, c'est sûr, ce froid absolu aura raison de toi, elle regarde autour d'elle le paysage sinistre, de combien de souffrance cette immense steppe a-t-elle été le témoin, de combien de cruauté, des femmes arrachées à leurs bébés et envoyées ici par trains entiers, des hommes privés de leur identité, avouant des délits qu'ils n'ont pas commis, des innocents traités comme des assassins par des criminels qui connaîtront eux aussi un rapide revers de destin, que d'injustices entassées là, comme la neige sur les bas-côtés de la route, ici, la poudre blanche, qui a perdu sa beauté étincelante, reste pourtant, dans sa laideur justement, invaincue.

Une jeune femme de grande taille, drapée d'un manteau de fourrure noir, les attend dans un hall d'arrivée désert, au sol souillé par de la glace fondue, elle les accueille avec l'expression assurée et un rien moqueuse des autochtones amusés par les a priori affolés et non dissimulés des visiteurs étrangers, la terreur provoquée par le froid, les grands espaces, le poids du moment, elle leur tend une main soignée, soyez les bienvenus, je m'appelle Marina, comment s'est passé le voyage ? leur demande-t-elle dans un hébreu lent et hésitant. Très bien, répond Dina laconique, impossible de décrire les violents coups de vent qui ont secoué la cabine de l'avion tout comme son propre corps, les bouffées d'espoir et d'exaltation, la lucidité et l'acuité des angoisses, qu'est-ce que je fais ici, par quel sortilège je me retrouve en ce lieu ? On pense à une chose, on se met à la vouloir ardemment et par le pouvoir de l'esprit, on atterrit soudain sur une autre planète, tout ce temps, elle s'était imaginé que l'avion volait par la seule force de son désir, que sa peur le ferait piquer du nez, et comme c'est uniquement par la force de sa pensée qu'elle se retrouve en Sibérie, elle qui n'a jamais apprécié ni les voyages ni les aventures, elle se demande ce que sa tête va encore être capable de concevoir et de générer. Étonnée, elle voit soudain ici et maintenant Marina lui prendre des mains une valise qui a été bouclée des jours et des jours auparavant par une autre femme, lui semble-t-il, et leur indiquer le chemin vers la sortie, vers le froid presque solide.

Je suis garée tout près, leur dit-elle, mais Dina aura du mal à parcourir ne serait-ce que deux mètres, si bien qu'elle se cramponnera au bras de cette étrangère, dans l'obscurité frissonnante, il est midi à la maison et ici la nuit tombe, Nitzane va bientôt rentrer du lycée, elle réchauffera la soupe de lentilles pimentée préparée selon la recette qu'Orna lui avait donnée quelque vingt ans auparavant, elle est de plus en plus convaincue qu'il y a un lien étroit entre tout cela mais n'arrive pas à mettre le doigt dessus, quelque chose rattache cette soupe et le verglas qui, sous ses pieds, l'oblige à marcher lentement, à petits pas aussi prudents que Hemda après sa chute, yeux braqués vers le sol gelé, de mauvais augure, jonché d'obstacles. Ce n'est que lorsqu'ils atteignent la voiture qu'elle ose pour la première fois lever la tête et voit, incrédule, qu'Amos, qui tout ce temps avait gardé un silence jaloux, décourageant même leur joyeuse accompagnatrice de lui adresser la parole, sort l'appareil photo de son sac à dos et immortalise le parking gelé, les silhouettes des avions au repos dans le lointain, la ligne des collines, l'obscurité qui descend, muette, telle de la neige noire, et ce geste, le premier qu'il accomplit de son plein gré depuis leur départ, la rassure instantanément. Elle s'installe, soudain très calme, sur le siège avant, et se contente d'essayer de remuer ses orteils frigorifiés.

Il continue à prendre des photos pendant le trajet, par-delà une vague somnolence qui la gagne, elle l'entend interroger Marina, se renseigner avec curiosité sur la ville, son passé, ses sites intéressants, son grand barrage fluvial, on dirait qu'il n'est rien d'autre qu'un touriste enthousiaste, pas une seule question sur l'enfant, elle non plus d'ailleurs n'en pose pas, pourtant elle sait que c'est cette femme qui l'a rencontré et même photographié pour eux, mais que lui demanderait-elle, pensez-vous qu'il me soit destiné ? Entre ces mêmes petits doigts qui tenaient le livre, il tient à présent son destin, alors que pouvait-elle bien demander. Dans son hébreu correct et désuet, gardien d'une autre réalité, leur accompagnatrice répond aux questions d'Amos, les mains délicates posées sur le volant, la voiture traverse d'immenses espaces, quand ont-ils, elle et lui, parlé ainsi de leur propre pays qui pourtant change à une vitesse effrayante ?

De temps en temps, une maison basse, aux lumières discrètes, se profile d'un côté de la route, est-ce là que l'enfant a été abandonné ? Elle est si loin de sa maison, elle a été si loin, dire que la distance entre cette ville et Moscou est supérieure à la distance entre Moscou et Jérusalem. Elle écoute Marina leur expliquer ce qui les attend pour le lendemain, le matin un rendez-vous rapide au bureau des adoptions, ensuite direction la maison d'enfants pour une première rencontre avec le garçon, là-bas, le médecin et l'assistante sociale leur donneront aussi des détails sur son état de santé. Et après, quoi ? Elle ne continue pas, car en fait que pourrait-elle dire ? Après le monde s'écroulera ? Après la vie changera ? Après vous aurez à prendre la décision la plus difficile de votre vie ? Si vous refusez comme le couple précédent, vous n'aurez pas d'autres occasions, et il se peut, ce qui est pire encore, que l'enfant non plus n'ait pas d'autres occasions, si vous décidez de l'intégrer dans votre famille et de lui faire une place dans votre cœur, vous allez déclencher un tremblement de terre, mais tout cela, leur charmante guide l'ignore, bien sûr. Elle ignore que cet homme pas très grand à la tête recouverte d'une cagoule noire et cette femme, qui le dépasse de plusieurs centimètres et porte un anorak blanc, ne feront plus aucun voyage ensemble, écrasés sous le rouleau compresseur de leur désaccord, que ces deux-là, dont les désirs respectifs se heurtent à présent en un douloureux choc frontal, ont vécu un quotidien dans un calme relatif mais voilà, leur couple ne résistera pas à un acte de grande envergure. Elle ignore que cet homme et cette femme qui sortent à présent de sa voiture et qu'elle guide jusqu'au petit hôtel plutôt agréable, ne feront pas l'amour dans le lit protégé par un couvre-lit en laine d'un blanc étincelant, n'essaieront pas d'évacuer leur stress en échangeant des paroles de réconfort bienveillantes et que, lorsqu'ils se retrouveront assis face à face dans le restaurant surchauffé de l'hôtel où de très jolies serveuses en minijupes, l'une d'elles est-elle la mère de l'enfant, leur serviront du poisson fraîchement pêché dans le fleuve, cuit au four, servi accompagné de haricots verts à la crème fraîche et de douces graines de sarrasin parfumées, il évitera de croiser son regard, elle n'osera pas piquer, comme d'habitude, une fourchette dans son assiette pour goûter ce qu'il mange, à les voir on pourra d'ailleurs croire qu'une trop grande affluence a obligé la femme à s'asseoir à la table d'un inconnu qu'elle observe discrètement mâcher, dont elle saisit, gênée, le crissement des mâchoires anguleuses, Dina doit s'intimer l'ordre de ne pas trop réfléchir, ni à leur séparation programmée ni à sa vie bouleversée, rien qu'à l'enfant dont la photo est glissée dans son sac et qu'elle regarde de temps à autre. On va se voir demain, petit, demain s'achèvera un chapitre commencé à une date imprécise, et un nouveau chapitre s'ouvrira, ou plutôt un nouveau livre, dans une nouvelle langue, écrit par une nouvelle femme, car après t'avoir rencontré je ne pourrai plus être la même personne.

Des clips et de la publicité passent en boucle sur l'écran accroché au mur en face d'eux, gêne bruyante et incessante, impossible d'y échapper, tout comme à cette chaleur irritante, il y a une heure elle n'aspirait qu'à quelques degrés supplémentaires mais maintenant c'est une torture, elle se déshabille, couche après couche, se retrouve avec un vieux tee-shirt qui n'était pas censé être montré, autour d'elle toutes les femmes portent des vêtements particulièrement seyants, elle remarque qu'Amos les apprécie et les suit d'un regard éméché, oui, tout peut encore arriver, malgré son âge il est encore attirant et c'est quelqu'un de connu, il pourra facilement plaire à quelqu'une de beaucoup plus jeune que lui, de beaucoup plus jeune qu'elle. Piquée au vif, elle se met debout, je monte dans la chambre, annonce-t-elle oubliant qu'ils ne se parlent pas avant de ramasser son anorak, ses deux pulls, son écharpe pour le planter là, il n'a qu'à terminer sa bière et s'en commander une autre si ça lui chante, dans la chambre elle se débarrasse de ses lourdes chaussures et se jette sur le lit tout habillée, je vais me relever, défaire la valise et me doucher, se promet-elle, je vais mettre de l'ordre dans cette journée qui a commencé et se finira je ne sais quand, c'est une journée sans bornes, mais elle n'est pas capable de se relever, même lorsque des sanglots étouffés frappent ses tympans, petit, soupire-t-elle happée par le sommeil, est-ce toi qui pleures au loin, est-ce moi que tu appelles ? Plus ça va, plus elle recule dans le temps et marmonne, Amos, Nitzane s'est réveillée, tu veux bien aller la chercher et me la ramener au lit ? Ses seins gorgés de lait débordent, la voilà à présent au kibboutz, dans la maison d'enfants, chaque nuit quelqu'un d'autre pleure et communique sa détresse à toute la chambrée, cette nuit c'est elle, maman, viens, crie-t-elle, je veux ma maman, ma maman.

Quelques heures plus tard, quand elle se réveillera en sursaut dans une lumière laiteuse, elle bondira vers la fenêtre, comme la vue est étrange et émouvante ! Un très grand immeuble, superbe mais dont la façade s'effrite, jouxte l'hôtel, plus loin, entre deux bâtiments, se déroule la rue principale de la ville, des gens la traversent à pas rapides, emmitouflés de la tête aux pieds, courbés par le froid pour se protéger du vent, la neige ne tombe pas mais semble avoir imprégné l'air, les rares arbres en sont déjà recouverts, Dina ouvre avec précaution, le froid lui coupe le souffle, une pierre t'a frappée en plein cœur, que feras-tu.

Elle entend Amos soupirer en dormant, il repousse sa couverture, dort en slip comme pendant l'été israélien, et le voir aussi presque nu lui fait mal, il n'est plus à elle, elle n'a pas le droit de l'exciter par des caresses ni même de coucher avec lui comme l'oseraient deux étrangers qui se seraient rencontrés par hasard au bout du monde, c'est fini, révolu, liquidé, pourtant l'amour qu'elle éprouve pour lui n'est ni révolu ni liquidé, mais elle a enfreint la loi et cela ne lui sera jamais pardonné, même si elle changeait d'avis à la dernière minute, jamais sa faute ne sera effacée. Il avait espéré qu'elle renoncerait pour lui, qu'elle prendrait en considération ses besoins légitimes mais elle avait refusé, voilà pourquoi elle se retrouvait en Sibérie, voilà pourquoi il la renverrait toujours ici, à jamais bannie pour et par lui, après leur retour aussi, lorsqu'ils rentreront chez eux, avec ou sans enfant. Debout à la fenêtre, elle se défait des vêtements qu'elle a enfilés des années auparavant, un soir à Jérusalem, comme c'est étrange d'être nue face à des gens vêtus de pied en cap. Ainsi va le monde, l'un a chaud et l'autre froid, même si quelques pas à peine les séparent, même s'ils se sont mariés en bonne et due forme, elle entre dans la douche, dommage qu'elle ne puisse pas se tremper dans un bain rituel avant sa rencontre avec l'enfant, se baigner dans le fleuve qui coule sous la glace, unique manière de se purifier des doutes qui l'assaillent, de pouvoir le regarder tel qu'il est, et tout en s'évertuant à stabiliser la température de l'eau, elle se demande une nouvelle fois comment elle a pu s'endormir la veille alors qu'elle n'a pas fermé l'œil depuis des nuits, tenue en éveil par ce qui les attend, incroyable que quelques heures avant le moment fatidique elle ait si bien dormi, si profondément qu'elle n'a pas senti Amos rentrer dans la chambre et se glisser dans le lit, soudain elle se souvient d'une pensée qui, au kibboutz, l'aidait à vaincre ses insomnies, elle s'imaginait que sa mère entendait ses appels et accourait, qu'elle traversait rapidement le dortoir, se faufilait jusqu'à son lit et la prenait dans ses bras chauds et protecteurs. Ce n'est que bien plus tard qu'elle avait compris, effarée, pourquoi cette mère imaginaire laissait parfois des traces poisseuses sur les draps, une découverte qui n'avait en rien ébranlé le sentiment de sécurité dont elle gardait le souvenir, peut-être justement parce qu'il remontait à une période où elle était une proie facile pour les plus grands, c'est pourquoi, lorsqu'ils descendront en silence prendre le petit déjeuner face au téléviseur toujours aussi bruyant, lorsque l'accompagnatrice viendra les chercher et qu'ils se serreront dans sa voiture, lourds et empêtrés dans les couches et les couches de vêtements, elle continuera à se sentir en sécurité et bien protégée, écoutera avec attention les dernières instructions, ce qu'il fallait dire et surtout ce qu'il fallait ne pas dire, elle contemplera avec la même tranquillité les façades rougeâtres, la neige entassée au bord des trottoirs tels des tas d'ordures, les femmes recroquevillées dans des manteaux de fourrure et coiffées de chapeaux qui leur donnaient des airs d'oiseaux multicolores, et les rues monotones, sans vitrines et presque sans panneaux indicateurs. Quelques maisons en bois d'une incroyable beauté, datant d'un autre temps, surgissent ici et là de la déliquescence ambiante, elle remarque aussi un jeune homme adossé à une cloison en bois en train de fumer, son haleine gèle de même que la morve au bout de son nez, pourrait-il être le père du petit ? Quelques ivrognes avancent en titubant, l'un d'eux s'affale sur un tas de neige sale, Nikolaï, Sergueï, Andreï, Yuri, n'ont-ils pas tous été des enfants, est-ce que c'est ce qui adviendra du gamin si elle le refuse ?

Le fleuve apparaît enfin et, lorsqu'ils traversent le gigantesque pont métallique qui le surplombe, quelque chose de l'ordre du ravissement la gagne, elle est conduite à son destin, ils sont conduits à leur destin, sombre et insondable est l'onde profonde, des vapeurs s'élèvent de sa surface de glace, sur ses berges se dressent des arbres transparents de givre, on dirait une hallucination aussi étrangère pour elle qu'un paysage lunaire, mais ça y est, ils l'ont traversé et de l'autre côté l'enfant les attend, pour obtenir l'autorisation de le voir, ils doivent à présent sortir de la voiture, entrer dans un bâtiment qui n'en finit pas, là les attend une lourde femme à qui, bizarrement, elle trouve une allure familière, elle ressemble comme deux gouttes d'eau à une ancienne camarade du kibboutz, se souvient-elle, et pour un instant tout paraît soudain n'être qu'une plaisanterie. Dans cette langue aux épaisses consonnes, l'employée retrace l'histoire de l'enfant, Marina traduit nonchalamment, dans sa bouche de longues phrases deviennent toutes courtes, sur quoi fait-elle l'impasse ? Ensuite, on leur demande pourquoi ils veulent adopter un enfant, Dina lance vers Amos un regard craintif de peur qu'il ne torpille tout le processus en s'en dédouanant grossièrement, mais il fixe la fenêtre sans rien dire et la laisse expliquer d'une voix chevrotante qu'ils n'ont qu'une fille et désirent ardemment un autre enfant, qu'ils veulent partager leur bonne fortune avec un petit qui, comme elle en a présentement été informée, n'a pas eu la vie facile, apparemment cette explication convient à la fonctionnaire, de toute façon ce n'est que la première étape de la course d'obstacles qui les attend jusqu'à la décision du juge, et on les envoie à la maison d'enfants située dans les environs. L'appareil photo ne cesse de cogner contre la banquette arrière mais elle ne se retourne pas, garde le regard fixé droit devant et capte les lourds véhicules dont les pneus crissent sur les chaussées gelées, les grandes places austères, les tristes faubourgs, et finit par s'arrêter sur la façade jaune surplombée d'un toit de tuiles couvert de neige, elle est à nouveau obligée de se cramponner au bras de Marina pour monter les marches glissantes du perron, à nouveau ils sont accueillis dans le hall d'entrée par une chaleur étouffante, sauf que cette fois cela s'accompagne d'une odeur âcre et pesante de renfermé, haleine, urine et sueur mêlées, est-ce son odeur à lui ?

Le long de couloirs vert pâle déambulent des femmes en blouse blanche, quelqu'un leur demande sévèrement d'envelopper leurs chaussures de sacs plastique comme s'ils allaient pénétrer dans un bloc opératoire, ils montent les escaliers et elle s'étonne du silence, à croire qu'il n'y a pas le moindre enfant dans ce grand bâtiment, pourtant elle sait qu'ils sont des centaines ici, certains destinés à l'adoption et d'autres qui n'auront jamais la chance d'avoir une famille, soit pour cause de restrictions législatives soit parce que personne n'en voudra, elle regarde de tous côtés, aux aguets, mais étrangement elle n'est pas effrayée, elle saura, oui, elle saura, elle est soudain guidée par la main de la certitude, une certitude céleste, mystérieuse et en même temps maternelle. Ce n'est qu'au moment où Marina, qui ouvre la marche, frappe à une large porte en bois qu'elle lance un œil par-dessus son épaule et découvre qu'Amos tourne soudain les talons et dévale les escaliers comme s'il fuyait, je ne verrai pas l'enfant, c'est ce qu'il lui avait dit, mais c'est trop tard alors elle fait fi du regard interrogateur de leur guide et pénètre dans une vaste pièce qu'elle balaie du regard. Sur la moquette colorée qui recouvre le sol sont éparpillés des jouets et quelques équipements de sport, des espaliers et des cordes à nœuds, plusieurs vélos, il y a aussi un cheval à bascule et d'autres jouets sur les rayonnages, c'est tellement propre et bien rangé qu'on dirait un décor louche, elle effleure un nounours pour s'assurer qu'il est réel et non un trompe-l'œil dessiné sur le mur, est-ce que vraiment les enfants viennent jouer ici de temps en temps ? Où sont-ils, d'ailleurs, ces enfants, comment se fait-il qu'on ne les entende pas ?

Un magnifique sapin de Noël brillant de mille décorations multicolores trône au centre de la pièce avec, tout autour, des dizaines de petites chaises disposées en plusieurs cercles concentriques. Une femme en blouse blanche et au corps pesant les accueille d'un salut de la main et continue d'arranger les chaises, Dina fixe la porte avec appréhension, elle sait que dans un instant celle-ci s'ouvrira en grand et que l'enfant arrivera dans les bras d'une puéricultrice, elle avait lu beaucoup de descriptions à ce sujet, parfois il restait en retrait avec le regard fuyant, parfois il se montrait fermé et engourdi, parfois amical, voire trop amical, les privations avaient de multiples visages, ses yeux se posent sur les chaises aux couleurs vives, il y en a tellement, dire que sur chacune d'elles s'assiéra un enfant abandonné, un enfant de personne, un enfant qui contemplera de loin le beau sapin de Noël, et soudain elle voit sur une chaise restée dans un coin de la pièce un tout petit bonhomme silencieux, assis avec un livre à la main. Incrédule, elle écarquille les yeux et attrape le bras de son accompagnatrice, il est là ? C'est lui ? demande-t-elle, parce que soudain la ressemblance avec la photo se brouille, l'image fuit, se rétracte, se ratatine, oui, répond calmement Marina, étrange qu'on vous l'ait amené plus tôt que prévu, ne bougez pas, le médecin va arriver, mais Dina s'approche de l'enfant sans faire de bruit, comme s'il était un chaton terrorisé par la compagnie des humains.

Il porte la même chemise à rayures qu'elle a reconnue, un pantalon de costume couleur moutarde, ses cheveux sont coupés à ras, il est assis tête baissée et ne bronche pas, lorsqu'elle s'assied à côté de lui, il tourne le visage vers elle, la toise d'un regard sévère puis aussitôt détourne les yeux, elle remarque qu'il serre les lèvres pour ne pas éclater en sanglots, corps menu tassé par l'effort et visage de plus en plus rouge, pleure, petit, pleure, chuchote-t-elle. Elle s'est déjà tellement habituée à lui sur la photo qu'elle a du mal avec sa présence réelle, il est moins grand qu'elle ne s'y attendait, plus blond aussi, il a une expression intelligente et retenue, il ne viendra pas s'asseoir sur ses genoux, ne se lovera pas entre les bras qu'elle ouvre vers lui, c'est un petit d'homme blessé et paniqué. Le livre lui échappe soudain, il le récupère avec affolement, elle lui effleure la main, doigts tendus en attente, s'en saisira-t-il ? Non, mais il ne repousse pas le contact, petit, chuchote-t-elle encore tout en caressant délicatement la main qui tient le livre, et sans s'en rendre compte elle caresse aussi le pelage du chat dessiné sur la couverture. À nouveau il rougit, comme il a l'air vieux, un vieux petit garçon, sérieux à faire peur, est-il l'enfant qu'elle attendait ? Malgré les efforts qu'il fait, il éclate en sanglots, la puéricultrice en blouse blanche se précipite sur lui pour l'obliger à se taire mais Dina la repousse d'un geste, laissez-le, laissez-moi, moi aussi j'ai envie de pleurer parce qu'il est l'Enfant même si ce n'est pas lui que j'imaginais dans mes fantasmes, parce qu'il est l'Enfant et même s'il ne sera jamais à moi, moi, je serai à lui, et tandis qu'ensemble, assis côte à côte sur les chaises miniatures devant le sapin de Noël, ils laissent couler leurs larmes, elle entend la porte s'ouvrir, lève les yeux et s'attend à voir approcher la femme médecin venue lui parler de son enfant, lui donner tous les renseignements le concernant et lui assurer qu'il était en bonne santé, inutile, Dina n'a rien envie d'entendre, l'avoir sous les yeux lui suffit, mais non, à sa grande surprise ce n'est pas la doctoresse qui entre, c'est Amos, il semble s'être tellement dépêché qu'il n'a pas pris le temps d'enlever son énorme manteau noir, il s'approche d'elle et lui tend quelque chose au bout de sa main gantée. Qu'est-ce que c'est, un instant elle ne comprend pas, qu'est-elle censée faire avec son téléphone portable ? Ce n'est vraiment pas le moment, c'est d'ailleurs pour cela qu'elle a éteint le sien, elle fixe la main toujours tendue de son mari, d'ailleurs que fait-il ici puisqu'il ne voulait pas voir l'enfant ? Les voilà tous les deux face à face, Amos et le petit, pareillement crispés et glacials, elle a encore le temps de remarquer combien ils se ressemblent avant qu'il lui chuchote, Dina, Avner veut te parler, les petits cristaux qui se sont accrochés à ses poils de barbe tombent quand il parle, elle se lève et sort rapidement dans le couloir. Avner ? dit-elle tout bas, j'ai vu le gosse, si tu savais comme il est petit, étrangement elle ne trouve aucun autre mot pour le décrire, écoute, ma Dinette, commence-t-il mais elle le coupe, je ne vais pas pouvoir le laisser ici, Avner, il a besoin de moi.

Dinette, maman est morte.

Elle s'écrie tout d'abord, pourquoi ? et continue par, quand ?

Maintenant, il y a quelques minutes à peine, dans son lit, apparemment elle n'a pas souffert. Oh, comme c'est étrange, soupire-t-elle et il poursuit, vous rentrez quand ? Est-ce que je peux fixer la cérémonie pour après-demain ? Es-tu d'accord pour qu'on l'enterre au kibboutz, près de ses parents ? Oui, je pense que oui, comme c'est étrange, répète-t-elle, on parlera plus tard, l'interrompt-il, il y a beaucoup de choses à organiser ici, elle met le téléphone dans sa poche, regarde par la fenêtre, qu'est-ce qui est si étrange, en fait ? Que la neige s'accumule ici sans qu'on la voie tomber, qu'elle vienne de la terre et non du ciel, voilà ce qui est étrange, elle se dirige lentement vers le préau, avance le long du couloir et passe devant des portes closes, où sont les enfants ? Reclus dans des pièces fermées, aussi silencieux et dociles que lui, pourtant il a pleuré un bref instant, ce qui veut dire qu'il n'a pas perdu définitivement l'espoir d'être entendu, elle s'essuie les yeux avec le bord de son chemisier et ouvre la porte. Entre-temps la pédiatre est arrivée, elle tient à la main un épais dossier et discute avec Marina qui lui fait signe de les rejoindre, mais elle ne peut détacher les yeux de ce qui se passe dans le coin de la salle tant elle est stupéfaite, Amos est assis sur la chaise qu'elle a libérée, le petit à côté de lui et tous les deux ont les mains posées sur le livre fermé. L'enfant indique le dessin du chat et émet un drôle de son, une syllabe indistincte, en revanche elle entend distinctement Amos lui dire, c'est vrai, c'est un chat, ou plutôt un lapin, enfin, c'est un chat qui s'appelle Lapinou, c'est vrai que c'est un peu embrouillé mais tu t'y habitueras, elle s'approche d'eux sur des jambes chancelantes comme si elle marchait sur un pont très étroit, le moindre mouvement imprudent et elle tomberait dans le fleuve.

Dina avancera lentement, lorsqu'elle sera tout près d'eux, elle chuchotera le plus bas possible, pour que l'enfant ne s'arrête pas, ma mère est morte, je sais, répondra Amos et elle posera la main sur la tête penchée et le crâne rasé du garçon puis dira, on va l'appeler Précieux.

REMERCIEMENTS

Merci à Shlomo Lecker pour m'avoir apporté aide et attention, à Alex Levac pour m'avoir guidée, à Shira Hadad pour son travail éditorial intelligent et tout en finesse. Merci à Yigal Schwartz pour ses conseils toujours merveilleux, à Ruth Nusbaum pour son soutien, à Peter Merom dont les livres et les récits m'ont enrichie, à Roni Genon qui a partagé ses souvenirs avec moi et m'a permis d'avoir accès aux documents d'archives dont je me suis servie. De plus, je me suis appuyée sur les conférences données par Eilam Gross et Yuval Yairi au cours d'une journée d'études organisée aux Mishkenot Shaananim ainsi que sur la somme réunie sous le titre *Les expulsés d'Espagne*, éditée par le centre Zalman Shazar, en particulier sur la contribution de Joseph Dan. Merci à Iris Mor et à toute l'équipe des Éditions Keter, merci à la présence indéfectible de mon amie Edna Mazya, et à tous mes amis qui m'ont aidée par leur relecture et leurs avis, Vered Slonim-Nevo, Sherry Ansky, Zvika Meir, Ronit Weiss-Berkovitz, Orit Kimel, Haim Kimel, Dorit Shmueli, Emilia Peroni. Merci à mon père, Mordechai Shalev, et aux miens, Marva, Eyal, Yaar et Yarden.

Z. S.

La traductrice remercie sa mère, Paulette Sendrowicz, pour sa relecture attentive et précieuse.

DU MÊME AUTEUR

Aux Éditions Gallimard

VIE AMOUREUSE (Folio nº 4140).

MARI ET FEMME (Folio nº 4034).

THÈRA (Folio nº 4757).

CE QUI RESTE DE NOS VIES (Folio nº 6158). Prix Femina étranger 2014.

Lewis Grassic Gibbon
Sunset Song

- Hans Thomas -
Calm before the storm.

- Fernand Khnopff
the bridge at Fosset

- Akseli Gallen-Kallela
Lake Keitele 1905
53 x 67 (pour Léon)
p66 + 77

- Robin Jenkins - the pine cone gatherers

- Kate Mosse - Labyrinthe

Composition IGS-CP à L'Isle-d'Espagnac (16)
Impression Maury Imprimeur
45330 Malesherbes
le 16 août 2016.
Dépôt légal : août 2016.
1er dépôt légal dans la collection : avril 2016.
Numéro d'imprimeur : 211298.
ISBN 978-2-07-079267-2. / Imprimé en France.

310219